Pour en savoir plus :

www.les-folles-de-la-n4.fr

Hervé Fuchs

Le rapt du fils Janel

Éditions Studio Imaginons…

ISBN 978-2-9537134-2-8

1ère partie :
Lili Perdrix et les Comtesses Ferrailles

Chapitre 1

"Et bien, te revoilà ? Tu m'as manqué, tu sais ? Je ne suis pas très loquace, surtout quand il s'agit de parler de moi. Mais là, pour la première fois de ma vie, j'ai peur. Sans toi, je suis perdu…"

— Aie! Putain de marteau!

L'homme accroupi sur le toit de tôle ondulée porta ses doigts sales dans sa bouche. La douleur le tétanisait. Puis, il balança l'outil au loin sans se préoccuper de ce qui l'entourait, ni où celui-ci atterrirait. L'image furtive de son frère, l'oreille attentive à son désarroi, s'effaça de son esprit, brutale et douloureuse comme une coupure d'électricité sur un écran cathodique.

La souffrance se dissipa et devint lancinante. Il retira ses doigts blessés de son gosier et les examina de plus près. Son index saignait abondamment par les deux côtés latéraux. La chair écrasée, éclatée comme un fruit aplati, déversait un flot continu de sang mêlé à de la salive. Celui-ci emplit rapidement le creux de sa main, puis le trop-plein se déversa sur sa chemise en s'immisçant entre ses doigts poisseux. L'homme râla et se dit qu'il n'avait pas besoin de ça en ce moment. Il se redressa, agita sa main et le sang éclaboussa la tôle rouillée.

De rage, il assena un coup de pied d'une rare violence, dans la bouteille de plastique qu'il avait coupée en deux, pour y stocker ses clous. Celle-ci s'écrasa au sol et les pointes d'aciers se répandirent là où gisait déjà le marteau agresseur.

L'homme examina de plus près sa blessure. Sa main écarlate ne laissait plus transparaître la moindre parcelle de peau. Il paniqua. Le raisiné, il aimait le voir couler chez les autres, mais quand il s'agissait du sien…

Il eut un haut-le-cœur. Son attention se fixa sur une tâche violette qui émergeait de cette marée rougeâtre. Il approcha sa main de son regard et constata que l'ongle de son index virait au bleu. Il hésita, puis de sa main indemne il essuya le sang tout autour. Maladroitement, il l'effleura. Celui-ci se souleva et se rabattit aussi vite que le clapet désuet d'une pipe d'admission. Le mal remonta dans son avant-bras et embrasa la panique fiévreuse qu'il tentait vainement de contenir. Soudainement, il porta son doigt amoché à sa bouche, coinça l'ongle atrophié entre ses incisives et jeta sa tête en arrière d'un coup sec. Le sang gicla. Son regard examina le résultat, ça pissait à tout rompre et la douleur lui lançait des pointes acérées. Crier, hurler… Il cracha l'ongle arraché, aussi loin que son souffle le lui permit, en aboyant à la mort, tel un chien sur la tombe de son maître.

— Tú me estás dando mala vida, lança-t-il au ciel plombé.

Son cri fut effroyable, bien sûr la douleur y était pour quelque chose, mais c'était surtout sa colère qui s'évacuait comme elle pouvait.

Il y eut du remue-ménage dans la caravane qui voisinait le toit de tôle ondulée. Une voix rauque se racla la gorge et la porte s'ouvrit.

Un individu gras et crasseux s'avança dans l'embrasure. Son visage adipeux, couvert d'une barbe noire d'environ trois jours, se dressa vers l'homme debout sur la toiture :

— Et bien Clod, qu'est ce que tu fous ?

*

Clod Bensoussan retrouva le plancher des vaches. Le gros crasseux eut un coup de fouet quand il découvrit la main sanguinolente. Il retourna précipitamment dans sa cambuse, quelques portes de placards claquèrent et des casseroles dégringolèrent. Quand il en ressortit, il tenait à la main une boîte en acier rectangulaire. Clod se trouvait devant la porte, et hésitait à s'asseoir sur une des chaises en plastique, qui entouraient une table pliante sous l'auvent de la caravane ; la vue des assiettes sales et des bouteilles vides n'était pas très accueillante. Il était planté là, immobile, la tête baissée comme un enfant attendant les remontrances de sa mère.

Le gros contourna Clod non sans lui jeter un regard craintif et se dirigea vers la table de camping, dont il dégagea le plateau d'un large balayage du coude. Il y déposa au centre la boîte en fer et tenta de ses gros doigts patauds, de débloquer le loquet qui en retenait le couvercle fermé.

Après quelques jurons, il réussit à l'ouvrir, mais la désolation se lut sur son visage. Ce qu'il appelait sa trousse de premiers secours ressemblait fortement à l'assiette d'un Biafrais, jours de bombance. Quelques gouttes de mercurochrome dans un flacon taché, un sparadrap usagé et une boîte de dix capotes anglaises constituaient sa pharmacie.

Le gros se tourna vers Clod, embarrassé. Il se gratta la tête et fit mine de réfléchir. Réfléchir chez le gros, c'était comme la gymnastique d'un poisson rouge dans son bocal : à peine avait-il fait un tour qu'il avait déjà oublié où il se rendait. Son regard scruta le fond de la boîte métallique et saisit l'emballage des préservatifs. Son gros doigt se posa sur le chiffre dix, imprimé bien en évidence. Il approcha l'étui de son oreille et le secoua. Puis intrigué, il l'ouvrit par la languette du haut et vida le contenu dans sa paluche d'éléphant. Tenant l'emballage entre ses doigts, il tendit son index et compta le nombre de sachets restant. Le décompte terminé, il se tourna vers Clod. Hilare, il lâcha fièrement :

— T'as vu ? Il m'en reste plus que six !

Clod ne répondit pas. Il prit le dossier d'une chaise qu'il secoua afin de la dégager d'une bouteille vide de vin Saint-Morand et autres souillures du rapide débarrassage du gros. Puis s'adressant au Don Juan gras, il lui demanda :

— T'as du schnaps ?

Angel, c'était le nom du gros, réagit au quart de tour. Il grimpa précipitamment sur la caisse de bière retournée, qui lui servait de marchepied pour accéder à sa caravane. À nouveau le claquement d'une porte de placard résonna, mais cette fois-ci il ne chercha pas, il alla droit au but, preuve qu'il se savait en possession de gnôle frelatée. Il revint sous l'auvent avec une bouteille sans étiquette et une paire de verres à moutarde dont l'hygiène était plus que douteuse.

Clod chercha de sa main gauche, celle qui était encore valide, son paquet de cigarettes. Il fouilla dans la poche profonde de son pantalon de survêtement, en prenant mille précautions pour ne pas se salir. C'était le seul vêtement un peu près propre qui lui restait et ce soir, comme tous les samedis depuis un certain temps, il était de sortie.

Il ne se rendait pas bien loin et le plaisir était furtif… Mais d'une telle intensité qu'il lui permettait de tenir toute la semaine et d'attendre sereinement le samedi suivant. Évidemment, un beau jour tout cela s'arrêterait, mais la décision ne tenait qu'à lui et celle-ci ne tarderait pas à être prise.

— Tu ne peux pas rester ainsi, dit le gros Angel en regardant la main de Clod qui pendait sur le côté.

Sur le sol, une marre de sang s'était formée, alimentée par un goutte-à-goutte lancinant. Clod secoua le paquet bleu et le bout d'une Gauloise sans filtre apparut sur le dessus. Il en saisit l'extrémité et la sortit de l'emballage, puis la montrant au gros, il lui réclama du feu. Angel tâta en vain les poches de son bleu de travail. Il scruta l'étagère métallique, adossée à la caravane, et fouilla du regard autour d'un réchaud à gaz deux feux, mais ne trouva pas la boîte d'allumettes. Chaque fois que Clod lui demandait quelque chose, un tsunami de panique l'envahissait. Il se sentait obligé d'obtempérer immédiate-ment et de le satisfaire illico. À vrai dire, il le craignait plus que tout et ne voulait surtout pas éveiller sa colère.

Il trouva finalement un briquet aux alentours de la table, qui bai-gnait dans les détritus de son rapide débarrassage du coude. Il se baissa pour le ramasser et son gros cul panoramique s'imposa au centre du champ de vision de Clod. Celui-ci eut envie d'y loger un coup de tatane bien senti, mais se retint. L'heure n'était pas à la rigo-lade. Angel se redressa péniblement et, le souffle court, lui tendit le Bic. Le moindre effort, anodin pour le lambda, augmentait chez lui son rythme cardiaque et donnait l'impression qu'il venait de courir un cent mètres.

Clod planta la Gauloise entre ses lèvres et fit glisser la molette du briquet sous son pouce. Une flamme vacillante jaillit. Il inspira for-tement la première bouffée, l'emprisonna longtemps dans ses pou-mons et l'expira lentement par la bouche et les narines. Puis, il jeta le briquet sur la table qui ricocha des verres à moutarde à la bouteille de schnaps.

La cigarette vissée dans le porte-pipes, il attrapa l'alcool blanc de sa main indemne, fit sauter le bouchon de liège et remplit les deux

11

verres à ras bord. Le gros, en retrait, le regardait sans broncher. Clod posa sa cigarette sur le rebord de la table, non sans au préalable en tirer une copieuse bouffée, puis prit un des deux godets et le but d'un trait. Il sentit le liquide lui brûler l'œsophage, lui perforer l'estomac. S'il n'en avait jamais bu auparavant, il aurait pu aisément s'imaginer ingurgiter de l'alcool à 90°, quoique légèrement parfumé à la poire. Ceci n'était que la première étape de l'opération : anesthésier le patient…

Ensuite, il emplit à nouveau son verre d'eau-de-vie. Son visage se déformait de douleur, il sentait dans sa gorge la lave brûlante d'un volcan lui râper les parois, mais ce qui l'attendait était bien pire… Il leva sa main sanguinolente, chercha du regard son doigt à l'ongle arraché, mais ne distingua rien, tant le tord-boyaux embuait ses yeux. Il n'hésita pas et plongea son index meurtri dans le verre de gnôle. La douleur fut brutale, acérée comme une lame de couteau perçant une panse repue.

Clod serra la mâchoire pour ne pas hurler, pour contenir les cris effroyables qui bouillonnaient dans les tréfonds de son être. Afin de s'infliger le coup de grâce et de dissoudre la sensation, il saisit en tremblant, l'autre verre esseulé près de la bouteille. Il l'ingurgita d'une rasade fébrile, mais l'alcool n'eut pas le même effet que la première fois. Tout son corps n'était plus que souffrance, alors un peu plus ou un peu moins, lui importait peu.

Comme pour toutes choses, il s'habitua à la sensation. Son esprit s'éleva au-dessus de sa carcasse, il vit le haut de son crâne, le plus dur était passé. Il se tourna vers le gros et lui dit, dents serrées comme un piège à loup rabattu :

— Trouve-moi un bout de tissu !

Angel avait assisté à la scène sans mots dire. Il sortit de son effroi et s'engouffra dans sa caravane.

— …Du tissu propre ! Bordel de merde, précisa Clod en hurlant de rage.

Clod s'enfonça dans le siège en plastique, la douleur était passée, *"Vive et preste comme l'amour"*, pensa-t-il. Il saisit à nouveau une Gauloise et l'alluma avec celle qu'il avait déposée sur le rebord de la table et qui se consumait telle une âme damnée. Il se sentait devenir euphorique, l'alcool sans doute, et son corps se détendit. Son index baignait toujours dans le verre de schnaps, dès lors aux couleurs écarlates. La douleur avait disparu, peut-être encore un vague picotement aux alentours de la chair engourdie, mais rien de comparable avec ce qu'il avait enduré. Non, tout n'était pas aussi moche qu'il voulait bien se l'imaginer. Il tourna la tête et son regard se posa sur sa caravane, perpendiculaire à celle du gros.

L'important était de passer l'hiver, se dit-il. Une fois le printemps venu, il aviserait. Pour l'heure, il devait s'organiser et fixer solidement les tôles sur l'armature de bois qu'il avait construit tout autour. Son gros problème était les fuites d'eau qui s'infiltraient par le vasistas et inondaient l'intérieur, notamment son lit. Passer l'hiver dans ces conditions était impensable, Clod s'en doutait bien. Alors, il avait creusé quatre gros trous à chaque angle de son emplacement, puis il y avait dressé un tronc de bois badigeonné de goudron. Ensuite, il les avait scellés dans la terre avec de grosses pierres et du béton, puis reliés entre eux avec des madriers afin de consolider l'armature de son toit de fortune. Enfin, au-dessus de sa caravane, il avait cloué des poutres bien épaisses, sur lesquelles il avait fixé à espace régulier des tasseaux. Clod n'avait rien d'un charpentier, mais ce travail l'avait occupé durant de longues journées et il y avait pris goût. C'était en plantant une pointe pour arrimer une des dernières tôles qu'il s'était malencontreusement écrasé le doigt. Mais il ne perdait pas espoir, il finirait sa tâche le lendemain, quoi qu'il arrivât.

Il se refusait à demander de l'aide au gros. Sincèrement, il ne pouvait pas l'envoyer sur son toit, de crainte que la charpente ne s'écroulât sous son poids et réduise à néant son labeur de plusieurs semaines. Comme d'habitude, il n'avait d'autres solutions que de compter sur lui. Même son frère dans l'au-delà, répondait plus que très rarement à ses suppliques incessantes, et Dieu savait ce qu'il le sollicitait. Clod n'était pas fou, il ne refusait pas la réalité, il savait pertinemment que son frère était mort ; mort d'une balle dans la tête, achevé comme un chien sur une morne plaine. De son vivant, son aîné avait été un sale con qui lui en avait fait baver, mais l'image de ce triste soir où il le vit agoniser, ne le quittait plus, l'obsédait.

Clod avait toujours été une charge pour son frère, il ne le niait pas. Certes financièrement il assumait sa part, mais au quotidien, dans la vie de tous les jours, prendre des décisions, organiser le train-train de l'existence, il s'en était toujours remis à lui. Depuis toujours, il avait refusé toutes responsabilités, il n'en faisait qu'à sa tête et comme beaucoup de gamins capricieux, il acceptait mal les remontrances et les mises au pas que celui-ci lui imposait.

Et puis, il y avait eu sa maladie qui pouvait le terrasser à tout instant. Épileptique, avaient diagnostiqué les médecins, quelques jours après la disparition de leur mère. Clod en jouait. Désemparé, son aîné baissait les bras, cédait à tous ses enfantillages, du moins en apparence. En sourdine il fulminait. Étrangement depuis son meurtre, les crises n'étaient plus réapparues.

Le gros sortit de sa caravane l'air penaud. Comme à chaque fois qu'il posait un pied à l'extérieur, les suspensions de l'habitacle se distendaient et pendant quelques instants, la roulotte sautillait sur elle-même.

Il tenait dans sa main un vêtement de coton blanc, soigneusement plié. Clod le regarda et Angel, apparemment gêné, évita son regard.

— Je n'ai que ça, dit-il en lui tendant le linge qui se déplia et révéla sa vraie nature : un slip kangourou à l'élastique détendu par la masse adipeuse de son gros cul.

14

— …C'est tout ce que j'ai de propre, ajouta-t-il, comme pour se justifier.

Clod ne fit aucun commentaire et lui demanda simplement de le découper en lanières étroites. À ces paroles, le gros fut soulagé et sa jovialité reprit le dessus. Un instant, il avait craint que Clod ne le prît mal et passât sur lui sa colère coutumière. Il s'assit à côté de son voisin de campement, sur le tabouret qui lui était réservé. Sa corpulence ne l'autorisait pas à utiliser les chaises en plastique, de peur qu'elles ne cèdent sous son poids. Il porta le tissu à ses lèvres et tira vigoureusement. L'élastique rompit, puis il le délogea de l'ourlet et se mit à découper de fines bandelettes, la partie postérieure du caleçon râpé. Clod le regardait faire. Le gros s'appliquait, il tenait fermement entre ses deux mains le vêtement et le déchirait en suivant la trame du tissu. Au bout d'un instant, il réussit à découper quelques bandes qu'il tendit à son ami en lui disant d'une voix fluette :

— Si tu savais, il en a vu ce slip…

Son visage se fendit d'un large sourire qui fit remonter ses joues de hamsters et dévoila son râtelier sur lequel, une incisive brillait par son absence. Clod lui répondit par un léger rictus un peu forcé et un clin d'œil complice, afin d'accuser bonne réception de son sous-entendu libidineux. Il sortit son doigt du verre de schnaps, en profita pour lire l'heure sur sa Kelton, puis présenta son index au gros, qui en bonne nounou s'attela à lui faire un pansement.

— Il est l'heure de mon petit rendez-vous du samedi soir, pensa Clod Bensoussan, le regard dévoré par la haine.

Chapitre 2

Frère Jacques ! Frère Jacques ! Dormez-vous ? Dormez-vous ? Sonnez les
matines, sonnez les matines ! Ding, deng, dong ! Ding, deng, dong !".
Le bébé sourit et tendit sa petite main potelée vers le visage de sa
mère qui se pencha et se fraya un chemin dans son cou où elle souffla de toutes ses forces. L'effet fut immédiat et le nourrisson rigola
bruyamment.

Les gens qui formaient la file d'attente devant la guérite des douaniers se tournèrent vers la jeune femme et son enfant. Leurs regards
fatigués par le voyage n'exprimaient aucun sentiment. Une onde
d'indifférence planait autour d'eux.

L'Airbus A300 du vol 139 de la compagnie Air France, en provenance d'Athènes, s'était posé sur le tarmac de l'aéroport Roissy
Charles de Gaulle à 22 h 30. Les passagers en file indienne, principalement des noirs, avaient longé les couloirs articulés et s'étaient
agglutinés dans une grande salle au sol carrelé. Au bout, une guérite
en verre sassait les nouveaux arrivants sur le sol français.

Chaque voyageur prenait son mal en patience et serrait précaution-
neusement son passeport, sésame pour une entrée certaine dans le

Grand Tout. Pendant ce temps, la jeune mère faisait risette à son enfant. L'homme qui l'accompagnait regardait sa progéniture avec fierté et tout allait pour le mieux dans le meilleur des mondes.

Mama Béa, petite femme noire d'une cinquantaine d'années, observait, d'un regard en biais, le jeune couple de parents. Sa petite taille l'empêchait de voir le visage de l'enfant, lové dans les bras de sa mère. Seul le bleu de la grenouillère qui enveloppait les jambes gesticulantes du nourrisson lui fit penser qu'il s'agissait d'un petit garçon. À part cela, elle ne pouvait rien en dire, ni même compatir à l'unisson avec le bonheur régressant du jeune couple.

Elle arrivait à peine en France et déjà les blancs l'agaçaient. Leurs enfantillages, leur bonheur écœurant, leur arrogante assurance l'insupportaient. Ce n'était pas son premier voyage en Europe, son métier voulait qu'elle voyageât, qu'elle vît du pays, comme disaient ses supérieurs.

Elle pensa à eux, puis sourit. Ses supérieurs ? Quelle bande de cons ! Ça les amusait de se croire au-dessus d'elle, de réclamer des *"mon Général"* à tout bout de champ pour flatter leur ego. Mais au fond, elle savait que tous ces falbalas n'étaient que façade, dorure sur bois putréfié. Personne ne dirigeait Mama Béa, elle était protégée et ses missions, des plus secrètes, émanaient de tout en haut, du Général lui-même.

La file d'attente avançait bon an, mal an. Bientôt, le jeune couple passerait devant les douaniers et pour eux les formalités d'usage se dérouleraient sans anicroche. Pour Mama Béa, ce serait différent, elle le savait pertinemment, ce n'était pas la première fois qu'elle se soumettait aux jugements des douaniers. Ils lui demanderont d'ouvrir son sac à main, l'œil suspicieux, pire encore, ils étaleront peut-être son contenu sur la table au vu de tous. Quelle humiliation, pensa-t-elle ! Ils s'informeront du but de son voyage en France, mais bien évidemment sa réponse ne les satisfera pas. D'entrée ils joueront aux crédules, aux fouille-merdes. Le pire serait que l'un d'eux, par excès de zèle, l'emmenât dans la pièce aux verres dépolis sur la gauche de la guérite et lui infligeât une fouille corporelle en bonne et due forme. Par les temps qui couraient, posséder un passeport ougandais n'était pas du meilleur effet.

Mama Béa le savait et s'était organisée en conséquence. Elle avait pris le strict minimum : son étui à lunettes, un paquet de Dunhill mentholé, un rouge à lèvres sanguin et un portefeuille en crocodile avec une liasse de billets de 500 francs, aguicheur comme la jarretière d'une pute. En dernier recours, elle misait sur la vénalité du genre humain, le truc était vieux comme Mathusalem, mais il fonctionnait toujours, surtout de nuit à l'abri des regards hiérarchiques. Pour parfaire le personnage, elle avait endossé un smoking de chez Yves Saint Laurent, un must en la matière, qui lui donnait l'air d'une femme affranchie des conventions et mariée, pourquoi pas, à un ambassadeur. Elle estimait en avoir la classe et la distinction, du moins tout autant que les blondes décolorées à la peau blafarde, croisées lors de dîners mondains à Kampala. Or, malgré toutes ces précautions prises, elle craignait toujours les douaniers, leurs bêtises et leurs manques évidents de discernement.

La pièce aux verres dépolis l'angoissait, être obligée de se dévêtir sous le regard porcin d'une femme, tout officier des frontières fut-elle, était à ses yeux une abjection. Mama Béa s'enorgueillissait de ne s'être jamais montrée nue à quiconque sur cette terre. Elle était vierge, fière de l'être et franchement n'avait aucune attirance pour la bagatelle. Au contraire, rien que l'idée lui donnait la nausée. Elle savait que, sur ce plan, quelque chose ne tournait pas rond chez elle. L'âge aidant, elle considérait que cela n'avait plus beaucoup d'importance. Elle se félicitait de n'avoir jamais cédé aux tracasseries de la chair, même si dans sa jeunesse, elle s'était écartée quelques fois de cette conduite irréprochable et avait sucé quelques hommes dans les douches d'un camp militaire. Mais tout cela ne comptait pas vraiment, elle était toujours vierge et pure comme un angelot de cathédrale.

*

La Vierge Noire foula le pavé parisien quelques heures plus tard. Les douaniers ne lui avaient posé aucun problème et celui qui avait examiné son passeport n'avait pas tiqué sur sa nationalité ougandaise. Elle se félicita d'avoir fait une escale à Athènes et de ne pas avoir voyagé sur un vol direct de Kampala. Le Général avait fait parler de lui ces derniers temps et elle craignait que les polices de l'air n'aient eu pour consigne de s'intéresser plus particulièrement aux ressortissants ougandais. Certes, les frasques du Général n'étaient pas toujours au goût de Mama Béa, mais tout de même, il était une légende, une figure incontournable de l'Afrique, surtout depuis la prise d'otage à l'aéroport d'Entebbe…

La Vierge Noire en vint presque à regretter que la douane française ne se soit pas attardée plus longuement sur sa personne. Telle était la Diva du State Research Bureau, les services secrets ougandais, capricieuse et contradictoire, mais d'une fidélité indéfectible au Général Idi Amin Dada.

Ceci étant, lorsqu'elle sortit du taxi qui la déposa rue de l'Ouest dans le XIVe arrondissement parisien, elle n'en menait pas large. Question couleur de peau, elle n'était pas trop dépaysée, mais question accoutrement, elle arrivait d'une autre planète. Tout de suite, elle remarqua les allers-retours incessants de jeunes gars qui sortaient de l'obscurité d'un porche et allaient à la rencontre de petits groupes qui trépignaient sur la chaussée. Lorsqu'ils arrivaient à leur hauteur, ils tendaient le bras et déposaient dans une main ouverte, une enveloppe dodue. Mama Béa n'était pas dupe du trafic qui s'opérait sous ses yeux, cependant ce qui la choqua fut que les dealers étaient noirs et les consommateurs d'un blanc bien propret.

Aux premiers abords, il régnait dans la rue une grouillante anarchie, mais elle saisit très vite la structure de cette ruche bourdonnante. Certains étaient chargés de haranguer le client, de lui déblatérer son argumentaire et les avantages que celui-ci aurait à passer par lui plutôt qu'un autre. À cette étape de l'opération, la vraie difficulté résidait dans la concurrence sauvage qui faisait rage dans la rue. S'en suivaient d'âpres négociations sur le prix et la quantité de la commande, principalement du haschich ou de l'herbe. Puis le rabatteur faisait signe à un complice qui s'engouffrait dans la cour d'un immeuble dévasté et en ressortait avec la marchandise. Tout cela se déroulait au su et vu de tout le monde, sans grande précaution ni crainte de la police. Les immeubles de la rue de l'Ouest étaient pour la plupart en attente de démolition et avaient été pris d'assaut par les squatteurs.

La Vierge Noire du State Research Bureau Ougandais scruta la rue et tenta de trouver un numéro d'immeuble ou un repère quelconque pour s'orienter vers l'adresse de son point de chute. Des regards insistants et interrogatifs se posaient sur elle, mais très rapidement ils s'en détachaient, comprenant qu'elle n'avait rien d'une cliente potentielle.

Sa valise en peau de zèbre à la main, elle erra un certain temps sur le trottoir. Les gens s'écartaient à son passage ou se plaquaient contre des palissades couvertes d'affiches annonçant des concerts de reggae ou de punk rock.

Elle déboucha sur l'avenue du Maine, couvée par la lumière de ses lampadaires et animée par un flot incessant de voitures, jaillissant du tunnel creusé sous la Tour Montparnasse. Mama Béa se demanda comment s'y retrouver sur cette terre brûlée. Elle n'avait aucun numéro de téléphone et la seule indication qu'elle possédait était le nom du café, en face duquel se trouvait l'immeuble de son rendez-vous.

Elle décida de retourner dans la rue de l'Ouest et fouilla, du regard, tous les recoins, les ruelles et les impasses. Aussi loin qu'elle pouvait voir, rien n'indiquait la présence d'un débit de boisson. La fatigue du voyage se faisait sentir et cette situation l'agaçait au plus haut point, quand tout au bout d'une ruelle adjacente, elle remarqua la faible lueur jaunâtre d'un néon luisant sur les pavés. Elle décida de tenter sa chance dans cette direction. Plus elle s'approchait de cette lumière poisseuse, plus elle était convaincue qu'il s'agissait d'un café. Quand elle vit l'enseigne surplombant la devanture éclairée, elle sourit de soulagement.

"Les Gazelles", telles étaient le nom de l'établissement et celui-ci ne rivalisait en rien avec le Nile Hôtel de Kampala. Sa vitrine ressemblait aux cahutes des putes du quartier rouge d'Amsterdam, elle exposait sans ambages, ni pudeur, sa clientèle morose. Le comptoir était soutenu par quelques blousons noirs et Teddy Boys, qui à tour de rôle affrontaient un Gottlieb usé et insensible au tilt. Aux tables de la petite salle sur la droite, quelques vieux Arabes tuaient le temps en buvant de la 1664 et en fumant du tabac brun. Ils ne parlaient pas, ou très peu, la fatigue se lisait sur leurs visages éteints. Le regard cloué sur un abîme sans fond, ils erraient en d'autres cieux, d'autres contrées plus chaleureuses, le bled qu'ils avaient quitté par la force des choses et où leurs femmes attendaient un éventuel regroupement familial.

Mama Béa tourna le dos à cette scène de théâtre dégueulasse. La lumière du bar découpa l'ombre de sa silhouette, pourtant menue, et la projeta longue et filiforme sur les pavés cabossés. Elle jeta un regard au fond de la ruelle, le ballet incessant des dealers allait bon train. La soirée débutait et comme chaque nuit, la représentation se prolongerait jusqu'à l'aube. Ici, les fourmis étaient toutes des danseuses étoiles, mais elles n'espéraient pas de fleurs après la représentation, ni de glorifications pompeuses dans la loge…

La vierge noire remarqua une porte dérobée dans un mur qui cernait une cour arborée, d'où des ombres furtives allaient et venaient par petites grappes disparates. Elle comprit qu'elle était arrivée à destination, et valise zébrée à la main, se dirigea vers la petite entrée discrète. Plus d'une femme ne se serait jamais aventurée dans ces ruelles glauques et malfamées, mais Mama Béa se sentait dans son élément ou, plus précisément, ne craignait rien, ni personne sur cette terre.

Elle hâta le pas, comme un cheval sentant l'écurie proche. Les branches d'un marronnier reposaient sur le mur et déversaient ses feuilles automnales sur le trottoir délabré. À hauteur de visage, un artiste aérosol avait laissé traces de son passage. *"Le con d'Astride est velouté comme un Danone"* clamait-il haut et fort, d'une écriture chahutée et hilare. Un autre petit malin avait complété le tableau en dessinant une verge ailée, lestée de deux gros testicules.

Mama Béa ignora l'inscription et s'engouffra dans l'obscure ouverture. Derrière le mur, la vie grouillait de toute part et contrastait terriblement avec la ruelle désertique qu'elle venait de quitter. Des jeunes noirs discutaient par petit groupe et hélaient les gens qui passaient, de jeunes blancs pour la plupart. La cour était en friche, parsemée de détritus et de bouteilles de bière vides. Ce qui était autrefois, un petit jardin de ville soigné et entretenu, s'était métamorphosé en une jungle sordide, puant la crasse et la pisse de chat. Au fond, la lumière d'une cage d'escalier éclairait fébrilement ce havre de misère et aimantait les nouveaux arrivants. D'ailleurs, les discussions y allaient bon train. Des rastas coiffés de bonnets en laine, aux couleurs éthiopiennes, barraient le passage et interdisaient l'entrée de l'immeuble à tous les étrangers. Certains jeunes blancs les ignoraient et jouaient aux habitués des lieux en donnant l'étage et le nom d'un occupant qui les attendait. Malgré cela, les rastafaris continuaient leur cinéma en parlant avec force, mais sans grande conviction et les jeunes blancs finissaient toujours par monter dans les étages. À vrai dire, les dealers du rez-de-chaussée profitaient de la manne de clients attirés par les revendeurs, confortablement installés dans les étages, pour écouler leur propre marchandise. Ils jouaient la carte de l'intimidation auprès des arrivants, mais beaucoup connaissaient leur manège et passaient outre.

Quand Mama Béa se présenta devant les cerbères, ceux-ci l'ignorèrent, à peine si elle existait à leurs yeux. Si sa peau avait été blanche, peut-être auraient-ils tenté de lui vendre quelque chose. Mais là, une petite vieille avec une valise en peau de zèbre, franchement, ça ne les intéressait pas.

Elle se faufila entre les adeptes de Zion sans leur adresser un mot, ni un regard. Les escaliers menant aux étages se situaient au fond du hall d'entrée, tout aussi dévasté que la courette. Une batterie de boîtes aux lettres décaties lui fit une haie d'honneur chancelante. Les portes y pendaient ou avaient été arrachées, dévoilant des monceaux de prospectus d'un autre âge.

— Cinq étages, se dit-elle mentalement, comme pour se donner
   du courage.

L'ascension promettait d'être périlleuse et sa valise, certes d'un poids léger, l'encombrait. La rambarde, lorsque celle-ci subsistait, branlait de gauche à droite et n'inspirait aucune confiance. Elle remarqua également que certaines marches manquaient, ce qui augmenta sa crainte de faire un faux pas. Péniblement elle gravit jusqu'au premier entresol, dont une fenêtre murée à la va-vite, puis défoncée à la barre à mine, s'ouvrait sur un clair de lune lugubre. Elle y fit un arrêt et déposa sa valise. Ça sentait mauvais, des odeurs de cuisine douteuse emplissaient la cage d'escalier et se mêlaient aux remugles de transpiration humaine. Elle souffla et retira ses lunettes afin de s'éponger le visage sur le revers de sa veste de smoking Yves Saint-Laurent. Plus haut, elle entendait les mêmes braillements qu'au rez-de-chaussée et les mêmes blancs qui répondaient par le prénom d'une connaissance, sésame pour un étage supplémentaire.

Mama Béa atteignit tant bien que mal le cinquième étage, sans que personne s'inquiétât de sa présence en ce lieu sordide. Un grand Noir, aux dents blanches comme de l'aspirine et au sourire large comme le cœur de l'Abbé Pierre, s'était tout de même proposé de l'aider à porter son bagage en peau de zèbre. Celle-ci avait décliné la proposition d'un regard acide qui coupa court aux désirs de galan-terie gérontologue du jeune bellâtre. L'entreprenant avait fermé ses grosses lèvres sur son sourire effervescent et lui avait tourné le dos sans demander son reste. La vieille lui avait fait peur, une peur froide et sanguinaire.

Dans ce cloaque, elle ne discernait rien, mais lorsqu'elle constata qu'elle ne pouvait aller plus haut, à moins de visiter les toits et de s'offrir une vue panoramique sur Paris, elle en déduisit qu'elle avait atteint le dernier étage. Sur sa gauche, au bout d'un long couloir sombre, un filet de lumière émanait d'une porte entrebâillée. Elle la rejoignit et tapota du dos de son index replié, sur le panneau de bois. Aucune réponse, seul le rythme envoûtant d'un groupe de reg-gae mit en sourdine sur un électrophone, lui parvint. À contrecœur, elle décida de pousser la porte et de s'introduire dans la pièce sans invitation. Le battant pivota et s'ouvrit sur une mansarde. Elle ne vit aucune présence humaine, seul un vinyle sur une platine tour-nait et crachait sa musique syncopée. Les fenêtres étaient ouvertes et baillaient sur un mur de parpaing où les jointures du mortier dégoulinaient, figées pour l'éternité par la pose grossière d'un ma-çon pressé. De par et d'autre de la chambre trônaient deux canapés défoncés, couverts pour l'un d'un drapeau éthiopien et pour l'autre d'une couverture grise de l'armée.

— Rien de bien folichon, pensa-t-elle, même les pauvres n'en voudraient pas de ce taudis.

Une planche de stratifié blanc posée sur deux casiers à bouteilles retournés faisait office de table basse. Sur celle-ci régnait en maître, un cendrier dégueulant de mégots avec filtres cartonnés, des bouteilles de Pelforth brune éclusées et des assiettes couvertes de sauce tomate moisissant. Mama Béa s'approcha du tourne-disque et s'agenouilla pour ramasser la pochette du vinyle, dont la face arrivait à sa fin.

— *"The Gladiators"*, quel drôle de nom pour un groupe de musique, se dit-elle.

Elle observa le bras de l'électrophone se lever automatiquement et quitter les sillons chauds de la galette, pour aller se loger délicatement sur son reposoir.

Des bruits de pas, puis des rires parvinrent de derrière une porte que Mama Béa n'avait pas remarquée en entrant. Elle se tourna et lui fit face, tenant toujours fermement sa valise en peau de zèbre au bout de son bras droit. Puis elle reconnut la voix d'Alfredo Sibuana. La porte s'ouvrit et dans l'entrebâillement, il lui apparut nu comme un ver.

Son sourire de conquérant se figea lorsqu'il remarqua la vieille femme, mais sa nudité ne déclencha chez lui aucune pudeur. Bien au contraire, il trouva la situation cocasse. Il écarta les bras en signe de bienvenue et s'approcha de Mama Béa pour l'enlacer. Celle-ci recula et mit ainsi un terme à ces familiarités, n'était-il pas son subalterne ?

La Vierge Noire le défia du regard, mais cacha l'embarras que sa tenue d'Adam occasionnait. Alfredo était grand, maigre et, malgré sa jeunesse, il avait le dos voûté comme un légume qui aurait grandi trop vite ; en somme il ressemblait à Joey Ramone en version noire. Derrière lui, deux femmes à la peau d'ébène se prélassaient sur un matelas à même le sol. Entre elles, la place vide d'Alfredo attendait son retour. En voyant la visiteuse, elles n'eurent aucun geste pour cacher leurs corps. L'une d'entre elles était adossée au mur et roulait un joint sur la couverture d'un *"Métal Hurlant"* qui tenait en équilibre sur ses genoux. Sa position laissait entrevoir son sexe rasé de près, légèrement entrouvert et luisant. Mama Béa fit quelques pas vers le canapé aux couleurs de l'Éthiopie, y déposa sa valise puis revint vers Alfredo.

Désormais, celui-ci riait jaune, l'apparition de son chef avait tout d'abord été une surprise et pour cacher son embarras, il avait joué au fier-à-bras. Dès lors, il saisissait le ridicule de la situation et le mutisme de la vieille augmentait sa gêne. Mama Béa s'approcha de lui, lentement, à petits pas. Alfredo serra les jambes et posa une main sur son sexe afin de le soustraire à sa vue. Mais une main ne suffisait pas, d'ailleurs les deux non plus, tant la bête était longue. Il se précipita dans sa chambre et enfila son pantalon. Au passage, il prit le drap qui traînait au sol et le balança sur les deux princesses dénudées. Sous la bourrasque provoquée, l'herbe s'envola et se répandit sur le ventre de la rouleuse de joint. Celle-ci voulut jurer, mais se retint devant le regard affolé de son étalon.

Alfredo revint dans la pièce principale, ferma la porte derrière lui et se planta devant Mama Béa en remontant la fermeture Éclair de son pantalon. Dans la précipitation, il se coinça un pli de peau sacrée, ce qui lui fit un mal de chien, mais il contint sa douleur entre ses dents. La Vierge Noire regarda son sous-fifre se débattre avec sa verge enrayée dans le zip de son jean's et d'une voix monocorde lui demanda :

— La Maserati du Général est prête?

Chapitre 3

Dans un bruit de tonnerre assourdissant, l'Honda 500 four au réservoir bicolore, vert émeraude et noir, se gara devant le cinéma *"Le Royal"*. La conductrice portait une robe bleu marine à imprimé cachemire et ses longues jambes se perdaient à leurs extrémités dans de vétustes Repetto. Sa peau blanche n'avait pas vu le soleil cet été et ne le verrait certainement pas avant l'année prochaine. L'automne, bien avancé déjà, promettait encore de belles journées, mais plus suffisamment chaudes pour s'y prélasser et y parfaire son bronzage. La conductrice avait également endossé sur ses épaules une veste en jean's de marque Levi's, délavée à souhait, usée et trouée au niveau d'un coude. Dans son dos, un écusson brodé à l'effigie de Betty Boop éveillait les sens de tout mâle en possession d'une libido active. L'icône *"cartoonesque"* était représentée nue comme Adam et Ève avant la venue du Serpent. Elle se cambrait légèrement de trois quarts, façon Marilyne Monroe tenant sa jupe sur une grille d'égout dans *"Sept ans de réflexion"*. Elle cachait d'une main sa poitrine appétissante et de l'autre le fruit défendu qui se lovait au bas de son ventre, le tout saupoudré d'un sourire aguicheur en forme de *"O"*.

La conductrice mit pied à terre, puis lança encore une fois la poignée des gaz en un ultime râle mécanique et coupa le moteur. Elle délogea la béquille du talon, y fit basculer le poids du monstre rugissant et descendit ensuite de sa monture tout en desserrant la sangle de sa jugulaire. Son casque intégral ôté, sa chevelure aux reflets de châtaigne se libéra. Elle y plongea sa fine main, les ébouriffa et ses cheveux reprirent leurs places sur ses épaules, masquant à demi le buste de la pin-up Betty Boop. D'un geste vif, elle saisit les clés de contact, puis les jeta négligemment à l'intérieur de son casque qu'elle avait retourné sous son bras. Le parking du cinéma était vide, la séance ne débutait que dans quelques heures, rien ne pressait, elle était dans les temps.

La silhouette de la jeune femme ondula sur le gravier, puis elle gravit les quelques marches qui précédaient les portes vitrées de l'entrée. Elle fouilla dans sa musette, un modèle de l'armée, râpée comme la dignité d'un vétéran du Vietnam et en sortit un trousseau de clés. La première qui se présenta fut la bonne et elle ouvrit les portes du cinéma. Tout en actionnant la serrure, elle tourna son regard bleu, piqué de taches de rousseur, de l'autre côté de la route, là où s'érigeait le monument aux morts à la gloire des défenseurs de la patrie, tombés aux champs d'honneur.

Comme tous les samedis depuis un certain temps déjà, elle aperçut cet étrange personnage assis sur le banc de pierre qui longeait le mémorial. Elle sentait bien que son regard était accroché à elle, mais elle hésitait sur ses intentions. Du perron du cinéma, elle ne discernait pas très bien son visage et elle ne savait que penser de lui. Ses sentiments oscillaient entre une misérable pitié et un profond dégoût.

Le pauvre bougre avait les cheveux hirsutes et la barbe du Christ sur la croix. Il était toujours vêtu du même pantalon de survêtement bleu, à rayures blanches sur le côté, et d'un tee-shirt aux couleurs de l'équipe de foot de Saint-Étienne. Tous les samedis, il s'asseyait là, le regard vague, engoncé dans ses guenilles.

Elle s'était renseignée à son sujet : il habitait dans une caravane à la sortie du village, avec un autre pauvre hère à son image. Son enquête avait tourné court car personne ne savait d'où il venait, ni comment il avait atterri dans cet endroit. Toutefois aujourd'hui, elle remarqua que quelque chose avait changé dans son apparence. Sa main reposait, ouverte au ciel, sur son genou cagneux, l'index emballé dans un pansement douteux.

— Quelle misère, songea-t-elle avec compassion!

Louise, ex-membre du gang de pirates de la route que toute la presse, à l'époque, avait sauvagement baptisé *"Les folles de la Nationale 4"*, sous-estimait le vagabond qui l'épiait. Si elle s'était attardée un peu plus sur son cas, elle aurait reconnu Clod Bensoussan, le frère de celui qu'elle avait abattu pour se libérer du poids d'une vengeance insupportable (*). (* Voir Les folles de la Nationale 4.)

Cet étrange épouvantail dépenaillé, qui siégeait en roi au monument aux morts, ne lui voulait pas du bien. Au contraire, si elle avait perçu la haine bouillonnante qui l'habitait, jamais elle ne l'aurait laissée s'approcher. Mais voilà, Clod Bensoussan avait perdu de sa superbe, il ressemblait désormais à un moins que rien…

*

Louise pénétra dans le hall du cinéma et laissa derrière elle la momie aux morts. Son travail consistait à préparer la séance de vingt heures trente, vérifier la propreté de la salle, compter la caisse et s'assurer qu'elle disposait de suffisamment de ferraille pour rendre la monnaie sur les billets d'entrée. Déjà en arrivant, elle avait pu constater que les photos du film projeté ce soir avaient été accrochées dans les vitrines extérieures. Un Bruce Lee, *"Opération Dra-*

gon", les mômes allaient être contents. Le petit Chinois attirait les foules, tout comme les Charlots qui cartonnaient aussi avec leurs séries des *"Bidasses"*. Les films n'étaient pas récents, mais Louise ne s'occupait pas de la programmation et cela la soulageait. L'art cinématographique ne l'intéressait pas.

Comme toute entreprise à vocation commerciale, *"Le Royal"* répondait aux envies de son public, principalement les jeunes de la vallée, et ceux-ci désiraient avant tout voir des films d'action. Depuis quelques années déjà, la télévision, sa petite sœur sans cœur, lui avait volé la vedette, les anciens préféraient maintenant rester chez eux devant le petit écran. La communion du samedi soir, devant les grands films hollywoodiens, était un temps révolu et les finances du cinéma en subissaient le contrecoup. Parfois, la direction se plaignait et présageait que la salle ne passerait pas la fin de l'année. Comme les autres cinémas de la vallée, annonçait-elle, *"Le Royal"* serait le prochain sur la liste des fermetures annoncées et ce n'était pas la programmation de films pornographiques, en seconde partie de soirée, qui sauverait l'entreprise. D'ailleurs, les propriétaires ne voulaient toujours pas en entendre parler.

Par dépit, *"Le Royal"* diffusait donc des films de seconde zone, mais qui trouvaient son public auprès des jeunes. Ici, pas d'obsession de la culture nombriliste, ni de l'élévation des consciences, l'équilibre comptable en dépendait. L'amusement, comme opium du peuple et Bruce Lee, miaulant comme une chatte en chaleur avant de briser la nuque du méchant, plaisait à la jeunesse, alors il fallait leur en servir jusqu'à satiété.

Louise avait accepté ce poste, non pas pour l'argent, son ancienne vie de pirate de la route l'avait mise à l'abri des tracasseries du besoin, mais pour se fondre dans la masse. Se faire oublier, se muer en couleur grise et devenir anodine, telle était son ambition. La police la recherchait encore et même si, celle-ci avait très peu de chance de lui mettre la main au collet, elle se devait de prendre quelques précautions. Selon elle la meilleure façon de disparaître était encore de se montrer, de s'intégrer à la communauté et donc de travailler. Cependant, Louise ne croyait pas en l'émancipation de l'homme par le labeur. Dans son esprit, tout cela n'était que le miroir aux alouettes d'un système bien huilé où certains daignaient partager les miettes d'un gâteau, dont la part du lion croupissait déjà dans leurs coffres. Non, Louise ne prenait aucun plaisir à trimer, mais les horaires d'exploitante de salle de cinéma lui convenaient parfaitement ; quelques heures le samedi soir, autant le dimanche après-midi et de temps à autre une journée dans la semaine, lorsqu'une classe élémentaire d'un village des alentours réservait la salle. Elle n'allait pas se plaindre.

*

La petite Jeannette avait à peine dix-sept ans, elle avait été recommandée à Monsieur Janel, le chef du personnel de l'usine Steinheil, par son père qui travaillait à l'imprimerie. Elle était intimidée. C'était la première fois qu'elle postulait à un emploi et, CAP fraîchement acquis, elle avait profité de la bonne réputation de son père, pour obtenir ce rendez-vous.

À son arrivée, l'hôtesse d'accueil l'avait fait patienter, puis elle lui avait demandé de la suivre. Elles avaient monté un grand escalier, et les jambes flageolantes, Jeannette avait été introduite dans le bureau du chef du personnel. Celui-ci l'avait à peine regardé et avait fait signe à son accompagnatrice de les laisser seuls. Il avait ensuite continué la lecture d'une lettre, comme si elle n'existait pas, comme si elle était transparente, insignifiante…

Intimidée, la jeune Jeannette resta sur le pas de la porte, ne sachant pas quelle attitude adopter. Son regard balaya le bureau, des stores à lamelles légèrement entrouvertes couvraient les vitres qui donnaient sur un plateau où d'autres femmes tapaient sereinement sur le clavier de leur machine à écrire. Il régnait un silence laborieux, rythmé par les touches et les allers-retours des chariots. Le bureau était surchauffé, elle se sentait suffoquer, à moins que ce ne fût sa gêne qui lui procurait de telles bouffées de chaleur ? Monsieur Janel semblait à son aise.

Le chef du personnel la détailla de pied en cap. Quel âge avait-elle ? Elle avait encore un visage de poupon, un peu disgracieux, mais sa bouche était charnue, désirable… Dommage qu'elle soit si mal fagotée. Pourquoi les jeunes femmes de cette génération portaient-elles des pantalons ? Franchement ça ne les avantageait pas, la toile usée moulait les formes, parfois disgracieuses, de leur anatomie, même les plus intimes. Dès son arrivée, il avait remarqué son entrejambe et la couture du jean's qui scindait son sexe en deux parties rebondies. Il prit un ton mielleux :

— Asseyez-vous, lui dit-il en désignant la chaise devant son bureau.

La jeune femme bredouilla quelques mots inaudibles et s'assit. Elle croisa les jambes, son visage s'empourpra, elle se sentait mal à l'aise. Le chef du personnel remarqua sa gêne et s'en amusa. Il aimait jouir de la crainte qu'il suscitait chez les autres. Était-elle encore vierge ? Non, de nos jours, elles avaient des aventures très jeunes et étaient bien moins farouches que de son temps.

— Mettez-vous à l'aise Mademoiselle, lui intima-t-il.

Puis, il se leva et lui tourna le dos.

— Quel âge avez-vous ?

La jeune femme déboutonna son gilet de laine et observa Monsieur Janel s'affairant à tourner les lamelles des stores. La lumière faiblit légèrement et la vue sur le plateau disparut. Que faisait-il ? Une onde de panique traversa son corps, elle se raidit.

Le chef du personnel lui fit face :

— Il fait chaud n'est-ce pas ?

Jeannette n'osa pas le regarder, elle baissa les yeux et replia sur elle les pans de son gilet.

Monsieur Janel ne retourna pas s'asseoir, il la contourna et se plaça dans son dos. Elle sentait sa présence toute proche, seul le dosseret de la chaise les séparait.

— Tu voudrais travailler ici ? lui demanda-t-il.

Il la tutoyait maintenant, Jeannette le remarqua.

— Tu sais parfois, il faut rester tard le soir. J'ai beaucoup à faire la journée, et bien souvent, je suis obligé de travailler jusqu'à pas d'heure pour terminer mes dossiers, poursuivit-il.

Jeannette sentit ses mains se poser sur ses épaules, elles étaient brûlantes…

— J'ai besoin de quelqu'un de disponible, tu comprends ? Ici, elles ont toutes des enfants ou un mari à s'occuper. Toi ? Tu n'es pas mariée ?

La jeune femme ne répondit pas, elle aurait voulu crier, se lever et quitter ce bureau en claquant la porte. Mais du travail, où en trouver après ça ? Et son père, comment lui expliquer ? Il ne la croirait pas. Comme d'habitude, il la traiterait de délurée, de bonne à rien.

— N'ai pas peur, je ne te veux aucun mal, osa-t-il lui dire, je suis là pour te protéger et si tu travailles bien, tu auras rapidement de l'avancement. Je sais reconnaître celles qui sont dévouées à leur travail.

La voix du chef du personnel devint mielleuse, sa main gauche s'aventura dans le cou de la jeune fille, un doigt s'enroula autour d'une mèche de cheveux. Il aurait aimé fouiner encore un peu plus, descendre sur sa gorge, s'insinuer sous son chemisier, lui saisir un sein, mais il se retint. Il avait tout son temps, cette petite serait une proie facile, il ne fallait pas précipiter les choses.

— C'est bien, tu es une gentille fille, lui souffla-t-il à l'oreille...

À cet instant, la porte de son bureau s'ouvrit sans sommation. Dans l'entrebâillement de la porte, sa secrétaire attitrée feignit de ne rien voir. Elle joua la carte de l'étonnement :

— Oh! Excusez-moi, je pensais que vous étiez en rendez-vous extérieur. Je venais simplement déposer sur votre bureau les dossiers de l'Urssaf, prétexta-t-elle en lançant un clin d'œil discret à la jeune Jeannette.

— Ce n'est pas grave ma petite Laurence, ce n'est pas grave, d'ailleurs nous avons fini notre entretien, je m'apprêtais à saluer Mademoiselle.

Il lança un regard à la jeune fille, son œil brillait et en maître, il lui esquissa un sourire enjoué.

Jeannette se leva de son siège. Elle lui tendit sa main, tremblante et désemparée, sans oser le regarder.

— Vous ferez le nécessaire, lança-t-il à sa secrétaire en relevant les stores, je pense que Mademoiselle fera parfaitement l'affaire.

Les deux femmes quittèrent le bureau.

Cette petite, malgré son côté mal dégrossi, avait quelque chose d'attirant, à n'en pas douter l'affaire était entendue, pensa-t-il. Ce n'était pas parce que cette grue de Laurence les avait surpris qu'il renoncerait à son droit de cuissage.

Assis à son bureau, il eut du mal à se remettre au travail. Certes, la jeune femme l'avait émoustillé, mais le doute vint envahir ses pensées. Ne devrait-il pas refréner ses ardeurs? Celles-ci pouvaient être un obstacle à sa réussite au sein de l'entreprise. Il s'était déjà fait piéger par cette gourde de Laurence, sa secrétaire. Elle le tenait, il était bras et poing liés, sinon elle ne se serait jamais permis de jouer cette comédie et de pénétrer dans son bureau sans frapper. Il gardait de cette soirée un souvenir étrange, mêlé de crainte et de jouissance...

À l'époque, Laurence travaillait comme serveuse dans un hôtel au col du Donon. Il recherchait une assistante. Sa femme et son fils étaient partis passer les vacances de la Toussaint au lac de Côme. Il se sentait libre comme l'air, la pensée de retrouver durant quelques jours sa vie de célibataire avait ravivé sa fièvre libidineuse ; quoique chez lui, raviver eût été un terme peu approprié.

Donc un soir qu'il dînait au restaurant de l'hôtel et qu'il était passablement éméché, il avait entrepris Laurence. Il lui avait fait miroiter le poste de secrétaire, sous-entendant qu'une femme comme elle perdait son temps à faire la boniche. Elle avait succombé à ses belles promesses et, à la fin de son service, l'invita à boire un verre à son domicile.

Le sexe était le talon d'Achille de Monsieur Janel, il le savait et ne s'était jamais voilé la face à ce sujet. Il ne pouvait pas refréner ses besoins et tel un lapin de garenne, il entreprenait tout ce qui bougeait. Au domicile de la jeune femme, celle-ci l'avait déshabillé, puis poussé sur son lit, les chevilles entravées par son pantalon baissé. Il s'était senti comme un idiot de collégien se faisant dépuceler par son professeur de français. Elle l'avait enjambé, non sans au préalable avoir retroussé sa jupe sur ses reins, puis elle l'avait chevauché comme personne ne l'avait fait auparavant. Au moment de jouir, il avait râlé et fut ébloui par les éclairs d'un orgasme trop grand pour lui.

Mais ce n'était pas les lumières d'une jouissance jusqu'alors méconnue, qui l'avait aveuglé ainsi. Un sale type, au regard d'acier, avait fait irruption dans la chambre et l'avait mitraillé avec un Leica. L'objectif béant immortalisa sa tronche jouisseuse sur la gélatine ultrasensible d'une pellicule 400 ASA. Il n'eut point besoin d'explication. Il saisit immédiatement qu'il était fait comme un rat, d'autant plus qu'il émanait chez l'intrus, une froide méchanceté. Il n'avait pas osé demander son reste et bien malgré lui, il avait embauché Laurence comme secrétaire à son service.

Durant de longues semaines, le chef du personnel s'était maudit. Comment un homme tel que lui avait-il pu se faire avoir de la sorte ? Le complice de Laurence, le photographe indécent, le tenait à sa merci et refusait de lui rendre les négatifs, prétextant qu'un jour ou l'autre, il saurait lui être redevable. Dès lors, Monsieur Janel attendait ce jour fatidique et le souvenir de cette soirée, gravée à jamais dans sa mémoire, ne le quittait plus. Question bagatelle, il était sérieusement refroidi et avait décidé de se tenir à carreau, même si de temps à autre, comme tout à l'heure avec cette jeune godiche, ses instincts reprenaient le dessus.

Chapitre 4

La Spezia, arsenal naval de la Ligurie en Italie du Nord, plus précisément Riomaggiore dans les Cinque Terre.

Joseph Hosana, garde du corps de profession, cachait son regard derrière une paire de lunettes de soleil aux reflets bleutés. Il aurait aimé voir venir l'hiver plus tôt et balayer par la même occasion tout le cinéma estival de cette fin de saison. Il campait, droit comme un *"I"* capital, sur le pont en acajou d'un yacht de luxe. La mâchoire serrée et les prunelles plissées, il maudissait le fils de bonne famille dont il assurait la protection ; il lui aurait volontiers rabaissé son caquet de petit prétentieux.

Depuis hier au soir, le bateau était amarré dans le port de Riomaggiore, un peu à l'écart du front de mer pour ne pas subir les assauts des touristes en goguette, mais suffisamment proche pour que tout le monde puisse admirer les fastes du jeune nabab fat. Ce petit con avait décidé de faire une croisière en Méditerranée avec sa fiancée du moment, une petite dinde napolitaine. Le père du jeune homme avait fait appel aux services de Joseph afin qu'il endossât le rôle d'ange gardien pour toute la période des beaux jours. Il le chaperonnait donc depuis le début de l'été et prenait son mal en patience tant le jeune coq l'agaçait.

La croisière avait commencé à Naples, puis après une escapade dans la mer Tyrrhénienne et les îles Éoliennes, ils remontaient gentiment vers le nord, en suivant la côte italienne. Joseph avait hâte d'arriver à Saint-Tropez, ultime étape de ce périple pour enfant gâté.

Ce soir, Ralph le fils à papa en question, recevait des amis, tous issus de la même caste dorée. Des enfants de bonne famille, privilégiés et insouciants, qui découvraient la vie et ses tumultes, principalement des Parisiens, mais aussi des Luxembourgeois, des Allemands et des Arabes, qu'il était de bon ton de fréquenter depuis le choc pétrolier de 1973. Toute cette jeunesse argentée se côtoyait de yachts rutilants en villas d'exceptions, de boîtes à la mode en raouts familiaux et se soûlait au champagne sans aucune pudeur. Joseph ne crachait pas dans la soupe, son métier l'obligeait à fréquenter les fortunés de ce monde et la plupart du temps, il en prenait son parti, mais le Ralph l'exaspérait. Il avait une tête à claques, il ne l'aimait pas.

Les Cinque Terre se composaient de cinq villages encaissés dans des criques, difficilement accessibles en voiture. Fort heureusement pour les touristes et les autochtones qui profitaient largement de cette manne financière, un train au départ de La Spezia facilitait l'accès et déversait en haute saison son lot de bétail suceur de glace. Toute cette faune, villageois génois et aventurier Michelin se supportait mutuellement d'un accord tacite et reconductible d'année en année. Contrairement à la cigale, les gens du cru engrangeaient encore et encore, espérant sournoisement l'arrivée hâtive de l'hiver. Saison, où ils pourraient enfin danser de tout leur soûl, sans être obligés de supporter cette populace en admiration devant la mer qui les avait vus naître et qui les indifférait.

Question danse et déhanchement à tout va, la petite fiesta du Ralph ne faisait que commencer et la plupart des invités étaient déjà largement imbibés. Ils braillaient sur du Rod Stewart, qui de son côté se demandait s'il était sexy. Il était loin le temps des Faces, des amphétamines et du rock hargneux ; la petite frappe Mod, sapée comme un prince, le visage crispé en une morgue provocatrice, s'était métamorphosée en diva peroxydée pour les boîtes de nuit de la Costa del Sol. Bref, sur l'acajou lustré du pont, la jeunesse insouciante buvait au goulot du Moët & Chandon, comme de vulgaires supporters de foot s'enivraient à la bière les soirs de rencontre. Elle entonnait à l'unisson le refrain de *"Da Ya Think I'm Sexy?"* en tendant l'index au ciel, singeant John Travolta lors de la *"Fièvre du samedi soir"*.

Joseph haussa les épaules et descendit sur le quai fumer une cigarette. Il rejoignit Manolo, le skippeur du bateau, qui, les soirs de réception, était de faction à l'abord de la passerelle en uniforme d'apparat. Il triait les invités sur le volet et empêchait les pique-assiettes de s'introduire sur le bateau sans y être autorisés. Sa présence sur le quai donnait un certain cachet à la petite sauterie organisée par Ralph. Elle distrayait les touristes qui s'asseyaient sur un banc, face à lui, et observaient comme s'ils étaient au théâtre, le ramdam mondain, déployé sous leurs yeux éberlués. Manolo n'était pas un vieux briscard, ni un vieux loup des mers taciturne et râleur, mais un habitué de ces croisières pour milliardaire. Pour parfaire son personnage, il avait adopté le snobisme distant des larbins anglais et lorsqu'on lui adressait la parole, il levait toujours les yeux au ciel comme si sa sérénissime altesse avait été choquée. Plus rien ne l'étonnait dans ce bas monde, pas même la présence d'un garde du corps à bord d'une croisière pour enfants gâtés.

Joseph descendit la passerelle en s'accrochant fermement aux cordages et se plaça à côté du skippeur sans lui adresser la parole. Il osa un regard sur le pont arrière, histoire de vérifier que la fiesta de Monsieur Ralph se déroulait correctement et sortit son paquet de Camel sans filtre. Il en profita pour défaire le premier bouton de sa chemise et desserrer le nœud papillon qu'il devait arborer lors des réceptions. En ce début de soirée, la chaleur était écrasante, elle le calfeutrait dans son complet de réception, qu'il comparait à une étuve inconfortable, un hammam asphyxiant.

— Alors Manolo, como esta ? demanda-t-il au cerbère à visière, histoire d'engager la conversation.

Celui-ci le regarda en soulevant ses sourcils, pour un peu que ces paroles aient sali son auguste oreille, et ne daigna pas lui répondre. Joseph s'éloigna sur le quai et fit quelques pas en avalant délicieusement la fumée de sa cigarette.

Un peu plus loin, les terrasses des cafés et des restaurants ne désemplissaient pas. En Italie, les gens mangeaient tard et les apéritifs traînaient en longueur. Derrière ses lunettes de soleil, Joseph observait les vacanciers qui se gavaient de cacahuètes et d'olives juteuses en buvant du Campari orange. Il les envia. Il aurait aimé passer des moments simples avec des gens sans histoires. Lui était souvent seul, toujours en déplacement, la solitude était sa chienne de maîtresse et il la baisait plus que de raison. Un jour viendra, se disait-il, mais ce jour tardait à se lever et parfois le vague à l'âme squattait son être.

Ce soir en particulier, il aurait aimé se trouver auprès de Louise, dans sa petite maison au bord du lac, échanger tout ce tralala superficiel, fade comme une gorgée d'eau, pour quelques secondes de vérité. Peut-être l'avait-elle oublié ? Loin des yeux, loin du cœur disait un proverbe français. Il n'avait pas reçu de nouvelles de Louise depuis son embarcation à bord de la *"Ralph croisière"*. De son côté, il ne lui en avait pas donné non plus. Que pouvait-il lui dire ?

Louise n'était pas femme à courtiser, mais à assaillir et si elle s'abandonnait, son cœur s'ouvrait. Joseph manquait d'audace, surtout quand il s'agissait de se dévoiler. Il en bavait sérieusement pour cette femme, mais à part lui, qui le savait ? Il l'avait compris avec le temps, quand il avait été trop tard ; il était déjà parti, il avait fui... Louise l'effrayait, elle semblait si sûre d'elle, autonome, inaccessible, elle était une montagne d'inconnu, brute et sauvage.

Les rires d'un groupe de touristes le sortirent de ses bleus à l'âme. Il regarda dans leur direction et découvrit que leurs visages étaient, pour certain, secoués par des rires moqueurs et pour d'autre, pétrifiés de dégoût. Joseph se détourna vers ce qui retenait leurs attentions et tomba sur le gars Ralph en pleine exhibition. Il était monté sur une table et entamait un striptease grotesque. Une blondasse, nue comme un ver, l'avait rejoint et se frottait à lui. Elle faisait tournoyer au-dessus de sa tête, ce qui ressemblait à l'étoffe de sa culotte. Elle ondulait comme un crotale hypnotiseur, ses fesses cambrées et rebondies contrebalançaient le poids de sa poitrine chavirant. Ralph dansait face à elle, les jambes écartées, simulant un coït bestial. Les autres fêtards les acclamaient, riaient et les encourageaient comme des mômes autour d'une bagarre éclatée dans une cour de récréation. Ralph ôta son Ralph Lauren et imita la jeune fille, le fit tournoyer au-dessus de sa tête en se déhanchant vulgairement. Puis il le lâcha et celui-ci recouvrit la tête de Manolo qui était accouru, intrigué par les cris. Ensuite, Ralph saisit la culotte de la jeune fille et la renifla. Cela attisa la foule et les braillements augmentèrent d'un cran. La tension montait, le jeune écervelé attrapa une bouteille de champagne, qu'un de ses condisciples lui tendait. Il la secoua en obstruant de son pouce le goulot, puis il aspergea sa partenaire dénudée qui pressa ses seins l'un contre l'autre en réceptacle aux eaux bénites.

La Napolitaine, la régulière de Ralph, regardait la scène déconfite. Elle ne semblait pas souhaiter que son galant se montrât ainsi en public, mais pour ne pas passer pour un rabat-joie, elle tentait de dissimuler son sourire contrit. Ralph continua son cirque et déversa le reste de la bouteille de champagne sur la culotte de sa partenaire exhibitionniste. Il jeta la bouteille par-dessus bord qui fit plouf et disparut dans l'eau noirâtre. Puis, il tendit au ciel ses bras en une offrande christique. Le dessous de la jeune femme était froissé en boule dans la paume de sa main, il le pressa comme un fruit juteux et les bulles d'or dégoulinèrent dans sa bouche ouverte, par petits filets chahutés.

Aux terrasses des cafés, les touristes ne riaient plus de bon cœur. Au départ, le spectacle de cette jeunesse chanceuse, mais tellement grotesque, les avait amusés. Dès lors, ça virait au graveleux et les enfants avaient cessé de jouer pour s'intéresser aux outrances des adultes. Aux fenêtres des petits immeubles qui surplombaient le port, les autochtones aussi n'appréciaient guère cette débauche ostentatrice. Certains avaient pris appui sur la rambarde de leur balcon où le drapeau de la république de Gêne, une croix rouge sur un fond blanc immaculé, pendait. Ils invectivaient rageusement cette jeunesse dépravée et accompagnaient leurs paroles de gestes sans équivoques. Les mères de famille cachaient les yeux de leurs chérubins qui se débattaient et ne comprenaient pas pourquoi on les empêchait de regarder.

Non sans dépit, Joseph se devait de réagir. Il aspira une dernière bouffée de sa cigarette et la projeta d'une pichenette dans l'eau huileuse. D'un pas déterminé, il gravit la passerelle qui ondula sous son poids. Au préalable, il reboutonna le col de sa chemise et remit son nœud papillon en place. Arrivé sur le pont arrière, son premier regard fut pour la petite Napolitaine, elle pleurait et se désespérait de l'attitude de son bellâtre. La comédie n'avait que trop duré. Elle l'aperçut et le reçut comme le sauveur. Ses yeux humides l'implorèrent d'intervenir, à défaut de protéger son fiancé d'autrui, pouvait-il au moins le protéger de lui-même.

Ralph ne l'entendait pas de cette oreille, il poursuivait son show et continuait sa danse du ventre grotesque. Il se frottait sur les fesses de la décolorée, l'enlaçait de ses bras coagulés au champagne et pressait ses seins à les faire exploser. Joseph avisa la chaîne hi-fi et appuya sur le bouton *"mute"*. Le silence musical se fit, mais l'assemblée ne le remarqua pas tout de suite. Elle continuait à danser et à louer les simulacres sexuels de leurs hôtes. Puis, les moins imbibés se tournèrent vers la sono. Joseph toisait tout ce petit monde, les bras croisés, le regard bleuté par ses lunettes de soleil.

Ralph sortit enfin de son ankylose alcoolisée et cessa sa danse de Belzébuth en rut. Tel un enfant contrarié, il lâcha les nichons collants de la tentatrice blonde. Ceux-ci, libérés de leurs étreintes, rebondirent sous sa gorge en petits sauts flasques et flapis, puis apaisés, ils retrouvèrent leur arrogance coutumière.

— Eh ! Toi ! Remets le son, éructa Ralph à l'attention de Joseph. Le garde du corps resta imperturbable, il cloua son regard dans celui du jeune déchaîné. La petite Napolitaine se rapprocha de Joseph, effrayé par la violente colère de celui qu'elle considérait comme son promis. Il régnait de l'électricité dans l'air et celle-ci ne tarda pas à s'embraser. Ralph hurla :

— Putain de sale con. Tu remets la musique ou je te défonce ta sale gueule d'espainguoin !

Afin de mettre ses paroles en action, il sauta de la table qui lui servait de scène, mais sa réception fut calamiteuse et il s'étala de tout son long. La Napolitaine se précipita sur lui et s'enquit de son état, mais le jeune homme bouillait de honte, il refusa son aide d'un geste acerbe. Tant bien que mal, il se releva sur ces deux jambes vacillantes. Sans bande-son, l'ambiance de la fête était retombée et les invités ne savaient plus quelle attitude adopter. Il flottait dans l'air un silence assassin et de nombreux regards se tournèrent vers Joseph, l'empêcheur de tourner en rond.

Ralph tituba encore, mais parvint à se planter devant son garde du corps, l'orgueil piqué au vif. Il arma son poing et le lança sans beaucoup de conviction au visage de Joseph qui l'esquiva. Emporté par le poids de l'assaut manqué, Ralph continua sa course dans les bras de ses convives qui le repoussèrent vers Joseph. Malgré l'étroitesse du pont, les jeunes gars et filles se massèrent autour des deux combattants, dessinant de ce fait, les limites d'un ring invisible. Joseph, impassible derrière ses lunettes de soleil, se retenait fortement pour ne pas frapper le petit coq enivré et mettre ainsi un terme définitif aux élucubrations alcoolisées de son client. Mais voilà, il était payé pour le protéger, pas pour le castagner. Ralph réitéra ses tentatives belliqueuses. À chaque fois, ses coups assénés fendaient l'air, mais rataient sa cible et l'emportaient dans les cordes de cette arène improvisée. Plus il se débattait, plus il rageait et malgré son éthylisme avancé, il réalisait le ridicule de la situation.

Le souffle court, la sueur au front et l'œil mauvais, il fixa son garde du corps, mais cette fois quelque chose avait changé. Joseph le comprit immédiatement au sourire narquois qui se dessinait sur son visage poupon et vit l'éclair dans ses mains. Fugace et acérée, la lame d'un cran d'arrêt brillait de mille feux au bout de son bras droit. Joseph parcourut la foule qui les cernait et reconnut immédiatement celui qui avait glissé le couteau dans les mains de Ralph. Celui-ci, blême et hagard, réalisait-il l'idiotie qu'il venait de commettre? Toujours fut-il que la situation avait désormais changé. Joseph ne pouvait plus se contenter de jouer au toréador esquivant les ruades gauches d'une masse noire, il devait clore cet affrontement avant que quelqu'un ne soit blessé ou mortellement atteint.

Ralph se courba et fit quelques pas de danse, façon *"West Side Story"*. Puis, vicieuse comme l'attaque d'un scorpion, la lame du couteau fouetta l'air, trancha le silence d'un trait atone et frôla la carotide de Joseph. Souple et rapide, celui-ci se mit sur le côté, épousa la brutalité de l'assaut, enroula le bras armé et le fit pivoter dans le dos de Ralph. La lame d'acier glissa de sa main vengeresse et se planta vibrante sur le plancher d'acajou. Immobilisé, le bras bloqué dans son dos, Ralph piaffait de rage et d'impuissance. La tension, qui nappait l'air, retomba d'un dièse, suspendue au gong imminent d'une fin de round. Mais Ralph persistait, il ne voulait pas s'avouer vaincu. Il se dandinait afin de se libérer de la clé de son garde du corps.

Brutalement, Joseph lâcha prise et le fit pivoter. À peine l'enfant gâté eut-il le temps de réaliser qu'il était libre de ses mouvements que Joseph lui flanquait un aller-retour du plat de la main. Ralph sentit la brûlure grandir sur ses joues et mille étoiles envahirent son esprit. Il chaloupa, tangua de l'avant vers l'arrière, mais Joseph ne lui laissa pas le temps de reprendre ses idées. Il l'attira à lui et le traîna sur la chaise la plus proche.

Les invités s'écartèrent sur son passage et ne bronchèrent pas d'un iota. Joseph s'assit, agrippa Ralph et l'allongea sur ses genoux. Puis sans attendre, il lui baissa son short, dévoilant ainsi ses fesses blanches à l'assemblée et lui administra une raclée carabinée. La main de Joseph claqua à rythme régulier sur le postérieur du jeune prétentieux, vierge jusqu'alors de toutes punitions antérieures. Des applaudissements et des rires vinrent le soutenir. La fessée ravissait les touristes des terrasses tandis que des encouragements fusaient des fenêtres des petits immeubles qui surplombaient le port. Joseph se sentit fort et heureux, mais il réalisa très vite que les vacances étaient finies, qu'il venait de perdre son emploi.

*

Le lendemain matin, Joseph se leva discrètement. Sans faire de bruit, il décrocha sa veste qui pendait au portemanteau de sa cabine, ramassa son sac Adidas et saisit sa valise.

Hier au soir, Manolo aidé de la Napolitaine s'était occupé de Ralph. Ils avaient congédié les invités sans grandes déférences et avaient fait comprendre à Joseph, qu'il serait mieux qu'il aille faire

49

un tour afin de ne pas attiser la rancœur du jeune homme. Pour la première fois depuis le début de la croisière, Joseph avait perçu chez le vieux skippeur un sentiment de reconnaissance. Il ne lui avait rien dit, mais ses pupilles brillaient d'une joie à peine dissimulée. Tant de rancœur accumulée avait été vengée par cette fessée improvisée.

Joseph était descendu du bateau et avait rejoint la première terrasse venue. Les estivants l'avaient accueilli sourire aux lèvres, mais il les avait ignorés et personne n'avait osé l'importuner. Il avait ensuite commandé un Larios avec du coca-cola glacé, frais comme un iceberg. Il l'avait bu d'un trait, puis l'avait posé sur la petite table ronde où le serveur avait disposé un assortiment de cacahuètes, chips et câpres au vinaigre, grosses comme des pouces. Il avait hélé une seconde fois le serveur en tenant bien haut son verre vide, puis il avait cherché son paquet de Camel.

L'alcool aidant, la tension nerveuse qu'il avait accumulée sur le bateau, s'amoindrissait. Désormais, il ne pouvait plus éviter la question, qu'allait-il faire? Devait-il téléphoner au père de Ralph, lui expliquer la situation et tenter de sauver sa place? Tout cela ne servirait à rien, le mal était fait, Joseph s'était même étonné d'avoir tenu si longtemps. Ralph était un petit morveux prétentieux, il méritait toutes les baffes du monde, mais pour en arriver là, son père n'avait jamais dû être à la hauteur.

Le garçon était venu lui servir son deuxième verre de gin qu'il avait déposé sur la petite table avec une bouteille de coca. Il en avait profité pour faire un peu de ménages et débarrasser sa précédente consommation. Joseph l'avait regardé s'affairer, les idées perdues au loin et il en avait même oublié de lui demander du feu pour allumer sa cigarette qui pendait à ses lèvres. Il regardait aux tablées avoisinantes, cherchant un congénère à l'addiction tabagique, quand il entendit dans son dos, une voix familière :

— Monsieur Hosana, toujours prêt à défendre la veuve et l'or-
    phelin ?

Il l'aurait reconnu entre mille, cette grosse voix parlant le français
avec un accent africain marqué. Joseph s'était alors dressé sur son
siège et s'était retourné. Le père Wanabee, le visage décoré d'un large
sourire, l'accueillit les bras ouverts. En le voyant, le garde du corps
comprit que demain matin à l'aube, tout comme les rats en période
de peste, il quitterait le navire sans demander son reste.

Chapitre 5

La Vierge Noire rongeait son frein. Tout d'abord, elle avait mal dormi, le canapé de sieur Alfredo était une calamité. Il lui manquait quelques ressorts, mais cela n'était qu'un détail au regard de l'odeur qu'il dégageait, un conglomérat d'urine féline, de patchouli et de poussière d'une autre époque. Fort heureusement, le drapeau éthiopien, l'objet le plus récent des lieux, était à peu près propre. Elle avait pu s'y enrouler et se protéger de la saleté qui l'entourait.

Malgré la fatigue du voyage, il lui avait été difficile de s'endormir. Son esprit échafaudait des plans, évaluait des possibilités, tirait des conclusions. Sur cette mission, elle n'avait pas droit à l'erreur, comme à chaque fois d'ailleurs. N'était-ce pas pour ses réussites que le Général faisait appel à ses services?

Vers cinq heures du matin, elle avait senti un peu de fraîcheur envahir la pièce. Le bruit et les cris provenant de la cage d'escalier avaient disparu, clients et dealers s'octroyaient tout de même quelques heures de repos. Dans sa chambre, Alfredo, sollicité par ses dames, avait consenti à les satisfaire et tout était redevenu calme, serein... Mama Béa s'était enfin endormie.

Quelques poignées d'heures plus tard, elle fut réveillée par les entrechoques de la vaisselle et les préparatifs du petit-déjeuner. Les Gazelles de Monsieur Alfredo s'affairaient sur une table dans le coin le plus sombre de la mansarde. Elles étaient vêtues, ce qui étonna Mama Béa, car elle les avait classées dans la catégorie *"outrageusement impudique"*. Leurs gestes étaient parfaitement synchronisés et les tâches très bien réparties. L'une chauffait l'eau sur un réchaud bancal, l'autre préparait les bols, l'une coupait des tranches de pain, l'autre y étalait une confiture acidulée orange.

Puis, Alfredo Sibuana se leva à son tour, couvert d'un peignoir de soie noire. Un dragon cousu de fil d'or ornait son dos, mais le vêtement ne lui seyait pas, les manches mouraient à ses coudes. Mama Béa en déduisit qu'il l'avait emprunté à l'une de ses deux maîtresses et apprécia la délicatesse de son geste.

Quelques tasses de thé et de rapides ablutions plus tard, Alfredo et elle-même se retrouvèrent dans le brouhaha du métro, direction Montrouge via la Porte d'Orléans. Au terminus de la ligne 4, ils longèrent d'interminables couloirs. Mama Béa se laissait guider par Alfredo qui semblait connaître le chemin par cœur. Ils sortirent de sous terre au niveau de la station de bus, près d'un parc aux couleurs automnales.

Monsieur Sibuana était sapé comme un maquereau. Il ne pouvait s'empêcher de vêtir des chemises voyantes, criardes, échancrées sur son torse glabre jusqu'au plexus solaire. Aujourd'hui, il avait opté pour une liquette à jabot rose, virant sur le magenta, et un costume beige. Le tout était saupoudré de bijoux tape-à-l'œil en imitation or : gourmette au poignet, chevalières aux doigts et chaîne à gros maillons, suspendue à son cou transpirant. Bref, il endossait tout l'attirail du proxo des bas-fonds de Kampala.

Ils traversèrent le boulevard périphérique où la circulation en ce samedi matin était fluide. Par galanterie ou par subordination, Alfredo se proposa de porter la valise en peau de zèbre de Mama Béa. Celle-ci ne rechigna pas, bien au contraire, elle regretta simplement qu'il ne lui eût pas fait cette proposition plus tôt, lors de leur départ du squat. Mais le savoir-vivre et ce sauvage étaient un antagonisme de plus sur cette terre ; elle n'espérait aucune amélioration de sa part. Montrouge avait tous les attraits d'une banlieue populaire : des bistrots improbables dans des ruelles en culs-de-sac, des ateliers aux toits vétustes et une population fatiguée, à la gouaille typiquement parisienne. Ils remontèrent l'avenue Henri Ginoux, bifurquèrent sur l'avenue de la République et arrivèrent enfin à un garage de mécanique générale.

Ce matin, l'activité y était à son comble. Les ouvriers s'affairaient dans tous les sens et de nombreux clients attendaient patiemment un peu à l'écart. Alfredo se faufila entre les gens. Au passage, il salua un gars dans une fosse qui s'activait sur le bouchon de vidange d'une Renault 12. Puis, il fit signe à Mama Béa de le suivre et ils descendirent au sous-sol par une rampe goudronnée, étroite et sans trottoir. Une odeur de gaz d'échappement mêlée à des volutes d'essence les accueillit. Monsieur Sibuana pressa le pas et se dirigea vers le fond, s'immobilisa, puis fit face à la Vierge Noire. Lorsqu'elle le rejoignit, il souriait comme un enfant le soir de Noël. Il rayonnait, il était fier comme un paon de présenter à Mama Béa, Colonelle du State Research Bureau Ougandais, la nouvelle Maserati Merak 2000 GT du Général Idi Amin Dada.

*

Jimmy Carter, trente-neuvième Président des États-Unis d'Amérique, avait un gros cul. C'était du moins ce que pensait Valéry Giscard d'Estaing, Président de tous les Français. Avec une certaine réticence non dissimulée, celui-ci avait posé ses deux mains sur chacune des fesses de son homologue. Il n'avait d'autre solution que de pousser le gros afin qu'il se hissât sur ce putain de muret.

Giscard pensa qu'il aurait dû prévoir une échelle, mais comment l'auraient-ils apportée jusqu'ici sans se faire remarquer ? Il avait étudié longuement son plan et en était arrivé à la conclusion que l'endroit le plus discret pour pénétrer dans le parc, où résidaient les dirigeants de l'usine Steinheil, était de ce côté-ci. À cette heure de la nuit, la gare de Rothau toute proche était fermée. Ils ne seraient pas dérangés par le passage à niveau, ni les allers et venus sur la passerelle qui menait au dispensaire voisin. Cependant, c'était aussi là que le mur protecteur des nantis était le plus haut.

Jimmy Carter soufflait comme un bœuf. La graisse, dans laquelle il baignait, avait atrophié ses muscles et amoindrissait sa force physique. Le président français, handicapé par un pansement grotesque à la main gauche, s'était tout d'abord adossé au mur de l'enceinte. Les cuisses arquées, bien calées dans le sol afin de ne point glisser, il avait joint ses deux mains entre ses jambes pour faire la courte échelle au Président US. Celui-ci, raide comme un pieu eût du mal à y placer sa basket, et lorsqu'il y parvint, il élança toute la masse de son corps. Ses mains potelées agrippèrent in extremis l'arête du mur, mais il lui manquait toujours la force suffisante pour hisser son quintal de chair flasque.

Giscard d'Estaing se dégagea alors du président américain suspendu et, non sans un certain dégoût, plaqua ses mains dans les surplus adipeux de son fessier. Il poussa de toutes ses forces, des ourlets de graisse engloutirent ses doigts et enfin le gros parvint à placer, tout d'abord un coude, puis son genou sur le haut du mur.

Il s'assit enfin et chevaucha l'enceinte, une jambe pendante de chaque côté. Il soufflait fort et peinait à reprendre haleine, d'autant plus que le masque de plastique, collé sur son visage, le gênait considérablement pour respirer. Haletant, il demanda à son comparse, qui l'avait déjà rejoint :

— Putain Clod, on est obligé de se déguiser pour faire ça ?

Clod Bensoussan leva son masque à l'effigie de Valery Giscard d'Estaing et le posa sur son front. De ses yeux bleu métallique, plantés au centre de sa chevelure et de sa barbe hirsute, fusèrent des éclairs. Angel ne demanda pas son reste. Il réajusta sur son nez le visage de Jimmy Carter en polyuréthane et baissa la tête, attendant la suite des opérations.

La descente du mur se déroula plus facilement que la montée, mais toujours avec aussi peu d'élégance. Le gros Jimmy Carter se laissa choir et tomba dans un buisson où il se débattit dans un fatras de branches brisées. Il se releva difficilement, puis il glissa à nouveau sur l'herbe humide et fit une roulade, gracieuse comme un mollusque dodu échappé de sa coquille. Clod atterrit à ses côtés, les pieds joints, et lui flanqua une tape derrière les oreilles afin qu'il se concentrât davantage sur leur travail.

Ils se dissimulèrent derrière un boqueteau et restèrent aux aguets le temps que le gros retrouvât son souffle. Clod ne connaissait que très sommairement la topographie du parc. Dans sa caravane, Angel lui avait dessiné un plan, mais ses explications avaient été approximatives et peu concluantes. Il avait donc décidé de partir en repérage et c'était essentiellement pour cette raison qu'il avait monté cette opération. Ils ne passeraient pas à l'action ce soir, Clod désirait simplement se faire sa propre idée des lieux. Après cette visite en condition réelle, il réajusterait quelques détails de l'opération. Pour commencer, ils devraient se procurer une échelle ou envisager de pénétrer dans le parc par un autre endroit. Ils ne pouvaient pas se permettre une entrée en matière, telle qu'ils venaient de la vivre. En l'état, il était donc primordial de se procurer une échelle, à moins que le gros ne maigrisse subitement.

Protégés par la noirceur d'une nuit sans lune, ils se faufilèrent entre les arbres. Le parc comptait trois maisons. Deux d'entre elles possédaient un certain cachet, soubassements en pierres de taille, escaliers majestueux et pour l'une, une petite tourelle pointue, tandis que la dernière était une construction récente, d'aspect vétuste. Un chemin de goudron rouge serpentait entre les arbres centenaires, les massifs floraux et un gazon rasé de près, façon coquetterie militaire. Tout cela s'harmonisait parfaitement et il régnait en ce lieu, le Saint des Saints de la direction de l'usine Steinheil, un sentiment de sécurité cossu.

Privilégié parmi les privilégiés, le parc était réservé aux grands pontes de l'entreprise, ils y bénéficiaient d'une maison luxueuse et d'un cadre de vie magnifique. Bien entendu, dans cet Éden pour personne importante, la place tenue dans la hiérarchie sociale de l'usine reflétait la splendeur de la demeure octroyée. Au centre de cet antre de verdure travaillée, le directeur possédait la maison avec la tourelle, le sous-directeur la même, mais sans le donjon et le chef du personnel logeait dans la bâtisse la plus récente, un peu à l'écart. Clod repéra immédiatement cette dernière et fit un signe du menton à Angel pour lui demander confirmation. Celui-ci acquiesça d'un mouvement de tête. Son masque de Jimmy Carter hoquetait sur son visage en partant du haut vers le bas et se soulevait à chaque expiration comme les narines dilatées d'une jument au galop. Angel dégoulinait de transpiration sous le polyuréthane, il baignait dans une étuve, mais il se sentait protégé du regard de Clod. Il lui dissimulait ainsi la trouille qui le tenaillait.

Angel ne faisait pas preuve d'un courage exemplaire, mais pour rien au monde il n'aurait voulu le décevoir. C'était la première fois de sa vie que quelqu'un lui accordait un semblant de confiance, il n'avait pas l'intention de flancher et de tout faire capoter. Et puis, si tout se passait comme Clod l'avait prévu, il serait bientôt riche, riche comme il n'avait jamais osé le rêver, même dans ses songes les plus fous.

L'opération serait un succès, il n'en doutait pas, mais pour cela il devait maîtriser sa peur. Avec l'argent gagné, ils partiraient se payer du bon temps en Espagne, sur la Costa del Sol, à Malaga ou Torremolinos… Clod le lui avait promis.

— On va s'approcher un peu, lui souffla Giscard d'Estaing dont la peau de plastique luisait.

Ils rampèrent sur le gazon et furent à découvert, mais l'absence de lune masqua leur progression et ils atteignirent rapidement une haie de troènes qui traçait les limites d'une terrasse de grés rose. Celle-ci, éclaboussée d'une lumière tamisée, chatoyait au rythme d'une chevauchée, diffusée à la télévision.

Modeste Janel, le chef du personnel, regardait sans grand intérêt le film qui défilait devant scs yeux. Malgré l'obscurité, Clod remarqua qu'il avait l'esprit ailleurs, alors que sa femme, le visage strict et sec des protestants, vivait pleinement l'action du western. Elle sursautait à chaque détonation et son effarement sortait son mari de son hébétude.

Clod sourit devant ce tableau dégoulinant de mièvrerie condescendante. Il se souvint de la fois où il l'avait piégé en position indélicate avec Laurence. Il n'y connaissait rien en photographie, mais le résultat avait dépassé toutes ses espérances et il n'était pas peu fier de ses clichés. L'image du chef du personnel, le pantalon froissé aux mollets, chevauché par Laurence en un rodéo bestial, traversa son esprit. Il était beau à voir ce mari attentionné, en repentance le dimanche matin à l'office du temple et en décadence dès que le seigneur avait le dos tourné.

Clod n'avait rien prémédité dans cette histoire, seule la réputation de cavaleur du chef du personnel l'avait précédé. À l'époque Laurence cherchait un travail stable, elle en avait assez de faire la serveuse au restaurant Le Velléda et tout naturellement, lorsque le Janel lui fit du gringue, Clod ne mit pas longtemps à comprendre l'avantage dont il pourrait tirer de la situation. L'appareil photo avait crépité sans même qu'il n'eût à faire de mise au point et le visage orgasmique du chef du personnel avait insolé la pellicule. Le lendemain, par la force des choses, Laurence fut embauchée sans période d'essai, tandis qu'il mettait en lieu sûr les clichés compromettants. Ainsi, il tenait Modeste Janel sous sa coupe, sans savoir exactement comment il allait exercer son chantage. Clod Bensoussan se sentait désormais en position de force et au moment opportun, il ressortirait ses photos. Elles étaient, comment dire ? Sa porte de sortie vers d'autres cieux.

Clod en eut assez, il avait pris connaissance de la disposition du parc et la répétition de son plan touchait à sa fin. Il tapota l'épaule du gros et lui intima qu'ils levaient le camp. Valéry Giscard d'Estaing s'apprêtait à rebrousser chemin, quand Jimmy Carter lui attrapa le bras. Le gros Américain lui indiqua de son menton en plastique la direction de la baie vitrée. Giscard se hissa à la hauteur de son homologue président.

Monsieur et Madame Janel n'avaient pas bougé. Assis sur leur moelleux sofa, ils s'étaient simplement tournés vers la lumière d'un néon qui avait jailli dans leurs dos. Un jeune enfant en pyjama bleu enlaçait un ourson en peluche. Le vif éclairage, émanant du couloir derrière lui, découpait sa frêle silhouette et la projetait sur le tapis du salon. Il se gratta la tête et baragouina quelques mots. D'où ils se situaient, les deux présidents rampants ne perçurent point ses paroles. Clod remonta la face snob de Giscard sur son front et improvisa ainsi un serre-tête qui maintint sa tignasse en aile noire de chaque côté de son visage. Jimmy Carter détacha son regard de la baie vitrée et ses yeux se posèrent sur Clod. Un sourire prédateur fendait sa barbe broussailleuse. Angel sentit un frisson parcourir son échine. Venait-il d'entrevoir la mort ?

*

La Maserati du Général Idi Amin Dada passa le panneau de Rothau, petite agglomération dans la haute vallée de la Bruche. Il faisait nuit, la soirée était même déjà bien avancée. Mama Béa avait trouvé le voyage longuet, mais s'était abstenue d'en faire part à Monsieur Sibuana.

À la sortie de Paris, ils étaient tombés dans un embouteillage monstrueux et avaient atteint Champigny-sur-Marne plus de deux heures après avoir quitté le garage de Montrouge. Les minutes avaient semblé doubles dans cet élastique d'automobile, embaumé par les effluves assassins des gaz d'échappement. Mama Béa avait caché son agacement à son chauffeur et avait passé le plus clair de son temps à fumer ses Dunhill mentholées.

De son côté, Alfredo, puéril comme à son habitude, avait joué au fier-à-bras au volant de la voiture de sport. Il la considérait comme un modèle exceptionnel de la marque italienne : 170 chevaux et un moteur à essence V6 de 2 litres de cylindrée. Il avait eu un mal de chien à la dénicher, car elle n'avait été fabriquée qu'en 200 exemplaires et lorsqu'il l'eut trouvée, il l'avait rachetée son pesant d'or. Le propriétaire ne voulait sous aucun prétexte s'en défaire et Alfredo avait dû s'armer de patience et de diplomatie pour l'obtenir. Il l'avait payée beaucoup plus cher que sa véritable côte, mais son budget étant illimité, Monsieur Sibuana avait été d'une diplomatie sans égal. Puisque le Général tenait absolument à ce modèle de Maserati, la Merak 2000 GT et qu'il avait réussi à en dénicher une, il n'allait pas la laisser filer pour quelques liasses de dollars en trop.

Prisonnier de cet embouteillage, Alfredo n'avait pas considéré la situation du même œil que son supérieur du State Research Bureau. Même si celle-ci n'avait pas prononcé la moindre parole, il la connaissait depuis suffisamment longtemps, pour deviner l'irritation qui l'habitait. Il avait considéré ce malheureux retardement comme une bénédiction des dieux, car au volant de cette luxueuse voiture de sport, il avait très vite senti les regards se poser sur lui. Il était devenu le centre d'intérêt des automobilistes qui, par curiosité toute légitime, détaillaient la voiture italienne sous tous ses angles. La rareté du modèle éveillait l'émerveillement et Alfredo en avait tiré tous les avantages. Son orgueil s'était gonflé comme un coq se dressant sur ses ergots et il avait adopté un port de tête altier, celui des gens qui s'imaginaient être nés de la cuisse de Jupiter.

Il avait joui d'un plaisir dominateur, tout particulièrement lorsqu'il avait senti se poser sur lui le regard d'une belle blonde, siégeant aux côtés d'un bellâtre qui feignait l'indifférence à la belle mécanique italienne. À chaque petite avancée, il avait joué au mâle rugissant, en donnant de petits à coups sur la pédale d'accélération. Ainsi, il avait parodié avec les vrombissements du moteur, un coït viril qui en disait long sur sa force masculine. Un sourire carnassier avait accompagné sa roue de paon mécanique, la plantureuse n'y avait pas été insensible. En catimini, elle lui avait répondu par des balayages de langue aguicheuse sur ses lèvres pulpeuses, humides et teintées de rose guimauve.

Ce cirque avait duré sur de nombreux kilomètres, puis la circulation s'était fluidifiée et la Maserati avait laissé en plan, la belle plante haletante qui, selon les phantasmes de Monsieur Sibuana, l'implorait de lui asséner le coup de grâce afin de la libérer de ce désir chauffé à blanc. Désir, qu'il avait su si savamment éveiller en elle.

La Vierge Noire n'avait pas été dupe du jeu de son subordonné. Elle connaissait Alfredo Sibuana depuis longtemps cependant son obsession pour les femmes lui était incompréhensible. Le sexe était un domaine qu'elle méconnaissait, qu'elle rejetait par dégoût et haut-le-cœur. Mais elle lui passait toutes ces gamineries, car il avait un atout indéniable, il était un partisan indéfectible du Général Idi Amin. Outre sa fidélité à la cause ougandaise, il était également un conducteur hors pair, ce qui pouvait dans certaines situations délicates s'avérer un avantage indéniable, et un égorgeur né. Cette dernière qualité coulait de source lorsque l'on faisait équipe avec la Vierge Noire.

Le voyage s'était donc déroulé au rythme des convois de camions qui, étrangement pour un samedi, pullulaient sur la nationale 4. Ils avaient fait une pause déjeuner au centre-ville de Vitry-le-François où ils avaient dégusté une blanquette de veau servie avec des frites bien grasses. Les gens du cru les avaient dévisagés comme des extra-terrestres, ce n'était pas tous les jours qu'ils voyaient un couple de négros en goguette. D'ailleurs, les noirs n'étaient pas trop appréciés dans ces contrées de Champagne-Ardenne, même pour ramasser les betteraves. Certes, la vue de la Maserati avait refréné les ardeurs racistes, car, comme bien souvent, les belles voitures étaient synonymes d'argent et de pouvoir.

À la fin du repas, Alfredo avait demandé à téléphoner et la serveuse lui avait indiqué les toilettes au fond du bar. Celle-ci avait piqué un fard, qu'elle eut du mal à camoufler, lorsque le galant homme avait plongé son regard indiscret dans son décolleté béant sur sa poitrine affriolante. Mama Béa avait déjà bu son café, quand il était revenu, sourire accroché aux lèvres.

— C'est OK, il nous attend comme convenu, lui avait-il annoncé en jouant ostensiblement avec les clés de la Maserati.

La Vierge Noire n'en attendait pas moins. La première étape de sa mission, récupérer la Maserati du Général, s'était parfaitement déroulée grâce à la débrouillardise d'Alfredo. Le deuxième point de l'opération, selon les dires de son subalterne, était sur les rails et ne devrait pas poser de problème. Quant à la véritable raison de sa venue en France, le point principal de l'opération, elle savait qu'elle devrait la jouer fine ; un meurtre n'était pas une entreprise à prendre à la légère.

Ils étaient donc à Rothau vers 23 heures, la petite bourgade dormait et la rue principale était déserte. Ils croisèrent tout de même deux gaillards qui marchaient l'un derrière l'autre sur le trottoir étroit. À leur hauteur, le gros qui fermait la marche leva les yeux sur la Maserati et fut ébahi par une telle voiture. Il s'arrêta et les regarda passer, le visage marqué par l'admiration. Devant lui, le maigre qui semblait perdu dans ses pensées se retourna et aboya quelque chose. Puis le gros homme s'empressa de rejoindre son acolyte en trottinant.

— Qu'est-ce qu'ils font avec des masques de carnaval à traîner dans les rues à pareille heure de la nuit, pensa la Vierge Noire, en regardant le couple disparaître dans le rétroviseur de la Maserati ?

Puis, elle ajouta à l'attention de son voisin :

— Sommes-nous Mardi gras, Monsieur Sibuana ?

Chapitre 6

Des poings rageurs, ornés d'ongles noirs, se dressèrent à l'unisson vers le ciel plombé de nuages explosifs.

À la question :

— Camarade, voulez-vous poursuivre la grève ? L'assemblée avait brandi le poing en une réponse sans équivoque.

Les ouvriers et ouvrières s'étaient massés à l'entrée des usines Steinheil. Ils étaient tellement nombreux que la foule débordait dans la rue, jusqu'en dessous de l'horloge qui rappelait à chacun qu'une fois le seuil de la porte franchie, le temps ne leur appartenait plus, mais devenait propriété de l'usine. À quelques centaines de mètres, les cloches de l'Église catholique appelaient ses brebis à l'office, mais en ce dimanche de lutte ouvrière, les bancs de la messe seraient vides. Le seigneur comprendrait, n'était-il pas du côté des opprimés ?

Il fallait l'aimer son usine pour s'y trouver même en ce jour dominical. À l'entrée de l'établissement, la grande barrière verte qui coulissait sur un rail était close. Le gros des troupes était entré par une petite porte sur le côté, puis avait envahi la cage en verre du concierge et levé la barrière rouge et blanc qui servait d'habitude à sasser le va-et-vient des camions.

Les ouvriers étaient agglutinés à l'entrée de l'usine, coincés dans un périmètre restreint, délimité d'un côté par la guérite du gardien, de l'autre par la grille verte de l'entrée et au fond par les bâtisses de l'usine. Celles-ci étaient peintes en blanc et donnaient l'impression d'avoir plusieurs étages, mais il n'en était rien, le tissage avait besoin de hauteur sous plafond.

Tous les grévistes de Steinheil n'avaient pas pu passer la grille verte et les retardataires étaient restés dans la rue, agrippés aux barreaux de la porte coulissante, essayant tant bien que mal de ne pas détériorer la banderole où étaient écrits les mots *"Usine occupée"*. De chaque côté du portail, les grévistes avaient confectionné des drapeaux rouges et, au centre, ils avaient dressé un étendard tricolore qu'un des leurs plus audacieux que les autres, était allé décrocher à la façade de la mairie. Ils étaient avant tout Français et ils ne voulaient pas prêter le flanc aux critiques de ceux qui les imaginaient à la solde des pays bolcheviques. D'ailleurs, pour ces mêmes raisons, ils n'avaient pas voulu que figurent sur les drapeaux rouges la faucille et le marteau. Ils se battaient avant tout pour leurs emplois, leurs salaires qui ne suivaient pas les augmentations du coût de la vie et les charrettes à répétition qui laissaient de plus en plus de monde sur le carreau, sans ressource, ni espoir de reclassement. Bien évidemment, le mouvement était noyauté par les syndicats, la CGT en tête, mais certains ouvriers, se réclamant avant tout de la masse laborieuse, avaient réussi à créer une dynamique interne et à fédérer autour d'eux une grande majorité des travailleurs. Ils étaient parvenus ainsi à contre-balancer les organisations ouvertement prosoviétiques.

Christian Clevenot était l'un d'eux, même s'il était une pièce rapportée à cet univers ouvrier. Fils de banquier strasbourgeois, il avait entamé des études de médecine, mais lors des évènements de mai 68, il avait tout laissé tomber pour suivre à la lettre les préceptes du

Grand Timonier Mao Tse Toung : *"il faut descendre de cheval pour cueillir les fleurs"*. Il avait alors réalisé qu'il serait bien plus utile à la révolution, s'il noyautait le prolétariat de l'intérieur et pour cela, il devait partager la vie de ceux qu'il défendait. Très vite, il avait abandonné ses études et avait cherché à entrer en usine, comme d'autres en religion. Mais cela n'avait pas été simple, car être ouvrier ne s'improvisait pas. Il avait été renvoyé d'un certain nombre d'entreprises parce qu'il n'était pas très habile de ses dix doigts. Mais son acharnement avait payé, il fut embauché chez Steinheil et sa vie de prolétaire consentant avait débuté.

Au début, ses collègues de travail s'étaient méfiés de lui et l'avaient mis volontairement à l'écart. Ils ne comprenaient pas pourquoi un jeune gars, promis à des études de médecine, préférait s'avilir à l'usine. Ça dépassait tout entendement. Mais le temps avait érodé les différences et surtout, Christian Clevenot avait un atout de taille, il était beau parleur quand il s'agissait de défendre leurs conditions de travail. De fil en aiguille, il était devenu l'un des leurs et tout aussi naturellement, le porte-parole de leurs revendications ouvrières. Christian Clevenot était alors ce que l'on appelait communément : un établi.

— Camarade, sans aucune hésitation, vous avez voté pour la poursuite de la grève, lança-t-il du haut du perron, devant la cage en verre du concierge.

La foule légèrement en contre bas accueillit le résultat du vote par des vivats unanimes. L'établi leur sourit de ses belles dents blanches, il partageait pleinement la joie de ses compagnons de labeur. Il était temps de faire plier le patronat et qu'il cède à leurs revendications bien légitimes. La route était encore longue, le combat serait âpre et ne manquerait pas de coups bas, il fallait s'y attendre. Mais en ce dimanche matin, Christian avait pu prendre le pouls des ouvriers, soupeser leur engagement et leur volonté à en découdre. Il brandit le poing en l'air, en signe de ralliement fraternel, mais se retint d'entonner *"L'internationale"*.

— Tous, tous ensemble, hurla-t-il sur le ton d'un chant de guerre. Les ouvriers lui firent écho avec la même vivacité combative. Puis, en solo, il reprit :

— Tous unis nous vaincrons…

À son tour, la foule reprit les paroles en choeur et acclama celui qu'ils avaient élu comme leur représentant.

Tout cela se déroulait dans une ambiance bon enfant de kermesse dominicale. Après l'intervention de Christian Clevenot, les festivités étaient lancées et les ouvriers se dispersèrent. Certains formèrent de petits groupes à l'ombre des bâtisses blanches, tandis que d'autres arrivèrent avec des tonneaux en fer, découpés sur la longueur, qu'ils déposèrent sur des tréteaux d'acier. Puis des ateliers, ils sortirent des chariots sur lesquels reposaient des poubelles noires, gorgées de glaces et de bières bien fraîches. Les tonneaux, remplis de charbon de bois furent allumés et couverts de grilles étroites, alors que jaillissaient comme par enchantement toutes sortes de saucisses, merguez, lards et côtes de porc.

Les Steinheil étaient en grève, ils occupaient leur usine, ils avaient réquisitionné leur outil de travail et cela sans grande difficulté. Mais sous prétexte d'occupation, ils ne sacrifieraient pas leur dimanche à la cause et ce barbecue improvisé était le bienvenu pour égayer les esprits.

Christian Clevenot resta un instant sur le perron à observer devant lui, cette fourmilière d'ongles noirs, s'agiter. À ces côtés, deux hommes à moustaches, taillées façon Staline, s'approchèrent :

— Christian, l'interpella le premier.

L'établi se retourna.

— Oui, demanda-t-il

— Il faut qu'on cause.

Christian Clevenot se rembrunit et les suivit dans la pièce de la pointeuse où, les cartons de présence des ouvriers, glissés dans les fentes d'un tableau métallique accroché au mur, attendaient non seulement la reprise du travail, mais également que la poinçonneuse soit réparée. Tout avait débuté dans cette pièce, le premier acte militant avait été le sabotage de la machine à pointer. Christian et quelques autres ouvriers y avaient déversé de l'acide sulfurique, rendant l'appareil hors d'usage. Puis à partir de là, tout s'était enchaîné, comme prévu…

Christian Clevenot attendait ce jour depuis une dizaine d'années déjà. Des établis, il n'en subsistait plus beaucoup, depuis la dissolution de la gauche prolétarienne en 1973. Mais cela importait peu, il n'avait nul besoin d'organisation politique pour aller au bout de ses convictions. Il s'était embauché chez Steinheil pour apprendre, pour partager le quotidien des ouvriers, mais aussi pour défendre leurs droits et, petit à petit, les convertir à la lutte. À Paris, le noyau central de la gauche prolétarienne, du moins avant d'être dissoute, ne savait que théoriser, parler et parler encore. La pensée affrontait la réalité et comme à chaque fois dans ce genre de dilemme, le fossé se creusait et l'incompréhension grandissait. Christian Clevenot était un établi et avait la ferme intention de mener son combat jusqu'au bout, même si désormais, sa démarche apparaissait comme un combat d'arrière-garde. Il était comme le dernier des Mohicans, mais durant toutes ces années, il avait posé des jalons, tissé des liens indéfectibles entre les ouvriers. Il le sentait, l'heure de l'action avait sonné.

Cependant, l'équilibre des forces dans l'entreprise s'avérait être un subtil arrangement avec la CGT, dont il ne fallait pas sous-estimer l'importance. Jacky Lafortune, le délégué cégétiste, dont la moustache rabaissait celle du Petit Père des Peuples au rang de duvet pubère, entama la discussion :

71

— Et maintenant ? demanda-t-il sur un ton autoritaire, qu'est ce
   qu'on fait ?

Il avait perdu sa voix d'apparat, celle qu'il employait dans les réunions publiques, toujours posée et affichant l'entente cordiale. Mais
en privé sa colère explosait, il fulminait contre ce jeune établi qui
lui avait fauché sa grève. Le syndicaliste était parfaitement conscient
qu'ils avaient besoin l'un de l'autre, cependant, il n'appréciait guère
d'être relégué au second plan. Durant de nombreuses années, la
CGT avait été l'unique syndicat à l'usine, mais depuis un certain
temps, notamment depuis les événements de mai 68, le syndicat
n'avait plus le vent en poupe. Il reconnaissait volontiers que la CGT
n'avait pas été à la hauteur durant la révolte étudiante et que la peur
de se voir dérober leurs raisons d'être avait été leur préoccupation
première, au détriment des vrais combats. C'était aussi pour cela que
Christian Clevenot avait été élu majoritairement comme représentant du piquet de grève. Jacky Lafortune avait eu du mal à l'accepter.
Lui qui travaillait à l'usine depuis plus d'une trentaine d'années et
qui depuis le début se dévouait corps et âme au syndicalisme, s'était
vu rafler la vedette par ce jeune gars, fils de bourgeois au demeurant.
Tout allait à vau-l'eau, pensait-il, mais, contre mauvaise fortune, il
faisait bonne figure, du moins lors des réunions en public, car dès
qu'ils se retrouvaient tous les deux seuls, le masque tombait.

— Profite de cette journée, lui répondit Christian. Regarde
   comme tout le monde est heureux et ne pense qu'à passer un
   bon moment.

Puis il ajouta d'un ton las :

— Demain est un autre jour…

Jacky Lafortune explosa :

— Putain, tu ne peux pas me mettre à l'écart des prises de décisions. Tu oublies trop facilement que je fais également partie
   du comité des délégués du personnel et qu'à ce titre, je dois

être mis au courant des actions envisagées…

— Nous continuons d'occuper l'usine. Il me semble que tu étais là tout à l'heure. Tu as vu comme moi que c'est à l'unanimité que la décision de poursuivre le mouvement a été prise. Devant cette détermination, la direction sera obligée de céder…

Jacky le coupa :

— Oui, mais cette belle cohésion va durer encore combien de temps ? Tu sais comme moi qu'une grève, c'est avant tout de l'argent en moins que rapportent les ouvriers à la maison. Tous ces gens ont des familles à nourrir, des gosses à élever, des crédits à rembourser… Quand le manque d'argent se fera sentir, ce sera chacun pour soi et ta belle unité s'effondrera comme un simple château de cartes.

Christian était conscient de ce problème. Ils avaient débrayé depuis une semaine déjà et la direction de Steinheil avait rejeté en bloc toutes leurs revendications. Leurs salaires ne seraient pas augmentés, la conjoncture du textile ne le permettait pas et le plan de restructuration était inévitable. Ce que la direction appelait plan de restructuration n'était autre que le licenciement de quatre-vingts travailleurs, soit presque un quart de l'ensemble des employés. Alors le bras de fer entre les dirigeants et les ouvriers s'était durci et ils prirent la décision d'occuper l'usine. Oh, pas de gaîté de cœur, mais la crainte que l'on déménageât les machines, ou que de la main-d'œuvre importée d'autres vallées les remplaçât, les convainquirent que l'occupation était la seule solution.

— Et toi, comment tu envisages la suite des événements ? lui demanda Christian.

— Il faut étendre notre action aux autres usines de la vallée, plus on sera, plus nous pourrons imposer nos revendications.

— Oui, comme en 73 ? Mais à l'époque, les résultats furent décevants.

Christian regarda Jacky Lafortune dans le blanc des yeux, puis reprit :

— En fait, tu veux étendre le conflit aux autres usines pour une tout autre raison.

Jacky fronça les sourcils, mais ne répondit pas.

— Les ouvriers de chez Jeudy, ou les autres fabriques de la vallée sont majoritairement syndiqués CGT ou adhérents au parti communiste… ?

Christian fit une pause, Jacky Lafortune bouillait, puis il poursuivit sourire en coin :

— Donc, si toutes ces usines débrayent, c'est les staliniens qui prendront le pouvoir. Les Steinheil seront noyés dans la masse. Tu es tellement prévisible mon pauvre Jacky.

C'en fut trop pour les oreilles du syndicaliste, il arma son poing, bien décidé à fermer le caquet de ce jeune branleur. À cet instant, la porte dans leur dos s'ouvrit et Ibrahim passa sa tête dans la pièce. Immédiatement, le joli sourire qu'il affichait s'éteignit et son regard se posa sur les deux moustachus, puis revint sur l'établi.

— Ça va Christian ? demanda-t-il, tu as besoin d'un coup de main ?

Jacky desserra son poing, puis bouscula le jeune établi, tira à lui la porte entrebâillée et sortit, suivi de son jumeau moustachu. Ibrahim se mit de profil dans l'embrasure pour laisser passer les deux cégétistes. Ils firent quelques pas dans la cour, Jacky fit demi-tour et s'adressa à Christian d'un regard charbonneux :

— C'est avec les bicots que tu as la majorité dans cette usine, ne l'oublie pas. Mais fais attention à toi, le vent pourrait tourner.

L'établi sourit, ce qui agaça Lafortune. De son côté, Ibrahim n'attendait qu'un mot de Christian pour refaire la façade de l'envoyé de Moscou, mais celui-ci ne vint pas et il se retint.

Christian regarda s'éloigner Jacky Lafortune et son sbire. Bien évidemment avait un plan pour la suite des opérations, mais ce n'était pas à ce bolchevique qu'il l'exposerait.

*

Jacky Lafortune fulminait, il haïssait ce freluquet qu'il ne contrôlait pas. Tout cela lui rappelait mai 68, quand les étudiants allaient à la rencontre des ouvriers et que la CGT perdait, petit à petit, de son influence.

— Hum…, sale période, pensa-t-il.

Mais il avait beau retourner la situation dans tous les sens, il était pour l'heure, pieds et poings liés, contraint de se soumettre à la majorité que représentait le jeune établi.

Les remugles de viandes grillées le sortirent de ses pensées :

— Allez, quelques bières avec les camarades, un bon gros sandwich et je rentre à la maison, se dit-il fataliste.

Puis il poursuivit, toujours pour lui-même :

— Mon heure viendra, je n'ai pas abattu toutes mes cartes.

*

Autour des barbecues improvisés, l'ambiance était à la rigolade. Une Mutzig à portée de main, les hommes préparaient les casse-croûte : un morceau de pain frais coupé sur la longueur, dans lequel ils glissaient une saucisse blanche, parfaitement grillée, ou une tranche de porc. Ils se hâtaient, car les ouvriers avaient faim et se pressaient déjà devant eux en une longue file. Après avoir reçu son morceau de pain, chacun se servait en moutarde dans des seaux disposés sur un banc, non loin du feu. Les bières étaient à volonté, lorsqu'une poubelle était vide, quelques hommes pénétraient dans l'usine et ressortaient avec de nouveaux packs qu'ils éventraient joyeusement et déversaient dans les cuves de glaces. Rapidement l'alcool fit son effet, beaucoup parlaient bruyamment, alors que d'habitude ils étaient plutôt taciturnes et peu enclins à la discussion. Étrangement, les débats ne tournaient pas autour de leur pré-occupation principale : la grève. Ils riaient sur tout et n'importe quoi, de préférence des sujets futiles qui ne portaient pas à consé-quence. Cet après-midi était une trêve dans le tumulte de ces der-niers jours et chacun avait bien l'intention d'en profiter. Demain la lutte reprendrait son cours. Les ouvriers savaient que les jours à venir seraient décisifs pour le mouvement. Alors, une petite bière de trop et quelques allusions grivoises ne changeraient pas la face de l'histoire.

Jacky Lafortune en eut rapidement assez de cette kermesse. Il salua quelques camarades autour des braseros, puis d'autres qu'il croisa sur le chemin de la grille verte et se retrouva dans la rue. Il se dirigea vers La Claquette, le village mitoyen, en longeant la grande bâtisse de l'usine dont l'ombre se dessinait sur le goudron. Avant de traverser le passage à niveau de la ligne de chemin de fer, Strasbourg - Saint-Dié, il jeta un œil aux cuves de teinture qui se trouvaient en plein air, coincées entre la fabrique et la ligne ferroviaire. Il sourit, car il n'avait pas remarqué que le dernier colorant utilisé avant le débrayage était le rouge, pas un rouge soyeux et gentil, mais plutôt un rouge violent, agressif, vindicatif comme le drapeau de ses utopies collectivistes.

*

De l'autre côté de la rue, face aux cuves de teinture se dressait le bâtiment des habits noirs. C'était ainsi que les ouvriers nommaient le personnel qui travaillait dans les bureaux. Lors des précédents affrontements, ceux-ci ne débrayaient jamais, sans doute ne se sen-taient-ils pas concernés par les revendications ouvrières. Mais cette fois, il en était tout autre, ils étaient également touchés par les li-cenciements et avaient tout naturellement emboîté le pas au mou-vement.

En ce dimanche, les bureaux étaient vides et ils le seraient également demain. Au premier étage, à l'angle du bâtiment qui donnait sur la voie ferrée, les rideaux de lamelles en plastique étaient déroulés de manière à cacher l'intérieur. Il s'agissait du bureau du chef du personnel, Modeste Janel.

Celui-ci n'avait pas pu se résoudre à passer un dimanche tranquille en compagnie de sa petite famille. Cette grève lui pourrissait la vie et il avait décidé de venir se cloîtrer dans son antre directorial. Il tournait en rond et n'avait pas le cœur à se plonger dans les dossiers en cour.

Contrairement à ses habitudes, il s'autorisa à étendre ses jambes sur son bureau. Il réfléchissait, et à penser ainsi, son cerveau allait éclater. Il avait été désigné par la direction pour être leur représentant lors des négociations avec les grévistes. Au début, il avait pris cette mission comme un indice de confiance et lui-même pensait régler ce problème en deux coups les gros. Il espérait ainsi s'illustrer auprès des dirigeants en faisant preuve de fermeté et de diplomatie à leurs avantages. Mais il avait réalisé très vite qu'il n'était qu'un pantin dans leurs mains, une sorte de fusible dont la fonction première était d'encaisser les coups à leur place. Cependant, il ne désespérait pas, il s'accrochait à l'idée que de mettre un terme à cette grève, serait le sésame pour un avancement significatif au sein de la société.

Il se leva de son siège. Depuis peu, il avait trouvé la solution imparable qui mettrait tout le monde d'accord et décanterait la situation. Si ça virait au vinaigre, ce n'était pas sans conséquence pour lui, mais il avait bien réfléchi et le jeu en valait la chandelle.

Il s'approcha des rideaux tirés et machinalement écarta les lamelles de son pouce. Dans la rue, son regard se posa sur le délégué CGT, Jacky Lafortune. Il souriait béatement en fixant l'eau rouge des puits de teinture. Puis brusquement, le chef du personnel fit un bond en arrière lorsque le syndicaliste, se sentant épié, tourna la tête en sa direction. Modeste Janel retourna à son bureau, saisit un crayon de papier et le fit tournoyer de doigt en doigt dans sa main droite. Une ombre machiavélique illuminait son visage. Jacky Lafortune était la solution à son problème.

Chapitre 7

Le mégot de Camel sans filtre tomba dans une flaque d'eau luisante sous la lune et s'éteignit en un flop badin. Par acquit de conscience, Joseph l'écrasa sous la pointe de son mocassin. Il s'était octroyé une pause cigarette dans le calme tout relatif de la rue. D'un instant à l'autre, le concert allait débuter, seuls quelques retardataires se présentaient encore au guichet de la boîte de nuit le *Milky Way*; principalement des punks hirsutes et dépenaillés, vêtus tout de noir et de latex, selon les codes instaurés par la prêtresse londonienne : Vivianne Westwood. Cette jeunesse avait dans le regard le désespoir des réveils sans lendemain. La morgue dédaigneuse qu'elle affichait avec splendeur et le khôl qui cernait leurs yeux n'arrivaient pas à masquer la frayeur qui la hantait.

Tout le public n'était pas acquis à la nouvelle excentricité du pays d'Albion. Il y avait également des rockers en costard cintré, dans la droite lignée des Mods, des jeunes filles libérées, nostalgiques d'un temps pas si lointain, le *Summer of Love* et puis il fallait bien le souligner, des gens tout à fait normaux qui aimaient tout simplement la musique.

Le *"Milky Way"* était implanté dans des entrepôts désaffectés de la SNCF, pas très loin des voies, et pour l'heure ne proposait que des concerts de rock à un public conquis. L'avantage du lieu était que les voisins ne pouvaient pas être dérangés par la musique, ni par les débordements soûlographiques de fin de soirée, car des voisins il n'y en avait point.

*

Hier encore, Joseph était dans le train qui le ramenait de Gênes. Malgré la couchette de nuit, le voyage avait été pénible. Le Père Wanabee et lui-même avaient partagé leur cabine avec un jeune groupe de randonneurs allemands. Comme tous les adeptes de la marche, ceux-ci chaussaient de gros souliers avec des lacets rouges, des chaussettes tirées à mi-mollet et bien évidemment, l'odeur de l'effort les accompagnait.

Bien plus que les ronflements des voyageurs pédestres, l'histoire que lui avait racontée le prêtre avait perturbé son sommeil. Joseph connaissait les origines ougandaises du curé, celui-ci lui avait souvent parlé de son pays, mais il ne s'était jamais vraiment appesanti sur les véritables raisons de son exil. Pour Joseph, l'Ouganda était un vague pays africain, dont il situait à peine la position géographique sur une carte.

Comme beaucoup de gens, il avait découvert le Général Idi Amin Dada, lors de l'attentat des Jeux olympiques de Munich en 1972. Alors que la communauté internationale condamnait avec fermeté le massacre de la délégation israélienne par l'organisation terroriste *"Septembre Noir"*, le dictateur ougandais avait jeté de l'huile sur le feu en prenant position en leur faveur. Il avait éructé à la face du monde ses rancœurs antisémites et avait poussé la provocation jusqu'à regretter qu'Adolf Hitler n'ait pas eu assez de temps, pour mener à bien la Solution Finale.

Le Général avait fait ainsi son entrée fracassante sur la scène internationale. Il vouait un culte sans fin aux nazis et plus particulièrement à leur Führer. Il haïssait les juifs et tenait son pays d'une main de fer mégalomaniaque. Dès lors, les occidentaux le considérèrent comme un grand guignol, un bouffon lugubre, un *"Y'a bon Banania"* cannibale, mais tout cela se déroulait bien loin de chez eux, au fin fond de l'Afrique, alors de concert, ils mirent la poussière sous le tapis et l'ignorèrent.

Cependant en 1976, il y eut le détournement du vol 139 d'Air France en provenance de Tel-Aviv. Après une escale à l'aéroport d'Athènes, l'avion avait décollé pour rejoindre Paris. Au cours du vol, quatre terroristes, dont deux membres du Front Populaire de Libération de la Palestine et deux autres se revendiquant de la Fraction Armée Rouge, le détournèrent. Les pirates de l'air prirent le commandement de l'avion et après une escale libyenne à Benghazi, ils atterrirent à Entebbe en Ouganda, où ils bénéficiaient du soutien propalestinien du Général Idi Amin Dada.

À peine sur le tarmac, ils avaient débarqué les otages, libéré ceux qui n'étaient pas de confession juive et enfermé les autres dans le hall de transit du vieux terminal de l'aéroport international d'Entebbe. Durant les négociations, le gouvernement israélien usa de nombreux subterfuges et fit miroiter aux preneurs d'otages qu'il accédait, pour la première fois de son histoire, à leurs revendications. Mais la réalité était tout autre, l'armée israélienne, sans doute épaulée par le Mossad, lança l'*"Opération Tonnerre"* et envoya un commando d'une centaine d'hommes en Ouganda.

Les soldats israéliens prirent d'assaut le terminal de l'aéroport et libérèrent les cent trois otages juifs. Les combats avaient duré à peine une trentaine de minutes, les terroristes furent pour la plupart abattus et trois otages trouvèrent la mort lors des affrontements, ainsi qu'un soldat du commando. L'opération avait été un franc succès et les prisonniers libérés furent ramenés en Israël via Nairobi.

Jusque-là, Joseph n'avait rien appris de nouveau. À l'époque des faits, il avait suivi comme tout le monde l'histoire dans les journaux. Il ne comprenait toujours pas le lien entre le Père Wanabee et ce détournement...

Avant l'intervention du commando israélien, un otage, une vieille dame âgée de 73 ans avait été admise à l'hôpital de Kampala à la suite d'un grave malaise. Une adolescente, qui accompagnait son père pour un circuit de visite des plus belles capitales européennes, avait été désignée par les terroristes pour lui servir d'interprète. La jeune femme avait refusé de quitter son père, elle s'était rebellée et avait tenu tête aux preneurs d'otages. Elle avait crié haut et fort qu'elle ne pouvait pas abandonner son père, que sa place était auprès de lui, car sa mère venait de décéder. Elle avait tenté d'expliquer à ses bourreaux qu'ils avaient décidé de prendre une année sabbatique, afin d'oublier le malheur qui les frappait. Son père était dépressif depuis la perte de sa mère, elle ne pouvait pas l'abandonner, surtout en de telles circonstances. Mais les preneurs d'otage n'avaient rien voulu savoir, d'ailleurs à peine s'ils avaient compris son explication. Elle fut arrachée des bras de son père qui, malgré tout, voyait peut-être là une opportunité de sauver sa fille de ces monstres. Le pauvre homme ne devait jamais la revoir, car il trouva la mort lors de l'assaut des forces israéliennes.

Après le raid d'Entebbe, le Général Idi Amin Dada s'était senti profondément humilié. Il était entré dans une de ses colères coutumières et avait ordonné l'élimination de la vieille femme et de l'adolescente admises à l'hôpital de Kampala. Deux jours après le raid, ses sbires assassinèrent la vieille dame qui se nommait Dora Bloch, mais la jeune fille leur échappa, aidée par des opposants au dictateur. Le Père Wanabee ne s'épancha pas sur son fait d'armes, mais il avoua être celui qui avait soustrait la jeune adolescente des griffes des tueurs du Général. Cette même adolescente avait grandi et était devenue aujourd'hui une jeune et jolie femme dont la vie était en danger, car, de source sûre, le curé avait appris que les services secrets ougandais étaient sur sa trace.

C'était pour cette raison que le prêtre était venu le chercher en Italie. Il avait besoin des services d'un garde du corps pour la protéger et, qui d'autre que Joseph pouvait remplir au mieux ce rôle.

Lili, la jeune adolescente sauvée in extremis des griffes des tueurs du régime ougandais, était devenue une jeune chanteuse, dont le succès naissant, laissait augurer une carrière prometteuse. L'homme de foi croyait en elle et n'avait pas assez de mots à la bouche pour louer son talent. Le Père Wanabee, qui tenait également auprès d'elle le rôle d'impresario, se trouvait dans une situation délicate. Face à cet engouement du public pour la jeune artiste débutante, il ne pouvait pas annuler ses engagements, notamment ses concerts où il craignait de l'exposer trop facilement aux tueurs du Général. Il plaçait donc tous ses espoirs en Joseph qui, dans ce contexte si particulier, saurait organiser au mieux la protection de Lili.

Joseph avait accepté le contrat par amitié pour le prêtre, mais également pour quitter son ancien poste auprès du gars Ralph, dont, il fallait bien l'admettre, il ne supportait plus les caprices. Il ne savait pas très bien dans quel bourbier il mettait les pieds et l'histoire que lui avait racontée le prêtre n'était pas très claire, mais tout cela était mille fois préférable à la vie de nabab sur ce satané yacht pour enfants privilégiés. De plus, retourner à Strasbourg le rapprochait de Louise. Que pouvait-il espérer de mieux ?

*

Joseph passa devant Hansi, le biker chargé du maintien de l'ordre à l'entrée de la boîte de nuit. Le cerbère lui fit un clin d'œil de connivence et le laissa passer. L'affiche punaisée sur le mur à côté du guichet, annonçait le concert du soir : *"Dr Feelgood"* et *"Lili Perdrix et ses Comtesses Ferrailles"* en première partie. Joseph descendit quelques marches et arriva dans le Saint des Saints où une odeur de transpiration et de bière rance l'accueillit.

Le public s'impatientait face à une scène vide et à peine surélevée, où des guitares orphelines adossées à des amplis Vox gisaient comme des fusils dans un râtelier. La fosse ressemblait à une piste de cirque coupée en deux sur une petite moitié. Un muret la cernait et sur celui-ci des colonnes espacées à distance régulière soutenaient le plafond. Sur la gauche, baignaient dans une lumière feutrée quelques tables rondes, entourées de banquettes capitonnées et réquisitionnées par les plus anciens. Tandis qu'à l'opposé, sur la droite dans le prolongement de la descente de l'escalier, trônait un bar illuminé de néons bleus et roses. Le barman aidé d'une jeune blonde plantureuse, vêtue du strict minimum réglementaire, soit une jupe noire qui naissait à quelques centimètres en dessous du nombril et mourrait deux doigts après le pli de ses fesses rebondies, s'activait à servir le maximum de boissons en un temps minimum.

Joseph toisa ce joli monde flottant dans des volutes de fumée et s'arrêta sur les dernières marches de l'escalier. De là, il dominait l'ensemble de la salle. Tel le faisceau lumineux du phare de la rade de Brest, son regard balayait l'assistance, cherchait le détail ou l'indice d'un élément hors norme. Rien. Pour l'heure tout était normal, mais il ne s'agissait pas de s'endormir sur ce sentiment, tout pouvait arriver et surgir à chaque instant, Joseph le savait.

Il remarqua, parmi les assoiffés agglutinés au bar, un interstice vacant et décida de s'y caser. De là, il pourrait surveiller toute la salle et réagir promptement si un quelconque danger se profilait. Au fur et à mesure que le temps passait, la tension devenait palpable, accentuée par une musique brute, vomie par les enceintes de la boîte.

Dans la fosse, les jeunes punks s'impatientaient et réclamaient à tue-tête *"Les Comtesses Ferrailles"*. Joseph fut surpris de la notoriété de la protégée du Père Wanabee, il ne lui avait pas menti quant à l'engouement que le public avait pour elle. Quelques mois auparavant, elle n'était encore qu'une jeune inconnue, certes talentueuse. Le prêtre s'était battu pour l'imposer chez un label indépendant, un disque était en préparation. Chacun s'accordait sur l'aura que dégageait la jeune chanteuse, mais également sur sa voix envoûtante et sur sa présence si singulière sur scène.

La maison de disque croyait beaucoup en son avenir et s'était démenée comme un diable pour lui dégotter des musiciens. Lili en avait refusé quelques-uns, mais preuve qu'elle savait exactement ce qu'elle voulait, elle finit par trouver chaussure à son pied. Après de nombreuses répétitions, le groupe se souda et l'alchimie musicale opéra. Désormais, il était temps de se confronter à la scène, de tester les chansons face au public, de les modifier si elles ne recevaient pas l'accueil escompté ou tout bonnement de les supprimer du répertoire. Le label leur laissait une totale liberté de création, fait, suffisamment rare dans la profession pour être souligné, et ne s'occupait que de leur trouver des dates de concert ou d'organiser des interviews dans des magazines spécialisés, afin de promouvoir la sortie de l'album en préparation.

Quant au Père Wanabee, il avait endossé le rôle du manager avec sans doute la même félicité que celui de prêtre et prenait ses fonctions très au sérieux. Il servait d'interface entre le label et les musiciens et s'occupait d'organiser l'intendance, réserver les chambres d'hôtel, les restaurants… Il officiait également en tant que chauffeur et conduisait, bien souvent de nuit, le groupe de salle de concert en salle de concert. En somme, il menait une vie de bohème, harassante par certains aspects, mais tellement exaltante.

Un jour pas si éloigné que ça, le prêtre avait eu vent par son réseau d'exilés ougandais de la menace qui planait sur sa protégée. La situation était délicate. Il avait prié de tout son soûl afin que le Général Idi Amin Dada ne retrouvât pas leurs traces, mais ses prières avaient été vaines et désormais, les chiens étaient lâchés.

*

Il passait à la sono une chanson de Chuck Berry *"Too much monkey business"* interprétée par les New York Dolls, lorsque la lumière faiblit. Immédiatement, la foule hua. Sur scène débarquèrent trois jeunes gars sapés de costumes anthracite, de chemises blanches garnies d'une fine cravate de cuir et le regard barré de lunettes noires. Le public applaudit à tout rompre, le bar se vida et les plus fervents réussirent à se frayer un chemin jusqu'aux devants de la scène. Les musiciens saluèrent rapidement l'assemblée, l'un s'assit derrière les toms de sa batterie et, sans attendre, entama un rythme syncopé sur son charleston dont il marquait le temps avec sa grosse caisse. Le plus grand des trois saisit sa basse, une Fender Précision, l'électrifia et vint soutenir la batterie. Le guitariste suspendit à son cou sa Mosrite puis fit face à son Vox, tournant le dos au public, et actionna les potentiomètres de son ampli. Un larsen plana, les musiciens n'avaient pas encore joué, que les jeunes punks hurlaient et brandissaient au-dessus de leurs têtes, telles des fourches caudines, des doigts d'honneurs vindicatifs.

D'un bond épileptique, l'homme à la guitare se retourna et affronta ses adorateurs. Ses doigts agiles libérèrent les notes d'un hymne à la musique surf, *"Pipeline"* de Dick Dale. La batterie et la basse lui emboîtèrent le pas, la *"six cordes"* se planta face au public, fière et dédaigneuse comme une déesse aux lauriers d'or. L'auditoire, chauffé à blanc, était prêt à damner son âme en enfer, la grande messe rock'n'roll débutait et les *"Comtesses Ferrailles"* attendaient leur maîtresse.

Une frénésie électrique parcourue la foule lorsque Lili Perdrix apparut sur scène, haute perchée sur des escarpins, moulée dans un pantalon de cuir noir, le torse nu, offrant sa poitrine en pâture aux appétits sauvages. Elle agrippa sa Télécaster dont la caisse était décorée d'un autocollant bleu blanc rouge circulaire d'où jaillissait une flèche noire, symbole du mythique groupe anglais de Roger Daltrey. Elle fit glisser la fine sangle de cuir de son instrument sur ses épaules dénudées et plaqua sur le manche des accords dévastateurs. Transits, les punks sautèrent en l'air et se lancèrent dans un pogo psychotique. Lili s'approcha du micro, ses petits seins, dont elle avait caché en une ultime provocation, le bout par une croix de sparadrap noir, ondulaient à chaque assaut électrique. Comme Joe Strummer, sa jambe droite se mit à battre le tempo, tandis que son regard, caché par ses cheveux noirs tombés sur son visage, interrogeait le guitariste. Celui-ci lui fit un signe de la tête et entama une rythmique étouffée, pleine de retenue, dont une simple étincelle pouvait relancer la fureur. Lili posa ses lèvres sur le micro et sa voie jaillit. La basse ponctuait chacune de ses phrases d'une descente de gamme asynchrone. Puis le refrain arriva et toute la fougue contenue se mua en une déferlante sonique et distordue. Le public était aux anges, crucifié par tant d'énergie déversée.

Presque esseulé au comptoir, Joseph regardait le spectacle, abasourdi par tant de fièvre électrique. Il voyait Lili sur scène pour la première fois. Il dut se persuader qu'il s'agissait bien de la jeune fille presque timide qu'il avait vue tout à l'heure dans sa loge. Sur scène, elle s'était métamorphosée en un animal sauvage, libre et indomptable. Sa silhouette était celle d'une jeune femme belle et désirable, elle en jouait et savait très bien que les regards se consumaient sur la blancheur de sa peau. Sous les feux de la rampe, elle s'était mue en papillon irisé, inaccessible au commun des mortelles, une déesse vénérée des temps modernes.

Le Père Wanabee vint s'installer aux côtés de Joseph. Il héla la serveuse qui le rejoignit, se pencha et approcha son oreille de lui pour prendre commande. Tant bien que mal dans ce déluge de décibels, elle comprit ce qu'il désirait boire. Elle traversa le bar, saisit une bouteille de Glenfiddich et en versa une longue rasade dans un verre évasé. Puis elle se tourna vers le prêtre, le goulot toujours suspendu au-dessus du godet et l'interrogea du regard sur la quantité désirée. Celui-ci lui répondit d'un petit mouvement de l'index, lui intimant à la hausse la dose prescrite. La barmaid obtempéra dans une indifférence complète et reposa le Single Malt dans l'étagère de cristal, aux côtés d'autres élixirs alcoolisés. Elle revint vers le prêtre la boisson à la main et s'arrêta au passage pour prendre une autre commande. Comme précédemment, elle se pencha sur le côté pour mieux saisir ce que désirait le client. Machinalement, elle leva la jambe pour faire contrepoids et dévoila, sans fausse pudeur calculée, l'éclair blanc de sa culotte immaculée. Mais ceci n'était qu'un détail anodin qui fit sourire le Père Wanabee, alors que Joseph, tenu en alerte par un sixième sens confus, avait le regard plaqué sur ce grand noir dégingandé, habillé comme *"Huggy les bons tuyaux"*, qui chuchotait hilare à l'oreille chaste de la serveuse.

Chapitre 8

Mercredi matin, treizièmes jours d'occupation de l'usine Steinheil...

Cette nuit-là, Christian Clevenot n'avait pas été d'astreinte, contrairement aux soirées précédentes où il avait dormi à l'usine. Comme chaque matin, depuis près de dix ans maintenant, il se levait à cinq heures, se préparait, déjeunait hâtivement d'un café noir et d'une biscotte sans sel, puis partait au radar vers l'usine. En cours de route, la Couennante, joli sobriquet donné par des générations d'ouvriers à la sirène, retentissait et rameutait ses employés. Christian haïssait ce symbole de la soumission servile d'un prolétariat à la botte du grand capital.

Lorsqu'elle résonna ce matin-là, elle ne l'attrapa point dans la rue, il flemmardait exceptionnellement dans son lit une place, aussi étroit et étriqué que le costume de Valentin le Désossé. Durant cette décennie, son engagement politique avait empli son existence et ne laissait guère de place à autre chose. Il était souvent célibataire, incapable de nouer une relation sentimentale durable. Sa rigueur et sa sévérité morale en déroutaient plus d'une, elles s'érigeaient comme un obstacle infranchissable et rédhibitoire, interdisant tout épanouissement amoureux.

Cependant depuis quelque temps, il entretenait une relation suivie avec une jolie femme. Celle-ci l'écoutait, buvait ses paroles sans jamais sembler se lasser, du moins en apparence, car il avait bien remarqué de temps à autre son regard absent, mais peu importait… Ils ne se voyaient pas souvent, elle menait sa vie de son côté, parfaitement indépendante, et ne lui demandait jamais de comptes. Au début de leur liaison, il considérait cette attitude comme une preuve d'amour. Maintenant, il aurait aimé qu'elle lui posât un peu plus de questions, qu'elle s'intéressât à sa vie, à ses engagements, car parfois son attitude frôlait l'indifférence. Enfin, il s'en accommodait, comme il s'accommodait également de ne rien savoir d'elle. Lorsqu'ils se retrouvaient, ils allaient manger une pizza ou une tarte flambée *"Chez Jacques"* à Urmatt, puis rentraient, toujours chez lui, et baisaient jusqu'à pas d'heure dans la nuit.

Hier soir, ils n'étaient pas allés au restaurant à cause de la grève. Il était rentré tard, retenu par les consignes et les discussions avec les camarades qui passaient la nuit à l'usine. Elle l'avait attendu sur les marches de l'escalier qui menaient à l'appartement qu'il occupait dans une vieille maison à deux étages. Il avait été heureux de la voir, il ne l'attendait pas. À peine avaient-ils refermé la porte derrière eux qu'elle avait fait glisser sa robe sur ses épaules, dévoilant ses seins libérés et une jolie culotte bleu azur. Il l'avait entraînée sur son lit de célibataire et ils avaient fait l'amour.

Au réveil, lorsque la Couennante retentit, Christian s'était blotti contre elle. Le son de la sirène avait tout d'abord créé chez lui un mouvement de panique, il s'imagina en retard pour aller travailler, puis la grève lui revint à l'esprit et il s'apaisa ; il pouvait bien s'octroyer un petit surplus de sommeil.

Son amante dormait profondément, la tête noyée dans les profondeurs de l'oreiller. Il observa sa gorge fluette, ses épaules menues, ses seins qui se soulevaient à chaque respiration et qu'il avait saisis avec tant d'ardeur hier au soir. Il se pencha sur elle, sa main dégagea les mèches de cheveux chatoyantes qui masquaient sa joue et ses lèvres rondes comme un fruit gorgé de soleil. Doucement, il l'embrassa, puis son index effleura le bout d'un de ses seins, mais ne s'y attarda pas. Il continua à tracer des traits incertains sur son ventre ferme et tenta de se loger entre ses jambes serrées. La belle endormie fit un mouvement et retira délicatement ses doigts inquisiteurs de son sexe. Elle se mit sur le flanc et remonta doucement le drap sur ses épaules. Les ébats matinaux ne la tentaient pas, mais elle sentait l'ardeur de son compagnon cogner au creux de ses reins. Elle glissa sa main dans son dos, l'empoigna et le pressa dans sa paume en un va-et-vient langoureux. Il se laissa faire et blottit son visage dans la courbure de son cou, où il émit de petits râles de plaisir. Très vite, son corps se raidit en une ultime contraction et son plaisir se ré-pandit dans la main de la jeune femme, puis envahit le haut de sa hanche et coula sirupeux dans les draps. Christian Clévenot, l'établi prolétarien avait joui. Comme à chaque fois, il se sentit penaud et eut honte. Il ne comprenait pas bien ce sentiment, mais l'expliquait par des restes de morales judéo-chrétiennes, dont il n'arrivait pas à se débarrasser. Engourdi par son contentement, il voulut enlacer la jeune femme, mais elle se dégagea :

— Je vais prendre une douche, lui dit-elle.

Elle sortit du lit et, assaillie par la froideur du carrelage, elle se diri-gea vers la salle de bain sur la pointe des pieds. Ses cheveux défaits ondulaient sur ses épaules. Sa chute de reins, cambrée et encore souillée par la satisfaction récente de son amant, soutenait son dos frêle et musclé. Louise était belle et désirable comme une offrande aux Dieux.

*

La cafetière italienne frémissait sur la gazinière lorsque Louise rejoignit Christian dans la cuisine. Elle s'était changée, avait troqué sa robe pour un Levi's délavé et un débardeur blanc. Elle tenait à la main un petit sac de toile militaire et son casque intégral. Comme à chaque fois, lorsqu'il la voyait ainsi au petit matin, Christian pensait qu'elle partait pour ne plus revenir. D'ailleurs, même s'il n'osait pas se l'avouer, il savait au fond de lui que cela se terminerait ainsi. Louise était trop indépendante pour s'attacher à quelqu'un et encore moins à lui, qui n'avait que ses rêves d'émancipation ouvrière à lui offrir.

— Tu veux un petit café ? lui demanda-t-il.

Elle lui sourit et posa ses affaires sur le plan de travail, à côté de la gazinière.

— OK, répondit-elle en s'asseyant à table.

Christian lui avait parlé comme un enfant sentant la fin des vacances proches, étouffé par les souvenirs des bons moments qu'il regrettait déjà. Il était tiraillé entre le désir de lui avouer son amour et le ridicule bourgeois d'une telle déclaration. Comme à chaque fois, il s'abstint, tout ceci était tellement fleur bleue…

Il chercha un mug dans le buffet, puis une cuillère et un couteau sur la paillasse de l'évier qu'il disposa devant elle. À son tour, il s'assit et emplit la tasse de Louise d'un café fraîchement passé, dont l'arôme corsé flottait au-dessus de leurs têtes. Elle le remercia et but une timide gorgée. Ses cheveux humides étaient tirés en arrière et dégageaient son front. Elle avait un joli visage. Christian aurait aimé y compter les taches de rousseur qui mouchetaient ses pommettes et constellaient son regard bleu, un bleu sidéral, envoûtant comme une sortie dans l'espace sans possibilité, ni désir de retour.

— Que se passe-t-il ? lui demanda-t-elle.

— Rien, mentit-il. Je n'aime pas ce moment où tu vas partir et peut-être ne jamais revenir.

Elle sourit et posa sa main sur la sienne, peut-être par compassion ou simple pitié, pensa-t-il. Christian retira vivement sa main de l'étreinte de Louise et la glissa dans la cellophane transparente qui emballait ses biscottes. Il en sortit quelques-unes qu'il empila et beurra délicatement. Il devait parler d'autre chose, faire diversion et oublier cet instant ridicule où il s'était mis à nu et lui avait fait entrevoir ses sentiments.

— Le mouvement de grève a besoin d'être attisé !

Il avait lâché cette phrase sans réfléchir, il aurait tout aussi bien pu lui parler de la pluie et du beau temps. Il lui avait dit cela, comme si Louise faisait partie intégrante de l'usine, alors qu'il savait pertinemment que le sujet ne l'intéressait guère. Il aurait aimé partager avec elle autre chose que des nuits torrides, mais il s'y prenait mal.

Louise plongea sa biscotte beurrée dans son café, puis l'avala. Ils échangèrent quelques regards gênés et elle se leva de table, prit son casque et sa musette. Dans son dos, *"Betty Boop"* s'évertuait toujours à protéger sa pudeur. Elle se pencha sur Christian et déposa sur sa joue un baiser furtif qu'il aurait aimé éternel. Elle ouvrit la porte et dans l'entrebâillement, lui fit un petit signe de la main accompagné d'un sourire forcé. Quelques instants plus tard, Christian entendit le moteur de sa moto vrombir, il s'accrocha au bruit de la mécanique aussi longtemps qu'il le put. Inexorablement, celui-ci s'estompa et s'éteignit au loin.

*

Ce matin-là, Jacky Lafortune se leva également au son de la Couennante. Il avait mal dormi et un sale goût envahissait sa bouche. À peine avait-il ouvert les yeux, l'angoisse qui le tenaillait hier au soir le saisit à nouveau. Trop de choses se bousculaient dans son esprit, la grève certes, mais également les deux négros qui avaient débarqué chez lui tard dans la nuit de samedi à dimanche, et surtout, son entretien avec Modeste Janel… Tout cela lui broyait les tripes. Malgré les largesses d'horaire qu'autorisaient la grève, il ne put rester dans son lit plus longtemps. Il avait le sentiment de se noyer dans son grand lit conjugal, couvert d'un édredon de plumes datant encore de son enfance. D'un large geste, il souleva la couverture et s'assit sur le rebord du matelas. Ses chaussons, des Charentaises, l'attendaient sur la descente de lit. Comme tous les matins, ses pieds les trouvèrent sans trop chercher, puis il se leva et tout aussi automatiquement il vêtit sa robe de chambre qu'il avait jetée sur le traversin de feu sa femme.

Jacky Lafortune était veuf depuis bientôt quinze ans. Une maladie idiote, un cancer à la con avait en quelques semaines emporté son épouse et depuis, il n'avait jamais vraiment cherché à se remarier. Les premiers temps, la disparition de Madame Lafortune avait été cauchemardesque, surtout pour leur fille unique qu'il fallait dès lors élever seul. Puis, comme pour chaque chose, il s'était fait à la situation et bon an mal an, le train-train du quotidien avait repris le dessus dans sa famille amputée. Sa maison, dans les hauteurs de Labroque, surplombait la vallée et la décoration intérieure n'avait pas changé depuis la disparition de sa femme, sauf peut-être pour le téléviseur qui du noir et blanc était passé à la couleur.

Il ouvrit la porte de sa chambre et la referma délicatement derrière lui. Il ne voulait pas réveiller les gens qu'il avait accepté d'héberger bien malgré lui et puis… Il n'avait pas envie de les voir de si bon matin. L'entrevue avec Modeste Janel, le chef du personnel de Steinheil, le préoccupait trop.

Il descendit l'escalier de bois en évitant soigneusement les marches qui grinçaient. Dans le couloir du bas, il hésita à rallumer le Godin, mais décida que la saison n'apportait pas encore son lot de température trop basse. À cette époque de l'année, une petite flambée le soir était suffisante pour chauffer la maison et créer une ambiance chaleureuse. Il attendrait les prémices de l'hiver pour faire tourner à plein régime le poêle à bois. Il le dépassa et, par habitude, approcha sa main à plat sur la fonte pour s'assurer qu'il était effectivement bien éteint. Il l'était. Au bout du couloir, il ouvrit la porte vitrée de la cuisine. Mama Béa, Colonel du State Research Bureau Ougandai, fumait une Dunhill Mentholée et l'accueillit d'un regard sombre.

*

La Couennante hurla au loin, mais ne réveilla pas Modeste Janel. Celui-ci rêvait, un songe merveilleux où il sodomisait sa secrétaire. Le nez au vent, fier comme *"L'Ingénieux Hidalgo Don Quichotte de la Manche"* sur son destrier, il la cabrait avec passion. Elle l'implorait. Il la domptait. Tout allait pour le mieux dans le meilleur des mondes.
À vrai dire, il venait de s'endormir, car la nuit avait été blanche. Il l'avait passée à ressasser son plan, à y chercher des failles, mais en vain. Tout s'enclenchait à merveille et se déroulerait comme prévu, il n'en doutait point. Seulement voilà…

*

Madame Janel, Viviane de son prénom, se réveilla comme tous les matins au son de la Couennante. Elle était une femme énergique et pleine de vitalité, même si certaines mauvaises langues la trouvaient un tantinet austère et revêche. Elle portait sur le visage les marques de son éducation protestante et son sourire, rarement esquissé, était rigide comme la trique d'un maître d'école ascétique.

Vivi, doux surnom dont l'affublait son tendre mari au début de leur mariage, se dressa d'un bond et s'adossa au montant du lit. Elle regarda son conjoint qui, chose inaccoutumée, dormait encore. Son visage semblait aux anges, apaisé et serein, il souriait comme un nouveau-né fraîchement allaité. Un léger filet de salive balbutiait aux commissures de ses lèvres. Elle fut émue par tant d'innocence infantile et ce sentiment l'étonna, car elle n'éprouvait plus rien pour cet homme qui partageait sa couche.

Elle haussa des épaules et réajusta ses seins dans sa chemise de nuit ample qui, au grand dam de Monsieur Janel, ne valorisait pas son corps. De la paume de sa main, elle arrangea ses cheveux, tira sa mèche derrière son oreille et sortit une jambe hors des couvertures. Elle la glissa dans une mule rose puis fit de même avec la seconde et se leva doucement. Son mari dormait toujours, le visage marqué de plus en plus par un sourire béat. Délicatement, elle tira la porte de la chambre et descendit au rez-de-chaussée en pleine forme, vaillante et déterminée pour affronter cette nouvelle journée que le Seigneur, dans sa grande bonté, lui accordait.

Sa cuisine dernier cri était parfaitement rangée, ordonnée selon les règles et les contingences de sa vie de femme d'intérieur. Madame Janel ne travaillait pas, dans sa famille les femmes ne s'abaissaient pas à cela. Elle était maîtresse de maison, grand commandeur des tâches domestiques et seule décideuse quant à l'éducation de leur fils unique. Comme beaucoup, elle était très exigeante sur la manière d'élever son enfant et ne transigeait jamais sur ce qu'elle considérait comme être le fondement de toute éducation, soit un savant dosage d'enseignement scolaire et de foi protestante, luthérienne de préférence. Mais, du haut de ses sept ans, le petit Antoine, son trésor d'enfant, ne l'entendait pas toujours ainsi. À son grand désespoir, il semblait avoir hérité des défauts de son père. Comme lui, l'enfant acquiesçait toujours et ne la contredisait jamais, mais dès qu'elle avait le dos tourné, il n'en faisait qu'à sa tête. Il était rêveur et se soustrayait à ses responsabilités avec une rare dextérité, ce qui l'agaçait au plus haut point. Mais elle n'avait pas dit son dernier mot, il était encore temps de corriger le tir. Elle n'en doutait pas et vaille que vaille, avec l'aide de Dieu, elle accomplirait son devoir de mère. Quant à son mari, elle avait baissé les bras depuis fort longtemps.

Elle n'était pas dupe sur les coucheries de Monsieur Janel. À maintes reprises, elle avait découvert des indices, qu'une femme même peu soupçonneuse aurait qualifiés de compromettant : les cheveux blonds sur les épaules de ses vestes, Viviane était châtain foncé à tendance grise sur les côtés, le rouge à lèvres maladroitement nettoyé sur le col de ses chemises et ses slips tachés de foutre. À croire qu'il tenait vraiment à être découvert, tant il mettait peu d'entrain à dissimuler ses preuves accablantes.

Mais Viviane Janel se moquait des aventures de son Modeste. Elle connaissait, pour les avoir subis jusqu'à la procréation du petit Antoine, les assauts libidineux de son mari, qui selon elle dépassait le bon entendement dans un couple normalement constitué. Elle-même n'avait que très peu d'attirance pour la chose, hormis bien évidemment lorsqu'il s'agissait de donner la vie à un petit être. Alors que Monsieur Janel soit volage lui importait peu, bien au contraire elle remerciait Dieu de lui épargner ainsi son devoir, certes conjugal, mais tellement affligeant.

Elle mit la cafetière électrique Seb en position *"on"*. Instantanément, un gargouillis emplit la tuyauterie de l'appareil. Une délicieuse odeur de café, délicatement ébouillanté, se répandit dans la pièce. Elle dressa la table, bols, cuillères et petites assiettes sur des sets en plastique. Sur la gazinière, elle éteignit juste à temps le feu sous la casserole de lait qui commençait à monter. Elle le versa dans un bol où au préalable elle avait mis deux cuillerées d'Ovomaltine, puis se dirigea vers la chambre de son fils, en inspectant une dernière fois le couvert afin de vérifier qu'elle n'avait rien omis.

Elle ouvrit la porte avec mille précautions. Comme tous les matins, elle alla à pas de loup vers les rideaux de la chambre et les tira sans faire de bruit. Puis, elle se tourna vers le lit du petit Antoine qui baignait désormais dans une lumière diffuse. Elle s'arrêta net, pétrifiée par un effroi sans nom. L'horreur était à son comble, l'impensable s'était produit. Ses doigts fins agrippèrent ses joues, sa bouche se distordit de terreur, et un hurlement macabre jaillit des profondeurs de ses entrailles. La Couennante était bien ridicule en comparaison à ce cri de désespoir.

À l'étage, Modeste Janel sursauta. Son rêve délicieux lui échappa et, hagard il tenta de remettre son esprit en place.

*

Christian Clevenot claqua la porte de sa maison. Les rues de Rothau grouillaient de monde à cette heure si matinale. Les passants se pressaient vers l'usine, certains au radar, encore engourdis par le sommeil proche, tandis que d'autres, réunis par petit groupe discutaient déjà avec force et entrain. La route qui traversait la petite ville était également animée. Depuis le début du conflit, les ramassages de bus étaient totalement désorganisés et les ouvriers des villages voisins empruntaient leurs voitures personnelles pour se rendre à l'usine.

Christian respirait profondément l'air frais de ce matin. Le souvenir et le goût de la peau de Louise hantaient encore son esprit, mais il se dissipa peu à peu, se dilua dans ce qu'il considérait comme être le combat de sa vie, l'occupation de l'usine Steinheil.

Il savait que les ouvriers comptaient sur lui et qu'ils avaient mis en lui tous leurs espoirs. Mais Christian n'était pas dupe sur la situation, Jacky Lafortune disait vrai, lorsque le manque d'argent se ferait trop pressant, l'unité du mouvement s'effilocherait irrémédiablement. Pour faire face à ce problème, il avait bien envisagé une solution, mais il n'en avait fait part encore à personne. Il pensait à une action radicale, certes dangereuse et hors la loi, mais qui scellerait la cohésion de leur action : l'autogestion.

Rien n'était bien nouveau, d'autres usines engagées dans des luttes sur le long terme l'avaient déjà utilisée, comme à Besançon les ouvriers de Lip au début des années soixante-dix. Avait-il le choix ? La direction de Steinheil refusait catégoriquement de prendre en considération leurs revendications et leur opposait une fin de non-recevoir cinglante. Elle jouait la montre et savait que l'argent, comme dans les affaires d'ailleurs, était le nerf de la guerre. Le temps était leur allié, elle avait entamé une guerre d'usure qui ne pouvait que semer la pagaille parmi les plus remontés. À n'en pas douter, elle misait sur ce manque d'argent pour ramener à la raison ses employés, si dociles en temps normal.

Christian voulait proposer au comité de grève la réquisition du stock de tissu de l'entreprise, l'écouler par leurs propres moyens lors de *"vente sauvage"* et créer avec les sommes récoltées un fond d'entraide. Le moment était propice à ce type d'action. L'échec des dernières négociations avec Modeste Janel et le dédain avec lequel leurs revendications avaient été balayées d'un revers de la main avait provoqué une colère noire chez les grévistes. La stratégie de la direction était limpide, ne rien céder et laisser pourrir le mouvement. Les ouvriers, de leurs côtés, n'avaient plus rien à perdre. L'entreprise était sur la pente douce du déclin depuis le premier choc pétrolier de 73. Dans la vallée de la Bruche, les usines fermaient les unes derrière les autres. Le travail manquait terriblement et ce n'était pas la construction de la voie expresse qui relierait la vallée à Strasbourg et désenclaverait la région, qui les sauverait du chômage. Depuis longtemps déjà, le malaise était palpable dans les ateliers, et l'annonce du licenciement de quatre-vingts des leurs eut l'effet d'une allumette sur une nappe de gaz, elle embrasa la rage qui planait au-dessus des tissages.

Docilement, ils avaient accepté les précédentes charrettes, le gel des salaires, l'absence de formation. Ils avaient consenti à de nombreux sacrifices pour sauver leurs emplois, mais la situation ne cessait pas de se dégrader et allait de mal en pis. Le malaise contaminait en profondeur la vie locale, car toute la ville appartenait à l'usine. Elle logeait la plupart de ses employés dans des appartements de fonction rattachés à l'entreprise, elle subventionnait les associations sportives et culturelles, les commerces dépendaient de sa prospérité financière, bref, toute l'activité locale vivait au son de la Couennante.

Cette fois, plus que jamais les ouvriers étaient déterminés à ne pas céder. Christian en était conscient et avait l'intention de battre le fer tant qu'il était chaud.

D'un pas déterminé, il s'apprêtait donc à rejoindre sa fratrie ouvrière, bien résolu à lui proposer la spoliation du fruit de son travail. Ceci était pour Christian la première marche vers un projet de plus grande ampleur qu'il couvait soigneusement depuis son embauche chez Steinheil. L'autogestion n'était pas un vain mot, l'outil de travail devait appartenir à ceux qui travaillaient.

Il atteignit la rue principale de Rothau et rencontra son ami Ibrahim qui l'accueillit avec un grand sourire. La grève le rendait heureux. Ils firent quelques pas sur le trottoir étroit en échangeant des banalités d'usage. Après quelques pas, ils arrivèrent en vue du bureau de presse à côté de l'Église catholique. Sur la petite place, de nombreux ouvriers discutaient et l'agitation semblait battre son comble. Christian sentit tout de suite que quelque chose de grave venait de se produire. Ibrahim et lui accélèrent le pas. Lorsqu'ils rejoignirent le groupe qui grossissait de plus en plus jusqu'à déborder sur la chaussée, des fourgonnettes Renault de la police débouchèrent à l'angle de la maison de Dieu, toute sirène hurlante. Tous les regards se posèrent sur le convoi policier. Celui-ci emprunta la petite route qui menait à l'usine, passa devant l'entrée sans ralentir et tourna sur la droite, un peu avant les bureaux administratifs.

Le sang de Christian Clevenot ne fit qu'un tour. Il joua des épaules pour atteindre le centre de cet essaim, qui en quelques minutes avait grossi en nombre et densité. Voyant qu'il s'agissait de lui, la plupart des ouvriers s'écartèrent et le laissèrent passer, tandis que des voix effrayées le haranguaient :

— L'enfant de Monsieur Janel a été enlevé !

Le jeune établi reçut la nouvelle en pleine face, il vacilla et se retint à des bras salvateurs. Du coin de l'œil, il vit Jacky Lafortune, blême comme la mort.

Chapitre 9

Mardi soir, douzièmes jours d'occupation de l'usine Steinheil, six heures avant le rapt du fils Janel.

Strasbourg, quartier des entrepôts désaffectés de la SNCF, la boîte de nuit le *"Milky Way"* rugissait sous les décibels. Devant l'entrée de l'établissement, Hansi, le *"biker"* officiant ès qualités de videur, s'époumonait à expliquer que le club était complet et qu'il ne pouvait plus laisser entrer quelqu'un. La jeunesse hirsute n'en avait cure et rageait de ne point assister au concert de *"Lili Perdrix et ses Comtesses Ferrailles"*. Hansi, en bon professionnel, tentait de garder son calme et déployait des trésors de diplomatie pour expliquer à ce surplus de clients évincé que d'autres dates de concert étaient prévues pour le lendemain et le surlendemain. Déçus, les retardataires s'en allaient, n'omettant pas toutefois d'adresser des insultes à l'encontre du videur, cerbère à la solde de cette société de merde. Hansi prenait sur lui et ne rétorquait rien, puis d'autres bandes de jeunes débarquaient et le cirque recommençait.

Un peu plus loin dans une ruelle sombre, perpendiculaire à la rue du *"Milky Way"*, stationnait la Maserati Merak 2000 GT de Mama Béa. Seul le rougeoiement intermittent d'une cigarette indiquait une présence dans l'habitacle de la voiture de sport. La Vierge Noire n'était pas entrée dans la boîte de nuit. Elle y avait envoyé Monsieur Sibuana en éclaireur, convaincue qu'elle-même dans un tel endroit, se ferait remarquer aussi vite qu'une starlette en début de carrière dans un carré VIP. Alors elle patientait et fumait ses Dunhill mentholées les unes derrière les autres. Alfredo ne tarderait pas à revenir au rapport.

*

Lili Perdrix joignit ses talons aiguilles, glissa sa Télécaster dans son dos et une main le long de sa cuisse, l'autre tenant le manche de sa guitare, elle s'inclina devant son public. Ses seins barrés d'une croix noire de sparadrap suivirent le mouvement, puis elle se redressa tendant le bras au-dessus d'elle en signe de victoire. La fine sangle de son instrument accroché dans son dos scindait sa poitrine arrogante. Libérée de sa guitare, le public pouvait apprécier le tracé en huit de sa silhouette, ses hanches parfaitement dessinées, son nombril trouant son ventre ferme et sa peau luisante, ruisselante de transpiration électrique. D'un geste, elle dégagea ses cheveux trempés qui se collaient à ses joues, elle haletait encore, essoufflée par tant d'énergie déversée dans sa musique. Elle irradiait, son public n'avait de cesse de l'acclamer, de la siffler d'admiration et de la vénérer comme une icône. Elle quitta la scène, précédée de ses musiciens qui saluaient également la salle. À l'entrée des *"backstage"*, Wilko Johnson, le guitariste robotique de Dr Feelgood, l'applaudissait à tout rompre.
Au fond de la salle, à l'extrémité du bar, Joseph regardait Lili et ne manqua pas le clin d'œil malicieux qu'elle lui adressa. Il lui répondit par un sourire tout en retenue et leva son verre de gin coca en guise

de bravo. Bien plus qu'elle ne se l'imaginait, Lili Perdrix, avec ou sans ses Comtesses Ferrailles, avait épaté son garde du corps.

*

Alfredo Sibuana saisit la main de la barmaid blonde, l'approcha de sa bouche et y déposa un baiser aristocratique. Elle eut tout d'abord un mouvement de réticence, puis se laissa faire gênée et fort peu habituée à ce type d'effusion dans ce genre d'endroit. Il se releva flamboyant et lui décrocha un sourire complice, illuminé par quelques dents en or. La blonde pouffa, lui répondit par une révérence malhabile et retourna à ses bouteilles. À n'en pas douter, le charme d'Alfredo avait encore opéré, comment en aurait-il pu être autrement?
Sur la scène du *"Milky Way"*, les *"roadies"* s'affairaient à permuter les instruments des musiciens. Ils n'avaient que peu de temps pour remplacer la batterie, les amplis ou les pédales d'effets des Comtesses Ferrailles par le matériel de Dr Feelgood. Alfredo avait assisté au concert et fut impressionné, pas tant par la musique, il exécrait le rock'n'roll qu'il considérait comme l'expression bourgeoise d'une jeunesse en manque de frissons, mais par la prestation de la chanteuse et surtout par la sensualité qu'elle dégageait.
Il quitta le comptoir et tenta de se frayer un chemin vers la sortie parmi les aficionados du devant de la scène qui après ce déluge d'électricité se ruaient vers le bar. Alfredo Sibuana était grand, bien plus que le lambda moyen. Sa tête dépassait largement au-dessus de ce flot d'assoiffés, de telle sorte qu'il ressemblait au périscope d'un sous-marin jaillissant d'une marée humaine. Sa tête, perchée sur son long cou, ondulait au rythme des marées en un ressac asynchrone, avançant de quelques pas puis reculant d'autant. Malgré cette baignade parmi ses congénères en sueur, il affichait toujours son sourire débonnaire de black courtois. Il atteignit enfin les escaliers, se

courba légèrement pour ne pas se cogner au plafond et monta les marches deux à deux. Il passa devant le guichet de l'accueil vide et enfin sortit de l'établissement. Devant le pas-de-porte, Hansi se débattait toujours avec des jeunes qui voulaient entrer dans la boîte. Alfredo héla le videur et lui adressa un petit signe de la main. Hansi délaissa un instant sa faune récalcitrante et posa sur lui son regard torve. Il chercha dans les circuits de sa mémoire surchauffée qui était ce grand noir qui le saluait, mais ne trouva pas de réponse. Par politesse, il lui rendit son salut et retourna à ses jeunes clients.

Alfredo Sibuana disparut dans la pénombre de la rue. Seuls les fers de ses mocassins bicolores claquaient sur l'asphalte.

*

Le *"Milky Way"* s'enflamma de hourras frénétiques. Dr Feelgood entama son show avec *"She Does It Right"*. Aux premières notes, Wilko Johnson sauta en l'air et fit des allers-retours entre la batterie et le devant de la scène. Transporté par les assauts de sa six cordes, il mitraillait le public avec le manche de sa guitare. Lee Brilleaux cracha le premier couplet, lui aussi avait le regard cloué sur la foule qui était déjà en transe. À chaque fin de phrase, il martelait l'air avec son micro, alors que Wilco lui faisait écho avec quelques notes arrachées à sa Télécaster. La musique était sauvage…

*

Alfredo Sibuana sortit du coffre de la Maserati une mallette de moleskine rouge aux coins arrondis et protégés de cornières en fer-blanc. Mama Béa, toujours assise à la place passagère du bolide, éteignit sa Dunhill mentholée dans le cendrier déjà débordant. Sa portière s'ouvrit, tenue par Alfredo légèrement effacé sur le côté.

110

L'attitude solennelle de son subalterne ressemblait à celle des portiers du Nile Hôtel de Kampala. La Vierge Noire s'extirpa de la voiture de sport, non sans difficultés, puis se planta devant son homme de main. Alfredo osa un regard discret sur son Colonel du State Research Bureau Ougandais. Ses yeux avaient quitté le monde qui l'entourait, la Vierge Noire était en transe.

*

Dr Feelgood poursuivit son set par une chanson dont les aficionados connaissaient chaque mesure : *"Milk and Alcohol"*. Les jeunes punks avaient quitté le devant de la scène pour laisser la place aux vrais amateurs de *"Pub Rock"*. Quant aux Père Wanabee et Joseph, ils s'étaient frayé un chemin jusqu'aux vestiaires.

Dans la pièce exigüe, qui servait de loge aux musiciens, l'ambiance était à la rigolade. Ils étaient satisfaits de leur prestation et savouraient leur succès. Au moment où, le prêtre et le garde du corps pénétrèrent dans la pièce, Lili était assise devant un miroir, une serviette-éponge sur les épaules et criait de douleur lorsqu'elle s'arrachait un des rubans adhésifs qui masquait le bout de ses seins. Elle était redescendue sur terre et hormis cette croix noire, obstacle effronté à sa nudité, elle était redevenue la jeune fille qu'il connaissait avant sa métamorphose sur scène. Quand elle les aperçut dans le reflet de son miroir, elle eut un geste de pudeur et cacha ses seins. Les trois musiciens se tenaient un peu à l'écart, assis sur des chaises pliantes en plastique et chacun sirotait joyeusement une bière.

— La voie est-elle libre, mon cher corps défendant, demanda-t-elle à Joseph, sourire moqueur de rigueur.

— Je l'espère, lui répondit-il gravement.

Puis il ajouta, mais cette fois en riant :

— De toute manière, tu n'as rien à craindre. La première balle

111

sera toujours pour moi. Par contre, après, il faudra que tu te débrouilles toute seule !

*

La Vierge Noire et son acolyte Alfredo Sibuana rasaient les murs afin d'éviter les lumières des lampadaires. Ils atteignirent une petite porte dérobée sur le côté d'une bâtisse, face à l'entrée du *"Milky Way"*. Alfredo ouvrait la voie. Ils n'eurent aucune difficulté à pénétrer dans l'entrepôt, d'autres avant eux s'y étaient déjà aventurés et leur avaient facilité l'entrée. La petite porte bâillait comme une âme en peine. Les planches clouées sur les montants n'avaient été d'aucune utilité pour dissuader les intrus. Un coup de pied généreux avait suffi pour faire voler en éclats cette mince barrière et désormais l'accès était libre à tous les squatteurs et junkies à la recherche d'un endroit discret pour se droguer.

Alfredo Sibuana pénétra le premier dans la pénombre du bâtiment et hésita quant à la direction à emprunter. Mama Béa le suivait de près. Son esprit était absent, elle s'était muée en une machine froide et déterminée. Son subalterne, qui n'en était pas à sa première mission avec elle, en avait des sueurs glacées entre les omoplates.

Après quelques flottements, ils se dirigèrent à l'autre bout du hangar, là où une lumière pâle provenant de petites fenêtres disposées haut sur le mur d'en face éclairait une rampe métallique. Ils cheminèrent prudemment, évitant de trébucher sur un quelconque objet noyé dans l'obscurité du sol. Alfredo serrait contre son torse la petite mallette de moleskine comme s'il s'agissait du Saint Calice, tandis que dans son sillage, la Vierge Noire le talonnait.

Le dépôt à l'abandon était haut de plafond et était construit d'un seul bloc. Seule une partie au fond comportait un étage ouvert sur le rez-de-chaussée qui autrefois devait servir de rayonnage. Ils atteigni-

112

rent la rambarde et gravirent les marches de fer. Au premier étage, ils profitèrent de la lumière tamisée, projetée par la rangée de fenêtres du mur d'en face, pour se situer. Alfredo grava dans sa mémoire la topologie des lieux, le moindre détail était important en cas de fuite précipitée.

Il s'agrippa aux montants qui constituaient l'armature des anciens rayonnages et les escalada comme s'il s'agissait d'une échelle. Au sommet, sous la charpente de bois et de tuiles, il ouvrit un vasistas et se hissa sur le toit en ayant au préalable glissé sur le côté, la mallette de moleskine. Il apprécia l'air frais qui l'accueillit et détailla rapidement les alentours. Puis, il s'accroupit sur le trou noir de la lucarne, prit appui sur le rebord couvert de zinc et s'y pencha bras tendu pour aider son Colonel à se hisser. À son grand étonnement, la Vierge Noire avait déjà gravi les étagères et l'attendait… Imperturbable comme la mort.

*

Lili Perdrix avait pris une douche, puis enfilé un 501, un polo Fred Perry rouge avec un liseré blanc au col et chaussé une paire de Gazelle dans les mêmes tons. Pour le maillot, elle s'était acharnée sur le logo de la marque fétiche des skinheads et avait maladroitement défait la broderie des lauriers. Joseph, impassible, l'attendait sur l'une des chaises pliantes précédemment occupées par les musiciens. Ceux-ci, accompagnés du Père Wanabee étaient retournés dans la salle pour profiter du concert de Dr Feelgood.

Lili prenait son temps. Elle avait besoin de redescendre de ce volcan de lave tendue où elle avait emmené ses musiciens et son public. La douche l'avait apaisée et, désormais seule avec son garde du corps, cet étrange silence qui régnait dans la pièce la mettait mal à l'aise. En retournant s'asseoir à sa coiffeuse décorée d'une guirlande d'ampoules blêmes, elle observa son garde du corps. Il était soucieux.

Elle colora ses lèvres avec un tube écarlate, souligna son regard d'un trait sombre, puis rangea son maquillage dans une trousse de toilette. De temps à autre, elle revenait discrètement sur Joseph, qui semblait toujours aussi absent ou feignait de l'ignorer.

— Joseph, susurra-t-elle.

Le garde du corps sursauta et sortit de sa torpeur.

— Oui, demanda-t-il en se raclant la gorge.

— Ça t'embête d'être là ?

— Non. Pourquoi me poses-tu cette question ?

— Tu sembles tellement loin.

— Ça va, ne t'inquiète pas pour moi, lui répondit-il par reflet interposé.

Joseph pensait à Louise. Où était-elle en ce moment ? Que faisait-elle ? L'avait-elle déjà oublié ? Durant son escapade italienne aux côtés du gars Ralph, il avait endossé une sorte d'armure contre les sentiments. Son manque d'elle ne l'avait effleuré qu'en surface, enfin, croyait-il. Mais à son insu, le mal s'était insinué par tous les pores de sa peau et lui avait inoculé la maladie. Aucun sérum au monde ne serait assez efficace pour le guérir, fuir n'avait rien arrangé, bien au contraire.

Lili pivota sur son siège et lui fit face. Elle n'était plus l'icône maléfique qu'il avait aperçue tout à l'heure sur les planches de la scène. Ses bras dénudés pendaient entre ses jambes, son menton se perdait dans l'échancrure de son Fred Perry et à son tour, son regard se noyait sur le bout blanc de ses gazelles tournées vers l'intérieur. Joseph se redressa sur sa chaise et chercha son paquet de Camel sans filtre dans la poche de son pantalon.

— Tu veux me dire quelque chose, lui demanda-t-il en se levant et s'avançant vers elle.

Elle ne répondit pas. Ses yeux étaient arrimés au sol et rien ne pouvait l'en détacher. Joseph s'accroupit et posa ses deux mains sur ses genoux. Puis, il se pencha par en dessous afin de voir son visage. Des larmes coulaient sur ses joues. Ni sanglots, ni gémissements ne les accompagnaient, elles se déversaient en silence, retenues depuis tant de temps. Joseph écarta la frondaison de ses cheveux, rempart fébrile qui voilait sa tristesse, et tenta de l'accrocher délicatement à son oreille. En vain, les mèches noires retombèrent comme un rideau de théâtre sur la fin d'une scène dramatique.

— Lili je t'en pris, tenta-t-il d'articuler d'une voix douce et apaisée.

— Ce n'est rien Joseph. Ça va me passer, ne t'inquiète pas, le rassura-t-elle en reniflant.

Ses yeux embués et ses chaudes larmes avaient délavé son maquillage. Des hachures de fusain, par endroits estompées, dessinaient son chagrin sur ses joues. Puis ne pouvant contenir plus longtemps sa peine, elle se jeta au coup de son garde du corps. Enfin, elle se laissait aller et éclata en sanglots. Joseph l'accueillit dans ses bras et il sentit dans le col de sa chemise se déverser les brûlures lacrymales de son désarroi.

— J'ai peur Joseph…, j'ai tellement peur. Je ne veux pas mourir. Il lui saisit la tête entre les deux mains puis colla son visage contre le sien. Ses cheveux humides se collèrent à sa joue, ils sentaient la pomme verte. Elle s'écarta légèrement de lui et plaqua sa bouche dans son cou puis elle remonta sur sa barbe rêche comme de la toile émeri. Ses baisers étaient brûlants, elle les assénait maladroitement, peut-être avec la ferveur du désespoir et enfin, elle trouva les lèvres de Joseph.

*

La position était idéale. La Vierge Noire épaula fermement son fusil, un Mannlicher-Carcano, réplique exacte de l'arme utilisée par Lee Harvey Oswald pour abattre Kennedy. Au début, elle avait eu du mal à s'habituer à sa visée si particulière, mais son obstination avait payé et désormais, ses tirs groupés étaient d'une précision sans faille. L'œil plaqué contre la lunette, elle pointa son viseur entre les deux yeux d'Hansi, le bulldog du *"Milky Way"*. Elle retint sa respiration. Son index enroula la gâchette qu'elle pressa légèrement puis se retira vivement. Elle expira un long souffle silencieux, tout était parfait, elle n'avait plus qu'à attendre le signal de Monsieur Sibuana qui se tenait derrière elle et scrutait sans faiblir l'entrée de la boîte. La blonde qu'il avait aguichée au comptoir le lui avait certifié, il n'y avait pas d'autres sorties.

La mallette de moleskine rouge béait aux pieds de la Vierge Noire. L'empreinte des différentes pièces du Mannlicher avait été moulée dans de la mousse souple et protectrice. Elle avait assemblé l'arme sans quitter des yeux l'entrée du *"Milky Way"*. Pour elle, il s'agissait d'une simple formalité, elle s'était entraînée si souvent à cet exercice, parfois les yeux bandés ou une main attachée dans le dos, que l'opération s'était effectuée en quelques secondes. Ensuite, elle avait cherché le meilleur angle de tir et l'avait trouvé tout aussi rapidement. Son expérience était indéniable, jamais, lors de ses précédents contrats, elle n'avait raté sa cible.

*

Joseph se sentait embarrassé par ce baiser et Lili l'était tout autant. Il évita son regard et lorsque le Père Wanabee les rejoignit, il fut soulagé. Son arrivée brisa l'atmosphère de gêne qui régnait entre eux. Le concert de Dr Feelgood touchait à sa fin, la salle hurlait et réclamait un rappel. Quant aux Comtesses Ferrailles, elles étaient restées au bar à boire des verres avec des fans.

— Il faut se préparer à sortir, lança le prêtre.

Sa voix traduisait une certaine angoisse. Ses mots se précipitaient, se bousculaient dans sa bouche et malgré ses efforts, il dissimulait mal son appréhension.

Joseph lui lança un regard noir, puis se tourna vers Lili :

— Tu es prête ?

Elle enfila sa veste de jean's, puis avant de lui répondre, elle sortit ses cheveux emprisonnés sous la toile et réajusta son col.

— C'est OK pour moi.

Elle avait repris du poil de la bête et affichait cette belle assurance qui la caractérisait. Mais Joseph n'était pas dupe, il sentait la peur se dissimuler derrière cette apparence bravache.

— Tu peux m'offrir une cigarette ? lui demanda-t-elle.

Joseph lui tendit son paquet de Camel, puis se tourna vers le portemanteau où était suspendu son parka, souvenir de son service militaire dans l'armée de Franco. Il l'enfila par-dessus son costume noir, réajusta la capuche dans son dos, ferma le dernier bouton de sa chemise blanche et resserra le nœud de sa cravate.

— Joseph, entendit-il derrière lui.

Il se tourna et vit Lili une cigarette éteinte entre les lèvres.

— C'est meilleur avec du feu, dit-elle ironiquement en secouant la Camel avec sa bouche.

Joseph fouilla en vain les poches de son pantalon puis se souvint qu'il avait déposé son Zippo sur le rebord de la table, devant le miroir. Son regard fureta parmi les pots à pinceau de maquillage, une boîte de Kleenex et une revue musicale qui présentait en couverture Chris Bailey and The Saints.

— Derrière toi, à côté de la boîte à mouchoir, lui dit-il en tendant le bras dans la direction du briquet.

Lili farfouilla sur la table, saisit le Zippo et alluma sa cigarette. Dans le reflet du miroir, elle vit son garde du corps soulever le pan de son parka. Il vérifiait son fusil à canon scié, puis le raccrocha à un système de lacet, spécialement conçu pour dégainer rapidement.

— Joseph, appela à nouveau Lili.

Mais celui-ci ne l'entendit pas, il était déjà dans le couloir et s'assurait que la voie était libre. Elle glissa le Zippo dans la poche gauche de sa veste en jean's et fit le tour de la pièce du regard. Elle n'oubliait rien, elle était prête.

Joseph revint dans l'embrasure de la porte et fit signe à Lili de s'approcher. Elle s'exécuta et le rejoignit en quelques enjambées. Le prêtre leur emboîta le pas et referma la porte derrière lui.

Le plan de Joseph ne se résumait à pas grand-chose. Il avait décidé de sortir avec le public dans un anonymat qu'il espérait le plus complet possible. Dans le couloir des coulisses, le Père Wanabee les dépassa sans dire un mot. L'heure n'était plus aux palabres. Il était convenu qu'il prendrait au passage les musiciens, les emmènerait et irait chercher le Bedford garé dans une rue adjacente. Ensuite, il reviendrait se ranger, moteur allumé, le plus près possible de l'entrée de la boîte de nuit, et attendrait leur sortie.

Lili et Joseph laissèrent filer le prêtre et s'arrêtèrent derrière la porte qui s'ouvrait sur la salle. Le garde du corps lui fit face :

— OK ?

Lili mit la main à la poche arrière de son Levi's et en sortit un bonnet bleu marine à fines mailles. Elle l'enfila sur sa tête et y dissimula ses mèches de cheveux. Joseph l'aida, puis l'enfonça bien bas sur le front. Elle prit une paire de lunettes noires et se barra le regard. De son côté, Joseph attrapa le col de sa veste en jean's et le releva afin qu'il dissimulât le bas de son visage. Il la tenait ainsi lorsqu'elle posa ses mains sur les siennes. Elle ressemblait désormais à un garçon manqué. Il ne distinguait pas l'expression de son regard dissimulé derrière ses verres noirs, mais il le pressentait. Il l'attira à lui, elle se laissa faire. Elle se mit sur la pointe de ses gazelles et Joseph déposa un baiser protecteur au coin de ses lèvres. Lili n'eut pas le temps d'en savourer la douceur. Il lâcha le col de sa veste et lui prit la main. D'un geste brusque, il fit voler la porte. Elle s'ouvrit sur la boîte enfumée où le public se vidait petit à petit. Joseph serra fort sa protégée et, sans aucune hésitation, ils plongèrent dans la comédie humaine.

*

Alfredo était aux aguets. Il dévisageait scrupuleusement toutes les femmes qui sortaient du *"Milky Way"*. La boîte se vidait par petites grappes rieuses ou brailleuses, cela dépendait de la quantité d'alcool ingurgitée. Soudain, les lumières d'un véhicule se répandirent dans la ruelle. Tel un laser chirurgical, elles balayaient les façades des entrepôts, progressaient et les replongeaient dans l'obscurité après son passage. Les sens de la Vierge Noire se mirent en alerte. La venue de cette camionnette n'était pas anodine. Elle pointa son arme sur l'entrée de l'établissement et plaqua son œil sur la lunette du Mannlicher avec un sang-froid sans égal. Son rythme cardiaque ralentit jusqu'à entrer en apnée.

Le Bedford se gara au milieu de la rue, sous les réprobations des jeunes punks qui n'appréciaient guère qu'on les délogeât du bitume où ils avaient élu domicile pour écluser leurs bières. Le moteur du véhicule tournait au ralenti et ses veilleuses étaient allumées. Hansi, que le Père Wanabee avait mis dans la confidence, fixait le pare-brise de la camionnette. Il vit un geste dans la pénombre de l'habitacle qu'il interpréta comme étant le signal de lancement de l'opération. La vierge Noire ne respirait plus, elle attendait sa cible…

Hansi se tourna vers l'entrée de la boîte puis fit un petit signe discret de la main, accompagnée d'un petit sifflement.

Joseph apparut sur le pas de la porte. Lili était en retrait derrière lui, dissimulée dans la pénombre de l'entrée du club. Le garde du corps fit un bref topo de la situation. Il estima la distance qui les séparait du Bedford à une quinzaine de mètres…

Monsieur Sibuana pressa l'épaule de la Vierge Noire, qui plaqua son index sur la gâchette de son Mannlicher-Carcano.

— C'est elle, lui souffla-t-il.

Joseph attrapa Lili, mit son bras autour de son coup et l'entraîna dans les lumières de la rue.

Douze mètres, huit, sept…

Lili courait légèrement courbée en tenant le col de sa veste plaqué sur son visage.

Six mètres, cinq, quatre…

Joseph perçut un bruit métallique, le claquement du verrou d'une arme, mais il était déjà trop tard, le coup de feu retentit.

Trois mètres, deux…

Lili se déroba sous son bras. Il la rattrapa in extremis et la soutint comme il put. Le regard de la jeune chanteuse quittait ce monde, Joseph l'entr'aperçut… Jamais il ne l'oublierait, il ne pourrait plus s'en défaire, il était tatoué en lui et serait sa mauvaise conscience pour l'éternité.

La mort était une salope !

Fin de la 1ère partie

Partie 2 :
Idi Amin, mon amour

Chapitre 10

Treizièmes jours d'occupation de l'usine Steinheil, les grévistes sont aba-sourdis par la nouvelle de l'enlèvement du fils Janel.

La pendule surplombant l'angle de l'entrée de l'usine Steinheil mar-quait midi, mais peu de monde se résigna à retourner chez lui pour déjeuner. L'ensemble des grévistes avait accusé le coup en apprenant la nouvelle du kidnapping. L'incompréhension et la stupeur étaient sur toutes les lèvres. Qui avait bien pu fomenter une telle chose ? Les discussions se mêlaient aux questionnements et chacun y allait de son interprétation, mais à vrai dire, personne ne savait rien et c'était bien ce manque d'information qui rongeait les esprits.
En fin de matinée, les grévistes avaient assisté au déploiement d'une fourgonnette de cinq gendarmes venus en renfort de Molsheim. Ils s'étaient alignés devant la grille de l'usine, dos à la banderole. Après quelques échanges avec les forces de l'ordre, les ouvriers avaient ap-

pris qu'un peloton de CRS devait venir les épauler dans l'après-midi. Hormis les quelques curieux qui les avaient questionnés, les gendarmes ne leur avaient pas adressé la parole et n'étaient pas entrés dans l'enceinte de l'usine.

Christian Clevenot s'était mis à l'écart, il réfléchissait, assis sur les marches d'une des machines qu'il surveillait en temps normal. Le silence régnait dans l'atelier et contrastait terriblement avec les journées où le vacarme des mécaniques lui crevait les tympans ; il se demandait même souvent comment Ibrahim tenait au tissage, là-bas, le bruit était encore pire. Du plafond tombaient des fils reliés à des centaines de bobines que les machines enroulaient. Son travail consistait à vérifier que tout se déroulait correctement. Lorsqu'un fil se brisait et que la bobine s'arrêtait, il reliait les deux bouts avec ses doigts enduits de salive, puis manuellement il faisait faire quelques tours à la bobine et la relançait. Des années à ce poste et il était toujours aussi étonné que cela tienne avec si peu. Son travail était monotone, rébarbatif, comme pouvaient l'être tous les métiers en usine.

Après avoir appris l'enlèvement du fils Janel, il avait eu besoin de s'isoler. Aucune information sur les faits n'avait transpiré, il ne savait rien à proprement dit des conditions du rapt de l'enfant Janel, mais il sentait le besoin de recadrer cette affaire dans le contexte de la grève. Demain, à n'en pas douter, la presse en ferait ses gros titres et dévoilerait plus de détails sur l'affaire. Elle préciserait notamment si une rançon avait été réclamée ou si la police avait découvert sur les lieux, des éléments qui permettraient d'identifier les ravisseurs.

Cependant, Christian Clevenot avait déjà acquis une certitude, cette histoire tombait au plus mal. Il craignait qu'elle ne sapât la détermination du mouvement de grève. La plupart des ouvriers de l'usine avaient une famille, des enfants du même âge et cet enlèvement ne pouvait éveiller chez eux qu'identification et compassion. L'empathie n'était pas mère de combativité. Et puis, il fallait bien aborder ce sujet : était-ce quelqu'un de l'usine qui avait perpétré ce rapt ?

Si tel était le cas, tout s'écroulerait et l'avenir des contestations ouvrières dans la vallée de la Bruche s'en verrait altéré à jamais. Il passa en revue ses compagnons de lutte, mais aucun n'avait le profil du ravisseur d'enfant. Bien évidemment, il ne pouvait pas se porter garant de chacun d'entre eux, surtout du côté des cégétistes, où depuis longtemps déjà, certains cultivaient à son encontre une véritable rancœur.

Christian quitta l'atelier et rejoignit les grévistes dans la cour. À l'extérieur, le froid de l'automne le surprit, et ce, malgré un beau ciel bleu et un soleil luisant. Il remonta la fermeture Éclair de son blouson de toile verte et souleva son col de fourrure synthétique. Il traversa la cour et rejoignit Ibrahim qui discutait en arabe avec d'autres Algériens, un peu à l'écart des ouvriers. Christian sentit les regards se poser sur lui. Des coups d'œil furtifs et discrets, comme si chacun craignait de le regarder en face et de lui poser la question qui les taraudait :

— Et maintenant, qu'est-ce qu'on fait ?

Christian héla Ibrahim. Celui-ci quitta ses condisciples et accourut à sa rencontre.

— Ibrahim, lui dit le jeune établi, combien de fois t'ai-je demandé de vous mélanger ? Les Arabes ne doivent pas rester à l'écart, sinon lorsque vous soutenez mes propositions, les Français vont croire qu'ils votent pour les immigrés.

Christian était nerveux, agacé de se répéter sans cesse. Il s'était adressé à Ibrahim en lui chuchotant à l'oreille, mais il avait tenu ses propos avec force et véhémence. Le Maghrébin s'écarta de lui et lui répondit d'un ton tout aussi irrité :

— Je voudrais t'y voir, c'est tout juste s'ils ne nous accusent pas d'être les auteurs du kidnapping.

125

Dans son regard, si rieur en temps normal, se lisait son désarroi. Christian eut envie de jurer, mais s'abstint. N'avait-il pas suffisamment d'ennui pour ne pas y ajouter le racisme ordinaire? Il était temps de reprendre les choses en main.

— Il faut réunir de toute urgence les représentants syndicaux, dit-il à d'Ibrahim.

Puis, il poursuivit :

— Préviens tous les délégués que je les attends dans la loge du concierge. Qu'ils se pressent!

Ibrahim sentit revenir en lui sa ferveur combative, une chape de plomb s'était abattue sur les esprits depuis l'annonce de l'enlèvement du fils Janel. Il s'empressa de chercher parmi les petits groupes d'ouvriers, où se trouvaient les représentants des grévistes. Puis, il se tourna vers Christian :

— Au fait, j'ai oublié de te dire. Ce matin, Jacky Lafortune s'est senti mal, il est retourné chez lui.

L'établi sentit une lame acérée lui percer le ventre.

*

Mama Béa s'était levée tôt, bien avant l'appel de la Couennante. À vrai dire, elle n'avait pas fermé l'œil de la nuit, mais elle savait qu'il en était ainsi après chaque mission. Elle avait besoin de se réapproprier son corps, de sentir la vie reprendre possession de sa chair et de quitter cet état de transe dans lequel elle avait besoin d'entrer pour donner la mort. Plus qu'à l'accoutumée, un détail la tracassait, elle avait visé la tête et la balle avait atteint le cœur. Pour le quidam lambda, cela ne changeait rien, à l'heure actuelle son contrat gisait à la morgue et attendait les approfondissements chirurgicaux du médecin légiste. Mais pour la Vierge Noire, en stakhanoviste pointilleux, la mort devait pénétrer entre les deux yeux et non ailleurs. Une professionnelle de son acabit ne pouvait pas sous-estimer cette divergence de résultat, cela indiquait qu'elle ne maîtrisait plus son tir au millimètre près. Était-ce là, les prémices avant-coureurs d'une vieillesse naissante, d'une retraite, dont elle avait banni jusqu'ici le mot ?

Elle avait allumé sa troisième Dunhill mentholée lorsque leur hôte, Monsieur Jacky Lafortune, l'avait dérangée dans ses tracasseries professionnelles. Celui-ci était vêtu d'un peignoir élimé, assorti à sa paire de charentaises, ou peut-être était-ce l'inverse. Il avait la barbe dure et les cheveux en bataille.

Mama Béa l'avait accueilli le menton en proue de galion et l'avait toisé la paupière mi-close.

> — Bonjour Madame, l'avait-il salué en refermant derrière lui la
> porte vitrée qui menait au couloir.

Apparemment, il avait été surpris de la trouver de si bonne heure dans sa cuisine. Son regard s'était froncé et il lui avait mal dissimulé son embarras. Jacky Lafortune n'avait pas pris son petit-déjeuner en compagnie d'une femme depuis la disparition de son épouse. Il ne partageait plus aucune intimité sauf de temps en temps avec sa fille. Mais plus que la gêne occasionnée par la présence de Mama Béa dans sa cuisine, c'était surtout sa forte attirance pour les femmes à la peau d'ébène, qu'il avait tenté de refréner. Lorsque, presque honteusement, il descendait à Strasbourg visiter les putes, il choisissait toujours une négresse. Elles éveillaient en lui une puissance animale qu'il ne soupçonnait pas chez les blanches. Parfois, il montait également avec une Arabe, mais c'était uniquement lorsqu'il se sentait d'humeur mauvaise, qu'il était en colère. Avec les Algériennes, il se défoulait, il les baisait comme des chiennes, c'était sa petite vengeance personnelle sur la vie.

Mama Béa avait répondu à son bonjour forcé par un petit hochement de tête. Elle l'avait observé du coin de l'œil se servir une tasse de café dans un Mug à l'effigie du logo de la CGT, millésimé 1976. Elle ne connaissait pas Jacky Lafortune. Il était le contact d'Alfredo et devait leur servir entre autres, de base arrière, avant et après l'opération de hier au soir.

Ils avaient débarqué tard dans la nuit de samedi à dimanche et malgré leur arrivée prévue de longue date, elle avait senti qu'ils n'étaient pas les bienvenus. Elle en avait touché quelques mots à Alfredo qui, avec sa nonchalance habituelle, lui avait rétorqué que leur hôte était syndicaliste à tendance communiste et de ce fait, se méfiait de tout le monde, surtout des étrangers. Il ne l'avait pas vraiment convaincue. Jacky Lafortune avait englouti son café noir sans même s'asseoir à la table de la cuisine et avait évité de croiser le regard de son invitée. Il avait ensuite rincé son Mug et était retourné sans dire un mot à l'étage où il avait pris sa douche. Quand il était redescendu, Mama Béa avait allumé une énième cigarette pendant qu'un nouveau café, fraîchement préparé, coulait dans la cafetière électrique. Il avait endossé son bleu de travail et une gabardine de gros cuir marron qui lui donnait une apparence de maquisard. Lorsqu'il quitta la demeure, Mama Béa avait été soulagée, elle s'était sentie délestée de sa présence qui, sans vraiment savoir pourquoi, pesait sur ses épaules le poids d'un âne mort.

Mais, une heure à peine écoulée après son départ, le syndicaliste était revenu à la maison. Son visage avait la couleur d'un linceul, il transpirait de toute part, plus particulièrement du front où la sueur coulait en une crue anarchique. Il s'était assis à la table de la cuisine aux côtés de Mama Béa qui n'avait toujours pas bougé et n'appréciait guère ce retour inopiné. Il avait hoqueté comme un vinyle rayé, le souffle court et la rengaine lasse. Il s'était accoudé sur la toile cirée, avait pris sa tête entre les mains et avait laissé échapper sans pudeur ses jérémiades :

— Je suis dans la merde, putain, qu'est-ce qui m'a pris de leur faire confiance, avait-il geint.

— Il pleurniche comme un lâche, avait-elle pensé.

Sur cette entrefaite, la porte de la cuisine s'était ouverte et Alfredo Sibuana était apparu. Il avait le torse nu, une grosse chaîne en or pendait à son cou et d'une main experte, il s'affairait à reboutonner son pantalon. Comme d'habitude, il était de bonne humeur et n'avait pas remarqué l'état de son hôte. Le sourire accroché aux oreilles et l'œil taquin, il lui avait demandé :

— Alors mon Jacky, la dictature du prolétariat, c'est pour aujourd'hui ou pour demain ?

Jacky Lafortune n'avait plus pleuré depuis la mort de sa femme, il s'était alors lâché de tout son soûl.

*

— Camarades, mes amis, ne nous laissons pas sombrer dans le sentimentalisme, haranguait Christian Clevenot à une foule abattue.

Il le sentait bien, l'annonce de l'enlèvement du fils Janel avait fait des ravages parmi les ouvriers, un grand nombre avait perdu la foi et l'enthousiasme des débuts avait fondu comme neige au soleil. Il allait devoir redoubler d'effort, trouver les bons mots et taper là où cela faisait mal pour leurs redonner goût à la lutte. Christian était optimiste de nature et tenace par habitude.

La réunion des représentants, élus par les grévistes pour parler en leurs noms, avait tourné court. La discussion, sur l'attitude à adopter face à l'enlèvement du fils Janel et l'impulsion à redonner aux troupes, fut particulièrement brève. L'absence, très remarquée du responsable CGT Jacky Lafortune, n'avait pas arrangé les choses. Sans le cégétiste en chef, les idées et les propositions étaient bien maigres. Il mesura combien Lafortune lui manquait, aujourd'hui plus que jamais, ses oppositions systématiques lui auraient été utiles afin d'animer les discussions, d'échanger des opinions et de définir une ligne de conduite unifiée. Sans lui, Christian était conscient qu'il porterait seul les responsabilités et qu'en cas d'échec, il devrait en assumer les conséquences.

Il s'était également interrogé sur la défection subite du délégué CGT. Il côtoyait Lafortune depuis longtemps. Ils avaient souvent débattu ensemble, quelquefois très âprement, cependant, ils se reconnaissaient l'un dans l'autre. Certes, leur vision politique divergeait, mais ils étaient tous les deux opiniâtres, tenaces et combatifs. Christian avait du mal à croire à son malaise soudain, une autre raison, dont il n'osait pas imaginer la réalité, l'avait poussé à quitter le navire au moment le plus critique. Cela ne ressemblait pas au Jacky Lafortune qu'il connaissait. Ce matin, il avait croisé son regard à maintes reprises et ce qu'il y avait perçu ne ressemblait en rien à une maladie. Non, le syndicaliste tremblait de peur, une peur panique qu'il ne maîtrisait pas, qui le submergeait et l'anéantissait. Christian avait gardé son sentiment pour lui, mais il s'était promis de lui rendre visite à sa maison de Labroque, dès la fin de son allocution face aux ouvriers.

— La chose est terrible, poursuivit-il, mais elle ne doit pas nous éloigner de notre combat…

Du haut des trois marches qui menaient à la guérite en verre du concierge, Christian surplombait son assemblée. Certes, cela n'avait rien à voir avec le discours d'un politicien dominant aussi bien son sujet que son public, mais il était attentif aux visages, il y surveillait le moindre battement de cil à chacun des mots qu'il prononçait. Il déversa de belles et longues tirades sur la douleur d'une famille dont des criminels sans vergogne l'avaient amputé d'un membre, et pas n'importe lequel, l'essence même de sa raison d'être, le ciment familial, le fruit de l'amour, l'enfant innocent.

Il se surprit même à implorer Dieu et sa miséricorde, mais il ne força pas trop le trait, la religion, il l'aimait de loin, voire de très loin. Il perçut dans le regard de son auditoire des lueurs s'allumer, des étincelles de vie vaciller comme les flammèches d'un feu couvant s'enflammer au réveil du vent.

Le jeune établi était un bon orateur, il sentit que le moment était venu, que le terrain était propice, qu'il pouvait asséner le coup de grâce.

— Qui d'entre vous ne compatit pas au malheur de Monsieur Janel ? scanda-t-il, la voix fiévreuse.

Il laissa s'écouler quelques secondes, puis il reprit toujours plus véhément :

— Serions-nous des monstres pour ignorer un tel chagrin ? N'avons-nous pas également des enfants ? S'en prendre au fruit de sa chair, c'est vous mettre un pied à terre, la blessure à vif, vous consume, vous détruit…

Il fit à nouveau une pause bien sentie, car la mayonnaise prenait. Personne ne comprenait où il voulait en venir, mais Christian Clevenot tenait son auditoire en haleine.

— Mais…, laissa-t-il en suspend.

Son regard parcourut la foule, lentement, en progression circulaire, comme s'il voulait lire dans les pensées de chacun.

— Qui d'entre vous est l'auteur de cet acte barbare ?

La phrase tomba comme la sentence d'un juge à une cour d'assises, elle claqua comme un marteau sur l'enclume. Christian venait de jeter une allumette sur une traînée d'essence et celle-ci prenait, l'incendie grondait. Les grévistes, réveillés par une gifle magistrale, se jaugèrent. Les regards se tournèrent les uns vers les autres, méfiants, dubitatifs, soupçonneux. Un bourdonnement de grognements sourds emplit la cour de l'usine. L'assemblée, jusqu'alors amorphe, s'agita et Christian l'observa du coin de l'œil.

— Enfin ils réagissent, pensa-t-il.

Il jubilait intérieurement, mais en grand sorcier, gourou des oratoires, il laissa la tension monter. Le feu couvait, le bois sec n'attendait qu'une dernière risée pour s'embraser. Puis de la foule, une voix s'éleva enfin :

— Qu'est-ce que tu insinues ? Tu veux dire que l'un d'entre nous a enlevé le fils Janel ? Tu as des preuves ? Tu ne peux pas porter des accusations sans certitude.

Toutes les attentions s'étaient tournées vers l'ouvrier qui avait pris la parole. La tension, revigorée depuis peu, prit de plus en plus d'ampleur. La colère crépitait pianissimo, mais bientôt ce serait le bouquet final, Christian en chef d'orchestre le savait. Désormais, tous les regards se braquaient sur l'établi et étaient suspendus à sa réponse. Il joua la carte du suspens et fixa intensément celui qui avait pris la parole. Il était le coup de vent tellement attendu, celui par qui le brasier exploserait et retrouverait sa vigueur. Puis, il lâcha comme un ordre d'assaut :

— Eux ! Ils sont la preuve que les coupables sont parmi nous.

Il pointa d'un doigt rageur les gendarmes en factions devant les grilles de l'usine.

— Et ce n'est qu'une escouade, ajouta-t-il. Cet après-midi, la cavalerie sera là. Qui parmi vous les a déjà vus ici, ces jours derniers ? Leur présence indique clairement que l'on nous soupçonne, que la bête est dans nos rangs. Selon vous, à qui profite le crime ?

La foule gronda, crescendo, des voix indignées, irritées, offusquées s'élevèrent et la colère frémit. Christian reprit :

— La direction veut nous faire porter le chapeau, elle veut nous dépeindre à l'opinion comme des monstres capables du pire pour obtenir gain de cause.

La foule s'embrasa.

— Mes amis, sommes-nous des voyous? La direction nous dédaigne, nous traite comme des chiens et en maître absolu se joue de notre désarroi. Jusqu'à présent, elle n'a même pas daigné donner du mou à la laisse par laquelle elle nous tient. Et maintenant, elle nous accuse des pires ignominies, elle veut nous discréditer.

Christian haranguait le rassemblement des ouvriers comme un avocat convaincu de l'innocence de son client. Il était habité, envoûté, pris par la fièvre de l'injustice. Sa voix avait l'accent du désespoir et de l'indignation. Il n'en fallut pas plus pour que la foule rugisse et se rue sur la grille verte de l'usine. Ce fut un essaim grondant qui fondit dans la rue, clamant haut et fort la colère qui l'habitait.

Les gendarmes avaient entendu le discours de Christian et sentant venir la tournure des évènements, avaient rejoint en toute hâte leur estafette. Ils démarrèrent et déguerpirent sans demander leur reste. L'officier responsable du groupe s'empressa de faire son rapport par la radio. Il insista sur la furie qui habitait les grévistes et précisa qu'il faudrait bien plus d'un peloton de CRS pour les contenir.

Christian Clevenot, de son côté, jubilait. Il était fier de la manière dont il avait réussi à retourner la situation. La grève continuait, plus soudée que jamais. Certes, un cran de violence avait été atteint et il devrait veiller à canaliser ses troupes. Mais au fond, qu'avait-il à perdre?

Chapitre 11

Après-midi du treizième jour d'occupation de l'usine Steinheil...

Angel Bonifacio, le voisin de caravane de Clod Bensoussan, avait buriné la majeure partie de la journée. Pour l'heure, il était assis sur une chaise dans un coin de son atelier. Il avait baissé son pantalon de survêtement, il gisait au sol comme une vieille paire de chaussettes sans élastique, et il se branlait d'une main tandis que de l'autre il tenait fermement sa paire de couilles. Devant lui, sur une grosse bobine de bois renversée qui avait dû servir à enrouler de gros câbles électriques, béait une brochure dépliée sur la page centrale. Une image en quadrichromie s'étalait sur toute la surface et représentait une femme décolorée, bardée de bas noirs, les jambes outrageusement ouvertes sur son sexe glabre. Elle tenait ses seins serrés, les soulevait et les offrait à un objectif mateur.

Angel finit son affaire, essoufflé et un peu las, en quelques salves généreuses savamment pointées sur le papier glacé. La brochure ondula et absorba cet assaut inopiné. Puis, satisfait et rassasié, le gros referma la revue en jetant un œil conquérant à l'image dès lors brouillée et engluée par son tir rageur.

Il se baissa péniblement et remonta son pantalon qui bâillait autour de ses orteils. Puis il gratta sa barbe de trois jours, ses mains sentaient la transpiration et la poussière de grès. Ses bras pesaient une tonne et ses doigts lui faisaient mal. Ils étaient raides et crispés comme ceux d'Harpagon sur sa cassette. Sous ses faux airs de Sergent Garcia à l'hygiène douteuse, Angel Bonifacio était un artiste. Oh, pas de ceux qui broyaient du jus de crâne afin d'expliquer leurs œuvres nombrilistes, mais un artiste prisonnier de la matière et en totale empathie avec celle-ci.

Angel était sculpteur, il burinait la pierre avec ardeur et acharnement. Son art était fait de sueur et de crachat dans la paume de ses mains pour éviter que la masse ne lui échappe. Comme pour beaucoup de ses semblables créateurs, son sujet de prédilection était les femmes, mais en la matière il exécrait l'académisme bien pensant de la mythologie, les Vénus sur leur coquillage arguant un sourire de mijaurée, les Diane chasseresses… Non, lui préférait de loin les modèles de couché brillant, nues et obscènes. De la pierre, il les façonnait à sa manière, elles étaient soumises à son imaginaire torturé, flirtant allègrement avec la transgression et la perversité. Il sculptait dans le grès des corps féminins troublants, des corps bafoués dans des positions inconfortables, toujours offerts et disponibles.

Angel était un très bon sculpteur, il maîtrisait parfaitement son art, les proportions, les courbes suggestives, le grès savamment poli… Mais ses œuvres inspiraient un profond dégoût. Elles n'émouvaient que lui, d'ailleurs il ne les montrait plus à personne et refusait de les vendre, si toutefois acquéreur, il trouvait. Son harem de pierre, comme il aimait nommer ses statues, était son paradis sur terre, le soleil de sa vie médiocre.

Angel Bonifacio avait également un autre sujet d'inspiration, pour lequel il s'appliquait avec dévotion et humilité. Il aimait, d'énormes blocs de pierre rêches et abrasifs, faire éclore les grands personnages de l'histoire, les grands stratèges, pour qui il vouait un culte sans borne.

Ce nouvel engouement avait été pour lui une révélation, une lumière dans la pénombre de son existence. Les revues cochonnes ne lui suffisaient plus, il dévorait désormais tous les livres d'histoire qu'il trouvait.

Il s'était tout d'abord fait les dents sur une représentation de Napoléon, pas le petit Corse pouilleux à l'assaut du pouvoir, mais l'empereur, le césar vainqueur et dominateur de l'Europe. Une nuit durant, il s'était acharné sur la matière minérale, frappant frénétiquement sur ses burins. Lors de cette séance de travail, il avait enfin compris les origines de la création et s'y était abandonné comme un pécheur au pardon du Christ. À vrai dire, il n'était rien. Au grand dam des artistes contemporains croyant qu'ils étaient à l'origine du monde, il ne maîtrisait rien, il était l'instrument divin d'une puissance supérieure qui guidait ses gestes avec précision et obstination.

Au petit matin, après quelques dizaines de minutes d'assoupissement, il avait contemplé son Napoléon. Son œuvre l'avait subjugué. Ça avait été comme si un peu de la puissance de l'empereur l'emplissait. Il s'était alors senti possédé par une telle force virile, qu'il avait considéré que l'expérience ne pouvait s'arrêter là. Il entreprit donc la sculpture d'autres grands hommes de ce monde : Jules César, bien évidemment, mais aussi Alexandre le Grand, Attila, Thor le dieu viking du tonnerre, le *"Generalfeldmaeschall"* Rommel surnommé le Renard du désert… Tous lui procuraient ce même sentiment de force.

Par la suite, il découvrit son sujet ultime, sa dévotion béate, en la personne d'Adolf Hitler. Il atteignait avec lui des sommets de puissance inégalés par ses précédents modèles. En sculptant les traits du Führer, il avait le sentiment de se muer en seigneur, il quittait sa misérable existence pour s'envoler dans les limbes d'un Éden où il avait toute sa place, où on le respectait et reconnaissait à sa juste valeur. Il convolait en compagnie des sirènes du Rhin vers des terres couvertes de blés dorés et de vignes généreuses. Bref, buriner le Führer lui procurait un bien fou.

Il avait réalisé plusieurs modèles du dictateur, dont certains dépassaient largement les quatre mètres de hauteur. Il le figeait dans la pierre en uniforme, le bras tendu en salut aryen, le regard perdu au loin comme pour indiquer le chemin à prendre. D'autre fois, il se contentait de lui donner une position guerrière, casquette à visière engoncée sur la tête, le poids du corps reposant sur une jambe et tenant une paire de gants au bout de son bras, replié à la hauteur du ceinturon. Il l'avait aussi imaginé, vêtu d'une toge d'empereur romain, assis sur un trône orné d'un aigle de profil et une couronne de laurier sur le crâne. Pour parachever ce modèle, il avait ajouté Éva Braun demi-nue à ses pieds. Mais cette sculpture n'avait pas été une réussite, Angel l'admettait volontiers, quelque chose ne sonnait pas juste. Peut-être était-ce la représentation d'Adolf vêtu d'un simple tissu, même si le drapé révélait toute la maîtrise de son art, couronné de laurier et le visage barré de sa sempiternelle moustache mesquine, qui lui donnait un faux air de pédéraste dans un hammam. De plus, il n'avait pas pu s'empêcher de sculpter la maîtresse nazie se caressant langoureusement l'entrejambe. Il s'en était voulu durablement, puis il s'était promis de la détruire un jour à grand coup de masse, mais pour l'instant, quitte à taper sur de la pierre, autant que ce fut productif.

Il avait passé l'après-midi à peaufiner son modèle fétiche, Hitler en uniforme regardant l'horizon, les pouces accrochés à un gros ceinturon de cuir. Cette statue était une commande, car contrairement à ses sculptures libidineuses, il réussissait à vendre de temps à autre ses réalisations guerrières, notamment les modèles représentant l'Aryen en chef. L'œuvre était déjà bien avancée, même terminée aux yeux d'un néophyte, mais Angel aimait la perfection et considérait que le visage du Führer, en particulier le regard, méritait quelques améliorations.

L'ouvrage trônait au milieu de l'atelier, il mesurait quatre mètres cinquante exactement et Angel s'aidait d'un échafaudage de maçon sur roulette pour travailler en hauteur. La sculpture en cours de réalisation était le centre d'une étrange faune de pierres aux ombres parfaitement dessinées. Autour d'elle, les anciennes créations d'Angel se dressaient en vague concentrique et baignaient dans des rais de lumière projetée de fenêtres en hauteur.

Il travaillait dans une usine désaffectée, qu'un ancien copain d'école lui prêtait gracieusement. Elle se situait légèrement en contrebas de la route qui menait au village de Grandfontaine, juste avant le col du Donon et pour y pénétrer de ce côté-ci, il fallait emprunter une passerelle de fer, ouvrir une porte cadenassée et descendre un escalier métallique accroché à la paroi. L'endroit était sain. Il offrait un bel espace, grand comme la surface de deux terrains de tennis et son volume cadrait parfaitement avec l'activité artistique d'un sculpteur. Le lieu était haut de plafond et outre l'entrée pour piétons par la route en surplomb, il bénéficiait aussi au rez-de-chaussée d'un accès conçu pour laisser entrer un camion. C'était d'ailleurs l'entrée principale de la bâtisse et il l'utilisait essentiellement pour décharger les blocs de grès qu'il se faisait livrer ou pour l'enlèvement de ses œuvres.

Un temps, Angel avait songé à y élire domicile, mais l'endroit était difficile à chauffer et en hiver, lorsqu'il ne sculptait pas, il y gelait. D'ailleurs, même en cette saison automnale, le froid y régnait déjà et présageait de rudes nuits glaciales. Cependant, Angel Bonifacio, sculpteur lubrique à tendance militaire, y logeait depuis tard dans la nuit précédente…

*

Christian Clevenot, établi et ex-membre de la gauche prolétarienne dissoute, quitta l'occupation de l'usine Steinheil, plus tard qu'il ne l'avait prévu. Après la brève escarmouche avec les gendarmes en faction devant la grille de l'usine, il avait demandé à ses troupes de ne rien tenter en son absence. Il se sentait revigoré, les grévistes avaient retrouvé leur ardeur et plus que jamais, leur détermination revenue enchantait le jeune homme. Toutefois, il appréhendait le déploiement de l'escouade de CRS, programmé pour l'après-midi. Il voyait d'un mauvais œil ce déballage de force devant les portes de l'usine. Christian quitta le piquet de grève et promit de revenir rapidement. À son retour, il ferait le point sur la situation, il sifflerait quelques bières en leurs compagnies et préparerait la nouvelle nuit d'occupation. Il avait craint que Louise ne décidât de passer la soirée en sa compagnie, mais il se rassura rapidement, car il était rare qu'elle vienne chez lui deux soirs de suite.

Après la grille verte de l'entrée, il tourna sur la droite et remonta vers l'église où il traversa la nationale et continua sur la place du marché. Parmi une rangée de mobylettes, il chercha du regard la Flandria de Karim, un ami d'Ibrahim. Quand il la repéra, il sortit de son blouson un trousseau de clés, puis ouvrit le cadenas de l'antivol. Il agrippa le guidon, sortit le cinquante centimètres cube de la rangée, l'enjamba, ouvrit l'arrivée d'essence sous le réservoir et donna quelques coups de pédales pour la mettre en route. L'engin toussota. Il chercha le démarreur puis réitéra l'opération et enfin le moteur vrombit.

L'air était vif et il regretta sa paire de gants, mais il n'avait que quelques kilomètres à parcourir, il prendrait sur lui. Sa conduite était hésitante, il n'utilisait que très rarement ce type de locomotion, du moins en tant que conducteur, préférant largement se faire conduire. Il traversa le village de La Claquette, puis au croisement du Christ, il bifurqua sur la gauche et remonta sur les hauteurs de Labroque. Après la ligne de chemin de fer, il emprunta une petite rue et arriva enfin chez Jacky Lafortune, dont la maison était construite tout au bout d'une petite route pentue, finissant en cul-de-sac. Le vent avait embué ses yeux et des larmes gelées perlaient sur ses joues frigorifiées. Il hésita, puis entra dans le jardin au centre duquel, se dressait, massive et charpentée, la demeure du syndicaliste. Le gravier crissa sous les pneus de la Flandria, puis il s'arrêta sur le côté de la maison, éteignit le moteur et hissa l'engin sur sa béquille.

Son premier geste fut de plier ses mains l'une dans l'autre et de les porter à sa bouche pour souffler vigoureusement à l'intérieur. Le froid avait tétanisé ses doigts, bien plus qu'il ne se l'était imaginé pour un si court trajet. Il contourna la bâtisse afin de se rendre à la porte d'entrée. Un magnifique saule pleureur tombant sur une terrasse dallée, occupée par une table et des chaises en plastiques, l'accueillit. Un peu sur la droite, juste derrière l'arbre pleurnicheur, un hallier servait de garage. Un des battants bâillait et laissait entrevoir l'intérieur où des reflets de tôles lustrées rougeoyaient autour du sigle chromé Maserati. Christian s'étonna, puis poursuivit son chemin vers le petit escalier qui menait à l'entrée.

— Le rouge, je comprends, mais une voiture de luxe symbolisant l'insouciance capitaliste ? s'interrogea-t-il en frappant sur les carreaux de la porte vitrée.

*

Jacky Lafortune était accoudé à la table de la cuisine, le visage camouflé dans ses deux grosses mains. Mama Béa l'observait du coin de l'œil, gênée par cette soudaine démonstration d'émotivité. Elle n'avait jamais vu un homme pleurer et jusqu'alors réservait cette faiblesse à la gent féminine. De son côté, Alfredo Sibuana se sentait idiot d'être arrivé importunément et regrettait amèrement sa remarque déplacée sur la prise du pouvoir prolétarien. Pour sa part, il ne connaissait Jacky Lafortune que depuis peu de temps, ils s'étaient rencontrés l'année précédente sur le stand auvergnat de la Fête de l'Humanité.

Ce jour-là, Alfredo était venu assister au concert de Los Machucambos et accessoirement, pour rencontrer de jolies jeunes femmes qu'on lui avait décrites comme étant, lors de ce genre de raout populaire, fort délurées et faciles à séduire. Mais, comme souvent pour ce rassemblement fraternel des masses travailleuses, la météo n'avait pas été de la fête. Durant tout le week-end, il avait plu, transformant le sol terreux en boue gluante et l'humeur générale, même si aucun responsable communiste n'avait osé l'avouer, en bérézina maussade. Le public humaniste et les adhérents à la cause d'un monde meilleur s'étaient réfugiés durant de longues heures sous les stands des cellules régionales et avaient profité des rares éclaircies ou accalmies pour voguer vers d'autres spécialités culinaires.

Ce fut ainsi, lors d'un exode du stand alsacien vers celui de l'Auvergne, qu'Alfredo, déçu par le peu d'engouement que les femmes lui portaient jusqu'alors, et Jacky s'étaient rencontrés. Ils avaient discuté et échangé de longues banalités sur la construction d'une nouvelle société, plus équitable, où chacun pourrait s'épanouir et fonder une famille sans être tenaillé par la crainte du lendemain. La discussion avait été agrémentée de belles tranches de jambon fumé, de Comté fruité sur du pain doré, le tout arrosé de pastis bien jaune. Jacky, déjà bien éméché, s'était emballé et avait réclamé quelques têtes tranchées, afin de partager les fortunes amassées par quelques nantis, sur le dos de plus en plus pelé des masses laborieuses. À chacune de ses fins de phrases, Alfredo acquiesçait vigoureusement et levait son verre à la réussite de cette révolution qui, toujours selon

Jacky, ne tarderait plus maintenant à rugir.

De son côté, Alfredo ne l'écoutait que d'une oreille distraite. Il avait repéré à quelques tables de la leur, deux antillaises qui, se sachant dans la ligne de mire du Don Juan aux dents d'or, se trémoussaient de plus belle sur leur banc. La période d'approche n'avait pas duré, Alfredo n'était pas du genre à passer par Marseille pour se rendre à Lille. Il avait en horreur les roucoulades mielleuses, les faux-semblants de la séduction et très rapidement il avait invité tout ce beau monde dans son squat à Montparnasse. Jacky avait suivi son nouvel ami, ivre de son discours communiste, et avait mis en application son précepte de non-propriété ; ils passèrent la nuit en des râles abscons et s'échangèrent les faveurs des deux belles à la peau d'ébène.

Ce fut ainsi, après cette nuit de folle communion, que se scella la belle amitié entre Jacky et Alfredo. Par la suite, le cégétiste avait régulièrement rendu visite à son nouvel ami qui, à chaque fois, l'initiait aux délices des peaux noires, son péché mignon.

Comme son Colonel, Alfredo Sibuana avait remarqué qu'ils n'étaient pas les bienvenus chez lui. Jacky n'était plus l'homme enjoué qu'il connaissait lors de leurs virées nocturnes. Quelque chose avait changé, mais pour l'heure il feignait de ne pas s'en apercevoir et jouait son rôle de copain débonnaire.

— Y'a quelqu'un ? T'es là Jacky ?

Le syndicaliste sursauta. Personne n'avait entendu frapper à la porte, mais Jacky reconnut immédiatement la voix de Christian Clevenot, le jeune établi. Son sang fit un tour. Que venait-il faire ici ? Rapidement, il reprit ses esprits, puis il se leva de sa chaise et barra sa bouche de son index à l'attention d'Alfredo et de sa compagne. Ils saisirent le malaise et se jetèrent des regards circonspects. Mama Béa écrasa sa Dunhill mentholée dans le cendrier qui, depuis ce matin, débordait à outrance. Elle se tourna vers Alfredo, puis Jacky. Celui-ci les implorait de ne pas faire de bruit et leur indiquait, par de petits gestes prestes de la main, la direction du couloir. Sans tergiversation, Alfredo ouvrit silencieusement la porte, la tint béante et fit signe à Mama Béa de lui emboîter le pas. Lorsqu'ils quittèrent la pièce, Jacky s'affaira à effacer les traces de leurs présences. Il vida le cendrier et le déposa dans l'évier avec la tasse à café de la femme noire.

— Un instant, j'arrive, lança-t-il à l'intention de Christian.

Il se passa un peu d'eau froide sur le visage afin d'atténuer son regard brouillé par les larmes, puis réajusta sa chemise et alla d'un pas décidé ouvrir à son visiteur. Jacky resta tout d'abord dans l'entrebâillement de la porte :

— Salut Christian, dit-il d'une voix la plus naturelle possible ?

— Salut Jacky, répondit Christian. Je viens aux nouvelles…

Tout en parlant, le jeune homme le détaillait et le syndicaliste le remarqua.

— Je ne me sens pas bien, tenta-t-il d'alléguer sur un ton plaintif. Je suis barbouillé, j'ai dû bouffer un truc pas frais.

Pour ne pas laisser l'opportunité à l'établi de poursuivre la discussion sur son état de santé, il fit diversion et changea de sujet :

— Alors, comment ça se passe à l'usine ?

Christian le jaugeait toujours et malgré son apparente amabilité, il sentait bien que quelque chose clochait dans l'attitude du syndicaliste.

— Ça va, répondit-il, mais ce matin, il a fallu relancer la machine. Le moral était au plus bas après l'annonce de l'enlèvement du fils Janel…

Un court silence s'installa :

— T'as idée de qui a pu commettre ce crime, demanda Christian Clevenot ?

Jacky Lafortune bredouilla :

— Non aucune, mais ça tombe mal, laissa-t-il en suspend.

— Comme tu dis! Ce matin, les copains étaient prêts à tout laisser choir, renchérit Christian. Cette histoire est un vrai boulet pour la grève… J'ai pu retourner le sentiment général grâce à la présence policière, mais…

— Comment ça le coupa Jacky?

Christian lui narra l'épisode du matin, la ferveur retrouvée des ouvriers et le début d'embrasement de colère contre les quelques gendarmes en faction devant la grille de l'usine.

— Tu penses que c'est des gars de chez nous, qui ont enlevé le môme?

— Je ne sais pas, mais ce qui est certain, c'est que cette situation installe le doute. Pour l'instant, personne ne nous accuse, mais la suspicion est là et cela suffit pour jeter l'opprobre sur le mouvement.

— Oui, je comprends, répéta mécaniquement Lafortune

— Je suis passé prendre de tes nouvelles sur ton état de santé, mais également pour discuter, il faut que l'on se mette d'accord tous les deux…

— D'accord sur quoi? le coupa Jacky, légèrement sur la défensive.

— Tu ne veux pas me laisser entrer? Je voudrais te soumettre ma vision de la situation et la suite à donner au mouvement. Il faut que l'on trouve un terrain d'entente tous les deux, tu as besoin de moi et j'ai besoin de toi… Unis nous sommes plus fort, l'heure des querelles personnelles est dépassée. Tu ne penses pas?

Jacky Lafortune se grattait la barbe et évitait soigneusement le regard du jeune établi.

— Allez, paie-moi une bière, c'est toujours plus sympa de causer autour d'un verre.

Jacky relâcha le pan de la porte, à court d'excuses pour l'empêcher d'entrer. Il sentait bien que Christian l'étudiait de près, sa venue n'était pas simplement motivée par la suite à donner au mouvement. Il se doutait de quelque chose, le rembarrer ne ferait qu'attiser sa curiosité. En la jouant serré, il obtiendrait peut-être des renseignements sur ce que le jeune établi savait déjà. Christian, malgré leur divergence politique, n'était pas un mauvais bougre et avec un peu de tact, il lui redonnerait confiance, dissiperait les doutes. Seulement, il ne voulait pas qu'il rencontre les deux nègres, ceux-ci, moins de gens connaîtraient leur existence, mieux cela vaudrait. Il tombait vraiment mal ces deux-là, il ne cessait de se le répéter. Christian fit un pas dans la cuisine, puis Jacky lui fit signe de s'arrêter :

— Attends-moi là, dit-il, je prends ma veste et l'on descend au Bar du Centre boire un coup.

Le jeune homme haussa les sourcils, puis le cégétiste reprit :

— Ma fille et son gars sont passés hier soir, à peine s'il me reste un fond de Picon.

La cuisine baignait dans une forte odeur de tabac et de café. Christian ne pipa mots et Jacky disparut derrière une autre porte qui séparait la cuisine du reste de la maison. Il l'entendit gravir lourdement des escaliers, puis des pas firent craquer le plafond. Le jeune établi enfonça ses poings dans les poches de son bleu de travail et détailla la pièce. La fenêtre au-dessus de l'évier bâillait, mais ne suffisait pas à évacuer l'air vicié qui imprégnait la cuisine. Quelqu'un avait fumé récemment. Jacky Lafortune n'était donc pas seul lorsqu'il avait frappé à sa porte. Le jeune établi en était désormais convaincu, car le cégétiste avait arrêté de fumer depuis belle lurette, plus précisément, depuis la mort de sa femme d'un cancer du poumon.

146

Chapitre 12

Matin du quatorzième jour d'occupation de l'usine Steinheil.

À Rothau, devant le marchand de journaux face à l'église, régnait une cohue inhabituelle. Depuis des lustres à cette heure matinale, les ouvriers de Steinheil défilaient dans la petite boutique en un flot fluide et régulier pour y acheter leurs cigarettes ou les Dernières Nouvelles d'Alsace. Malgré la grève, ce matin n'échappait pas à la règle.

Dès l'ouverture, les travailleurs à la mine harassée se succédaient selon toujours le même rituel, un salut presque inaudible à l'intention de la vendeuse, puis sans dire un mot, ils prenaient leur tabac et la presse du jour. Aucun ne s'évertuait à parler ou à dévoiler un semblant de bonne humeur et l'employée de l'établissement se prêtait de bonne grâce à ce va-et-vient matinal. De la plupart, elle connaissait les habitudes et préparait à leurs arrivées la marque de tabac ou de cigarettes qu'ils fumaient, encaissait toujours la même somme et rendait la monnaie sur la sempiternelle même coupure. La ronde bien huilée des ouvriers se brisait lorsque l'un d'entre eux commandait du papier à rouler - la plupart fumaient du Petit Gris -, mais la vendeuse, prompte à répondre à toute éventualité, avait toujours à portée de main, sa réserve de Riz la Croix ou de papier Job.

Ce matin-là ne dérogeait pas aux autres jours, sauf qu'il flottait dans l'air une tension palpable ; chacun voulait en savoir plus sur l'enlèvement du fils Janel.

En se réveillant, après une courte nuit passée, pour la majeure partie à l'usine en compagnie des camarades, Christian Clevenot s'était précipité parmi les premiers chez la marchande de journaux. Il était, comme tous les autres, impatient de lire la presse et d'apprendre les détails de l'enquête.

Il saisit un exemplaire des Dernières Nouvelles d'Alsace qui trônait à côté de la caisse, plié en deux sur une pile épaisse. La pliure coupait le titre de la Une, mais il put y lire tout de même le mot Steinheil en lettre capitale, suivie de deux points. Il donna l'appoint à la vendeuse et se précipita à l'extérieur comme un turfiste pressé de lire les exploits de sa pouliche préférée.

Il rejoignit sur le trottoir ses collègues de travail, absorbés dans la lecture d'une double page intérieure, que certains lisaient par-dessus l'épaule d'un camarade. Il régnait un silence de bibliothèque, de veillée funéraire dont seul le bruit du moteur d'une voiture, sur la route toute proche, brisait la solennité. Christian s'isola légèrement sur le côté et déplia le journal. Son regard s'ouvrit, large et béant comme la soute d'un bombardier avant de lâcher sa cargaison de mort.

*

Jacky Lafortune se réveilla nauséeux et agressif. Contrairement à la nuit précédente, il avait dormi d'un trait, mais son sommeil n'avait pas été réparateur. Il se sentait plombé, un tam-tam cardiaque tambourinait dans son crâne et le torturait sans retenue. Il se leva et ne se soucia guère du sommeil de ses hôtes. Il claqua les portes et descendit les escaliers d'un pas lourd, bruyant, pachydermique... Ces deux négros l'emmerdaient, ils tombaient au pire moment, trop de choses le préoccupaient.

Hier en fin d'après-midi, Christian l'avait assailli de questions sournoises, pernicieuses et malgré les amers engloutis en nombre, il n'avait pas réussi à lever les doutes et les questionnements que le jeune établi avait à son égard. Il le sentait bien, ce jeune morveux était bien trop intelligent pour se laisser embobiner par ses mensonges.

Christian lui avait exposé son idée de spolier la production de l'usine afin de subventionner le mouvement de grève. Non, tout cela était trop lourd à porter pour un seul homme, Jacky n'avait pas su quoi lui répondre, d'ailleurs comment aurait-il pu s'opposer à un tel projet? L'idée était géniale, il aurait tant aimé qu'elle soit de lui. Christian avait pour allié la fougue de sa jeunesse. À son âge, il avait été comme lui, débordant d'espoir, de rêves et d'utopie. Mais la route avait été longue et ses certitudes s'étaient effilochées avec le temps.

La mort de sa femme avait été le déclencheur, elle avait annoncé le début de son désenchantement. La vie n'était pas grand-chose face à l'immensité du monde et de l'histoire. Cette vie, il n'en possédait qu'une et elle avait été bien rosse avec lui. Dès lors, il avait navigué à vue, de désillusions en échecs, de déceptions en rancœur, d'insatisfaction en jalousie...

À quoi bon tout ce cirque, à quoi bon changer le monde, la vie s'écoulait sous ses yeux. Il la regardait filer, il ne la sentait plus, elle l'indifférait, sauf peut-être le matin, devant son miroir lorsqu'il taillait sa moustache et qu'il voyait ses rides creuser son visage, labourer des sillons profonds d'amertume. À ce moment, il se disait qu'elle était passée vite et qu'il n'avait pas su en profiter.

Ce matin, Jacky Lafortune avait le cafard et une sérieuse gueule de bois aussi. Au rez-de-chaussée, il retrouva dans la cuisine, comme tous les jours depuis leur arrivée, la femme noire accrochée à sa Dunhill mentholée. Elle le salua d'un hochement de tête accompagné d'un halo de fumée craché lentement par ses narines. Rien chez elle n'exprimait une quelconque amabilité ou un désir de communiquer. Jacky ne s'en offusqua point, il remplit la cafetière d'eau du robinet et actionna la machine, puis il mit en route le poste de radio tout comme il le faisait lorsqu'il déjeunait seul. Des spots publicitaires vomirent des éloges enthousiastes de produits benêts, puis Jacky s'installa à la table de la cuisine sans prêter attention à la négresse.

Il se servit une tasse de café bien noire et déjeuna comme un ogre. Il sortit la saucisse de foie, le fromage et engloutit des tartines généreuses. Mama Béa l'observait du coin de l'œil et ses lèvres se plissèrent de dégoût, outrées par ce spectacle rustre. Il s'empiffrait comme un glouton, mâchait fort, trempait son pain et son fromage dans son bol de café, il déglutissait bruyamment ; un régal pour les yeux et un plaisir pour les oreilles.

La radio annonça les informations. Un *"jingle"* tonitruant fit place à une voix de journaliste atone. L'actualité nationale était essentiellement consacrée à la rentrée sociale, qui selon un intervenant s'annonçait chaude et combative. Puis, le présentateur en vint à l'enlèvement du fils Janel. Jacky Lafortune se figea brutalement et cessa toute activité de mastication, son attention se suspendit aux paroles radiophoniques.

La Vierge Noire remarqua les gouttes de sueur perler sur son front et mourir sournoisement dans ses sourcils broussailleux. Elle écrasa sa cigarette dans le cendrier et attrapa son paquet de Dunhill. Elle en fit basculer le couvercle, arracha la feuille dorée qui couvrait l'un des deux compartiments et pinça le filtre doré d'une cigarette. Ensuite, elle chercha, sous le papier gras qui emballait le pâté de foie, son briquet, fit rouler la pierre sous son pouce et alluma la mentholée. Ses gestes étaient précis et méthodiques, d'une assurance indéfectible. Elle libéra quelques volutes de fumée bleue qui enveloppèrent son regard. Sans aucun doute, Jacky Lafortune n'avait pas la conscience tranquille.

*

Joseph Hosana errait dans les rues de Strasbourg. Il arpenta les rues toute la nuit durant, les poings serrés dans les poches de son parka, la tête baissée sur le sol, l'âme en peine. Il était un pauvre hère divaguant sur une morne plaine, cherchant sa mort avec délivrance, mais il se heurtait au désespoir et à des montagnes de tristesse; même le choléra était plus fréquentable que lui. Lili était entre la vie et la mort, le Père Wanabee priait... Joseph saignait.

L'air du service des urgences de l'hôpital de Haute Pierre, à l'ouest de la ville, lui avait semblé irrespirable. Le long couloir bordé de chaises inconfortables l'avait oppressé, il avait suffoqué dans cette antichambre de la mort et il n'avait pas pu attendre le retour des médecins et leur diagnostic. Alors il était sorti sur le parking pour fumer une cigarette. Puis, sans s'en rendre compte, il s'était enfoncé dans la nuit, marchant au hasard. Ses pas l'avaient ramené vers la gare, le centre, la cathédrale et la Petite France. À cette heure-ci, Lili était peut-être morte et le jour naissait sur une belle journée automnale.

Les commerçants levaient leurs rideaux de fer tandis que les bistrots sortaient tables et chaises sur les terrasses. L'arrière-saison en Alsace était toujours magnifique; contrairement à l'été où le soleil vous clouait au sol, l'automne était une période plus douce et les touristes en étaient très friands.

Joseph avait mal aux pieds et puis il avait une terrible envie de fumer. Il avait quitté l'hôpital avec l'intention de s'en griller une sur le parking, mais il n'avait pas réussi à mettre la main sur son Zippo. Tout au début, il avait erré avec l'espoir de rencontrer une âme charitable qui puisse le dépanner d'une allumette, puis l'envie s'était estompée jusqu'à oublier la Camel qui pendait toujours à ses lèvres. L'agitation matinale réveilla en lui ses souvenirs tabagiques. Il entra dans le premier tabac qui ouvrait et dont le gérant tenait à bout de bras deux paquets de journaux ficelés, fraîchement livrés. Joseph patienta et attendit que l'homme installât la presse dans un présentoir dominé par une plaque émaillée à l'en-tête des Dernières Nouvelles d'Alsace. L'employé déplia la lame d'un petit canif, trancha les liens qui enroulaient les journaux, puis se hâta de retourner derrière sa caisse et servit son premier client de la journée. Joseph lui commanda un paquet de Camel sans filtre, une petite boîte d'allumettes et saisit un exemplaire des DNA qu'il plia et fourra dans la poche de son parka. Au passage, il heurta le canon de son arme accrochée à l'intérieur de sa veste et se souvint qu'il n'avait pas pensé à s'en démunir hier au soir. Il sortit dans la rue d'un pas lourd et fatigué.

La Petite France était un quartier très touristique, mais il était encore tôt et l'ambiance calme et sereine. La cohue des bus déversée, lâchée en pâture aux marchands du temple et ébahie par les écluses de l'Ill, les géraniums rouges, les maisons à colombages, le tout au pas de charge et au rythme crépitant des clic-clacs Kodak, n'était pas encore de mise. Il fallait patienter quelques heures, mais le grand chahut ne tarderait pas.

Joseph chercha un coin tranquille, un peu à l'écart; la vie qui se mettait en place lui donnait des haut-le-cœur. Il n'avait pas l'âme joyeuse, s'il l'avait pu, il aurait volontiers appuyé sur la touche pause pour arrêter le défilement incessant des images qui tournaient en boucle dans sa tête. Quelque part dans cette ville, Lili se débattait dans les bras de la faucheuse, l'idée lui était insoutenable. Il s'assit à une table sous un majestueux tilleul, non loin d'une rambarde qui surplombait le canal de l'Ill. D'un geste las, il héla le serveur qui finissait la mise en place de la terrasse. Il se planta devant Joseph, un peu essoufflé et légèrement transpirant.

— Un gin coca, commanda-t-il.

Le serveur tiqua, il était un peu tôt pour ingurgiter ce genre de boisson, mais devant la mine délabrée de Joseph, ses yeux rougis par l'absence de sommeil, il obtempéra sans rechigner. Joseph prit une cigarette et inspira profondément la première bouffée qu'il contint, plus que de raison, prisonnière de ses poumons. La nicotine lui procura un réconfort tout relatif, puis il lâcha la fumée cloîtrée et tira à nouveau sur sa cigarette. Le bout rouge et incandescent grésilla… Quelques instants plus tard, le serveur déposa devant lui un verre *"Long Drink"* rempli à moitié d'un alcool blanc, agrémenté de glaçons et d'une rondelle de citron. Il avait eu l'intelligence de ne pas noyer la boisson de coca et lui servit une bouteille à part. Joseph apprécia, puis il saisit le soda et en déversa un trait sur le gin qu'il porta ensuite à ses lèvres. L'alcool lui brûla la gorge et réveilla son corps endolori. En guise de petit-déjeuner, il avait connu mieux.

Il écarta le verre et la bouteille de Coca-Cola sur la droite de la table, sortit le journal et l'étala bien à plat devant lui. Les nouvelles n'étaient pas bonnes, elles étaient dégueulasses ; Lili avait succombé à sa blessure, elle était morte avant que les chirurgiens ne puissent l'opérer. Et puis, il y avait aussi cet autre titre, bien plus gros que celui qui annonçait le meurtre de la jeune chanteuse, STEINHEIL : le retour des Folles de la Nationale 4.

*

Mama Béa referma le journal qu'elle lisait. L'article relatant l'assassinat de la jeune chanteuse de rock Lili Perdrix, lui confirma que son tir avait fait mouche. Certes, elle n'en doutait guère, mais l'officialisation de la mort de sa cible lui ôta les interrogations qu'elle avait eues quant à la précision de son tir. Cependant, d'après les journalistes, elle n'avait pas succombé sur le coup et pour une professionnelle comme elle, cela ressemblait à du travail bâclé. L'article était succinct et narrait les faits tels qu'elle-même les avait vécus. Rien de bien saisissant, le journaliste posait beaucoup de questions, mais n'apportait guère de réponses. Il n'établissait pas encore le lien avec l'Ouganda, mais la Vierge Noire connaissait la presse et savait par expérience que les fouineurs ne manqueraient pas de remuer la merde, à croire que l'odeur les attirait.

Ce satané curé, le Père Wanabee ne garderait pas sa langue dans sa poche. Il déballera toute l'histoire, il accusera le State Research Bureau Ougandais, les tueurs à la solde du Général Idi Amin Dada, mais il ne pourra pas fournir de preuves. La presse creusera ses dires, ses allégations seront considérées comme sérieuses et seront reprises par la presse nationale, peut-être même par la télévision qui en profitera pour diffuser un reportage sur l'Ouganda. Bien évidemment, celui-ci sera à charge et comme pour le film de Barbet Schroeder, il dépeindra le Général comme un monstre nourrissant ses crocodiles et l'accusera de cannibalisme. Tous ces blancs dès qu'ils n'avaient pas le contrôle d'un pays ne pouvaient s'empêcher de le décrier. Mama Béa connaissait leur suffisance, ils étaient tellement imbus de leurs petites personnes. Elle esquissa un sourire sauvage, pour l'heure elle n'avait rien à craindre et le temps que la police remonta la piste jusqu'à elle, elle serait déjà de retour à Kampala.

La une du journal s'étalait devant elle et couvrait une large partie de la table de la cuisine que Jacky Lafortune avait quittée précipitamment, sans même daigner la débarrasser. Décidément, c'était un drôle de type. En général, elle n'éprouvait que très peu d'empathie pour le genre humain, mais pour lui en particulier, un étrange sentiment naissait dont elle méconnaissait le sens. Certes, il était étrange et son instinct de prédatrice lui conseillait de se méfier. Pour une raison qu'elle ne s'expliquait pas encore, il représentait un danger et tout à l'heure son départ précipité, sans raison ni explication, n'avait fait qu'amplifier ses craintes. Quelque chose en lui clochait, il leur mentait et depuis le début, elle avait bien senti que leurs présences le gênaient.

Elle perçut des pas au premier étage, puis elle jeta un regard bref sur la pendule murale au-dessus de la paillasse de l'évier.

— Onze heures, lut-elle, Monsieur Sibuana se lève enfin.

En effet, quelques minutes plus tard son subalterne pénétra pieds nus dans la cuisine. Il était vêtu d'un pantalon beige et d'un maillot de corps qui lui moulait le torse. Voyant la table garnie comme pour un festin, il fit de gros yeux :

— Et bien, quelle heure est-il ? Vous avez déjà déjeuné ? Vous auriez dû me réveiller, où est Jacky ?

Assaillie par tant de questions, la Vierge Noire prit son paquet de Dunhill et avant d'allumer sa cigarette lui répondit :

— Il est onze heures !

Alfredo gratta sa chevelure crépue et se servit un café dans la première tasse venue.

— Merde, se dit-il pour lui-même, ce matin, j'ai hérité du Mug CGT, la journée commence mal.

*

— Maintenant, il nous faut passer à la troisième étape de notre mission, dit Mama Béa à son partenaire qui ne désirait guère discuter travail au saut du lit.

Il se tourna vers elle, mordant avidement dans une épaisse tartine couverte de saucisse de foie bien rose. Il baragouina quelques mots

157

inaudibles, brouillés par sa bouche pleine. La Vierge Noire ne s'y attarda point, elle poursuivit :

— Ton contact et le colis sont prêts ? lui demanda-t-elle, je voudrais déguerpir d'ici au plus vite.

— Nous avons encore le problème du transport à régler, précisa Alfredo entre deux bouchées voraces.

Le colonel du State Research Bureau Ougandais le toisa, mais ne dit mot. Monsieur Sibuana comprit sans grande peine ce que signifiait ce regard noir qu'elle lui lançait.

— Jacky doit nous trouver un camion, précisa-t-il, puis nous chargerons la marchandise et direction Hambourg.

— Pourquoi ne l'a-t-il pas encore trouvé ce putain de camion ? demanda-t-elle sur un ton agacé.

— Il a des soucis avec son usine, elle est occupée par les ouvriers qui sont en grève depuis deux semaines environ…

— Il n'a pas de solution de rechange ? C'est si compliqué de trouver un camion dans ce bled ?

La vierge noire écrasa le mégot jaune de sa mentholée dans le cendrier. Elle s'y reprit à plusieurs fois, tapotant le bout rouge en signe d'impatience. Alfredo sentit les sourdes réprobations de son colonel, mais il n'avait pour l'instant, rien de plus à lui communiquer.

— Je pensais lui en parler ce matin, mais il n'est pas là. Vous a-t-il dit quand il revenait ?

Mama Béa coupa court à ses jérémiades :

— Écoutez Monsieur Sibuana, les excuses ou les embarras de votre ami m'importent peu. L'humanité vivrait la plus importante révolution de son histoire que je ne me sentirais aucunement concerné. Je veux… Vous saisissez Monsieur Sibuana ?

Le Casanova aux dents d'or baissa la tête et fixa son Mug où des miettes de pain et de saucisse de foie flottaient à la surface. Il connaissait son colonel, lorsqu'il entrait en colère, il valait mieux faire profil bas.

— Je veux, reprit-elle, que ce petit problème de logistique soit réglé pour demain midi au plus tard.

Alfredo ne dit rien. Il buvait les paroles de sa supérieure sans rechigner.

— Ce qui signifie, ajouta-t-elle, le chargement de la cargaison demain après-midi et notre départ le surlendemain, tôt dans la matinée. Vous constaterez, Monsieur Sibuana, que je vous épargne la conduite de nuit, car nous pourrions très bien partir demain soir.

Alfredo fit un hochement de tête en signe de reconnaissance.

— En outre, cela signifie que nous devons encore passer deux nuits en compagnie de votre ami Lafortune…

Elle fit une pause, puis continua :

— Je ne lui accorde aucune confiance à ce Jacky! Pensez-vous qu'il pourrait représenter un quelconque danger pour notre petite entreprise? Est-il au courant de notre opération de l'autre soir à Strasbourg?

Ses questions étonnèrent Alfredo, il se tourna vers la Vierge Noire, les yeux ouverts d'étonnement.

— Non, je vous assure, je ne lui ai pas parlé des entrepôts de Strasbourg… Il ne sait rien. Mais, que voulez-vous dire exactement?

Mama Béa plissa son regard et le fixa sévèrement :

— Cet homme a peur, ça crève les yeux. Je ne connais pas la nature de ses craintes, mais il émane de lui une sale odeur d'effroi… Et un homme transit de peur n'est pas digne de confiance. Ne pensez-vous pas, Monsieur Sibuana?

Alfredo ne répondit pas, d'ailleurs que pouvait-il redire à cela?

Mama Béa se leva de table et quitta la cuisine pour rejoindre sa chambre à l'étage. Monsieur Sibuana souffla de soulagement, il aimait autant déjeuner en paix. Il se pencha sur le journal étalé à côté de lui et entama sa lecture. Très vite, il fut intrigué. Qui pouvait bien être ces Folles de la Nationale 4, dont la simple évocation effrayait la chronique?

Chapitre 13

Quatorzième jour d'occupation de l'usine Steinheil.

Clod Bensoussan plia en quatre un papier à lettres et le glissa dans une enveloppe. Il redressa le rabat avec ses deux pouces et porta la partie encollée à ses lèvres qu'il fit glisser sur sa langue. Humidifié, il l'abaissa sur la partie inférieure, scellant ainsi son courrier. Il souriait comme un diable préparant une mauvaise farce. Il posa l'enveloppe sur la table et nota l'adresse de la main gauche, histoire de dénaturer son écriture. Les lettres se chevauchèrent et chahutèrent par endroits, un enfant de six ans n'aurait pas fait mieux, mais peu lui importait, car l'adresse postale était lisible et c'était ce qui comptait. Il sortit un timbre vert forêt d'une valeur de cinquante centimes et le colla sur la partie supérieure droite de la missive. Puis, il la mit en équilibre sur la tranche, adossée à un verre vide et la contempla longuement.

Sur la petite table gisaient une paire de ciseaux d'écoliers et un tube de colle Uhu-Stic jaune, dont le nouveau mécanisme pivotant ressemblait à celui d'un rouge à lèvres pour dame. Clod le referma, saisit les ciseaux et les enfourna dans une trousse à fermeture éclair.

Il restait sur la table, les pages d'un journal éventré, troué comme de la dentelle, lettres et syllabes manquant sur les gros titres.

Il se leva et rassembla le fatras de papier qu'il froissa jusqu'à obtenir une boule, puis la jeta dans un seau à ordure près de levier. Au passage, il en profita pour remonter son pantalon de survêtement qui glissait sur sa taille et chercha son écharpe dans son lit défait. Il secoua les draps qui dégagèrent une odeur d'humidité malsaine. Il toussa. Tout cela devrait bientôt s'arranger, il avait posé les dernières tôles de son toit de fortune.

Il retrouva son cache-nez sous son lit qu'il secoua et noua autour de son cou. Puis, il rabattit les manches de son maillot vert, celui de l'équipe de foot de Saint-Étienne, et vêtit son anorak bleu marine élimé aux coudes. Son image se refléta dans le miroir de la porte de la cabine de toilette, il faisait peine à voir et il eut presque honte. Ses cheveux étaient longs et filasse, sa mine déconfite et son regard se perdaient derrière ses sourcils batailleurs. Il avait l'apparence d'un clochard, lui qui quelques mois auparavant portait encore si élégamment le costume.

Cette pensée lui rappela son frère, les bons moments passés, les restaurants étoilés, les hôtels ou les boîtes de nuit de standing. L'agitation de la ville, l'odeur du bitume, les femmes, oui tout cela lui manquait terriblement. Mais patience, il retrouverait sa vie d'antan, il n'en doutait plus maintenant. Bientôt, il réunirait suffisamment d'argent pour déguerpir de ce trou, de ce bout du monde qui ressemblait étrangement à son purgatoire.

Mais avant, il avait encore un compte à régler : éliminer Louise. Il lui promettait un fils de sa chienne à cette femme qui l'avait amputée de son aîné. Croyait-elle qu'il la laisserait en paix ? Elle, qui ce soir-là avait exécuté son frère sans lui laisser la moindre chance. Il avait assisté impuissant à la scène et depuis, il ne vivait plus que pour sa vengeance.

Clod Bensoussan l'avait retrouvée par hasard, il savait qu'elle avait des accointances dans la région, mais après toute cette histoire, il pensait qu'elle aurait mis les bouts. Un dimanche après-midi, il était allé voir *"Opération Dragon"* au cinéma le Royal. Il adorait Bruce Lee, enfin pas l'acteur, car il n'aimait pas les chinetoques qu'il trouvait hypocrites et dont le perpétuel sourire l'agaçait, mais le craquement des os lors des combats lui procurait un rare plaisir. Il s'était donc offert cette place de cinéma et avait reconnu Louise à la caisse. Son sang n'avait fait qu'un tour et malgré ses ardeurs assassines, il avait réussi à ce qu'elle ne le reconnaisse pas.

Clod avait considéré longuement la situation et en avait déduit qu'il s'agissait d'un signe du tout puissant. Sa vengeance serait terrible, mais avant tout, il devait se préparer et canaliser ses pulsions meurtrières.

Il s'était renseigné sur elle, avait noté méticuleusement ses allers-retours, ses fréquentations… Mais, il ne découvrit pas grand-chose ; elle n'avait peu de relations amicales, ni de vie sociale bien établie. Il ne trouva jamais l'adresse où elle logeait, pourtant cela aurait été si simple de pénétrer chez elle un soir de pleine lune et de l'égorger comme une truie… Les seules informations qu'il avait réussies à récolter concernaient un jeune gars qui travaillait à l'usine Steinheil et avec qui, selon toute vraisemblance, elle entretenait une relation amoureuse. Alors Clod avait rongé son frein et avait attendu qu'une occasion se présentât. Faute de mieux, il avait entamé le rituel du samedi en fin d'après-midi, il l'observait, assis sur le banc de pierre du monument aux morts, face au cinéma. Il jubilait et devait faire preuve d'un terrible sang-froid lorsqu'elle arrivait sur sa moto vrombissante. Il se l'imaginait agonisante et à chaque fois, il établissait des scénarios de plus en plus violents, des mises à mort langoureuses où son regard implorant le supplierait de mettre un terme à sa souffrance…

Clod Bensoussan remonta haut la fermeture Éclair de son anorak. Avant d'éteindre et de sortir de sa caravane, il attrapa son casque à visière et prit l'enveloppe sur la table. Le ciel était d'un bleu sans nuages et le soleil brillait sans chaleur. Clod se dirigea sous l'appentis de la caravane de son voisin Angel et en sortit une mobylette Peugeot 103 beige. Il l'enfourcha, la démarra, puis glissa son enveloppe dans une poche de son survêtement. Elle était adressée à la gendarmerie de Schirmeck.

*

À chaque coup porté sur le grès, de petites particules de pierre giclaient comme les étincelles d'un arc à souder. Angel transpirait. Il ne ruisselait pas à torrent comme un sportif ou un boxeur sur le ring, il suait mesquin et sa transpiration était fétide, voire réchauffée, car le gros ne s'était pas lavé depuis belle lurette. Son atelier ne comportait pas de douche, tout juste des latrines et un bac d'eau froide descendue directement du Donon.

D'un geste las, Angel glissa sa masse dans son autre main, celle qui tenait le burin, et s'essuya le visage. Il recula et vérifia les détails qu'il peaufinait. Son pouce effleura la pierre fraîchement sculptée, il la frotta et comme cela semblait le préoccuper, il approcha son visage plus près du grès. Il souffla doucement et un nuage de poussière s'envola des saignées. À nouveau, il fit un pas en arrière et examina le résultat :

— Impeccable !

Il bougea encore sur la droite pour contempler l'autre partie. En effet, tout cela était parfaitement symétrique, quoique du haut de son échafaudage, il puisse encore se tromper, mais il en douta. Le regard du Führer avait la douceur d'une pluie de napalm sur une rizière ; sans conteste, il s'agissait d'une pièce maîtresse, un pur chef-d'œuvre.

À chacun de ses mouvements, les madriers qui reposaient sur les traverses d'acier de l'échafaudage pliaient sous son poids, puis reprenaient leur rigidité dès qu'il les quittait. Il se pencha encore une fois sur les narines du nazi de pierre, sa main caressa sa moustache, rien à redire, tout était parfait. Après quelques autres vérifications, il décida de rejoindre le plancher des vaches et entama sa lourde descente par l'échelle en bois adossée à la structure d'acier.

Au sol, il fit tomber sur les côtés les bretelles de son bleu de travail. Elles flottèrent sur ses hanches et soulignèrent chacun de ses mouvements avec la grâce d'une diva teutonne. Au passage, il renifla ses aisselles et fit le constat qu'il puait bougrement. Bientôt arriveraient les commanditaires de son *"Adolf lorgnant l'horizon"*. Devait-il pour autant, faire un brin de toilette?

Il déposa ses outils sur un établi encombré de burins et autres accessoires, puis se dirigea lourdement vers une porte au fond de son atelier, à côté du rideau de fer de l'entrée principale. Il traînait des pieds. Ses éternelles charentaises, dont ses talons écrasaient les rebords, râpaient le sol comme une toile émeri, mais pour rien au monde il ne chausserait autre chose, elles lui procuraient un confort sans pareil et ne s'en séparait jamais.

Il poussa le battant de la porte, dont le panneau supérieur manquait, et pénétra dans d'anciens vestiaires désaffectés. Il fut accueilli par la lumière extérieure qui fusait par une grande fenêtre, dans le prolongement d'un long évier commun. Entre chaque robinet était intercalé un savon jaune, moulé sur une tige de fer, qu'il fallait humidifier et branler pour obtenir de la mousse. De part et d'autre du bac, on pouvait compter quatre robinets en laitons, reliés chacun à une arrivée d'eau principale qui s'arc-boutait sur toute la longueur du lavabo.

Angel hésita à se soulager dans l'unique pissotière encore en usage; les autres étaient bouchées et de ce fait dégageaient une sale odeur d'excréments. Finalement, il opta pour un débarbouillage sommaire. Il ôta son maillot blanc et le déposa dans un casier en fer qui devait être, lorsque l'usine était encore en activité, l'armoire personnelle d'un ouvrier. Il tourna sans ménagement un robinet et l'eau jaillit par saccades. Il se pencha sur l'évier et s'aspergea le visage, puis les dessous-de-bras. Sa panse reposait sur le rebord émaillé, tandis que sa peau blanche et glabre renvoyait la lumière blême d'un jour de Toussaint. Puis, lorsqu'il se passa la tête sous l'eau, il entendit une voix fluette l'appeler :

— Eh le gros, j'ai envie de faire pipi.

Angel se redressa, l'eau dégoulinante sur son visage, et bougonna. Il attrapa une serviette et s'épongea tout en se dirigeant vers celui qui l'avait interpellé.

De retour dans son atelier, il contourna ses statues et alla à l'opposé de la salle d'eau, sous l'escalier accroché au mur qui servait d'entrée secondaire. Arrivé sur le pas de la porte, il prit appui sur le chambranle et dit :

— Encore, mais tu pisses toutes les cinq minutes.

La voix fluette ne lui répondit pas. Dans la pièce borgne, assis sur le matelas d'un lit en fer, le fils Janel, du haut de ses sept ans, le narguait en se curant effrontément le nez.

*

Clod Bensoussan fut obligé de pédaler dans la dernière côte à la sortie du village de Wackenbach. Le moteur de la mobylette peinait et surchauffait, sans doute usé par le poids excessif de son propriétaire, le gros Angel.

Il atteignit enfin le haut de la côte récalcitrante et s'arrêta aux abords d'une usine désaffectée, une ancienne forge. Il coupa le moteur de la mobylette et la poussa sur la passerelle de bois qui menait à l'entrée secondaire de l'usine, légèrement en contrebas. À l'extrémité, il cala le deux-roues contre la rambarde et suspendit son casque au guidon par la jugulaire. Il sortit son trousseau de clés et ouvrit la petite porte de bois.

Lorsqu'il pénétra dans l'atelier du gros Angel, il fut accueilli par les rayons généreux d'un soleil chatoyant, qui brillait au travers d'une rangée de fenêtres dans le mur opposé. Il se trouvait en haut de l'escalier qui surplombait toute la salle. Sur la balustrade du petit palier accroché à la paroi, il prit appui et scruta les lieux. La lumière projetait les ombres des statues d'Angel sur le sol. Celles-ci formaient un étrange attroupement et occupaient le centre de l'atelier tandis que sur la gauche, près du rideau de fer de l'entrée principale, étaient disposés deux établis de bois massif, jonchés d'objets hétéroclites.

Les œuvres du gros se dressaient à l'endroit même où elles avaient été sculptées et créaient un étrange mélange. Le Général Rommel côtoyait des femmes dans des postures obscènes, alors que l'ombre de Mussolini se répandait sur le corps de l'une d'entre elles. Napoléon chevauchait un étalon à l'arrêt, toisait, la main sous son gilet, deux autres femelles imbriquées, têtes à l'envers, se léchant mutuellement l'entrejambe. Toutes les folies du monde s'assemblaient ici en une orgie de pierre. Guerriers et femmes à l'abandon s'unissaient dans une danse de sang et de stupre, figée pour l'éternité.

Clod ne vit pas Angel et renonça à l'appeler. Il entama la descente de l'escalier accroché au mur. Tout autre que lui se serait cru descendre en enfer, tant il régnait en ce lieu, une étrange folie morbide. Arrivé au sol, il tendit l'oreille à la recherche du gros, mais il n'entendit rien. Il avança et pénétra dans la forêt de pierres sculptées, sous le regard sardonique d'un Adolf Hitler en toge romaine, dont une femme dévêtue gisait à ses pieds et semblait l'implorer. Le soleil qui caressait le grès ressemblait à des flammes léchant les briques réfractaires de l'âtre d'une cheminée. Étrangement, Clod se sentait bien parmi cette assemblée, il comprenait ce qui avait poussé son ami à les créer, toute la violence retenue, les humiliations, les rancœurs habitaient cette pierre taillée avec soin et dextérité. Lui aussi connaissait ce sentiment d'agressivité incontrôlée, mais il ne l'évacuait pas de la même façon, les coups de burins n'étaient pas son genre, il préférait de loin, les coups de surin ou les coups de poing quand il se sentait d'humeur badine.

Puis dans son dos, il entendit la porte des lavabos grincer et il reconnut la démarche traînante du gros. Il ne bougea pas, tapi dans l'ombre, personne ne pouvait deviner sa présence.

— Qu'est-ce qu'on mange ? demanda la voix fluette de l'enfant.
Angel le tenait par la main, ils sortaient des latrines.

— Tu ne penses qu'à manger…

— J'ai faim, brailla le garçonnet.
Il gigota et tenta de se défaire de la pogne du gros, mais celui-ci le tenait fermement, alors le gamin se mit à taper du pied.

— J'ai faim, répéta-t-il à maintes reprises.
La voix du môme monta crescendo dans les aigus, Angel souffla, exaspéré par ses caprices.

— Tu vas te tenir tranquille, tu mangeras quand ça sera prêt…
Il le secoua dans l'espoir de le calmer et de le ramener à la raison. Le gamin n'en tint pas compte et tira de plus belle sur son bras. Puis il pivota et fit face au gros qui s'arrêta, étonné. Le fils Janel gesticulait, son bras libre faisait de petits moulinets et fendait l'air devant lui. Le gros Angel fut surpris et n'eut pas le temps d'esquiver son petit poing rageur qui s'écrasa dans ses parties génitales. Le coup asséné n'était guère puissant, mais savamment porté. Submergé par cette douleur sournoise, Angel lâcha la main du fils Janel et se plia en deux. Le môme rigolait à pleine dent. Il sautillait de joie tout autour du gros, comme un Sioux autour du feu. Malgré la nausée qui lui montait, Angel tenta de l'attraper, mais le gamin l'esquiva et sa ten-

tative gauche provoqua chez lui, une nouvelle crise de fou rire. Fort de son avantage, il devint effronté et se targua de belles grimaces dont, lui seul connaissait les secrets.

— Alors mammouth, essayes de m'attraper, le nargua-t-il.

Il avait planté son pouce sur le bout de son nez et ses doigts, grands ouverts en éventail, ondulaient en des ondes moqueuses. Puis il se carapata vers les statues, perpétuant ses moqueries.

— Hé Mammouth, je suis par là, dit-il en entrant dans le sérail de pierre.

Angel le vit disparaître derrière une femme allongée et souffla de rage. Le môme l'agaçait sérieusement, la comédie n'avait que trop duré. Il se ressaisit et lui emboîta le pas, mais il s'arrêta net, coupé dans son élan.

Le fils Janel réapparut figé et le visage crispé de douleur. Son hilarité avait disparu et sa bonhomie s'était éteinte. Clod Bensoussan le tenait fermement par l'oreille et l'empêchait de gesticuler. L'enfant n'avait plus envie de jouer et craignait désormais les remontrances. De son côté, Angel Bonifacio éprouvait des sentiments similaires, mais pour lui, la colère de Clod était le pire des tourments.

*

Jacky Lafortune démarra difficilement la Golf GTI rouge qu'il avait empruntée à sa fille. Il paniquait et ses gestes étaient confus, précipités. Il faillit noyer le moteur, mais après maintes tentatives, la voiture allemande se mit en route et un nuage de fumée âcre se répandit à sa traîne.

Il descendit à toute trombe la côte qui menait chez lui et ne prit pas les précautions d'usage, qui voulaient que chacun roulât aux pas, car la rue était étroite et très fréquentée par les enfants du quartier. Sa vue se troublait et dans sa tête, les paroles du journaliste à la radio résonnaient encore en un écho macabre. Dans l'affaire de l'enlèvement du fils Janel, il avait parlé des *"Folles de la Nationale 4"*, que venaient-elles faire dans cette histoire ? Comme tout le monde, Jacky avait entendu parler de ce gang de pirates de la route. À l'époque, il n'y avait pas un jour sans que leurs méfaits soient relatés à la Une des journaux. Mais cette histoire datait, pourquoi réapparaissait-elle maintenant ? Et quel était leur rôle dans le rapt du fils du chef du personnel ? Il devait en avoir le cœur net et pour cela, valait mieux qu'il ait une discussion sérieuse…

Il arrêta son véhicule à l'embranchement de la rue principale, jeta un œil furtif sur la droite et la gauche, puis, à toute berzingue, il enclencha la première en direction du col du Donon. Il parcourut quelques kilomètres, traversa le village de Wackenbach au mépris des piétons et des voitures venant dans l'autre sens. Enfin, à la sortie d'un virage dangereux, il aperçut le toit de l'usine désaffectée qui abritait l'atelier d'Angel Bonifacio. Sans ralentir pour autant, il bifurqua sur un petit chemin de terre boueux et quitta dans un nuage de fumée la route goudronnée.

Agrippé à son volant, il fonça vers l'entrée principale de l'ancienne usine, ne se préoccupant guère des nids-de-poule, ni du talus abrupt qui longeait le chemin et plongeait dans un ruisseau à l'eau vive. Sur son siège avant, il cahotait inlassablement et sa tête cognait le plafonnier au rythme du terrain cabossé. De l'autre côté du ruisseau, il vit l'entrée de l'usine dont le devant était couvert de graviers, puis il braqua subitement sur un pont et rejoignit cette mer de petits cailloux. Il dérapa, ses pneus crissèrent et projetèrent sur le rideau de fer des gravillons qui résonnèrent comme de petites tapes au cul d'une casserole en fer-blanc. Tout aussi brutalement, il freina et coupa le moteur. Ces quelques kilomètres l'avaient gonflé à bloc, son sang crépitait dans ses artères, la rage l'envahissait, elle avait besoin de s'exprimer, d'exploser au grand jour et sa déflagration serait terrible, dévastatrice.

Jacky Lafortune s'éjecta de la Golf et se précipita sur le rideau de fer qu'il tambourina comme un sauvage. Il était furax, ce branleur d'Angel et son copain Clod lui devaient des explications. Il n'avait pas organisé l'enlèvement du fils Janel, pour que deux abrutis consanguins lui sabotent son plan.

Chapitre 14

Le salon de la maison s'ouvrait sur un joli parc bien entretenu. La majorité des arbres avait endossé leur tenue d'automne et s'apprêtait d'ici peu à s'effeuiller sous les rafales du vent. Quelques oiseaux *"Cuicuitaient"* encore, mais les hirondelles avaient déjà déguerpi vers d'autres horizons plus accueillants. Seuls les sapins et les épicéas se dressaient encore fiers et fringants, assurés de ne pas perdre leurs aiguilles au milieu de ce décor de petite mort.

Les baies vitrées avaient été volontairement laissées ouvertes pour faciliter le va-et-vient des officiers de la gendarmerie. Leurs voitures étaient garées de l'autre côté du pavillon, ainsi elles n'étaient point visibles au regard angoissé de Modeste Janel, le chef du personnel de l'usine Steinheil.

Il était assis dans un fauteuil confortable et même avec les bras reposant sur les accoudoirs, il donnait l'impression d'être aspiré par les coussins. Son regard se perdait dans la végétation au travers de la croisée. Il ne fixait rien en particulier, son esprit errait ailleurs…

Depuis hier matin, sa vie s'était transformée en enfer. La police le questionnait, puis lui laissait quelques heures de répit et revenait ensuite à la charge avec les mêmes questions, formulées différemment. Au début, il avait fait preuve de bonne volonté, mais maintenant, les interrogatoires l'agaçaient, cela prenait une telle tournure qu'il se sentait par moment soupçonné. Il en fit part au capitaine qui le rassura aussitôt ; il ne s'agissait selon lui, rien de plus que la procédure habituelle. La routine en somme.

Toutefois, Modeste Janel tirait un avantage de cette présence policière, il ne se retrouvait pas seul en tête-à-tête avec sa femme. Depuis la découverte du rapt de son fils, elle implorait le Seigneur qu'il le lui rende. Elle pleurait ou reniflait bruyamment et lorsque, à son tour elle faisait l'objet des interrogatoires de la police, elle gémissait et se mouchait par petits coups secs dans son mouchoir gorgé de larmes versées. Heureusement, les gendarmes compatissaient et faisaient preuve à son égard de moult tacts.

Il y avait eu également les appels téléphoniques de la part de leurs entourages qui, dès qu'ils apprirent l'histoire par les journaux, s'étaient empressés de leur témoigner leurs soutiens. Puis très vite, le téléphone était devenu le centre de tous les intérêts. À chaque sonnerie, le capitaine de la gendarmerie se précipitait sur l'écouteur et lorsqu'il était prêt, intimait au chef du personnel de décrocher. Ils attendaient l'appel des ravisseurs et leurs doléances, enfin si toutefois un tel terme fut approprié à ce que chacun pouvait appeler plus vulgairement une rançon. Car il s'agissait bien de cela, l'enlèvement de son fils, et ce malgré le manque de preuve, n'était autre qu'un acte crapuleux, perpétré par des sans-cœurs, avides de gagner facilement de l'argent.

Modeste Janel n'avait pas d'avis à ce sujet et lorsque le capitaine de la gendarmerie lui avait demandé s'il se connaissait des ennemis, il n'avait pas su quoi lui répondre.

Pour l'heure, le chef du personnel était préoccupé par un tout autre type d'appel téléphonique. Normalement, il aurait dû le recevoir à

176

son bureau, car même si l'usine était en grève, il y travaillait quelques heures tous les jours et parait au plus urgent. Si son correspondant ne l'y trouvait pas, il appellerait à son domicile et dans la situation actuelle, cela ne l'enchantait guère.

Ses doigts se crispaient dans le cuir des accoudoirs, il entendait dans la cuisine la voix de sa femme qui répondait en pleurnichant aux questions des enquêteurs. C'était à son tour, ensuite le sien viendrait à nouveau, mais quand tout cela cessera-t-il ?

Non loin de lui, sur la petite table basse du salon, il surveillait du coin de l'œil le téléphone. Au moins, il était seul et en cas d'appel, il pourrait répondre bien avant que le capitaine ne le rejoigne ; il serait mécontent et le rabrouerait, mais après tout, il s'agissait de l'enlèvement de son fils.

Une autre chose le tourmentait et titillait son esprit : *"les folles de la Nationale 4"*, que venaient-elles faire dans cette histoire ? Quelques mois auparavant, il avait suivi leurs méfaits dans la presse. Elles étaient dépeintes comme des hors-la-loi sanguinaires qui ne reculaient devant rien pour dévaliser les stations essence qu'elles rencontraient sur leur route éponyme. Leur parcours était jonché de cadavres et la police n'avait jamais réussi à leur mettre la main dessus. Elles avaient disparu du jour au lendemain, sans laisser de traces, puis voilà qu'elles réapparaissaient chez lui et kidnappaient son fils. Ça n'avait pas de sens.

Modeste Janel se gratta le menton et se dit pour lui-même :

— En tout cas, cette satanée grève ne tient plus le haut du pavé dans les discussions. C'est déjà ça.

Il eut envie de se dégourdir les jambes. Il se leva péniblement et sans vraiment réfléchir, se dirigea vers la chambre de son fils où la police procédait à des examens approfondis et cherchait d'éventuelles traces laissées par les ravisseurs. Des traces, il y en avait une belle. Elle s'étalait sur deux mètres de long au-dessus du lit de son fils.

Elle était noire et avait laissé une sale odeur de méthane qui planait encore dans la pièce. Les kidnappeurs avaient, d'un jet hargneux et saccadé, signé leur acte à la bombe de peinture. Comme un emblème terrifiant, le mur était tatoué de cette marque indélébile : *"Les folles de la Nationale 4 sont de retour!"*

*

Le rideau de fer ondulait sous les assauts rageurs de Jacky Lafortune.

— Mais que pouvait-il bien faire là-dedans, pour mettre tant de temps à lui ouvrir? pensait-il.

Il s'escrimait depuis quelques minutes déjà et son impatience grandissait. Tout à coup, le rideau s'ébranla. L'enrouleur hoqueta, les crémaillères manquaient de graisse et les frottements de l'acier rouillé provoquaient de petits couinements désagréables à l'ouïe.

Jacky recula d'un pas et attendit que le rideau se levât, mais son impatience était telle, qu'il se plia en deux pour se faufiler par en dessous. Lorsqu'il se redressa à l'intérieur, il se retrouva nez à nez avec Clod Bensoussan et Angel sur la gauche qui appuya sur un bouton pour manœuvrer le rideau dans l'autre sens.

— Mais qu'est ce que vous faites? lança-t-il à l'adresse d'Angel.

Le regard de Clod, livide et buté, se posait sur lui, mais Jacky Lafortune l'ignora sciemment. Il évitait soigneusement de croiser son regard et ne s'adressait qu'à Angel. Sa colère, si pugnace lors du trajet, avait disparu. Elle avait été grandissante au fur et à mesure qu'il approchait de l'atelier, et même décuplé lorsqu'il trépignait devant le rideau de fer, mais là, sous le regard assassin de Clod, il perdait ses moyens. Sa colère retomba aussi benoîtement qu'une érection subite et ce fut très maladroitement qu'il s'enquit de la situation.

— Alors les gars, pourquoi avez-vous fait ça?

Clod remarqua immédiatement que le nouveau venu avait changé d'attitude, et cela valait mieux pour lui, car il n'aurait pas toléré qu'il lui parlât, ou même qu'il lui esquissât le moindre reproche. Il s'était levé de bonne humeur et ce n'était pas beau-papa qui allait lui pourrir ce bel entrain. Il feignit d'adopter une attitude de franche camaraderie et sourit en glissant son bras sur ses épaules, enroulant son cou, comme le serpent sournois le tronc du pommier de l'Éden. Son sourire fendit sa barbe christique et ses yeux se plissèrent :

— Mon petit Jacky, nous faisons équipe toi et moi, n'est-ce pas ? demanda-t-il d'une voix faussement amicale, voire assassine.

— Oui…, Clod, on fait équipe. Toi et moi…

Puis Jacky se retourna pour chercher Angel et fit un pas vers lui. Tout cela n'était que simulacre, Angel n'était qu'un prétexte pour se dégager du bras de Clod. Ainsi tenu par ce geste faussement amical, il craignait d'être à sa merci. Mais Clod le retint en resserrant son étreinte. De toute évidence, il était sous sa coupe.

— Tu as quelque chose à me demander ? s'enquit-il à nouveau.

— Il faut que tu comprennes Clod… Je ne te fais pas de reproches, mets-toi simplement à ma place, ce n'est pas ce qui avait été prévu…

Clod le coupa :

— Mais mon petit Jacky, entre équipiers… On est bien équipier ?

— Oui, oui Clod, y'a pas de doute, nous sommes de la même équipe.

— J'aime mieux ça ! Où en étais-je ? Ah oui ! Entre équipiers, on se fait confiance et s'il y a un problème, on s'explique, n'est-ce pas ?

Jacky Lafortune ne répondit rien. Cela valait mieux pour lui, il le sentait bien. Cependant, il regretta vivement le jour où il avait proposé à Clod Bensoussan l'enlèvement du fils Janel.

*

Jacky remonta dans la Golf de sa fille Laurence, démarra et fit demi-tour dans un calme olympien. Il s'engagea avec mille précautions sur le chemin de terre boueux, ce qui contrastait avec son arrivée tonitruante. Dès lors, il évitait soigneusement les ornières profondes, remplies d'eau brunâtre, et contournait patiemment les cailloux trop saillants.

Angel le regarda manœuvrer, puis redescendit le rideau de fer dans le vacarme habituel. De l'autre côté de l'atelier, sur la passerelle de bois de l'entrée secondaire, il entendit le bruit du moteur de sa mobylette, qu'il avait prêtée à Clod. Il s'en retournait, et cela n'était pas pour lui déplaire. L'ambiance avait été électrique entre Clod et Jacky, lui n'était pas intervenu, à quoi bon ? Personne ne prêtait attention à lui ou à ce qu'il avait à dire. Il les avait laissé s'expliquer, Jacky avait écouté Clod sans broncher, ni poser de questions. En fait, le cégétiste crevait de trouille et même un abruti comme Angel s'en était aperçu. Jacky avait été saisi par la peur, tenaillé par une terreur glaciale qui lui avait ôté tous ses moyens et anéanti toute répartie. Puis, ils s'étaient mis un peu à l'écart, Clod avait parlé plus doucement, évinçant volontairement Angel de la discussion et Jacky lui avait lancé de gros yeux d'étonnement. Angel ne s'en était pas offusqué, il avait l'habitude d'être mis sur la touche. À quoi bon s'en faire, il avait une confiance aveugle en Clod.

— Bon, ce n'est pas tout ça, se dit-il lorsque le rideau de fer atteignit le sol, faut nourrir la bête.

Il se dirigea, la charentaise traînante, vers les deux établis à côté de la salle d'eau. Sur l'un des deux, il saisit une boîte de raviolis Buitoni et entama la découpe du couvercle avec un ouvre-boîte manuel. L'opération terminée, il alluma un Butagaz de camping et la déposa à même la flamme bleue. Ensuite, il traversa à nouveau l'atelier et passa la tête dans l'entrebâillement de la chambre du fils Janel. Il dormait comme un loir et cela pour longtemps encore, Clod lui avait administré une telle dose de somnifères qu'il serait tranquille jusqu'à demain matin. À bien y réfléchir, cela l'arrangeait, car les acquéreurs de son *"Adolf lorgnant l'horizon"* ne tarderaient plus maintenant. Il ne l'aurait pas entre les jambes et ne serait pas obligé de l'attacher sur son lit. Plus prosaïquement aussi, il ne serait pas obligé de partager la boîte de Buitoni ; il avait une faim de loup.

*

"Les folles de la Nationale 4" se répétait inlassablement Jacky Lafortune. L'entrevue avec Clod avait été effroyable, il lui inspirait une peur terrible.

Il se rappela le jour où sa fille Laurence le lui avait présenté. D'entrée de jeu, il ne lui avait pas plu. Ses manières, sa façon de vous regarder par en dessous, l'œil narquois, rien chez lui ne plaidait en sa faveur. Il avait eu beau se renseigner à son sujet, personne ne savait ce qu'il fabriquait dans la vallée, ni même comment il y avait atterri. À l'instar de Laurence, qui était affable, lui était taciturne et il était impossible de lire dans ses pensées. Il avait aussi essayé de convaincre sa fille de le quitter, mais elle était butée et ne voulait rien entendre. *"T'es jaloux, voilà tout"* lui répondait-elle sans cesse, comme pour le narguer ou peut-être était-ce sa manière à elle de se venger de lui. Il n'avait pas toujours été à la hauteur avec elle, Jacky Lafortune l'admettait volontiers, mais comment l'être quand on se retrouvait seul au monde à élever un enfant ?

Il arriva enfin sur la départementale qui descendait du Donon, il freina et laissa passer un grumier chargé de longs troncs luisants. Il voulut embrayer et s'engager sur la route quand il vit surgir Clod sur la mobylette d'Angel. Emporté par la descente, il roulait à vive allure, tenant le guidon de sa main blessée enrubannée dans une bande Velpeau, tandis qu'il réchauffait l'autre dans la poche de son anorak. Jacky se tassa sur son siège, avec un peu de chance, il ne le remarquerait pas. Clod passa devant sa Golf à l'arrêt et ne le vit pas. Son engin pétaradait et il semblait absorbé par la route. Jacky souffla, puis il décida de patienter quelques minutes afin de lui laisser prendre de l'avance.

Il rejoignit le creux de la vallée en roulant à bas régime. Son esprit revint sur les *"Folles de la Nationale 4"*, il ne comprenait pas ce que Clod cherchait avec cette signature, car il en était l'auteur, il le lui avait avoué. Il lui avait également demandé de lui faire confiance, demain il comprendrait, il n'avait pas à s'en faire.

Rien de tout cela n'avait été prévu selon le plan qu'il avait soigneusement établi et à l'heure actuelle, Jacky Lafortune ne pouvait que le constater : il avait perdu le contrôle de l'opération.

*

Jacky tourna dans une petite ruelle, qui longeait l'artère principale de Schirmeck et trouva rapidement à se garer. Comme d'habitude à cette heure de la journée, la rue qui traversait la ville de part en part était bondée. Une file de camions et de voitures avançait au pas, se reniflait l'arrière-train, puis, sans véritable raison, elle s'étirait et se libérait sur quelques dizaines de mètres, et à nouveau les véhicules freinaient et patientaient de longues minutes.

Le cégétiste n'eut point de difficulté pour traverser la chaussée et se faufiler entre les véhicules à l'arrêt. Il fit encore quelques pas sur le trottoir désert et gravit un petit escalier pour pénétrer dans le Bar du Centre.

L'ambiance à l'intérieur du bistrot était feutrée. Une rangée de fenêtres aux carreaux orangés, bistres et verts répandaient une lumière teintée sur les tables les plus proches. L'une d'entre elles, entrouverte légèrement, filtrait le bruit de la rue qui flottait dans l'air telle une sourde mélopée grésillant, mais n'altérait en rien les discussions des habitués. Un long comptoir de bois verni recevait la majorité des clients, tandis que sur quelques tables, des retraités tapaient le carton et trempaient, à chaque fin de partie, leurs lèvres dans un verre de Sylvaner bien frais.

Jacky fut reçu par la patronne avec tous les égards dus à un habitué et il salua d'un geste les gens qu'il connaissait, soit la quasi-majorité. Le Bar du Centre était son fief, son autre chez lui, il y passait la plupart de ses fins de journée, avant de retrouver la solitude de sa maison. Après la mort de sa femme, il y avait élu domicile et y organisait ses réunions avec les copains du syndicat. Il avait aussi eu une histoire avec la patronne des lieux, la Sheila, une femme gentille et attentionnée, mais après quelques ébats frénétiques, ils avaient compris conjointement que ça ne les menait nulle part et restèrent de bons amis.

De se retrouver parmi les siens, revigora le syndicaliste. Il perdit cette attitude d'obédience servile qu'il avait adoptée avec Clod et redevint le gaillard sûr de lui, qu'il était d'habitude. Sheila, la patronne, lui sourit et se pencha par-dessus le comptoir pour lui faire la bise. Sa poitrine opulente tomba entre deux verres de bière, sa boutonnière était tendue, prête à exploser et à libérer cette chair appétissante. Jacky en profita pour lui commander un amer sans citron et attendit sagement au bar qu'elle tira lentement la bière à la pompe, pour obtenir un faux col présentable. Il la remercia, prit son verre d'une main et le sous-bock de l'autre, puis se dirigea vers une table discrète, près de la porte des urinoirs, où il avait repéré sa fille qui l'attendait.

— Salut p'pa, dit-elle en se levant pour l'embrasser.

— Comment ça va? poursuivit-elle.

Jacky lui rendit les baisers qu'elle lui donna et s'assit face à elle.

— Comment s'est passée ta journée à l'usine ? demanda-t-il sans autre préambule.

Laurence le détailla, puis esquissa un sourire de façade. Elle connaissait son père depuis trop longtemps, pour ne pas voir que quelque chose le tracassait.

— Ils vont spolier la production et la vendre à leur bénéfice, dit-elle sur un ton las.

— Oui je sais, répondit Jacky, j'ai vu Christian hier soir. C'est une très bonne idée, tu ne trouves pas ?

L'opinion de sa fille lui importait peu, mais il avait besoin de savoir ce qu'il se passait à l'intérieur du mouvement de grève. Elle était en quelque sorte, son agent infiltré. À travers elle, il percevait mieux l'opinion des ouvriers, il se sentait dégagé de tout prisme politique et de toute interprétation partisane.

— Je ne sais pas, répondit-elle. Christian a très bien manœuvré. Lors du vote, la quasi-totalité des ouvriers a adhéré au projet. Ils en sont aux détails pratiques, mais dès demain, un noyau dur relancera les clients de l'usine, qui, du fait de la grève, sont aussi dans la panade, car il manque cruellement de matière première.

— C'est une très belle idée, répéta Jacky, je soutiens Christian à cent pour cent…

— Je n'en doute pas et c'est parce que tu le soutiens à cent pour cent que personne ne t'a vu à l'usine depuis hier matin.

Elle fit une pause, puis reprit :

— Je ne comprends pas ce qui se passe, et je ne suis pas la seule. Les copains ont l'impression que tu les laisses tomber. Christian a pris le pouvoir sur tout le monde, même les gars de la CGT le soutiennent. Qu'est-ce qui ne va pas ?

Jacky noya son regard dans son Picon bière, il était apparemment embarrassé par la question de sa fille, mais aucune parole ne sortit de sa bouche.

Face au mutisme de son père, Laurence poursuivit :

— Tu sais, il n'y a pas que la grève...

Jacky releva les yeux.

—... Les gendarmes et les CRS stationnent devant l'entrée de l'usine. Cette histoire d'enlèvement du fils Janel pollue le mouvement. La tension est palpable, les ouvrières ont peur, même si elles ne veulent pas l'avouer, et les gars sont terriblement remontés, ils ne pensent qu'à en découdre. Ce déploiement des forces de l'ordre est à leurs yeux une provocation et Christian en joue, il jette savamment de l'essence sur le feu.

Laurence trempa ses lèvres dans son verre de limonade aromatisé à la fraise, puis elle reposa sa boisson :

—... Lui aussi a changé, je ne le reconnais plus.

— Qui ça ? l'interrompit Jacky.

— Christian. Il n'est plus le même depuis le début de cette grève. Il est comme... exalté, on dirait qu'il joue sa vie dans cette grève.

Jacky, en son for intérieur, comprenait ce que Christian vivait. Lui-même jadis, avait connu cette fièvre de l'engagement, la ferveur du combat politique. Mais tout cela était bien loin déjà. Comment expliquer tout cela à sa fille ?

— C'est un gars comme ça qu'il te faudrait...

Jacky n'avait pas réfléchi, il avait sorti cette phrase sans arrière-pensée, elle tombait sous le sens.

Laurence le fixa, essayant de comprendre, puis son père reprit :

— Christian est un mec bien. On ne partage pas les mêmes idées, mais je le respecte, surtout pour sa détermination.

Le cégétiste fit une pause, il hésitait à poursuivre, puis se lança :

— Désolé de te le dire ainsi, mais ton gars Clod est un sale con. Il ne te mérite pas.

Laurence lui sourit tendrement, elle connaissait son opinion sur son homme, mais ce soir, elle n'avait pas envie de se disputer.

Elle finit son diabolo fraise et l'embrassa affectueusement, comme pour lui dire de ne pas s'en faire pour elle. Jacky la regarda s'éloigner, puis il se leva à son tour et fit signe à la Sheila qu'il avait besoin de téléphoner.

*

Alfredo Sibuana tint la porte passagère de la Maserati Merak ouverte. Sa soudaine galanterie étonna Mama Béa et elle le lui fit sentir en s'installant sur le siège. Son regard en biais se posa sur lui et le scruta de la tête au pied tel un faisceau antiaérien furetant un ciel plombé lors d'une nuit d'assaut. Il referma la porte, sourire en coin et fier de lui, puis contourna le bolide et s'installa au volant. Il démarra, mais avant d'enclencher une vitesse, il sortit une cassette audio de la poche intérieure de son veston. Sans même choisir un morceau particulier, il glissa la bande dans la fente de l'appareil et poussa sur sa tranche pour lancer la lecture. La musique jaillit des haut-parleurs et fit tressaillir Mama Béa. Alfredo baissa un peu le volume, la chanson était l'une de ses préférées, *"Ma Baker"* du groupe disco Boney M. Il adorait ce petit mec avec sa canne de dandy et ses chemises cintrées qui se trémoussait en maître parmi de belles femmes noires, plantureuses et charnues à souhait. Il sortit la Maserati du garage de Jacky Lafortune en marche arrière, tout en pianotant le tempo de la chanson sur le cuir du volant et en reprenant en sourdine les paroles de la chanson :

"... Ma Ma Ma Ma - Ma Baker - she never could cry
Ma Ma Ma Ma - Ma Baker - but she knew how to die..."

La tension du matin était retombée entre Mama Béa et son conducteur. Alfredo n'était pas rancunier, mais il éprouvait une certaine hâte à ce que cette mission se termina. Même son squat de la rue de l'Ouest à Montparnasse, lui semblait bien mieux que ce trou à rat lugubre où résidait son ami Jacky.

En bas de la côte, ils tournèrent sur la départementale, dans la même direction que précédemment, leur hôte avait empruntée. Mama Béa regardait défiler le paysage montagneux en fumant ses mentholées les unes derrière les autres. Elle baignait dans des volutes de fumée épicées et, Alfredo l'avait noté, elle s'était murée dans un mutisme obstiné. Elle rêvait d'ailleurs, de contrées insolites… L'Ouganda lui manquait, essentiellement la douceur de vivre dont elle y jouissait, les fastes des nombreux palais du Général Idi Amin Dada, les réceptions… Et puis là-bas, elle était tout, alors qu'ici elle n'était rien d'autre qu'une négresse que l'on toisait avec mépris, une femme de ménage ou une nurse pour bourgeois opulent. Elle savait que l'Ouganda était un pays fragile et que son statut était celui d'une privilégiée, mais elle avait foi en son Général. Bientôt le monde devra compter avec l'Ouganda et son rayonnement rejaillira sur toute l'Afrique.

Elle tira une dernière bouffée de sa Dunhill et entrouvrit la fenêtre pour jeter son mégot. Face à eux, ils croisèrent un pauvre hère frigorifié, tenant d'une seule main le guidon de sa mobylette délabrée. Ses cheveux flottaient au vent, alors qu'il portait un casque en forme de bol. La sangle de celui-ci accompagnait les mouvements de sa chevelure et fouettait de temps à autre son épaule. Un salmigondis de bave et de morve zébrait sa barbe de Raspoutine. Elle remarqua aussi sa main blessée, plus précisément son index, agrippé à la poignée des gaz, offert à la froideur automnale sans aucune protection. Mama Béa soupira, puis alluma une nouvelle cigarette, tandis qu'Alfredo entrouvrit à son tour sa fenêtre afin de ne pas succomber au tabagisme infernal de son colonel. Après quelques virages, il reconnut Jacky Lafortune au volant d'une Volkswagen, qui roulait à l'allure d'un escargot sur la voie d'en face. Il n'en fit point part à sa supérieure qui de toute manière était absorbée par ses pensées et ne prêtait guère d'attention au monde qui l'entourait.

Ce matin, les doutes qu'elle avait exprimés à l'égard de son ami le poussaient à la prudence. Effectivement, Jacky ne ressemblait plus à l'homme jovial et de bonnes compagnies, qu'il connaissait. Quelque chose s'était éteint en lui. À leur arrivée, il avait cru un instant que son changement de comportement était dû à la présence de Mama Béa. Mais il réalisa très vite qu'il n'en était rien, il était fortement préoccupé par autre chose.

Désormais, Alfredo craignait le pire. La Vierge Noire avait sa propre méthode pour éliminer les complications et bien malgré lui, il serait obligé d'exécuter ses ordres. Alfredo le savait, il n'était jamais facile de tuer un ami, de voir sa propre traîtrise luire dans son regard, alors qu'il expire son dernier souffle.

Le conducteur frissonna et chassa de son esprit ses saletés. Il se concentra sur sa conduite, puis il remarqua à la sortie d'un virage, le petit pont que lui avait indiqué Jacky Lafortune. Il décèlera, rétrograda, freina et bifurqua sur le petit chemin à temps. Le ronronnement du moteur de la Maserati brisa la plénitude boisée de ce creux de vallée. Le ronron de son horlogerie mécanique flotta dans l'air et contourna quelques hêtres qui bordaient le ruisseau. Il virevolta comme une abeille excitée, affolée par tant de fleurs à butiner. Puis, emportés par le vent, les cliquetis des vilebrequins et autres pipes d'admission chavirèrent dans l'air et au passage heurtèrent un rideau de fer qu'ils traversèrent tel un agile passe-muraille.

Angel Bonifacio sursauta. Il finit sa fourchetée de raviolis à la sauce tomate qu'il dégustait à même la boîte. À la hâte, il dissimula le reste de son frugal repas sous un fatras de tissu maculé et s'essuya la bouche du revers de son avant-bras. Les acquéreurs de son *"Adolf lorgnant l'horizon"* arrivaient.

Chapitre 15

Quinzième jour d'occupation de l'usine Steinheil. Devant l'obstination de la direction à refuser toutes négociations, le mouvement de grève s'est durci. Il fut adopté, par un vote à la majorité, que le stock de la production de l'usine serait vendu afin de créer un fonds de soutien aux grévistes.

Sept heures du matin, seule la cuisine de la maison du chef du personnel était éclairée et de temps à autre, une ombre se profilait devant les voilages.

Modeste Janel n'avait pas fermé l'œil de la nuit, il trépignait comme un loup en cage. La cloche de l'église catholique de Rothau sonnait la demie de trois heures, lorsqu'il avait abandonné l'idée de dormir. À ses côtés, sa femme Viviane ronflait, l'air pénétrait bruyamment par sa bouche en de petits sifflements aigus, rythmés par les clapotis de ses lèvres asséchées. Elle avait ingurgité une sévère dose de somnifères avec sa tisane du soir et s'était enfoncée rapidement dans un sommeil lourd. De son côté, il avait hésité à l'imiter, mais il s'était abstenu afin de garder ses idées claires et, bien évidemment, les bras de Morphée s'étaient refusés à lui.

Toute la nuit, ses pensées avaient envahi son esprit, son cerveau avait tant bouillonné qu'un mal de crâne terrible ne le quittait plus. Des dialogues, entre lui et des personnes aux visages multiples, s'étaient immiscés dans ses méninges. Tantôt, il s'adressait aux grévistes sur un ton ferme et incisif; il ne parlementait pas, loin de là, il les contraignait à reprendre leur travail. Par sa simple présence, son autorité et la crainte, qu'il s'imaginait inspirer, les ouvriers courbaient l'échine et retournaient à l'usine, dociles. Les dirigeants de Steinheil s'étaient également mêlés à ses divagations tourmentées. Ils avaient surgi comme ça, d'un simple claquement de doigts et ce fut à son tour de sentir la peur l'envahir. Avait-il agi dans leurs intérêts? Lui étaient-ils reconnaissants? Puis les doutes s'étaient dissipés pour laisser la place aux louanges. La direction le considérait comme son sauveur et lui témoignait toute sa gratitude. À ces pensées, Modeste avait joui, il se sentait devenir fort, important, incontournable… La direction lui accordait désormais une place en son sein et, pour le remercier de son dévouement, le nommait au poste de directeur commercial.

Le plaisir avait été de courte durée, car ses divagations nocturnes l'avaient également mené en d'autres contrées bien moins hospitalières, l'enlèvement de son fils, les Folles de la Nationale 4… Et puis il y avait eu aussi, hier au soir, juste après le journal télévisé, le coup de fil inopiné de Jacky Lafortune. Le chef du personnel l'avait appréhendé toute la journée, mais fort heureusement le syndicaliste avait tout de suite compris que la police se tenait à ses côtés et qu'il n'était pas libre de parler. De ce fait, le brave homme avait emprunté un ton compatissant et avait feint un prétexte anodin pour justifier son appel. Ils avaient raccroché en se donnant rendez-vous le lendemain matin. Modeste Janel s'apprêtait à s'y rendre, le cœur laminé par l'angoisse.

*

Christian saisit la chevelure de Louise et l'attira à lui. Sa peau était blanche, elle luisait sous les éclats indiscrets de la lumière du lampadaire qui filtrait par les lamelles des volets…

Comme à son habitude, elle était apparue sans crier gare. Le jeune établi ne l'attendait pas, à peine s'il avait osé l'espérer. Il avait succombé à son sourire et à son désir désarmants.

Avant de faire l'amour, ils avaient discuté et bu beaucoup d'alcool. Comme d'habitude, ce fut surtout Christian qui parla, il avait eu besoin de lui exposer le tournant que prenait la grève. Elle n'en avait rien à faire, il le savait, mais elle l'avait écouté et même par moments, elle avait compati en prenant un air grave.

Ses faux-semblants le séduisaient, il aimait lorsqu'elle montrait de l'intérêt au mouvement, ainsi, il pensait qu'elle s'intéressait un peu à lui. Mais il n'était pas dupe non plus, il savait aussi que c'était sa manière d'éviter de parler d'elle, de se découvrir, d'envisager l'avenir…

Elle s'était levée de sa chaise, l'œil coquin et s'était agenouillée devant lui. Elle l'avait sucé et il s'était abandonné. Christian portait le poids de sa journée à l'usine. Les discussions, l'organisation et la distribution des rôles de chacun dans ce qu'il nommait désormais le profit direct, soit l'éviction de tout intermédiaire dans la vente de la production de l'usine, l'avaient harassé.

Sa proposition de spolier les stocks avait tout d'abord été accueillie avec réticence et crainte. Il était difficile pour chacun de s'imaginer s'octroyer ce qu'ils considéraient comme n'étant pas leur propriété. Leur honnêteté ouvrière était la laisse par laquelle la direction les tenait, leur avait rétorqué Christian. Quelques-uns s'en étaient offusqués, mais le jeune établi maniait les mots, ils étaient une arme redoutable dans sa bouche. Très vite, les plus dubitatifs adhérèrent

193

à sa proposition entraînant dans leur sillage les indécis et Christian obtint l'unanimité.

Il avait donc été décidé de vendre le stock de l'usine et de redistribuer équitablement l'argent entre eux. Ainsi, le mouvement perdurerait sans la crainte des factures qui s'amoncelaient et des restrictions dues à l'absence de revenus. Secrètement, ceci était un pis-aller, Christian le savait, car dès que les réserves seraient vidées, le problème se poserait à nouveau. Mais pour l'heure, la grève se libérait du joug de l'appauvrissement, carte que la direction jouait allègrement.

…Christian prit Louise par la nuque et la releva pour l'embrasser. Ses lèvres étaient humides et avaient le goût de l'alcool de mirabelle. Il quitta sa bouche, descendit dans son cou puis releva son débardeur. Ses seins pointèrent et ondulèrent comme un serpent charmeur. Il les saisit de ses mains affolées, leurs bouts s'étaient durcis et s'offraient à ses appétits. Christian engloutit le plus proche et Louise émit des feulements langoureux. Submergé, il déboutonna en hâte son Levi's, le fit rouler sur ses cuisses jusqu'aux genoux, puis il la fit se retourner. Elle s'offrait dans le clair-obscur de son appartement d'ouvrier. Plaquée contre le mur tapissé, elle se cambrait, haletante. Maladroitement, il se colla à elle, se fraya un chemin délicat dans ses douceurs impatientes, chaudes et humides.

Christian faisait l'amour à Louise pour la dernière fois. S'il l'avait su, peut-être aurait-il fait durer le plaisir, mais il ne maîtrisait plus rien et son trop-plein de désir le submergea. En un laps de temps anodin, il rendit les armes.

*

Modeste Janel claqua la porte d'entrée de sa maison et le regretta immédiatement. Jusqu'alors, il avait pris une attention toute particulière à ne réveiller personne et voilà qu'au moment de partir, toutes ses précautions s'envolaient. Ses craintes n'allaient pas vers sa femme, qu'il savait engourdie et écrasée par les somnifères, mais vers le flic de faction qui s'était assoupi sur le divan du salon. Le chef du personnel pensait trop, il était impératif qu'il se calmât, sinon très vite tout cela le dépasserait.

— Tant pis pour le flic, se dit-il, j'ai bien le droit de prendre l'air. Ses appréhensions s'évanouir rapidement, car il n'entendit aucun mouvement à l'intérieur et en déduisit que le policier dormait toujours.

Il descendit les quelques marches en pierre de taille qui menaient au portail et, cette fois, il prit moult précautions pour l'ouvrir sans bruit.

Sur l'allée bituminée rose du parc, il respira à plein poumon, comme si l'air lui manquait depuis longtemps. Il en apprécia pleinement sa fraîcheur vivifiante. De sa bouche sortait par intermittence un halo blanc de condensation. Il fut surpris par la température particulièrement froide de cette journée automnale, puis il réalisa que le jour se levait à peine, d'ailleurs entre les branches des sapins, il apercevait encore la lune qui tirait sa révérence. Modeste Janel ramena sur sa gorge le col de sa gabardine beige et enfonça ses mains dans ses poches profondes.

D'un pas alerte et vif, il traversa le parc. Son regard plongeait dans le goudron de la charmille et ne prêtait guère d'attention à ce qui l'entourait. Très vite, il parvint devant le bâtiment administratif de l'usine, là même où il possédait son bureau, mais il n'y pénétra point. Toujours à vive allure, il le dépassa, atteignit la chaussée et tourna à droite à l'opposé de l'entrée de l'usine. Il jeta tout de même un bref coup d'œil vers la grille où la banderole *"Usine occupée"* était accrochée. Il ne vit rien, peut-être quelques ombres, mais il n'en était pas certain. Cependant, il remarqua, juste en face de l'entrée de l'usine, un autocar Saviem dont les vitres étaient couvertes de grillages.

— Les CRS, pensa-t-il.

Il longea ensuite le trottoir, traversa la voie ferrée et prit sur la droite, avant le pont qui enjambait la Bruche. Il passa sous les débris d'un auguste portail qui, à en croire sa hauteur, devait être à une certaine époque, majestueux, mais pour l'heure sa grille avait disparu et quelques pierres manquaient sur ses montants. La maison du gardien accueillait le visiteur et renforçait le sentiment de pénétrer en un lieu, jadis fastueux. Modeste Janel ne s'y attarda pas et continua sur l'allée. Tout au bout, il dépassa une bâtisse à plusieurs étages, d'apparence cossue, mais qui comme tout en ce lieu, avait subi les outrages du temps. Les volets manquaient d'un bon coup de pinceau, la façade décrépissait et la mauvaise herbe poussait entre les dalles de l'escalier qui se déversait devant l'entrée. Des jouets traînaient esseulés sur les marches comme abandonnés subitement pour répondre à l'appel du souper.

Quelques lumières brillaient au premier et second étage, Modeste Janel pressa le pas pour ne point être remarqué. Il méconnaissait l'histoire de cette demeure délabrée, cependant il savait qu'elle appartenait toujours à l'usine. Elle avait été transformée en appartements loués à des familles d'ouvriers, peu regardantes quant au bruit du chemin de fer qui passait juste derrière.

Chose incongrue en ce lieu, il déboucha sur un terrain de basket. Il le traversa et se plaça sous le panier à l'opposé, dans l'obscurité des arbres qui longeaient la rivière. De là, personne ne pouvait le voir. Le terrain de jeu était presque neuf, certes usé par l'utilisation fréquente des cours d'éducation physique de l'école primaire, mais tout de même en bon état en comparaison avec tout ce qui l'entourait. Il se souvint que son fils parlait souvent de cet endroit. À maintes reprises, il lui avait demandé l'autorisation d'y venir jouer, puisque celui-ci ne se situait qu'à quelques centaines de mètres de leur domicile. Mais à chaque fois, Modeste le lui avait refusé, enfin pas exactement, il abondait dans le sens de sa femme qui estimait que la place de son fils n'était pas au milieu des enfants d'ouvriers.

Le chef du personnel s'adossa à l'armature tubuleuse du panier de basket. Il souriait intérieurement et cela transpirait sur son visage. Cette petite virée matinale le revigorait. À l'air, il se sentait revivre, il reprenait des forces et surtout, il échappait à la chape de plomb qui régnait chez lui.

Il se souvint du stratagème qu'il avait monté dans le dos de sa femme pour que son fils puisse tout de même venir jouer ici. Enfin, jouer n'était pas le terme adéquat, car son fils venait y retrouver une certaine Brigitte, une gamine de sa classe. Il le lui avait avoué d'homme à homme et cela l'avait ému. Ce jour-là, il avait réalisé que son fils était bien le sien, quoiqu'il n'eût aucun doute à ce sujet, mais courir les filles, alors qu'il n'avait que sept ans, l'avait enorgueilli.

Il s'était reconnu en lui, même s'il n'avait jamais été aussi précoce et cela avait forcé son admiration. Alors, ils avaient mis en place cet artifice qui consistait à dire à sa mère qu'il venait le voir à son bureau pour des questions de mathématique moderne, matière où son fils ne brillait guère parce que justement trop moderne. Le garçonnet passait sous les fenêtres du bureau de son père, le hélait pour l'avertir et lui faisait un petit signe de connivence. Ensuite, il courrait à perdre haleine sans se préoccuper de son père qui l'observait. Un peu plus loin sur le terrain de basket, l'enfant retrouvait son amie Brigitte et ils jouaient.

De son bureau, Modeste Janel avait une vue plongeante sur le terrain de jeu, ainsi il l'épiait et le surveillait en toute tranquillité. Mais ce qui le ravissait le plus était lorsque son fils prenait la main de sa petite amie et l'emmenait dans les bambous, sous les arbres qui longeaient la rivière. À ce moment-là, il était fier, sept ans à peine et déjà les filles l'intriguaient…

Ces souvenirs émurent Modeste Janel aux larmes… Son fils, oui son fils…

— M'sieur Janel.

Dans son dos, une voix rocailleuse le tira de ses pensées. Son sourire béat s'effaça. Il se retourna. Jacky Lafortune lui fit un hochement de tête en guise de salut. Le regard du syndicaliste traînait à ses pieds, franchement il ne pouvait pas regarder son chef du personnel dans les yeux.

*

Des cieux tombaient des louanges ; la lumière saturée trouait la vision et des silhouettes fantasques se faufilaient dans une brume aérienne. Les draps frémissaient de soubresauts épileptiques, le corps moite et humide de Joseph Hosana s'accrochait à des images fugaces. Sa raison s'évaporait, seuls ses muscles souffraient.

Au loin, derrière le rideau de lumière, la vie grondait, mais pour joseph, elle balbutiait, il ne la percevait plus, il aurait tellement voulu ne plus la sentir, l'oublier.

— Monsieur, Monsieur… Vous êtes là ?

Comme après un électrochoc, les paupières de Joseph s'ouvrirent sur un regard hagard. Il se redressa sur le lit et tenta dans la pénombre de se remémorer où il se trouvait. Ce n'était pas l'enfer, enfin pas tel qu'il se l'était imaginé, il manquait les flammes et le stupre… Quant au paradis, à quoi bon le rêver ?

— Monsieur, c'est la femme de chambre, le patron m'envoie vous demander si vous gardez la chambre une nuit de plus.

Tout lui revint à l'esprit et à nouveau il ressentit cette douleur sordide qui lui perçait les tripes, lui déchirait le cœur en des lanières de charpies sanguinolentes. L'alcool et le sommeil l'avaient anesthésié quelques heures, mais elle ne s'était pas effacée. Comment rayer de sa vie la mort de Lili, Joseph, tout puissant devant l'éternel n'avait rien pu faire.

Il se leva, la tête lui tourna et il eut un haut-le-coeur. Tant bien que mal, il réussit à s'approcher de la porte et s'agrippa à la poignée. La femme de l'autre côté tambourina à nouveau. Il s'adossa au panneau de bois et sentit les coups lui parcourir l'échine.

— Oui, réussit-il à articuler.

Il y eut un moment d'hésitation puis la femme reprit :

— Ça va Monsieur ? Vous, vous sentez bien ?

Puis elle ajouta :

— Vous avez besoin de quelque chose ?

Joseph prit sa respiration, ferma les yeux et en un effort surhumain aboya :

— Ça va, laissez-moi tranquille. Dites à votre patron que je garde la chambre. Je passerai tout à l'heure le voir.

Il sentit dans le couloir la femme hésiter, puis il entendit le grincement des roues d'un chariot. Quelques mètres plus loin, la porte d'une chambre voisine s'ouvrit et elle s'y affaira.

Joseph se laissa glisser au sol, ses jambes flageolaient et s'effaçaient sous son poids. La sueur perlait sur son front, sa bouche ressemblait à un désert, sec, aride, âcre, amer... Son ventre se convulsa, il vomit. Rien ne sortit, si ce ne fut un filet de bile acide qui cingla la moquette poussiéreuse. Il prit appui sur une main et tenta de se relever, mais l'effort le submergea. Joseph se résigna à rester au sol. Il se traîna tant bien que mal jusqu'à son lit où, en un ultime effort, il parvint à s'y hisser et à s'y répandre comme une loque.

Il devait être tard, le temps lui avait échappé. Au travers des volets clos, il percevait la lumière vive du jour. Depuis combien de temps dormait-il ? Il se rappela qu'il avait marché toute la nuit précédente. Il était sorti de l'hôpital pour fumer une cigarette, puis il avait erré comme un zombie dans les rues désertes de Strasbourg, pour finir devant ce marchand de journaux où la presse locale titrait à sa Une la mort de Lili.

Tout lui revint à l'esprit. Les verres de gin coca, un, puis deux et après il avait cessé de les compter et s'était contenté de les ingurgiter. Il avait très vite perdu pied, mais la douleur persistait, sournoise comme les œillades de la faucheuse. Quel gâchis! Lili était si jeune, fougueuse, pleine de vie, alors que lui se sentait si vieux, harassé, terrassé, un mort en sursis. Joseph en avait vu des saloperies dans sa vie, des ignominies talentueuses, des crapuleries sordides, mais Lili…

Malgré son état, Joseph eut envie de fumer. Il chercha ses cigarettes dans les poches de son pantalon froissé, puis tâta la poche frontale de sa chemise humide de transpiration, mais ne trouva rien. Il se hissa sur son coude et chercha du regard sa veste dans la chambre. La pénombre et ses yeux gonflés altéraient sa vision. S'il voulait fumer, il devait se lever, il n'avait pas d'autres alternatives.

Son besoin de nicotine fouetta son esprit et son corps, dont il avait perdu le contrôle jusqu'alors, réagit. Il réussit à s'asseoir sur le rebord du lit, les jambes plantées sur la moquette. Désormais, il ne ressentait plus aucune nausée, même si les séquelles d'une nuit passée à boire le tenaillaient toujours. Il marcha jusqu'à la fenêtre dont il avait apparemment eu, hier au soir, la présence d'esprit de laisser les battants entrouverts. Il décrocha le loquet et les repoussa d'un coup sec. La lumière lui fouetta le visage comme un vent salin sur une mer agitée. La vie au-dehors brillait de tous ces feux ardents, mais au loin, à l'ouest de la ville, le corps de Lili Perdrix croupissait à la morgue.

*

Comme d'habitude, l'ombre de Louise se faufila furtive dans son dos et déposa dans son cou un tendre baiser. Christian se retourna et son regard croisa ses yeux bleus. Il aurait voulu lui dire un mot avant de la lâcher dans la froideur matinale, mais à peine avait-il déposé son bol de café sur la table, qu'elle avait déjà franchi le seuil de la porte. Il vit sa silhouette onduler derrière les voilages de la fenêtre de la cuisine et elle disparut de son champ de vision.

Il sentait encore son odeur sur sa peau, ses soupirs flottaient dans l'air et le berçaient au rythme d'une douce mélopée susurrée. Puis, il s'étonna de ne pas entendre le moteur de sa moto vrombir. Christian tendit l'oreille comme un chat à l'écoute d'un bruit suspect. Rien. Peut-être avait-elle descendu la côte qui menait chez lui au point mort, voulant ainsi respecter le sommeil des gens du quartier. Il sourit. Elle s'améliorait, pensa-t-il.

La grève et la dure journée qui s'annonçait chassèrent Louise de ses pensées. Aujourd'hui était un grand jour, tant pour l'avancée pécuniaire de la lutte que pour sa satisfaction personnelle. Dix ans, qu'il attendait ce moment, cette occasion unique de prouver au monde le bien fondé de son engagement! Songeur et excité à cette idée, il se leva de table et fit quelques pas vers l'évier de la cuisine où il rinça son bol à l'eau froide. La journée commençait bien, il décida de se préparer et il alla dans sa chambre prendre quelques vêtements avant de s'enfermer dans la salle de bain. L'eau chaude de la douche créa un brouillard de vapeur douillet et voila d'une épaisse buée les carreaux de la salle d'eau. Après sa toilette, il ouvrit la fenêtre à demi et se planta devant la glace au-dessus de son lavabo. Il y déposa son coude bien à plat et le balaya d'un geste ample afin d'enlever la pellicule d'eau condensée. Son visage lui apparut, brouillé et humide. À l'extérieur, un bruit inattendu lui parvint par la lucarne entrouverte, mais il n'y prêta guère d'attention. L'idée de retrouver au plus vite le piquet de grève le surexcitait.

Il se peignit et tira ses cheveux en arrière, découvrant ainsi son large front, puis il prit le blaireau et le fit tournoyer sur son savon à raser. Une mousse onctueuse se forma, qu'il étala sur ses joues. Il se rasa méticuleusement et prit un soin tout particulier à tailler ses pattes fournies; sa moustache réclamait un peu plus d'attention, mais il n'avait pas le temps, il s'en occuperait demain. Le rituel du rasage terminé, il se passa sur le visage une lotion bon marché dont il appréciait le parfum. La sensation de l'alcool sur sa peau le saisit, puis l'impression de brûlure disparut et sa peau irritée fut apaisée.

Frais et fin prêt à affronter cette prometteuse journée, il s'habilla et descendit au rez-de-chaussée. Il récupéra son blouson de toile, fourré de laine synthétique, l'endossa et remonta la fermeture éclair haut sous le cou. En passant par la cuisine, il remarqua la tasse à café de Louise sur le plateau du buffet. Elle l'avait à peine bu.

Lorsqu'il passa le pas de la porte, ce ne fut pas le froid qui l'accueillit. Il se sentit agrippé de toute part, une force indescriptible le souleva du sol et le fit pivoter brutalement. Cette même force le plaqua contre le crépi de sa maison et avant même qu'il ne réalisât quoique ce fût, il sentit ses bras ramenés dans son dos. Pris de panique, il tenta de se débattre et hurla :

— Qu'est ce que vous voulez ? Non de Dieu, vous me faites mal.
    Qui êtes-vous ?

Il essaya à nouveau de se retourner pour faire face à ses agresseurs, mais en vain, une grosse main de batelier lui écrasait le visage sur les aspérités du mur. Une voix qui semblait ne pas faire partie de la mêlée se fit entendre :

— Monsieur Christian Clevenot ? Vous êtes en état d'arrestation.

Abasourdi, le jeune établi ne réagit pas tout de suite, mais lorsqu'il comprit qu'il avait à faire aux forces de l'ordre, il reprit de son assurance coutumière.

— Mais qu'est-ce que vous me voulez, bon sang, vous n'avez pas
    le droit de traiter les gens ainsi.

Les hommes qui l'avaient immobilisé contre le mur relâchèrent leurs étreintes, mais ce n'était que pour mieux le neutraliser. Il sentit aussitôt les bracelets d'une paire de menottes lui entraver les mains dans le dos. Avec la même brutalité, ses assaillants lui firent faire un demi-tour et il se retrouva devant un gendarme bas du front, portant képi, rangers et étui à pistolet accroché à un gros ceinturon, qui bouclait sa bedaine rebondie. La surprise passée, l'établi assaillit de questions celui qui lui avait annoncé son arrestation et qui, de toute évidence, était le responsable de cette mission. Mais l'officier ne lui répondit rien. Il tourna les talons en faisant un signe de la main qui s'adressait autant à lui qu'aux hommes qui le maintenaient.

— On verra tout ça au poste, lâcha-t-il tout de même.

Sa voix était sans équivoque, elle était ferme et n'autorisait aucune répartie.

Christian se débattit lorsqu'il sentit les gendarmes lui intimer d'avancer.

— Vous faites erreur. Vous faites une grosse erreur, hurla-t-il.

Ces cris étaient ceux d'un prophète prêchant dans le désert et de guerre lasse, il cessa toutes rebuffades. Ils descendirent la ruelle pentue qui menait à la grande route. Au passage, il remarqua la Honda 500 four de Louise qui reposait toujours sur sa béquille. Puis un peu plus loin, garé en file indienne sur le trottoir, les accueillit un cordon de fourgonnettes dont les gyrophares aphones balayaient la chaussée. Aux fenêtres des maisons avoisinantes, des gens, stupéfaits par ce déploiement policier, regardaient impassibles la scène. Parmi eux, il devait se trouver bon nombre de ses collègues de travail, mais Christian n'en reconnut aucun. Il cogitait déjà et tentait de trouver une explication à cette soudaine agitation. Était-ce parce qu'il prévoyait de mettre la main sur les stocks de tissu qu'on l'arrêtait? Si tel était le cas, il n'avait encore rien fait, la police ne pourrait pas le garder bien longtemps. Dans sa tête, les questions fusèrent, tout ceci n'était-il pas un simulacre, une astuce de la police à la solde du patronat, pour casser le nouvel élan qu'avait trouvé le mouvement de grève? Déjà, il cherchait le moyen de riposter lorsqu'ils le poussèrent à l'arrière d'une fourgonnette bleu marine.

Louise était là, assise entre deux policiers. Elle avait la tête basse, ces cheveux cachaient son visage et tout comme lui, une paire de menottes dans son dos entravait ses mouvements. Christian se hissa à l'intérieur de l'habitacle, précédé par un des deux gendarmes qui l'escortaient. Louise ne broncha pas, elle semblait absente, sonnée.

Le jeune établi s'assit sur la banquette face à elle, puis très vite ses deux cerbères l'entourèrent. En tant que meneur de la grève, il lui semblait logique qu'il fût arrêté, mais Louise, qu'avait-elle à voir dans tout cela? Il la fixa. Sa chevelure était emmêlée et tombait sur son visage, elle était prostrée, étrangère au monde extérieur.

La camionnette s'ébranla et les véhicules s'engagèrent sur la route dans l'ordre du cortège. Ce fut à cet instant que Louise se redressa. Christian eut un mouvement de recul, son visage était tuméfié, de sa narine gauche, une traînée de sang rejoignait sa bouche, tandis que sa lèvre inférieure portait une profonde coupure. Mais le plus effrayant fut son regard. Il ne le reconnut pas, d'ailleurs elle-même le toisait comme un étranger. La crainte fusait de ses yeux, une peur terrible, identique à celle d'un animal aux abois, pris dans les serres d'un piège à loups et dont le seul espoir était de livrer un ultime combat, pour une petite bouffée de liberté.

Chapitre 16

Quinzième jour d'occupation. Le mouvement de grève est abasourdi par l'arrestation de Christian Clevenot. L'incompréhension règne et pour l'heure, personne ne connaît les raisons de son interpellation, mais les plus remontés montrent déjà les crocs.

Les derniers boutons de la chemise blanche se refermèrent sur un cou que la lame de rasoir n'avait pas caressé depuis quelques jours. Des mains tremblantes s'escrimèrent à faire passer la nacre dans la boutonnière. L'opération, pourtant anodine, s'éternisa sur de longues minutes. Puis enfin, une fine cravate noire glissa sous le col et le nœud, savamment noué, retrouva sa place habituelle à la base du cou. Joseph remarqua son tremblement, mais ne parvint pas à le maîtriser. Il devait manger et surtout cesser de boire.

Après le réveil brutal de la femme de ménage, il s'était rendormi quelques heures, peut-être plus, comment savoir, il avait perdu toute notion de temps. S'il se fiait à la lumière qui rasait au-dessus de son lit, la journée touchait à sa fin. C'était mieux ainsi. En plein jour, il n'aurait pas assumé sa mine ravagée, alors que la nuit...

Avant d'atterrir dans la rue, il prévint le portier de l'hôtel qu'il gardait sa chambre pour une nuit supplémentaire. Celui-ci prit note, sans toutefois masquer le dédain et le mépris qu'il lui inspirait. Joseph ne releva pas, il n'était pas d'humeur.

L'air frais du jour agonisant lui fouetta le visage, il dut faire un effort pour se tenir debout. Puis, lorsqu'il reprit ses esprits, il tenta de se situer. Son errance de la nuit dernière ne lui avait laissé aucune trace, il ne se souvenait même plus comment il avait échoué dans cet hôtel.

Son estomac criait famine, c'était déjà ça, il n'était pas encore tout à fait mort. Il s'arrêta à la première *"Winstub"* rencontrée sur son chemin. Joseph hésita à entrer dans la chaleur accueillante de la taverne, il n'était pas disposé à côtoyer de près ses semblables. L'air était frais, ses morsures s'acharnaient sur ses ongles, mais malgré cela il s'installa à une table, dernière d'une longue rangée sur la terrasse vide. Il sortit son paquet de Camel sans filtres et chercha en vain son Zippo, puis il se souvint qu'il l'avait égaré. Il retrouva tout de même une boîte d'allumettes au fond d'une des poches de son parka. Il frotta le bout soufré de l'une d'elles sur le grattoir et sa flamme lui réchauffa l'intérieur des mains. Ensuite, il lui présenta le bout de sa cigarette et aspira une fois, puis une seconde, jusqu'à emplir ses poumons d'une fumée salvatrice. Il toussa bruyamment et se racla la gorge. Ses yeux se noyèrent de larmes de dégoût. Décidément, l'alcool de la veille lui avait laissé des séquelles, mais comme pour toutes choses, son corps s'habitua et les bouffées suivantes lui procurèrent la satisfaction escomptée.

Une serveuse s'approcha, elle devait être étudiante, car elle n'avait pas l'aisance ni les gestes d'une professionnelle. Ses yeux noirs se posèrent sur lui et il y reconnut une douceur apaisante. Joseph lui esquissa un sourire timide, le premier depuis une éternité.

— Vous voulez boire quelque chose ?

Joseph cracha la fumée de sa cigarette :

— Je voudrais manger un morceau, j'ai une faim de loup.

Sa voix était éraillée, rocailleuse comme si elle provenait d'un abîme sans fin.

— Il est peut-être trop tôt, s'enquit-il soudainement ?

La jeune étudiante hésita :

— Je ne sais pas, il faut que je me renseigne auprès du patron.

Elle se tortillait sur place, comme si la simple présence de Joseph la mettait mal à l'aise. Ses cheveux noirs ressemblaient aux ailes fringantes et luisantes d'un corbeau, après une ondée subite. Sa peau blanche éclairait ses yeux bleus, elle était belle et fragile comme les lueurs de l'aube perçant la frondaison d'une rangée de saules ; Dieu qu'elle ressemblait à Lili. Joseph frémit, puis à son tour, la présence de la serveuse le gêna.

— Je reviens, lui dit-elle.

Elle lui tourna le dos et hâta le pas vers l'intérieur du restaurant. Joseph la regarda du coin de l'œil, elle était pleine de vie, fraîche et radieuse… Un hymne au soleil.

Il jeta le mégot de sa cigarette d'une pichenette. Il réfléchit et ses pensées se portèrent sur le Père Wanabee. Comment pourrait-il encore se présenter devant lui ? Il culpabilisait. Il était trop tôt pour affronter le regard du prêtre, il avait honte. Joseph ne se sentait pas de taille à se confronter avec sa peine et son désarroi, il avait besoin de temps, de recul, la mort de Lili était trop récente. Demain, peut-être, se dit-il.

Puis la jeune serveuse réapparut :

— Il est un peu tôt et ils ne sont pas encore prêts en cuisine, mais le chef peut vous préparer un steak avec des frites.

Joseph fut ravi :

— OK, ça me convient tout à fait.

— Et pour la boisson, lui demanda-t-elle ?

Il hésita et ses doigts parcoururent sa barbe naissante. La serveuse le devança :

— De l'eau ? C'est une bonne idée, non ?

Il la regarda par en dessous et pour la deuxième fois, depuis le meurtre de Lili, il sourit volontiers.

*

Comme chaque fois qu'elle lui demandait ce qu'il désirait boire, Jacky Lafortune ne pouvait s'empêcher de reluquer sa paire de seins qui dégringolait sur le comptoir. Il savait pertinemment qu'il ne s'agissait en rien d'un geste de favoritisme, tous les habitués du Bar du Centre bénéficiaient de la même vue plongeante. Cependant, lui avait eu la chance de les palper, de les serrer contre son visage, il en gardait encore un souvenir ému, même si tout ceci était de l'histoire ancienne.

— Comme d'habitude, un amer sans citron, commanda-t-il, tout en dissimulant maladroitement l'émotion que la profondeur de sa gorge avait provoquée chez lui.

Sheila, la patronne du Bar du Centre, tira le demi et avant de le déposer devant lui, racla et jeta dans un évier en inox le surplus de mousse. Jacky la remercia sans oser la regarder dans les yeux et rejoignit ses camarades du syndicat qui l'attendaient à une table, sous les fenêtres aux couleurs orange, verte et bistre. Il craignait ce rendez-vous, provoqué en toute urgence par les représentants de la CGT locale.

Comme pour la plupart à l'usine Steinheil, l'arrestation de Christian Clevenot lui avait fait l'effet d'une bombe. Personne n'en connaissait les véritables raisons et la majorité se contentait des ragots qui courraient : la gendarmerie l'avait cueilli, lui et son amie, au saut du lit, peu de temps après l'appel de la Couennante. Autant dire qu'il ne savait rien, les informations étaient bien maigres.

Toute la journée, l'usine avait été en ébullition. L'enlèvement du fils Janel et l'arrestation du jeune établi étaient sur toutes les lèvres. Les plus remontés y voyaient une nouvelle provocation de la part de la direction et menaçaient de prendre d'assaut la gendarmerie de Schirmeck, afin de libérer leur ami. D'autres, encore plus fous, voulaient mettre le feu au stock de tissus, puisque selon eux, l'arrestation du jeune établi coïncidait avec la décision de le vendre à leurs profits. Les femmes, de manière générale plus posées, avaient tenté de calmer les ferveurs de chacun, mais très vite elles furent débordées et leurs voix s'étaient noyées dans les appels à la vengeance des plus forts en gueule. Même entre ouvriers la tension avait monté. Ceux qui voulaient agir, répondre à la provocation par la violence haranguaient les plus modérés, les traitant de lâches, de moutons noirs à la solde des patrons. Le mouvement était devenu une sorte de bombe à retardement dont le détonateur risquait de tomber dans les mains de ceux qui n'avaient plus rien à perdre.

Très vite, les cégétistes qui, en l'absence de Jacky Lafortune, avaient fait allégeance à Christian comprirent l'urgence de la situation. Ils avaient tenté, avec le peu d'autorité qui leur restait, d'appeler au calme et à la sérénité. Il ne s'agissait pas de se lancer dans des opérations commandos, dont personne ne pouvait à cette heure mesurer l'ampleur, ni en calculer les retombées. L'attaque de la gendarmerie était une pure folie, peut-être était-ce même ce que cherchait la direction, provoquer le mouvement, le pousser à commettre l'irréparable et le discréditer ainsi aux yeux de l'opinion. Cet acte les dépeindrait comme des bêtes sauvages qu'il fallait à tout prix mater. Ils seraient l'incarnation du chaos à la porte des habitants de la vallée qui, jusqu'alors, leur apportaient leurs soutiens. L'attaque du bastion des forces de l'ordre aurait un effet négatif sur le mouvement, ce serait le mener à sa perte.

Parmi les plus agités se trouvaient Ibrahim et ses condisciples immigrés. Christian était son meilleur ami, il l'avait toujours soutenu et plus d'une fois, son aide lui avait été précieuse. Il ne décolérait pas. Lorsque les esprits se calmèrent un tant soit peu, car la tension avait été encore palpable tout le long de la journée, larvée et mouvante sous une retenue bien mal dissimulée, les grévistes acceptèrent une trêve. Les cégétistes leur avaient demandé d'attendre jusqu'au lendemain matin, sans prendre d'initiatives individuelles et inconsidérées. Le mouvement était en roue libre, étêté de son meneur et c'était bien ça le problème. Les cégétistes de chez Steinheil s'étaient engagés à convoquer une assemblée générale, le soir même et en la présence de Jacky Lafortune. Les circonstances voulaient que son expérience et son savoir-faire leur fussent vitaux. Lui seul pouvait, en l'absence de tout représentant du mouvement, les orienter sur les actions à mener. En d'autres termes, les Steinheil avaient besoin de lui et ils voulaient qu'il reprenne sa place à la tête de la grève.

Bien évidemment, Ibrahim refusa d'attendre jusqu'au lendemain matin, Jacky était selon lui une mauviette, un mou du bulbe qui n'assumait pas les actions radicales. D'ailleurs, où était-il ces derniers jours ? Il avait brillé par son absence au fort du combat. Les cégétistes avaient été ébranlés par ses propos, mais après maints raclements de gorge pour masquer leur désappointement, ils avaient réaffirmé, sans grande conviction hélas, que Jacky avait été très malade ces deux derniers jours. D'ailleurs, sa fille Laurence qui se trouvait parmi l'assemblée pouvait en témoigner. Tous les regards s'étaient alors tournés vers la fille Lafortune qui, fort gênée par la mise en doute de l'intégrité de son père, le leur confirma et ajouta que tout ceci était désormais de l'histoire ancienne. Il était remis et allait bien mieux maintenant.

La nuit était tombée sur Rothau et le pire avait été désamorcé. Comme chaque soir depuis quinze jours maintenant, les ouvriers avaient quitté les ateliers en souhaitant du courage aux piquets de grève qui passeraient la nuit sur place. Les cégétistes avaient envoyé Laurence prévenir son père et lui fixèrent un rendez-vous pour le soir même au Bar du Centre.

Quant à Ibrahim, que le sort avait désigné comme membre du piquet, il s'était résigné à la volonté générale ; mais l'écœurement et la violence qui coulait dans ses veines ne tarissaient pas. Cependant, un détail le chiffonnait, un détail qu'il avait gardé pour lui, car s'il en avait fait part aux autres, il aurait eu un effet dévastateur. En une telle situation, il mesurait combien Christian lui manquait. Lui aurait su quoi faire si le matin même, il avait aperçu Jacky Lafortune et Modeste Janel, discuter copains comme cochons, dans l'ombre d'un panier de basket.

*

Mama Béa dansait avec les ombres des grands de ce monde. Elle se faufila entre Rommel, le renard du désert, et Thor, le dieu du tonnerre, dont elle apprécia au passage les muscles saillants. Les statues d'Angel Bonifacio l'envoûtaient, elle mesurait son infinie petitesse parmi ces grandes figures de l'histoire, figées dans la pierre. Alfredo ne s'était pas trompé à son sujet, Angel était un grand sculpteur dont le talent et l'imagination avaient su imprégner ses œuvres d'un sentiment de puissance guerrière. Elle ressentait également une étrange sensation lorsqu'elle s'attardait sur les corps des femmes dénudées et offertes aux appétits gloutons des spectateurs. Il naissait en elle des désirs obscurs dont les saveurs lui étaient étrangères, mais qui, bien malgré elle, titillaient ses sens. Elle balaya rapidement de son esprit toutes ces images honteuses, suggérées par la vue des statues. Ses joues s'empourprèrent et son corps fut traversé d'une montée de chaleur qu'elle atténua d'un battement de mains en éventail, élégant

213

et un tantinet hautain.

Certes, le talent de Monsieur Bonifacio ne faisait aucun doute et la vue de *"l'Adolf lorgnant l'horizon"* l'avait subjuguée, mais tout talentueux fut-il, cela ne le dispensait pas de se laver. Il émanait de sa personne des odeurs douteuses, il puait comme un Méphisto en rut et cela souleva le cœur de la Vierge Noire qui se garda bien de le montrer. Entre Jacky Lafortune et maintenant Angel Bonifacio, elle crut un instant que tous les hommes de cette région étaient ainsi faits, adipeux, mal habillés, sales et apparemment limités intellectuellement.

Dieu que l'Ouganda était beau en comparaison, et si elle avait eu plus d'accointances avec les mâles de son pays, elle aurait pu vanter leur sex-appeal, bien supérieur à celui des blancs, lui avait-on dit. Enfin, tout ceci n'était qu'appréciation personnelle et Mama Béa ne s'y attarda pas.

Elle s'imagina Kampala Road, sur le flanc sud de Nakasero, le secteur des ambassades, des ministères et des banques. Grâce au Général, le centre-ville avait été nettoyé de tous les Indiens, il les avait expulsés manu militari en 1972. Le quartier prenait forme, les tours de Uganda House, de Uganda Commercial Bank ou la Diamond Trust s'érigeaient fièrement. N'était-ce pas le lieu idéal pour y ériger *"l'Adolf lorgnant l'horizon"*?

Le führer dominant l'avenue ferait sensation. Personne au monde n'avait osé lui rendre hommage. Le Général Idi Amin Dada le désirait, et c'était à elle, Mama Béa, qu'il avait confié cette mission de lui ramener la plus belle des statues à l'effigie de son mentor.

Depuis des années déjà, le Général ne cessait de clamer au monde son admiration pour Adolf Hitler et son décorum nazi. Dès lors, quoi de plus normal que de dresser sa statue au centre de Kampala. Bien sûr, cela apparaîtrait aux yeux de la communauté internationale comme une nouvelle provocation du dictateur indigène, mais l'Ouganda était maître de son destin et celui-ci était entre les mains du meilleur d'entre eux. Mama Béa n'en doutait pas.

Dans cette entreprise, Monsieur Alfredo Sibuana avait été un intermédiaire précieux. Il avait appris l'existence de ce sculpteur si talentueux par l'entremise de Jacky Lafortune, lors d'une de ses escapades parisiennes. Ce week-end-là, contrairement à son habitude, il n'était pas venu à Paris en train. Alfredo n'était pas allé l'attendre à la gare de l'Est, mais ils s'étaient retrouvés dans un café près de la place de la République, à l'angle de la rue Dupetit-Thouars.

Jacky était arrivé en retard à leur rendez-vous, en prétextant un mal de chien pour trouver une place où se garer. Il était accompagné d'un ami de longue date, qu'il lui présenta sous le nom d'Angel. À vrai dire, ils ne se connaissaient pas depuis si longtemps que ça et Alfredo le remarqua tout de suite. Leur relation n'avait rien d'amical, elle était surtout teintée d'une cordialité toute policée.

Alfredo était un agent dormant à la solde d'une puissance étrangère. L'expérience lui dictait de se méfier de tout le monde, même de ceux qui semblaient inoffensifs et qui de surcroît se présentaient à lui avec une tête d'abruti. Passe encore qu'il manquât une incisive au sourire d'Angel et que ses cheveux filasse suintaient comme s'il les gominait au beurre sans sel, mais pour couronner le tout, il sentait mauvais. Une odeur de transpiration éventée, accumulée couche après couche, depuis quelques jours déjà, l'embaumait d'effluves nauséabonds, dès qu'il se mouvait. Un calvaire olfactif, un remède à l'amour aurait dit une pute peu regardante.

D'ailleurs questions putes, une des raisons essentielles de la venue de Jacky Lafortune à la capitale, ils avaient dû revoir leur appétit à la baisse. Afin de détendre l'atmosphère et plus sournoisement d'en apprendre un peu plus sur le dénommé Angel, Alfredo avait poussé ses compagnons à boire. Ils étaient passablement ivres lorsqu'ils avaient quitté la rue Dupetit-Thours et débarqué rue Saint-Denis à quelques pâtés d'immeubles plus loin, en redescendant vers la Seine. Aucune de ces dames ne voulut monter avec le gros Angel et à moins de le laisser poireauter seul dans la rue, Alfredo et Jacky furent à leur tour, obligés de décliner toutes les propositions tarifées de celles-ci. Jacky était furieux et en avait voulu terriblement au gros Angel, car il avait repéré sous un porche lugubre, une Sénégalaise bardée de vinyles rouges à qui il se serait bien vu conter fleurette.

Tant bien que mal, ils s'étaient rabattus sur Montparnasse et avaient décidé de laisser la voiture de Jacky sur place. Ils avaient traversé la Seine par le Pont des Arts, remonté la rue de Rennes en passant devant l'église Saint-Germain-des-Prés et avaient fini par dégotter une table en terrasse au bout de la rue de la Gaîté. Angel, passablement ivre, ne décolérait pas de s'être fait ainsi rembarré par les filles de la rue Saint-Denis. Il ne tarissait pas d'insultes et sa vulgarité avait d'égale que la circonférence de son ventre dégoulinant par-dessus l'élastique lâche de son survêtement Adidas.

Tout au long de la soirée, Alfredo et Jacky avaient pris sur eux. Le syndicaliste était vaguement honteux de lui avoir présenté un tel énergumène et s'était confondu, à plusieurs reprises, en excuses gênées. Les deux compères s'étaient alors regardés dubitatifs, quant à la suite à donner à la soirée. Il n'était pas tard, mais ils avaient craint que le gros Angel, déjà passablement imbibé jusqu'à la moelle, ne tombât d'ici peu, raide saoul. Alfredo avait pris les devants et avait mis un terme à la soirée ; il refusait catégoriquement de monter les cinq étages de son squat avec un bon quintal de viande avinée sur le dos.

Ils avaient quitté le café avec regret et s'étaient enfoncés dans les ruelles sombres qui longeaient l'avenue du Maine. Angel Bonifacio zigzaguait et rebondissait lourdement sur les portes cochères et les voitures garées le long du trottoir. Derrière lui, Alfredo et Jacky le surveillaient, désabusés et sans la moindre compassion. Se fût-il répandu de tout son long sur la matière fécale d'un caniche à mémé qu'ils n'auraient pas bougé le petit doigt pour le relever.

Au squat, le défilé revendeur consommateur ne battait plus son plein, mais il y régnait toujours une activité fébrile. Alfredo, qui connaissait parfaitement les pièges de l'escalier dans la pénombre, les marches manquantes, ou les passages dont la rambarde était branlante, sauva Angel à plusieurs reprises d'une chute qui aurait pu s'avérer mortelle. Ils atteignirent difficilement le cinquième étage et lorsqu'enfin, ils poussèrent la porte de l'appartement, le gros ne demanda pas son reste et s'enroula dans le drapeau éthiopien qui recouvrait le sofa le plus près de l'entrée.

Jacky avait réitéré ses excuses, il s'en voulait d'avoir présenté un tel énergumène à son ami Alfredo. Quant à celui-ci, il était rassuré, Angel Bonifacio n'était certainement pas un agent infiltré qui s'intéressait de près à son cas, ou alors il était particulièrement doué et très bon comédien.

Alfredo s'était alors soucié de la raison de leur venue à la capitale et le syndicaliste lui avait raconté toute l'histoire. En fait, le gros était sculpteur, relativement doué malgré les apparences, et ils étaient venus livrer une de ses œuvres, le buste de Staline, à une connaissance particulièrement bien placée dans la hiérarchie du syndicat. Alfredo sourit intérieurement et ses doutes quant à la tentative d'approche d'un agent ennemi se volatilisèrent pour de bon.

Puis Jacqueline, une plantureuse Martiniquaise les avait rejoints. Celle-ci réservait d'habitude ses attraits à sieur Sibuana, mais cette nuit-là, après consentement du maître des lieux, elle les offrit à l'Alsacien en goguette. Alfredo harassé les avait laissés seuls et avait rejoint sa chambre mitoyenne. Le sommeil avait été dur à trouver, l'alcool ingurgité lui avait mis les nerfs en pelote et les ronflements robotiques du gros s'étaient mêlés aux râles d'extase de Jacqueline, dont son ami Jacky travaillait le plaisir, façon syndicaliste soviétique.

217

Quelques jours plus tard, Alfredo avait reçu un appel téléphonique de Mama Béa qui lui annonçait sa venue prochaine en France. Elle lui fit part très succinctement de sa mission qui à vrai dire en comportait trois. Pour la première, la Vierge Noire lui demandait de trouver une Maserati Merak, nouvelle lubie du Général Idi Amin. Celui-ci possédait déjà de nombreuses voitures de sport dans ses divers palais, mais il s'était entiché de ce modèle et le voulait dans sa collection. Alfredo n'en était plus à un caprice près de la part du maître de Kampala et il lui sembla même bénin au vu du deuxième point, ramener en Ouganda une statue à l'effigie d'Adolf Hitler. Alfredo avait encaissé la nouvelle et ne fit point part de son étonnement à la Vierge Noire. Tout naturellement, il s'était souvenu du gros Angel, lorsque Mama Béa lui avait demandé s'il connaissait un artiste susceptible de réaliser une telle commande ; le sculpteur avait réalisé un buste du *"petit père des peuples"*, il ne rechignerait certainement pas à faire une statue du *"nain d'outre-Rhin"*.

Ce fut ainsi que le sculpteur nauséabond de la vallée de la Bruche fit son entrée dans cette histoire. Cependant, Alfredo était conscient que la véritable mission n'était pas la Maserati, ni *"l'Adolf lorgnant l'horizon"*. Ces deux points n'étaient que les variantes superflues d'un plan bien plus ambitieux : l'élimination de cette môme qu'un curé avait soustraite à la vengeance cruelle du Général Idi Amin Dada.

*

Dans l'atelier d'Angel Bonifacio régnait un silence mortifère. Lorsque le sculpteur présenta *"l'Adolf lorgnant l'horizon"* à la Vierge Noire, qui cela dit en passant titillait sa libido, et ce malgré son âge, il fut empreint de fierté et de puissance. Elle ne s'était pas répandue en éloges grandiloquents. Il avait tout simplement lu dans son regard l'admiration qu'elle portait à son œuvre. Mais ce sentiment extatique ne dura pas, il fut brisé par une voix soudaine dans leur dos :

— Hé le gros, t'as mangé tous les Buitoni ?

De concert, les trois compères s'étaient retournés. Le fils Janel, sortant mal éveillé de son réduit sous l'escalier, les défiait du regard.

Chapitre 17

Seizième jour d'occupation de l'usine Steinheil. Ce matin-là, le petit marchand de journaux, face à l'église catholique de Rothau, fut dévalisé. Tous les exemplaires des Dernières Nouvelles d'Alsace furent vendus bien avant le rugissement de la Couennante. Chez les grévistes, le journal passa de main en main et sa Une retentissante se répandit comme une traînée de poudre. Mais leur opinion était faite, ils n'y virent que machination et discrédit du mouvement.

Guy Drut était parisien, plus précisément banlieusard. Il avait acheté un appartement aux Ulis, une ville nouvelle en surplomb de la vallée de Chevreuse, Orsay, Bure-sur-Yvette…

De la fenêtre de sa cuisine, il apercevait le centre commercial, non pas sa façade d'entrée où le samedi s'enfouissaient en masse les habitants des cités-dortoirs des alentours, mais l'arrière du bâtiment, là où les semi-remorques déchargeaient leurs marchandises. S'il regardait un peu plus loin, par-dessus les lettres lumineuses dessinant le logo de la marque *"Carrefour"*, il voyait des étendues de champs de blé. Cela ressemblait à la Beauce, il aimait particulièrement ce paysage qui, abstraction faite du béton et de la galerie marchande, lui donnait l'impression de vivre à la campagne. D'ailleurs, il se vantait souvent auprès de ses collègues de travail, de vivre à la cambrousse, au fin fond de l'Essonne, sans bien évidemment ne jamais citer Les Ulis.

Contrairement à son homonyme, Guy Drut n'était pas un rapide. Il baignait dans la vie au gré des vagues, des opportunités et suivait sans conteste les décisions de sa femme à qui, comme cela se disait à propos de certains ménages, le pantalon seyait à ravir. Elle menait son mari et ses deux enfants à la manière d'un adjudant de caserne, soit, sans psychologie ni discernement, et ne savait s'adresser à autrui autrement qu'en vociférant.

Depuis longtemps déjà, le première classe Guy Drut ne s'intéressait plus à sa femme et encore moins à ses enfants. Sa famille représentait son cadre de vie, une sorte de brouhaha diffus qui agrémentait son quotidien, un pis-aller à sa solitude.

Lorsqu'il partait en mission pour plusieurs jours, il laissait sur la table de la cuisine un gribouillis au dos d'un quelconque carton d'emballage, où il notifiait sa destination et la durée de son absence. Rien de plus. Sa mégère, comme il aimait l'appeler devant les collègues de la brigade, prenait ses missions hors de Paris comme une bénédiction. Mais elle se renfrognait dès son retour et rechignait à la simple vue du tas de linges sales qu'il lui rapportait. Elle le soupçonnait de prendre un malin plaisir à se salir de cambouis ou de taches de sang.

Guy Drut appartenait à un peloton de voltigeur-motocycliste, une section de la police dont le rôle était d'intervenir en soutien aux CRS, lors des manifestations. Il chevauchait une moto tout terrain, derrière un collègue à la conduite, et maniait la matraque contre des manifestants belliqueux ou des grévistes remontés, pour la plupart, selon lui, des gauchistes sans vergogne. La maniabilité de la moto et sa rapide mobilité permettaient d'intervenir promptement dans les débordements urbains et de mater la fougue des plus enragés. Bien souvent, les voltigeurs tapaient dans le tas sans discernement, ils fonçaient telle une horde sauvage sur les belligérants et assénaient des pluies de coups à tout ce qui ne portait pas d'uniforme. Pour sa part, Guy Drut appartenait à sa section depuis bientôt deux décennies, il attendait sans grand enthousiasme sa retraite qui clôturerait sa carrière dans les forces de répressions de l'état. Il n'espérait plus rien de la vie, il fallait la vivre et pour lui, cela était déjà un acte de bravoure.

Ce matin-là, il regarda une dernière fois les champs, qui à cette époque n'étaient qu'une étendue de terre retournée, et referma la fenêtre de sa cuisine. Il épousseta machinalement son uniforme et enfonça son calot sur ses cheveux coupés ras. Sa femme était partie faire des courses et ses mômes étudiaient au lycée Blaise Pascal, un repaire de soixante-huitards, dont la simple évocation lui provoquait des crises d'urticaires.

Il ferma la fenêtre et eut un drôle de sentiment. Le calme de l'appartement lui brûla les entrailles, il se sentit aphone dans une pièce carrelée, livré au seul bruit de sa respiration rebondissant sur l'émail du carrelage. Il tenta de faire abstraction de ce mal-être soudain.

Sa matraque luisait sur la table, noire comme les yeux d'un chien enchaîné. Il la prit et fit glisser son index le long de la raie lumineuse qui traçait un trait blanc, étincelant. Puis, il la glissa dans son sac et tira d'un geste sec la fermeture Éclair. Comme à son habitude, il ouvrit le frigo y trouva un lot de quatre Danone à la vanille, le parfum préféré de ses cons de fils. Il l'attrapa et le déposa sur la table tout en cherchant un stylo dans l'une des poches de son uniforme. Sans grande précaution, Guy Drut déchira l'emballage et le retourna bien à plat sur le formica. Il y griffonna pour sa femme, ces quelques mots brefs et concis : *"Mission en Alsace. Encore une grève à la con. Sans date de retour."*

*

"Les folles de la Nationale 4, sous les verrous". Une typographie Placard s'étirait sur toute la justification de la Une. Le maquettiste avait condensé les caractères afin qu'ils prennent de la hauteur, à la limite de la décence pour un puriste du dessin de lettre. Centré et sur deux lignes, le titre couvrait un bon quart de la page, au détriment de la têtière des Dernières Nouvelles d'Alsace. Il attirait le chaland de loin et clamait l'information comme un appel à sensation. Dessous, un chapeau racontait brièvement les faits, il était suffisamment bien formulé pour éveiller la curiosité et pousser à l'achat.

Une lettre anonyme avait été envoyée à la gendarmerie de Schirmeck, celle-ci indiquait où les forces de l'ordre pouvaient cueillir le gang. Le journaliste posait d'étranges questions sur le lien qui subsistait entre les criminels, la grève chez Steinheil et l'enlèvement du fils de Monsieur Janel, ce dernier étant le chef du personnel de ladite usine.

En dessous de ces quelques lignes d'introduction, comme pour augmenter le mystère, deux photos anthropométriques dévoilaient le visage des *"Folles de la Nationale 4"*. Enfin apparaissait au grand jour ce gang de pirates de la route qui avait sévi quelques mois auparavant et qui, jusqu'au rapt de l'enfant Janel, avait cessé de défrayer la chronique. Chacun pouvait découvrir avec une avidité malsaine les traits de ces tueuses sans foi ni loi, pilleuses de stations-services dont les journalistes avaient subodoré les pires hypothèses. À l'époque, certains les avaient envisagées comme étant l'avant-garde d'un néoillégalisme renaissant, les descendants inspirés de Jules Bonnot. Pour d'autres, elles incarnaient une frange de la jeunesse désenchantée de mai 68, ou encore, pour les plus pragmatiques, elles n'étaient qu'un couple de déséquilibré à la recherche de reconnaissance morbide. Désormais, elles avaient un visage, du moins pour l'une d'entre elles, car les deux photos représentaient un homme et une femme. La chose, aussi surprenante fût-elle, brouillait les pistes et nombre de phantasmes fondirent comme neige au soleil. Jusqu'alors, l'opinion publique croyait que *"les folles de la Nationale 4"* étaient deux femmes et la vue de ce couple à la Une des Dernières Nouvelles d'Alsace ne fit qu'augmenter la curiosité.

À la terrasse où, hier au soir, il avait soupé, Joseph Hosana replia le canard et le posa à côté du café qu'il avait commandé. Ce matin, il s'était levé en bien meilleure forme que la journée précédente. Bien évidemment, le visage de Lili, agonisante dans le Bedford du Père Wanabee, envahissait toujours ses pensées et bien plus que la culpabilité, celle-ci lui lacérait le ventre. Le choc avait été terrible, il avait bu par déni de la réalité, mais aujourd'hui il se sentait prêt à l'affronter.

Ce matin, à peine avait-il ouvert l'œil qu'il s'était jeté dans la salle de bain pour enlever ce sentiment de dégoût qui lui collait au corps. Puis il avait rassemblé ses maigres affaires, ses vêtements et son fusil à canon scié qu'il avait dissimulé par précaution sous le matelas de son lit. Il agrafa l'arme à son lacet à l'intérieur de son parka de l'armée franquiste, et quitta la chambre. La porte claqua et il n'eut pas un dernier regard pour cet endroit qui l'avait vu au plus bas, meurtri et pataugeant dans une haine froide à l'égard de cette vie qui lui avait joué cette saloperie de mauvais tour.

Il avait quitté l'hôtel d'un pas alerte. Sa première intention avait été de retourner à la *"Winstub"* où, la veille, la jeune serveuse qui ressemblait à Lili avait réussi à lui tirer un sourire. Son contact lui avait été bénéfique, grâce à elle il avait renoué avec la vie, du moins il était sur la bonne voie, même s'il ne fallait pas précipiter les choses. Comme il l'avait pressenti, la serveuse ne travaillait pas si tôt. Il s'était assis tout de même à une table et avait commandé un café à un gros rustaud dont la bonhomie était contagieuse. Joseph lui avait

225

rendu son sourire et avait cherché ses cigarettes au fond d'une des poches de son parka, en attendant la venue de son petit noir. Ce matin serait éprouvant, il le savait, mais il ne pouvait pas s'y défiler. L'heure était venue d'affronter le Père Wanabee, d'ailleurs ce n'était pas l'homme qui l'effrayait, mais ce qu'il lirait dans la prunelle de ses yeux.

Cependant avant de le retrouver, il devait aller au commissariat de police faire sa déposition et répondre aux questions des enquêteurs. À l'hôpital, un officier lui avait laissé sa carte de visite et lui avait demandé qu'il se présentât au plus vite au poste, afin de recueillir son témoignage. Joseph lui avait promis de passer le lendemain matin, mais la force lui avait manqué. Tout commissaire fut-il, il comprendrait son abattement ; il se présenterait, avec une journée de retard, mais quelle différence cela faisait ? Lili ne ressusciterait pas.

Le serveur, qui selon toute vraisemblance était le tenancier des lieux, déposa la tasse d'un café fumant devant Joseph. Il tenait sous son bras un journal plié, il souriait heureux de vivre et lui avait demandé :

— Ça vous intéresse les nouvelles du jour ?

Joseph avait acquiescé et avait saisi le canard qu'il lui tendait, toutes dents dehors. Celui-ci était plié sur la page de l'horoscope. Même s'il ne lisait pas parfaitement le français, il imagina que cette rubrique était la même que dans tous les journaux du monde. Les signes astrologiques y étaient certainement disséqués à tour de rôle et prédisaient à chacun un avenir radieux ou terne. C'était selon. Joseph avait hésité à parcourir le sien, puis il avait feuilleté les pages en remontant vers la Une. Ce fut à cet instant qu'il découvrit la photo de Louise dont le visage tuméfié et le regard mauvais s'étalaient sur la couverture en trame noire. Il plia les Dernières Nouvelles d'Alsace sur la table à côté de son café ; effectivement aujourd'hui son horoscope ne lui prédisait rien de bon.

*

Les lanières découpées du slip kangourou du gros Angel étaient brunâtres. Clod Bensoussan tournait en rond dans sa caravane quand il décida de changer le pansement de son doigt blessé. La douleur s'était évaporée depuis quelque temps déjà, mais son index ainsi enrubanné lui procurait une certaine gêne. Ses gestes étaient malhabiles et cela l'irritait, mais Clod s'irritait pour tout, en général et pour rien, en particulier.

La dernière bande de tissus en contact avec la plaie ne se décolla pas aussi aisément que les précédentes. Elle était coagulée à la blessure et dès qu'il tirait un peu, la douleur lui remontait dans l'avant-bras. Décidément, il n'en finirait jamais ; agacé, il tira d'un coup sec. La lanière se décolla de sa blessure. La brutalité du geste rouvrit la cicatrice à peine cautérisée et le sang coula à nouveau. Clod se leva et alla jusqu'à l'évier où il fit couler de l'eau froide sur sa plaie. Il regretta que le gros ne soit pas là, pour ce genre de chose, il n'était pas si mauvais que ça. Il laissa longuement son doigt sous le jet du robinet et la température glaciale de l'eau, calma sa nervosité.

Au-dessus du bac à eau, il regarda par le hublot la caravane vide du gros. Depuis quelques jours déjà, Angel vivait dans son atelier et sa présence, même s'il ne lui avait jamais avoué, commençait à lui manquer.

Mais plus que l'absence du sculpteur, c'était la solitude que Clod supportait difficilement. Il vivait ce genre de situation comme un abandon, là se trouvait le drame de sa vie. Sa mère était morte trop tôt, elle n'avait pas eu le temps de le sevrer suffisamment. Il était comme ces chiots pouilleux qui traînaient sur les terrains vagues, livrés à eux-mêmes et à la férocité de ses semblables.

Heureusement, il avait eu son frère pour s'occuper de lui et le protéger de cette jungle impitoyable. Depuis, sa vision de la vie n'avait ja-

227

mais changé, elle était toujours un perpétuel combat pour défendre sa place au soleil. Une place qu'il devait construire et défendre sans le moindre remord, ni culpabilité idiote ; ce genre de sentiment était pour les faibles.

Il porta son doigt blessé sous ses yeux, la plaie s'était rouverte, mais d'un seul côté de son index écrasé. Tout ça n'était pas beau à voir, l'ongle arraché suppurait, la cicatrisation s'effectuait difficilement, peut-être devrait-il consulter un médecin ? Clod réfléchit à cette éventualité puis la balaya, que ferait-il de plus que les soins qu'il se prodiguait déjà. Il dévissa le bouchon d'une bouteille de gin et aspergea son doigt meurtri de l'alcool blanc. Il sentit la douleur, mais considéra que celle-ci était fort supportable par rapport aux fois précédentes. Il avait eu la présence d'esprit d'acheter de la gaze, du mercurochrome et des pansements à la pharmacie de Rothau. Il retourna s'asseoir à sa table et s'appliqua à se soigner avec calme et méthode. Le résultat fut satisfaisant, du moins il lui convint et c'était bien ça le plus important.

Il était encore un peu tôt pour sortir et monter rejoindre le gros dans son atelier. En se levant ce matin, il avait écouté la radio, surtout les informations, et il avait été comblé, son plan fonctionnait à merveille. Louise avait été arrêtée avec son homme, Clod sourit, sa lettre anonyme avait rempli son rôle, sa vengeance s'accomplissait. Certes, il aurait préféré s'en occuper à sa manière, façon tortionnaire sadique, mais s'il voulait quitter ce trou au plus vite, il devait se contenter de cette solution.

Il ricana :

— Dire que je me voyais passer l'hiver dans ce taudis, se dit-il en regardant son index fraîchement pansé.

Maintenant que l'assassin de son frère était sous les verrous, il croupirait dans les geôles françaises pour le restant de son existence. C'était une maigre compensation, au regard de la mort lente et jubilatoire qu'il avait rêvée de lui infliger, mais son frère n'aurait pas agi autrement. Il s'étonna même d'avoir pu monter un tel stratagème sans lui. Faire d'une pierre deux coups, car c'était bien de cela qu'il s'agissait, était un tour de maître.

Lorsque Jacky Lafortune lui avait proposé l'enlèvement du fils Janel, il avait tout d'abord refusé parce qu'il ne voulait rien avoir à faire avec le père de Laurence. Clod ne l'aimait pas et ce sentiment était réciproque, il n'était pas dupe. Mais l'argent que lui proposait Lafortune éveilla tout de même chez lui un brin d'intérêt et il y vit, dans un premier temps, une opportunité inespérée de mettre les bouts et de quitter sa caravane infâme. Puis il avait fait le lien avec Louise et comprit que s'il usait d'habileté, il pourrait non seulement partir, mais également se venger.

Jacky lui avait parlé du mouvement de grève qui s'enlisait inexorablement dans une impasse et qui selon lui, était voué à finir dans le mur. Clod n'avait jamais travaillé de sa vie, donc les problèmes de la classe ouvrière le dépassaient. Jusqu'alors, lui et son frère avaient vécu comme des seigneurs dans les meilleurs hôtels et aux meilleures tables des plus grands restaurants. Ils vivaient au jour le jour et trempaient bien évidemment dans des histoires louches. Ils accomplissaient de sales besognes, toutes plus sordides les unes que les autres, au profit des puissants de ce monde bourrés aux as. Dans ce genre d'histoire, les manières importaient peu, les riches n'étaient jamais très regardants, seul le résultat comptait et question savoir-faire, Clod et son frère étaient passés maîtres dans les dégueulasseries. En conséquence, la grève des Steinheil, leurs revendications, leur malheur et tout le toutim qui l'accompagnait, passait à quelques hauteurs de la plus vile des préoccupations de Clod.

Jacky avait insisté à maintes reprises, le but de l'opération était de discréditer le mouvement de grève, de lui mettre du plomb dans l'aile. Il pensait que l'enlèvement du fils Janel jetterait le doute et l'opprobre sur la contestation des ouvriers, ou tout au moins enta-merait sérieusement le crédit qu'il avait aux yeux de l'opinion pu-blique.

Clod connaissait l'engagement syndicaliste du père de Laurence, mais il ne lui posa aucune question ni ne chercha à comprendre les avantages qu'il tirerait d'une telle machination. Il accepta son offre et de concert, ils mirent l'opération sur pied.

La somme d'argent que Jacky Lafortune lui proposait pour accomplir son plan était certes conséquente, mais à bien y réfléchir, il comprit qu'il pourrait en tirer davantage. En un éclair, tout s'était imbriqué dans son cerveau enfiévré. Il tenait entre ses mains la possibilité de se venger en faisant endosser l'enlèvement du môme par *"les folles de la Nationale 4"*, mais aussi comme le voulait Jacky Lafortune, de disqualifier la vindicte des grévistes en faisant arrêter Christian Clevenot avec Louise.

Il reniflait déjà l'odeur du magot, cet argent était son ticket pour un ailleurs, un nouveau départ. Mais, Clod Bensoussan avait un appétit féroce. Il l'avait compris dès le début, ce n'était pas la somme que lui proposait cet idiot de syndicaliste pour son petit rapt ridicule, qui le rassasierait. Non, Clod voyait loin et Jacky ne se doutait encore de rien.

*

— On a mis les pieds dans une sale histoire, rétorqua la Vierge
  Noire.

Alfredo ne lui répondit rien, il trifouillait les clés de la Maserati, ne sachant que dire. Il sentait que tout cela allait bientôt se retourner contre lui, car il était celui qui avait présenté Lafortune et le sculpteur à son colonel.

Hier soir, lorsque le môme leur était apparu dans l'atelier d'Angel, ils avaient tout d'abord été interloqués, puis ils firent rapidement le rapprochement avec l'enlèvement du fils Janel. Après l'opération du *"Milky Way"*, Mama Béa et Alfredo avaient épluché la presse en détail, ils ne pouvaient pas ignorer cette histoire de rapt. De jour en jour, ils avaient suivi l'affaire et les agents du State Research Bureau Ougandais s'étaient même réjouis de la tournure que prenait cette histoire, car elle occupait les médias et la police, au détriment bien évidemment de leur propre affaire.

La presse titrait tous les matins sur l'évolution de l'enquête, jusqu'à aujourd'hui même, où elle se targuait de l'arrestation de ces *"folles de la Nationale 4"* et distillait bon nombre de questions. Où se trouvait l'enfant ? Y avait-il des complices au sein des grévistes ? Les journalistes accusaient, d'une prose à peine voilée, les Steinheil qui, selon eux, devaient avoir un lien direct ou indirect avec cette histoire sordide. Christian Clevenot, le meneur du mouvement et ancien membre de la gauche prolétarienne à la fin des années soixante, ainsi que son amie, y étaient décrits comme de sanguinaires anarchistes, guidés par le seul désir d'instaurer le chaos.

La radio ne manquait pas également de relayer l'information et ce matin au petit-déjeuner, la Vierge Noire avait écouté la chronique d'un commentateur qui relatait les méfaits de ces *"folles de la Nationale 4"*. Il parlait d'attaques de stations-services, d'une épopée dont la violence allait de jour en jour crescendo, jusqu'à l'arrêt subit des agressions et l'étrange disparition du gang. Celle-ci était survenue à la suite d'une histoire confuse d'enlèvement et d'une tuerie particulièrement sanglante, qui avait trouvé son épilogue devant la cathédrale de Strasbourg. La police n'avait jamais rien trouvé de sérieux pour remonter jusqu'à elles, mais elle avait émis à cette époque, l'hypothèse d'accointance avec la RAF d'outre-Rhin. Dès lors, avait conclu le chroniqueur, tout devenait possible. L'enlèvement du fils Janel réunissait tous les ingrédients d'un cocktail explosif, une grève au dénouement incertain, un ex-membre de la gauche prolétarienne et des liens avec le terrorisme d'extrême gauche allemand, qui se précisaient jour après jour.

Mama Béa but une gorgée de son Viandox et reposa sa tasse brûlante sur sa soucoupe. Alfredo, pour se donner une certaine contenance, égrenait les clés du trousseau de la voiture du Général Idi Amin, comme le ferait une femme pieuse avec les perles de bois de son chapelet. Il leva les yeux du trousseau et regarda tout autour de lui, en évitant soigneusement de croiser le regard de la Vierge Noire, qu'il sentait rivé sur sa personne.

Ils étaient entrés par hasard dans ce bar de la rue principale de Schirmeck. L'ambiance chez Lafortune était lourde, il n'était pas rentré de la nuit et les deux Ougandais étaient toujours dans l'attente qu'il leur trouvât une solution pour transporter *"l'Adolf lorgnant l'horizon"*. Le colonel du State Research Bureau Ougandais inhalait la fumée douce-amère d'une de ses Dunhill mentholées, lorsqu'enfin, Alfredo sortit de son mutisme :

— Je crois qu'il ne faut plus compter sur lui, osa-t-il lui avouer.

— Oui, Monsieur Sibuana, votre remarque me semble judicieuse.

Le grand black dégingandé posa le trousseau de clés sur la nappe vichy. Depuis leur départ de l'atelier d'Angel, il appréhendait la réaction de Mama Béa. Il sentait bien qu'elle ruminait, qu'elle lui en voulait du retard pris par l'opération.

— Que proposez-vous, Monsieur Sibuana ?

Alfredo laissa filer quelques secondes puis :

— Je pense que nous ne devons compter que sur nous-mêmes.

— Oui, mais encore ?

— Je peux toujours emprunter un camion, puisque c'est cela qui nous bloque ici.

— Emprunter ?

— Ne jouez pas avec les mots, vous m'avez très bien compris, cracha-t-il, ne cachant plus l'agacement que provoquait chez lui, cette façon qu'elle avait de s'adresser à lui en employant des *"Monsieur Sibuana"* à tout bout de champ. Puis il reprit :

— Comme vous l'avez dit, nous ne pouvons plus compter sur Lafortune pour nous trouver un moyen de transporter *"l'Adolf lorgnant l'horizon"*...

Il hésita, la Vierge Noire le toisait imperturbablement. Puis, il reprit :

— Je suis désolé de la tournure que prennent les évènements. De toute évidence, Jacky Lafortune est préoccupé par une autre affaire que la nôtre...

— Le fils Janel ?

— Je ne sais pas, répondit Alfredo, mais effectivement, tout indiquerait qu'il soit impliqué dans cette histoire. L'enfant que nous avons aperçu à l'atelier de Bonifacio et le mal-être du sculpteur indiquerait qu'il s'agissait bien de lui...

— Vous mesurez dans quel guêpier vous nous avez jetés ? Le coupa Mama Béa. Il faut agir au plus vite, je ne veux en aucun cas être mêlée à cette histoire.

— Je suis également de votre avis, tenta d'intervenir Alfredo, mais il n'eut pas le temps de finir sa phrase.

La Vierge Noire se pencha sur la table et lui dit d'une voix chuchotante, presque inaudible :

— Comprenez-moi bien Monsieur Sibuana, ma première mission en venant en France était notre petite opération de l'autre nuit. Celle-ci, comme vous avez pu le constater, s'est déroulée sans anicroche. *"L'Adolf lorgnant l'horizon"* peut vous paraître secondaire et n'être à vos yeux que l'expression du caprice d'un monarque lointain. Détrompez-vous Monsieur Sibuana, il faut que vous compreniez : une mission confiée à un colonel du State Research Bureau Ougandais est une mission de la plus haute importance, quelle qu'en soit sa teneur, surtout si celle-ci vous a été mandatée par le Général Idi Amin Dada en personne.

Alfredo perdit de sa superbe, les paroles de la Vierge Noire le glacèrent. Elle reprit :

— Jamais de ma vie, je n'ai échoué. Vous m'entendez, Monsieur Sibuana ? Jamais. Et ce n'est pas ce pèquenot de Lafortune qui va entraver nos plans. Nous allons commencer par trouver un hôtel. Cela devient trop compromettant de loger chez cet imbécile. Puis…

Quand elle eut fini de lui exposer la manière dont elle voyait les choses, Mama Béa se redressa et prit appui sur le dossier de sa chaise. Aucune expression ne se lisait sur son visage, seule la fumée de sa Dunhill traçait des arabesques sur sa peau noire et entrelaçait la monture d'écaille de ses lunettes. L'Ougandais se racla la gorge et gigota sur sa chaise, faisant couiner ses pieds sur le plancher lustré et usé par le temps. Il s'impatientait :

— J'y vais maintenant ? lui demanda-t-il.

— Faite, mon cher Alfredo, vous trouverez ma valise déjà prête sur mon lit. Je vous attends ici, ne tardez pas trop.

Alfredo se leva de son siège, contourna quelques personnes qui buvaient au comptoir et sourit à la patronne qui tirait une bière. Celle-ci lui rendit son sourire et emplit ses poumons de l'air vicié qui flottait dans l'air du bistrot. L'étalon ougandais jaugea sa gorge profonde et sa poitrine gonflée, d'un œil expert. Il lui répondit d'un petit rictus connaisseur et poussa la porte d'entrée du bar tout en lui lançant des œillades complices. Au passage, il croisa Laurence, la fille Lafortune, mais comme il ne la connaissait pas, il n'eut aucun mot pour elle. En homme galant, il se colla sur le côté pour la laisser entrer. Laurence, peu aguerrie à ce type d'attention, ne prit point garde à lui. Elle pénétra dans le bar d'un pas déterminé et hors d'haleine, elle demanda à la cantonade :

— Vous n'avez pas vu mon père, ils sont tous devenus fous !

Chapitre 18

Début d'après-midi du seizième jour d'occupation de l'usine Steinheil.
Les insinuations hasardeuses des journalistes, sur le lien possible entre le
mouvement et l'enlèvement du fils Janel, provoquent la stupeur chez les
grévistes les plus modérés et l'envie d'en découdre pour les plus remontés.

Les rumeurs établissant le lien entre Christian Clevenot, membre
hypothétique du gang des *"folles de la Nationale 4"*, et le rapt du fils
Janel, éclatèrent comme un affront. Les grévistes ne pouvaient croire
à de telles fadaises. Les sous-entendus des journalistes laissaient planer le doute, ils renvoyaient leurs revendications légitimes au rang
d'allégations de crapules, capables du pire pour obtenir gain de
cause. Qui pouvait croire de telles affabulations ? Ceci n'était qu'une
machination montée de toutes pièces par les patrons et relayée par
des journalistes ourdis à leurs causes. Plus d'un parmi les ouvriers en
était convaincu, surtout ceux qui connaissaient bien Christian, son
dévouement et son engagement sans faille dans leur lutte. Jamais
il n'aurait osé compromettre, ni lui, ni ses frères de labeurs, dans
un quelconque acte crapuleux. Il était bien évidemment capable de

transgresser les lois, il n'était pas un saint, mais il le faisait toujours avec le souci détaillé du bien-fondé de sa légitimité et de son droit. Accaparer la production de l'usine en était la parfaite illustration, et bon nombre des grévistes se raccrochaient à cette décision entérinée la veille, pour croire en son innocence.

Ce fut en ces termes qu'Ibrahim s'adressa à la presse, qui depuis ce matin envahissait les alentours de l'usine. Il vivait à Rothau depuis quelques années déjà, mais il n'avait jamais assisté à un tel déferlement d'inconnus. Il ne comptait plus les Renault 16 orange de la station Europe 1, garées dans l'ombre de l'église, ni les va-et-vient de jeunes gars en blouson de cuir qui tiraient des câbles, s'affairaient à installer des micros ou apportaient des cafés chauds, à l'intérieur de camionnettes aménagées en studio de campagne. Toute la faune des pourfendeurs de l'information sur le vif se trouvait là, dans ce village du fin fond de la vallée de la Bruche. Un endroit calme et serein dont seule la Couennante brisait la monotonie.

Ibrahim répondait aux questions, toujours les mêmes, avec véhémence. Non, Christian Clevenot n'avait pas commis le rapt du fils Janel. Il s'agissait d'un malentendu, d'une machination diabolique qui visait à stigmatiser la grève, à dépeindre les ouvriers qui avaient débrayé comme des jusqu'au-boutistes, prêts à tout pour faire plier la direction.

À peine finissait-il une interview pour une chaîne nationale qu'aussitôt un journaliste radiophonique lui tombait sur le râble. À nouveau, il ressortait la même rengaine et s'offusquait lorsqu'on lui parlait de son ami en termes de truand. Décidément, tout ceci n'était qu'un coup monté.

Cependant, Ibrahim tirait une certaine satisfaction de ces entretiens avec les journalistes. Jamais, jusqu'alors, on ne lui avait prêté d'attention, désormais on l'écoutait, il était devenu quelqu'un et surtout son avis importait.

La plupart des voitures de presse étaient garées sur la place du marché, derrière l'Église catholique. Juste à côté, un café, et plus précisément sa terrasse, leur servait de base arrière. Les vedettes, facilement reconnaissables au nombre de personnes qui virevoltaient autour d'elles, y siégeaient en roi. Hormis les jours de marché, Ibrahim n'avait jamais vu ce bar si bondé. Il y grouillait depuis ce matin, toute la faune journalistique régionale et même nationale, car il y avait reconnu Yves Mourousi, le présentateur du journal de la mi-journée sur la Une. Même la boucherie voisine du bistrot était prise d'assaut. Le patron coupait tranches de jambon, saucisson, pâté, avec la dextérité d'un homme de l'art. Il jubilait, tant la venue de ce petit monde pimentait sa journée et son portefeuille. Sa femme, d'habitude terne et morose derrière sa caisse enregistreuse, avait retrouvé une certaine joie de vivre et ne manquait pas de gratifier tous ces nouveaux clients de son plus beau sourire.

Entre deux entretiens, Ibrahim observait tout ce monde s'agiter, tout cela était bien étrange. D'habitude, personne ne s'intéressait aux ouvriers ni à leurs difficultés à vivre dans une vallée où les usines fermaient les unes derrière les autres. On leur disait que le textile n'était plus un marché porteur, la Chine les concurrençait et, il fallait bien l'admettre, ils n'étaient pas de taille à lutter. Alors, la tendance était à la reconversion. Le maître mot était lâché : la reconversion, oui, mais pour faire quoi ?

En quelque sorte, aujourd'hui était une petite victoire pour Ibrahim. Celui qui, même au sein des ouvriers, se sentait considéré comme un moins que rien, un simple bougnoule sorti du bled, était le centre d'intérêt de ces gens de la ville. Parmi les autochtones, c'était lui, l'immigré qui avait fui l'Algérie et sa misère, qu'on interrogeait. Tout cela était bien jouissif et il ne manquait pas d'en profiter pleinement, car demain, il ne se faisait pas d'illusion, il redeviendrait un simple ouvrier, en tête de liste sur la charrette prévue par la direction.

Cependant, demain il serait toujours l'ami de Christian Clevenot et il n'envisageait pas de le laisser croupir en prison. Pour l'heure on l'interviewait, il était la vedette du moment et lorsque tout ce cirque retomberait, il redeviendrait le bicot du village. Les vieilles rancœurs sont tenaces, la guerre d'Algérie n'était pas si loin que ça, Ibrahim était lucide quant à sa condition d'immigré. Peu importait, il avait un ami et il était fidèle en amitié.

— Inch Allah, se dit-il en allant rejoindre le piquet de grève, où d'un moment à l'autre, Jacky Lafortune devait prendre la parole.

*

L'estafette bleu marine de la gendarmerie de Schirmeck était accompagnée de deux motards. L'un ouvrait la route et faisait signe de la main aux voitures arrivant sur les voies de droite de leur céder le passage, le temps que le convoi passât. À l'arrière, l'autre motard fermait la route et prenait soin qu'aucun véhicule ne s'approchât de trop près du fourgon. La sirène sur le toit du véhicule hurlait à la mort et clignotait de sa lumière bleue sidérale. Le passage du cortège dans les rues de Strasbourg provoquait la chair de poule aux badauds et lacérait leurs tympans. Qui pouvait imaginer qu'il s'agissait du transfert de Louise, la *"folle de la Nationale 4"*, de l'hôpital de Haute Pierre vers le commissariat central.

Son transfert avait été précipité suite aux blessures qu'elle avait reçues lors de son arrestation. Les gendarmes, ne voulant prendre aucun risque, ni endosser une quelconque responsabilité quant aux éventuelles séquelles, avaient préféré jouer la carte de la sécurité en la menant directement à l'hôpital. De toute manière, ils avaient eu pour consigne de la conduire à Strasbourg pour qu'elle y subisse les interrogatoires d'usage, alors quelques heures plus tôt ne changeaient rien. Et puis, il fallait bien l'avouer, une telle tigresse à la gendarmerie de Schirmeck n'était pas une sinécure. Autant son compagnon, le jeune établi, était calme, voire prostré, sur le lit de sa cellule, autant celle-ci était un ouragan dans une boîte de conserve. L'adjudant Ernest Buchwald, gros bêta antipathique, en portait encore les traces à l'œil droit et, par respect dû à son grade, ses collègues retenaient leur rire lorsqu'ils se remémoraient la scène…

La jeune femme interpellée avait demandé à aller aux toilettes et l'adjudant l'y avait menée en roulant des mécaniques, persuadé de sa superbe. Devant la porte du lieu d'aisance réservé à la gent féminine, la prisonnière s'était retournée et lui avait tendu ses mains menottées. L'adjudant, bon prince, s'était approché d'elle et avait déverrouillé ses entraves. Elle ne le remercia pas et le défia du regard avant de s'isoler dans les toilettes. La porte était fendillée et présentait sur le panneau du haut, un interstice des plus aguicheurs. Celui-ci était bien connu de toute la gendarmerie et attirait les regards voyeurs, presque légitimes dans cette ambiance de testostérone à képi. La situation avec la nouvelle gardée à vue n'échappa pas à la règle et l'adjudant Ernest Buchwald s'était approché du panneau de bois, bien décidé à se rincer l'œil. À peine avait-il posé son visage sur la porte que celle-ci vola sur ses gonds, sous la violence d'un coup de pied. L'adjudant reçut la tranche du battant sur l'œil droit et le tala tel un fruit tombé de l'arbre. Un hématome virant sur le bleu nuit avait immédiatement cerné son œil chafouin, puis très vite celui-ci s'était gorgé de rouge et s'était enfoui sous les boursouflures d'un œdème cerclé d'un jaune hépatique.

Pour l'heure, dans la fourgonnette, Louise ne riait plus. Elle rongeait son frein. Comment la police l'avait-elle retrouvée ? Elle avait cru comprendre qu'une lettre anonyme l'avait dénoncée. Si cela s'avérait être la vérité, qui pouvait en être l'auteur ? Elle ne connaissait personne dans la région, du moins, pas suffisamment pour faire le lien entre elle et son ancienne vie. Un élément lui échappait, avait-elle commis une erreur? Quelqu'un l'avait-il reconnue?

Louise nageait dans un puits de questions sans fond, lorsque le convoi arriva devant une bâtisse dont la façade avait tout l'air d'être celle d'une administration de la république. Une barrière rouge et blanche se leva devant l'estafette. Le planton de service les salua, tandis que les deux motards stationnèrent dans la rue. La prisonnière s'étonna d'une si prompte arrivée, elle n'avait pas vu défiler le temps. Même son passage à l'hôpital ne lui laissait aucun souvenir. Sa venue dans ce sanctuaire de képis, d'uniformes bleus et d'êtres menottés, la sortit de son atonie. Tout à coup, elle prit conscience de la situation, elle était parachutée dans la réalité avec la brutalité d'un réveil en pleine nuit, après un cauchemar fiévreux. Du rôle d'animal traqué, elle passait désormais au statut de trophée de chasse, exhibée à la meute en liesse.

Louise se renfrogna, son visage, déjà à l'accoutumée peu enclin à la sollicitude extérieure, se ferma. Elle décida de faire abstraction de ce qui l'entourait, de se blottir à l'intérieur d'elle-même, de se protéger sous une carapace d'épines saillantes et de s'enfermer dans un mutisme nihiliste dont elle maîtrisait parfaitement la technique. Elle connaissait la chanson, ce n'était pas son premier passage entre les mains de la justice.

L'adjudant Ernest Buchwald se pencha sur les menottes de Louise qu'il avait attachées par précaution au montant de la banquette de skaï. Il enfouit la clé dans la serrure, tourna un coup bref sur la droite et libéra la main gauche de la prisonnière de son entrave. Tout aussi prestement, il dégagea la chaînette de l'accoudoir et ramena rapidement la menotte sur le poignet libéré temporairement. L'adjudant opérait sans la quitter des yeux, enfin, sans la quitter de l'œil qui lui restait, car le droit était toujours fermé, enfoui sous un amas de chairs boursouflées. Ce souvenir, laissé par Louise sur son visage, le poussait à prendre maintes précautions. Il n'avait pas l'intention qu'elle recommençât son cirque de la veille et la craignait tout autant qu'une giclée d'acide sournoise.

L'adjudant se leva et tira un coup sec sur la chaîne qui reliait les deux poignets. À l'arrière, les portes du fourgon s'ouvrirent et les deux gendarmes qui les accompagnaient leur firent signe de descendre. Louise fit quelques pas, légèrement courbée afin de ne pas se cogner au plafond. Dans son dos, son gardien la poussa brutalement, sans doute pas aussi méchamment qu'il aurait aimé le faire, mais suffisamment pour qu'une douleur sourde lui remontât le long de l'échine.

Elle descendit de l'estafette et fut saisie par les deux gendarmes, qui l'agrippèrent de part et d'autre au niveau des coudes. Ils l'entraînèrent vers ce qui ressemblait à la porte d'entrée du commissariat. À quelques pas derrière eux, l'adjudant Buchwald fermait la marche, afin de parer à une éventuelle rebuffade ou tentative d'évasion. Tentative, qu'il espérait secrètement, car il se serait fait un malin plaisir à sortir son Manurhin, bredouiller quelques sommations d'usage et tirer une balle bien ajustée entre les omoplates de cette saloperie qui lui avait amoché le visage pour quelque temps encore. Mais elle ne tenta rien.

Ils gravirent les marches jusqu'au premier étage. Louise semblait absente. Ses cheveux défaits tombaient sur son visage et masquaient ses traits meurtris. À l'hôpital, le médecin lui avait recousu l'arcade sourcilière et par souci de cicatrisation rapide, il ne lui avait pas appliqué de pansement sur les quelques points de suture violacés. Les coups qu'elle avait reçus sur la joue ne l'avaient pas trop marquée, seules par endroits, quelques griffures persistaient et zébraient sa peau blanche. Par contre, sa lèvre supérieure était fendue et la coagulation de la coupure soulignait avec force sa lippe de gouape arrogante.

Sur le palier du premier étage, la petite escorte hésita. L'un des deux gendarmes qui lui broyait le bras se tourna vers l'adjudant, le regard interrogatif. Celui-ci lui indiqua du menton la porte vitrée face à eux. Au travers du verre, une multitude de personnes s'affairaient et parmi elles, toutes n'étaient pas de la maison poulaga. Ils firent un pas, les deux battants coulissèrent comme par enchantement et leur ouvrirent le passage sur une grande pièce noyée dans une lumière blanchâtre, qui ressemblait fortement à une salle d'attente. À l'autre extrémité, dans la continuation de la porte coulissante, un long couloir s'étirait en un point de fuite incertain. De chaque côté du corridor, des portes closes, ornées d'une plaque en cuivre numérotée et gravée aux nom et grade d'un fonctionnaire, s'alignaient les unes après les autres. Sur la gauche de la salle d'attente, un comptoir encombré de bannières et de paperasse était assailli de personnes en quête de renseignements. Des hommes en uniforme, bras de chemise réglementaire et étêtés de leurs képis, tentaient de répondre à toutes les sollicitations, mais apparemment ils avaient fort à faire et étaient totalement submergés.

L'adjudant contourna Louise et ses deux gardiens, puis se fraya un chemin parmi cette foule quémandeuse. Pour la plupart, il s'agissait d'honnêtes citoyens, victimes de malotrus indélicats ou de témoins d'une exaction commise sous leurs yeux. Des cas bénins en fait, que le manque d'effectif exaspérait et dont la patience était mise à mal.

La cohue, toujours craintive devant l'uniforme, s'écarta au passage de l'adjudant Ernest Buchwald et il n'eut aucun mal à atteindre le comptoir de l'accueil. Un de ses collègues l'écouta, tout d'abord d'une oreille distraite, puis lorsqu'il comprit sa requête, cessa sur le champ toute activité. Apparemment, les gendarmes de Schirmeck étaient attendus et des consignes avaient été données.

Le gendarme Buchwald revint vers la prisonnière et ses collègues, les dépassa sans poser sur eux son regard éborgné, et se dirigea vers le couloir. Il fit un petit geste de la main, leur intimant de le suivre. En quittant la salle d'attente, Louise feignit d'ignorer l'attention que son arrivée avait suscitée dans l'assemblée.

Cependant, une personne assise sur un banc un peu à l'écart n'avait d'yeux que pour elle. À bien y regarder, la stupéfaction marquait son visage, mais il tentait tant bien que mal de la dissimuler. Cet homme, comme beaucoup d'autres personnes dans la salle, attendait qu'un policier vienne le chercher pour prendre sa déposition ; dans son cas, une sale histoire de meurtre.

Cet homme n'était autre que Joseph Hosana. Assis timidement entre deux mégères, il observa les gendarmes et leur prisonnière disparaître dans le couloir. Sa main sous son parka s'était posée sur son fusil à canon scié. Un petit coup sec et le lacet qui le maintenait accroché à sa doublure se dénouerait.

*

Les rues de Schirmeck, notamment son artère principale qui la traversait de part en part, se caractérisaient les jours de la semaine par un afflux de circulation. Sa traversée occasionnait moult embouteillages, klaxons et manœuvres en tout genre. Les transporteurs routiers et leur chargement déversaient des nuages de carbone noir et prenaient leur mal en patience en contemplant l'animation des trottoirs de la ville. Ils appréhendaient ce passage où la route se rétrécissait en une sorte de goulot étroit, pour recracher à l'autre bout de l'agglomération, son lot de véhicules au compte-goutte.

Mais en ce début d'après-midi, l'entonnoir ne déversait plus son jus. De toute évidence, quelque chose d'inhabituel obstruait le transit et les automobilistes, d'ordinaire fatalistes, étaient sortis de leurs véhicules, laissant bâiller les portières. Chacun s'enquérait, en amont ou en aval du cortège mécanique, d'informations sur cet arrêt impromptu du trafic. Il planait également au loin un rugissement sourd, un bourdonnement lancinant qui s'amplifia et devint en quelques instants un joyeux tintamarre. Au coin de la rue surgirent les Steinheil, ils chantaient et scandaient à tue-tête leurs revendications.

Le matin même, Jacky Lafortune avait pris la parole devant les ouvriers de l'usine. Il avait retrouvé sa fougue habituelle et son apparition avait été accueillie par des vivats à tout rompre. Après l'arrestation de Christian Clevenot, le mouvement s'était senti orphelin et beaucoup pensaient que la grève se terminerait ainsi, en une sorte de bérézina napoléonienne. Mais l'arrivée du syndicaliste réchauffa les esprits. Jacky Lafortune harangua la foule, attisa le feu éteint de leur fierté ouvrière, titilla leurs humiliations quotidiennes et requinqua leur esprit de lutte qui en l'absence du jeune établi errait sans cohésion.

Chacun retrouva, dans les paroles savamment distillées de Jacky, l'honneur et la détermination de poursuivre le combat, d'imposer leurs revendications, dont la presse, par ses insinuations crapuleuses, avait sali la légitimité.

Jacky avait attendu le moment opportun pour annoncer, ce qu'il savait par avance être un argument de poids, un argument qui mettrait tout le monde d'accord et qui balayerait les hésitations des plus indécis : l'usine Jeudy débrayait aussi. Il ne s'était pas trompé, l'annonce eut l'effet d'une bombe salvatrice et il en mesura l'onde de choc dans les regards éberlués des premiers rangs.

L'autre grande usine de la vallée de la Bruche entrait dans le conflit et avait déposé la veille au soir un préavis de grève. Les Jeudy se sentaient également concernés par leurs revendications et savaient pertinemment qu'après les licenciements à l'usine Steinheil, ce serait à leur tour de voir leur rang s'amoindrir. Le problème de l'emploi dans la vallée était une histoire de volonté politique, allaient-ils assister au démantèlement des usines sans réagir? La solidarité ouvrière n'était pas un vain mot et puis l'attitude de la presse à l'encontre des Steinheil, avait été le déclencheur d'une marmite dont le couvercle ne demandait qu'à sauter. Le mouvement, ainsi étendu aux Jeudy, prendrait de l'ampleur et paralyserait encore un peu plus l'économie locale; sans nul doute, leur union pousserait la direction de Steinheil à revenir à la table des négociations.

Lorsqu'hier au soir, Jacky Lafortune avait retrouvé les délégués syndicaux de l'usine Jeudy au Bar du Centre, il ne s'était pas attendu à un tel retournement. Il avait craint tout d'abord qu'ils ne l'interrogent sur ses absences répétées de ces derniers jours. Certes, Jacky n'avait pas la conscience tranquille, mais il était surtout un piètre comédien. Son implication dans le rapt du fils Janel le torturait et mettait à mal l'image qu'il se faisait de sa personne. Mais le résultat était là, Christian Clevenot était dorénavant hors jeu et il reprenait la main sur le mouvement.

À vrai dire, les motifs qui l'avaient poussé à entrer dans cette combine d'enlèvement étaient peu clairs. L'argent proposé était sans nul doute la raison qui l'avait contraint à agir ainsi. Oui, le besoin d'argent, surtout en cette période morose, où il manquait terriblement... Et puis, une vie dévouée à la défense des droits des camarades ne lui avait pas rapporté grand-chose, il n'était pas vénal, simplement lucide. Bientôt sonnerait l'heure de la retraite et celle-ci serait bien maigre. Durant toute sa carrière à l'usine, son engagement syndical l'avait protégé du licenciement, mais en contrepartie, il n'avait jamais pu gravir les échelons. En quelque sorte, Jacky Lafortune se sentait dupé, floué et, avançant dans l'âge, il avait eu cette révélation terrible que son idéalisme, ses utopies ne l'accompagneraient pas durant ses journées interminables de retraité. Alors à quoi bon, il avait sacrifié une belle part de sa vie à la lutte pour un monde meilleur, mais lui, il n'en profiterait jamais, quant aux générations futures, qu'elles se prennent en main, il avait déjà trop donné.

Puis, il y avait eu ce Christian Clevenot, sa jeunesse flamboyante, son engagement sans concession et Jacky avait perdu de son aura auprès des ouvriers. Certes, il était encore respecté, mais il voyait bien que ceux qui jusqu'alors le sollicitaient et le plaçaient sur un piédestal ne le regardaient plus du même œil. Il voyait dans leurs regards sa vieillesse pitoyable vaciller aux vents mauvais, alors que Christian était fougueux et indomptable.

Jaloux, le mot était lâché. Jacky Lafortune n'en pouvait plus de voir tant de jeunesse s'ébrouer devant lui, alors qu'il se vidait jour après jour un peu plus de sa substance vitale. Lui, qui toute sa vie s'était voué aux autres, qui n'avait eu de cesse de s'investir, de lutter contre les injustices de ce monde, ne supportait tout simplement plus de se faire voler la vedette par ce jeune prétentieux d'établi. D'ailleurs que venait-il faire chez les ouvriers, n'était-il pas issu d'une famille bourgeoise ? Fantasia chez les ploucs, que chacun resta chez soi et les moutons seraient bien gardés.

Jacky Lafortune avait donc été fortement soulagé lorsque les responsables syndicaux de cette réunion d'urgence, lui avaient fait part de leurs inquiétudes quant à l'issue de la grève chez Steinheil. Ils n'abordèrent pas ses absences répétées lors des assemblées de ces derniers jours et de ce fait, il s'était détendu et avait repris son costume de responsable cégétiste concerné. D'entrée de jeu, la réunion avait débuté par l'expression des craintes de la tournure que prenait le mouvement engagé. L'image du syndicat était selon eux, mise à mal, surtout dans la presse où les commentaires frôlaient l'indécence. Tout pourfendeur des libertés fut-il, le syndicat devait avant tout séduire l'opinion, il en allait de sa crédibilité. Une grève, dont la cohésion se disloquait, était une grève perdue, une défaite amère et une cicatrice indélébile chez tous les sympathisants de la vallée. Il entendait déjà les couplets de rancœurs : *"la CGT n'a rien fait pour nous aider…", "bla-bla et compagnie, lorsqu'on a des problèmes, ils se défilent tous, souvenez-vous de la grève des Steinheil…"* Le syndicat ne pouvait pas perdre cette bataille et chaque délégué présent à cette réunion d'urgence au Bar du Centre, en faisait une affaire personnelle.

Ils décidèrent donc de lancer les ouvriers de chez Jeudy dans le mouvement. Jacky Lafortune se chargerait de l'annoncer le lendemain lors de l'assemblée générale du matin et organiserait un défilé dans les rues de Schirmeck pour l'après-midi. Ces perspectives avaient emballé les participants à la réunion, dont l'abus de Picon bière avait aussi enfiévré les esprits et plus que jamais, Jacky retrouva ses instincts de combattant pour la cause ouvrière. Ils avaient levé leurs verres et trinqué à la victoire qui se profilait, puis pour clore la réunion, ils avaient entonné *"L'Internationale"*, le poing brandi. Les yeux s'étaient embués de larmes solidaires. Tout compte fait, Jacky Lafortune n'était pas si mauvais comédien que ça.

Chapitre 19

Seizième jour d'occupation de l'usine Steinheil. Après son intervention lors de l'assemblée générale du début d'après-midi, Jacky Lafortune reprend la main sur le mouvement. Il organise une manifestation au départ de l'usine en direction de Schirmeck, à quelques kilomètres. Il est prévu que le défilé y fasse la jonction avec le cortège des manifestants de l'usine Jeudy, venant de l'autre côté de la vallée. Arrivés à l'entrée de la petite ville, les Steinheil établissent un barrage filtrant, laissant passer les véhicules au compte-goutte. Il s'ensuit un embouteillage monstre dont, de mémoire d'habitants, aucun n'avait connu une telle ampleur.

Alfredo Sibuana respira à fond. L'air vicié du Bar du Centre, dont les Dunhill mentholées de Mama Béa avaient contribué à alourdir l'atmosphère, l'oppressait. À peine, il sortait du bistrot qu'il prit une inspiration profonde, mais le spectacle de la rue, bondée de passants et de véhicules abandonnés par ses occupants, l'empêcha de jouir pleinement de cet instant. Les automobilistes s'étaient regroupés par petites grappes et les discussions allaient bon train. Interloqué, il regarda de part et d'autre de la la rue. Un long cortège de voitures, de camions ou de grumiers s'étirait aussi loin que sa vision lui permettait de voir. Alfredo, frappé par ce tohu-bohu soudain, se gratta successivement le menton et le haut de son crâne crépu. Que se passait-il? Lors de leur arrivée au Bar du Centre, la circulation était certes dense, mais rien ne présageait un tel embouteillage. Dans l'ambiance feutrée de l'estaminet, il n'avait rien entendu. Il s'y serait même senti hors du monde, protégé du brouhaha extérieur, si Mama Béa ne lui avait pas exprimé son mécontentement et fait part des nouvelles prérogatives qu'elle désirait qu'il suivît à la lettre. Elle l'avait tellement accaparé que le temps était resté suspendu, accroché à la crainte qu'elle lui inspirait.

Dans l'état des choses, Alfredo comprit qu'il lui était impossible de prendre la Maserati, même déboîter de son emplacement de stationnement lui semblait une opération peu envisageable. S'il retournait dans le bistrot, faire état de la situation à son colonel, il en prendrait encore pour son matricule. Elle lui reprochait déjà la tournure des événements, son manque de sérieux quant au choix de ses collaborateurs. Lui annoncer de surcroît un embouteillage gigantesque dans une si petite bourgade serait à coup sûr, signer son arrêt de mort.

Ses hésitations furent balayées par des cris et des chants qui se rapprochaient de plus en plus sur sa gauche. Il se tourna vivement et vit des grappes d'hommes et de femmes envahirent les trottoirs jusqu'alors occupés par quelques automobilistes circonspects, en quête d'informations sur la situation. Ils brayaient des slogans robotiques, du genre *"Tous, tous, avec les ouvriers de Steinheil"*…

Alfredo comprit tout de suite qu'il s'agissait des grévistes dont les colonnes des journaux faisaient leurs choux gras depuis quelques jours déjà, mêlant sans grand discernement l'enlèvement du fils Janel, les *"folles de la Nationale 4"* et leur mouvement de contestation.

L'Ougandais en suivait l'affaire depuis qu'il habitait chez Lafortune et, bien malgré lui, il savait des choses dont il aurait bien voulu ignorer l'existence. Le môme entrevu chez Angel Bonifacio, le sculpteur de *"l'Adolf lorgnant l'horizon"*, n'était autre que le fils Janel et c'était bien cela qui avait provoqué l'ire de Mama Béa. S'en aller au plus vite de ce guêpier tel était le maître mot, mais pour cela, fallait-il encore que la voie fût dégagée.

Alfredo se faufila entre les voitures à l'arrêt. Les quelques contestataires, qu'il avait aperçus au début, s'approchaient maintenant de plus en plus, puis le gros du cortège les rejoignit. Les revendications fusaient dans l'air, tandis que des ruelles adjacentes, d'autres manifestants déboulaient. La rue s'emplit d'une foule hurlante et chantante, puis elle absorba Alfredo sans le remarquer, comme l'aurait fait la marée montante d'un océan frémissant. La nuée humaine progressait, s'infiltrait dans les ruelles, n'épargnant aucun recoin. La grande rue et toutes celles des alentours s'engorgèrent rapidement. Les manifestants engloutirent les véhicules embouteillés et un chahut bon enfant s'installa dans la rue.

Le subalterne de la Vierge Noire paniqua, la foule n'était pas son fort, il se sentait comme un intrus dans un monde et une lutte qui ne le concernait pas. Sortir de cette foule, respirer librement, quitter ce tohu-bohu devint son obsession, sa priorité. Il irait jusqu'à chez Lafortune à pied, tant pis pour la Maserati, il passerait la reprendre plus tard, lorsque ce chambard aura cessé.

Mais Monsieur Sibuana n'était pas le seul étranger dans ce déferlement de contestations. Les journalistes, mêlés à la foule, sentaient qu'ils vivaient là un moment hors du commun et photographiaient tout ce qu'ils voyaient. Les appareils crépitaient comme les pétards d'un Nouvel An chinois. La presse télévisée n'était pas en reste. Juché sur les rebords d'une fontaine en grès, un caméraman filmait le cortège en de larges travellings. Alfredo Sibuana y crevait l'écran…

— Putain, je vais encore faire une connerie, se dit-il.

Décidément, il les collectionnait. Joseph se leva de son siège et regarda par-dessus son épaule. Personne ne prêtait attention à lui, les gens qui attendaient sagement sur leur banquette avaient bien d'autres soucis en tête. Les policiers derrière le comptoir de l'accueil n'avaient pas le temps de chômer ni de s'intéresser à la faune qui patientait dans la salle bondée. Le garde du corps fit quelques pas dans le couloir et poussa la porte des toilettes. Tous ses gestes s'enchaînaient calmement, sans précipitation excessive. Son sang-froid l'étonna, car il contrastait avec le feu qui crépitait en lui. Le battant se referma doucement dans son dos, retenu par un groom savamment réglé. Il s'adossa contre le panneau de bois et renversa sa tête en arrière. Sur son front, de grosses gouttes de sueur perlaient, il tenta, tant bien que mal, de réguler son souffle. Il avisa sa main qu'il porta à hauteur du regard, il tremblait comme une vieille femme chevrotante à côté d'un poêle à bois. Il ne se contrôlait plus, l'adrénaline le rongeait. Joseph savait qu'il allait commettre l'irréparable, mais après la mort de Lili, qu'avait-il à perdre ? Il ne pouvait tout bonnement pas laisser Louise croupir en prison. Trop de choses se bousculaient dans son esprit. Ne plus penser était la solution, ne plus penser et agir. Il tourna la tête vers le miroir au-dessus du lavabo, il était blême comme un linceul auréolé de terreur.

Joseph reprit position sur ses jambes qu'il sentit flageoler sous son poids. Il s'approcha du lave-mains et s'aspergea le visage d'eau froide. En se relevant, son reflet dans la glace dégoulinait d'eau limpide. D'un geste vif, il rabattit la capuche de son parka sur sa tête et tira sur le lacet qui maintenait son fusil à canon scié. Le contact de la crosse en bois dans sa paume moite le rassura. Ensuite, il rabattit l'arme contre son torse, bien au chaud sous les pans de son battledress. Délicatement, il entrebâilla la porte. La voie était libre. Il l'ouvrit un peu plus et regarda de l'autre côté du couloir. Il avait repéré le bureau où Louise avait été introduite. Quatre mètres d'un pas feutré et il l'atteindrait à son tour. Joseph respira une dernière fois et retint son souffle. Telle une ombre furtive, il se faufila hors des toilettes. Dissimulée en partie sous la capuche de son parka, sa silhouette virevolta dans le couloir. Il se mut sans bruit, léger comme une feuille d'automne arrachée à son arbre par une risée matoise. Arrivé devant le bureau, il s'arrêta. Rien! Le silence régnait, puis il fut rompu par un petit clic mécanique. Joseph armait son fusil. Sans la moindre hésitation, ni violence outrancière, il ouvrit la porte et la referma aussitôt derrière lui.

Louise était assise, les mains menottées ballantes entre ses deux jambes, face à un bureau encombré de dossiers et de diverses paperasses. La pièce était feutrée comme l'étaient la plupart des bureaux de magistrat ou d'avocat, et contrastait méchamment avec la salle bondée de l'accueil du commissariat. L'adjudant Buchwald et ses deux collègues campaient au repos derrière elle et masquaient celui qui interrogeait la prévenue.

Joseph était entré sans bruit et aucun ne remarqua son intrusion. Les gendarmes lui tournaient le dos et, bien malgré eux, le cachaient du seul qui aurait pu l'apercevoir, l'officier face à Louise. Il profita de ce sursis inespéré et fit le tour d'horizon de la pièce. Derrière le bureau, de grandes portes vitrées s'ouvraient sur un balcon étroit. Il fit un pas sur le côté et se dissimula derrière un perroquet surchargé de manteaux, de chapeaux et de cache-nez en tissu écossais. Sur le mur opposé à la porte d'entrée, il remarqua une cheminée de style Art déco surplombée d'un miroir piqué. Il s'y reflétait l'homme qui siégeait au bureau, un fonctionnaire terne, doté d'un surpoids pondéral et d'un visage joufflu, dont les pommettes rebondies étaient couperosées. Une moustache poivre et sel barrait son visage et donnait l'impression que son nez y reposait. Il ne parlait pas et se contentait de parcourir en diagonale les feuilles volantes d'un épais dossier. Louise le fixait, imperturbable, et n'avait d'autre attention que pour cet homme râblé, plongé dans sa lecture.

À pas de chat, Joseph avança vers les gendarmes, priant le Bon Dieu que ceux-ci ne remarquent sa présence que le plus tard possible. Le dernier mètre, il bondit et asséna un méchant coup de crosse derrière l'oreille du policier qui se trouvait le plus proche. L'homme s'écroula de tout son saoul et lâcha le képi qu'il tenait entre ses mains. Ses deux collègues firent un bond de surprise et par réflexe, posèrent leurs mains sur la languette de sécurité rabattue sur leur arme.

— Tse… Tse, souffla Joseph, pas un geste.

Son bras tendu, prolongé par le fusil à canon scié, valsait sous le nez de l'adjudant Buchwald. Il avait chuchoté ses quelques mots en barrant sa bouche de son index tendu, intimant à tout le monde de ne prononcer aucun mot.

— Allez vous placer près de la cheminée, poursuivit-il.

Sa voix était glaçante et ne laissait transpirer aucune émotion, mais elle en disait long sur sa détermination. Les deux gendarmes se dévisagèrent, le moins gradé chercha de l'aide dans le regard de l'adjudant, mais il ne vit que désastre et boursouflure dans son œil meurtri. L'homme assis derrière son bureau ne broncha pas, il n'avait même pas lâché la feuille dactylographiée qu'il lisait lors de l'apparition soudaine de Joseph. Il avait sur son visage l'expression des gens blasés que l'existence n'étonnait plus et à qui il ne fallait pas en conter. Quant à Louise, son minois s'illumina et elle abandonna son faciès de petite frappe contrariée. Leurs regards se croisèrent une fraction de seconde, cela parut une éternité à Joseph. Cet instant valait tous les risques inconsidérés qu'il avait pris jusqu'alors, il ne regretta pas sa décision. Elle lui répondit par un petit sourire bref et imperceptible aux autres occupants de la pièce. Joseph se ressaisit :

— Toi, le gros, dit-il à celui qui les toisait de sa bonhomie blasée, tu rejoins tes collègues près de la cheminée.

Il n'eut aucune réaction, il était comme absent, étranger à la scène qui se déroulait sous ses yeux. À cet instant, Louise, excédée par son comportement, bondit par-dessus le bureau et attrapa l'homme par le col de sa chemise, puis l'attira violemment. Elle était toujours menottée et son entrave lui donnait un faux air de supplication, mais sa violence était telle, que le fonctionnaire sortit de sa léthargie extatique. Dans l'agitation, le blouson de jean's et le tee-shirt de Louise remontèrent sur son corps, Joseph y remarqua un hématome bleu qui était comme la possibilité d'une île sur sa peau blanche. Puis, il sentit à ses côtés, le gendarme qu'il avait assommé à son arrivée, reprendre ses esprits. Tenant toujours son monde en respect, Joseph lui assena un coup de pied au jugé, mais terriblement efficace. L'homme en uniforme n'eut que le temps de lâcher un râle douloureux, mêlé à un salmigondis de bave et de sang fraîchement coulé de son nez, puis il rejoignit le cercle fermé des boxeurs vaincus par knock-out. Ensuite, tout se précipita. Le gros couperosé rejoignit près de la cheminée ses collègues de la maison poulaga. Joseph s'approcha du groupe mis en joue, Louise le rejoignit à son tour :

— Toi, dit Joseph en désignant l'adjudant Buchwald du bout du canon de son arme.

— Oui, reprit-il, toi, avec les barrettes jaunes sur le torse. Balance-moi les clés des menottes.

L'officier fouilla dans la poche de son pantalon et dressa son autre main entre lui et Joseph, comme pour le tenir à distance. Face à la détermination de cet homme camouflé sous la capuche de son parka, le gendarme ne voulait pas qu'il y ait de méprise, que ses gestes ne soient pas mal interprétés. Il n'avait pas l'intention de jouer au héros, ses enfants étaient encore jeunes, ils avaient besoin de lui, et puis, la Légion d'honneur à titre posthume, il la laissait volontiers aux autres. L'adjudant sortit doucement les clés, les tint du bout des doigts bien en évidence, puis il les balança et elles atterrirent aux pieds de Louise. Elle se baissa promptement, les attrapa et se libéra les poignets. Les bracelets chutèrent au sol dans l'indifférence générale. Louise se précipita sur le gendarme sonné, se pencha sur lui et s'empara de son arme de service. Elle la tint fermement à bout de bras et visa les représentants de la loi, déjà tenus en joue par Joseph. Le garde du corps l'observait du coin de l'œil, il retrouvait la femme qu'il avait connue lorsqu'elle braquait les stations-service. Il se souvint comment elle l'avait tenu en respect lors de leur première rencontre. Ce jour-là, son regard d'acier flirtait avec la folie et il s'était gravé à jamais dans son esprit. Comment oublier un tel instant ? Déjà, elle l'avait ému et pourtant elle n'était pas belle à voir, bien au contraire, elle était comme une teigne à écraser du talon.

Pour l'heure, Joseph avait à affronter bien plus que ses souvenirs : comment sortir de ce trou à rats, parés de pantalons bleu marine, de liquettes azur armées jusqu'aux dents ?

Ce fut Louise qui trouva la solution. Le temps pressait, car à tout moment quelqu'un pouvait frapper à la porte et les surprendre. Elle abandonna l'idée de s'enfuir par le couloir, trop dangereux à ses yeux et vouée à un échec certain. L'unique issue les narguait de sa lumière automnale et se présentait face à eux derrière les portes vitrées qui s'ouvraient sur le balcon. Louise fit un signe à Joseph pour l'alerter qu'elle cessait la surveillance des trois prisonniers. Il lui répondit par un petit hochement de tête, *"message reçu"* semblait-il dire. Puis elle saisit la chaise, sur laquelle quelques instants auparavant elle se morfondait comme une âme bannie en enfer. Elle la traîna sans bruit sur la moquette et la cala sous la clenche de la porte d'entrée. Dans la foulée, elle rejoignit Joseph en traînant cette fois le Perroquet, débarrassé de son poids de vêtements. Elle s'accroupit et ramassa la paire de menottes dont elle venait de se débarrasser. Joseph ne comprenait pas à quoi elle s'affairait, mais remarqua que ses gestes étaient précis et ne montraient aucune hésitation. Sans nul doute, elle avait un plan, ce qui le soulagea, quel qu'en fût le contenu.

Habitée toujours par la même véhémence, elle retourna auprès des prisonniers et menotta à son tour l'adjudant et son collègue en uniforme. Joseph fit quelques pas vers le groupe afin de les surveiller de plus près. Louise décrocha une autre paire de bracelets qui pendait au ceinturon du plus jeune des flics et par chance, en trouva une autre dans la poche de son pantalon. Le compte y était. Elle menotta les trois hommes l'un à l'autre et ils formèrent une ronde enfantine, un rien forcée. Le trio enchaîné, tout comme Joseph, observait la jeune femme sans comprendre où elle voulait en venir. Elle leur intima ensuite de s'asseoir au pied d'une armoire en bois massif, dont les panneaux étaient finement ciselés. Le couperosé traîna à obtempérer, il fit à nouveau le mariole et feignit de ne pas comprendre ce qu'elle lui demandait. La réponse fut cinglante, Louise dégaina l'arme de service qu'elle avait subtilisée à l'agent assommé et lui asséna un coup de crosse sur la tempe. Le récalcitrant tomba au sol, amorti par ses deux amis de farandole. Il lui jeta un regard mauvais, noir comme les ailes de l'antéchrist. Un filet de sang traça une ligne hésitante sur le côté de sa face rubiconde. Désormais, il obéirait.

Louise replaça le flingue à sa ceinture, juste en dessous de son nombril, entre sa peau et les boutons de son 501. Elle ne répondit pas au regard de défi sournois que lui lançait le fonctionnaire, meurtri dans son orgueil de mâles dominants, et tourna les talons vers son bureau où s'étalait le dossier des *folles de la Nationale 4*". Sans s'y attarder elle en saisit les premières pages et retourna vers les trois menottés. Sous leurs yeux hagards, elle s'accroupit et déposa devant elle la pile de feuillets A4, dont elle prit la première page, la froissa, puis l'enfourna dans le gosier du couperosé. Celui-ci, encore sous le choc du coup qu'elle lui avait asséné, se laissa gaver sans opposer de résistance. Lorsque ses joues ressemblèrent à celles d'un hamster, Louise lui noua autour de la tête un des cache-nez, aux motifs écossais, qu'elle avait trouvé sur le portemanteau. Au-dessus du tissu, les yeux globuleux du fonctionnaire dansèrent un jerk chaotique, sa peau se mua en un rouge coup de soleil, et son regard la supplia. Louise comprit. Elle revint vers lui et lui dégagea le nez qu'elle avait malencontreusement enfoui sous l'écharpe. Il put enfin respirer et le sifflement de l'air fit frétiller les ailes de ses narines. Elle réitéra l'opération de gavage sur les deux autres menottés. Pendant ce temps, Joseph baissa légèrement sa garde et se glissa jusqu'à la porte d'entrée où il y colla son oreille. Rien. Pour l'instant, l'alerte n'avait pas été donnée. Il revint vers le trio, dont Louise vérifiait une dernière fois les nœuds des foulards qu'elle avait appliqués sur leurs bouches. Puis elle se tourna vers lui :

— J'ai besoin de ton aide.

Tout en lui parlant, elle attrapa le portemanteau et le plaça au centre de la ronde policière. Joseph la regardait toujours sans comprendre ce qu'elle mettait en place. Louise s'éloigna des prisonniers, se colla sur le côté de l'armoire en bois massif et invita Joseph à en faire de même, à l'autre extrémité. Celui-ci se délesta de son fusil à canon scié sur le plateau de marbre de la cheminée voisine. Il commençait à voir où elle voulait en venir et fut ébahi par tant d'ingéniosité. De concert, ils firent basculer le meuble sur ses pieds frontaux qui, à en croire son poids, devait être en chêne massif. Son contenu se déversa contre les portes, heureusement bien fermées à clé. Lorsque l'armoire se trouva en équilibre, Joseph passa devant et la retint afin qu'elle ne se fracassât pas au sol. Tout doucement, il fit reposer le sommet du meuble sur le portemanteau. L'opération se déroula sans anicroche et le perroquet ne céda point sous sa masse, même si l'assemblage restait fort fragile. Louise était astucieuse. Ils avaient besoin de temps, pour s'enfuir par le balcon qui donnait sur la rue, et le plus long serait le bienvenu. Le bureau se situait au premier et ce n'était pas bien difficile de sauter jusqu'à la chaussée. Si l'envie de donner l'alerte venait aux trois compères, ils seraient obligés d'y réfléchir à deux fois. L'armoire reposait en équilibre sur la patère qui, elle-même, était le centre du cercle que formaient les trois menottés. Le meuble devenait en quelque sorte leur épée de Damoclès, ils étaient astreints à ne pas bouger, sous peine de se faire écraser sous le poids de l'armoire.

Louise et Joseph contemplèrent le tableau, ils étaient comme Quick et Flupke après une bonne blague, rieurs et malicieux. Ils n'échangèrent aucune parole, les mots seraient pour plus tard et Louise reprit très vite le fil de l'opération.

— Maintenant, on se fait la belle, dit-elle à Joseph, découvrant ses dents blanches sous sa lèvre abîmée.

Elle fit quelques pas et se planta devant lui. Louise en crevait d'envie, depuis longtemps déjà. Elle se dressa sur la pointe des pieds et déposa un baiser furtif sur sa bouche. L'heure n'était pas encore aux épanchements, elle se décolla à regret et lui prit la main. Ils se hâtèrent vers les portes-fenêtres qui s'ouvraient sur le balcon. Les trois policiers menottés, bâillonnés et certes un tantinet effrayés, les toisaient tiraillés par leur devoir de policier et la crainte que le ciel ne leur tombât sur la tête. La fuite imminente de la prévenue requinquait leur aspiration du devoir accompli. Joseph lâcha la main de Louise et retourna prendre son fusil à canon scié qui l'attendait sur le rebord de la cheminée. Il le noua à son lacet accroché à l'intérieur de son parka, puis il rejoignit Louise en quelques enjambées. Elle se penchait déjà sur la rambarde du balcon. La chance leur souriait, il s'agissait d'une ruelle anodine et pour l'heure sans passage. Elle sentit Joseph arriver dans son dos, puis elle enjamba la balustrade :

— Regarde, lui dit-elle en indiquant le bout de la rue, là-bas, ça grouille de monde. Un étage, cinquante mètres d'un pas alerte et bonjour la liberté.

Joseph lui pinça gentiment le bras et lui intima de passer la première. Elle obtempéra, puis lorsqu'elle se trouva de l'autre côté de la rambarde, elle renonça et revint sur le balcon.

— Non, toi passe le premier, j'ai oublié un truc à l'intérieur. Descends, je te rejoins.

Joseph n'eut pas le temps de rétorquer qu'elle avait déjà rejoint la pièce et s'affairait sur le bureau. Il la quitta des yeux et à son tour il passa rapidement par-dessus les pierres, sculptées en colonnes fines et évasées, qui constituaient la rambarde du balcon. Il se laissa pendre dans le vide, puis lâcha prise et atterrit sur le sol goudronné. Le saut n'était pas bien méchant, quelques mètres à peine. Il se redressa et réajusta la capuche de son parka sur sa tête. Il fit un bref tour d'horizon de la ruelle, puis il regarda par où il était descendu. Louise n'était toujours pas là. Que faisait-elle ? Joseph siffla discrètement, mais il n'eut aucune réponse en retour. Que se passait-il ? À nouveau, il s'enquit de la situation dans la rue et scruta également les autres fenêtres du bâtiment, afin de vérifier que personne ne l'avait vu sauter. De ce côté-là, il n'y avait rien à craindre, pour l'instant il était seul, mais cela n'allait pas durer. Il fallait déguerpir au plus vite avant que leur petit manège ne soit découvert et l'alerte donnée.

Joseph chercha une solution pour remonter, mais le mur de style haussmannien était lisse jusqu'au premier étage. Impossible d'utiliser les interstices entre les blocs de pierre taillée, pour escalader la paroi. Que devait-il tenter ? Il ne pouvait pas rester là indéfiniment. Puis, de l'étage, le vacarme de l'armoire qui s'écroulait, l'ébroua. Joseph paniqua. L'alerte allait être donnée d'un instant à l'autre et l'immeuble, ainsi que la rue seraient d'ici peu grouillants de policiers.

Puis Louise apparut enfin. Elle tenait à la main le dossier des *"folles de la Nationale 4"* qu'elle avait refermé précipitamment et sanglé d'un élastique épais. Elle lui fit signe et le jeta. Joseph le rattrapa in extremis et le déposa au sol. Il s'apprêta ensuite à recevoir Louise qui pendait déjà du balcon ; il l'empoigna par la taille et elle lâcha prise. Son maillot s'accrocha à son visage et se retroussa. Joseph sentit sa peau douce râper sa barbe de quelques jours.

Lorsqu'elle toucha le sol, elle attrapa vivement le dossier et ils entamèrent une course effrénée ; encore quelques mètres avant que la cohue de l'artère ne les engloutisse. Une sirène retentit et ils entendirent les voix de policiers qui, du balcon, les sommaient de cesser leur fuite. Les fuyards déboulèrent à l'angle de la rue et bifurquèrent sur la droite, se mêlant, comme ils l'avaient prévu, à une foule dense et pressée. D'ici peu, une escouade de flics les prendrait en chasse. Ils décidèrent de ralentir l'allure afin de ne point éveiller l'attention des badauds. Joseph couvrit les épaules de Louise avec le pan de son parka et passa son bras autour de son cou. Elle joua le jeu et se colla à lui, amoureuse comme beaucoup d'autres couples anodins, emmenés par la foule.

La chance leur sourit à nouveau. Un bus stationnait à son arrêt, déversant son flot de voyageurs alors que d'autres embarquaient. Le couple d'évadés se glissa dans la file qui s'acquittait de leurs billets. Joseph régla deux tickets puis ils s'installèrent sur une banquette vacante. Le bus démarra sereinement, comme il le faisait en temps normal. Joseph esquissa un bref regard par-dessus son épaule. Il vit une dizaine de flics en bras de chemise, désemparés, ils scrutaient la rue de part et d'autre, cherchant un indice qui leur indiquerait la direction prise par les fuyards. Joseph fut rassuré, ils ne s'intéressaient pas à l'autobus qu'ils occupaient. La partie semblait gagnée.

Louise se blottissait toujours sous son parka, elle était comme un oiseau tombé du nid qu'il protégeait et qu'il gardait bien au chaud sous son aile. Elle redressa légèrement la tête, sans relâcher son étreinte. Il sentit ses seins se gonfler et caresser son torse au rythme court de sa respiration. Petit à petit, celui-ci retrouva une cadence normale, le danger était écarté, elle était libre. Elle approcha ses lèvres du cou de Joseph et le mordit avec une retenue bien mal maîtrisée. Il tressaillit puis sentant la morsure se desserrer, il lui sourit.

— Oh Joseph, soupira-t-elle, en accentuant son étreinte qui déjà l'étouffait.

Joseph posa sa main sur son visage et le caressa avec attention. Il aurait voulu aspirer la méchante plaie suturée qui ornait son arcade sourcilière.

— C'est fini, lui chuchota-t-il.

Elle se calma et ferma les yeux. Joseph regarda l'agitation de la rue, les passants qui marchaient d'un pas allant, les couples qui s'embrassaient…

— Oui, c'est fini, se répéta-t-il pour lui-même.

Mais Joseph ne se voilait pas la face. Désormais, il était fugitif et complice du gang des *"folles de la Nationale 4"*… Et ça, c'était loin d'être fini.

Fin de la 2ème partie

Partie 3 :
Brasero Zéro

Chapitre 20

*Les manifestants bloquent la voie qui traverse la petite ville de Schir-
meck, neutralisant ainsi la circulation vers la plaine et le massif des
Vosges. Le mouvement des Steinheil, rejoint par les grévistes de chez
Jeudy, s'est amplifié et certains observateurs estiment qu'en ce tout début
de soirée du seizième jour de lutte, le mouvement s'est radicalisé.*

Un pet nauséabond et vicié envahissait le fond du bus où Guy Drut,
le voltigeur motocycliste, siégeait depuis le début du voyage. Son escadron avait emprunté la Nationale 4, traversé la Marne, la Champagne, puis la Lorraine pour enfin arriver au fin fond de la vallée de
la Bruche. Le trajet lui avait paru pénible, harassant et d'une monotonie affligeante. L'endroit n'avait rien de folichon, avait-il pensé
en arrivant, mais sa hiérarchie ne l'avait pas envoyé ici pour faire du
tourisme.
Au crépuscule, Guy Drut patientait donc au fond du bus de la com-

pagnie, le regard perdu sur les montagnes avoisinantes dont il discernait vaguement les crêtes. Par expérience, il savait que son groupe n'interviendrait pas ce soir : *"Comme ça, d'entrée de jeu, à peine arrivé, les lâcher sur la foule. Hum… ?"*, vraiment Guy Drut n'y croyait pas.

Les collègues tapaient le carton à l'avant de l'autocar, le plus loin possible de lui, comme s'ils l'excluaient et ne voulaient rien avoir à faire avec un décati de son genre. À leur corps défendant, sa sale manie de lâcher sans crier gare des pets n'attisait pas la sympathie.

— De jeunes cons, voilà ce qu'ils étaient, pensait-il.

Alors que lui rêvait de cambrousse, de champs dorés et d'étangs généreux où il taquinerait la truite sans quiconque pour l'emmerder, il s'apprêtait encore à passer une nuit sur les sièges inconfortables de ce satané bus. Vraiment, ce boulot n'était plus de son âge.

Les forces de l'ordre s'étaient rassemblées près de la gare de Schirmeck, à quelques encablures de l'artère principale où se déroulait le cœur de l'action. Les véhicules étaient garés les uns derrière les autres, le long du trottoir, et formaient une longue muraille grise. Côté rue, seuls quelques visages endormis, reposant sur les vitres bardées d'un grillage protecteur, attestaient d'une présence humaine à l'intérieur des autocars. Toute l'activité et la vie de l'escadron se passaient de l'autre côté, à l'abri des regards, protégé par la rangée de véhicules. Les discussions allaient bon train et se partageaient entre le match Saint-Étienne Marseille de la veille et les sempiternels congés de Noël que chacun espérait passer parmi les siens. Les voltigeurs s'étaient mêlés aux CRS, ils conversaient sur leurs avantages respectifs, la retraite, les repos compensatoires, les possibilités d'avancement, leurs carrières… Bref, ils parlaient de tout, mais ne s'intéressaient pas à la grève qui couvait à quelques centaines de mètres de là.

Blasés par tant de conflits, dont ils avaient bien malgré eux accompagné les slogans abscons durant des jours ou des nuits glaciales, la plupart d'entre eux n'avaient ni opinion, ni conscience politique. Leur pain quotidien était les cortèges de bruits et de fureurs. La majorité appréciait leur boulot, mais ne désirait pas en parler, c'était comme ramener du travail à la maison, personne n'était assez maso pour demander du rab.

Alors, chacun discutaillait de tout et de rien avec de nouvelles ou d'anciennes connaissances, partageant fraternellement Gauloises et autres Hollywood Chewing Gum à la menthe. Les limites de l'intimité étaient rarement atteintes dans ce milieu à la testostérone reine. La retenue des sentiments était de mise, pour un peu que l'ébahissement devant les lumières d'un coucher de soleil soit mal interprété ; le pire serait encore d'être affublé du titre de folle du régiment. Ils étaient structurés, formatés, façonnés à être des hommes sans failles, petit à petit, vidés et sucés de la sève qui constitue l'essence de tout être humain, la conscience. Les Pelotons de Voltigeurs Motocyclistes étaient des brutes épaisses, les nervis des puissants, lâchés pour canaliser les débordements des meutes d'agités qui sapaient à la base la stabilité sociale. Leur réponse était la matraque savamment assénée. Savamment ? Guy Drut, lui, tapait dans le tas, sans discernement ni mauvaise conscience.

*

Modeste Janel tressaillit lorsqu'il entendit Clod Bensoussan traîner des pieds et sortir de l'ombre. La nuit était tombée. Seule la lune, tranchée en quartier, éclairait le lieu de leur rendez-vous : la piscine désaffectée de Rothau. C'était un lieu étrange, à la sortie du village en direction de Saint-Dié, dont l'exploitation avait cessé pour d'obscures raisons financières. Le bassin n'était pas couvert et possédait un plongeoir de cinq mètres en béton armé. Tout autour courrait une dalle gris bleu qui, à une certaine époque, avait été recouverte d'un produit antidérapant. À chaque extrémité, deux escaliers rouillés plongeaient dans l'obscurité du fond, vidé de son contenu javellisé. Une eau de pluie croupissante y avait désormais élu domicile, les intempéries s'étaient chargées d'y accumuler feuilles et branchages à la dérive, arrachés par le vent, et de cet amas putride se dégageait une forte odeur de décomposition.

Pour Clod Bensoussan, cette piscine délabrée avait l'avantage de se situer non loin de sa caravane, alors, tout naturellement, il y avait organisé sa rencontre avec le chef du personnel. Celui-ci avait hésité avant de répondre favorablement à cette entrevue. Certes, ce lieu isolé ne l'enchantait guère, mais plus que tout, c'était de s'y retrouver seul en compagnie de Clod Bensoussan qui l'effrayait.

Il était arrivé la peur au ventre, baignant dans sa transpiration qui lui glaçait l'échine. Pour justifier sa sortie tardive, il avait prétexté à sa femme un dossier urgent à régler. À cause de cette satanée grève, il se devait de rassurer les clients et de leur montrer que malgré tout, quelqu'un s'occupait d'eux. Modeste Janel avait même eu l'audace d'ajouter, qu'il avait besoin de changer d'air, que l'attente d'un appel hypothétique des ravisseurs le rendait nerveux. Le policier en faction chez lui depuis la disparition de son fils, l'avait regardé s'éloigner sur l'allée du parc. Il avait perçu son regard cloué dans son dos. Il sentait bien que les gendarmes ne le considéraient plus comme aux premiers jours, quelque chose avait changé dans la manière dont ils lui parlaient, le toisaient. Immanquablement, ils avaient des doutes à son sujet, à moins qu'il ne fabulât, que sa paranoïa lui jouât de mauvais tours.

Il était arrivé le premier en scrutant les alentours, histoire de s'assurer que personne ne pouvait le voir. De nuit, l'endroit lui parut encore plus glauque qu'il ne se l'était imaginé. Il flottait dans l'air un silence mortuaire qui se brisait au rythme des légères brises sur les roseaux des rives toutes proches de la Bruche. Puis, il avait arpenté la dalle de béton qui entourait la piscine. Chacun de ses pas résonnait dans le bassin vide et amplifiait le bruit de son déplacement. Des clapotis, provenant du fond plongé dans l'ombre, avaient un instant attiré son attention. Surpris, il s'était arrêté sur le rebord, mais n'avait rien remarqué et il avait repris sa ronde monotone. À nouveau, un coassement le fit sursauter, il comprit alors qu'un crapaud avait colonisé le fond de la piscine.

Ce fut à cet instant que Clod Bensoussan sortit de derrière le pilier qui soutenait le plongeoir. La lune éclairait la peau blême de son visage. Ses yeux d'acier se noyaient dans ses sourcils broussailleux et ses pommettes saillantes mourraient dans sa barbe hirsute. Il avait remonté la fermeture Éclair de sa veste de survêtement très haut sous le cou. Un tee-shirt informe dépassait en dessous et bouffait comme la crêpe d'une jupe serrée à la taille. Ses mains se perdaient dans les poches profondes d'un pantalon assorti à la veste, s'il n'y avait pas eu ce regard, Modeste Janel l'aurait dédaigné, balayé d'un revers de la main. Mais voilà, Clod Bensoussan avait dans ses yeux ce quelque chose qui le mortifiait, le pétrifiait d'une peur effroyable, sanguine, assassine…

— Bonsoir, Clod, dit-il en préambule.

Sa voix cachait mal sa peur et de suite le dépenaillé le sentit. Sans coup férir, il s'accrocha droit à ses prunelles. Modeste Janel fit quelques pas, contourna l'angle de la piscine et vint se planter devant lui. Il lui tendit sa main hésitante. Clod la regarda comme si on lui proposait une mauvaise came. Aussitôt, le chef du personnel la rengaina et regretta son geste idiot. Il régnait un silence monacal, lourd et pesant. Le chef du personnel trépigna. Puis Clod se racla la gorge et ouvrit la bouche :

— Tu sais pourquoi je t'ai fait venir.

Sa voix était rocailleuse, froide et exsangue de toute humanité.

— Oui… Oui, je sais Clod, mais…

Clod le coupa net :

— Je veux l'argent que tu as promis à Lafortune.

Modeste Janel baissa les yeux. Il se tortilla les doigts, les entremêla… Ils étaient moites.

— Écoutes Clod, je…

Sa voix devint plus ferme et surtout il osa enfin poser son regard sur les trous noirs, les orbites sombres dans lesquels se dissimulaient les yeux de Clod.

— Je… reprit-il, je ne suis pas contant de la tournure que prennent les événements. Rien ne s'est déroulé comme nous l'avions prévu avec Lafortune…

Clod ne broncha pas.

— Et maintenant, j'ai peur que tout cela me retombe dessus. D'ailleurs, les flics ont déjà des doutes…

À ces mots, son interlocuteur eut un mouvement bref, imperceptible, mais Modeste le remarqua.

— Comprends-moi, Clod, osa-t-il sur un ton autoritaire, je ne peux pas payer quelque chose qui ne s'est pas déroulé selon le plan établi, et encore moins pour un résultat non escompté.

Il fit à nouveau une pause, cherchant une réaction chez l'homme qui se tenait devant lui.

Bredouille, il poursuivit :

— Nous ne devions pas tomber dans le crapuleux. Mon fils devait s'absenter quelques jours. Tu comprends Clod, s'absenter, pas enlevé. Pourquoi as-tu lancé cette histoire de *"folles de la Nationale 4"*?

La question resta orpheline de réponse. Le mutisme de Clod donna des ailes au chef du personnel, il prit ses aises, de l'assurance…

— L'idée était pourtant toute simple. Mon fils disparaissait quelque temps, la rumeur s'installait, le doute s'insinuait dans

272

le village, la suspicion rongeait le déterminisme des grévistes. Suffisamment pour que l'opinion et même les ouvriers se questionnent et remettent en cause le bien fondé du mouvement. Je reprenais la main. Il me suffisait ensuite de distiller quelques ragots, des ouï-dire bien sentis auprès de certaines personnes qui me sont dévouées, et l'affaire était dans le sac. Cette histoire aurait gangrené la grève, l'aurait divisée et toute cette belle cohésion se serait effritée jusqu'à l'implosion. La reprise du travail se serait faite avec quelques concessions bénignes sur les revendications. Puis mon fils réapparaissait comme par enchantement. Angel Bonifacio l'aurait retrouvé errant dans la forêt; une fugue, quoi de plus normal à cet âge-là. Tout le monde aurait été soulagé, même si, certains auraient regretté les soupçons à l'encontre des grévistes. L'histoire serait close et la vie aurait déjà repris son cours.

Modeste Janel fit encore une pause, puis :

— Vous n'aviez même pas à venir chez moi et encore moins à écrire *"Les folles de la Nationale 4"* sur le mur de la chambre de mon fils. On n'est plus dans l'optique de la fugue, mais bien dans un kidnapping crapuleux. Je vous avais simplement demandé de le garder quelques jours. Tu n'as pas suivi le plan Clod. Et maintenant? Hein? Qu'est-ce qu'on fait? Parce que mon fils devra réapparaître, comment va-t-on expliquer tout cela?

Les questions fusaient et Clod ne semblait pas les entendre. Les traits de son visage se mêlaient à l'ombre imposante du plongeoir. Son unique réaction fut de sortir son paquet de Gitanes du fin fond d'une des poches de son pantalon de sport. Il fit un pas et sortit de l'ombre. Sous la lueur de la lune, il en profita pour allumer sa cigarette. Modeste l'observait, détaillait ses gestes, tentait d'y déchiffrer une information qui en dirait long sur ses pensées.

Clod Bensoussan cracha la fumée et ôta du pouce un brin de tabac brun qui s'était amouraché de sa lippe. Il ne regardait pas le chef du personnel, non, sa vision se perdait dans la nuit, près des roseaux légèrement fléchis par le vent. Puis, telle la semonce d'un orage en pleine nuit, son regard se posa enfin sur Modeste Janel. Le gris bleu métallique de ses yeux le saisit au vol et ne le lâcha plus :

— Je veux l'argent que tu as promis à Lafortune, répéta-t-il, indifférent à la longue tirade du chef du personnel.

Celui-ci fit de gros yeux.

— Je veux cet argent, mais en plus, tu vas en tripler le montant, poursuivit-il, froid, imperturbable.

— Mais tu es fou, s'emporta Modeste, je…

— Tu te tais, grogna Clod.

L'employé de Steinheil comprit qu'il n'avait d'autre solution que d'obtempérer, à moins qu'il ne se sentît l'âme guerrière. À nouveau, la peur s'insinua en lui. Tant qu'il parlait, il avait eu le sentiment de dominer la situation, mais il avait suffi d'un mot prononcé par Clod pour que tout son courage se dégonflât et qu'il retrouve sa couardise coutumière.

— Écoute-moi bien Monsieur le Chef du personnel. À cet instant précis, ton môme est réellement enlevé. Tu saisis la nuance ? Et tel que tu me vois devant toi, j'en suis le ravisseur. Je viens de te formuler une demande de rançon en bonne et due forme. Est-ce que tu comprends ce que je viens de te dire ?

Le silence se glissa entre les deux hommes. Modeste comprenait, oh oui il comprenait.

Puis, Clod ouvrit la veste de son survêtement, en sortit une enveloppe et d'un geste dédaigneux, la jeta aux pieds du père de l'enfant.

— Et pas d'entourloupe, ajouta-t-il. Non seulement, si tu me joues un de tes sales tours, je crève le gamin, je crache le morceau sur toute ta combine foireuse avec Lafortune et en prime, je divulgue à la presse tes penchants cachés de bon père de famille.

Il tira une dernière bouffée de sa cigarette et d'une vive pichenette, balança son mégot dans le fond de la piscine. Le crapaud coassa, outré de tant d'irrespect et Clod tourna talon, puis disparut dans la pénombre.

Modeste Janel, sous le choc de l'entrevue, se baissa pour ramasser l'enveloppe qui gisait à ses pieds. Des clichés photographiques en sortaient, éparpillés de-ci, de-là. Il en prit un et l'inclina vers la lune. Il se reconnut immédiatement, il était nu, allongé sur le dos avec sa cravate nouée autour du front comme un chef apache. Laurence, la fille Lafortune, le chevauchait ardemment. Ses formes frétillaient sous ses ruades rodéo. Modeste Janel lui pétrissait la poitrine, un filet de salive gourmande coulait à la commissure de ses lèvres.

*

Un râle violent, saccadé, rythmé par le plaisir, s'éteignit tout en retenue, haut suspendu près des étoiles. Le souffle se libéra petit à petit, les muscles se relâchèrent par à-coups spasmodiques, tant la jouissance avait uni leurs deux corps. Ruisselants, enlacés, entremêlés, Joseph s'était laissé aller et Louise l'avait reçu. Ils avaient attendu cet instant depuis si longtemps.

Ils chavirèrent sur le côté, repus, et les yeux clos. Joseph s'étendit sur le dos, tandis que Louise s'enroula dans son bras et reposa son visage sur son torse.

— Joseph, soupira-t-elle lascivement.

Les lettres du prénom se mêlèrent à son souffle et virevoltèrent dans cet air pulsé langoureusement. Elle s'endormit bien avant qu'elle n'eût le temps de lui dire combien elle l'aimait. Joseph sourit et la serra encore plus fort contre lui.

Les évènements de cette journée le préoccupaient tant, qu'il ne trouvât pas le sommeil. Pourtant, son corps harassé de fatigue aurait dû le plonger dans les limbes de Morphée, mais rien n'y put, il était comme un adolescent hyperactif cloîtré dans le corps d'un octogénaire. Il se décolla de Louise en prenant soin de déposer délicatement sa tête sur l'édredon et s'assit sur le rebord du matelas. Dans la pénombre de la chambre d'hôtel, la même qu'il avait déjà occupée les deux nuits précédentes, il chercha son parka. Si les murs avaient eu la parole, certainement qu'ils l'auraient questionné sur ce soudain changement. Durant toutes ces longues heures d'insomnie glauque, ils l'avaient vu se morfondre, haïr l'assassin de Lili et proférer des menaces impuissantes à l'encontre du Seigneur ; l'ordonnateur de ce Grand Tout qui dans sa grande miséricorde, comme disaient les adeptes de la fatalité, avaient ramené à lui sa fille. Mais ce soir, il n'était plus le même, il était heureux, préoccupé, mais heureux de se perdre dans les bras d'une autre, une inconnue… Qui était-elle ? Lili, tu l'as vite oubliée ? Auraient-ils pu lui reprocher. Ta tristesse n'était-elle pas un simple alibi pour camoufler ta culpabilité ? Personne ne peut balayer aussi vite la perte d'un être cher. Mais fort heureusement, les murs n'avaient pas la parole et encore moins le pouvoir de juger. Il fallait appartenir à la caste de ceux qui marchent debout pour porter un jugement et d'ailleurs ils ne s'en privaient guère. Les bons penseurs, les culs bénis, les écrivains à la mode, vénérés par les masses, n'avaient de cesse de pointer du doigt ce qu'ils ne comprenaient pas, à soupeser les sentiments qu'ils méconnaissaient et à surligner au Stabilo les actes posés, alors qu'ils n'étaient que spectateurs. Ils se prenaient pour Dieu et le monde tournait autour d'eux. Joseph pleurait Lili. Joseph aimait Louise. Cela posait-il un problème ?

Il s'approcha de la fenêtre et avant de l'ouvrir, enfila sa chemise blanche. À cette heure tardive de la nuit, la rue était déserte. Un saule pleureur déversait en gerbe ses branches filasse dont certaines mourraient à moins d'un mètre devant lui, et striaient sa vue. Un peu plus loin, le clapotis de l'Ill, retenu par une écluse, berçait le sommeil des habitants de la Petite France. La nuit était calme, Joseph alluma une Camel sans filtre.

Après leur évasion du commissariat, Louise et Joseph étaient retournés se cloîtrer dans cette chambre d'hôtel. Il s'était présenté seul à l'accueil. Joseph aurait certainement préféré trouver autre chose, mais il estimait que dans un endroit où il était déjà connu, il passerait plus facilement inaperçu. L'homme de l'accueil l'avait toisé avec toujours le même dédain sournois dans le regard. Joseph l'avait ignoré, il avait en tête des choses bien plus pressantes que de s'occuper d'un abruti de concierge consanguin. Il avait fait monter Louise par une porte de service qu'il avait remarquée les nuits précédentes. La photo anthropométrique de Louise avait fait la Une de la presse ces derniers jours, il n'était pas question que quelqu'un la remarquât et donnât l'alerte. La police ne viendrait pas les chercher dans cette chambre, ils étaient à l'abri, du moins pour cette nuit. Ils devaient quitter Strasbourg au plus vite, trouver un endroit tranquille et s'y terrer le temps que toute cette histoire se tassa. Louise lui avait parlé d'une planque secrète près d'un lac dans les Vosges, qu'elle gardait sous le coude du temps de Martha, son pendant dans le gang des "folles de la Nationale 4". Ils avaient décidé de s'y rendre dès le lendemain matin. Elle lui avait décrit l'endroit, la plénitude du lieu, la vue imprenable sur le lac de Gérardmer, au cœur des Vosges. Les forêts de sapins, le brouillard dès le milieu d'après-midi, la neige dès les prémices de l'hiver, tout cela ressemblait au paradis sur terre. Joseph en rêvait, hiberner comme un ours avec celle qu'il aimait, quoi demander de plus à la vie? Au printemps, ils trouveraient bien une autre solution, car ils ne pouvaient plus rester en France, ils devaient fuir à l'étranger. Joseph connaissait bien Madrid, il y avait encore quelques attaches et trouverait facilement une combine pour rejoindre l'Argentine ou les Canaries. Peu importait l'endroit, puisque désormais son destin était lié à celui de Louise.

Ils avaient passé toute la fin de l'après-midi à discuter, à s'embrasser comme des mômes qui se découvraient. Chacun savait que tout cela finirait en apothéose, que leurs corps brûlants se mélangeraient, s'uniraient. Ils avaient savouré et reculé l'instant jusqu'aux limites de l'insoutenable, calfeutrant tant bien que mal le désir ardent qui les consumait. Ils avaient parlé doucement pour ne pas éveiller les soupçons et afin de couvrir leurs chuchotements, ils avaient allumé le téléviseur accroché au mur, face au lit. Puis le journaliste des informations régionales avait relaté leur évasion. Ils s'étaient tus et avaient écouté attentivement; les paroles n'avaient que peu d'importance, seuls les faits comptaient. La photo de Louise était apparue sur toute la hauteur de l'écran, celle que Joseph avait vue le matin même à la Une des Dernières Nouvelles d'Alsace. Elle était peu attirante pour celui qui ne la connaissait pas, un tantinet effrayante avec son air buté, ses contusions et son arcade sourcilière béante, la chair à vif. La photo avait été prise le jour de son arrestation, lui avait précisé Louise, bien avant que les policiers décidèrent de la faire soigner. Quant à Joseph, le journaliste n'avait pas beaucoup d'information à son sujet. Il avait parlé d'un homme encapuchonné dans un parka vert dont personne n'avait identifié le visage. Il était, toujours selon les dires du journaliste, apparu de nulle part et avait fait irruption dans le bureau où se déroulait l'interrogatoire. Comme pour confirmer ses dires, il avait lancé un reportage où des policiers interviewés décrivaient Joseph comme un homme déterminé et franchement culotté de pénétrer, armé d'un fusil à canon scié dissimulé sous le pan de sa veste, dans un commissariat bondé de gardiens de la paix. Le journaliste avait également précisé que lors de l'évasion, les quatre policiers présents dans le bureau avaient été molestés et sauvagement agressés, notamment par la prisonnière qui, avant de sauter du balcon, avait fait chuter sur eux une lourde armoire qui contenait une multitude de dossiers en cours. Celle-ci, d'ailleurs, en avait profité pour subtiliser le sien, tant et si bien que désormais les enquêteurs devaient repartir de zéro. Tous les indices récupérés sur les lieux des faits, les témoignages, les portraits-robots, tout avait disparu. Il ne restait plus rien de la dérive du gang des *"folles de la Nationale 4"*. Les enquêteurs devaient maintenant se contenter de cette unique photo de Louise. Quant à son complice, l'homme au parka, avait conclu le présentateur, il serait difficile de remonter jusqu'à lui. Le seul espoir des policiers se portait sur Christian Clevenot, le membre du gang qu'il détenait encore. Mais celui-ci, aux dires de la police, se montrait peu enclin à collaborer et prétendait qu'il n'avait rien à voir avec cette histoire. Les vérifications étaient en cours, mais une question sans réponse subsistait toujours : où était l'enfant de Monsieur et Madame Janel ? Qu'allait-il advenir de lui, si le prévenu persistait à nier les faits ? Le présentateur avait encore rajouté, qu'à ce jour, aucune rançon n'avait été réclamée.

Joseph avait alors posé son regard sur Louise, elle comprit où il voulait en venir et lui répondit qu'elle n'y était pour rien dans cet enlèvement. Il l'avait cru, le chapitre était clos, même si au fond de lui une autre interrogation le chatouillait, qui était ce Christian Clevenot ?

Après le reportage sur leur évasion, le présentateur avait abordé sans transition, le mouvement de grève des Steinheil. Le ton n'était plus aux questionnements et aux hypothèses, mais il était bien plus affirmatif. Les images tournées sur les lieux du conflit défilèrent, tandis qu'une voix off annonçait le durcissement du mouvement. Cela se traduisait par le blocage de toute la circulation dans le centre de la petite ville de Schirmeck. De parole de reporter, personne n'avait jamais vu une telle pagaille. La foule des manifestants, rejoints depuis peu par les Jeudy, une autre usine qui venait de débrayer, se faufilaient entre les véhicules contraints à l'arrêt dans l'artère principale de la localité. Puis, le journaliste avait décrit le déploiement des forces de l'ordre près de la gare. Un escadron de CRS, soutenu par un peloton de voltigeurs motocyclistes, avaient été réquisitionnés et attendaient les ordres pour intervenir.

Le reportage avait été monté sur le ton du sensationnalisme et sa conclusion n'augurait pas un avenir radieux, mais prédisait plutôt un affrontement imminent dont l'issue était incertaine. Avant de donner rendez-vous à une prochaine édition, les images étaient revenues sur l'embouteillage du centre-ville, mais cette fois la prise de vue était en hauteur, comme si le cadreur était monté sur quelque chose pour dominer son sujet. Un grand black dégingandé, aux allures de maquereau des bas-fonds new-yorkais, avait traversé le champ. Certes, sa couleur de peau et son accoutrement détonnaient parmi ses congénères, mais Joseph avait reconnu l'homme noir qui se trouvait au comptoir du *"Milky Way"*, le soir du drame.

La plénitude du lac de Gérardmer s'était alors estompée.

Chapitre 21

Nuit du seizième et dix-septièmes jours de grève chez les Steinheil. La ferveur des manifestants, requinquée par l'adhésion des Jeudy à leur mouvement, est unanime et a conquis les plus en proie aux doutes. Seuls quelques grévistes furent réquisitionnés pour passer la nuit dans l'usine, alors que le gros des troupes s'installa au barrage à l'entrée de Schirmeck et filtra au compte-goutte les véhicules qui cherchaient à rejoindre Saint-Dié dans les Vosges. Dans l'autre sens, ceux qui voulaient se rendre à Strasbourg passaient par le Struthof, le Mont Sainte-Odile et Obernai.

À l'autre bout de Schirmeck, les Jeudy opéraient de la même manière, il était désormais quasi impossible de rentrer ou de sortir de la petite ville assiégée.

Dans la grande rue, les habitants du coin avaient abandonné leurs voitures en plein milieu de la chaussée et étaient rentrés chez eux à pied. Leurs défections avaient fortement compliqué les manœuvres de ceux qui persistaient à tenter de sortir, vaille que vaille, de ce bourbier. De guerre lasse, nombre d'entre eux se résignèrent alors, à passer une nuit inconfortable sur les sièges de leur auto.

Tous se demandaient comment allait finir cette histoire. Les plus pessimistes n'envisageaient rien de bon alors que les plus exaltés pensaient vivre là, les premières heures du Grand Soir tant attendu.

Comment sortir la Maserati Merak de ce foutoir ? Ils avaient passé la soirée à se poser cette question sans trouver de réponses. Puis Alfredo s'était endormi, la tête posée en équilibre sur le volant de cuir, tandis que Mama Béa chercha le sommeil en vain sur le siège passager.

Hier au soir, son subalterne l'avait rejoint au Bar du Centre avec sa valise en peau de zèbre et son sac de cuir contenant ses effets personnels. En quelques mots, il lui avait fait le topo de la situation. Elle l'avait tout d'abord écouté d'une oreille inattentive, un brin dubitative. Puis lorsqu'il l'avait invitée à le suivre dans la rue, elle mesura enfin la véracité de ses propos. Les événements de mai 68 l'avaient à l'époque beaucoup marqué et depuis ces années-là, elle savait que les Français étaient capables de tout, mais là, cela dépassait son entendement. Dans son pays, jamais une telle agitation ne serait envisageable, le Général ne l'aurait jamais tolérée.

La consternation passée, le couple avait rejoint la Maserati. Ils y avaient déposé leurs bagages dans le coffre, afin de s'en délester et de ne pas les trimballer inutilement avec eux. La Vierge Noire avait décidé de trouver une chambre d'hôtel, mais les journalistes, voulant être aux faits de l'actualité, les avaient toutes réquisitionnées. Dépités, les deux Ougandais avaient erré dans la ville et s'étaient mêlés, bien malgré eux, à la foule bonne enfant des manifestants. Ils réussirent à dégotter une table dans un restaurant, mais l'attente avait été interminable. Puis, lorsqu'ils purent enfin s'attabler, ils firent durer le plus longtemps possible le repas, histoire d'écourter la nuit, que par la force des choses, ils s'étaient résignés à passer dans la Merak. Ne s'imaginant pas dormir si près de son colonel, Alfredo

284

avait tenté de convaincre sa chef de retourner chez Jacky Lafortune. Mais elle avait été catégorique, la crainte d'être mêlée à cette histoire d'enlèvement était bien trop grande. Ses mots avaient été fermes, hors de question de remettre les pieds chez le syndicaliste. Dans un premier temps, ils s'accommoderaient de cette nuit dans la Maserati, même si cette promiscuité lui soulevait le cœur, avait-elle précisé, et dans un second, il était impératif de trouver, quitte à le voler de ses propres mains, un camion pour transporter *"l'Adolf lorgnant l'horizon"* le plus loin possible de ce pays de dégénérés.

*

Vieux, usé, hors d'usage, tout cela n'était plus de son âge, pourtant, Jacky Lafortune resta tard sur le barrage des Steinheil. Il avait donné quelques consignes, ou encore, quelques mots d'encouragement à ses gars, puis il était rentré chez lui fourbu en donnant rendez-vous à tous, le lendemain matin à l'aurore.

Décidément, tout cela prenait une tournure inattendue. Encore quelques jours auparavant, Jacky ne croyait plus en rien et maintenant, il avait retrouvé ses ardeurs militantes d'antan. S'il n'y avait pas eu le problème de l'enlèvement du fils Janel, il aurait joui pleinement de cet instant retrouvé. Il mesura combien, jusqu'ici, Christian Clevenot lui avait volé la vedette, combien les luttes de sa jeunesse lui manquaient. Qu'avait-il fait ? Sa rancœur l'avait aveuglé, il s'était laissé embringuer dans cette sale histoire de rapt sans en mesurer les conséquences. Que croyait-il en vérité ? Était-ce par vengeance qu'il avait accepté la proposition de Monsieur Janel ? L'argent ? Il n'aurait pas su dire. Depuis la mort de sa femme, il avait vieilli. Les rides et les cheveux gris avaient éteint le feu qui le nourrissait, l'exaltation de sa jeunesse n'était plus qu'un souvenir dont il avait même oublié la saveur.

De dieu! Que s'était-il passé dans sa vie pour en arriver là?

Il remontait chez lui. En quelques heures, la petite ville avait changé de visage. Elle, si triste d'habitude, retrouvait le sourire et l'envie de croire à l'avenir. Sur le chemin, il avait rencontré beaucoup de monde. Certains l'avaient encouragé dans son combat ou lui avaient témoigné leur reconnaissance pour son dévouement. Jacky leur avait répondu par un sourire. Qui en pleine nuit remarquerait qu'il riait jaune? Qu'il se dégoutait à en vomir!

Jacky fit une pause sur le pont qui enjambait la voie ferrée, désormais l'unique liaison entre Strasbourg et Saint-Dié. Ce soir, la nuit était particulièrement douce. Le ciel constellé d'étoiles prédisait pour le lendemain une journée ensoleillée. Il contempla la ville légèrement en contrebas. Quelques maisons cossues, habituellement closes et sans lumière à cette heure, étaient exceptionnellement ouvertes. Un éclairage vif jaillissait des fenêtres et témoignait de l'agitation qui y régnait.

— Décidément, chacun peine à trouver le sommeil, avait-il pensé en haussant les épaules, les esprits sont agités.

Aux deux extrémités de la ville, une lueur rougeoyait au-dessus du bourg et s'évaporait dans l'obscurité. Les feux de camp, aux barrages des Steinheil et des Jeudy, ondoyaient dans le ciel étoilé, ils y dessinaient les arabesques fantasques d'une danseuse du ventre.

Jacky décida de poursuivre son chemin, quand son regard fut intrigué par l'incandescence du bout rouge d'une cigarette. Il fit un pas derrière un des piliers du pont qui s'arc-boutait au-dessus du chemin de fer. S'il n'en doutait guère, il s'agissait bien de la lueur d'une cigarette qui rougeoyait en contrebas, à quelques dizaines de mètres de la gare. Ce coin était assez éloigné des lampadaires de la rue.

— Un endroit discret pour pisser, se dit Jacky Lafortune.

Le bout rouge se déplaça. Il flotta dans l'air, dessina des courbes lumineuses, monta, descendit, puis revint à son point de départ tout comme un farfadet épileptique. Jacky le suivit du regard, plus curieux que vraiment intrigué. La braise incandescente rejoignit la route éclairée et mourut dans la lumière, remplacée par la silhouette d'un homme en uniforme. Il le vit aspirer une dernière bouffée de sa cigarette, puis il la jeta au sol et l'écrasa du talon de sa Rangers. L'ombre galonnée posa son pied sur la première marche d'un autocar et avant de s'y engouffrer, elle se tourna subitement sur sa droite, en direction du pont. Jacky Lafortune se sentit traversé par ce regard qui, malgré la distance, le foudroya et le tétanisa. Il lui fut impossible de voir son visage, seule la sensation désagréable d'être pris en flagrant délit, s'insinua en lui. Il ne connaissait pas cet homme et à vrai dire, il n'avait pas l'intention de faire sa connaissance. Cependant, Jacky savait qu'il s'agissait d'un de ces CRS appelés en renfort et que tôt ou tard, ils auraient à s'expliquer tous les deux. Ce face à face était inéluctable et ce n'était pas la matraque luisante sous les étoiles, qu'il avait aperçue pendre à son ceinturon, qui le ferait reculer, ni même renoncer. Il était trop tard. Jacky Lafortune n'avait plus rien à perdre.

*

Comme son idole Gene Vincent, le blouson noir traînait la jambe. Il portait également un gant noir à la main droite, en signe de deuil pour l'autre rocker qu'il vénérait, Eddie Cochran. Il avança vers le flipper où Ibrahim lui cédait la place afin qu'il jouât à son tour. Il ne mit pas la bille en jeu en tirant le lanceur, comme il était coutume de faire, mais le frappa du plat de la main, l'écrasant avec rage. La boule d'acier parcourut la rampe de lancement et fut jetée en pâture à une jungle de divers champignons et targettes, de valeurs plus ou moins élevées. Le blouson noir connaissait son affaire, il contrôlait chaque rebond, vrillait le billard électronique à la limite du tilt, lorsque la boule redescendait droit entre les deux flips. De deux tapes simultanées sur les boutons placés sur les flancs de l'appareil, il récupérait in extremis la bille et la remettait en jeu. Sauvé par sa dextérité, désormais il la contrôlait et l'enfermait dans un labyrinthe de cibles à abattre. Il était un as. Les parties gratuites claquaient les unes derrière les autres et à chaque fois, les habitués de l'Hôtel de France se tournaient vers le rocker, un brin admiratif.

Ibrahim souriait, plus par habitude que par véritable intérêt pour le jeu. Depuis deux heures qu'il taquinait le flipper, le groupe d'amis n'y avait enfourné que quelques francs, l'habileté du blouson noir avait fait le reste.

Exceptionnellement, le bar restait ouvert toute la nuit. C'était, selon les dires de la patronne, sa façon à elle de soutenir le mouvement de grève. Mais elle ne trompait guère son monde. La plupart des personnes présentes savaient que la véritable raison était plus bassement matérielle. Cet afflux de journalistes et de gens pris dans l'étau des deux barrages avait besoin de s'abreuver et de se sustenter.

Le bistrot était tout en longueur. Le comptoir s'étirait sur la gauche dans le prolongement de la porte d'entrée et faisait face à une rangée de fenêtres surplombant la rivière de la Bruche. Tout au fond, des rondins de bois fendus et empilés les uns sur les autres en une sorte de cloison improvisée, séparaient la pièce où flipper et baby-foot avaient été installés ; c'était le coin des jeunes.

Sur les tables s'entassaient les bouteilles de Kronenbourg et les cendriers débordaient de mégots. Les Algériens et les Turques, amis d'Ibrahim, ne buvaient pas d'alcool et se faisaient gentiment charrier par les autres jeunes, les Français ou les descendants d'Italiens venus avant la guerre pour fuir le Duce. Chez les transalpins, le socialisme était dans les gènes, hérités de leur père, car la plupart d'entre eux avaient quitté l'Italie, pourchassés par la meute des chemises noires à l'assaut du pouvoir. À leur arrivée dans la vallée, les

Italiens avaient accepté tous les métiers difficiles, la maçonnerie, les terrassements et avaient appris petit à petit la langue de leur terre d'asile. Bien sûr, lorsque les crises faisaient rage, ils étaient montrés du doigt, désignés comme la cause de tous les maux, mais avec le temps, ils s'étaient intégrés.

Pour les Arabes et les Turques, ce n'était pas la même histoire, il fallait bien l'admettre. Ils étaient acceptés, mais chacun restait sur le qui-vive. Alors que dans les écoles, les heures de religion, vieux restes des lois napoléoniennes, étaient dispensées, les écoliers musulmans étaient envoyés en permanence. Ils ne priaient pas le même Dieu, les coutumes n'étaient pas les mêmes et l'issue de la guerre d'Algérie n'était pas si lointaine. De part et d'autre, des traces subsistaient, les cicatrices ne se refermaient pas si facilement.

Cependant en ces temps de lutte ouvrière, les différences s'estompaient, le mouvement avait besoin de toutes les bonnes volontés pour mener à bien son combat. Ibrahim en était conscient plus que quiconque. L'injustice, il la côtoyait depuis sa plus tendre enfance. L'Algérie n'aimait pas ses enfants, sinon elle aurait offert à sa jeunesse de quoi vivre décemment et aurait contrecarré le miroir aux alouettes que la France secouait devant ses yeux. Une main d'œuvre docile, heureuse de gagner un maigre salaire avait fui son pays, où certains devaient tout de même s'en mettre plein les fouilles.

Ibrahim n'avait pas beaucoup fréquenté les bancs d'école, mais il était loin d'être dupe. Qui pouvait l'être ? Christian Clevenot lui avait appris à se méfier des évidences, à considérer chaque chose dans son ensemble, ainsi il éviterait de tomber dans les pièges tendus. Sa seule liberté était de choisir, de se forger sa propre opinion, les manipulations de certains étaient parfois si grossières.

Oui, tout cela était bien trop évident, ne cessait-il de rabâcher, Christian Clevenot n'était pas un ravisseur d'enfant. Il était en prison alors que personne ne croyait en sa culpabilité, mais aucun n'osaient agir, la fatalité leur seyait à ravir.

Il avait réuni ses amis à l'Hôtel de France, tous ceux qui se trouvaient à la marge, les immigrés bien sûr, mais aussi une bande de rockers, certes sans conscience politique, mais qui refusait rageusement de suivre le chemin tout tracé par leurs pères. Il y avait aussi quelques idéalistes aux cheveux longs et autres activistes habités de révoltes utopistes, mais si justes. Tout ce petit monde l'avait écouté patiemment. La vie à l'usine était tellement triste, tant prévisible, que les paroles d'Ibrahim avaient réveillé en eux, ce que le temps, la fatigue et le travail épuisant n'avaient pas encore réussi à user : la rébellion. Ils avaient tous accepté comme s'il en allait de leur devoir. Certes, chacun à sa manière avait peur, mais comment pouvait-il en être autrement ? Demain matin, vaille que vaille, coûte que coûte, ils sortiraient Christian Clevenot de sa prison…

*

En arrivant chez lui, Jacky Lafortune fut étonné de trouver la porte du garage ouverte. La Maserati d'Alfredo avait disparu. Il fut tout d'abord intrigué, puis considéra que ça valait mieux ainsi. Les évènements de la journée lui avaient fait oublier leurs présences et indirectement, le camion qu'il avait promis de leur fournir.

Il avait présenté Angelo à l'Ougandais, celui-ci avait passé commande de cette horrible statue et moyennant finance, il lui avait demandé d'organiser son transport. Mais lorsqu'ils avaient lancé l'opération, Jacky ne savait pas encore que cette fichue grève éclaterait, ni que Modeste Janel lui demanderait de mettre sur pied la petite farce avec son fils. Comment aurait-il pu imaginer que tout cela tournerait au cauchemar ? Ce con de Clod avait tout sapé avec son inscription des *"folles de la Nationale 4"*. Fini l'histoire de la fugue et du retour du môme au bercail après quelques jours d'errance dans la forêt. L'histoire ne tenait plus.

Alfredo et Mama Béa avaient débarqué comme un cheveu sur la soupe, au pire instant, au plus mauvais moment. Tout cela était bien trop lourd pour les épaules d'un syndicaliste aux illusions perdues. Il regretta d'avoir quitté le barrage des Steinheil. Seul, en tête à tête avec ses remords, il replongeait dans les miasmes de sa mauvaise conscience.

Par la force des choses, poussé par le syndicat et la défection de Christian Clevenot, il avait repris la tête du mouvement et organisé ce foutu barrage, alors qu'au fond de lui, il aspirait à l'oubli. Il avait donné tant de sa personne durant ses longues années et avait si peu reçu en retour. Lorsque Modeste Janel lui avait proposé sa petite combine, il l'avait acceptée sans réfléchir aux conséquences, aveuglé, maintenant il ne le réalisait que trop, par sa jalousie maladive du jeune établi. Celui-ci lui avait volé sa place, l'avait relégué à un second rôle. Lui, qui sa vie durant n'avait eu que le syndicat comme essence à son existence, n'était plus rien, supplanté par un jeune morveux, doté de la fougue de sa jeunesse. Il fulminait, ne décolérait plus, alors il avait adhéré tout naturellement au plan de Modeste Janel. Dès lors, plus rien ne lui importait, seul le discrédit de la grève comptait et avec lui, la chute de Christian Clevenot. Des grèves, il y en aurait d'autres, mais celle-ci devait s'éteindre, disparaître aussi vite et anonymement qu'une flammèche sous un crachat.

Maintenant, il regrettait l'horreur de son geste. Il n'avait jamais voulu aller si loin, tout ceci était de la faute de Modeste Janel et du satané argent qu'il lui avait proposé. Lui, qui avait toujours lutté contre la vénalité des puissants, avait agi comme eux et cédé à l'appel de la cupidité.

Jacky Lafortune introduisait sa clé dans la serrure de la porte d'entrée, lorsqu'il entendit des pas traîner sur le gravier. Il se redressa et vit une ombre raser le coin de la bâtisse. La tête engoncée dans ses épaules, il ne le reconnut pas tout de suite, puis Jacky descendit les quelques marches du perron et vint à la rencontre de Modeste Janel. Sa démarche ressemblait à celle du dieu Atlas, tant il donnait l'impression de porter sur ses épaules les malheurs du monde. Le chef du personnel se ressaisit lorsque le syndicaliste se planta devant lui :

— Que faites-vous ici ? lui reprocha le cégétiste.

— Excuse-moi Jacky, je t'attends déjà depuis plusieurs heures. J'ai à t'entretenir de faits nouveaux en rapport avec notre affaire.

Jacky fit un tour d'horizon à trois cent soixante degrés. Son regard fusa dans l'obscurité et détailla le moindre élément suspect. Malgré la nuit et l'heure avancée, toutes précautions n'étaient pas superflues, puis il s'empressa d'attirer le chef du personnel à l'intérieur de sa maison.

Avant d'allumer les lumières de la cuisine, il vérifia que les volets étaient clos. Chose faite, il appuya sur l'interrupteur et la vive clarté d'un néon aspergea la pièce d'une couleur blafarde. Jacky ôta sa gabardine de cuir marron et la déposa sur le dosseret d'une chaise alignée sous la table. Il invita Modeste Janel à l'imiter, puis il tira une chaise et y prit place, coude planté droit sur la toile cirée. Le chef du personnel s'assit face à lui, mais garda son manteau sur ses épaules, col dressé à mi-joue. Il entama la discussion :

— Je suis désolé de te déranger à cette heure de la nuit Jacky…

Il fit une courte pause pour bien marquer la solennité de la situation, puis il reprit :

— C'est grave, Jacky, nous sommes dans un pétrin monstre. Et je ne peux pas m'en sortir seul…

Le syndicaliste l'écoutait sans tiquer. Le chef du personnel avait perdu de sa flamboyance, fini les airs supérieurs, les regards hautains et la voix cassante. Il était redevenu un homme comme tous les autres, rien de plus, avec ses angoisses et ses faiblesses. Il lui relata son rendez-vous avec Clod Bensoussan à la piscine de Rothau. Jacky fouilla dans ses poches, sortit son paquet de gris et se roula une cigarette. Ensuite, il chercha sous l'évier une bouteille d'alcool de prune, et s'empara dans un placard de deux petits verres à liqueur, finement ciselés. Il revint à sa place et déposa le tout sur la table. Décidément, la nuit serait encore plus longue qu'il ne se l'était imaginée. Il s'assit à nouveau, déboucha la bouteille et emplit les verres à ras bord. Il en saisit un et le déversa d'un trait dans sa bouche. L'alcool lui brûla tout d'abord la gorge, puis se diffusa dans tout son corps. Modeste Janel fut plus raisonnable et n'avala qu'une petite gorgée, mais suffisante pour que le teint de son visage virât au rouge. Jacky l'avait écouté attentivement et après quelques minutes de mutisme, il fut le premier à rompre le silence :

— À bien y réfléchir, tout cela arrange nos affaires, lâcha-t-il.

Modeste Janel le dévisagea, ne comprenant pas où il voulait en venir.

— Si je résume la situation, poursuivit Jacky, ce con d'Espagnol vous fait chanter ?

Le chef du personnel confirma d'un clignement d'œil, attendant qu'il dévoile la suite de son raisonnement.

— …Et bien, laissez-le faire, continua-t-il.

— Je ne te suis pas, Jacky ?

— La situation est telle que pour sortir de ce foutoir, vous avez besoin d'un coupable. Il est tout désigné non ?

— Non, non, Jacky. Tu ne comprends pas, si j'en parle à la police, il lâche le morceau…

— Et alors, le coupa Jacky ? Ce sera votre parole contre la sienne. Clod Bensoussan est un étranger sorti de nulle part. Il vit comme un clochard dans sa caravane, contre vous, il ne fait pas le poids. De plus, qui pourrait imaginer qu'un homme tel que vous soit capable d'organiser l'enlèvement de son propre fils et ensuite de se demander une rançon ? C'est insensé, personne ne croira de telles accusations.

Modeste Janel engloutit son verre d'alcool blanc, puis le fit tournoyer entre ses doigts et planta son regard en son fond. Jacky l'observait et s'interrogeait. Il ne comprenait pas pourquoi Modeste Janel ne semblait pas enthousiaste à sa proposition. Faire porter le chapeau à Clod Bensoussan, les sortait sans égratignure de la situation malencontreuse où ils se trouvaient. Bien évidemment, il fallait jouer avec tact, placer quelques indices, de-ci, de-là, afin d'orienter la police vers la caravane de l'Espagnol. Comment n'y avait-il pas pensé plus tôt ? Cette nouvelle perspective ouvrait de nouveaux horizons, tout n'était peut-être pas perdu. Plus Jacky réfléchissait, plus cela devenait une évidence. Désigner Clod Bensoussan comme l'unique coupable était la solution rêvée.

Mais de toute évidence, le chef du personnel n'éprouvait pas ce même enthousiasme. Il ne quittait plus des yeux son verre vide. Il le roulait entre son pouce et son index, comme pour se donner une certaine contenance. Puis Jacky comprit, il ne lui avait pas tout dit :

— Il y a autre chose ? demanda-t-il.

L'intonation de sa voix cachait mal son agacement. Modeste Janel releva les yeux :

— Il me tient d'une autre manière.

— C'était trop beau, se dit Jacky.

Puis, Monsieur Janel poursuivit ses explications :

— Il possède des photos de moi.

Il fit une pause, il était apparemment gêné :

— Des photos, comment dire ? Des photos de moi, en situations délicates…

Agacé, Jacky en eut assez de ses tergiversations :

— Bon, vous la crachez votre Valda, lui lança-t-il.

— Tu ne comprends pas Jacky, s'énerva-t-il à son tour. Je dois te faire un dessin? Des photos de moi, nu, en compagnie d'une jeune femme. Ai-je besoin de te préciser qu'il ne s'agit pas, évidemment, de ma femme?

Le syndicaliste réfléchit en intégrant cette nouvelle donne à leur problème. Quelle conséquence cela avait-il? Pendant que son esprit bouillonnait, il ne remarqua pas Modeste Janel qui le détaillait par en dessous. Il le matait, fourbe et sournois comme une hyène sur une carcasse, refusant de partager une part de sa charogne. Le chef du personnel ne pouvait tout de même pas lui avouer que la chienne, qui le montait sauvagement sur les polaroïds compromettants, n'était autre que Laurence, sa propre fille.

*

La bouteille d'alcool blanc étincelait sur la table de la cuisine. Par les interstices des volets rabattus, la lumière de l'aurore caressait le verre et renvoyait des éclats d'étoiles. Sur la toile cirée, un paquet de gris et de Riz Lacroix baignaient dans un liquide transparent au parfum prononcé de prune. Jacky avait trop bu et ses gestes n'étaient plus très sûrs. Il avait mal ajusté le rebord du verre de Modeste Janel et du goulot, l'alcool s'était directement déversé sur la toile cirée. Il ne réagit pas et son tabac s'imbiba de liqueur frelatée. La seconde tentative fut plus réussie et ils trinquèrent une énième fois.

— Ne vous en faites pas M'sieur Janel… Je n'ai pas dit mon dernier mot dans cette histoire, braillait le syndicaliste, alors que son interlocuteur sombrait dans les vapeurs de l'alcool.

— On va se sortir de ce mauvais pas… À la vôtre M'sieur Janel, poursuivit-il en levant son verre en direction du chef du personnel.

Celui-ci se redressa brusquement et trinqua.

— À la tienne mon Jacky, vociféra-t-il.

Ses gestes enivrés étaient d'une rare gaucherie et en levant son verre, il s'aspergea la main et la manche de sa popeline.

— On n'est pas venu ici, déguisé en feuille de salade pour se faire bouffer le cul par des lapins, ajouta-t-il.

Leurs deux regards torves se jaugèrent le plus sérieusement du monde, puis de concert, ils éclatèrent de rire.

— Ah, ah, elle est bien bonne, celle-ci. Feuille de salade... Lapin... Ahana le cégétiste.

Ils étaient ivres comme des polonais, leurs paroles perdaient de leur sens, mais parfois, ils retrouvaient des sursauts de lucidité.

— Vous me faites trop rire M'sieur Janel, on dirait pas comme ça, sous vos airs de premier communiant, vous êtes un joyeux drille.

— Oh mon Jacky, si tu savais comme je m'ennuie parfois...

— J'vous comprends, le coupa Lafortune, ça n'a pas l'air d'être une rigolote M'dame Janel.

Le syndicaliste gloussa, puis il reprit :

— Je comprends que de temps en temps, vous ayez besoin de voir ailleurs. On est des hommes, non ? Et un homme, ce n'est pas fait pour être fidèle. Pas vrai M'sieur Janel ?

— Si, si... on n'est pas fidèle.

Modeste Janel lui avait répondu le plus sérieusement du monde, il n'avait plus envie de rire. Son hilarité s'était éteinte comme une simple pression sur un interrupteur, peut-être avait-il un relent de mauvaise conscience ?

Malgré les nappes alcoolisées où son esprit s'engourdissait, il eut un sursaut de lucidité. Il vit, au travers des lamelles de bois des volets clos, le jour se lever :

— Quelle heure est-il ?

Jacky releva brusquement la tête et chercha la pendule murale, au-dessus de la porte d'entrée :

— Bientôt sept heures, répondit-il.

Le temps avait filé comme un simple bateau de papier emporté par les flots d'une rivière sans remous. Les deux hommes n'avaient pas dormi et déjà, une nouvelle journée s'annonçait. Jacky était en retard, les collègues devaient faire le pied de grue sur le barrage.

— Mince, dit-il à voix haute.

Puis, il réalisa la présence du chef du personnel

— Ce n'est pas une bonne idée que vous rentriez chez vous en plein jour. Surtout, si quelqu'un vous voit sortir de chez moi.

Un vent de panique balaya l'air vicié de la cuisine. Jacky se leva. Il tituba, mais réussit tout de même à rejoindre la machine à café, près de l'évier. Il en prépara un, fort et corsé à réveiller un mort. Il avait besoin de ça pour sortir de sa torpeur alcoolique. Peut-être y ajouterait-il quelques cuillérées de sel en guise de sucre, histoire de se faire vomir et de dessoûler plus rapidement.

Il s'affairait tant bien que mal à la préparation de son café, lorsqu'il aperçut sur la paillasse de l'évier le cendrier débordant de mégots ; des filtres jaunes, longs, mâchouillés, imbibés d'un voile de nicotine brunâtre, des filtres de Dunhill mentholée, la marque de cigarette de la négresse à Alfredo. Il eut comme un éclair, tout devint limpide, et s'agença dans son cerveau. Il se retourna vivement vers le chef du personnel qui peinait à rester éveillé :

— Vous avez tort sur un point, Monsieur Janel.

L'autre fit de gros yeux, ne saisissant pas où il voulait en venir. Jacky poursuivit :

— Clod Bensoussan vous tient avec ces photos compromettantes. N'est-ce pas ?

Il n'attendit pas la réponse et continua :

— C'est là l'erreur. Il ne peut les dévoiler au grand jour que s'il respire, comme vous et moi.

Il fit encore une brève pause, un sourire sardonique pendait sous sa moustache stalinienne :

— Imaginez qu'il perde le souffle, que l'air lui vint à manquer…

— Qu'il crève comme un chien, ajouta-t-il

Modeste comprit où il voulait en venir. Oui effectivement, Clod Bensoussan mort arrangerait considérément leur situation. Il endosserait tout seul la responsabilité du rapt et ne pourrait plus parler. Mais…

Jacky sentit l'hésitation du chef du personnel :

— Ne vous inquiétez pas. Je connais la personne qui pourra nous aider dans cette entreprise.

Modeste Janel resta suspendu à ses lèvres, attendant un nom, mais ce fut par une autre question que Jacky Lafortune l'apostropha :

— Vous pouvez me procurer un camion ? Robuste et en parfait état de marche ?

Chapitre 22

Dix-septième jour de grève. La nuit fut longue sur les deux barrages qui assiégeaient la petite bourgade de Schirmeck. Autant chez les Steinheil, que chez les Jeudy, chacun attendait la levée du jour avec une impatiente fébrilité !

Pourtant, le début de soirée avait été joyeux et avait ressemblé à une fête de village. Les victuailles avaient afflué de toute part ; saucisses, lards, fromages, sans oublier l'alcool, vins blancs, bières ou pastis, pour ceux qui rêvaient d'exotisme. Un énorme barbecue avait été improvisé dans des tonneaux de fer, coupés en deux sur toute la longueur. Les grillades rassasièrent chacun et le partage fut de mise. Celui qui manquait de pain en trouvait chez un collègue de l'atelier de teinture ou du tissage, tout ce petit monde était soudé par une belle fraternité. Puis, après le repas, les anciens avaient sorti les bouteilles de schnaps et les discussions étaient allées bon train, ponctuées de temps à autre par des éclats de rire communicatifs.

Les jeunes s'étaient mis à l'écart, prétextant que ce type d'alcool était bien trop fort pour eux, ce qui avait provoqué moult moqueries de la part de leurs aînés. À vrai dire, ils désiraient simplement se retrouver entre eux et rouler des joints tranquillement, à l'abri des regards et de l'incompréhension que suscitait cette pratique. Le schnaps et le haschich avaient pourtant un point commun, aucun des deux n'était taxé et ne renflouait les caisses de l'état.

Cette belle entente fraternelle dépassait largement les seuls rangs des grévistes. Beaucoup d'habitants des alentours avaient fait le déplacement, afin de leur témoigner leur soutien. Personne n'était dupe, si l'usine fermait, c'était toute la vallée qui crevait, alors, il valait mieux qu'ils aient gain de cause, quitte à ce que tout explosa une bonne fois pour toutes.

Les heures s'étaient écoulées doucement, teintées de cette humeur festive. Mais, dès que les premières traces de fatigues apparurent, le gros des troupes s'égrena jusqu'à devenir une petite poignée d'irréductibles. Beaucoup avaient choisi de dormir dans les voitures qu'ils avaient réussi à garer non loin de là, en passant par de petites routes, seules connues de quelques-uns. D'autres étaient rentrés chez eux et, après quelques heures de sommeil bien mérité, ils avaient promis de revenir dans la matinée pour prendre le relais sur le barrage.

Le reste de la nuit avait été maussade, triste comme un retour à la réalité après quelques instants de bonheur. Les grévistes qui restèrent autour du dernier brasero encore allumé avaient la bouche pâteuse, la gueule de bois et les esprits songeurs, un brin mélancoliques. Cette veillée avait été digne du Grand Soir, tant idéalisé, mais ce matin, le réveil était bien triste. Ils ne possédaient déjà pas grand-chose et ils risquaient de perdre le peu qu'ils avaient réussi à accumuler durant toutes ces années de travail. Tous les grévistes en étaient conscients, la situation ne pourrait pas perdurer ainsi.

Aujourd'hui était le grand jour et cette belle fraternité ne serait jamais anéantie. Non! Certainement pas!

*

Joseph s'écrasa contre Louise qui dormait encore. Il plaqua son corps nu contre le sien, son bras passa sur sa taille et sa main se faufila entre ses jambes, là, tout près de son sexe. Il approcha ses lèvres de sa nuque, sentit son odeur et l'embrassa. Des draps émanaient les effluves fauves et opiacées de leur nuit passée à se donner l'un à l'autre, unis en une étreinte rougeoyante comme l'acier d'un chaudron en fusion.

Il la réveilla et lui sourit. Son visage, martyrisé de coups sauvages, s'illumina. Sa peau blanche, ses taches de rousseur, ses épaules, son dos finement musclé, son ventre ferme, ses jambes chaudes… Joseph aurait voulu découvrir les moindres recoins de ce corps, les plus intimes, et les baiser encore… Encore et toujours.

— Il est tôt, lui demanda-t-elle en guise de bonjour.

De l'unique fenêtre, dont ils n'avaient pas pris soin de tirer les rideaux, luisaient encore les néons de la rue.

— Oui, mais nous ne pouvons pas traîner ici trop longtemps, lui répondit-il

Elle se retourna et étira ses bras au-dessus de la tête. Ses seins se gonflèrent et leurs bouts pointèrent. Joseph les regarda gourmand. Puis, elle se pencha en dehors du lit, fouilla dans l'amas de vêtements épars et sauvagement répandus lors de leurs ardeurs passées. En premier lieu, elle y trouva son débardeur et l'enfila promptement. Joseph l'observait, amusé. Elle sortit de dessous les draps et chercha en vain sa culotte. Bredouille, elle mit un coup de pied dans son 501. Puis, par-dessus son épaule, elle questionna du regard son amant, qui leva les bras et les laissa choir en guise de réponse.

— Bon, je vais prendre une douche, dit-elle, un brin dépitée.

— Attends, lui répondit Joseph.

Il lui fit un signe de la main afin qu'elle s'approchât.

303

— Je voudrais te parler d'une chose, ajouta-t-il, le plus sérieusement du monde.

Elle l'observa, intriguée, puis elle contourna le lit et le rejoignit de
son côté. Elle s'assit sur le rebord, tandis que Joseph se redressa et
s'adossa contre le mur.

— J'ai quelque chose d'important à te dire, entama-t-il d'une
voix grave.

Devant tant de mystère, Louise esquissa un sourire :

— Je t'écoute.

— Comment dire ? bredouilla-t-il. Je vais t'accompagner jusqu'à
ta planque dans les Vosges, mais… je ne vais pas pouvoir rester.

Louise n'eut aucune réaction. Ils se cherchèrent du regard, se ques-
tionnèrent comme le feraient des êtres qui se connaissent depuis
toujours. Elle rompit ce silence :

— Pourquoi ?

Aucun autre mot ne lui était venu à l'esprit.

Hier au soir, Joseph lui avait raconté l'histoire de Lili, les menaces
de mort dont elle avait fait l'objet et puis… Sa fin tragique. Il ne
lui avait caché ni sa culpabilité, ni sa peine, Louise l'avait écouté, les
sourcils froncés, et elle avait compati.

— Cette histoire accapare mon esprit, ajouta-t-il. Je suis heureux
de t'avoir retrouvée, mais je ne peux pas tirer un trait sur tout
ça, c'est au-dessus de mes forces.

— Je comprends, mais je crois que tu ne me dis pas tout, où
veux-tu aller ?

— Une vague idée, enfin, juste un pressentiment que je dois vérifier. Je ne pourrais plus me regarder en face si je ne le faisais
pas. Je dois bien ça à Lili et… au Père Wanabee aussi.

Le silence s'installa doucement, paisiblement, puis Louise le rompit
à nouveau et se leva brusquement :

— Moi non plus, je ne vais plus dans les Vosges.

Joseph tendit le bras pour la rattraper.

— Ne le prends pas ainsi, tenta-t-il de s'excuser…

— Moi aussi, j'ai bien réfléchi, renchérit-elle.

Puis, elle revint s'asseoir sur le rebord du lit. Sa voix était enjouée et elle le défiait d'un regard amusé.

— Je retourne dans la vallée de la Bruche, continua-t-elle.

— Tu retournes là-bas ?

— Oui, car je crois savoir qui m'a balancée au flic. Tu sais ? Ce sale corbeau qui leur a envoyé cette lettre anonyme.

Joseph retint sa respiration, attendant que Louise poursuivît, mais elle resta muette.

— De qui parles-tu ?

Elle lui sourit, jouant les intrigantes et heureuse de le tenir pendu à ses lèvres.

— Et toi ? Dis-m'en un peu plus. C'est quoi la chose dont tu veux avoir le cœur net ? lui répondit-elle, feignant d'ignorer sa question.

— Ok, c'est moi qui commence ? Je n'ai jamais été très fort au jeu des devinettes…

Joseph lui raconta l'histoire du grand black dégingandé qu'il avait aperçu au comptoir du *"Milky Way"*. Il lui était totalement sorti de l'esprit jusqu'à ce qu'il le reconnaisse parmi les manifestants de Schirmeck, lors du reportage télévisé de la veille. En le voyant, tous les souvenirs de ce dernier concert de Lili avaient ressurgi. Rien de bien précis, un simple pressentiment, et puis, avec le Père Wanabee, il était le seul noir dans la boîte de nuit, comment ne pas s'en souvenir. Les menaces de mort à l'encontre de Lili n'avaient-elles pas été proférées par les services secrets ougandais ? L'Ouganda était un pays africain, le rapprochement était pas bien difficile à faire et même si la piste était ténue, Joseph n'en avait pas d'autres à suivre.

Louise l'écouta attentivement et lorsqu'il eut fini ses explications, elle eut cette conclusion :

— En somme, nous retournons tous les deux dans la vallée de la Bruche !

*

Le grincement d'une vitre que l'on descendait avec entrain, fit sursauter Alfredo Sibuana. Il sentit tout l'agacement que ce geste contenait, mais il se tut. La journée commençait comme celle de la veille avait terminé : coincée au bout du monde.

Mama Béa se pencha par la vitre baissée et jeta un œil au ciel sombre, plombé, celui-ci ne présageait rien de bon, orage et pluie seraient le programme du jour.

L'air frais pénétra dans l'habitacle, revigora le grand black et chassa l'odeur corporelle qui s'y était installée la nuit durant. Mama Béa ouvrit son paquet de cigarettes tout en remontant la fenêtre. Puis, elle sortit son briquet et aspira plusieurs bouffées consécutives. Alfredo l'observa de profil, elle avait l'air encore plus fripée que d'habitude. La vie à la dure n'était plus de son âge, sans nul doute, elle ne supporterait pas une prochaine nuit dans les mêmes conditions.

Il ouvrit sa portière, sortit de la Maserati Merak et claqua violemment la porte derrière lui. Ainsi, il espérait faire comprendre à sa supérieure qu'il en avait également plus qu'assez de cette histoire et lui conseillait de ne pas venir le chatouiller. Il n'était pas d'humeur. D'ailleurs, il ne supportait plus le ton sur lequel elle s'adressait à lui, ni les lazzis qu'elle lui lançait sournoisement.

Il prit appui sur le toit de la voiture de sport et s'étira. Lui, qui ne pouvait déjà pas aller au cinéma sans se retrouver les genoux sous le menton, avait souffert de l'étroitesse du siège durant toute la nuit. L'inconfort de son sommeil lui avait cassé les os et courbaturé les muscles. Ensuite, il se frotta le visage et au beau milieu de sa barbe naissante, il sentit une boursouflure, suivie d'une crevasse. Intrigué, il se pencha sur le rétroviseur et constata que le cuir du volant s'était imprimé sur sa joue. Ça lui donnait un air idiot. En temps normal, une telle cocasserie l'aurait amusé, mais là franchement, il n'y voyait rien de risible, bien au contraire.

Il contourna le bolide et tambourina au carreau de la Vierge Noire. Celle-ci baissa à nouveau sa vitre, la Dunhill rivée entre ses lèvres et l'œil plissé derrière ses lunettes d'écaille afin de se protéger de la fumée effrontée.

— Vous voulez un café ? lui demanda Alfredo.

Il s'était adressé à elle, le visage de profil, masquant ainsi l'empreinte du volant sur sa joue. Mama Béa remonta la vitre sans lui répondre, puis à son tour, elle sortit du véhicule.

— Je vous accompagne Monsieur Sibuana, j'ai besoin de me dégourdir les jambes. Après cette nuit passée…

Elle hésita, remarquant sur la joue de son subalterne le désagrément, fort ridicule, du volant imprimé, mais elle s'abstint de faire la moindre remarque. Le moment était mal choisi, elle ne devait pas attiser sa nervosité, car celle-ci était palpable depuis les premières minutes de son réveil ; et quand Alfredo s'excitait, valait mieux s'en éloigner.

— Après cette nuit passée à geler et à se retourner afin de trouver une position confortable, reprit-elle comme si de rien n'était, je vous concède qu'une boisson chaude nous ferait un grand bien. Voulez-vous également des croissants Monsieur Sibuana ?

Elle avait pris sa voix de chatte conciliante.

— Enfin, c'est bien ainsi que l'on nomme ces gâteaux à la pâte légère, gorgés de beurre ?

Alfredo la regarda circonspect et opina du bonnet.

Il verrouilla la Maserati, plus par réflexe que par crainte qu'un indélicat ne la lui volât de bon matin. Certes, ils étaient garés dans une petite ruelle dégagée, mais celle-ci débutait et finissait sur l'artère principale, qui, à contrario, était surchargée de véhicules à l'arrêt, vides et abandonnés de leurs occupants. Quelques camions routiers avaient les rideaux des cabines tirés, indiquant ainsi que le chauffeur y dormait encore. Il était tôt et il ne régnait plus dans la rue l'agitation de la veille, mais de toute évidence la situation n'avait guère évolué, l'embouteillage gangrenait toujours la grande rue.

Alfredo ouvrait la marche d'un pas traînant. Mama Béa le suivait de près tandis que son regard furetait dans tous les sens, comme un rat de laboratoire à la découverte de son nouveau tortionnaire. Franchement, tout cela était cocasse. Elle, Colonel du State Research Bureau Ougandais, coincée dans un embouteillage sans nom, ayant passé la nuit dans la Maserati du Général Idi Amin Dada, accompagnée par un grand échalas, sapé façon maquereau du Bronx, et cerise sur le gâteau, se retrouver seule, le jour à peine levé, sur un trottoir désuet à la recherche d'un croissant au beurre… Oui, de tout cela, il valait mieux en rire.

Ils arpentèrent la rue au hasard, ne sachant pas où leurs pas les guideraient. De temps à autre, le trottoir était barré par le capot d'une voiture abandonnée sans égard par son chauffeur. Ils le contournaient et se faufilaient entre les autos sur la chaussée. Ils découvrirent en s'approchant des habitacles que tous les véhicules n'étaient pas vides. À travers les vitres embuées, ils aperçurent les silhouettes de leurs occupants, enroulées dans une couverture de fortune ou un manteau froissé, allongées inconfortablement sur les sièges rabattus. Plus ils remontaient la rue, plus un sentiment de grande désolation les envahissait. Les magasins n'étaient pas encore ouverts et ils ne le seraient certainement pas dans la journée, un tel chaos n'encourageait pas le libre-échange.

Ils débouchèrent enfin au bout de la rue sans trouver âmes qui vi-

308

vent. Après le pont, qui enjambait la Bruche de ce côté-ci de Schirmeck, ils découvrirent le barrage de ceux que l'on nommait les Jeudy. Une banderole surannée, plantée sur un monceau de gravats, faisait office de drapeau et annonçait d'entrée la couleur : *Jeudy et Steinheil, solidarité.* Dans la brume du petit matin, seules quelques silhouettes furtives s'affairaient autour d'un brasero. Elles tétaient le bout de leurs cigarettes enroulé dans la paume de leurs mains alors que d'autres buvaient une boisson chaude dans un gobelet en plastique d'où s'échappait une fumée blanche. Puis d'autres ouvriers vinrent grossir les rangs de ce qui ressemblait jusqu'alors à un simple bavardage entre quelques amis. Rires et chahuts s'amplifièrent.

Les deux Ougandais regardaient la scène de loin, de l'autre côté du pont, et hésitaient à s'approcher. Ensuite, de petits groupes surgirent des rues transversales et rejoignirent le barrage. L'humeur semblait bonne enfant, quoique turbulente et braillarde, mais sans agressivité apparente. Un peu désarçonnés par la situation, Alfredo et Mama Béa se rangèrent sur le côté, derrière la remorque d'un camion abandonné, et suivirent la scène, un rien effaré. C'était donc de la faute de ces gens-là qu'ils croupissaient dans ce trou. À cause d'eux, ils avaient passé une nuit effroyable dans le froid et l'inconfort de leur voiture. Cela dépassait tout entendement, principalement pour Mama Béa, plus habituée au luxe des palais de Kampala qu'à la vindicte ouvrière.

Puis, le brouillard matinal se dissipa un peu plus et ils réalisèrent que les quelques silhouettes, aperçues tout à l'heure autour du brasero, s'étaient muées en un essaim grouillant de toute part. La banderole esseulée avait été retendue et tout autour d'elle, d'autres avaient poussé, criant la même rage, le même désarroi. Les hommes se serraient la main et se tapaient sur les épaules, tandis que les femmes s'embrassaient ou se serraient fraternellement dans leurs bras. Toute cette gentille fourmilière s'activait sans donneur d'ordre désigné.

Certains arrivaient les bras chargés de planches à palette et ravivaient les braseros, d'autres distribuaient du café dans des gobelets en plastique ou d'autres encore, consolidaient la barricade constituée de bric et de broc.

Ce qui étonna encore plus Mama Béa fut la proximité de la gendarmerie. En effet, celle-ci se trouvait à quelques dizaines de mètres du barrage, dans le prolongement d'un restaurant appelé *"La Barrière"*. Tout ce chahut se déroulait sous les fenêtres du poste de police, au pied du drapeau national brandi aux cieux, une incongruité pour la Vierge Noire, une honte...

> — Nous sommes au pays des soviets, des bolcheviques, rien de plus, pensa-t-elle.

Un groupe de jeunes gars surgit de derrière le restaurant qui faisait l'angle. Ils enfilèrent à la hâte des casques de motos. Mama Béa et Alfredo se trouvaient de l'autre côté de la rivière, ils ne discernaient pas les détails, mais le groupe attira leur attention. Ils allaient d'un pas ferme et fendaient la foule, surprise et effrayée par cet assaut soudain. Ils accélérèrent le pas et nouèrent sur leurs visages des keffiehs palestiniens. Ils étaient les éléments incontrôlés de la manifestation, les autonomes libertaires aux abois, puis les barres de fer jaillirent et ce fut l'hallali.

*

Jacky Lafortune arriva tard sur le barrage des Steinheil. Le jour s'était installé et diffusait sa lumière franche sur les visages des collègues de travail. Les dix-sept jours de grève marquaient les traits de tous. Jamais il n'avait remarqué leur fatigue, leur lassitude sacrificielle. Lui qui connaissait chacun d'entre eux depuis si longtemps les découvrait comme pour la première fois. Les avait-il seulement déjà regardés en face ?

Jusqu'à aujourd'hui, Jacky avait fait beaucoup de vent autour de lui, de l'esbroufe, du tape-à-l'œil, du clinquant, de celui qui aveugle. Les ouvriers le vénéraient, même si ces derniers temps, ils lui avaient préféré Christian Clevenot, ils vouaient sa personne au panthéon des hommes bons, des défenseurs des opprimés, jamais il ne les avait déçus... Et pourtant... Ah... Jacky Lafortune s'écœurait et ce matin plus que d'habitude.

S'ils savaient, comme cela l'ennuyait, le rasait. De leur avenir, il n'en avait plus rien à faire, pour une fois dans leur vie qu'ils se débrouillent seuls. Lui l'avait déjà trop fait par le passé. Combien de fois était-il allé plaider des causes ridicules auprès de la direction ? Trop souvent, celle-ci lui avait fait des promesses qu'elle ne tenait pas, qu'il fallait relancer, renégocier... À chaque fois, Jacky Lafortune avait le sentiment de mendier, d'implorer les puissants. Puis un jour, l'un d'entre eux lui avait proposé ce marché, donnant-donnant... À ce moment-là, Jacky ne savait pas encore où il mettait les pieds. On lui demandait des renseignements sur untel ou sur telle ou telle action en préparation. En contrepartie, la direction lâchait du mou, accédait à certaines requêtes, certes toujours dans la limite du convenable et de son intérêt. Jacky y trouvait son compte, il avait des résultats, il revenait toujours des entretiens avec du tangible, même si au début il jonglait avec sa conscience. Mais très vite, il remisa ses principes au placard. À quoi bon se battre ? La révolution ? Il ne la verrait jamais.

Les chefs du personnel avaient défilé, mais lui était resté. Il n'avait eu de cesse à se mettre en valeur auprès de ses frères ouvriers, alors que dans les hautes sphères de l'usine, il était leur indicateur. Il était devenu une balance, un cousin dirait la police, un thermomètre dans le cul de la plèbe que les dirigeants choyaient savamment. Évidemment, certains conflits passés ne purent être évités et Jacky, à leur tête, jonglait avec les intérêts de chacun, il ménageait la chèvre et le chou. Au passage, il ne s'oubliait pas et finit par monnayer ses propres intérêts auprès du cercle patronal. Sa petite vie de jaune suivait son cours, tranquillement, jusqu'au jour où était arrivé Christian Clevenot et, petit à petit, il avait perdu son aura auprès de ses frères de sueurs. Il n'était plus au cœur des actions, il n'en était plus le seul légataire et de ce fait, la direction aussi ne le considérait plus de la même manière.

Oui, Jacky Lafortune se dégoûtait et les raisons ne manquaient pas. Il était devenu une dégueulasserie de traître vendu au diable de l'individualisme, l'âme et la conscience écrasées du talon, bafouées, balayées du pied sous un tapis cache-misère. Tel se voyait désormais Jacky dans le regard d'autrui, mais pour l'heure, il devait garder sauve les apparences, se sortir de ce nid d'orvets où de son plein gré, il s'était allongé.

Ce matin, ses prévisions météorologiques de la veille s'avérèrent être fausses. Le ciel ressemblait fort à une détrempe d'aquarelle, chargée d'eau noire, lourde, pesante, prête à éclater le moment venu. Même après s'être fait vomir, l'alcool ingurgité cette nuit avec Modeste Janel subsistait et plongeait Jacky Lafortune dans des strates alcoolisées. Pour l'instant, l'essentiel était d'être sur le barrage, de faire acte de présence et de continuer à faire semblant… Oui, continuer à jouer la comédie. Il avait réussi à rattraper le coup après ses absences des deniers jours, en récupérant la place encore chaude de Christian Clevenot à la tête du mouvement. Mais certaines âmes aigries s'interrogeaient à son sujet. Il le sentait, les regards ne mentaient jamais, on jasait certainement dans son dos.

— Attention Jacky, ne tombe pas dans la paranoïa, se rassura-t-il. Il avança parmi les ouvriers, salua certains d'un hochement de tête, serra la main à d'autres, puis rejoignit les représentants du personnel qui s'étaient regroupés autour d'un feu ardent. Il perçut les regards comme une nuée d'aiguilles se planter en lui, ils étaient inquiets, scrutateurs, bien trop à son goût.

— Ils savent, se dit-il.

Mais non, ce n'était pas possible, à moins que quelqu'un l'ait vu raccompagner Modeste Janel chez lui. Pourtant, il avait pris toutes les précautions, le chef du personnel s'était allongé et dissimulé sous une couverture sur la banquette arrière de sa Golf. En route, ils n'avaient croisé personne.

Son corps tressaillit. Sa colonne vertébrale se raidit, toute sa carcasse frissonna. Sa vision s'évapora, il sentit couler sur son front une suée frémissante, morbide comme un envol de corbeaux sur un ciel délavé.

Il eut une bouffée de chaleur, ses pensées se bousculèrent. Il se souvint d'une java qu'il avait entamée trop vite avec Madame Lafortune, à l'époque où il la courtisait. C'était un soir de fête nationale, les lampions vacillaient, des étoiles tournoyaient devant lui, emportées par des phrasés d'accordéons névrotiques. Ils tournaient, tournaient… elle, accrochée à son cou. Lui, les mains sur ses hanches. Il l'emportait en d'autres cieux, leurs corps chaviraient à l'unisson, en parfaite osmose. Le souvenir de ce tourbillon floua la perception de ce qui l'entourait, Jacky flancha, ses jambes fléchirent, mais, contrairement à ce soir de 14 juillet, ce ne fut pas Madame Lafortune qui le rattrapa. De grosses mains, charnues et trapues, lui agrippa les coudes. Des pognes d'ouvriers, ses compagnons le soutinrent.

— Alors Jacky ? T'as les guibolles qui flageolent, ironisa l'un d'entre eux.

Jacky reçut les mots comme une libération.

— T'es blême comme un drap de noce, viens t'asseoir, ajouta un autre.

Le cégétiste se laissa porter et s'assit avec leur aide sur une caisse en bois, vide et retournée, de Saint Morand. Une femme lui apporta un gobelet de café qu'il but par petites lampées. Il reprenait du poil de la bête, personne ne se doutait de rien.

Mais Jacky n'eut guère le temps de savourer cet instant. Une moby-lette arriva en trombe. Un jeune gars agitait ses bras et hurlait des paroles inaudibles, noyées dans les pétarades du pot d'échappement trafiqué, libéré de ses chicanes antibruits. Le groupe d'ouvriers se tourna vers lui et fit un pas pour l'accueillir. Le moteur de l'engin éteint, les grévistes saisirent enfin ce que le jeune effrayé braillait :

— Ils ont attaqué la gendarmerie, Christian Clevenot est libre !

La nouvelle couvrit de stupeur l'assemblée. C'en fut trop pour Jacky Lafortune, cette fois, il s'évanouit pour de bon.

Chapitre 23

L'allée du parc était maussade, les feuilles virevoltaient et une légère brise faisait chanter les branches. La silhouette de Modeste Janel se mêlait aux ombres des végétaux, puis resurgissait, découpée par la lumière automnale.

Il avait le pas lourd et mal assuré. Sur l'allée goudronnée d'un vieux rose crémeux, les feuilles d'érable s'entassaient et formaient une couche glissante. Tout comme en plein hiver avec les plaques de verglas sournoises, le chef du personnel se méfiait de ces amoncellements végétaux. Leur traîtrise l'avait déjà surpris à maintes reprises, mais jusqu'alors sa vigilance l'avait sauvé du ridicule de se retrouver les quatre fers en l'air.

Pourtant ce matin, l'alcool bu chez Lafortune ankylosait ses réflexes et son attention. Il redoublait de précaution et faisait de grands écarts pour éviter, ce qu'il considérait dans son esprit embué, comme des chausses trappes savonneuses, prêtes à l'engloutir s'il venait à chuter. Il zigzaguait donc sur l'allée du parc qui menait à sa demeure. Il passa devant la maison avec la petite tourelle, celle du directeur, et n'y vit âmes qui vivent. Aucune lumière, la vie était belle pour lui, se dit-il en haussant les épaules. Les sales besognes étaient réservées à Modeste Janel et ces messieurs tout puissants, ne voulaient pas en ouïr le moindre détail. Ah, si seulement tout avait fonctionné comme prévu. À cette heure-ci, il verrait s'ouvrir la porte qui le mènerait au sérail des privilégiés. Il soupira. L'heure n'était plus aux regrets, seul comptait de se sortir indemne de cette histoire.

Il poussa le portillon qui menait à sa maison. La lumière du salon brillait par les baies vitrées, sans doute sa femme déjeunait-elle. Il lui faudrait trouver une excuse, lui expliquer pourquoi il avait découché, tant pour elle, que pour le policier qui ne manquerait pas de tendre l'oreille. Avant d'ouvrir la porte d'entrée, il emplit ses poumons d'air frais et vivifiant. Courage, se dit-il, en pénétrant dans la maison.

Le fonctionnaire de police se retourna. Il était assis sur un des fauteuils du salon et ingurgitait le contenu d'une tasse à café qu'il tenait d'une main et sa soucoupe de l'autre. L'homme voulut se redresser pour le saluer, mais Modeste lui fit un petit signe de la main, lui signifiant de ne pas se donner cette peine. Le fonctionnaire obtempéra. Il semblait mal à l'aise, un peu comme un employé surpris dans son intimité par son patron. Le pauvre hère dormait sur le fauteuil du salon, depuis quelques jours déjà. Ses vêtements étaient fripés, tout comme la peau de son visage, flasque et lestée sous les yeux de terribles poches. Il posa tout de même sa tasse et son dessous sur la table basse et enfila son veston. Puis, il réajusta son nœud de cravate et se passa la main dans les cheveux. Ses efforts pour soigner sa présentation n'eurent pas le résultat escompté ; trop de nuits inconfortables, pas assez de sommeil et cette histoire qui tournait en rond, qui ne se déroulait pas comme les autres affaires de kidnapping, avaient fait de lui un zombie.

Modeste Janel ne lui adressa pas la parole, il se contenta de se dévêtir et d'accrocher sa popeline à la patère de l'entrée. Ensuite, de son pas traînant coutumier, il se dirigea vers la cuisine où sa femme, en robe de chambre, baignait dans la lumière blafarde du réfrigérateur, grand ouvert. Elle s'y penchait et sortit une motte de beurre, puis elle lâcha la porte qui tout naturellement se referma et engloutit le faisceau lumineux. Elle ne prêta aucune attention à son mari, elle l'ignora tout bonnement et cela ne présageait rien de bon. Modeste connaissait sa femme, elle n'allait pas tarder à exploser, le traîner dans la boue, le rabaisser... Par précaution, principalement pour que le policier n'entendît rien, il referma derrière lui la porte de la cuisine. Le claquement dans le chambranle obligea Madame Janel à poser son regard sur son mari. Elle avait les yeux boursouflés et ourlés d'un pli rose, révélateur d'une nuit passée à pleurer. Que pouvait-il bien dire à cette femme qui ne mouillait plus que des yeux, avec qui il ne partageait plus rien d'intime, si ce n'était les reproches ? Comme pour les boxeurs, il lui servait bien souvent de défouloir, de sparring-partner sans protection, car il encaissait le Janel, et ce, depuis fort longtemps déjà. Il n'était pas l'homme idéal, il n'était pas attentif, ni prévenant, il ne pensait qu'à baiser... Lui fourrer son gros machin entre les jambes et la salir.

— Tu me dégoûtes, lui avait-elle dit un jour.

Toute sa personne lui haussait le cœur, ses lèvres, ses mains, son odeur, oui, surtout l'odeur de son corps... Chez lui, tout la répugnait.

Mais étrangement, ce matin-là, elle ne lui fit aucun reproche. Elle le regarda comme un étranger, un voyageur anodin croisé dans le hall d'une gare. Modeste Janel fut désarçonné par son attitude, il s'attendait à recevoir une pluie d'insultes, à courber l'échine et attendre que le tumulte de la tempête s'estompât.

L'ambiance dans la cuisine devint pesante. Modeste Janel se sentit mal à l'aise, peut-être aurait-il préféré subir les assauts de sa colère, car au moins, il s'y serait senti en territoire connu. Il rompit le silence et bredouilla :

— Je vais prendre une douche…

Elle ne réagit pas.

— Ensuite, je retourne au bureau, j'ai des choses à régler, ajouta-t-il.

Il n'attendit pas d'éventuelles réponses de sa part. Il tourna les talons, sortit de la cuisine, puis monta à l'étage et s'enferma dans la salle de bain. Il se fit couler une douche chaude à brûler un mort. L'eau bouillante sur son corps meurtri, raidi par tant d'angoisse, lui fit un bien fou, l'apaisa et le dessaoula aussi. Les dés étaient lancés, Jacky Lafortune avait raison, Clod Bensoussan devait mourir. Il en était ainsi, ils n'avaient pas d'autres solutions et sa mort le libérerait, le délesterait du poids de ses fautes. Qui se préoccuperait de la disparition d'un clochard sorti de nulle part et dont personne ne connaissait rien ? Qu'elle crève cette enflure qui l'avait piégé lorsque la fille Lafortune le baisait. Ah la chienne, comme elle était bonne ! Modeste Janel coupa net l'eau de la douche. Il ouvrit la porte de la cabine et enfila son peignoir en éponge sans prendre le soin de se sécher. Une buée humide flottait dans la salle d'eau, il sortit et retourna dans sa chambre à coucher. Il surprit sa femme qui refaisait le lit, sans entrain, las…

Le chef du personnel s'approcha d'elle. Elle allait voir s'il la dégoûtait tant que ça. Brutalement, il la saisit par les épaules et la fit pivoter. Il croisa son regard et y lut son étonnement, mais ne s'y attarda pas. Il la força à s'agenouiller et ouvrit son peignoir. Elle eut un mouvement de recul, mais Modeste la retint. Il n'était pas question qu'elle s'esquivât. Il pressa sa tête contre lui et enfourna sa turgescence dans sa bouche. Puis, très vite, il la remplit et relâcha son étreinte. Madame Janel se retira, bavant, crachant… Son ventre se crispa, elle vomit tout ce qu'elle put… Et plus encore.

*

— Orange fluorescente! Ce n'est pas ce que j'appelle une couleur discrète. Il est certain qu'avec une telle voiture, on ne passera pas inaperçu.

Louise avait souri à Joseph, quand elle lui avait exposé sa théorie selon laquelle, attirer l'attention était la meilleure façon de se fondre dans le décor. Joseph n'avait pas d'opinion à ce sujet, mais il lui avait avoué ne pas être complètement convaincu par sa thèse.

Comme ils l'avaient envisagé la veille, ils avaient quitté l'hôtel avant le lever du jour. Louise était partie un peu avant lui, par la même porte de service qu'elle avait empruntée à son arrivée. Joseph, pendant ce temps-là, avait inspecté la chambre de fond en comble, afin de s'assurer qu'ils ne laissaient pas derrière eux des traces compromettantes. Puis, il avait claqué la porte sans se retourner.

Sur le trottoir, le froid l'avait accueilli en traître, il ne s'était pas attendu à une telle baisse de température. Heureusement, son parka le protégeait, mais il eut une pensée pour Louise qui n'avait que pour se couvrir son blouson de jean's avec Betty Boop effarouchée dans le dos.

Il avait marché dans les ruelles de la Petite France et avait attendu, comme convenu, sur le pont du Faisan, qui à cette heure-ci n'était pas tourné pour laisser le passage des bateaux. Anxieux, il avait scruté les alentours en fumant une Camel sans filtre. Son regard avait détaillé les recoins, cherché un indice qui l'aurait alerté de la présence de la police à ses trousses. Mais son attente n'avait pas été bien longue, une Renault 5, le modèle à deux portes, orange fluorescente, lui avait fait un appel de phare discret. Joseph ne l'avait pas vu arriver, mais il comprit tout de suite qu'il s'agissait de Louise. Il avait balancé son mégot dans l'Ill, par-dessus la rambarde du pont tournant, et avait contourné l'automobile par l'avant. Il s'y était engouffré l'air enjoué :

— Quitte à voler une voiture, je pensais que tu prendrais un modèle grand tourisme, lui avait-il dit, avant de se moquer gentiment de la couleur du véhicule.

Le jour commençait à pointer lorsqu'ils s'engagèrent sur l'autoroute par la porte de Schirmeck, au sud de Strasbourg. Louise conduisait songeuse, le chauffage de la Renault était au maximum et le bruit de sa soufflerie occupait l'habitacle.

— Il va falloir te trouver un vêtement chaud, dit Joseph, histoire d'engager la conversation.

Elle quitta du regard la route et le posa sur lui. Elle n'avait pas l'habitude que l'on se préoccupa d'elle.

— Il y a un sac dans le coffre, j'y trouverais sans doute mon bonheur.

Puis, elle lui demanda de lui allumer une cigarette. Joseph sortit son paquet et enfonça l'allume-cigare au-dessus de l'autoradio. Depuis qu'il avait perdu son Zippo, il économisait les allumettes par crainte d'en manquer. Le bout de la Camel grésilla sur le serpentin incandescent et il la lui tendit. Elle le gratifia d'un joli sourire, puis porta à nouveau son attention sur le bitume.

— Si j'ai bien compris la situation, le mieux est de contourner Schirmeck.

Joseph la regarda :

— Oui, tu connais un autre itinéraire ?

— Par Obernai, c'est un peu plus long, mais c'est la seule route que je connaisse qui évite Schirmeck et les barrages des grévistes.

À ce mot *"gréviste"*, Joseph sauta sur l'occasion pour la questionner :

— Dans les journaux, ils parlent de ce Christian Clevenot, il était à la tête du mouvement de grève, n'est-ce pas ?

— Oui peut-être, répondit-elle, un brin évasive.

Joseph éteignit la soufflerie du chauffage et le calme revint à l'intérieur de l'auto. Un ange passa.

— Comment ça ? insista-t-il.

— Je ne m'occupais pas de ses affaires. On se voyait et puis c'est
tout.

Joseph sourit. De sa place, il ne voyait que son profil, une mèche de cheveux qui dessinait les courbes d'une clé de sol accrochée à son oreille. La pointe du col de sa veste se courbait à chacun de ses mouvements. Louise sentit son regard, mais elle continua à fixer le macadam, comme si de rien n'était. Les lignes blanches suivaient les courbes du revêtement, sereines et un rien protectrices :

— Qu'est-ce que tu veux savoir Joseph ? Tu veux savoir si je baisais avec lui.

Elle écrasa sa cigarette dans le cendrier et le repoussa sur ses rails, confinés dans le tableau de bord.

— Oui, je baisais avec lui, dit-elle en se tournant vers Joseph et en soutenant son regard.

— On se retrouvait de temps en temps chez lui, on buvait quelques verres et puis on baisait. Ça te va comme réponse ?

Joseph ne répondit rien, lui aussi maintenant fixait le noir du goudron qui défilait, imperturbable.

Louise s'agaça :

— Je le suçais aussi. Pas à chaque fois, mais souvent…

— Allez, c'est bon, laisse tomber, je ne veux pas en savoir plus.

— Tu serais jaloux ?

Joseph, mal à l'aise, sortit à nouveau son paquet de cigarettes.

— Ce n'est pas ce que je voulais savoir, dit-il, les lèvres pincées sur sa Camel.

— Je voulais juste savoir ce qu'il représentait pour toi, poursuivit-il

— Rien Joseph. Je viens de te le dire, juste quelques heures de
bon temps, une ou deux fois par semaine.

Joseph tendit le bras et passa le dos de son index sur la plaie de sa
lèvre supérieure. Elle lui saisit la main et embrassa délicatement ses
phalanges rebondies.

— C'est différent avec toi, finit-elle par admettre.

Ça lui coûtait de se dévoiler ainsi. C'était délicat les sentiments, oh
pas ceux que chacun enterrait au fond de soi, ceux-ci n'avaient rien
à craindre. Mais ceux qui s'éventaient au grand jour étaient comme
une brûlure insidieuse. Leur fragilité se mesurait au courage qu'il
fallait pour les avouer. Joseph s'approcha de sa joue qui, bien malgré
elle, rosissait. Il l'embrassa.

*

"Une rocambolesque évasion."

Hier après-midi, un homme vêtu d'un parka kaki s'est introduit
armé d'un fusil à canon scié, au premier étage du commissariat central de Strasbourg. Il s'est ensuite faufilé dans le bureau où la présu-
mée ravisseuse de l'enfant de la famille Janel, également suspectée
d'appartenir au gang des *"folles de la Nationale 4"*, était entendue par
les services de police. Avec un aplomb déconcertant, l'homme tint
en joue les hommes de loi...

— Chienne! cracha Clod Bensoussan

Puis, il froissa rageusement le journal et le jeta à terre, où il rejoignit d'autres revues dont certaines pages, arrachées, découpées, lui
avaient servi de matrice pour écrire sa lettre anonyme.

— La chienne, reprit-il à voix haute. Tout cela complique mon
plan. Je la connais, elle n'est pas du genre à renoncer. D'ici
peu, elle va rappliquer ici.

Clod parlait seul. Il réfléchissait, la donne n'était plus la même

324

maintenant. Le timbre de ses paroles le réconfortait, le réchauffait, tant psychologiquement que physiquement.

La nuit avait été froide, surtout au petit matin. Il ne s'était pas attardé dans son lit où il avait tenté de dormir tout habillé. Le rendez-vous très concluant avec Modeste Janel, près de la piscine délabrée, n'avait pas suffi à le réchauffer. Seules les premières heures, où il s'était convaincu de sa fortune imminente, lui avaient mis du baume au cœur. Mais son sommeil avait été hanté, principalement par le visage de son frère et d'autres encore. Tous ceux qu'il avait trahis ou torturés durant sa vie s'étaient rappelés à son bon souvenir. Les morts par contre ne venaient jamais le déranger dans ses songes et pour cause, il les abattait toujours dans le dos, sans qu'il puisse apercevoir leurs visages. Alors comment les aurait-il reconnus?

Clod Bensoussan n'aimait pas la vie, surtout celle d'autrui, quant à la sienne elle ne l'intéressait guère plus, mais s'y accrochait comme la vérole sur les testicules d'un prêtre. Comme la vie était douce lors du vivant de son frère, que tout cela était loin désormais…

Une décision s'imposait. Certes, il pouvait attendre Louise ici, mais était-ce la bonne solution? Il ne doutait pas que tôt ou tard elle viendrait fouiner dans le coin. Devait-il l'attendre et lui tendre un piège? Débarrassée d'elle, l'âme de son frère serait enfin vengée, il pourrait quitter ce trou l'esprit en paix. Oui, mais il devait aussi exercer une forte pression sur Modeste Janel, sans quoi celui-ci pourrait lui jouer un sale tour, il ne lui accordait aucune confiance. Il devait battre le fer pendant qu'il était chaud. Et puis, le gros Angel avait besoin de lui, ne serait-ce que pour lui apporter de la nourriture.

Clod Bensoussan se gratta la barbe, les cheveux aussi. Dehors par le hublot, il apercevait la caravane du sculpteur et en arrière-plan, le sommet du plongeoir de la piscine désaffectée. Une graine éclosait dans son esprit tourmenté. Au premier abord, une simple petite craquelure, un fendillement délicat sur une écorce sèche, oui, tout était là. Clod sourit, mais son sourire disparut sous sa barbe poisseuse. Son regard revint à l'intérieur de son bouge. Il circula sur la cloison, sur les meubles et les objets de ce qui avait été le décor de son existence depuis tant de mois. Sous ses sourcils broussailleux, ses yeux pétillaient. L'heure avait sonné, au loin la sirène d'un train annonçait un départ imminent. Il était temps de retourner chez lui et ce grand voyage annonçait également le retour du vrai Clod Bensoussan, celui qui, par la force des choses, s'était camouflé sous les oripeaux d'un sauvage dépenaillé.

Quoi qu'il arrivât, quelle que fût la conclusion de son affaire avec Modeste Janel, il devait déguerpir de ce cloaque. N'avait-il pas prié ardemment cet instant? N'avait-il pas rêvé, nuit après nuit, de quitter cette région sans se retourner, le majeur tendu en une ultime provocation?

Cette perspective le revigora et brusquement, il se leva de son tabouret rafistolé et ouvrit la porte brinquebalante d'un placard, sous le petit évier de sa cuisine encastrée. Il prit une bouteille sans étiquette contenant du schnaps et se remplit un pot de moutarde Amora, converti en verre de table. L'alcool déborda et se répandit sur la surface plane du formica. Il but le verre d'un trait, l'effet fut immédiat, l'alcool s'insinua dans tout son corps, brûlant, sournois comme une vipère prête à bondir. Ses gestes devinrent frénétiques. Il se dévêtit, désormais il ne sentait plus le froid. Nu dans son réduit, il ressemblait à un sauvage, à un sorcier se préparant pour une procession vaudou. Son corps était digne de celui de Valentin le désossé, la peau blême, décharnée et par endroits marquée à vie par de larges cicatrices, noueuses et boursouflées.

Devant le petit miroir accroché à la cloison parmi des ustensiles de cuisine, il prit sa barbe à pleines mains et la tailla avec une paire de ciseaux rouillés. Les premières touffes tombèrent et s'amoncelèrent au sol. Il débroussailla tant qu'il put, puis lorsque le plus gros fut sauvagement coupé, il se rasa. L'opération terminée, il se rinça le visage à l'eau froide dont il activait le débit en appuyant du bout du pied sur une petite pédale au sol. Enfin, il se mira. Son reflet le satisfit et il eut la sensation de retrouver une vieille connaissance.

Sans aucune hésitation, il s'attaqua ensuite à sa tignasse. L'opération fut plus délicate, mais il y parvint. Ses longs cheveux filasse rejoignirent sur le linoléum les restes de sa barbe déchue. Ses poils s'amoncelèrent tels les oripeaux d'une larve se muant en un papillon méphitique. Clod Bensoussan se lava, soigneusement, méthodiquement, selon un rituel dont il était le seul à connaître le déroulement. Il passa un gant de toilette humide sur tout son corps, ce corps rance qu'il avait délaissé, qu'il avait maudit durant tout ce temps.

À cet instant, il s'aimait un peu plus qu'à l'accoutumée et il poussa le vice jusqu'à atomiser ses dessous-de-bras d'un déodorant bon marché. Puis, il fit quelques pas vers son lit et ouvrit la porte d'une armoire qu'il cadenassait. Une odeur de camphre s'y échappa. Il décrocha l'unique cintre qui y pendait et retrouva son costume, celui qu'il portait avant de choir dans ce port de la dernière chance. Cette penderie contenait son seul trésor dans ce bas monde, des vêtements élégants, une paire de chaussures de marque et son passeport. Comme un enfant retrouvant des jouets égarés, Clod se réjouit. Il s'habilla hâtivement, inspecta sa chemise blanche, puis enfila sa cravate et la noua soigneusement autour de son cou. Il endossa sa veste, la réajusta sur ses épaules et revint constater le résultat dans le petit miroir. Impeccable, Clod Bensoussan renaissait de sa fange. Il ne lui manquait encore qu'une petite chose pour redevenir l'être inquiétant qu'il eût été. Il retourna vers l'armoire béante et posa sa main sur une étagère vide. Il ne fouilla pas, il savait ce qu'il cherchait, le trouva et l'empoigna. Clod Bensoussan observa son Beretta. Le froid de l'arme le saisit, son poids aussi, puis il retrouva cette sensation de bien-être, cette puissance maléfique qu'elle lui procurait. Un instant, il resta coi, ému par ces retrouvailles.

L'image de son frère, sa vie passée, les bons moments, les mauvais aussi, et cette saloperie de Louise vint à nouveau le hanter. Ce fameux soir où tout avait basculé, son frère mort, gisant sur le parvis de la cathédrale de Strasbourg. Elle ne perdait rien pour attendre. Tout compte fait, son évasion était une bonne nouvelle, la prison était une mort trop lente pour elle. Ainsi sa vengeance s'accomplirait comme il l'entendait, comme il l'avait toujours rêvé, bien avant de céder à la raison et de manigancer cette histoire de fausse accusation lors de l'enlèvement du fils Janel.

Oui, elle allait crever, mais il fallait agir vite, peut-être était-elle déjà dehors à l'attendre? Cette hypothèse le rendit fébrile. Il coinça le Beretta dans la ceinture de son pantalon, sous sa veste dans son dos. Comme sa présence lui avait manqué.

Louise ne pouvait pas être déjà là, se convainquit-il. Pour l'heure, elle devait avoir l'esprit trop occupé à ne pas se faire reprendre par la police. Et cet homme au parka vert… Qui pouvait-il bien être?

Peu importait. Pour l'instant, il avait quelques heures de répit et lorsqu'elle se pointerait à sa caravane, il serait déjà loin. Mais il lui laisserait une surprise, Clod Bensoussan n'était pas du genre à calter sans régler les malentendus. Son cerveau machiavélique avait tout prévu. Il ricana, un rire sardonique, lugubre comme le couinement d'une faux aiguisée par un vent vicieux. Il s'activa sous l'évier. La bouteille de gaz était pleine :

— Badaboum, la folle de la Nationale 4…

Chapitre 24

La nouvelle de la libération de Christian Clevenot se répandit comme une traînée de poudre. Les occupants du barrage des Jeudy avaient assisté, impuissants et tétanisés par la peur, à la ruée de ces hommes casqués et armés de leurs seules barres de fer. De l'extérieur, ils avaient entendu le vacarme et le chahut de la gendarmerie qu'ils saccageaient, puis très vite, la bande armée était ressortie encadrant le jeune établi. Les assaillants s'étaient alors dispersés derrière le restaurant "La Barrière". Quelques secondes plus tard, les moteurs de grosses cylindrées avaient vrombi. En une folle anarchie, les bolides s'étaient jetés sur le macadam, l'avaient mordu et laissé derrière eux les marques noires de la gomme de leurs pneus. L'opération avait duré quelques minutes, elle avait été brève, incisive et d'une violence inouïe.

Lors de l'audition des témoins, il fut confirmé qu'aucun des assaillants n'était en possession d'arme à feu, seuls la surprise et les cris de rage avaient suffi à effrayer les deux gendarmes qui étaient d'astreinte ce matin-là. Les renforts, alertés par le fracas, étaient arrivés trop tard, les assaillants et le prisonnier avaient déjà pris la tangente.

S'en était suivi l'arrivée d'une escouade de CRS qui gara son Saviem devant le restaurant "La Barrière". Encore sous le choc, les grévistes n'osèrent pas s'opposer à leur évacuation. D'ailleurs, beaucoup d'entre eux avaient déjà quitté les lieux avant leur intervention. Des deux côtés, la tension avait monté d'un cran, puis le ballet d'un hélicoptère avait bourdonné au-dessus des toits de la bourgade. Désormais, la seule poche de résistance se trouvait de l'autre côté de la ville, sur la barricade des Steinheil.

Peu de temps après l'attaque de la gendarmerie, Alfredo Sibuana et son colonel du State Research Bureau Ougandais prirent possession de la Golf GTI de Jacky Lafortune. Ils avaient assisté à l'assaut de loin, de l'autre côté de la rivière, et ils comprirent immédiatement que tout cela virait à l'aigre.

Pressentant la tournure de la situation, de nombreux grévistes avaient fui le barrage en traversant le pont, pour se jeter ensuite dans la rue embouteillée. Des *"sauve-qui-peut"* avaient crépité de toute part, tandis que des grappes d'hommes et de femmes avaient fondu sur les deux Ougandais, les avaient dépassés et n'avaient cessé leur course effrénée qu'à quelques dizaines de mètres, à l'abri d'un camion abandonné. Trop accaparés par ce qui se déroulait sur la barricade, les fuyards ne s'étaient pas préoccupés d'eux. Des cris, puis immédiatement des pétarades de motos avaient retenti. Le coup de poing était terminé, commençait alors le déploiement des forces de l'ordre.

Mama Béa avait été la première à réagir et avait tiré sur la manche de son compatriote pour le sortir de sa stupeur. Puis, elle lui avait fait un signe de la tête, bref, mais suffisamment explicite pour qu'il comprenne que l'heure était au repli. Elle avait tourné les talons et Alfredo lui avait emboîté le pas, non sans se retourner à plusieurs reprises sur la scène qui se déroulait sur l'autre rive de la Bruche.

Ils avaient remonté la rue embouteillée, laissant derrière eux le chahut des grévistes effrayés, mus par le seul désir de quitter au plus vite cet endroit, qui, selon les pressentiments de Mama Béa, ne tarderait pas à être le théâtre des pires exactions. Nul besoin d'être un fameux stratège pour comprendre qu'après ce qui venait de se dérouler, les forces de l'ordre n'encaisseraient pas sans riposter, et les rotors de l'hélicoptère, cinglant l'air au-dessus de leurs têtes, lui donnaient déjà raison.

Le souffle court, elle était arrivée à la Maserati bien avant son coéquipier. Elle n'avait pas tenté de s'asseoir dans la voiture de sport, car elle était persuadée qu'Alfredo en avait verrouillé les portières. Pourtant, son regard avait été intrigué par une feuille de papier quadrillé, pliée en deux et déposée négligemment sur le cuir du siège passager. Fort troublée par cette étrange découverte, elle avait soulevé la poignée de la portière et à son grand étonnement, celle-ci s'était entrouverte. Elle avait saisi la feuille et découvrit en dessous un trousseau de clés. Lorsque Alfredo la rejoignit, un brin également essoufflé, elle avait déjà entamé la lecture de l'étrange missive. Le grand échalas s'était arrêté dans son dos et l'avait lu par-dessus son épaule.

— Dieu du ciel, avait-elle juré en se penchant à nouveau à l'intérieur de la Maserati pour y attraper le trousseau de clés.

— Votre ami le bolchevique nous a trouvé un camion, avait-elle scandé, en balançant sous les yeux de son acolyte les clés de la Golf que Jacky Lafortune leur proposait d'emprunter, pour se rendre au rendez-vous qu'il leur fixait dans sa prose hâtive.

— Que fait-on des bagages ? avait aussitôt demandé Alfredo.

— Pour l'instant, nous les laissons ici, je ne désespère pas que tout redevienne normal. Après ce qui vient de se dérouler sous nos yeux, je doute fort que la police continue à rester les bras ballants. N'est-ce pas Monsieur Sibuana ?

Alfredo n'avait pas d'idée à ce sujet et savait que son opinion importait peu. Il s'était alors affairé sur les portières de la Maserati et avait pris grand soin à les fermer, puis du menton, il avait indiqué à sa compatriote, la direction du chemin à emprunter pour retourner chez Lafortune.

Ils roulaient désormais sur une petite route d'un col tortueux et suivaient scrupuleusement l'itinéraire que leur avait tracé Jacky Lafortune. La conduite de la Golf, toute GTI fut-elle, n'avait rien à voir avec celle de la Maserati. Alfredo la trouvait poussive et sans reprise à la sortie des virages. Sur le trajet, ils dépassèrent l'atelier d'Angèle Bonifacio et *"L'Adolf lorgnant l'horizon"*, mais ni lui, ni Mama Béa ne reconnurent l'endroit. À vrai dire, lors de leur précédente visite, ils étaient arrivés par le chemin de l'autre côté du ruisseau, en contrebas de la route qu'ils empruntaient pour se rendre au rendez-vous de Lafortune. La Vierge Noire, comme à son habitude, fumait avec assiduité et ne pipait pas un mot. D'après le croquis de Jacky, ils ne tarderaient pas à arriver à destination, au lieu-dit du *"Pont de Mousse"*.

La route était bordée de châtaigniers et dominait un petit village encaissé qui s'étirait dans les plis de la montagne. Le vent agitait les branches des arbres, des feuilles rouges et ocre s'y arrachaient pour finir sur la chaussée avec les écorces hérissonnes des châtaignes. Alfredo rétrograda, car la côte augmentait, puis ils s'engagèrent sur une longue ligne droite où il put pousser le moteur de la Golf à fort régime et celle-ci retrouva un peu de tonus.

— D'après le plan, c'est au bout de cette ligne droite, intervint le colonel du State Research Bureau Ougandais.

— Que pensez-vous de ce revirement soudain ? osa Alfredo.

— Je ne sais pas, nous verrons bien. Avions-nous d'autres alternatives, Monsieur Sibuana ? dit-elle en se tournant vers lui.

Il interpréta son regard comme un reproche. Quoi qu'il fasse ou qu'il dise, elle trouverait toujours à redire et il n'aurait jamais à ses yeux, la grâce qu'il mériterait.

Au loin, la route disparaissait dans des halos de verdure épineuse, puis dessina une épingle à cheveux, la première de l'ascension du col, mais également le point de repère précisé par Jacky Lafortune pour leur indiquer le lieu du rendez-vous. Effectivement dans le virage, ils aperçurent un camion stationné sur une large place terreuse, à côté d'un amoncellement de grumes. Alfredo ralentit et quitta la route goudronnée, puis manœuvra et se gara à côté de l'engin. À peine avait-il coupé le moteur, que la porte de la cabine s'ouvrit. Jacky Lafortune apparut. Il prit appui sur le marchepied, sauta de l'habitacle et vint à leur rencontre d'un pas pressé. Il se tourna vers la route et la scruta pour voir si quelqu'un l'observait, puis il revint vers la Golf. Visiblement, il ne se sentait pas à l'aise. Il ouvrit la portière arrière et s'installa sur la banquette en s'y engonçant le plus possible afin de se soustraire aux éventuels regards des automobilistes qui circuleraient sur la petite route de montagne.

— Salut Alfredo, dit-il en prenant place.

Puis, il ajouta à l'attention de Mama Béa :

— Madame…

La vierge Noire feignit, comme à son habitude, de l'ignorer. D'ailleurs, elle avait l'intention de rester en retrait, de ne pas intervenir dans ce qu'elle considérait être du ressort de Monsieur Sibuana. Celui-ci se retourna et s'adossa contre la portière en enroulant son bras gauche sur le volant :

— Alors Jacky, tu as fini par me trouver un camion, lui dit-il en guise d'entrée en matière.

— Oui, oui… répondit-il, apparemment gêné par la question.

De toute évidence, le syndicaliste paniquait. Il respirait fort et avalait de grandes lampées d'air frais, beaucoup plus d'ailleurs que son corps n'en réclamait. Sur son front perlait une rosée de sueur blême, ses mains tremblaient comme celles d'une vieille femme atteinte de la maladie de Parkinson.

— Tu ne vas pas me claquer dans les doigts, lança Alfredo.

— Non, non… Il faut juste que je me ressaisisse. Je n'ai pas beaucoup de temps Alfredo, les copains m'attendent sur le barrage,
ça va chauffer, tu n'imagines même pas…

— Si! L'interrompit Alfredo, nous étions ce matin à Schirmeck.
On a assisté à l'attaque de la gendarmerie.

À ces mots, le syndicaliste attrapa au vol le regard de l'Africain. Il
coupa sa respiration et tenta en vain d'y trouver un brin de réconfort. Il réalisait qu'Alfredo était le seul ami qui lui restait, enfin le
seul qu'il n'avait jamais berné. Si cette mégère aux lunettes d'écaille
n'avait pas été là, il lui aurait tout avoué, cette merde de syndicat
qu'il trahissait depuis tant d'années, l'enlèvement du fils Janel, cette
putain de grève dont il avait perdu le contrôle…

— Alfredo, il faut que tu me rendes un service…

Il s'arrêta, se racla la gorge et lança un regard à Mama Béa :

— Il faut que vous me rendiez un service, se reprit-il.

Il appuya sur le *"vous"*, afin que la Vierge Noire se sente concernée
pas ses propos et aussi parce qu'il savait que malgré les apparences,
c'était avant tout elle qui menait la danse et qui décidait pour Alfredo. Elle leva les yeux sur lui, mais ne prononça aucune parole,
elle se contenta d'aspirer la nicotine âpre de sa mentholée et de faire
tomber la cendre par le léger entrebâillement de la vitre.

Jacky reprit :

— J'ai été obligé de conclure un marché pour obtenir ce camion.

Alfredo posa son regard sur le passager arrière.

— J'ai besoin que vous fassiez quelque chose en contrepartie…
Poursuivit-il.

— Tu veux dire que l'on pourra partir au volant de ce camion
que si l'on accepte le *"deal"* que tu as conclu en notre nom ?
s'enquit Alfredo.

Jacky, sentant monter le soudain agacement de l'Africain, tenta de le radoucir :

— Ne le prends pas comme ça, Alfredo… Je suis dans une situation délicate. Ce matin, tu l'as vu de tes propres yeux, la vallée est à deux doigts d'exploser. Comment veux-tu que je trouve un camion dans une telle situation ?

— Et puis, ajouta-t-il, hésitant, je me suis empêtré dans un bourbier monstre. Tu n'imagines pas dans quelle merde je me suis fourré. Je te demande ça en souvenir de notre amitié, parce que tu es mon ami…

Jacky Lafortune avait la voix suppliante.

— Cessez vos jérémiades, intervint la Vierge Noire, agacée par ces tergiversations. Venez-en aux faits, simplement aux faits.

*

Angel Bonifacio, le sculpteur de *"L'Adolf lorgnant l'horizon"*, s'était résigné à quitter sa paire de Charentaises. Le froid était trop violent et malgré le confort qu'elles lui procuraient, il ne pouvait pas décemment sortir, chaussé ainsi. Il opta pour une paire de bottes en plastique d'un joli vert caca d'oie, le même que celui des chasseurs de sanglier ou tout autre animal libre et sauvage. Elles ne lui tenaient pas vraiment chaud, mais le protégeaient de la boue et de l'humidité et c'était déjà mieux que rien.

Il avait quitté son atelier tôt ce matin, alors que le fils Janel dormait encore. Par précaution, il l'avait enfermé dans son réduit sous l'escalier, mais à côté de son lit, il avait pris soin de laisser un plateau de victuailles, garni de lait, Banania, pain et confiture. Il n'était pas très rassuré de le laisser seul, quelqu'un pouvait se promener autour de l'ancienne usine et l'entendre appeler au secours, si l'envie lui en prenait. Cependant pouvait-il agir autrement ?

Hier au soir, Clod n'était pas passé à l'atelier et cela le taraudait. Bien sûr, son voisin de caravane avait ses lubies, son sale caractère et en toute autre situation, il ne se serait pas inquiété. Mais voilà, ils avaient enlevé un enfant et cela était suffisant pour qu'il se fasse un sang d'encre ou qu'il se rongeât les ongles jusqu'à la deuxième phalange. Et puis, Angel ne l'aurait certainement jamais avoué, mais il étouffait dans son antre, il avait besoin de respirer le grand air.

Il avait attendu sur le bord de la route, le ramassage de l'estafette du Schwab. Il s'agissait d'une camionnette Renault au toit arrondi, le même modèle que la gendarmerie, mais d'un bleu gris et pourvu de fenêtres coulissantes sur les côtés. La navette faisait le tour des villages et ramassait les gens qui descendaient dans la vallée, principalement le mercredi, jour de marché. Les villageois pouvaient également lui téléphoner et commander ses services pour tel ou tel jour, à telle ou telle heure. En fait, le Schwab, Marcel de son prénom, faisait office de taxi de brousse dans la forêt vosgienne et cela en dépannait plus d'un. Notamment les vieux qui n'avaient jamais passé leur permis et se retrouvaient coincés dans leur village reculé.

Angel avait donc attendu quelques minutes au bord de la route, sautillant d'une jambe sur l'autre pour se réchauffer les pieds. Le froid lui pinçait le visage, mais il appréciait tout particulièrement cet air frais et agressif. Depuis l'enlèvement du fils Janel, il n'avait pas mis le nez dehors et cette sortie le ressourçait, le lavait de cet engourdissement dans lequel il macérait bien malgré lui.

Lorsque la camionnette du Schwab apparut dans le virage, il fit un pas sur la route et le héla avec de grands gestes circulaires. Le chauffeur enclencha le clignotant et se gara sur le bas-côté. Angel courut quelques mètres et tira la porte coulissante. Le Schwab et les passagers, majoritairement de vieilles femmes endimanchées pour leur sortie hebdomadaire à la ville, le regardèrent un brin éberlués.

À contrecœur, les occupants lui firent de la place sur la banquette et tandis qu'il payait son écot, la camionnette redémarra. Très vite, son odeur fauve se répandit dans l'habitacle et les fenêtres s'entrouvrirent. Angel eut un sourire circonstancié, car dans un tel réduit, les remugles de son corps macéré lui montèrent également aux narines. Il eut honte, mais pas suffisamment pour adopter une attitude contrite. Il surprit le regard du Schwab dans le rétroviseur intérieur. Celui-ci fut confus et, pour masquer sa gêne, lança à la cantonade :

— C'est râpé pour le marché à Schirmeck!

Les quelques passagers tournèrent leurs regards vers le chauffeur. Une petite vieille qui siégeait sur la banquette arrière lui répondit :

> — Ce n'est pas bon toute cette histoire de grève. Mon mari aussi a travaillé dans cette usine, c'est vrai que ce n'était pas tous les jours rose, mais de là à monter des barricades…
>
> — Oui, Madame Levert, mais à l'époque de M'sieur Levert, y'avait pas le chômage, lui répondit le Schwab.
>
> — Il est communiste, poursuivit la vieille dame.
>
> — Qui ça?
>
> — Ben mon mari… Qu'est-ce qu'il peut nous casser les oreilles avec sa lutte des classes!

Un court silence s'installa, puis elle rajouta :

> — Enfin, c'est un idéaliste. Il rêve d'un monde nouveau, ce n'est pas un méchant…

Ils se turent et le silence reprit possession de l'intérieur du véhicule. Le paysage défilait, des forêts de sapins accrochées à flanc de montagne, un ruisseau qui serpentait en contrebas… Puis les habitations se multiplièrent, quelques-unes de-ci de-là, ensuite de plus en plus, dès lors qu'ils approchaient de la ville.

Ils arrivèrent aux abords de Schirmeck et rencontrèrent un barrage de police. Le Schwab ralentit et s'immobilisa au niveau du gendarme qui lui intimait de s'arrêter, le bras tendu. L'homme en uniforme avança et salua le chauffeur d'un plat de main réglementaire, à la hauteur de la visière lustrée de son képi.

— Salut Marcel, dit-il.

Ils se connaissaient bien, mais qui ne connaissait pas Marcel Schwab dans la vallée de la Bruche?

— Qu'est-ce qui se passe? demanda-t-il à son ami gendarme.

— L'accès au centre-ville est interdit, le marché est annulé, le mieux, c'est que tu passes par La Claquette et que tu déposes tes voyageurs à la gare de Rothau.

Machinalement, l'homme de loi lui indiquait, l'index tendu, la direction d'une petite route sur la droite.

— Ça va mal finir toute cette histoire, lui répondit le chauffeur fataliste.

— Ouhai! Je crains le pire. Ils sont furieux dans les hautes sphères. Ça va finir en carnage…

Mais Marcel Schwab n'entendit pas la fin de la phrase du gendarme. Un hélicoptère de la police vola au-dessus de leurs têtes, tellement prêt que l'air fouetté par ses pâles gifla leurs visages.

Chapitre 25

Après l'assaut de la gendarmerie, les grévistes de chez Jeudy abandon-
nèrent sans heurts le barrage qu'ils occupaient à l'entrée de Schirmeck.
Les CRS prirent possession des lieux et l'ordre leur fut donné de déblayer
la route. Ceux-ci s'étaient dévisagés, puis concertés et avaient décidé à
l'unanimité d'ignorer cette injonction. Il n'était pas de leur ressort de
dégager la voie publique; maintenir la paix et la sécurité, oui, mais
le ménage, non. Ils étaient des militaires de métier, non des appelés
du contingent, corvéables à merci. Le maire de la bourgade était alors
intervenu et avait proposé d'appeler les agents municipaux en renfort.
Quant à l'autre bout de la ville, sur le barrage des Steinheil, l'heure
était grave. Les Jeudy les avaient rejoints et leur avaient relaté le fil de
l'histoire, l'attaque de la gendarmerie, la libération de Christian Cle-
venot, l'arrivée des CRS... Les Steinheil s'étaient massés autour d'eux et
les avaient écoutés, suspendus à leurs paroles véhémentes et frénétiques.
Ce fut sans doute à cet instant que chacun prit conscience de la situa-
tion. Ils ne pouvaient plus faire marche arrière, la machine était lancée
et malheureusement, rien ni personne n'en avait encore le contrôle.

À Rothau, Angel Bonifacio sortit du bistrot en face de la mairie. L'endroit était enfumé et accueillait le matin à partir de onze heures, soit l'heure de l'apéritif, bon nombre de vieux retraités de chez Steinheil. Ceux-ci tapaient le carton jusqu'à midi, heure où la Couennante libérait ses ouvriers pour la pause de la mi-journée, et retournaient chez eux pour mettre les pieds sous la table. Même au rebut, leurs habitudes se calquaient toujours au rythme de la sirène et lorsqu'ils croisaient un ouvrier en activité, leurs discussions tournaient toujours autour de l'usine.

Angel connaissait la plupart d'entre eux. Lorsque l'envie de buriner la pierre lui manquait, il tuait souvent ses journées en leur compagnie. Il ressentait à leur égard une certaine affection paternelle. Jamais ceux-ci ne l'avaient mis à l'écart, même si quelques fois, ils lui avaient conseillé de prendre un bon bain, tant son odeur imprégnait ses alentours.

Ce matin-là, après être descendu de la camionnette du Schwab, Angel avait remonté la grande rue de Rothau et était passé devant l'usine Steinheil. À l'entrée, le piquet de grève ne comptait guère de monde, le gros des troupes s'était rabattu sur le barrage à l'entrée de Schirmeck et les cars de CRS les avaient suivis, entraînant dans leur sillage les micros des journalistes.

Il régnait dans le village, une atmosphère de désolation, pourtant rien n'avait changé, la couleur des façades des maisons était toujours en harmonie avec le gris du ciel. Au travers des rideaux s'activaient les regards épieurs. Il ne les voyait pas, mais il les sentait, tandis qu'au loin, les corbeaux volaient bas, tels des vautours furetant sur une charogne indicible. Angel avait beau se creuser la cervelle, les mots lui manquaient pour expliquer cette sensation, bien plus épidermique que raisonnée.

Son regard avait-il changé? Ne percevait-il plus de la même façon le décor où il s'ébrouait depuis si longtemps déjà? La perspective de quitter prochainement la vallée lui ouvrait les yeux, lui montrait les choses sous un autre angle. Durant de longues soirées arrosées, sous l'auvent de sa caravane, son ami Clod et lui en avaient si souvent parlé. Le rêve se muerait bientôt en réalité, encore quelques fines membranes à percer et le nouvel Angel sortirait de son cocon. Avec de l'argent, on maîtrisait sa vie, on lui conférait du sens. Désargenté, on la subissait et elle ne valait pas la peine que certains se donnaient à la préserver.

Angel descendit les quelques marches du bistrot et atterrit sur le trottoir étroit. Il s'était accoutumé à la chaleur douillette du bar et le froid, malgré les deux cafés calvas qu'il venait d'ingurgiter, le saisit à la gorge. Il referma sur son cou le col de son manteau et remonta la rue à grandes enjambées. Ses épaules tanguaient de gauche à droite, agitées par le roulis imaginaire d'une mer en furie. Ah l'Espagne ! Rien que d'y penser, Angel sentait les rayons du soleil lui lécher la peau. Clod lui avait parlé de la Costa del Sol, de ses bars bruyants, parsemés de jolies femmes, des boîtes de nuit de Torremolinos ou encore, des fameuses plages de Malaga. Angel n'avait jamais quitté la vallée, il y était né et son destin, jusqu'à sa rencontre avec Clod, voulait qu'il y mourût. Tout cela allait-il changer ? Pouvait-il croire en une vie meilleure ? Angel était comme Saint Thomas, tant qu'il ne serait pas dans le train pour l'Espagne, il n'y croirait qu'à moitié et puis, à trop y croire, il craignait que cela ne lui portât la guigne. Cette histoire d'enlèvement du fils Janel était loin d'être close, même si dans son esprit, il se sentait à l'abri parce que Clod avait réussi à détourner les soupçons sur autrui. Sur le moment, il n'avait pas compris pourquoi il avait bombé le mur de la chambre du môme avec cette inscription *"Les folles de la Nationale 4 sont de retour"*. Il ne savait même pas ce que cela signifiait. Mais lorsqu'il lui expliqua son geste, son admiration pour son ami s'était amplifiée. Un tel plan ne pouvait naître que dans un cerveau supérieur. Par contre, le lendemain matin, Jacky Lafortune n'avait pas été très content. Il les avait retrouvés en hurlant et en brandissant sous leurs yeux la Une des Dernières Nouvelles d'Alsace. Mais Clod savait se faire respecter et Jacky l'avait mis en veilleuse très vite.

Angel avait une confiance aveugle en son ami Clod, seulement son absence d'hier soir le titillait et il espérait sourdement que rien de grave ne lui était arrivé.

À la sortie de Rothau, il traversa la rue et emprunta le chemin cabossé qui menait au camping. Il aperçut au loin leurs caravanes, un peu à l'écart près de la rivière. Tout semblait calme, aucune agitation n'émanait de leurs tanières. Clod devait cuver son vin dans son lit, d'ailleurs il distingua sous l'auvent, sa mobylette Peugeot 103, dont un casque pendait au guidon, preuve que Clod était bien là.

Il activait le pas, un peu comme un cheval sentant l'écurie proche, quand il entendit dans son dos le couinement des suspensions d'une automobile. Il se mit sur le côté et se retourna pour laisser passer le véhicule. Une Renault 5, orange fluorescente, roulait au pas et, à chaque ornière, les amortisseurs grinçaient. Il n'aperçut pas le visage de la conductrice, qui était dissimulé derrière le pare-soleil rabattu, mais il put observer tout à son aise, l'homme sur le siège passager. Il ne le connaissait pas et le voyait pour la première fois, il en conclut qu'il s'agissait d'un étranger. La Renault le dépassa. Le passager, qui portait un parka vert, lui fit un petit geste du bras comme pour s'excuser de le déranger. Angel Bonifacio secoua la tête et lui répondit également d'un geste amical de la main.

L'automobile continua à cahoter sur le chemin défoncé et au bout tourna sur la gauche vers la piscine désaffectée. Ce n'était donc pas de nouveaux arrivants au camping, se dit Angel. Qui voudrait goûter aux joies de la vie en plein air en une telle saison ? Dommage, une présence féminine aurait pu agrémenter leur quotidien, car Clod et lui étaient les seuls occupants des lieux. Puis, Angel Bonifacio eut un sourire vicieux et cracha à voix haute :

— Encore deux tourtereaux qui cherchent un coin tranquille. La petite salope ne peut plus attendre, elle mouille déjà rien qu'à l'idée de se faire baiser…

*

Louise et Joseph arrivèrent dans la vallée de la Bruche par le col du Champ du Feu. Une brume épaisse et poisseuse les avait accueillis au sommet et les avait accompagnés dans la descente jusqu'au niveau du Struthof. Peu à peu, le brouillard s'était dissipé et le camp d'extermination nazi leur était apparu. Joseph fut pétri d'horreur par ce lieu sordide, tout droit sorti d'un cerveau dérangé. Pour ne pas oublier, quelques baraquements avaient été sauvegardés sur les lieux du camp, cerclé de barbelés et de mirador. Les autres emplacements subsistaient toujours, mais ceux-ci étaient vides, simplement recouverts d'un gravier rouge, en souvenir… Ça puait la mort. Pas de celle qui survient à l'improviste, non, de la dégueulasse, lancinante et perverse, de celle qui ravit les bourreaux sadiques, qui fait jouir les bêtes cruelles. Tout n'était que souffrance et agonie, une parfaite composition de la saloperie humaine.

Quant à la chambre à gaz, qui se situait un peu plus bas, à l'extérieur du camp, Louise la lui avait indiquée de l'index, en contrebas de la route, face à une auberge.

Ils dévalèrent ensuite la montagne par une belle route sinueuse, savamment étudiée… De tout temps, par toutes saisons, les prisonniers du camp l'avaient construite, mètre après mètre, mort après mort, succombant aux coups de schlagues, au froid, aux manques de sommeil, à la malnutrition…

Un silence pesant s'était installé entre Louise et Joseph. De quoi pouvaient-ils discuter en un tel lieu? Les mots étaient vains, vides de sens, insignifiants…

Le panneau de Rothau les accueillit et les libéra, un tant soit peu, du sentiment de dégoût qui les avait envahis durant toute la descente du col. Joseph alluma deux Camel sans filtre et en tendit une à Louise. Ils fumèrent pensifs, puis elle lui montra le cinéma *"Le Royal"*. Il lui sourit, car il ne l'imaginait pas vraiment ouvreuse de cinéma.

— Eh oui, que veux-tu? C'est un métier comme un autre, lui dit-elle pour répondre à son petit sourire narquois.

Durant le trajet, elle lui avait parlé de cet homme étrange qui l'épiait tous les samedis en fin d'après-midi. Il s'installait, seul sur le banc de pierre du monument aux morts, face au cinéma et ne la quittait plus des yeux. Au début, elle l'avait considéré comme un pauvre bougre qui se rinçait l'œil pour pas cher, mais sa présence systématique avait fini par l'intriguer. Elle s'était alors renseignée sur lui, mais guère de gens le connaissait. Par contre, tous s'accordaient sur un fait, il logeait au camping municipal. Il était apparu quelques mois auparavant, peu ou prou en même temps qu'elle, avait-elle noté, et celui-ci ne fréquentait personne, hormis un autre dégénéré de son acabit, qui vivait dans une caravane mitoyenne à la sienne.

Jusqu'à son arrestation, elle avait oublié son étrange visiteur du monument aux morts, puis lors de sa courte détention, il lui était revenu à l'esprit comme une évidence.

Quelqu'un l'avait dénoncé à la police, une lettre anonyme l'avait désignée comme appartenant au gang des *"Folles de la Nationale 4"*. Qui connaissait son ancienne vie? Elle avait savamment brouillé les pistes pour que l'on ne remontât pas jusqu'à elle. Mais, plus que tout, la lettre anonyme l'avait intriguée, car si quelqu'un l'avait reconnue, pourquoi la dénoncer de cette manière? Il était plus simple de se rendre directement à la police et de tout lui raconter. De toute évidence, quelqu'un voulait lui nuire, cette inscription sur le mur de la chambre du fils Janel en était la preuve flagrante. Mais était-ce vraiment d'elle que le corbeau voulait se débarrasser, ou à travers elle, voulait-il atteindre Christian et déstabiliser le mouvement de grève ?

Dans sa cellule, elle avait eu tout le loisir de passer en revue les derniers mois de son existence, de se remémorer ses faits et gestes, de douter des gens qu'elle avait rencontrés. Mais à chaque fois, la silhouette de l'homme au monument aux morts resurgissait. Elle ne savait pas qui il était, ni ce qu'il cherchait, mais pour l'heure, Louise n'avait pas d'autres pistes et elle était bien décidée à éclaircir ce point.

Ils traversèrent le village de Rothau et à sa sortie, ils bifurquèrent sur la route de terre qui menait au camping. Ils roulèrent doucement, les amortisseurs de la Renault n'étaient plus tout jeunes et ils souffraient bruyamment sur le chemin troué d'ornières gorgées d'eau boueuse. Après quelques centaines de mètres, ils aperçurent un gros pataud dont le bas de sa côte bleue était enfoui dans des bottes en plastique kaki. Aussitôt, Louise rabattit le pare-soleil et se redressa sur son siège afin de dissimuler son visage.

— Je connais ce gars-là, dit-elle à Joseph, c'est le voisin de l'homme du monument aux morts. Il m'a certainement déjà vue, il ne faut pas qu'il me reconnaisse.

Joseph se redressa également et fit un geste amical à l'homme qui était monté sur le bas-côté pour les laisser passer. Le gros lui répondit par un geste de la main et un sourire poli, qui dévoila son incisive manquante. Au bout du chemin, Louise tourna sur la gauche, vers ce qui ressemblait aux ruines d'une piscine abandonnée. Dans son rétroviseur extérieur, Joseph aperçut le gros botté, sur le marchepied d'une caravane. Sa main s'apprêtait à saisir la clenche de la porte d'entrée…

*

Après quelques fausses manœuvres et un démarrage hoquetant, le Stradair quitta la terre boueuse et s'engagea sur le bitume. Alfredo Sibuana, l'homme de toutes les situations, n'avait pas conduit un tel engin depuis son passage dans l'armée ougandaise, lors de la prise du pouvoir par le Général Idi Amin Dada. Mais très vite, de vieilles habitudes revinrent et sa conduite s'assouplit.

Mama Béa, toujours accrochée à ses mentholées, regardait la route avec une certaine crainte et se cramponnait, bien malgré elle, au tableau de bord lorsque le camion appréhendait un virage un peu serré. Elle semblait toute menue et chétive dans l'immensité de la cabine. Trop concentré sur sa conduite, Alfredo n'osait pas détacher son attention des bandes blanches qui délimitait la voie.

Jacky Lafortune avait récupéré sa Golf GTI et les devançait, puis très vite il avait disparu loin devant. Il était pressé, très pressé, avait-il prétexté à maintes reprises. Il les rejoindrait à 14 heures chez le sculpteur, qui les attendait et surtout, s'impatientait de leur venue. Ils y retrouveraient également celui qu'il prénommait Clod. L'endroit, ils devaient s'en souvenir, était calme et idéal pour leur petit marché, leur petit arrangement, avait-il geint, en fuyant le regard des deux Africains.

Au début, Alfredo l'avait écouté sans broncher, mais au fond de lui, il fulminait. Un meurtre en échange d'un camion, si beau fût-il, il ne manquait vraiment pas d'air. Le syndicaliste était allé jusqu'à lui faire l'article du véhicule, un Stradair de chez Berliet, un modèle révolutionnaire, certes un peu vieux maintenant, mais très bien entretenu. Il bénéficiait de suspension *"Airlam"*, un mélange combiné de lames de ressorts et de coussins d'air qui générait un confort absolu pour le conducteur.

— Tu seras à l'aise comme dans une voiture, avait-il ajouté, et même avec une charge de cinq tonnes sur le plateau, tu ne la sentiras pas dans le volant. Une pure merveille…

Fallait-il qu'il soit aux abois, qu'un couteau affilé flirtât avec les plis graisseux de son cloître pour se rabaisser à de telles vilenies ?

De son côté, Mama Béa avait réprimé sa colère. Au départ de la discussion, elle avait décidé de ne pas intervenir, de laisser Alfredo se débrouiller tout seul, mais cet idiot n'avait pas cessé de lui lancer des regards en biais, l'appelant à la rescousse. Elle s'était alors retournée sur son siège et avait pris appui sur le tableau de bord. Le spectacle de Jacky Lafortune, rabougri comme une vieille pomme, aspiré dans les profondeurs de la banquette arrière, la déstabilisa. Il était aux abois, sans défense, presque larmoyant, elle ne connaissait rien à la pitié, ni à la commisération, mais elle fut submergée par un étrange sentiment. Lafortune ne lui inspirait alors qu'indifférence et dédain, le voir ainsi à sa merci l'avait émue comme personne auparavant ne l'avait touché. Devenait-elle couarde ? Elle, qui avait fui toutes les émotions humaines afin de ne pas dévoiler ses faiblesses, campait là, dans une voiture miteuse, à l'orée d'une forêt glaciale, tétanisée par l'émotion.

Très vite, elle s'était ressaisie, mais elle avait craint que son passage à vide ne se vît comme le nez rouge d'un Barios sur un visage blême. Elle avait redoublé d'efforts pour masquer ce qu'elle éprouvait, cette chose si méconnue qui l'emplissait, qui la submergeait. Ce sentiment devait disparaître, il fallait l'écraser, le nier, l'anéantir. Oui, rien de tel pour redevenir ce qu'elle avait toujours été, une femme froide et déterminée.

— Monsieur Lafortune, avait-elle enfin osé, vous tentez de nous faire chanter ?

À ces mots, le syndicaliste avait sursauté. Ses yeux s'étaient levés et s'étaient portés sur Mama Béa. Il savait au fond de lui qu'Alfredo n'était pas celui qui décidait, mais elle l'avait pris au dépourvu :

— Que voulez-vous dire, Madame ?

— Vous nous savez acculés, n'est-ce pas ? Le joyeux bordel, qui règne dans votre vallée de bolcheviques, nous cloue ici. J'ai le sentiment que vous abusez de la situation.

À cet instant, Jacky Lafortune avait baissé les yeux et avait tenté de bredouiller quelques mots :

— Je comprends, mais…

— Taisez-vous, lui avait-elle ordonné, rengainez votre apitoiement de jeune bru déçue et écoutez-moi. Vous nous servez vos boniments comme si nous étions tombés de la dernière pluie. Je ne sais pas exactement dans quel pétrin vous vous êtes enlisé, mais vous sentez mauvais, Monsieur Lafortune, vous puez la mort. Nous ne sommes pas dupes, nous avons aperçu cet enfant chez votre ami le sculpteur. Cela n'aurait eu aucune importance si nous ne lisions pas les journaux, notamment l'histoire de l'enlèvement du fils Janel. Je ne peux pas dire jusqu'à quel point vous êtes impliqué dans cette affaire, mais vous y trempez, ça c'est une certitude.

La Vierge Noire avait fait une pause, le pauvre Jacky Lafortune s'enfonçait de plus en plus dans son siège.

— Mon Dieu, comment se fait-il que cet être infâme m'émeuve ainsi ? avait-elle pensé en le détaillant.

Puis elle avait repris à voix haute :

— Pour une sombre raison qui ne me regarde pas, vous voulez vous débarrasser de ce Clod Bensoussan et, en échange de sa neutralisation dirons-nous, vous nous remettez les clés de ce camion. Tels sont les termes du marché que vous nous proposez ? N'est-ce pas ?

Jacky Lafortune ne broncha pas, alors elle poursuivit :

— L'échange n'est pas très équitable, me semble-t-il.

Comprenant enfin où cette vieille chouette voulait en venir, le syndicaliste se ressaisit :

— Que voulez-vous de plus ?

— L'argent de *"l'Adolf lorgnant l'horizon"*, avait-elle répondu sèchement... Et la moitié de la rançon demandée à la famille
Janel, avait-elle ajouté avec un sourire presque aguicheur.

Chapitre 26

L'ultime jour, le dernier combat, le combat de trop... Qui pouvait envisager une telle issue ? Pour l'heure, il n'était pas question de flancher, ce serait se renier, s'oublier dans les méandres du renoncement. La lutte acharnée que menaient les grévistes depuis plus de deux semaines maintenant ne pouvait pas se clore ainsi. Qui pourrait alors accepter le reflet de son image renvoyé par les yeux de son enfant ? La vie était courte et les illusions s'égrenaient avec le temps. Aujourd'hui, ne rien faire, ne rien tenter serait pire que la mort, ce serait l'acceptation d'une lente agonie, d'un profond mépris de soi.

Chacun, conscient de cette ultime décision à prendre, errait de petits groupes en petits groupes. La rébellion pour ce dernier tour de piste réclamait un meneur, un homme qui les guiderait, qui se sacrifierait sur l'autel de la justice... Mais depuis ce matin, après son évanouissement en apprenant la libération du jeune établi, Jacky Lafortune brillait encore par son absence.

Ce fut tout d'abord un vacarme assourdissant, accompagné d'une secousse et d'un souffle ravageur. Ensuite, une lumière brève et cinglante balafra la caravane, puis le silence s'installa, glauque et blafard comme celui de l'annonce d'un décès. Enfin, une pluie d'objets hétéroclites retomba aux alentours à un rythme asynchrone.

Impuissants, Louise et Joseph avaient assisté à l'explosion. Tout était allé très vite. À peine le moteur de la Renault 5 coupé, elle avait retenti et crevé leurs tympans. Ils étaient restés cois quelques secondes, puis sans se concerter, ils s'étaient éjectés du véhicule et précipités sur les lieux du drame. Joseph gardait en tête l'image du gros s'apprêtant à ouvrir la porte de la caravane. Ensuite, plus rien, le trou noir, la fumée, puis une odeur âcre de plastique fondu flotta dans l'air et les embauma d'un linceul postatomique.

Lorsqu'ils arrivèrent sur les lieux, il ne subsistait plus que le châssis de la caravane et l'ossature d'une charpente d'appoint, calcinée, mais solidement arrimée dans des blocs de béton. Aux alentours immédiats, les cloisons d'une autre caravane étaient couchées sur le flanc. Des objets domestiques jonchaient le sol et dévoilaient sans pudeur, l'intimité des occupants. Des vêtements épars trempaient dans la boue, mêlés aux éléments d'une vaisselle désuète. De l'épave émanaient des flammèches courbées par le vent et certains fils électriques crépitaient encore comme les derniers sursauts d'une vie qui s'effaçait.

Plantés au centre de ce désastre, Louise et Joseph cherchèrent le gros homme. Des feuilles de papier, peu pressées de retrouver les décombres, virevoltaient dans l'air. Puis, ils perçurent des gémissements qui provenaient de dessous les débris de la caravane explosée. Parmi les gravats, un panneau de polyuréthane n'avait pas trop souffert de la déflagration, seuls les carreaux des deux fenêtres, qui ornaient de part et d'autre la porte d'entrée, avaient explosé. La face qui s'offrait à leurs regards était couverte par endroits, de lambeaux d'un papier peint démodé, tandis que les fixations de meubles accrochés brinqueballaient encore. Louise et Joseph se placèrent à chaque extrémité du panneau et le basculèrent. Joseph fut surpris par sa légèreté. Le gros était en mauvais état, d'ici peu, il rejoindrait le territoire des ombres ; nul besoin d'avoir fait médecine pour oser ce pronostic.

Louise se pencha sur le corps et lui souleva la tête. L'explosion avait mis en charpies ses vêtements et du sang suintait de toutes parts. Un éclat lui avait emporté l'œil ainsi que la partie gauche du visage. Les chairs écorchées clapotaient par endroits, soulevées par des bulles d'airs agonisantes. L'homme vivait les dernières secondes de son calvaire, mais celles-ci devaient lui sembler longues comme l'éternité. Il balbutiait et Louise approcha son oreille de ses lèvres.

— *"L'Adolf lorgnant l'horizon"*… Les anciennes forges du Framont…

Ses mots se mêlaient à un salmigondis de salive teintée de sang. Puis il eut un soubresaut, le dernier, avant de s'abandonner à la mort. Son regard cyclope chercha sur le visage de Louise un peu d'aide. Sa vie s'envolait, mais la dernière image qu'il emportait avec lui pour ce long voyage solitaire était la plus belle que sa chienne d'existence ne lui ait jamais offerte. Il partit en enfer serein.

Louise relâcha la tête du gros. Sa main était couverte d'un liquide gluant et brunâtre.

— Il est mort, dit-elle à Joseph qui lui tournait le dos, accroupi sur les débris du panneau.

Il étudiait minutieusement ce qui semblait avoir été le bas de la porte d'entrée de la caravane. Puis il se retourna vers Louise et la héla :

— Regarde ceci, lui désigna-t-il, du bout de l'index.

Louise enjamba le cadavre du gros et s'agenouilla à ses côtés.

— Normalement à cet endroit est fixée une lamelle de caoutchouc qui rend hermétique la porte. Elle sert à se prémunir des courants d'air. Quelqu'un a dévissé la mâchoire qui la maintenait rivetée à la porte et l'a remplacée par une rangée d'allumettes.

357

Il fit basculer ce qui restait de la porte et se pencha sur sa tranche inférieure. Sûr de son fait, il poursuivit :

— En tirant la porte, le gros les a frottées sur le sol. Si à l'intérieur, quelqu'un de mal intentionné a laissé s'échapper le gaz d'une bonbonne, il a suffi d'une étincelle pour que tout explose.

— Tu penses qu'il ne s'agit pas d'un accident ?

— Regarde.

À nouveau, il lui désignait le bas du montant de la porte qu'il maintenait en équilibre.

— L'explosion les a consumées, mais si tu observes de plus près, tu constateras qu'il reste le bout des allumettes dont la mâchoire en laiton les a protégées du feu.

Joseph se redressa et lâcha la porte qui claqua sur le chambranle.

— Ce genre d'allumettes existe en Espagne, tu peux les allumer sur n'importe quelle surface, tu n'es pas obligé d'avoir un grattoir. Mais je crois qu'elles sont interdites d'utilisation en France, pour des raisons de sécurité évidente. Il suffit que quelqu'un marche dessus pour l'enflammer, je te laisse imaginer les dégâts que cela pourrait occasionner dans une usine.

Louise s'écarta du panneau et scruta les alentours immédiats.

— On ne peut pas rester ici plus longtemps, il faut déguerpir au plus vite avant que la police ne rapplique.

Elle prononça ses paroles sans se soucier de la réaction de Joseph. Son regard fouillait les débris de l'explosion quand elle fut intriguée par une revue dont les pages claquaient au vent. Quelques pas suffirent pour s'en approcher, s'agenouiller, la saisir et se relever.

— C'est notre homme, lança-t-elle en faisant demi-tour.

D'une main, elle tenait la revue ouverte et lui présentait des pages qui ressemblaient à de la dentelle. Elle fit quelques pas vers Joseph :

— Ce gars écrivait des lettres anonymes, en voici la preuve.

Elle lui montra les pages de la revue dont les lettres de certains titres d'articles étaient soigneusement découpées.

— C'est bien la preuve que celui qui habitait ici s'adonnait à l'art de la missive anonyme, dit-elle en balançant le quotidien là où elle l'avait trouvé.

Joseph lui saisit le coude.

— Viens, il faut déguerpir avant que quelqu'un ne s'amène. Un tel boucan a certainement donné l'alerte.

Ils pressèrent le pas jusqu'à la Renault 5. Au loin déjà, la sirène des pompiers s'intensifiait. À son tour, Joseph prit le volant et démarra en trombe. Le temps pressait et sur le chemin cabossé, il ne prit pas les mêmes précautions que Louise lors de leur arrivée. L'auto avala de plein fouet les ornières, dérapa dans la boue. Joseph s'agrippait au volant pour maintenir le véhicule dans sa trajectoire, tandis que Louise heurtait de la tête le plafond et les montants de l'habitacle. Ça secouait dure, quand ils atteignirent enfin le bitume déroulé.

— Ce n'était pas le gros qui devait mourir ce matin, osa Joseph lorsque leur voiture croisa à contresens la camionnette des pompiers.

La sirène hurlante masqua la fin de sa phrase, mais Louise ne lui demanda pas de répéter, elle avait compris.

— Toute cette mise en scène m'était destinée, confirma-t-elle.

— Oui, ça ne fait aucun doute, reprit Joseph. Ce salopard avait prévu que tu passerais lui rendre visite. Ton homme du monument aux morts ne ressemble pas à l'abruti que tu m'as décrit. Ce gars-là est drôlement malin…

Le silence flotta dans l'habitacle, rythmé désormais par le ronron du moteur qui avait retrouvé son allure de croisière.

— …Et apparemment, il t'en veut à mort, ajouta Joseph !

*

À toute berzingue, Jacky Lafortune dévalait les prémices du col du Donon. Son cœur claquait dans sa cage thoracique, aussi vite que les vilebrequins de sa Golf GTI. Il contrôlait mal sa furie, mais pour l'heure sa seule obsession était de retrouver au plus vite le barrage des Steinheil.

Il avait déguerpi du Pont de Mousse en laissant Alfredo et sa négresse se débrouiller seuls avec le camion. Cette satanée bonne femme lui avait glacé les os, son marché frisait l'indécence, mais avait-il d'autres solutions ? Il se sentait comme jeté dans un hachoir à viande dans lequel, pour l'instant, seuls ses bras étaient pris dans les énormes mâchoires, mais inexorablement le reste de sa carcasse serait bientôt happé et broyé à son tour.

Il devait réfléchir sinon il ne sortirait pas indemne de ce fatras de mensonge. Toute sa vie avait été un tissu de concessions, de compromis véreux et de reniements pestilentiels. Pour résumer la situation, la Vierge Noire voulait récupérer l'argent qu'Alfredo lui avait versé pour l'achat de *"L'Adolf lorgnant l'horizon"*, lui, Jacky Lafortune n'avait pas encore payé Angel Bonifacio, il lui était donc facile de le lui rendre, fut-il encore qu'il le désirât. En ce qui concernait l'enlèvement du Fils Janel, elle avait également tout compris, enfin à un petit détail prêt, détail qui avait son importance, l'instigateur du rapt était Monsieur Janel, le père même de l'enfant, donc question rançon, elle devrait repasser.

Jacky Lafortune avait dit oui, d'ailleurs lui aurait-elle demandé la lune qu'il serait allé la décrocher. Ce qui importait pour l'instant, c'était l'élimination de Clod Bensoussan, le faire disparaître, et avec lui son odieux chantage et ses menaces de tout révéler. Sa mort établie, il porterait la responsabilité de toute cette affaire d'enlèvement. En toute logique, le gamin pourrait réapparaître au grand jour sans que lui et le chef du personnel soient inquiétés. Pour sa part de rançon, la Vierge Noire pourrait toujours la réclamer, quant à en voir la couleur, ceci était une autre histoire. Lui et Modeste Janel avaient besoin d'Alfredo et de son Colonel pour se débarrasser de Clod Bensoussan, après, ils ne leur seraient de plus aucune utilité. Qui s'inquiéterait de la disparition de deux négros, collectionneurs de statues douteuses du IIIème Reich. De même pour Angel Bonifacio, le sculpteur décati, il en ferait son affaire, un tel sac à vin se contenterait d'une nuit chez une pute et d'une caisse de Saint Morand. Jacky Lafortune n'en doutait guère et il voyait encore plus loin, car, toute cette histoire remise en ordre, il tiendrait ce rat de Modeste Janel. Alors il payerait, ah... ça oui, il payera, et le prix fort, il lâchera son argent, il n'aura pas d'autres solutions.

Le syndicaliste se rêvait riche, pas comme un nabab, mais suffisamment pour s'autoriser une petite retraite au soleil. Il avait retrouvé une certaine sérénité, son plan tenait la route, certes quelques incertitudes subsistaient, mais la proche perspective du dénouement de cet imbroglio le revigora.

    — Putain, 11 h 30, brailla-t-il lorsqu'il lut l'heure sur sa montre-bracelet.

    — Deux heures et demie avant le rendez-vous fixé par Clod Bensoussan. C'est trop juste, c'est vraiment trop juste et il appuya sur l'accélérateur.

Au loin se profilait le barrage des Steinheil.

*

Le collège était de style années cinquante. L'architecte avait dessiné l'entrée, ronde comme la tourelle d'un petit aérodrome de province. Une avancée de béton renforcé en épousait la courbe et formait un auvent qui rejoignait la façade du bâtiment, puis au niveau du premier étage, elle finissait sa lancée sous forme de corniche. Au rez-de-chaussée, de grandes baies vitrées courraient sur un couloir où de nombreux vêtements d'enfants étaient accrochés à un portemanteau sans fin. Pour entrer dans l'établissement, les collégiens devaient monter un escalier qui suivait également la courbe de l'auvent, ensuite ils passaient sous un porche, dont les lourds battants s'ouvraient sur un vaste hall.

Il n'était pas aisé de venir étudier, surtout lorsque l'on habitait dans un village des alentours et que la grève perturbait le bon fonctionnement des transports. Quelques élèves retardataires jouaient sur les escaliers, pas vraiment pressés d'aller en cours. La situation de ces derniers jours les excitait, ils sentaient bien, sans vraiment comprendre, qu'il se passait des choses extraordinaires et cela suffisait à leur bonheur.

Face au collège, de l'autre côté de la route, les autocars gris des fonctionnaires de police étaient garés cul à cul. L'intérieur des véhicules était inoccupé, seule la silhouette d'un homme en apparence endormie, la tête posée sur le carreau, contredisait le tableau. La lumière, plombée par le ciel bas, luisait sur les vitres du véhicule et l'entrée du collège s'y reflétait en traits ondulés. L'homme ne dormait pas. Son esprit planait sur une mer de blé blond, doré par un soleil ardent. Au détour de quelques monts dodus, dans le creux d'un val serein, un village aux tuiles d'argiles chaudes se dessinait. Après quelques tourbillons autour du clocher, frôlant de près une girouette au repos, il poursuivait vers d'autres paysages mélancoliques. Là-bas, un bosquet de hêtres aux feuilles ciselées frétillait sous de douces risées. L'étang, dans lequel se miraient les grands arbres, grouillait de poissons, ses tréfonds étaient généreux comme le corps d'une femme consentante. Enfin, la vie était douce. Il savourait la paix d'une retraite bien méritée.

Guy Drut avait prétexté un malaise passager pour s'isoler au fond du bus. Tandis que le reste du peloton exécutait les ordres assénés par les supérieurs, lui tirait au cul. Il avait déjà tant donné de sa personne qu'il laissait ça maintenant aux jeunes.

Tôt ce matin, les collègues CRS avaient été appelés en urgence à la gendarmerie de la ville. Un coup de main y avait été perpétré, mais ce type de mission n'était pas du ressort des voltigeurs, du moins, pas dans leurs attributions premières. L'ordre de se préparer, leur avait tout de même été lancé, au cas où, car ils étaient toujours appelés en derniers recours.

Les collègues avaient déchargé les motos d'un camion militaire, spécialement affrété pour cette petite virée en province. Ils avaient vérifié le bon fonctionnement des mécaniques, puis par acquit de conscience, ils avaient graissé les chaînes et huilé les poignés des gaz. Chaque pilote avait réglé la pression des pneus selon ses préférences, car cette étape de la préparation était primordiale. Trop gonflé le deux roues risquait le dérapage systématique sur le gravier alors qu'à contrario, le manque de pression altérait sa maniabilité, notamment sur les trottoirs ou dans les escaliers. Le pilote devait donc trouver un juste milieu entre sa conduite, le terrain urbain et le poids de son passager.

Guy Drut faisait équipe avec un bleu, tout juste sorti frais émoulu de son école. Comment se nommait-il déjà ? Il en avait vu tant passer durant sa carrière qu'il ne retenait plus leurs noms, quant à leurs prénoms… Lors d'un assaut, on ne s'adressait pas la parole, juste des signes pour aller dans telle ou telle direction.

Guy Drut ne parlait pas avec son binôme, ni avant, ni après l'assaut, d'ailleurs il ne parlait à personne. À quoi bon disserter des saloperies qu'ils avaient commises ensemble ? Devait-il lui avouer le malin plaisir qu'il éprouvait à fracasser le crâne d'un jeune idéaliste ? Du zèle ? Ces supérieurs le lui avaient reproché à maintes reprises.

— Première classe Drut, attention à votre excès de zèle… Les voltigeurs motocyclistes ne sont pas les escadrons de la mort de Pinochet...

Qu'ils aillent tous se faire foutre. D'après eux, il faudrait faire de la répression avec discernement, avec humanité. Et pourquoi pas avec des fleurs, tant qu'ils y étaient ? Après tout, ils n'avaient qu'à mieux les tenir leurs mômes. Ils lâchaient leurs chiens sur eux, mais refusaient qu'ils mordent. Leur renifler le cul, montrer les crocs, aboyer, telle était la consigne. Mais de celle-ci, depuis fort longtemps déjà, Guy Drut s'en torchait avidement la raie.

*

— ...L'heure est à l'apaisement. Notre combat en sortira grandi et je vous l'assure, il n'aura pas été vain. Parfois, il vaut mieux se retirer sur la pointe des pieds et s'en remettre à la raison. L'obstination est mauvaise conseillère, ce serait une erreur de maintenir ce barrage, pensez à tous ces gens retenus dans le centre de la ville...

Les grévistes écoutaient Jacky Lafortune, désemparés. Les mots, le ton de sa voix empreinte de défaitisme, rien ne répondait à leur attente. La plupart voulaient en découdre, mais ce feu avait besoin d'être attisé et Lafortune se défilait. Il leur parlait de rendre les armes alors qu'ils attendaient l'ordre de monter au combat.

Le fossé entre lui et ceux qu'il était censé représenter se creusait de plus en plus et personne ne comprenait ce revirement soudain. Même les autres cégétistes se jetaient entre eux des regards d'incompréhension. Jacky Lafortune déraillait :

— Dix-sept jours de grèves laissent des traces. Qui peut le nier ? Chacun d'entre nous a donné tout ce qu'il a pu pour soutenir notre cause. Notre combat est juste. Je comprends votre déception, mais, cesser une grève dans l'intérêt général, ne signifie pas la fin de la lutte…

Le syndicaliste prêchait la bonne parole devant ses ouailles ébahies. Debout sur le plateau d'un Unimog, il toisait son parterre de fidèles, distillant l'oraison funèbre de la défaite. Jacky abattait sa dernière carte, il jouait le tout pour le tout :

— J'en appelle à votre discernement. Le bilan de l'action menée jusqu'ici est positif. Toute la vallée de la Bruche, et même certains à Strasbourg, soutiennent nos revendications… Mais ne les décevons pas par des actions violentes…

La foule, d'où grondait un bourdonnement de questionnement et d'incompréhension, se tut à l'écoute de cette dernière phrase. Jacky Lafortune le sentit et haussa le ton :

— À quoi bon chercher l'affrontement, car dans l'esprit de quelques crédules, celui-ci est inévitable ? Oui, nous y courrons tête baissée si nous ne levons pas le barrage rapidement. Ce matin, les Jeudy en ont fait les frais…

Sur le plateau de l'Unimog, transformé en scène improvisée, les têtes pensantes de la CGT locale descendaient une à une du camion, en enjambant la ridelle arrière. Les rats quittaient le navire. Jusqu'alors alignées en rang d'oignons derrière Lafortune, leurs présences cautionnaient son discours. Mais de toute évidence, la mayonnaise ne prenait pas, il valait mieux se désolidariser. Jacky Lafortune jeta un œil à sa montre : 12 h 30. Il ne remarqua pas qu'il se trouvait désormais seul face aux grévistes :

— …Trop d'histoires malencontreuses sont venues perturber notre action. Tout d'abord, l'enlèvement du fils Janel a jeté l'opprobre sur le mouvement, il a semé le doute et mit en danger notre intégrité. Puis l'arrestation de Christian Clevenot a dévoilé les liens douteux qu'il entretient avec le crime organisé et les *"Folles de la Nationale 4"*. Jusqu'à ce matin, où un commando de forcenés se rua sur la gendarmerie afin

365

de le libérer… Sommes-nous des ouvriers en quête de justice sociale ou des bandits au-dessus des lois ?

À ses pieds, la foule avait formé un arc de cercle devant l'Unimog. Certains, pensant qu'ils assisteraient à un discours de motivation pour les âmes indécises, avaient tendu au-dessus de leurs têtes des banderoles vindicatives. Mais le ton était à l'abattement et celles-ci tombaient en berne.

Cependant, hors du champ de vision de l'orateur, un groupe de personnes infiltra le rassemblement. Ce petit noyau progressa lentement et se diffusa tel le sérum d'une intraveineuse se libérant dans un corps malade.

À l'autre bout, Jacky Lafortune poursuivait :

— …Nous ne sommes pas au Far West. Les Indiens n'attaquent pas le bureau du Sheriff.

Il fit une pause, puis reprit :

— Et pour poursuivre cette métaphore, pensez-vous que le Sheriff se laissera faire ? Qu'il n'appellera pas la cavalerie à la rescousse ? Dans quel monde croyez-vous vivre ? La libération de Christian Clevenot est la pire des situations, elle nous met devant le fait accompli, nous devons cesser la lutte. Tout le monde a vu les camions de CRS près de la gare. Bientôt, l'ordre leur sera donné de nous déloger sans ménagement, car depuis le coup de force de ce matin, nous sommes des hors-la-loi, nous avons défié le pouvoir et le pouvoir ne peut l'admettre. Peu importe qu'aucun d'entre vous n'ait participé à cette action…

Jacky Lafortune fulminait, il s'emballait comme au bon vieux temps de ses convictions pas encore fourvoyées.

— …Désormais, le pouvoir a un très bon prétexte pour nous envoyer ses chiens. Nous ne pouvons nous en prendre qu'à nous-mêmes. Le dialogue est rompu, et ce, par la faute de ce petit con d'irresponsable…

Cette dernière phrase lui avait échappé et Jacky Lafortune le regretta, il avait perdu la maîtrise de ses paroles, emporté par sa fureur. Tout comme celle de la vision, car il ne vit pas le poison injecté dans la foule se répandre et la contaminer jusqu'à ses pieds. Il voulut reprendre ses palabres à la gloire de la reddition, lorsque devant lui, l'assemblée se troua et s'écarta autour d'un groupe d'hommes.

— Tais-toi Lafortune, tu ne sais pas de quoi tu parles, intervint Ibrahim qui se trouvait parmi eux.

Le cégétiste n'eut pas le temps de répondre.

— Depuis combien de temps nous mens-tu ? poursuivit l'Algérien. Tu es un traître, un sale jaune à la solde des patrons. Que faisais-tu l'autre matin avec Monsieur Janel sur le terrain de basket du dispensaire ? Je t'y ai vu Lafortune, et ce n'était pas nos intérêts que tu y défendais, loin de là !

Jacky fut soufflé par un vent de panique, obnubilé et emporté par la ferveur de son discours, il n'avait pas vu arriver le petit groupe. L'intervention d'Ibrahim avait interloqué l'assemblée et les regards s'étaient tournés sur lui, tétanisés d'incompréhension. Il était incapable de réagir, il ne savait que dire.

À quelques pas, une silhouette emmitouflée dans le col synthétique de son blouson de toile se dégagea de la foule. Elle se faufila jusqu'à l'arrière de l'Unimog et prit appui sur la ridelle pour se hisser sur le plateau. Jacky reconnut Christian Clevenot. À sa hauteur, il descendit la fermeture Éclair de son vêtement et son visage apparut au grand jour. Il tendit les bras au ciel en guise de victoire et la foule le reconnut. Après quelques secondes d'hésitation, elle l'accueillit de hourras frénétiques. Puis, sous les acclamations, il glissa en aparté à son ancien collègue de lutte :

— Il vaut mieux pour toi que tu files discrètement. Je crois que plus personne ici ne te retient.

Jacky le regarda, déconfit. Il était 12 h 35.

Chapitre 27

À mi-journée du dix-septième jour de conflit, les grévistes ont retrouvé leur "leader" charismatique. L'espoir renaît.

"La vieille qui marchait dans la mer", ou plus précisément dans la boue : aurait-on pu dire à cet instant-là, en voyant la posture de Mama Béa. Elle avait fait un faux pas et ce qu'elle craignait jusqu'ici, arriva. Elle s'enfonça à mi-mollet et la sensation désagréable de la terre gluante au contact de sa peau gainée de bas fins la fit paniquer. Elle voulut saisir une perche imaginaire et le temps qu'elle extirpa son pied de la boue cannibale, pour contrebalancer le poids de son corps qui vacillait, elle s'affala sur son derrière en un *"floc"* ridicule. Dans le rétroviseur extérieur du Stradair, Alfredo Sibuana ne perdit pas une miette de la scène. Les jambes envasées dans ce salmigondis glaiseux, elle écartait dédaigneusement les bras pour ne pas toucher cette mixture infâme. Ses lunettes d'écaille avaient glissé sur l'arête de son nez, mais fort heureusement les ailes de ses narines évasées les empêchèrent d'aller plus loin. Pour rien au monde, elle n'aurait appelé au secours. L'orgueil était un sentiment noble qui ne souffrait

d'aucune aide, lorsque votre honorabilité se dévoilait au grand jour, sous de si mauvais auspices.

En d'autres circonstances, Alfredo aurait apprécié la scène, mais bien évidemment se serait gardé de la commenter ouvertement ; il connaissait la susceptibilité de son colonel. Avant de relâcher la pédale de l'embrayage, il tira sur le frein à main et vérifia que le levier de vitesse était au point mort. Il ouvrit la portière et posa sa jambe sur le marchepied, mais hésita à sauter de l'habitacle. Ses chaussures vernies allaient en prendre un coup, le sol était fait de terre meuble, délavée et d'ornières profondes, gorgées d'eau brunâtre.

Le chemin menant à l'atelier du sculpteur était étroit. Il autorisait sans difficulté le passage d'une auto, mais pour un camion, la manœuvre était plus délicate. Alfredo avait pris l'initiative de s'y engager en marche arrière, car au bout il était impossible de faire demi-tour. Tout avait fonctionné à merveille jusqu'à ce satané pont qu'ils devaient traverser pour se coller au plus près de l'entrée de l'atelier. La manœuvre était ardue, il avait alors demandé à Mama Béa de descendre pour le guider. Celle-ci lui avait lancé des yeux noirs, mais avait fini par ravaler son mécontentement et avait obtempéré.

Ses premiers pas avaient été fébriles, elle avait réussi à éviter la boue en prenant appui sur les montants du plateau bâché. Cependant, lorsqu'elle avait dû s'en détacher, elle avait glissé et s'était rattrapée in extremis à une lanière de cuir qui pendait au-dessus de la ridelle. Puis, en équilibre, elle avait cherché entre les ornières boueuses un bout de terre sèche. N'en trouvant pas, elle s'était rabattue sur une grosse pierre et lorsqu'elle avait lâché la lanière de cuir, le caillou avait roulé sous son poids, l'obligeant à marcher dans la boue. Ce fut alors, qu'engluée et prisonnière, elle avait basculé en arrière et offert à son subalterne, plus quelques autres animaux moqueurs, le ridicule de sa posture.

Alfredo cherchait donc à lui venir en aide, mais il était plus préoccupé à ne pas saloper sa paire de mocassins vernis, qu'à vraiment lui porter secours. Très vite, ses précautions s'avérèrent vaines :

— Putain des Church's à trois cents sacs ! ragea-t-il.

Puis réalisant que le mal était fait, il abandonna ses minauderies et rejoignit la Vierge Noire à grandes enjambées. La gadoue macula le bas de son *"patte d'éléphant"* et ce fut avec une certaine rage dissimulée qu'il tendit la main à son colonel, pour l'aider à désembourber son auguste fessier de la boue qui l'aspirait. Il s'y reprit plusieurs fois en lâchant des han et des hisse de bûcheron. Enfin, il réussit à la sortir et ce fut avec le bruit d'une ventouse qui prend l'air que le colonel du State Research Bureau Ougandais s'extirpa de la terre geôlière. Dressés et plantés dans la boue, les deux Africains se toisèrent et émirent chacun un grognement sourd de chiens prêts à bondir. La tension baissa, l'heure n'était pas au règlement de compte.

— Pour l'instant, je laisse le camion où il est, on verra avec le gros pour la procédure de chargement, dit Alfredo en s'essuyant le plat des mains sur ses cuisses.

Ils se réfugièrent sur un talus, un peu en hauteur par rapport aux ornières. Dans l'axe du pont qui enjambait le ruisseau, le rideau métallique de la porte de l'atelier ondulait sous les assauts du vent. Le débit de l'eau était bruyant, il se heurtait à de grosses pierres rondes, usées par l'âge. Le branchage des arbres leur masquait la partie droite du bâtiment. Là où une fenêtre striée de barreaux oxydés claqua et dévoila une silhouette noire qui observait leur manège depuis un certain temps déjà.

*

Éviter les regards, les fuir comme une maladie contagieuse… Jacky Lafortune était descendu de l'Unimog discrètement, sans se faire remarquer. L'accueil des grévistes pour Christian Clevenot n'en fi-

371

nissait pas. Tel le chanteur d'un groupe de rock entrant sur scène, des cris et des hourras triomphants le portaient aux nues. Heureusement pour le traître, sa gloire détournait l'attention de sa personne et il pouvait se carapater en douce.

Tête basse, il s'enfonça dans la foule. Il avait honte, une honte mesquine qui le terrassait, qu'il portait à même la peau, tatouée sur son visage de pleutre. S'évaporer, disparaître au plus vite de cet endroit était sa seule préoccupation. Pour l'instant, personne ne lui avait demandé de rendre des comptes, mais pour combien de temps encore ? Tous ces gens pour qui il s'était fourvoyé auprès de la direction n'imaginaient pas ce qu'avait été son engagement. Son dévouement, pour les sortir de la panade, plaider en leur faveur l'obtention d'un appartement ou une prime de fin d'année, ne pesait pas bien lourd dans la balance. Il était devenu un jaune, mais ils avaient la mémoire courte et la reconnaissance étroite. D'ailleurs, la preuve de son double jeu n'était pas établie, seul Ibrahim lui avait demandé d'expliquer sa présence sur le terrain de basket avec Modeste Janel. Devait-il tenter de se défendre ?

— Non, partir au plus vite d'ici, parer au plus important, après je verrai, je trouverai bien un moyen de me disculper. Pour l'instant, le plus urgent est de retourner chez Angel et de régler son compte à Clod…

Le syndicaliste se faufila parmi les ouvriers qui, malgré la grève, portaient toujours leur bleu de travail. Le regard baissé, il ne voyait que leurs chaussures et aussi, de temps en temps, quelques chevilles féminines enfouies dans de grosses chaussettes de laine. Personne ne l'apostropha, mais il sentait bien les regards réprobateurs se clouer dans son dos. Son compte se réglerait plus tard, lorsque la situation s'y prêterait davantage.

— Je vous attends mes cocos, vous ne me faites pas peur, tenta-t-il de se convaincre.

Il rejoignit enfin sa Golf, y prit place, claqua la portière et démarra en trombe. Ses pneus crissèrent sur le macadam et laissèrent dans leurs sillages une odeur de caoutchouc brûlé.

Les dés étaient jetés. Dorénavant plus rien ne le retenait ici et encore une fois, c'était la vie qui avait décidé pour lui. Pourquoi retourne-rait-il à l'usine et devrait-il s'expliquer ? Supporter les regards accusa-teurs de ses anciens collègues, se justifier, était-il obligé d'en arriver là ? Jacky Lafortune conclut qu'il n'avait plus de compte à rendre à quiconque. Quant à sa conscience ? Il s'en arrangerait, question d'habitude.

Pour l'heure, une belle porte de sortie se profilait dans son esprit. Certes, ils étaient nombreux à vouloir se partager l'hypothétique rançon du fils Janel, mais lui avait un avantage sur ses concurrents, il savait que le chef du personnel ne cracherait pas un fifrelin. Si tout fonctionnait comme prévu pour l'élimination de Clod Bensoussan, il s'occuperait personnellement des deux négros, quant au sculpteur, il ne représentait aucun danger. Débarrassé de tous ces parias, il trouverait un terrain d'entente avec le Janel. Tous les deux avaient mangé dans la même écuelle, ils avaient tant de saloperies à leurs actifs. Il ne serait pas bien gourmand, il se contenterait d'une petite rente mensuelle, afin d'agrémenter son ordinaire de retraité. Il était déjà en possession de l'argent versé pour *"l'Adolf lorgnant l'horizon"*, là-dessus, il fallait ajouter le prix de la Maserati qu'il ne manquerait pas de revendre un bon prix. Tout compte fait, la vie n'était pas si moche que ça.

Au début, il voyagerait dans un pays d'Asie, là-bas la vie était douce pour les Européens. Il ne se souvint plus s'il avait déjà baisé une jaune ; Jacky Lafortune l'imagina étroite et docile. Il laisserait filer les mois et ensuite il rentrerait chez lui. L'histoire serait tassée. Bien évidemment, il n'irait plus au bistrot boire des coups avec les co-pains. Des amis, il n'en aurait plus, mais en avait-il déjà eu ?

Au croisement appelé *"le Christ"*, il actionna son clignotant pour remonter vers Labroque et continuer vers l'atelier d'Angel. Il céda le passage à une Renault 5 orange fluo, qui venait en contresens et prenait la même direction que lui. Il contourna le calvaire. Seuls les gens du cru empruntaient cette petite route pour éviter le centre de Schirmeck assiégé. La Renault fila devant lui. Il marqua l'arrêt au stop, près du pont qui enjambait la voie ferrée. Il se souvint de l'homme qu'il avait aperçu hier au soir fumer dans la pénombre. Avant de s'engager sur la route, il jeta un œil vers la gare. Le rassemblement avait sonné. Les CRS se ruaient dans les autobus qui attendaient l'ordre de démarrer. Un peu sur le côté, là où il avait vu le fumeur solitaire, les voltigeurs s'acharnaient sur le *"kick"* de démarrage de leurs motos.

*

Louise avait repris le volant et roulait à vive allure pour traverser Schirmeck par des chemins de traverse. Elle n'avait qu'une vague idée où se trouvait l'atelier du gros. Les forges du Framont étaient à l'abandon et se situaient au pied du Donon. De nombreuses fois, Louise les avait longées en voiture sans vraiment y attacher un quelconque intérêt; quelques bâtiments à l'abandon, une cheminée d'usine en brique rouge, le tout planté dans une brande anarchique et prospère. Au milieu de cet enclos industriel délabré, coulait bruyamment un ruisseau, le Framont. Par endroits, celui-ci passait sous les constructions, sans doute par le passé, alimentait-il les turbines de la forge.
Louise savait donc où se situait l'usine, mais elle ne pouvait pas préciser quel bâtiment à l'abandon avait été transformé en atelier d'artiste.

— On va se garer un peu plus loin, dit-elle à Joseph. Il existe un chemin de l'autre côté du ruisseau, on pourra se faufiler discrètement sous le couvert des arbres.

— Tu sais où se trouve l'atelier, l'interrogea, Joseph.

— Non, mais ce n'est pas bien grand. Le repérer devrait être chose facile.

— Hum, fit-il, comme si une question lui brûlait les lèvres.

— Oui ? demanda Louise.

— Je crains que les flics ne fassent la même déduction que nous. Après examen du lieu de l'explosion, ils auront également l'idée de fouiner dans son atelier. Non ?

— Oui, tu as certainement raison, mais as-tu autre chose à me proposer ?

Joseph la regarda, puis elle poursuivit :

— Nous avons un peu d'avance. Tout d'abord, ils vont passer au peigne fin la caravane, enfin, ce qu'il en reste. Ils n'auront peut-être pas la déduction aussi rapide que toi. Dans un premier temps, ils penseront certainement qu'il s'agit d'un simple accident domestique. Et puis, la police en ce moment est débordée, entre l'enlèvement du fils Janel, la grève et le blocus de Schirmeck, elle a de quoi s'occuper. L'explosion d'une roulotte, toute criminelle fut-elle, passera au second plan et nous laisse le champ libre pour quelques heures ; enfin, je l'espère. On visite l'atelier, histoire de trouver des indices qui pourraient nous mener à l'homme du monument aux morts, et l'on déguerpit… Ni vu, ni connu !

Joseph ne répondit rien.

Louise quitta la route goudronnée et pénétra dans une propriété aux volets verts. Devant eux une grande bâtisse blanche de plusieurs étages leur brisait l'horizon, tandis que sur la droite, derrière une haie de sapins, une autre demeure se dressait. Celle-ci ressemblait à d'anciens bureaux, aujourd'hui à l'abandon, et cernait une cour tout aussi délabrée.

— Ça ressemble à des locaux administratifs, enfin à ce qu'il en reste...

— Et là, demanda Joseph en désignant la maison aux volets verts ?

— Là ? Je dirais plutôt des logements de fonction ou peut-être l'ancienne maison du patron de la forge, je ne sais pas. En tout cas, des gens habitent encore ici, lui dit-elle en désignant les rideaux d'une fenêtre.

Pourtant, l'endroit semblait privé de vie humaine et la nature avait repris ses droits sur les restes des fastes d'antan. Les haies ne suivaient plus les dessins imposés des jardiniers, les bacs à fleurs n'abritaient plus que de mauvaises herbes et en cette saison, les rosiers grimpants ressemblaient à du lierre conquérant. La plupart des volets écaillés étaient clos et à certains angles de la construction, des taches verdâtres de moisissures gangrenaient les murs, gorgés d'un salpêtre dévastateur.

La voiture pénétra dans la cour en contournant la haie de sapins, puis elle passa sous un portique en fer forgé, rouillé et minutieusement rongé par les intempéries. Louise coupa le moteur de la Renault 5.

— Il ne manque plus que le loufiat pour nous ouvrir les portières, ironisa Joseph.

Elle lui sourit et descendit du véhicule :

— Il faut compter un petit kilomètre jusqu'aux forges du Framont. Toutes les constructions, plus ou moins en ruine, entre l'usine et ici, sont susceptibles d'abriter l'atelier du sculpteur...

— Soyons attentifs, lança Joseph.

— Oui et sur le qui-vive, renchérit-elle.

Ils claquèrent les portières de la Renault et le bruit résonna comme dans une cuve métallique. Ils firent quelques pas en direction d'un chemin boueux qui s'enfonçait dans la forêt par une trouée sombre. Leurs silhouettes s'estompèrent, aspirées par ce gouffre aux apparences hostiles. Lorsque le couple disparut, seul le claquement, d'un fusil à canon scié que l'on armait, résonna et fit vaciller la tranquillité des lieux.

*

La scène de l'Africaine, le cul gobé par la boue, et de son homme qui tentait de l'en extirper, était d'un pathétique navrant. Si la situation avait été tout autre, peut-être en aurait-il ri de bon cœur, mais l'heure était à la concentration et à la maîtrise de soi.

Clod Bensoussan avait lu 13 heures sur sa Kelton lorsqu'il avait aperçu le camion manœuvrer sur le chemin boueux. Il s'était tout d'abord affolé et s'était interrogé sur les raisons de la venue de cet étrange convoi.

Quelque chose tournait pas rond, déjà en arrivant tout à l'heure, il avait trouvé l'atelier vide, le gros n'était pas là. Il avait alors entrebâillé la porte de la pièce où l'enfant était enfermé, pour s'assurer de sa présence. Celui-ci lisait le Journal de Mickey et il fut tétanisé lorsqu'il le reconnut. Clod avait refermé aussi sec la porte et avait tourné la clé à deux tours dans la serrure. Deux précautions valaient mieux qu'une, s'était-il rasséréné.

— Où était passé le gros ?

Il s'était souvenu qu'il lui avait promis de passer la veille au soir, mais il avait eu mieux à faire. Le rendez-vous à la piscine avec le Janel avait été bien plus important et il n'avait pas pu le prévenir à temps. Cependant, laisser le môme sans surveillance était d'une imprudence inouïe, il avait fulminé et s'était promis de lui asséner une belle correction lorsqu'il rentrerait. Puis le bruit du camion l'avait alors tiré de sa rage. Il s'était précipité dans la salle d'eau et, dissimulé derrière le battant de la fenêtre, il avait assisté à la scène du couple se débattant avec la boue.

Il ne les connaissait pas et Angel ne l'avait pas prévenu de leur arrivée. Puis il avait fait le rapprochement avec une caisse en bois qui trônait au milieu de la forêt de statues. Il l'avait remarquée tout à l'heure en arrivant, mais il n'y avait guère prêté d'attention. Les deux Africains venaient prendre livraison d'une œuvre du gros et celui-ci l'avait déjà emballé. Sinon, pourquoi seraient-ils venus en camion ? Cette arrivée impromptue contrariait le plan de Clod Bensoussan, mais il lui restait une heure avant le rendez-vous avec Modeste Janel. Clod claqua la fenêtre de la salle d'eau et retourna dans l'atelier. Il traversa l'îlot de conquérants statufiés pour l'éternité et se précipita vers la pièce où il retenait le fils Janel prisonnier. Il tourna la clé et le battant de la porte pivota sur ses gonds, laissant cette fois pénétrer la lumière du jour dans la pièce. Le fils Janel lisait toujours son journal, mais il comprit que quelque chose d'anormal se passait. Il se recroquevilla dans le coin du lit et replia ses jambes sur son torse, puis se couvrit la tête de ses deux bras pour se prévenir d'une éventuelle pluie de coups. Autant avec le gros, il se permettait quelques familiarités, autant avec celui-ci, il craignait le pire. Il gémit et ses yeux embués l'implorèrent de ne pas lui faire de mal, mais Clod Bensoussan avait un cœur de pierre, si toutefois il en possédait un, et il l'attrapa par le bras, puis l'attira à lui.

— Un mot, et c'est la branlée de ta vie, lui cracha-t-il.
Il accompagna ses paroles d'un geste menaçant, une main tendue, suspendue au-dessus de sa tête, prête à s'abattre sur son visage s'il n'obtempérait pas. Le môme ne lui résista pas, il savait qu'avec celui-ci, il valait mieux ne pas jouer aux fortes têtes.
L'homme contraint l'enfant à s'asseoir sur une chaise, de type classe d'école. Sur celle-ci, une corde de nylon, reste d'un précédent ligotage, s'enroulait déjà autour des tubulures de la structure. Sur le dossier en bois blond pendait une étoffe blanche, froissée et tachée par endroits de salive séchée. Un bâillon abandonné, une corde enlacée

et lascive, la scène aurait pu ressembler à une séance de bondage entre adultes consentants, mais il s'agissait d'un enfant enlevé.

Clod Bensoussan plaqua sa main sur le sternum du môme. Il le maintint sur le siège, tandis qu'il tirait de sa main vacante sur la corde qui serpentait sur le sol. Glacé d'effroi, le fils Janel se raidit et comprit que son tortionnaire avait décidé de le ligoter à nouveau.

Son regard s'enfuit au travers de la porte ouverte et se posa sur les statues du gros. Il ne reconnaissait aucun des personnages représentés, mais il trouvait ça beau. Elles lui rappelaient ses pâtes à modeler, mais lui ne réussissait jamais à façonner quoi que ce soit de ressemblant. Il admirait la justesse des silhouettes et elles éveillaient son imaginaire, tout comme lorsqu'il jouait avec ses soldats Airfix. Et puis, il y avait aussi toutes ces femmes nues, qui se tortillaient en des postures inconfortables. Elles ne lui évoquaient rien et il ne comprenait pas pourquoi, ainsi sculptées, elles donnaient le sentiment de souffrir. Par contre, une partie de leurs corps l'intriguait, suscitait sa curiosité et provoquait chez lui une sensation indicible, mystérieuse, totalement méconnue. Il découvrait, entre leurs jambes froides et ouvertes outrancièrement, un monde nouveau, intrigant… Angel Bonifacio s'était acharné à tailler la pierre avec méthode et moult détails, le résultat était quasi gynécologique. L'enfant découvrait un pan de l'humanité et la confusion brouillait son esprit.

On tambourina sur le rideau métallique de l'entrée de l'atelier. Clod Bensoussan eut un sursaut. Il s'acharnait sur la corde en nylon qui s'était enroulée autour du pied de la chaise. Cela l'agaçait. Ses tentatives pour la démêler s'avéraient vaines. Il râla. D'autres coups martelés sur la porte de l'atelier résonnèrent. Il perdit son sang-froid et attrapa l'enfant, puis l'éjecta du siège afin de libérer la corde. Mais il mésestima la puissance de sa force et le fils Janel se rattrapa in extremis au mur, tout près de la porte… Tout près de la liberté.

Alerté par un sixième sens, Clod Bensoussan comprit. Son regard d'acier se posa sur l'enfant, il n'exprimait que menace et promesse des pires châtiments, s'il désobéissait, s'il osait passer le pas de la porte. Le gamin sourit et n'en tint pas compte. Seul, armé de son courage, il bondit hors de la pièce, saisit la porte et la claqua, puis tourna d'un coup sec la clé restée dans la serrure. À cet instant, il sentit tout le poids de son ravisseur atterrir sur le panneau de bois. Dans un râle impétueux, il lui ordonna d'ouvrir et de cesser ses enfantillages. Il ne hurlait pas, mais l'enfant percevait la colère dissimulée sous ses mots. Même pour l'esprit d'un enfant de sept ans, il était aisé de comprendre le sens de cette rage en sourdine ; Clod ne voulait pas qu'à l'extérieur, les nouveaux arrivants l'entendissent. Le fils Janel fouilla l'atelier du regard. Où se cacher ? Son petit cœur s'emballa, il devait trouver une solution au plus vite, car il entendait Clod Bensoussan donner des coups d'épaules sur la porte. Celle-ci ne résisterait pas bien longtemps à la détermination de son geôlier. Sa vengeance serait terrible s'il le rattrapait. L'enfant se lança dans une course effrénée entre les statues indifférentes à son sort. Parmi elles, il sentit leurs présences le dominer, lui annoncer de sombres présages. Jusqu'alors, il n'avait jamais pris conscience de leurs tailles, de près elles étaient froides et malveillantes.

Parmi elles, il ne trouva pas de cachette et, un rien hagard, il sortit de cet îlot mortifère pour se précipiter vers la salle d'eau. En passant devant le rideau de fer, il entendit des voix provenant de l'extérieur. L'enfant hésita, devait-il appeler au secours ? Mais il entendit le nom d'Angel, que les inconnus braillaient. Ils s'impatientaient et apparemment ne comprenaient pas pourquoi le sculpteur ne leur ouvrait pas la porte. Des amis au gros ? Comment savoir ? Pouvait-il leur faire confiance ? Le môme ne réfléchit pas bien longtemps, à cet âge-là, il faut bien plus que des mots pour accorder sa confiance. Alors il décida de se débrouiller seul, mais auparavant, envahi par une idée saugrenue, il actionna le bouton d'ouverture. Les lamelles du rideau de fer s'ébranlèrent et entamèrent un laborieux repli. Personne n'aurait pu expliquer son geste soudain, ni ce qui l'avait poussé à ouvrir la porte, mais il n'attendit pas son reste et se précipita dans la salle d'eau.

Dos à la porte refermée, il profita de ce court répit pour réfléchir à la situation. Les perspectives d'une évasion étaient faibles, partout où il regardait, il ne trouvait pas d'issue. Les toilettes s'alignaient les unes à la suite des autres, mais elles ne possédaient pas de lucarnes vers l'extérieur. Le long bac à eau coupait la pièce en deux et de l'autre côté, les cabines de douche n'offraient aucune cachette, ni trappes, ni grilles d'évacuation suffisamment larges pour s'y glisser. Face à la porte, une fenêtre barrée d'acier s'ouvrait sur la liberté. Une liberté mesquine qui s'exhibait, qui alléchait celui qui la louchait et la rêvait. Elle paradait comme un fruit juteux sous les yeux d'un assoiffé, méchante et inaccessible.

Le fils Janel eut envie de pleurer.

— Tout ça pour ça, se dit-il.

Puis dans l'atelier, il perçut des voix.

— Angel! Appelait un homme, c'est Alfredo.

Au-delà de cette voix, le rideau de fer continuait péniblement son ouverture, il grinçait et produisait des sons fort désagréables à l'ouïe. Puis, il s'arrêta net. Le fils Janel se retourna face à la porte où il s'était adossé et recula à tâtons, poussé par la crainte imminente que quelqu'un entra dans la salle d'eau. Lorsqu'il fut acculé à la fenêtre, il réalisa qu'il était cuit et, tout à coup, un énorme fracas retentit dans l'atelier.

Clod Bensoussan avait défoncé la porte qui le retenait prisonnier. Tel un sauvage surgissant de nulle part, fulminant de rage, il se retrouva nez à nez avec les agents stupéfaits du State Research Bureau Ougandais.

Chapitre 28

Ils ne leur laisseraient même pas le temps d'organiser une dernière ma-
nifestation, un dernier barouf d'honneur ; les CRS s'étaient déployés
face au barrage des Steinheil. Pour l'heure, les cerbères de l'ordre établi
ne bronchaient pas, ils attendaient qu'on leur ordonnât l'assaut final.
Dissuasion et intimidation étaient les maîtres mots et cela fonctionnait
parfaitement.

Du côté des grévistes, le déploiement avait, dans un premier temps, jeté
un effroi bien compréhensible. Il était le résultat des derniers événements
et il illustrait combien le dialogue était dès lors rompu.

À l'annonce de l'arrivée des forces de l'ordre, les hommes du barrage
s'étaient précipités derrière une pile de palettes, qui attendaient son
heure pour être mises au feu. Ils en avaient renversé quelques-unes et
déballé sous une bâche de plastique verte, un lot de barres à mine. Très
vite, ce trésor d'acier avait glissé de main en main, ensuite, munis de
leurs armes, les ouvriers étaient retournés à grands pas sur le barrage.
En hommes fiers, ils s'étaient alignés au premier rang, narguant de leur
force, désormais illégitime, les CRS impavides.

De son côté, Christian Clevenot entouré de sa garde rapprochée, Ibra-

him en première ligne, organisait la résistance. Il distillait ses ordres en stratège, calmait les plus ardents et clamait que chacun garda son sang-froid. Il n'était pas question d'être les premiers à déclencher les hostilités, se défendre et faire valoir son bon droit était amplement suffisant.

Derrière la barricade, Christian était remonté sur le plateau de l'Unimog, pour jauger la situation de visu. Les CRS et les grévistes trépignaient. Ils se faisaient face comme deux chiens dévoilant leurs crocs, avant de se sauter à la gorge.

Jacky Lafortune constata avec plaisir qu'Alfredo et sa collègue étaient arrivés. Cependant, il s'était affolé lorsqu'il avait vu le camion abandonné sur le chemin boueux. Il avait craint que celui-ci ne se soit embourbé, et ne noircisse encore un peu plus le tableau. Mais en s'approchant, il fut soulagé et constata qu'il n'en était rien. Il concéda volontiers que la manœuvre n'était pas aisée, mais en tout état de cause, il faudrait encore rapprocher le Stradair de l'entrée, pour charger *"L'Adolf lorgnant l'horizon"*.

Sa montre marquait 13 h 15, peut-être Alfredo voudrait-il charger le camion avant l'arrivée de Clod et de Modeste Janel. Il ne l'espérait pas, car les deux Africains devaient tout d'abord s'occuper de Clod, ensuite, il avait échafaudé un plan dont le chargement de *"L'Adolf lorgnant l'horizon"* était le point central. Un accident était si vite arrivé. La caisse de bois, fragile armure protégeant le grès sculpté, pourrait vaciller malencontreusement. Elle basculerait d'un côté puis de l'autre, comme le balancier d'une horloge suisse, mais s'affolerait et perdrait le tempo tranquille du temps qui meurt. Il s'arrangerait pour qu'Alfredo soit à l'endroit de sa chute et malheureusement, qu'il n'en réchappe pas. Mort sur le coup, le poids de *"L'Adolf lorgnant l'horizon"* ne lui laisserait aucune chance. Ensuite, la vieille sorcière vaudou ne lui résisterait pas bien longtemps. Il n'en ferait qu'une bouchée, ce n'était pas un petit bout de femme, haute, comme trois pommes empilées, qui entraverait le bon déroulement de son plan. Peut-être même la dompterait-il, elle courberait l'échine en signe de reddition et s'avouerait vaincue, toute à lui. La situation serait cocasse et n'était pas pour lui déplaire.

Son veuvage n'avait que trop duré et ce petit bout de femme, à l'air si revêche, si sévère sous les écailles de ses lunettes, l'attirait. Certes, il n'était pas question ici de former une nouvelle équipe dont il ne serait pas le grand timonier, celui qui indiquerait la direction à prendre, car il fallait bien l'admettre, celle-ci avait la fâcheuse habitude de vouloir toujours tout régenter. C'était une sale manie qu'il faudrait qu'elle perde et il se ferait fort de lui montrer ce qu'était un homme, digne de ce nom.

Cette éventualité mit du baume à son cœur flétri et alluma un doucereux incendie de bonheur oublié. La sensation fut de courte durée et la réalité balaya, d'un revers de la main, ses espoirs les plus fous. Pourquoi celle-ci s'enticherait-elle d'un gars comme lui? Comment ne pourrait-elle pas réagir après la mort d'Alfredo? Et puis, dans cette histoire qui virait franchement au vinaigre, ne serait-elle pas la témoin de trop? Seuls les morts ne sont pas bavards. Ne dit-on point, muet comme une tombe?

Jacky Lafortune ricana, pas bien fort, juste pour lui. Sa capacité à tirer des plans sur la comète l'étonnait, mais n'avait-il pas droit lui aussi à sa part du gâteau? Maintenant qu'il n'avait plus rien à cacher, que son double jeu, que ses mensonges allaient bientôt s'étaler au grand jour, il pourrait enfin profiter de la vie. Tout cela durait depuis trop longtemps déjà, il se sentit tout à coup libéré d'un poids.

À partir d'aujourd'hui, une nouvelle existence se profilait à l'orée de ce sombre horizon psalmodiant sous ses yeux. Jacky ahana en sourdine, en égoïste étriqué du sentiment. Il réalisait une chose étrange, désormais il n'avait plus rien à perdre.

Il était allé trop loin et sur son chemin de croix, personne ne lui offrirait de l'eau s'il venait à chuter. Sa couronne d'épines ne lui perforait pas le crâne, mais bel et bien sa conscience. Elle le torturait, mettait à mal les bribes d'honnêteté qui lui restaient. Il tremblait. Puis, il balaya sa culpabilité et sentit monter en lui une fièvre bienfaisante. Celle-ci l'apaisa. C'était donc ça le remède ? Oublier. Oui, là était la solution, le bien-être de sa future existence en dépendait.

Jacky avança vers l'entrée de l'atelier, les poings engoncés dans les poches de sa gabardine de cuir épais. Ses pas étaient lourds sur le gravier et à chacun d'eux, ils chassaient une giclée de petites pierres. Non, il ne fallait pas charger *"L'Adolf lorgnant l'horizon"* tout de suite, mais attendre la venue de Clod, puis qu'il expiât sous les assauts meurtriers d'Alfredo. Seulement ensuite, il donnerait le *"top départ"* à son plan machiavélique. Affronter Clod Bensoussan était hors de ses forces. La peur effroyable qu'il lui inspirait lui glaçait le sang et le vidait de toute sa substance vitale. Il avait besoin d'Alfredo pour accomplir cette dernière tâche, sans quoi tout s'écroulerait et, adieu les espoirs rêvés, d'une vie teintée d'azur.

Il ralentit le pas et lissa sa moustache de Petit Père des Peuples. Il s'interrogea, ne devrait-il pas revenir un peu plus tard ? Il n'avait rien à faire ici pour l'instant, si ce n'était d'attendre l'arrivée de Clod et de Monsieur Janel. Il n'avait qu'à laisser Angel se débrouiller tout seul avec les deux Africains, après tout ils étaient là pour prendre livraison d'une de ses horribles statues. Oui, mais si pour gagner du temps, ils décidaient de charger le camion ?

Pour l'heure, personne ne l'avait ni remarqué, ni n'était venu l'accueillir. Il se trouvait devant le rideau de fer, béant sur l'atelier, d'où il percevait dans la pénombre auréolée d'une lumière grise, la danse macabre des statues.

Il s'écarta légèrement sur le côté, lorsqu'il entendit provenir de l'intérieur, le fracas d'une porte défoncée. Au même instant, il aperçut le fils Janel se glisser entre les barreaux de la fenêtre de la salle d'eau.

Il passa tout d'abord la tête, puis ce fut une épaule et, non sans mal, le reste de son corps suivit. Jacky Lafortune observa la scène, lui qui avait envisagé toutes les éventualités, avait omis celle-ci : l'évasion du fils Janel.

*

— Chut, fit Louise à l'attention de Joseph.

Puis de sa main, elle lui demanda de la suivre. Ils quittèrent le talus qui bordait le chemin boueux et grimpèrent dans la forêt. Joseph ne posa pas de questions et s'en remit à elle. Leurs corps se courbèrent, puis Louise fut alertée par un bruit sourd :

Regarde ce camion, lui indiqua-t-elle, lorsqu'il la rejoignit derrière quelques jeunes sapins.

Joseph s'accroupit à ses côtés. Effectivement, à une centaine de mètres stationnait un camion bâché. Apparemment, celui-ci s'était engagé en marche arrière sur le chemin de terre pour repartir plus aisément. Sa présence insolite éveillait les soupçons. Un grumier serait passé inaperçu, car il aurait intégré parfaitement son milieu naturel, mais un Berliet devant une usine désaffectée, intriguait autant qu'une incisive brisée sur un sourire dévoilé. Mais, ce n'était pas le camion qui avait mis les sens de Louise en alerte.

— Tu as entendu comme moi ce bruit ? lui demanda-t-elle.

— Non, chuchota Joseph.

— Peut-être devrais-tu baisser la capuche de ton parka, lui répondit-elle en lui lançant un clin d'œil.

Sa phrase à peine finie, elle avança vers le Stradair à pas de loup. Elle se déplaçait avec la grâce d'une chatte sur une gouttière luisante. Joseph rabattit la capuche de son parka, qui effectivement couvrait les bruits des alentours. Lorsqu'elle atteignit le tronc élancé d'un sapin, il se mit à découvert et la rejoignit. Il se colla à elle et s'il

387

n'avait pas tenu à la main son fusil à canon scié, il l'aurait enlacée. Elle était tellement belle. Par petits flux haletants, la buée de son souffle condensé sortait de sa bouche et sa lèvre tuméfiée accentuait le dessin pulpeux de son profil.

Désormais, ils ne se trouvaient plus qu'à une dizaine de mètres à l'aplomb du camion. Sur le bord du chemin, des noisetiers et leurs jeunes pousses rectilignes striaient la pénombre de la forêt. À nouveau, ils s'accroupirent derrière le tronc d'un sapin. Tout autour d'eux, les arbres espacés de quelques mètres s'élançaient en une course effrénée vers un ciel marbré, afin de s'octroyer un peu de lumière. Heureusement la frondaison des noisetiers aux feuilles jaunies et défraîchies par l'automne, les masquaient des regards indiscrets.

À première vue, le camion était vide de ses occupants, seule la bâche tendue sur les arceaux du plateau arrière laissait planer le doute. Le ruisseau coulait avec force et son tumulte masquait tous les bruits des alentours. D'où ils se cachaient, Louise et Joseph avaient une vue imprenable sur ce qui se déroulait en contrebas. Ce fut alors qu'ils aperçurent de l'autre côté du ruisseau, dans le prolongement d'un pont sans rambarde, l'entrée de l'atelier du gros. Louise voulut se tourner vers son compagnon pour lui indiquer qu'ils étaient arrivés à destination, lorsqu'une chose étrange accapara son attention. Sur la gauche du bâtiment de briques rouges, elle découvrit une silhouette adossée au mur qui tenait quelque chose entre ses bras. Elle ne distinguait pas clairement ce que cette ombre manigançait, les feuilles cramées des arbustes qui bordaient le ruisseau réduisaient considérablement sa visibilité. L'homme semblait apeuré, il tournait sans arrêt sa tête vers l'entrée de l'atelier, comme s'il craignait qu'il n'y surgisse une menace. Puis une risée un peu plus soutenue courba les arbrisseaux qui dissimulaient le bas de son corps et elle aperçut furtivement ce qu'il maintenait contre lui : un enfant. L'homme se déplaça légèrement en crabe, toujours collé au mur, et désormais Louise put le détailler plus précisément. Joseph n'était pas en reste, il avait également remarqué le bonhomme et assistait à la scène, incrédule. Celui-ci plaquait une poigne d'acier sur la bouche de l'enfant pour l'empêcher de crier et de l'autre il le maintenait contre lui. Il semblait hésiter quant à ce qu'il devait faire et son regard furetait dans tous les sens, à la recherche d'une issue. Joseph et Louise avaient le sentiment d'assister à la projection d'un film muet, la couleur en plus. Le débit du ruisseau accompagnait la bande sonore et le balancement de la végétation qui se pliait selon les caprices du vent saccadait les images. L'enfant avait le teint blême et ses yeux grands ouverts exprimaient l'effroi que sa bouche entravée ne pouvait cracher. Il ne se débattait pas, mais le poids de son corps semblait un fardeau pour l'homme à la gabardine de maquisard.

Tel un pantin désarticulé, l'enfant n'opposait aucune résistance et tanguait comme un ballot de linge sale sous l'étreinte crispée de l'adulte. Puis l'homme décolla du mur de brique, non sans jeter un dernier regard sur la gauche. Soulevant l'enfant avec une facilité déconcertante, il dévala le talus, qui de ce côté-ci de la bâtisse courrait jusqu'au ruisseau. Il se faufila entre les arbustes, les jeunes pousses de frênes et quelques ronciers défraîchis. À certains passages, le sol imbibé d'eau se dérobait sous son poids, alors que l'herbe haute détrempait le bas de son bleu de travail. Il atteignit le ruisseau et s'arrêta. Il hésita, l'eau n'était pas bien profonde. En quelques enjambées, il la traverserait, si toutefois, il ne posait pas le pied sur une pierre ronde, dépolie et glissante comme un savon de Marseille. Il fit quelques pas sur la rive, cherchant le passage le plus aisé. Puis soudainement, il tourna la tête vers l'entrée de l'atelier et se précipita derrière le tronc d'un arbre qui bordait le ruisseau. Il s'y adossa et se laissa glisser au sol. L'enfant virait au bleu tant son étreinte le suffoquait.

De leur poste d'observation, Joseph et Louise ne percevaient aucun son, si ce n'était le débit cacophonique du ruisseau. De toute évidence, il se passait quelque chose qu'ils ne pouvaient pas entendre. Puis l'homme se remit sur ses pieds et en un ultime effort, s'élança jusqu'au pont, courbé en deux et traînant tant bien que mal l'enfant. Cette fois, il n'hésita plus et mit un premier pas dans le courant, puis un second et se faufila, tête baissée sous l'arche du pont.

Joseph et Louise le quittèrent des yeux. Sur le pas de l'atelier apparut un homme en complet gris perle, chemise blanche et cravate noire dénouée au col. Il tenait à la main un Beretta et son regard, ravagé par la haine, scrutait les alentours. Il hurlait comme un loup, des mots qui ne les atteignirent point. Le diable en personne surgissait de l'enfer, l'antéchrist, le seigneur du mal, le bien nommé Clod Bensoussan.

Louise agrippa le bras de Joseph. Elle était terrifiée par la vision de cet homme qui resurgissait de son passé pas si lointain. Devant la cathédrale de Strasbourg, elle avait abattu son frère pour venger Martha, son alter ego, son équipière dans ce que la presse avait nommé le gang des *"Folles de la Nationale 4"*. Jusqu'alors, elle l'avait oublié, rayée de sa mémoire, et cette infâme crapule réapparaissait là où elle ne l'attendait pas. Joseph eut également un coup au cœur lorsqu'il le vit. Il le croyait mort ou en exil à l'étranger, mais sur cette terre, la vermine ne crevait pas si facilement, elle y tenait toujours une place de premier choix. Clod Bensoussan, la pire des saloperies qu'il n'ait jamais rencontrée de toute son existence croisait à nouveau sa route et à la vue de ce qui émanait de son visage, il n'avait pas changé.

Louise s'approcha de Joseph, dans ses yeux couvait un feu tranquille. Il ne connaissait que trop ce regard. Bientôt, ces braises attisées par l'instinct de survie s'embraseraient et les feux de l'enfer ne seraient que flammèches vacillantes, au regard du brasier ardent qu'elle allumerait.

— C'est lui, chuchota-t-elle, comme si quelqu'un pouvait l'entendre dans ce bois vide.

— Oui, je l'ai également reconnu, lui répondit-il en ne quittant pas Clod Bensoussan du regard.

— Non, tu ne m'as pas comprise.

À cet instant, Joseph se retourna vers elle et fronça les sourcils.

— C'est lui, l'homme du monument aux morts, poursuivit-elle sèchement.

— Je ne l'avais pas reconnu, se reprocha-t-elle. Il n'avait pas cette apparence. Tel que tu le vois, là, c'est le Clod Bensoussan que l'on a connu, mais au monument aux morts, il n'était pas accoutré de la sorte. Il était sale, dépenaillé, vêtu d'un maillot vert de l'équipe de Saint-Étienne et d'un survêtement informe. Une vraie loque. Ses cheveux étaient longs, hirsutes, jamais coiffés... Il cachait son visage derrière une barbe du même acabit, tout aussi dégoûtante...

Elle fit une pause et Joseph en profita pour glisser sa main sous ses cheveux, dans sa nuque. Il tenta maladroitement d'avoir un geste apaisant, de lui montrer qu'elle n'était pas seule, il était là... Mais elle se dégagea violemment.

— Je sentais bien que cet homme n'était pas clair. Et dire que j'ai même eu pitié de sa misérable existence...

— Mais, qu'est-ce qui te fait dire qu'il s'agit du même homme ?

— Le pansement à sa main gauche !

— Comment ça ?

Puis Joseph détailla à nouveau Clod Bensoussan devant l'entrée de l'atelier. Il portait effectivement un pansement à la main gauche. Louise poursuivit :

— L'homme du monument aux morts en avait un à l'index gauche... Mais hormis cela, tout s'explique. Cette pourriture n'a qu'une idée en tête : me faire payer la mort de son frère. Je ne sais pas comment il m'a retrouvée, mais il veut ma peau. C'est lui qui a envoyé la lettre anonyme à la police. Qui d'autre que lui connaissait mon passé avec *"Les folles de la Nationale 4"*?

— Mais que fait-il ici alors? Et ce gars avec le môme que l'on a vu se cacher sous le pont tout à l'heure?

À peine avait-il posé ses questions que la réponse fusa dans son esprit:

— Bon sang! Le fils Janel, laissa-t-il en suspend.

— Oui, le fils Janel… Tu parles d'un nid de vipères…

Mais Louise ne tergiversa pas bien longtemps, un hurlement, un cri effroyable les firent sursauter, et ce, malgré le vacarme assourdissant du ruisseau. Joseph et Louise regardèrent en direction de l'entrée de l'atelier. Clod Bensoussan était à genou, son Beretta gisait devant lui et il se tenait le bas du dos. Le rugissement d'une bête mise à mort s'échappait de sa bouche et ses yeux révulsés cherchaient un ultime salut dans les nuages délavés. Puis de tout son poids, il tomba face contre terre. Derrière lui, un grand noir dégingandé à l'apparence d'une petite gouape de Pigalle admirait son agonie. Il serrait dans sa main un long couteau d'où perlaient des gouttes de sang, lancinantes comme l'expiation d'un moine fautif.

Joseph reconnut l'homme qu'il avait croisé au *"Milky Way"*, le soir du dernier concert de Lili. Puis une petite femme noire avec des lunettes d'écaille sortit de la pénombre de l'atelier. Elle était bien mise de sa personne, mais elle n'était pas un ange, Joseph ne se trompait pas sur les êtres humains. Il les connaissait et savait reconnaître chez eux le goût qu'ils avaient pour le sang, et à n'en pas douter ce petit bout de femme était d'une voracité insoupçonnée.

Chapitre 29

Les barres de fer claquaient dans les paumes de mains usées. Les ouvriers fixaient l'ennemi, aligné en rang face à eux, alors que les CRS impertur-bables étaient prêts à déferler sur leur proie.

Christian Clevenot rejoignit Ibrahim qui distribuait les dernières barres à mine. Celui-ci en attrapa une et la lui tendit :

— Ils ne vont pas t'épargner, autant vendre chèrement ta peau.

— Non, je n'en veux pas, lui répondit sèchement le jeune établi.

Le sourire d'Ibrahim s'effaça, puis il s'approcha de son ami.

— Que se passe-t-il, Christian ?

— On va au casse-pipe. Les gardes-chiourmes du pouvoir ne feront qu'une bouchée des nôtres.

— Mais que proposes-tu ? On ne va pas abandonner maintenant. Tout le monde ici sait déjà que la partie est perdue d'avance. Dans quelques jours, tout sera redevenu comme avant, mais personne n'a l'intention de se rendre, pas comme ça. Baisser son froc devant les CRS n'est pas de mise chez les ouvriers de la vallée… La défaite est plus belle après le combat, tu ne penses pas ? Tu nous prends pour des lâches ?

Christian esquiva son regard :

— Non, loin de là. Tu sais Ibrahim, ça fait dix ans que je vis parmi vous, que je travaille à vos côtés, que je mange avec vous… Mais aujourd'hui, tout ça n'a plus de sens, je me sens las…

— Tais-toi Christian. Ici, tout le monde te respecte, beaucoup ont de l'admiration pour toi. Tu nous as redonné notre fierté. Depuis trop longtemps, la CGT nous a endormis, nous a servi la soupe à la grimace. J'admets, on l'a ingurgitée sans rechigner, mais c'était faute d'avoir mieux.

— Pourquoi as-tu tant de rancœur envers eux ? Tout à l'heure, tu t'es adressé à Lafortune comme si…

— C'est un jaune, le coupa Ibrahim, un chien à la solde du père Janel.

— C'est grave ce que tu viens de dire, tu as des preuves ?

— L'autre matin, je les ai surpris en pleine discussion…

Depuis toujours, qu'il plût ou neigeât, Ibrahim commençait sa journée par un footing dans les rues de Rothau. Il suivait toujours le même circuit, une demi-heure à suer, à évacuer le trop-plein d'énergie qui l'habitait le matin au réveil. C'était sa soupape de décompression, sa manière à lui de supporter l'usine et sa condition de travailleur immigré. À peine éveillé, il chaussait sa paire de tennis et dévalait la rue du Château en petites foulées. Son circuit était toujours le même, il passait devant la grille de l'usine ensuite, après la ligne de chemin de fer, il obliquait sur la droite, traversait le terrain de basket et remontait chez lui par la rue de la gare.

Ce matin-là, il ne se sentait pas dans son assiette, peut-être était-ce dû au rôti de porc qu'il avait partagé la veille, chez un collègue de son équipe de l'après-midi. La nausée l'avait pris lorsqu'il avait atteint le terrain de sport. Il avait alors jeté un œil inquisiteur sur les lumières de la bâtisse transformée en appartement pour ouvriers.

Ibrahim avait sa fierté, il ne voulait pas être surpris à vomir sous les fenêtres de quelqu'un. À toute hâte, il avait traversé le terrain de sport et s'était glissé sous les branches dégarnies des arbres qui longeaient la Bruche. Ensuite, il s'était enfoui dans les roseaux et avait rejoint la berge où il s'était soulagé en toute discrétion. Il était resté ainsi un bon moment, courbé en deux au-dessus des clapotis de l'eau, mais il n'aurait pas su dire combien de temps. Il dégoulinait de sueur lorsqu'il s'était senti reprendre le dessus, puis il s'était rincé le visage avec l'eau froide de la rivière et était revenu sur ses pas. En sortant de cette jungle de bambous et de sureaux, il s'était arrêté net et avait fait quelques pas en arrière. Heureusement, il n'avait fait aucun bruit et les deux hommes qu'il avait malencontreusement surpris ne le remarquèrent point. Les deux individus campaient dans l'ombre du panier de basket et palabraient fermement, mais en sourdine. Ibrahim reconnut Jacky Lafortune et le chef du personnel, Monsieur Janel. Ce dernier semblait en colère, il reprochait au syndicaliste de ne pas avoir respecté le plan établi. Jacky bougonnait et Ibrahim comprit qu'ils parlaient d'un certain Bensoussan. Modeste Janel lui demandait de reprendre l'affaire en main et lui rappelait qu'ils étaient tous les deux dans le même bateau. Il lui avait également demandé des nouvelles de son fils et ce fut ainsi qu'Ibrahim fit le lien avec le rapt de l'enfant Janel. Puis devant l'abattement de Jacky, le chef du personnel s'était emporté. Il avait parlé avec force, mais il avait contenu sa colère, car de toute évidence il craignait d'attirer l'attention des voisins…

— Tu comprends Christian ? lui demanda Ibrahim.
Abasourdi par les révélations de son ami, le jeune établi ne bronchait pas.

> — Toute cette histoire d'enlèvement du fils Janel n'est qu'une mascarade, montée de toutes pièces pour discréditer le mouvement de grève, poursuivit le jeune Arabe.

397

— Tu veux dire que le vieux Janel a orchestré le rapt de son propre fils?

— En plein dans le mille. Tu comprends? Son propre enfant!

Christian n'en revenait pas, puis il se tourna à nouveau vers son ami:

— Mais alors pourquoi moi? Louise? Et cette histoire de *"Folles de la Nationale 4"*?

— C'est là où ça se corse. Je n'ai pas toutes les réponses. Il semblerait que ce dénommé Bensoussan ait dérogé au plan qu'ils avaient mis sur pied.

— Qui est ce Bensoussan?

— Un clochard qui vit dans une caravane à la sortie de Rothau. Tout viendrait de lui. C'est lui qui a manigancé ton arrestation. Il est connu de personne dans le village sauf de son voisin, tu sais, le sculpteur Angel Bonifacio? Lui aussi d'ailleurs a disparu depuis l'enlèvement du fils Janel.

— En somme, tu es en train de m'expliquer que Modeste Janel et Jacky Lafortune ont organisé l'enlèvement de son fils pour plomber le mouvement, mais que ce Bensoussan, et son voisin le sculpteur les ont doublés?

— Je n'en sais rien. Mais je peux témoigner devant un tribunal, la main sur le Coran, que j'ai été témoin de cet entretien entre Janel et Lafortune. À ton avis, comment crois-tu que j'ai réussi à convaincre les gars à venir te libérer? Quand je leur ai raconté cette histoire, ils étaient tellement écœurés qu'il a fallu que je les retienne, sinon ils se ruaient chez le chef du personnel se faire justice eux-mêmes.

Christian regardait Ibrahim circonspect.

— Il est trop tard pour abandonner, ajouta le Maghrébin. Tu ne peux pas nous lâcher maintenant, pas après tous les risques que les gars ont pris pour toi.

Le jeune établi ne réagit toujours pas. Ibrahim s'en offusqua:

— …Remarque, tu n'es pas un ouvrier, lâcha-t-il.

À ces paroles, Christian détacha son regard du sol et fit face à Ibrahim.

— C'est vrai, tu n'es qu'un fils de bourgeois ! Ton père travaille dans une banque, il a de l'argent. Il t'a payé de belles études et tu n'as jamais manqué de rien.

La colère luisait dans le regard du Nord-Africain, Christian ne se déroba pas, et le laissa poursuivre.

— Tout ça n'est qu'un jeu pour toi. Tu joues à l'ouvrier, tu t'encanailles, tout comme ton père quand il va voir les putes sur la rocade. C'est facile de prôner la révolution prolétarienne quand on a une porte de secours. Tu me débectes, vous êtes tous les mêmes, toi, les Serge July, les Cohn Bendit… Rien ne changera jamais parce que le monde est pourri et manque cruellement d'intégrité. Ça ne m'étonne pas que des camarades lorgnent les groupes d'extrême gauche. Au moins, eux iront jusqu'au bout, ce sera la révolution ou la mort…

Ibrahim s'apaisa, il baissa la tête et s'apprêtait à tourner les talons lorsqu'enfin, Christian sortit de son mutisme.

— Je n'étais pas obligé de venir m'embaucher en usine, dit-il calmement. Tu as raison, j'ai eu une éducation bourgeoise et je n'ai jamais manqué de rien. Je pouvais suivre le chemin tout tracé des enfants de ma condition, obtenir un diplôme, me marier, faire des enfants, acheter un bel appartement dans le quartier de l'Orangerie à Strasbourg, jouir de la vie… Mais voilà, j'ai tout laissé tomber, mes études, ma famille, mon avenir doré, pour venir travailler à l'usine. Pour moi, c'était le seul moyen d'être cohérent avec mes idées, de connaître ceux que je défendais. Tu me reproches mes origines ? Mais toi, que sais-tu de ma vie ? Les bourgeois sont tes ennemis, tu les fantasmes plus que tu ne les connais. Tu n'imagines pas ce que j'ai dû affronter pour venir m'établir en usine. J'ai pris sur moi, en entendant parfois la bêtise mesquine des collègues. Tu as vite oublié le surnom dont ils t'affublent quand tu n'es pas là.

— Le bicot! Oui, je sais, et alors?

— Alors rien, Ibrahim, je trouve simplement idiot que l'on se dispute. J'ai conscience de ce que tu as fait pour moi. Peut-être en as-tu fait trop, d'ailleurs. Mais laisse-moi te dire, je n'ai jamais abandonné quiconque dans cette putain d'existence. Tu as raison, quitte à tout perdre, que ce soit la tête haute, sans remords ni regret.

Ibrahim se retourna, il tenait toujours la barre de fer entre ses mains.

— Donne-moi ça, lui dit Christian, les bourgeois aussi savent donner des coups.

*

Son oreille sentait bon. Une mèche de cheveux châtain roux s'y suspendait et dévoilait les entrelacs de ses courbes tarabiscotées; elle était comme un point d'interrogation dont le lobe ponctuait le tracé. Joseph s'était approché de Louise et chuchotait. Il lui narrait son étonnement de retrouver le grand noir mêlé à cette histoire. Louise se colla à lui, le souffle de Joseph était court, elle ne saisissait pas le sens de ses mots. Il répéta et elle comprit, mais ne le laissa pas transparaître. Il l'enlaça et posa un baiser sur ses lèvres abîmées. Cet instant magique ne pouvait s'éterniser, le danger et la raison les ramenèrent à la réalité.

Ils avaient suivi la piste de l'homme du monument aux morts et avaient retrouvé Clod Bensoussan. Mais le comble du hasard avait été que Joseph ait reconnu son assassin, le grand noir du *Milky Way*. Et puis, là-dessus se greffait aussi l'histoire de l'enlèvement du fils Janel, tout cela devenait bigrement compliqué.

Devant l'atelier, le grand dégingandé tirait par les pieds sa victime afin de la soustraire à d'éventuels regards curieux, tandis que la femme aux lunettes d'écaille reculait à pas feutrés et scrutait les alentours pour les mêmes raisons. Ils disparurent à l'intérieur de la bâtisse, puis le rideau de fer s'enclencha et se baissa dans un vacarme de roues à gorges rouillées. Les lamelles métalliques se déplièrent et tombèrent comme le rideau rouge d'un théâtre à la fin d'une scène tragique.

De son côté, Jacky Lafortune s'était aventuré hors de l'arche du pont et avait assisté discrètement à l'élimination de Clod Bensoussan. Il tenait toujours l'enfant Janel prisonnier. Celui-ci, peut-être résigné ou traumatisé par la scène du coup de couteau, ne réagissait plus. Seuls ses grands yeux ouverts, figés par la peur, trahissaient son effroi.

Lorsque Jacky entendit le rideau de fer se baisser, il s'empressa de remonter le talus en s'appuyant sur les pierres jointées du pont. Son empressement et son manque d'assurance le firent déraper sur la terre glissante et la couche de feuilles mortes tombées récemment. Il dégringola en arrière et retrouva, tant bien que mal, son équilibre en relâchant son étreinte sur l'enfant. Sa négligence ne fut pas suffisante pour que le fils Janel lui échappât, mais le môme réussit tout de même à se libérer un bras. Profitant de la situation, le gamin serra son petit poing et, tout comme il l'avait déjà fait la veille avec le gros Angel, il lui asséna un méchant coup bien placé dans les parties. Le syndicaliste écarquilla les yeux et sa bouche se pétrifia en cul de poule. Aurait-il voulu retenir l'enfant dans son giron, que la douleur de sa virilité écrasée l'en dissuadait. Il tomba à genoux comme une grenouille de bénitier quémandant l'absolution de ses péchés et se saisit l'entrejambe à deux mains. Le fils Janel n'attendit pas son reste, il se jeta dans le ruisseau, qu'il traversa en quelques sauts de cabris. Impuissant, Jacky Lafortune le regarda s'enfuir. L'enfant atteignait

401

le Stradair lorsqu'il tenta de se relever, feignant d'ignorer la douleur qui lui émaillait le bas-ventre et figeait son visage en crampes néphrétiques. À son tour, il traversa le ruisseau et remonta sur l'autre rive à quatre pattes. L'enfant avait déjà contourné le camion et avait disparu de son champ de vision. Embué par la douleur sournoise, il ne distinguait plus très bien ce qui l'entourait. Les courbes du 5 tonnes et les ornières boueuses ondulaient sous sa vision déformée. Il chuta à nouveau et se répandit comme une truie, se prélassant dans un bain de purin. Bon an, mal an, il se releva, ses vêtements étaient imbibés d'eau souillée et, par endroits, tachés de terre aqueuse. Il prit appui sur la ridelle du Stradair, dépassa le camion et s'arrêta net devant le capot.

À une dizaine de mètres sur le chemin, les mains plantées sur ses hanches, l'enfant Janel l'attendait et le défiait du regard. Jacky Lafortune fut tout d'abord décontenancé par cette soudaine attitude bravache, puis il s'avança vers l'enfant en tendant sa main gauche. Le fils Janel avait un petit sourire narquois et, si le syndicaliste n'avait pas perdu son sang-froid, il l'aurait remarqué et se serait certainement méfié. Mais la colère n'était pas bonne conseillère, elle rongeait la raison.

> — Petit, ne bouge pas. Je ne te ferais pas de mal, tenta-t-il pour l'amadouer.

Il allait lui déverser le couplet des bonbons, s'il devenait raisonnable, lorsqu'il reçut un coup rude sur la nuque. Devant lui, des étoiles entamèrent une gigue dont le tempo était bien trop rapide pour lui. Le fils Janel accompagnait cette ritournelle étincelante d'un rire moqueur. Jacky dévissa et la boue se glissa dans sa bouche. Finalement, elle avait pas si mauvais goût, constata-t-il, avant de sombrer.

*

— Et maintenant, s'enquit Alfredo, en relâchant les jambes du macchabée qui rebondirent sur le sol bétonné.

Mama Béa ne semblait pas résolue à lui répondre. Imperturbable, elle regardait le rideau de fer se dérouler et ce ne fut que lorsqu'il atteignit le sol, qu'elle s'adressa à son subalterne.

— Que proposez-vous, Monsieur Sibuana?

D'habitude, la Vierge Noire n'avait cure de son opinion et cette nouvelle habitude de répondre à ses questions par d'autres questions, l'agaçait. Pour mettre un terme à son petit jeu, il s'accroupit sur le corps sans vie de Clod Bensoussan. Une auréole de sang imprégnait le bas du dos du cadavre. Il souleva le pan de la veste et découvrit la chemise blanche, trouée d'un poinçon par où le sang se répandait. Le tissu l'absorbait comme une éponge et il se propageait dans la trame, incrustant chaque fibre.

— Il me semble Monsieur Sibuana, que nous devrions déguerpir d'ici au plus vite, suggéra la Vierge Noire.

Elle ne prêtait toujours guère d'attention à lui, désormais elle semblait accaparée par la caisse de bois contenant *"L'Adolf lorgnant l'horizon"*. Mama Béa s'approcha du caisson et le toisa, comme pour en évaluer sa hauteur.

De son côté, Alfredo cessa son inspection sur le corps de Clod Bensoussan et épia son Colonel du coin de l'œil.

— Comment allons-nous la charger, Monsieur Sibuana?

— Nous devrions attendre Jacky Lafortune, nous ne serons pas trop de deux…

— Quelle heure est-il, rétorqua-t-elle?

— Treize heures trente.

— Cela nous laisse une demi-heure pour opérer avant la venue de votre ami.

Alfredo Sibuana fronça les sourcils:

— Tout seul, c'est impossible. Il faut être au moins deux…

La Vierge Noire se retourna et s'approcha de lui. Derrière ses lunettes d'écaille, son regard n'exprimait ni haine, ni agacement. Elle avait appris, depuis bien longtemps déjà, à maîtriser ses émotions. Alfredo était toujours accroupi près du cadavre, il observait Mama Béa par en dessous. Elle s'approcha de lui, se pencha et son visage effleura le sien. Cette soudaine promiscuité tétanisa Alfredo, ils étaient si proches qu'il pouvait sentir son haleine mentholée. Elle l'avait frôlé, puis elle s'était redressée, le regard toujours aussi inexpressif, et ne le quittait plus d'un iota.

À distance, Alfredo toujours à genou aurait pu donner l'impression de l'implorer. Son regard arrivait à la hauteur de son ventre, puis elle entama une étrange procession. Ses deux mains se posèrent sur le lainage de sa robe haute couture et agrippèrent son ourlet d'un geste lascif. Elle le remonta sur le haut de ses cuisses, Alfredo transpirait :

— Qui vous dit que nous ne sommes pas deux ? susurra-t-elle.

La Vierge Noire continua son effeuillage, pour le moins ridicule, et dévoila son entrejambe où une surprenante culotte noire, ornée de dentelles froufroutantes, jouait à cache-cache avec un porte-jarretelles assorti. Elle glissa sa main ridée, mais soigneusement peinturlurée de vernis écarlate, dans ses chaleurs intimes. Puis, elle l'enfouit dans son bas, au niveau du galon de dentelle, et en ressortit un petit pistolet. Jusqu'alors, le pauvre Alfredo n'en menait pas large, mais l'arme le fit frissonner de plus belle.

Elle rabattit sa robe beaucoup plus rapidement qu'elle ne l'avait fait pour la soulever, puis elle fit un pas sur le côté, s'écartant de son compatriote, et s'agenouilla à son tour à côté du corps inerte de Clod Bensoussan. Sans ménagement, elle planta le canon de son arme sur la nuque froide de l'Espagnol.

— N'est-ce pas Monsieur ? Vous allez nous aider à charger cette foutue statue ?

Alfredo, ne comprenant pas ce soudain manège, se releva.

— Vous perdez la tête, osa-t-il.

— Croyez-vous, Monsieur Sibuana?

Tout en s'adressant à lui, la Vierge Noire assena un coup de crosse sur le haut du crâne de l'homme gisant. Celui-ci ne put refréner la douleur du coup porté et eut un soubresaut. Mama Béa s'écarta légèrement du revenant :

— Et surtout, ne faites pas de bêtises. Je vous ai vu saisir votre Beretta lorsque mon cher Alfredo vous a traîné à l'intérieur, lui suggéra-t-elle.

Elle ricana, son rire était perfide, alors qu'Alfredo n'en revenait toujours pas que sa victime fut encore vivante.

— Ne m'obligez pas à vous finir comme un chien, poursuivit-elle. Retournez-vous doucement et surtout n'ayez aucune tentative malheureuse, ce serait dommage.

Découvert, Clod Bensoussan obtempéra. Il commença par retirer sa main de dessous lui et en ressortit son pistolet qu'il tendit à la Vierge Noire. Ensuite, il bascula sur le côté. Sur son visage se lisait la douleur de sa blessure, mais plus que ça, c'était la stupeur de sa ruse mise à nu qui sculptait ses traits assassins.

Chapitre 30

Ouvriers et CRS se toisaient en chien de faïence depuis déjà une bonne paire d'heures. Pour les uns, casques à visière, boucliers en plexiglas, matraques au ceinturon et Rangers cirées étaient de mises. Alors que de leurs côtés, les ouvriers arboraient barres à mine, bleus de travail, casques intégraux et keffiehs palestiniens. Christian avait ordonné de ne pas entamer les hostilités et même les plus acharnés s'en tenaient à ses recommandations.

Dans un premier temps, le peloton de CRS avait reçu comme consigne de leur barrer l'accès au centre de Schirmeck et de les cantonner à leurs barricades. Cependant dans une rue perpendiculaire, soustraite à la vision des grévistes, stationnaient les voltigeurs. Les moteurs de leurs motos ronronnaient comme un chat près d'un poêle à bois dégageant une chaleur ardente. Guy Drut s'impatientait et pour passer le temps, il rêvait à des combats héroïques.

Le fils Janel hésita, il était apeuré et méfiant, mais lorsqu'il vit Jacky Lafortune s'écrouler, il comprit qu'il pouvait faire confiance à cet homme et à cette femme.

Louise avança doucement vers lui tandis que Joseph glissait sa main dans le cou du syndicaliste, priant le Seigneur qu'il ne l'eût point tué. Il fut rapidement rassuré, le coup porté avec la crosse de son fusil à canon scié ne l'avait que momentanément assommé. Par précaution, il le retourna et vérifia qu'il n'était pas armé. Il ne l'était pas, cependant il découvrit une enveloppe à fenêtre, épaisse et dodue, qui contenait une belle liasse de Pascal. Joseph hésita, celle-ci était appétissante, mais il décida de la remettre à sa place. Après tout, il n'était pas un voleur.

Le fils Janel apprivoisé par la présence de Louise se jeta contre elle et s'agrippa à ses jambes. Il psalmodia des logorrhées incompréhensibles et ouvrit les vannes de toutes ses larmes retenues. Louise sentit ce petit être s'accrocher à elle et fut désemparée. Hors-la-loi hors pair, *"braqueuse"* de grand chemin, *"castagneuse"* émérite, elle n'en était pas moins une femme, de surcroît attendrie, mais elle manquait cruellement de pratique.

Joseph esquissa un sourire devant ce tableau impromptu. Elle suspendait ses bras au-dessus des épaules de l'enfant, mais n'osait pas le toucher. Son visage semblait tétanisé. Ses sourcils se fronçaient jusqu'à effacer son regard, ses lèvres se crispaient sur une douleur effroyable, calfeutrée depuis trop longtemps dans les tréfonds de ses entrailles. Puis le fils Janel défit son étreinte et tendit ses bras comme le ferait un môme qui voudrait que sa mère le prît dans son giron. Louise ferma les yeux et glissa ses mains sous les aisselles de l'enfant, puis le souleva. Elle l'enlaça et il lova son visage dans son cou où il pleura de tout son saoul. *"La folle de la Nationale 4"* fit un quart de tour sur elle-même, de manière à se soustraire au regard de Joseph. Elle serra fort l'enfant et posa enfin une main sur sa tête. Ensuite, elle enfouit son visage tout près du sien et Joseph devina qu'elle aussi sanglotait.

Les choses urgeaient, chacun le savait et malgré cet interlude, ils ne pouvaient pas s'attarder sur ce chemin désolé. Ce fut le couinement du rideau de fer, que quelqu'un actionnait à nouveau, qui les poussa à se ressaisir. Joseph sursauta, puis il regarda en direction de l'entrée de l'atelier et enfourna, presque machinalement, une cartouche dans la chambre de son fusil. Louise aussi reprit ses esprits et le fils Janel tressaillit, rappelé trop vite des limbes où il s'était abandonné. Joseph attira l'attention de Louise et barra sa bouche de son index, lui intimant ainsi le silence absolu. Il craignait que les pleurs de l'enfant ne parvinssent jusqu'aux oreilles des affreux, de l'autre côté du ruisseau. Louise le rejoignit, elle portait toujours l'enfant contre elle.

— Retourne à la voiture, lui souffla Joseph, je t'y rejoins dans quelques instants.

— Et toi ?

— J'ai encore une petite chose à régler.

Louise le toisa de ses yeux humides, séchés à la va-vite, pour dissimuler son passage à vide de tout à l'heure. Elle savait que discuter dans cette situation était une perte de temps et ne fit pas d'histoire. Mais avant de disparaître dans la forêt, elle se retourna vers Joseph :

— Je te veux vivant, lui souffla-t-elle.

Leurs regards se croisèrent, se mêlèrent quelques fractions de secondes, puis elle traversa la rangée de noisetiers en protégeant le visage de l'enfant des éraflures sournoises des arbustes. Il l'entendit gravir la côte épineuse qu'ils avaient empruntée à leur venue, puis Joseph retourna à son observation et se glissa à l'angle du capot du Stradair.

À quelques dizaines de mètres, le rideau de fer baissé dévoilait à nouveau l'intérieur du bâtiment. Sous la lumière blafarde de cette journée cafardeuse, la petite femme noire aux lunettes d'écaille scrutait les alentours, méfiante comme une vieille chienne craignant le pire pour sa portée. Joseph n'avait pas de preuve, seule son intuition le guidait, mais il savait que celle-ci devrait payer pour la mort de Lili.

*

Le rideau métallique à peine levé, la Vierge Noire sortit et vérifia que tout était calme aux alentours du bâtiment. Ses yeux se posèrent sur le camion, de l'autre côté du pont. Il était impératif de l'amener à l'intérieur de l'atelier, sans quoi le chargement de *"L'Adolf lorgnant l'horizon"* serait impossible.

Alfredo la rejoignit, précédé par Clod Bensoussan. Celui-ci n'allait pas bien, son teint crayeux, blafard comme le lever du jour sur un champ de bataille, n'augurait rien de bon. Le poinçon n'avait pas atteint d'organe vital, tentait-il de se convaincre, mais il avait mal et saignait abondamment.

Clod Bensoussan ne s'était pas attendu à ce coup en traître. Il avait tout d'abord senti comme une brûlure le saisir violemment au bas du dos. Mais ce fut lorsque son assaillant ressortit la lame de sa chair, que la douleur le tétanisa et qu'il perdit le contrôle de son corps. Il avait fléchi sur ses genoux, puis il était tombé face contre terre. Il avait frémi de rage, mais il avait été impuissant, cloué au sol, dans l'impossibilité de bouger. Murer dans sa prison de chair, il s'était alors calmé, puis il avait imaginé ce subterfuge, le temps de reprendre possession de ses moyens. À cet instant, jouer au mort avait été le seul rôle qu'il puisse endosser. Mais tout cela avait été sans compter avec cette vieille sorcière qui avait remarqué sa ruse lorsque discrètement, il avait mis la main sur son arme échouée à ses côtés. Elle l'avait rapidement démasqué.

— Vous l'avez soigné, demanda Mama Béa à son adjoint?

— J'ai colmaté la brèche avec les moyens du bord, mais il perd beaucoup de sang, ricana Alfredo.

Puis il se ressaisit :

— J'ai désinfecté la plaie et je lui ai appliqué un pansement, mais il ne tiendra pas bien longtemps. La visite chez un médecin s'impose.

Les deux Ougandais parlaient de Clod Bensoussan comme s'il s'agissait d'un vulgaire objet rafistolé.

La Vierge Noire s'adressa au blessé :

— Vous tiendrez le coup, n'est-ce pas ? Vous appartenez à cette race d'hommes dont la haine est l'élément vital pour se maintenir en vie.

Clod Bensoussan ne répondit pas, il la défia du regard, celle-ci ne perdait rien à attendre et la vieille le comprit.

— Au travail Monsieur Sibuana, ordonna-t-elle.

Les deux hommes retournèrent dans l'atelier et en ressortirent quelques instants plus tard, portant un lot de tôles ondulées, passablement rouillées. Ils les transportaient comme une paire de quidams aurait déplacé une table de cuisine, l'un devant, l'autre derrière. Clod ouvrait la route, il traînait la jambe et à chaque pas, la douleur se lisait sur son visage, luisant de transpiration. Derrière, Alfredo le poussait et ne prenait guère d'égards pour son état fébrile, bien au contraire, il accélérait la manœuvre.

Clod reconnut les tôles ondulées, lui et son ami Angel les avaient récupérées sur le toit d'un hangar abandonné. C'étaient les mêmes qu'il avait installés au-dessus de sa caravane lorsqu'il s'était mis en tête de construire cette toiture de fortune, pour se protéger des fuites du toit de sa roulotte. Comme tout ça lui semblait loin déjà. D'ailleurs que faisait Angel en ce moment ? Pourquoi n'était-il pas là ? Louise était-elle morte, réduite en charpie par le piège diabolique qu'il lui avait tendu ? Toutes ces interrogations crépitaient dans son cerveau déchiré. Le fils Janel s'était enfoui et avec son évasion s'amoindrissait l'espoir de toucher suffisamment d'argent pour déguerpir de ce trou. Certes, il possédait encore la série de clichés, illustrant les exploits sexuels du chef du personnel. Tout cela était bien maigre, mais Clod n'était pas homme à se laisser abattre et comme lui avait fait remarquer la vieille aux lunettes d'écaille, la haine était son tuteur. Il croyait encore à sa bonne étoile, si noire fût-elle.

Lorsque les deux hommes traversèrent le pont, ils déposèrent la pile de tôles ondulées à cheval sur le gravier et la terre boueuse. Alfredo saisit une plaque et la jeta sur le chemin, puis il en prit une suivante, marcha sur la première et la posa à la suite. Tant bien que mal, Clod Bensoussan l'imita et très rapidement une route de tôle recouvrit les ornières du chemin. À certains endroits, ils les doublèrent ou les chevauchèrent pour plus de sécurité. Après maintes vérifications, Alfredo conclut que désormais conduire le Stradair à l'intérieur de l'atelier serait un jeu d'enfant. Par contre, il avait des doutes pour le retour, lorsque le camion serait lesté de *"L'Adolf lorgnant l'horizon"*. Ce revêtement de fortune résisterait-il ?

Durant toute l'opération, La Vierge Noire ne les avait pas quittés des yeux et s'était tenue à une distance raisonnable des deux hommes. Elle serrait son petit pistolet, un Sauer M30, dans sa main gauche et tenait discrètement en joue l'Espagnol.

Alfredo emprunta le chemin fraîchement ondulé et se dirigea vers le Stradair. À mi-chemin, il sauta en l'air pour tester la résistance des tôles sous son poids. Puis, il s'engouffra dans la cabine du camion. Comme il l'avait envisagée, la manœuvre fut un jeu d'enfant. Il passa le petit pont sans grande difficulté, mais devant l'entrée de l'atelier, la Vierge Noire entreprit de le guider. Il l'observait dans le rétroviseur côté passager et suivait scrupuleusement ces indications qui se résumaient à *"un peu plus à gauche"*, *"à droite"* ou *"stop"*, en un langage de signes incertains. Après quelques tentatives infructueuses, le Stradair vint se coller devant le caisson contenant *"L'Adolf lorgnant l'horizon"*.

Alfredo coupa les gaz et descendit de la cabine en laissant béer sa portière. Mama Béa contourna la statue et le rejoignit. Immédiatement, il s'enquit de l'Espagnol qu'il ne voyait plus. La Vierge Noire le rassura et lui indiqua le banc à côté de la salle d'eau ; Clod Bensoussan y gisait, adossé contre les briques rouges du mur, les bras ballants, le menton tombé sur le torse.

— Il est en train de crever, dit-elle en toute simplicité.

— Vous êtes certaine qu'il ne nous joue pas encore la comédie ?

— Même si cela était le cas, nous ne risquerions pas grand-chose, lui répondit-elle, c'est la fin pour lui.

Comme s'il l'avait entendue, Clod glissa à cet instant sur le côté. Il s'étendit sur le banc en une position inconfortable et le bras, sur lequel il reposait, se détendit à l'horizontale. Sa main, encombrée du pansement sur son index, s'ouvrit comme s'il mendiait, réclamait l'aumône. Il n'avait pas vraiment quitté la position assise, ses deux jambes touchaient encore le sol, tandis que son corps se brisait au niveau du bassin et s'étirait sur le bois dur du banc. Encore une fois, Clod Bensoussan agonisait, il n'en finissait plus de mourir, et il offrait sans pudeur sa mort à son public assassin.

Alfredo n'eut aucune compassion devant ce spectacle sordide, il n'avait désormais plus qu'une obsession : quitter cet endroit au plus vite. Il gravit l'échafaudage que l'artiste utilisait pour sculpter les parties hautes de ses œuvres et prit résolument l'opération en main. La caisse de bois reposait sur une palette, il demanda à son Colonel d'y glisser une chaîne, sous chacune des faces, et ensuite de les lui tendre. Bon gré, mal gré, la Vierge Noire obtempéra, non sans lui lancer auparavant un regard noir de désapprobation, lui signifiant ainsi qu'elle n'appréciait guère le ton sur lequel il s'adressait à elle. Alfredo comprit le message, mais ne le montra point, malgré tout, cette situation l'amusait. Elle maniait bien mieux son Mannlicher-Carcano que les activités manuelles et elle maugréa en sourdine, lorsque dans l'opération, elle se brisa quelques ongles manucurés. Après plusieurs tentatives, elle réussit tout de même à croiser les chaînes sous la statue et les tendit suffisamment pour qu'Alfredo puisse les assembler au-dessus de la caisse. Il réunit chaque extré-

413

mité, puis glissa les maillons dans un crochet rouillé qui pendait au bout d'un câble d'acier, lui-même courant autour d'une poulie solidement arrimée à une poutre du plafond. Ensuite, le filin redescendait jusqu'à un treuil, doté d'un moteur à essence, où il s'enroulait sur une bobine de métal.

La Vierge Noire regardait Alfredo s'activer comme un diable et rongeait son frein sur ses ongles brisés et son tailleur souillé par la poussière de rouille, déposée par les chaînes. De son côté, Monsieur Sibuana n'était guère plus présentable. Le bas de son pantalon, crotté par la boue du chemin, puis les traînées de graisse déposées sur les câbles d'acier avaient sapé sa mise d'ordinaire, si soignée.

Il dégringola les escaliers de l'échafaudage, passa devant son Colonel, dont il évita de croiser le regard, et rejoignit le treuil. En quelques secondes, il comprit le fonctionnement de la machine qui n'était qu'un simple palan de débardeur arrimé au sol. Alfredo en actionna une clé sur le côté, le moteur toussota puis il s'emballa et trouva son rythme de croisière. Au-dessus de sa tête, il suivit la trajectoire du filin d'acier et héla Mama Béa :

— Je vais avoir besoin de votre aide, lui dit-il lorsqu'elle le rejoignit.

Alfredo lui expliqua brièvement le fonctionnement de l'appareil qui en fait se résumait à une simple manette, dont l'action dans un sens, enroulait le câble et soulevait la charge, alors que dans l'autre, elle la descendait. Sous ses yeux, il enclencha le treuil. Le filin s'ébroua, grinça dans la poulie et tendit les chaînes qui cerclaient le caisson de la statue. La manœuvre se déroula lentement et lorsque tout fut tendu, la caisse se souleva. Alfredo hissa la charge jusqu'à un bon mètre cinquante au-dessus du sol et arrêta le palan. Cela provoqua une secousse et la statue dans son emballage de bois trembla, puis le tout balança légèrement de gauche à droite.

— Maintenant, je vais reculer le camion, mais avant cela je dois défaire la bâche du plateau arrière et démonter les arceaux qui la soutiennent.

Mama Béa acquiesça. Alfredo aurait aimé lui demander si elle avait saisi la manœuvre, mais il n'osa pas, car lui-même n'était pas certain de son fait. En quelques minutes, le plateau du Stradair fut débarrassé, puis Alfredo se mit au volant et démarra. Une fumée carbonique, crachée par petits jets successifs, envahit l'atelier. Il entama sa marche arrière avec mille précautions et garda la portière ouverte pour mieux se diriger, tout en lorgnant de temps à autre dans le rétroviseur du côté passager. Lorsque le plateau du Berliet fut en dessous de la statue suspendue, il ajusta la position du camion afin que le caisson soit au plus près de la cabine. Son intention était fort simple, mais périlleuse pour un novice comme lui. Il devait basculer *"L'Adolf lorgnant l'horizon"* à plat sur la plate-forme du camion, car son transport à la verticale était tout bonnement impensable. Après quelques coups d'embrayage nerveux, pour se positionner au mieux, il pila net, tira à fond sur le frein à main et libéra les pédales.

— Ça devrait aller, se dit-il pour lui-même, puis il s'adressa à Mama Béa qui attendait ses instructions et ne comprenait pas où il voulait en venir :

— À vous de jouer maintenant.

Elle actionna la manette et la charge descendit lentement dans un grincement d'acier. Lorsque la caisse toucha le plateau du camion, Alfredo mesura le mou dont il avait besoin.

— Stop, hurla-t-il après quelques instants d'hésitations.

Les amortisseurs du Stradair s'étaient terriblement affaissés sous le poids de la statue et, son moteur au point mort faisait écho à celui du treuil, ils se mélangeaient en une danse de culbuteur parfaitement oint. Alfredo fit signe à son Colonel de ne plus toucher à rien, désormais, l'opération ne dépendait plus que de son doigté. Il écrasa l'embrayage et simultanément, il enclencha la première ; le camion s'ébranla. L'Ougandais jouait là sa dernière carte, si l'opération échouait, *"L'Adolf lorgnant l'horizon"* basculerait et s'écraserait au sol.

Le caisson reposait donc sur le plateau, mais était toujours arrimé au filin du treuil. Le Stradair se déplaçait doucement, sans à-coups, et le câble se raidit, puis il se tendit et la statue bascula sur l'arête de son socle. Plus le camion avançait, plus le chargement basculait vers l'arrière, emporté par son poids, jusqu'au moment fatidique où l'équilibre serait rompu. Alfredo craignait tout particulièrement cet instant, lorsque la caisse basculerait sur l'arrière, tout son poids serait retenu par le fil d'acier. Celui-ci résisterait-il ?

Emportée par sa masse, la statue bascula, mais fort heureusement le câble ne céda point. Le camion tangua quelques instants sous l'ondulation des amortisseurs sollicités. Alfredo avait retenu son souffle durant toute l'opération, *"L'Adolf lorgnant l'horizon"* n'était pas encore couché sur le plateau du Stradair, mais le plus ardu appartenait désormais au passé.

Il bondit hors de la cabine et rejoignit Mama Béa. Celle-ci s'écarta et lui libéra la place aux commandes. Alfredo se hâtait, il appréhendait le pire malgré tout : la rupture soudaine du câble. Il appuya fébrilement sur la manette et la caisse de bois poursuivit sa descente, jusqu'à s'allonger délicatement sur la plate-forme du camion. Alfredo laissa encore tourner le treuil, le filin se relâcha et lorsque les chaînes qui maintenaient le chargement pendirent à l'arrière, il arrêta la machine. Il pouvait enfin souffler. La Vierge Noire se détendit également :

— Bravo Monsieur Sibuana, je puis vous avouer que vous m'avez épatée.

Alfredo, peu habitué à recevoir des compliments, surtout de la part de son Colonel, feignit de ne rien entendre. Il tourna la clé de contact du treuil et le moteur s'éteignit en crachotant comme un tuberculeux. Puis sans répit, il trotta jusqu'à l'arrière du Stradair, défit les chaînes et les laissa choir sur le béton du sol. Les maillons rouillés et désarticulés s'amoncelèrent comme le butin d'un coffre de pirate, vidé à la va-vite. Toujours sans attendre, il sangla la caisse contenant *"L'Adolf lorgnant l'horizon"* sur le plateau et, l'opération finie, il referma la ridelle arrière. Il hésita cependant à remettre la bâche, mais estimant qu'il en avait déjà suffisamment fait, il abandonna l'idée.

Pendant ce temps, la Vierge Noire était allée se débarbouiller aux lavabos et en passant devant Clod Bensoussan, qui gisait toujours sur son banc, elle avait pensé :

— Cette fois-ci, il est mort pour de bon. Une telle charogne ne manquera pas à l'humanité.

La Kelton de Clod Bensoussan marquait 14 heures !

Chapitre 31

Ça grommelait de part et d'autre sur le barrage des Steinheil. Tels des chiens voulant s'arroger un os jeté en pâture, chacun montrait les crocs et c'était à celui qui serait le plus prompt à s'en emparer.

Après le grand déballage d'Ibrahim concernant le rendez-vous de Jacky Lafortune et de Modeste Janel sur le terrain de basket-ball, Christian Clevenot prit une décision grave, mais s'abstint d'en parler à son ami. Il décida de mettre un terme à cette histoire qu'il avait entamée, voilà dix ans déjà. Bien évidemment, ce ne serait pas le grand soir qu'il avait imaginé à l'époque. L'établissement n'était plus en vogue, il le savait, et la gauche prolétarienne s'était passablement embourgeoisée ; le goût de la lutte s'était dilué dans des mièvreries socialisantes.

Christian n'avait jamais dérogé à ses engagements et croyait toujours en ses idéaux. Mais il avait été bien seul, lorsque dix ans auparavant, il avait quitté sa condition d'étudiant privilégié pour entrer en usine. Au début, il avait eu encore quelques appuis militants et les réunions du comité lui avaient apporté le soutien moral dont il

419

avait besoin. Puis, celles-ci s'étaient espacées, faute de participants, jusqu'à disparaître complètement. Il avait ouï dire les témoignages de certains qui tout comme lui s'étaient fait embaucher en usine, et le constat était fort décevant. Beaucoup d'établis étaient retournés à une vie normale, enfin plus en adéquation avec le milieu social dont ils étaient issus, pourrait-on dire. Certains avaient dû batailler âprement pour reprendre des études, cependant jamais ils n'avaient retrouvé la vie qu'ils auraient dû mener, s'ils n'étaient pas entrés à l'usine. Ils avaient côtoyé l'injustice de si prêt qu'ils leur étaient impossibles de l'ignorer, de faire comme si elle n'existait pas. Des années après avoir raccroché les gants, le cœur de ces jeunes idéalistes battait toujours du côté des causes ouvrières, même si parfois, cela ressemblait beaucoup plus à de l'apitoiement qu'à un véritable soutien. La révolution s'était évaporée.

Jacky Lafortune était un jaune, à bien y réfléchir cela n'étonnait qu'à moitié Christian Clevenot. Jusqu'alors, il l'avait toujours considéré comme un petit fonctionnaire du syndicalisme, un petit vieux, pépère, qui refusait qu'un jeune lui volât la vedette. Quelle idiotie! Mais les choses étaient ainsi. Déjà en mai 68, la CGT avait mis des bâtons dans les roues de nombreuses initiatives estudiantines, craignait-elle que les insurgés du Quartier Latin fassent voler en éclats, sa main mise sur la classe ouvrière? Dans toute cette histoire, le pauvre Lafortune n'avait défendu que ses propres intérêts. Il le réalisait maintenant, leur dualité les avait toujours opposés et n'avait jamais été motivée par un véritable débat d'idées. Le nombre ne faisait-il pas la force? Aujourd'hui, il le regrettait amèrement.

Christian Clevenot avait atteint le stade de non-retour, il en était conscient. La police le recherchait et le seul avenir qu'elle lui proposait était d'aller croupir en prison. La prison pour un crime qu'il n'avait pas commis, l'enlèvement du fils Janel.

Et Louise dans tout ça? Ibrahim lui avait raconté son évasion rocambolesque du commissariat central de Strasbourg. Le jeune Arabe jubilait à cette idée, plus les fonctionnaires de police étaient ridiculisés et plus il s'en réjouissait. Christian, lui, s'interrogeait sur cet homme qui avait osé arracher Louise des griffes de la police. Il admirait secrètement son courage et son sang-froid. Qui pouvait-il bien être ? Aurait-il été capable d'en faire autant ? Christian voulait croire que oui, mais il ne l'aurait pas juré sous serment.

Louise ne l'aimait pas, il le savait. Depuis leur première rencontre, il avait espéré que le temps la rapprocherait de lui, qu'elle apprendrait à l'aimer, mais cela aurait-il été de l'amour ? Elle était apparue dans sa vie comme l'ange de l'annonciation et elle disparaîtrait tout aussi subitement qu'un battement d'ailes. Il savait qu'elle partirait un jour, il l'avait su dès la première minute, mais il n'avait jamais voulu se résigner à cette idée.

Il avait possédé Louise, sa peau en gardait encore la trace émue. Christian Clevenot se préparait à livrer son dernier combat et il puisait sa force dans ce souvenir. Il noua un foulard sur son visage et recouvrit sa tête d'un casque de moto, sur lequel, ironie du sort, le propriétaire avait dessiné le drapeau américain : les bandes rouges et blanches d'un côté et les étoiles sur fond bleu de l'autre.

Viendrait-elle sur sa tombe ? Se demandait tristement Christian, lorsqu'il fut interpellé par Ibrahim qui hurlait :

— Ils avancent Christian, ils avancent !

Le jeune établi empoigna sa barre à mine.

*

Joseph n'avait eu le temps que de jeter le corps assommé de Jacky Lafortune par-dessus le talus, côté ruisseau. Puis d'un bond, il s'était accroupi derrière un taillis de noisetiers roussis, espérant que le grand Noir ne s'apercevrait de rien. Clod Bensoussan l'accompagnait et sa réapparition avait fait frémir Joseph ; même si son aspect physique trahissait son mauvais état, il était toujours sur pied. Il aidait le grand Noir, sous la menace armée de la petite vieille, à porter une pile de tôles ondulées, puis ils en avaient recouvert le chemin boueux. La tâche finie, le dégingandé avait pris le volant du camion et, après quelques manœuvres laborieuses, l'engin avait disparu à l'intérieur du bâtiment. Ce fut alors que Joseph avait hésité, devait-il rejoindre Louise et risquer que tout ce beau monde disparût sans laisser d'adresse ? Mais le rire de Lili avait résonné à ses oreilles…

Joseph remonta à couvert dans la pénombre protectrice des sapins. Il fit quelques enjambées en longeant le chemin, désormais ondulé, puis il redescendit, le traversa d'un bond et dévala jusqu'au ruisseau. Contrairement au syndicaliste, qui tout à l'heure campait au même endroit avec le fils Janel, il n'atermoya pas pour traverser le courant d'eau. Accroupi sur l'autre rive, il hésita à sortir son fusil à canon scié, mais il remit ça à plus tard, pour l'heure, il l'encombrerait plus qu'autre chose et il avait besoin d'être libre de tous ses mouvements. Comme une ombre, il se faufila jusqu'au bâtiment où il s'adossa au mur, puis il glissa jusqu'à une fenêtre protégée par de gros barreaux d'acier rouillés. Il fut stupéfié par ce qu'il découvrit. Le grand désossé aux fringues de gouape sanglait une grande caisse de bois sur le plateau du camion, sous l'œil attentif de son congénère de couleur. Mais bien plus que la manœuvre des deux noirs, ce fut la révélation des statues, toutes droites issues de l'enfer, qui lui glacèrent le dos. Leurs ombres dansaient un jerk psychotique et imploraient les dieux de la guerre, alors que des femmes, mortifiées en des positions humiliantes, s'offraient à leurs regards concupiscents. Joseph ne trouva aucune logique dans leur disposition, l'ensemble créait une atmosphère lugubre, jaillissante des flammes de l'enfer et insolemment lubrique.

Décidément, plus il avançait dans cette histoire, moins il en saisissait le sens. Seule certitude, le couple avait chargé une de ces atrocités sur le camion, mais pour la livrer où? Qui était assez déjanté pour s'offrir une statue de si mauvais goût? Et puis, que venait faire Lili dans tout ça? Joseph douta, son instinct ne le trompait-il pas? Non, c'était impossible, ce soir-là, il avait vu cet homme au Milky Way.

Il décida d'en avoir le cœur net et pour cela, le plus simple était encore d'aller leur poser la question. Cette fois, il défit sans hésitation le lacet qui maintenait son fusil à canon scié, accroché à la doublure de son parka. Puis à la manière d'un crabe, il longea l'enceinte de briques et se positionna à l'angle de la bâtisse. Il tenait fermement son arme, deux coups, après, il serait obligé de recharger. Dans l'embrasure, il découvrit la Vierge Noire qui sortait de la salle d'eau et allumait une cigarette, tandis que son acolyte tenait la porte, pour y pénétrer à son tour. Celui-ci tournait le dos à Joseph et ne pouvait pas le remarquer. Ce fut la petite vieille aux lunettes d'écaille qui fit tout d'abord de gros yeux, puis donna l'alerte.

— Pas un geste, leur lança Joseph en se ruant dans l'atelier.

Il faisait preuve de sang-froid et d'une détermination sans faille. Enfin, lorsqu'il fut suffisamment près des deux Africains, il s'arrêta.

— Toi, dit-il en désignant la petite vieille, tu dégaines ton pistolet en douceur et tu le laisses choir à terre.

Mama Béa ne discuta pas. Elle retroussa sans pudeur la robe de son tailleur Yves Saint-Laurent et dégagea son arme avec deux doigts, les autres étaient dressés en éventail.

— Fais-la glisser jusqu'à moi, lui demanda Joseph.

La Vierge Noire le fixait, tout en rabattant sa robe retroussée. Elle n'aimait guère qu'on la tutoyât, surtout lorsqu'elle se retrouvait ainsi, tenue en joue par un jeune freluquet.

Le pistolet râpa le ciment et buta contre les chaussures crottées de Joseph. Il tendit son fusil en direction des deux Africains et donna un petit coup de pied dans l'arme, pour l'écarter.

— Et lui? demanda Joseph en désignant Clod Bensoussan, désarticulé sur le banc.

— Mort, répondit sèchement la vieille.

— Tu en es certaine cette fois?

— Vérifiez par vous-même, jeune homme.

Décidément, tous ces tutoiements agaçaient la Vierge Noire et puis ce gars lui disait quelque chose. Où l'avait-elle déjà vu? De son côté, Alfredo ne réagissait pas, il subissait en quelque sorte. Joseph fut tenté de suivre le conseil de la vieille, car, même mort, Clod Bensoussan inspirait toujours la peur, mais les choses pressaient.

— Alors, on s'explique? demanda Joseph sans ambages, un peu comme si les deux noirs lui étaient redevables.

Bien évidemment, les deux comparses tenus en joues ne comprirent pas où il voulait en venir. Mama Béa se contenta de tirer sur sa Dunhill Mentholée et de crachoter la fumée avec une moue de dédain. Alfredo comprit qu'elle lui passait le relais :

— Qu'on t'explique quoi? Tu débarques à l'improviste, on ne te connaît ni d'Ève ni d'Adam, tu nous menaces… Et comble de tout, tu nous demandes des explications. Mais d'où viens-tu, toi?

Alfredo ricana, enfin il se forçait, car le cœur n'y était pas.

— Ce serait plutôt à toi de nous expliquer. T'es qui tout d'abord?

— Hosana. Joseph Hosana.

Les deux Ougandais se toisèrent mutuellement. Il flottait dans l'air une incertitude de bêtes aux abois, puis leurs regards se posèrent à nouveau sur le nouvel arrivant. Dans leurs pupilles se dessinaient des points d'interrogation.

— Que faisais-tu l'autre soir au Milky Way? Lâcha Joseph à l'attention de la grande gouape charbonnée.

Les points d'interrogation s'effacèrent, remplacés cette fois par des points d'exclamation. Tout l'alphabet aurait pu défiler dans son regard, tant il feignait de ne pas comprendre la question. Pour Mama Béa, ce fut un éclair qui illumina la nuit. Elle se souvint de l'homme au parka qui accompagnait sa cible, puis la soutenait tant bien que mal après le coup porté. Du toit de l'usine désaffectée, elle s'était concentrée sur son contrat et hormis le prêtre, elle n'avait prêté attention à personne d'autre. La Vierge Noire avait une certaine mémoire photographique et la silhouette de Joseph réapparut dans ses souvenirs. Elle accusa le coup, mais resta impassible. Comment les avait-il retrouvés ?

Joseph s'impatienta et poursuivit son interrogatoire auprès du grand noir :

> — Je t'y ai vu et pour te prouver que je ne bluffe pas, je peux même te dire que tu faisais du gringue à la serveuse, une blonde, fadasse comme un mannequin de magazine.

Mais Alfredo persista dans le rôle du gars qui ne comprenait rien à rien, tout juste s'il ne s'insurgeait pas, d'être pris pour un autre.

Ce fut à cet instant que la Vierge Noire sortit de son mutisme et demanda à Joseph, froide comme un macchabée croupissant dans un étang gelé :

> — Comment va le Père Wanabee ? Il tient le coup ?

Joseph fut tout d'abord surpris par l'intervention de la vieille, puis, telle la montée du mercure dans un thermomètre, son sang bouillonna. Sa salive eut le goût du meurtre, la vengeance perla sur son front et ses doigts se crispèrent sur la gâchette de son fusil à canon scié. Elle connaissait le curé, elle avouait.

> — Dès que je t'ai vu, j'ai su que c'était toi, bredouilla-t-il. Joseph tentait comme il le pouvait de contenir sa rage assassine, mais celle-ci l'envahissait, il en perdait le contrôle.

> — Que voulez-vous, Monsieur Hosana, c'est mon métier. J'ai le grade de Colonel et je suis un membre important du State Research Bureau Ougandais. Les querelles de ce bas monde

ne m'intéressent pas, j'obéis aux ordres et plus précisément à ceux du Général Idi Amin Dada, la lumière de notre pays...

Joseph arma le chien de son fusil et fit un pas en avant, s'il n'y avait pas eu Alfredo entre eux, il aurait certainement déjà tiré. À cet instant, la Vierge Noire glissa son bras dans son dos et en sortit le Beretta de Clod Bensoussan. Joseph s'arrêta net, coupé dans son élan. Elle se cambra et pointa sur lui le canon de l'arme qu'elle serrait à deux mains. Elle fit un pas de côté, Joseph l'imita, mais dans l'autre sens. Les deux protagonistes de cette danse macabre se tenaient à bonne distance, se mouvant sur un cercle invisible dont le centre était Alfredo Sibuana. Celui-ci, traversé par un vent de frayeur, réalisa la situation. Il n'était pas bon de se retrouver entre deux feux et il s'affola, mais, tétanisé, il n'osa pas bouger.

La Vierge Noire brisa le silence :

— La môme devait mourir...

Elle parlait d'une voix blanche, comme si ses mots n'avaient pas de sens, du moins comme s'ils n'affectaient rien en elle.

— Vous connaissez l'histoire du raid d'Entebbe, le détournement du vol 139 d'Air France et le raid du Mossad...

Les doutes de Joseph, quant à la véracité de l'histoire que le Père Wanabee lui avait déjà racontée, s'effacèrent. Il disait donc vrai. Tout ceci n'était pas une de ses fariboles dont il aimait parfois abuser.

— Le Général Idi Amin s'est senti humilié dans cette affaire. Il n'a pas apprécié l'ingérence des juifs en territoire Ougandais, ni l'issue sanglante du raid.

La Vierge Noire fit une pause, Joseph l'aurait aimée éternelle. Ils tournaient toujours à pas de loup autour d'Alfredo. Un mouvement sur la gauche et Joseph ramenait son autre jambe, en laissant traîner sur le sol la semelle de sa chaussure. La Vierge Noire calquait sa ronde sur lui, son regard vide tentait d'emprisonner le jeune intrus, de le happer dans les abysses glacials de sa détermination. De fines gouttelettes de sueur, vaporisées par la tension, se déposaient sur les visages. Alfredo, plus que les deux autres, avait la peau luisante. Il aurait bien aimé s'éponger le cou, le front... Mais la crainte d'un geste trop brusque, mal interprété, l'en dissuada. Au centre du déluge, il suivait la rotation, faisant face à Joseph et tournant le dos à son Colonel. Il piétinait, il piaffait d'impatience dissimulée, craignant à tout instant écoper une balle qui ne lui serait pas destinée.

— Le Père Wanabee disait donc vrai, Lili était bien à bord de cet avion sur la piste de l'aéroport d'Entebbe, dit Joseph, plus pour lui-même que pour son auditoire menaçant.

— Vous en doutiez? Ricana la Vierge Noire.

— Il plane un mystère autour de cet homme, je le connais très peu, mais j'ai confiance en lui...

— Qui n'aurait pas confiance en un homme d'Église? Le coupa sèchement la vieille noire.

Joseph nota que l'évocation du prêtre l'agaçait, puis elle reprit :

— Effectivement, vous le connaissez très mal. Il n'a pas toujours été curé, vous savez? Oh certes, il a étudié la théologie avec des missionnaires français, mais a-t-il eu le choix?

Joseph la laissa parler et son index se raidit sur la détente de son fusil à canon scié.

— À vrai dire, l'Ouganda vous est totalement inconnu, poursuivit-elle. Beaucoup de vos congénères ont tenté d'évangéliser les tribus africaines, précisons qu'aucune ne leur a demandé leur avis et qu'elles étaient, ou sont encore, des proies faciles. Avec un peu d'argent, on peut tout obtenir... Le Père Wanabee, Idi de son prénom, tout comme le Général est Nubien. Il est né près du lac Victoria. Son père, sa mère, ses frères et les habitants de son village sont morts sous les coups de machettes d'Ougandais d'une vallée voisine. La vie ne vaut pas grand-chose en Afrique et les différends se règlent d'homme à homme. Personne ne sait pourquoi le village fut décimé, du moins je n'en connais pas la raison, peut-être que si vous interrogez un vieux, il vous racontera l'histoire… Toujours est-il qu'Idi Wanabee fut l'unique rescapé du carnage et qu'il assista impuissant au meurtre des siens. Il avait alors une petite quinzaine d'années et découvrait l'atrocité humaine. Il a vu des choses terribles, mais tellement courantes dans les pays pauvres. Ça vous dépasse Monsieur Hosana, n'est-ce pas ?

— Oui, sans doute, mais l'équation serait trop simple. Les riches ne sont pas mauvais parce qu'ils sont riches et les pauvres gentils parce qu'ils sont pauvres. Sinon, le monde serait d'une gentillesse effarante.

La Vierge Noire eut un sourire en coin, puis elle poursuivit, comme si l'intervention de Joseph n'avait pas eu d'importance.

— Il a vu le crâne de son père se fendre comme une noix de coco, sous les assauts répétés d'une *"pangas"* affilée. Les assaillants étaient ivres de haine et *"d'eau d'Allah"*, une infusion hallucinogène tirée d'une fleur appelée *"kamiojo"*. Vous n'imaginez pas ce que peut être le calvaire d'un enfant qui voit sa mère se faire mutiler d'un bras, avant d'agoniser et de se vider de son sang, la gorge tranchée…

Elle fit une pause, laissant son récit en suspend, puis elle reprit :

— Après le massacre, il erra quelques jours dans la forêt, puis il fut recueilli par une caravane britannique qui forait la région à la recherche de minerais. Ceux-ci n'avaient pas le temps de s'occuper de lui, vider la terre de ses ressources était bien plus important, et ils le laissèrent aux mains de missionnaires français. Ce fut son premier contact avec le Seigneur et, comme un assoiffé sorti du désert, il se rassasia de leurs paroles. Il but leur enseignement et se nourrit de leur propagande évangéliste, durant de nombreuses années. Puis, devenu un blanc à la peau noire, ils l'envoyèrent à son tout prêcher la bonne parole dans le pays. Dans cette histoire, le temps joue en faveur des blancs, le venin s'insinue subtilement et finit par gangrener tout le pays. L'évangélisation est pire que l'esclavage, un esclave peut haïr celui qui lui a passé les chaînes au cou, mais mordre la main de celui qui vous a nourri et vous a éduqué est bien plus difficile. Alors, heureux et désirant partager sa foi avec son prochain, Idi Wanabee est parti sur les chemins, distillant à foison son discours huilé sur l'amour de son prochain, à tous les affamés qu'il croisait. Puis, le Général Idi Amin Dada arriva au pouvoir. Lui aussi avait souffert dans son enfance, mais il trouva son salut dans l'armée où il entra comme simple soldat et gravit tous les échelons. Beaucoup le prenaient pour un sauvage inculte et lui confiaient les basses besognes, mais il œuvrait en sourdine pour son pays et sa libération du joug anglais. Lorsque le Général prit le pouvoir, Idi Wanabee ne le comprit pas ainsi, pour lui, il n'était qu'un tyran, un tortionnaire qui menait l'Ouganda à sa perte et à sa ruine…

La Vierge Noire eut un sourire, son visage se plissa et par manie, elle remonta ses lunettes d'écaille sur l'arête de son nez. Elle découvrit ses dents blanches qui jaillissaient de gencives violines. Joseph ne perdait pas le fil de son histoire, mais redoublait de vigilance, cette sorcière tentait-elle de l'endormir ? Il devait rester sur ses gardes.

— Il n'a pas choisi le bon camp, continua-t-elle. Personne ne se met en travers du chemin d'Idi Amin Dada, le dernier roi d'Écosse.

La Vierge jubilait :

— Idi Wanabee devint un farouche opposant au Général. Il pactisa avec ses frères, les blancs, et organisa la résistance à Kampala… Je dois avouer qu'il donna du fil à retordre au State Research Bureau et à moi en particulier. Je vous passe les détails, les revers et les aléas, mais nous parvînmes à démanteler son réseau. Sa tête fut mise à prix et le Général me confia, preuve de la grande confiance qu'il me porte, la mission de le traquer ou de le bouter hors du pays.

Le fameux soir du détournement de l'avion d'Air France, toutes les forces vives du State Research Bureau se trouvaient à Entebbe. L'opération était importante pour le Général, il eut même la bonté d'accueillir une vieille femme qui avait fait un malaise dans l'avion, à l'hôpital de la ville. Le Général Idi Amin Dada irradiait, enfin la communauté internationale allait le prendre au sérieux et l'Ouganda retrouverait sa place prépondérante en Afrique.

Mama Béa fit une pause et la fièvre, qui l'habitait encore quelques secondes auparavant, retomba. Elle devint grave :

— L'opération se déroulait parfaitement, les négociations avaient commencé et les Israéliens, pour la première fois depuis la constitution de l'état hébreu, semblaient accéder aux revendications des preneurs d'otages. Mais, tout ceci n'était qu'une fourberie de plus, un leurre pour gagner du temps, j'aurais dû m'en douter. Toujours est-il, que dans la nuit du 3 au 4 juillet 1976 ils envoyèrent un commando sur Entebbe et libérèrent les otages en moins d'une demi-heure. Il faut bien l'avouer, ils nous ont bernés et puis nous ne nous attendions pas à un tel revirement. Ils nous prirent par surprise en se faisant passer pour le Général et son escorte qui arrivaient en visite. Pour créer le simulacre, ils poussèrent l'audace jusqu'à apporter dans la soute d'un Hercules C-30, une Mercedes et une Land-Rover qu'ils avaient peintes à la va-vite, pour ressembler au mieux à l'auto officielle du Général. Une vraie bérézina, nous avons perdu dans l'assaut pas moins d'une cinquantaine de soldats et je vous laisse imaginer la colère du Général, lorsqu'il apprit l'attaque des juifs. Il était blessé dans sa chair, son orgueil… L'affront du Mossad lui était insoutenable, il avait soif de sang et de vengeance pour laver cette humiliation, ce camouflet cinglant. En représailles, il donna l'ordre d'exécuter l'otage, dont, dans sa grande bonté, il avait autorisé le transfert à l'hôpital de Kampala, après un grave malaise. Madame Bloch fut abattue froidement par deux officiers de l'armée, mais l'histoire ne s'arrête pas là, Monsieur Hosana, vous vous en doutez bien.

Son regard se posa sur Joseph, la sueur coulait sur son front, presque autant que dans le cou de Monsieur Sibuana, qui lui tournait le dos. Elle reprit, la voix traînante :

— À ce moment-là, enfin je veux dire, lorsque le Général ordonna l'exécution de cette vieille femme, il ne savait pas encore qu'une jeune fille avait été également arrachée des bras de son père, pour accompagner et servir d'interprète à Madame Bloch. Lorsqu'il l'apprit, il renvoya ses tueurs à l'hôpital et les accompagna personnellement. Je vous laisse imaginer la scène, le Général Idi Amin arrivant comme un taureau dans l'arène, fulminant de rage et mettant l'hôpital de Kampala sens dessus dessous, en vain. La jeune femme avait disparu sans laisser de traces. C'était un vrai mystère, d'autant plus qu'elle avait à peine 17 ou 18 ans et de surcroît, elle était blanche. Comment aurait-elle pu passer inaperçue ? Bien évidemment, le Bureau enquêta à l'hôpital, il interrogea, avec virulence parfois, les médecins et les infirmières, mais sans résultats. La jeune fille s'était tout bonnement éclipsée, puis l'affaire se tassa. Pendant cette période, Idi Wanabee, seul et sans le soutien de son réseau démantelé, disparut également. À aucun moment, le Bureau ne fit le lien entre lui et la jeune rescapée, dont, cela dit en passant, le père fut tué lors de l'assaut des Israéliens.

Bref pour moi Idi Wanabee avait jeté l'éponge et s'était enfoui à l'étranger. Puis, lors d'une mission au Luxembourg, je suis tombée par hasard sur un article de presse qui relatait l'histoire d'une sombre tuerie, devant la cathédrale de Strasbourg, et d'un gang de pirates de la route *"Les folles de la Nationale 4"*. Petite parenthèse...

La Vierge Noire cessa un court instant son récit et fouilla dans le regard de Joseph puis, elle poursuivit :

— Oui, une petite parenthèse, je dois vous avouer que je n'avais pas retenu le nom de cette bande. En parcourant les journaux, ces derniers jours, le nom m'est revenu. Enfin, pour continuer ma petite histoire, lorsque dans ma chambre d'hôtel à Luxembourg, je découvris la photo qui illustrait cet article, je reconnus immédiatement Idi Wanabee. Vous imaginez ma surprise, Monsieur Hosana ?

Joseph ne broncha pas. Elle ricana :

— Non, vous ne pouvez pas.

Mama Béa fit à nouveau une pause, elle semblait lasse, mais, comme pour clore son long monologue, elle ajouta :

— Donc, aussitôt j'en informais le State Research Bureau. Vous connaissez la suite de l'histoire, Monsieur Hosana. Le Général Idi Amin Dada a la vengeance tenace. Celle que vous nommez Lili devait mourir...

La Vierge Noire sourit encore une fois, puis le coup de feu claqua...

Fin de la partie 3

4ème partie :
Comme des chiens sur un os

Chapitre 32

Les habitants de la vallée de la Bruche arrivèrent au bon moment. Alertés par l'assaut imminent des CRS, ils rejoignirent les grévistes et gonflèrent leurs rangs. Les villageois de Grandfontaine, Russ, Saint-Blaise et tant d'autres bourgs, avaient répondu présents, aucun ne manquait à l'appel. Ils étaient arrivés par petites vagues anodines, discrètes, puis comme la crue d'une rivière au printemps, le flot de manifestants gonfla et déborda sur les côtés, tout autour du noyau dur des Steinheil.

Chacun avait un ami ou un membre de sa famille qui travaillait à l'usine et de ce fait, beaucoup se sentaient solidaires. Mais, bien plus encore, les nouveaux arrivants exprimaient aussi leur ras-le-bol personnel, cette situation durait depuis bien trop longtemps, il était temps de relever la tête, de montrer au monde qu'ils existaient. Ils ne pourraient pas être éternellement de la chair à renflouer les rangs des chômeurs.

L'exaltation était palpable, elle planait au-dessus des têtes dressées, fières et dignes, mais l'histoire voulut que la mémoire collective ne retînt que le sang et les exactions...

Alfredo Sibuana tomba en deux temps. Le premier, il fléchit les genoux et tourna la tête vers son Colonel. Le second, ses prunelles firent une pirouette puis elles disparurent sous ses paupières et le reste de son corps s'affala lourdement sur le sol, dans un nuage de poussière hilare.

Instinctivement, Joseph avait bondi sur le côté, livrant Alfredo à la ligne de mire de la Vierge Noire. Celle-ci avait appuyé sur la détente, sûre de son fait, mais cet idiot d'Alfredo se trouvait là, au mauvais endroit, au mauvais moment. Le projectile le transperça et l'incompréhension figea son visage. La Vierge Noire n'eut aucune compassion pour lui, même lorsque son regard croisa le sien pour une dernière fois et qu'il s'effaça pour l'éternité.

Joseph plongea derrière la stèle de Mussolini en chemise noire, enfin probablement noire, car le grès ne précisait pas ce genre de détails. À ses côtés, Clara Petacci, nue et désirable, lui jetait un regard soumis. Il ne riposta pas, son fusil à canon scié n'avait que deux coups et il valait mieux les économiser. La Vierge Noire, un tantinet tout de même chamboulée par sa maladresse qui avait coûté la vie à Monsieur Sibuana, se faufila derrière la sculpture obscène d'une femme offrant son derrière, à la charge frénétique d'un inconnu en uniforme. Elle s'adossa contre la jambe de la statue offerte. D'un clic, elle éjecta le chargeur du Beretta, le vérifia et le remboîta sèchement. Elle possédait suffisamment de munitions pour occire une dizaine de jeunes fats comme Joseph. Elle se demanda également ce que faisait Jacky Lafortune et le sieur Janel. N'était-il pas l'heure convenue du rendez-vous ?

Joseph contourna le Duce et sa maîtresse, puis il bondit vers le capot du Stradair. Lorsqu'il se mit à découvert, une détonation fusa au-dessus de sa tête et la Vierge Noire râla. Décidément, elle perdait la main, constata-t-elle amèrement.

Protégé par l'arête de l'aile du camion, Joseph s'agenouilla et osa un coup d'œil dans la direction de la tireuse. Il ne vit rien et se demanda où cette sorcière noire pouvait bien se dissimuler. Elle ne lâcherait pas l'affaire, il le savait et dans ce duel, l'un des deux vivait ses derniers instants. Joseph fouilla dans les poches profondes de son parka. Il y dénicha deux autres cartouches, c'était mieux que rien, mais aurait-il seulement le temps de les charger ? Cette furie était une professionnelle, elle avait sans doute noté que son arme ne possédait que deux coups. Dès qu'elle les entendrait résonner, elle se jetterait sur lui. Joseph se souvint de leur premier face à face : avant qu'elle ne dégainât le Beretta, il l'avait délestée d'un petit pistolet qu'elle camouflait gentiment dans la gaine de son porte-jarretelles. Qu'en avait-il fait ?

Désormais, il était accroupi devant le radiateur du Stradair, son index, crispé sur la gâchette de son fusil à canon scié, lui donnait des crampes. Il tendit l'arme à hauteur de son visage et son canon devint le centre de sa vision. Méthodiquement, il fureta aux pieds du ballet de statues, à la recherche du Sauer M30 de la vieille. Il était à l'affût, prêt à l'abattre si celle-ci commettait l'erreur de se découvrir.

Joseph déroula dans son esprit la scène où il la tenait en joue, sa robe retroussée sur sa culotte en dentelle, ses ongles rouges… Oui, il lui avait demandé de jeter le pistolet au sol et de le faire glisser vers lui. Joseph l'avait arrêté du bout de sa chaussure, puis il l'avait poussé sur le côté pour le mettre hors de portée. Il avait beau chercher dans le coin où il avait tenu en respect les deux Africains, il ne retrouvait pas le Mauser M30… D'ailleurs, il manquait une autre pièce dans le tableau qu'il se remémorait et celle-ci était de taille. Sur la droite, le banc où gisait le corps désarticulé de Clod Bensoussan était vide.

Non, Joseph ne se trompait pas, le cadavre avait disparu.

Aurait-il voulu se questionner et tenter de comprendre cette étrange disparition, qu'il n'en aurait pas eu le temps. Un coup effroyable cingla l'air et atterrit derrière son oreille gauche. Sa main se détendit et son fusil à canon scié le précéda sur le sol. À son tour, Joseph mordit la poussière.

*

Les chiffres romains, tout comme les aiguilles de la montre, étaient vert anis, rehaussés par un dessin au fil imprimé en noir. La trotteuse, fébrile et agaçante, passait les multiples de cinq sans marquer de pause. Elle grignotait le temps, le mangeait sans se poser de questions, mue par le désir d'une perpétuelle fuite en avant. Il était passé 14 heures et Modeste Janel était en retard.

Il secoua son poignet en un semi-mouvement circulaire et le bracelet de sa montre remonta sous sa chemise, puis il reposa sa main sur le volant gainé de cuir de sa voiture. Parmi toutes les Citroëns de la direction, il n'avait pu dégotter que les clés de la SM couleur bronze. L'atelier du garagiste, qui s'occupait à temps plein des voitures, ne se situait qu'à quelques mètres des bureaux administratifs. Il suffisait de traverser la salle d'attente de l'infirmerie attenante, pour retrouver les boxes où étaient garées les belles mécaniques, principalement des DS 23 ou 21 et une SM flamboyante. Monsieur Brunner, garagiste et parfois chauffeur de maître, les entretenait, les lustrait et les bichonnait comme s'il s'agissait de ses enfants.

Depuis le début de la grève, la direction ne se déplaçait plus en grande pompe et de ce fait, Monsieur Brunner était au chômage technique. Il en avait profité pour prendre quelques jours de vacances, délaissant ses *"petits bijoux"*, comme il aimait les appeler, pour une petite virée sur la Côte d'Azur en Simca 1100.

Lorsque Modeste Janel avait pénétré dans l'atelier, il n'avait trouvé que les clés de la SM dans la petite armoire où d'habitude le brave homme les rangeait. Puis, il s'était souvenu que le Président et le Directeur de l'entreprise devaient se rendre à une réunion de crise, organisée en un lieu tenu secret par quelques membres influents du conseil d'administration, dont Modeste Janel, simple chef du personnel avait été écarté avec tact. Le *"pédégé"* et le *"dégé"* avaient certainement emprunté les deux DS, une autre était sur le pont au-dessus de la fosse à vidange, il ne restait donc plus que la SM.

En temps normal, la conduite d'une automobile si prestigieuse aurait flatté l'orgueil de Modeste Janel. Mais pour ce rendez-vous, qu'au préalable il espérait discret, elle lui semblait un rien ostentatoire. Toutefois, il était caché de l'extérieur par les vitres fumées de la Citroën, mais comme personne ne possédait une telle automobile dans la vallée, chacun devinait aisément que derrière ces verres teintés se dissimulait un membre influant de l'usine.

À ses côtés, sur le siège en cuir blond amoureusement lustré, une sacoche de cadre dynamique qui ramène du travail le soir à la maison bâillait sur quelques liasses de billets. Celles-ci étaient le fruit de ses économies et de la caisse noire de l'entreprise, dont Modeste Janel était le dépositaire, pour les menus règlements dits *"à l'amiable"*. La somme qu'il avait réussie à rassembler n'atteignait pas le montant que lui réclamait Clod Bensoussan. Mais il était confiant, de toute manière cet argent ne quitterait pas l'intérieur de la voiture et si tout se passait comme il l'avait prévu avec Lafortune, ce soir en rentrant il irait remettre l'argent où il l'avait pris.

D'après le cégétiste, les Ougandais avaient un besoin urgent de ce camion et toujours d'après lui, ils ne pourraient pas faire autrement que d'accéder à sa requête. Bien évidemment, ce que Modeste Janel ignorait, c'était que la Vierge Noire avait été gourmande et qu'elle avait demandé à Jacky Lafortune bien plus que le camion en échange de les débarrasser de Clod Bensoussan.

Mais pour l'heure, Modeste Janel était confiant. Selon lui, son maître-chanteur baignait déjà dans son sang, les deux Africains étaient loin avec le Stradair et Lafortune l'attendait à l'atelier du sculpteur pour lui remettre son enfant.

Il avait prévu ensuite de se rendre à la gendarmerie et d'expliquer que son fils avait été retrouvé par une équipe de bûcherons, errant sur un chemin de forêt. Il s'excuserait auprès des officiers de leur avoir causé tant de soucis et pour parfaire le portrait du père outré, il sermonnerait sa descendance sous leurs yeux. Son enfant était fantasque, leur expliquerait-il, et il leur promettrait, afin de lui mettre du plomb dans le crâne, qu'il intégrerait dès la rentrée prochaine, un internat privé à tendance protestante, cela allait de soi.

Son scénario était imparable et ce fut d'humeur badine qu'il bifurqua sur le chemin boueux qui menait à l'atelier d'Angel Bonifacio. Il ralentit et prit soin de ne pas endommager la SM sur ce terrain cabossé. Mais, tel l'éclair d'un sabre tranchant l'air, la portière de la luxueuse voiture s'ouvrit. Une ombre clandestine l'agrippa au cou et l'extirpa de l'habitacle. La SM exsangue de son chauffeur poursuivit son chemin et heurta en douceur un taillis d'arbustes aux feuilles flétries. L'ombre noire plaqua Modeste Janel au sol et le maintint immobilisé. Son regard se pétrifia... À sa montre, il était 14 h 15 et la trotteuse de celle-ci, sous le choc de l'agression, cessa sa course effrénée.

*

— C'est bon, il est hors d'état de nuire, lança Jacky Lafortune en direction du ballet de statues.

Il ne distinguait pas Mama Béa, mais il savait qu'elle se terrait dans ces eaux-là. Joseph gisait à ses pieds, juste devant le Stradair, écrasé

440

par le poids de *"L'Adolf lorgnant l'horizon"*. Le syndicaliste ne s'était pas mis à découvert, le camion lui offrait sa tôle en guise de rempart et ça le rassurait. Le pauvre homme ne savait plus à quel saint se vouer ; pouvait-il accorder sa confiance à cette femme ?

Il voyait le corps d'Alfredo baigner dans une marre de sang et il avait estourbi cet inconnu qui gisait au sol. Était-ce lui qui l'avait assommé tout à l'heure lorsqu'il s'apprêtait à mettre la main sur le fils Janel ? Le môme, il l'avait presque oublié, où se cachait-il maintenant ? Et son père, était-il enfin arrivé ?

Les questions appelaient les questions, elles s'entremêlaient dans sa boîte crânienne comme une pelote de lombric dans un *"tupperware"*. Plus elles jaillissaient, plus la panique l'engourdissait et rongeait ses nerfs. Il finit par se pencher sur Joseph, le retourna et le fouilla. Rien, il ne trouva rien, hormis deux cartouches. Il tendit le bras et récupéra le fusil à canon scié qui reposait non loin du pneu du camion. Le contact de l'arme l'apaisa un peu, il découvrit cette sensation étrange que procure la possession d'un fusil, tout tronqué fut-il. Il en méconnaissait son fonctionnement, ni comment le réarmer. D'ailleurs, était-il chargé ? Appuyer sur une gâchette ne devait pas être bien compliqué, cela ne demandait ni savoir-faire, ni talent particulier.

Jacky Lafortune, toujours en position accroupie, pivota sur ces talons et s'adossa contre le capot du camion, en prenant bien soin de ne pas se montrer à travers le pare-brise panoramique du Stradair. Son index enveloppa la détente, tandis que le canon se lova dans la paume de sa main moite. Il tendit l'oreille, à l'affût du moindre bruit, désormais il attendrait que la Vierge Noire montrât le bout de ses escarpins. Lui, il avait tout son temps, mais il avait peur. Il transpirait, sa lâcheté latente suintait par tous ses pores, il en reconnut l'odeur, elle le suffoqua.

— Mon Dieu, que faire ? gémit-il.

441

Puis il ajouta, psalmodiant :

— Je ne suis pas le coupeur de tête de curé que vous imaginez. Seigneur, sortez-moi de cette fange, suppliait-il lorsqu'il sentit sur sa tempe, la pression glacée du canon d'une arme.

— Monsieur Lafortune, je ne vous cache pas ma joie de vous retrouver, lui susurra la Vierge Noire.

Le syndicaliste se raidit et ses yeux, sous ses sourcils broussailleux, s'écarquillèrent. Il ne l'avait pas entendu s'approcher, il n'était vraiment pas fait pour les jeux de guerre.

— Est-ce bien nécessaire de vous accrocher à cette arme ? lui demanda-t-elle.

Au son de sa voix, il sentit qu'elle ne s'adressait plus à lui avec le même dédain coutumier, elle était presque mielleuse. Elle s'accroupit et posa sur sa jugulaire, le canon du Beretta de Clod. Les battements fébriles de son cœur parcourraient l'acier du pistolet et s'éteignaient dans la paume du Colonel du State Research Bureau Ougandais.

— Qu'elle est la situation ? bégaya-t-il.

En guise de réponse, la Vierge Noire se releva et la pression du Beretta disparut, mais le syndicaliste se sentait toujours en sursis. Lentement, il décolla le fusil à canon scié de son poitrail et le posa délicatement sur le sol, non loin du corps de Joseph qui gisait toujours assommé. Crever là était une idiotie, d'ailleurs crever tout court était une idiotie.

— Relevez-vous, Monsieur Lafortune, lui intima la Vierge Noire.

Puis elle ajouta lorsqu'il campa sur ses deux jambes :

— Comme vous pouvez le constater, rien ne se déroule selon le plan établi.

Elle pivota et se dirigea vers Alfredo, raide mort sur le béton. Lafortune la suivit, retenant ses pas, légèrement en retrait.

— Monsieur Sibuana n'est plus, regretta-t-elle d'une voix atone de speakerine condescendante.

Ses yeux détaillaient le cadavre, mais aucune peine ne vint les embuer. La Veuve Noire était la spectatrice désenchantée de sa propre vie, jamais heureuse, jamais malheureuse, la routine en somme. Son attitude dérouta Jacky Lafortune qui, contrairement à elle, était ému. Ils avaient tant fait la bringue avec Alfredo que de le voir là, sans vie, le touchait et les images des bons moments défilèrent dans son esprit. De son côté, la Vierge Noire tapota du bout de sa chaussure les côtes du mort, comme pour s'assurer que son subalterne était bien passé de vie à trépas.

Puis elle fit face au syndicaliste, releva fièrement sa tête et riva son regard dans le sien. Le Beretta de Clod Bensoussan était bien trop gros pour qu'elle le rangeât parmi les frous-frous de sa jarretière. Elle le glissa dans son dos, entre son chemisier et la ceinture gansée de sa robe. Le syndicaliste comprit qu'elle lui octroyait un peu de répit.

— Je me trouve dans une position délicate Monsieur Lafortune, lâcha-t-elle en esquissant les prémisses d'un sourire qu'elle effaça immédiatement.

— Avez-vous l'argent, lui demanda-t-elle ensuite, alors qu'il ne s'attendait pas à ce qu'elle abordât le sujet?

Décidément, cette femme avait le don de le prendre à contre-pied, pensa-t-il, mais elle ne lui laissa pas le loisir de rétorquer le moindre mot.

— Je n'en veux plus de cet argent, je vous le laisse, Monsieur Lafortune.

Elle fit une pause, comme pour jauger l'effet de sa phrase, puis elle reprit sur un ton qui n'envisageait aucun détour :

— J'ai besoin d'un nouvel équipier… Et la situation est telle que je n'ai pas d'autre choix, je vous enrôle.

Elle laissa filer quelques secondes :

— J'ai perdu trop de temps dans cet enfer. *"Mettre les bouts"*, c'est

443

ainsi que l'on dit quand l'heure du départ a sonné. N'est-ce pas?

Elle n'attendit pas sa réponse, la chose était acquise. Elle hâta le pas vers Joseph, en fouillant dans son dos à la recherche du Beretta. Jacky, surpris, lui emboîta le pas. Lorsqu'ils arrivèrent devant le Stradair, elle tenait fermement l'arme de Clod Bensoussan et avait ôté le cran de sûreté. La Vierge Noire mit un genou à terre, releva le percuteur du Beretta et appuya le canon sur le front de Joseph. Son index se crispa sur la détente, ridicule virgule d'acier foudroyante.

Le colonel du State Research Bureau Ougandais commit une erreur, elle tournait le dos à son nouvel équipier. Jacky Lafortune la rejoignit sur le côté et asséna un coup de pied brutal dans son bras meurtrier. Le Beretta ripa sur le front de Joseph et, sous la violence du choc, lui échappa des mains. L'arme valdingua à quelques mètres, puis rebondit. Le chien claqua et un coup de feu partit. La balle perdue ricocha sur le flanc d'Éva Braun étendue langoureuse aux pieds de son maître vêtu d'une toge romaine et finit sa trajectoire dans l'anus du Petit Père des Peuples, qui, bras de chemise retroussés, les mains sur les hanches contemplait le travail des champs de l'œuvre bolchevique.

La puissance du coup de pied fit rouler la Vierge Noire au sol. Elle prit appui sur le plat de ses mains pour se relever, mais elle fut coupée net dans son élan. Les rôles s'étaient inversés, cette fois ce fut Jacky Lafortune qui la tint en joue avec le fusil à canon scié. La robe du colonel du State Research Bureau Ougandais était retroussée, elle montait haut sur ses jambes et dévoilait son porte-jarretelles. Jacky la toisa. Sa culotte noire, assortie à ses bas, se tendait sur son entrejambe et dessinait des courbes appétissantes. Le désir éveilla les sens du syndicaliste. Il l'avait deviné depuis fort longtemps, sous ses airs bravaches de colonel asexué, celle-ci était une femme comme les autres, une femelle à la peau d'ébène, son péché mignon.

Leurs regards se croisèrent, puis le bravant, la Vierge Noire se releva. Comme une danseuse de capoeira, elle le défia. Jacky fit un pas vers elle et il souleva les pans de son tailleur avec le bout du fusil. Elle eut un soubresaut et il lui intima de se tourner. Elle émit un petit grognement de louve insoumise, puis obtempéra. Elle prit appui sur le capot du Stradair et se cambra, sans jamais quitter le syndicaliste du regard. Sa robe toujours retroussée sur sa taille offrait ses fesses rebondies. Jacky Lafortune enjamba le corps inerte de Joseph et se colla à elle. Son bras armé l'enlaça, l'acier glacé sur ses seins la fit frémir, puis il plaqua le canon sous sa gorge. De petits cris de plaisir s'échappèrent de ses lèvres entrouvertes.

— Il y a trop de macchabées dans cette histoire, lui expliqua Jacky dans le creux de son oreille.

Le souffle de l'Ougandaise s'accéléra, elle haletait :

— Viens, baise-moi comme une chienne, l'implora-t-elle.

Jacky Lafortune conscient de sa puissance traîna un peu. Il déboutonna son chemisier et délogea ses seins. Elle se cambra de plus belle, se tortilla d'impatience :

— Putain, viens maintenant, lui ordonna-t-elle.

Le syndicaliste obtempéra illico. Il la pénétra avec fougue, elle était humide comme une jungle équatoriale et vierge comme une pucelle de quinze ans.

Chapitre 33

Les forces de l'ordre avaient arrêté leur progression de leur propre initiative, sans avoir reçu de consignes de la hiérarchie. L'arrivée des villageois des alentours avait englouti la première ligne des grévistes. Le noyau dur des Steinheil, ceux qui s'étaient casqués, armé de barres de fer et qui avait décidé de quitter le conflit la tête haute, avait été débordé par les côtés, puis dépassé et finalement absorbé par la foule des nouveaux arrivants. Inconsciemment, les éléments incontrôlés avaient été relégués au centre du cortège et se trouvaient désormais protégés par le pacifisme bon enfant des villageois fraîchement débarqués. Personne ne s'était concerté quant à l'attitude à adopter, puis tout naturellement, l'afflux des nouveaux venus relança la machine et la foule s'ébranla. Dès les premiers pas, la ligne de CRS se replia progressivement, au rythme de l'avancée des grévistes.

Le premier affrontement avait été évité de justesse et pour l'heure aucune déprédation n'avait encore été commise, mais pour combien de temps encore?

Modeste Janel bouffait de la terre, elle s'insinuait dans sa bouche et entre ses dents. Il ne comprenait toujours pas ce qui se passait et n'avait pas encore mis un visage sur le fantôme qui s'était abattu sur lui. Cloué au sol, face contre terre, il sentait un genou planté dans son dos et une poigne de fer lui enfoncer le visage dans la boue. Il ne pouvait plus se débattre, à peine pouvait-il encore respirer. Son assaillant l'immobilisait dans cette position inconfortable, il était à sa merci et seuls la fange et le froid lui rappelaient qu'il était encore vivant. Il aurait voulu crier, appeler à l'aide, mais de sa bouche obstruée, les sons ne sortaient plus.

Il sentit la pression du fantôme se relâcher sur sa tête, puis des serres d'acier se plantèrent dans sa chevelure, s'y agrippèrent et le tirèrent brutalement en arrière. Jusqu'alors, il avait clos les yeux et tenté de fermer la bouche pour ne pas goûter à ce salmigondis de glaise et de végétaux pourrissants. Mais l'effort avait été vain et dès qu'il le put, il cracha maladroitement, puis il toussa et s'étrangla. Les larmes montèrent à ses yeux et se mêlèrent à l'eau brunâtre qui couvrait son visage. Sa vision se brouilla, il ne distinguait plus que de vagues formes, des masses sombres sur des halos lumineux qui lui brûlaient la rétine.

Le genou du fantôme était toujours cloué entre ses omoplates, tandis que son cou, happé par sa tignasse tirée en arrière, ne frétillait que par les soubresauts de sa glotte déglutissant. Dans son dos, la pression cessa et il se sentit hisser du sol par la seule force de la main du fantôme, plantée dans ses cheveux. Il se retrouva à genoux face à cette ombre noire, étourdi et branlant comme un pantin inanimé. Sans le maintien ferme de son agresseur, il se serait écroulé, sa conscience faiblissait et vacillait comme un cierge arrivé à terme.

Le fantôme lâcha sa prise. Les genoux de Modeste Janel se faufilèrent sous lui et il tomba. Son menton s'aplatit lourdement sur le torse de l'ombre puis il rebondit aussitôt sous un revers de main cinglant. Cette fois, le chef du personnel cracha un filet de sang et

448

s'affala sur le côté, dans l'ornière bouseuse du chemin qui menait à l'atelier du sculpteur.

Son agresseur ne lui laissa aucun répit, il sentit la semelle de sa chaussure reposer sur son sternum et le maintenir à nouveau au sol. La gifle qu'il venait d'encaisser l'avait tout de même un peu sorti de sa torpeur nauséeuse. Il s'essuya les yeux à plusieurs reprises et tenta maladroitement de recouvrer la vue. Puis, une chose inattendue se produisit. La pression du poids du fantôme sur son poitrail se relâcha jusqu'à disparaître et il l'entendit chuter à ses côtés. Le chef du personnel n'attendit pas son reste, il se redressa, mais sa vue, toujours aussi brouillée, ne lui permit pas de discerner nettement de quoi il en retournait. Seule une vague forme humaine gisait non loin de lui. Modeste se frotta encore les yeux, il prit un mouchoir dans la poche intérieure de son imper, crotté par la boue. Il fit une nouvelle tentative pour se lever, cette fois sa vue revenait progressivement. Son premier réflexe fut de scruter les alentours et de vérifier que personne n'avait assisté à la scène. Ensuite, il repéra la SM à quelques mètres, la porte du conducteur béait. Il hésita à rejoindre dare-dare Jacky Lafortune qui devait se trouver à l'atelier du gros Bonifacio. Seule une centaine de mètres l'en séparait, mais quelque chose avait dû se passer, son agression, cette ombre sauvage, rien ne serait arrivé s'il n'y avait pas un problème.

Il se décida enfin à s'approcher du fantôme qui lui tournait le dos et était allongé sur le flanc. Il fit quelques pas précautionneux, fébriles comme une vierge le premier soir et se pencha sur le corps en apparence inerte.

À cet instant, le fantôme se retourna et lui fit face en braquant sur son ventre, un ridicule petit pistolet de femme :

— Alors Janel, t'as apporté le pognon ?

Sa voix était caverneuse et ses mots s'entrechoquaient, mais le chef du personnel la reconnut. Comment aurait-il pu en être autrement ?

Clod Bensoussan était salement amoché, mais dans son regard d'acier, luisait toujours la même terreur lugubre.

*

Mama Béa n'était plus la même, quelque chose en elle avait changé, mais elle se garda bien d'en faire état. Elle n'osa pas croiser le regard de Lafortune, de peur d'y retrouver ce qu'elle avait été à l'instant : une femme offerte et implorant la rédemption de ses sens brûlants. Elle avait honte de s'être dévoilée ainsi à ce rustre, puis elle se convint, sa mauvaise foi ne manquant pas, qu'elle l'avait fait pour lier des liens plus intimes avec son nouveau coéquipier. En son for intérieur, elle n'y croyait guère, mais ça la réconfortait, car il lui était impossible d'admettre que pour la première fois dans sa vie, un homme l'avait baisée, souillée et posé ses mains calleuses sur elle.

Comme d'habitude, elle relégua ses tourments dans les tréfonds de son âme, si toutefois, elle en posséda une. Indéniablement, elle perdait le contrôle de cette mission, jusqu'alors seul son devoir primait et elle était réputée pour être une femme froide, déterminée dont rien ne pouvait la distraire de son objectif. Elle perdait la main et tout à l'heure, ses simagrées de chienne en chaleur ne lui ressemblaient guère. Pourtant elle avait joui, comme jamais elle l'aurait imaginée et c'était bien là que le bât blessait. Elle avait résisté tant d'années, fuyant comme la peste ce sentiment d'abandon, de soumission, afin d'être libre, de dépendre de personne. Elle avait appris à maîtriser les pulsions de la chair, à les renier pour qu'elles ne l'encombrent pas. Quant aux plaies du cœur, de quoi parlait-on ?

De son côté, Jacky Lafortune reboutonnait son bleu de travail, tout en jetant un regard par en dessous à la Vierge Noire qui rabaissait sa robe sur son cul éteint. Son corps flottait encore sur les portées d'une chevauchée des Walkyries sauvage et indomptable, dont les ardeurs fauves s'éteignaient à petit feu. Il serrait toujours dans sa main le fusil à canon scié de Joseph et il se demanda s'il lui était encore d'une quelconque utilité. N'étaient-ils pas désormais unis et prêts à marcher dans la même direction? La réponse ne tarda point. La Vierge Noire, après une rapide remise en place de ses vêtements, se tourna et s'adressa à lui, sur son habituel ton monocorde :

— Oublions d'un commun accord ce passage à vide, commença-t-elle.

— Vous en aviez envie, laissa-t-elle ensuite en suspend, et moi aussi, je dois vous le concéder. Mais, rassurez-vous, ça ne se reproduira plus. Je vous le promets.

Le syndicaliste l'écoutait et se demandait quel genre de femme elle était. Certes, il ne s'attendait pas à ce qu'elle vienne se blottir dans ses bras, mais sa froideur le désarçonna.

— Revenons, si vous le voulez bien, Monsieur Lafortune, à l'histoire qui nous préoccupe.

Elle parlait au syndicaliste, tout comme elle s'adressait à feu Monsieur Sibuana, soit avec condescendance et hauteur.

— Nous avons un petit désaccord concernant ce monsieur, semblerait-il?

Elle hocha d'un coup bref la tête, en direction du corps étendu de Joseph. Elle n'avait pas l'intention de lui expliquer l'histoire du *"Milky Way"*, Lili et le Père Wanabee. Non, ça, c'était une autre histoire et moins il en saurait, mieux elle le contrôlerait :

— Pour des raisons qui seraient trop longues à vous expliquer, je préférerais que ce monsieur passe de vie à trépas. Soit, cette solution semble vous contrarier. Mais, pour sceller notre nouvelle association, je suis prête à céder et lui laisser la vie sauve.

Jacky Lafortune la dévisagea. Derrière la monture sévère de ses lunettes d'écaille, ses yeux étaient encore voilés par leur récent émoi. Il pensa qu'elle s'offrirait certainement encore à lui, s'il savait s'y prendre, puis il se racla la gorge :

— Pour résumer, je garde l'argent de *"L'Adolf lorgnant l'horizon"* et je vous emmène avec le camion… Mais pour aller où ?

La Vierge Noire sourit pour la première fois depuis bien longtemps. Jacky Lafortune le nota.

— Première étape, lui répondit-elle, la ville d'à côté afin de récupérer la Maserati. Pensez-vous que le blocus de vos congénères prolétaires soit levé ?

Le syndicaliste haussa les épaules :

— Et ensuite ?

— Je prends le volant de la voiture et vous me suivez avec le camion jusqu'à Hambourg, où nous embarquons la Maserati et *"L'Adolf lorgnant l'horizon"*.

Jacky réfléchit vite. Son intuition se confirmait, cette femme ne pourrait pas s'en sortir seule. Elle avait besoin de lui, beaucoup plus qu'elle ne le lui laissait entrevoir. Hambourg était la première étape de son voyage et, s'il négociait bien, peut-être embarquerait-il avec elle. Peu importait la destination, elle lui offrait la possibilité de quitter la vallée, de se faire oublier un certain temps, et cette perspective résoudrait ses problèmes immédiats. Ici, pour lui, la vie ne serait plus jamais la même. Son avenir était compromis, dès que les choses seraient rentrées dans l'ordre, la grève finie, ces anciens collègues lui demanderaient de s'expliquer. Mais cette perspective n'était pas la pire, car il craignait bien davantage la police, qui ne tarderait pas à s'intéresser à son cas dans l'affaire de l'enlèvement du fils Janel. Cela ne faisait plus aucun doute, le plan prévu avec le chef du personnel avait pris du plomb dans l'aile ; celui-ci n'était pas venu à leur rendez-vous et le môme avait disparu, ainsi que Clod Bensoussan. D'ailleurs était-ce lui qui avait récupéré le fils Janel ? La proposition de Mama Béa était trop belle pour être refusée. Elle lui servait sur un plateau la possibilité de disparaître et de se faire oublier un certain temps.

— Et après Hambourg? osa-t-il lui demander, histoire de tâter le terrain.

— Je n'aurai plus besoin de vos services, vous pourrez rentrer chez vous.

Jacky Lafortune se gratta la tête et lissa sa moustache tombante. L'heure n'était pas à la négociation, la route était longue jusqu'à Hambourg et il aurait certainement tout le loisir d'en reparler.

— C'est OK pour Hambourg, lui répondit-il.

— À la bonne heure Monsieur Lafortune, lui sourit-elle.

Puis elle reprit les rênes de l'opération comme si leur petit interlude n'avait jamais eu lieu :

— Commencez par attacher votre protégé, nous ne pouvons pas prendre le risque qu'il se réveille et nous colle au train.

— Sacrée bonne femme, se dit Jacky Lafortune, c'est moi qui tiens le fusil et c'est elle qui commande.

Il posa le fusil à canon scié sur la stèle du Petit Père des Peuples et souleva Joseph qui commençait à reprendre ses esprits. Il le prit par-dessous les bras et le traîna sur le banc où tout à l'heure, Clod Bensoussan agonisait. La Vierge Noire le rejoignit avec une cordelette qu'elle avait remarquée sur le plateau du Stradair.

Joseph gémissait et recouvrait peu à peu sa raison. Il sentit la rugosité du lien lui brûler le cou, puis s'enrouler sur son torse et le plaquer sur le banc inconfortable. Il lui manquait la force pour se débattre, il émergeait à peine et le bas de son crâne lui faisait un mal de chien. Lorsqu'il s'éveilla enfin, il ne pouvait plus bouger, le syndicaliste tirait fort sur ses liens et s'assurait de leur efficacité. Derrière lui, la Vierge Noire supervisait l'opération et tenait son fusil à canon scié au bout de son bras droit. Il ne dit pas un mot, mais son regard se planta dans celui de la meurtrière de Lili et s'il avait pu lui lancer des salves de foudre, celle-ci serait déjà morte mille fois, au moins…

Puis le syndicaliste se redressa et se pencha par-dessus Joseph. Il le sentit fouiller au pied du banc et lorsqu'il se releva, essoufflé, il tenait une enveloppe à la main. Curieux, il s'empressa de l'ouvrir et d'en sortir son contenu. En contre-plongée, Joseph était aux premières loges. Il assista à la décomposition de son visage, ses traits se figèrent et ses yeux se plissèrent en un trait meurtrier. Il regardait une série de polaroïds et les passait les uns sous les autres à la manière d'un joueur de poker battant son jeu au ralenti. Jacky Lafortune fulminait. Il détaillait les prises de vue, revenait vers certains clichés, se penchait sur d'autres pour mieux les voir et s'assurer qu'il ne se trompait pas qu'il s'agissait bien de sa fille qu'il découvrait nue, chevauchant cet infâme Modeste Janel.

*

Louise s'impatientait. Elle était retournée à la Renault 5 et avait installé l'enfant Janel sur la banquette arrière. Le temps lui semblait long et Joseph tardait à revenir. Le môme l'avait ému, enfin pas vraiment, plutôt la manière dont il s'était accroché à elle. Elle n'avait pas l'habitude des enfants, ils étaient des êtres qu'elle méconnaissait, dont elle feignait jusqu'alors l'existence. Elle fuyait elle-même un passé trop pénible, une enfance meurtrie, massacrée par la monstruosité des adultes. Mais ceci était une autre histoire, personne ne devenait membre du gang des *"Folles de la Nationale 4"*, sans véritables raisons, sans blessures camouflées, bien plus puissantes que la seule fatalité.
Quand le fils Janel s'était jeté dans ses bras, elle se reconnut enfant chercher sa mère. Il n'avait pas hésité, les gamins ne se trompaient jamais quant à la nature humaine. Il s'était blotti contre elle parce qu'il avait senti qu'elle ne lui refuserait pas ce dont il avait besoin…, un peu de chaleur. Louise n'avait jamais eu cette chance, pour elle les adultes avaient été le danger et très tôt, elle avait appris à s'en

méfier. Alors quand ce petit être l'étreignit, elle fut touchée, elle était digne de sa confiance. Il lui réclamait ce dont elle avait été privée, un peu d'amour, ce petit rien, ce petit rayon de soleil qui aidait à grandir et vous rendait la vie tellement plus facile…

Maintenant, il dormait sur la banquette arrière de l'automobile, trop fatigué pour lutter à sa survie et confiant à Louise le soin de le protéger. Elle alluma une Camel sans filtre et fit le pied de grue tout autour de la Renault fluo. Elle redoutait que quelqu'un arrivât et la surprenne dans cette propriété, certes à l'abandon, mais tout de même privée. Que faisait Joseph? Quelque chose avait dû le retarder, car il devrait déjà l'avoir rejointe. Elle était dans une situation délicate, elle voulait agir et retourner à l'atelier du sculpteur, mais l'enfant? Que faire de lui? Elle écrasa le mégot de sa cigarette puis en prit une autre. La nicotine l'écœura et elle fut prise d'une quinte de toux. De rage, elle jeta la cigarette au sol et sans grand ménagement, elle ouvrit la portière côté conducteur. Le fils Janel se réveilla et vint s'accouder sur les sièges avant. Dans son regard se lisaient des questions qu'il n'osait pas formuler. Quel âge pouvait avoir ce môme si attendrissant, se demanda Louise en découvrant son visage dans le rétroviseur!

Elle pivota et s'adossa à la portière. Son bras passa par-dessus lui et sa main se posa sur sa tignasse ébouriffée.

— Ça va? lui demanda-t-elle avec une voix douce.

Il lui sourit et haussa les épaules.

— Écoute, je suis obligée de retourner à l'atelier, lâcha Louise.

L'enfant se raidit et se dégagea de ses caresses. Il recula sur le siège arrière et croisa ses bras entre ses jambes tendues. Il la regardait par en dessous, sa bonhomie de tout à l'heure avait disparu.

— Ne t'inquiètes pas, tenta-t-elle, je te promets de m'occuper de toi. Tu vas t'allonger sur la banquette, pour te cacher. Tu comprends?

— Tu resteras avec moi après ?

Louise fut surprise de sa question.

— Tu me le promets ? insista-t-il.

— Oui, je te le jure, dit-elle.

Et tout en riant, ils topèrent pour sceller le contrat.

Chapitre 34

La musique transcendait ses sens, elle le transportait sur une mer lugubre au rythme du clapotis de l'eau et du balancement des vagues. Elle effaçait la monotonie du présent, cette sempiternelle rengaine bâclée, ratée et à jamais détestable. Rachmaninov était sans doute le compositeur qu'il préférait. Son manque d'érudition l'empêchait d'exprimer avec des mots ce qu'il ressentait, mais "L'île des morts" était une sorte de poème symphonique qui dépeignait parfaitement le spleen de Guy Drut, le voltigeur motorisé.

Il regardait l'horizon, porté par les harmonies de cet adieu au bonheur terrestre, indifférent au ciel lourd et à l'agitation qui l'entourait. Le compositeur russe exprimait exactement ce qu'il éprouvait, le départ sans regret de ce monde qui depuis fort longtemps ne l'intéressait plus.

Guy Drut tournait le dos au peloton, il s'était mis un peu à l'écart de ses semblables pour jouir de la musique qui jaillissait dans les écouteurs de son Walkman. Son coéquipier chevauchait sa moto et plaisantait avec ses collègues. Tous les voltigeurs attendaient les ordres et ne se préoccupaient pas de la situation, ni de l'avancement de l'opération, lancée par les camarades CRS dans l'artère principale de Schirmeck. Ce n'était pas de leur ressort, eux n'intervenaient que pour l'assaut final, histoire de faire le ménage.

Guy Drut voguait toujours sur cette mer sombre, l'âme lugubre comme celle d'un sorcier maléfique, lorsqu'il sentit un tapotement sur son épaule. Il sursauta et se retourna en ôtant son casque audio.

— Maintenant, lui dit simplement son équipier.

Il ne posa pas de questions. Il rabattit ses écouteurs à cheval sur son cou, puis il lui emboîta le pas en enfilant son casque frappé de l'emblème de la République française. Les moteurs tournaient au ralenti. Chaque binôme était prêt et réglait les derniers détails, tandis que les plus pressés donnaient des coups rageurs sur la poignée d'accélération. Guy Drut prit place derrière son coéquipier, vérifia que les cale-pieds étaient bien dépliés, puis glissa la dragonne de sa matraque autour de son poignet. Il était prêt, l'hallali pouvait sonner.

Lorsque Louise arriva sur le chemin de terre recouvert de tôles ondulées, il flottait dans l'air les effluves d'un gasoil mal raffiné. Elle avait rejoint l'atelier en faisant le tour par la route goudronnée et avait garé la Renault 5 à l'abri des regards. Avant de quitter l'enfant, elle lui avait promis qu'elle n'en aurait pas pour longtemps et lui avait demandé de rester allongé sur le siège arrière de l'automobile.

— Tu n'as rien à craindre, je reviens très vite, lui avait-elle dit.

L'enfant lui avait alors lancé un regard boudeur.

— Écoute, on en a déjà parlé tout à l'heure. Je suis obligée de retourner là-bas, chercher mon ami. Tu comprends ? J'espère qu'il ne lui est rien arrivé, je m'inquiète pour lui et je ne peux pas le laisser seul, lui avait-elle à nouveau expliqué.

Ensuite, elle l'avait encore interrogé du regard et l'enfant avait acquiescé d'un hochement de tête. Louise l'avait gratifié de son plus beau sourire et le gamin s'était jeté à son cou. Elle l'avait serré fort dans ses bras puis elle s'était écartée de lui et était sortie de l'auto.

Avant de s'enfoncer dans le sous-bois, elle s'était retournée vers la Renault 5, le môme s'était allongé, elle ne le voyait plus.

Lorsqu'elle atteignit les tôles ondulées, elle avait sorti le Manurhin dérobé lors de son évasion du commissariat de Strasbourg. Louise se faufila derrière un taillis aux feuilles déchues et étudia méticuleusement l'entrée de l'atelier. Le camion avait disparu, l'endroit semblait déserté, mais elle attendit tout de même quelques minutes et resta à l'affût du moindre bruit. Le rideau de fer était remonté, de l'intérieur, elle ne distinguait que de vagues formes inertes. La voie semblait dégagée, seul l'écoulement sauvage du ruisseau brisait la sérénité apparente du lieu.

Elle contourna les tôles en descendant le talus qui longeait le cours d'eau et remonta jusqu'au petit pont de pierre. À son tour, elle traversa le ruisseau en quelques enjambées agiles et resta encore à couvert, le temps de constater que l'accès à l'atelier était dégagé. Puis, elle osa le tout pour le tout et traversa l'étendue de gravier. Sous ses pas, les gravillons crissèrent et elle se hâta de rejoindre l'angle du mur. Elle était consciente d'avoir pris un gros risque en se mettant ainsi à découvert, mais plus elle s'approchait de l'entrée, plus elle était convaincue que l'endroit avait été abandonné.

D'un mouvement bref, elle osa un œil à l'intérieur. Elle n'y remarqua âmes qui vivent, mais découvrit l'étrange ballet de statues. Elle ne s'y attarda guère, puis elle pivota et pénétra dans ce sérail ouvert au vent. Elle progressa à pas de loup, le Manurhin MR-73 fermement tendu devant elle. Elle détaillait les moindres recoins, tandis que chacun de ses pas se posait sur le sol bétonné avec l'assurance d'un fauve, prêt à bondir et à riposter, si la situation le réclamait. Louise retenait sa respiration. Elle marchait lentement et surveillait particulièrement le côté des statues où un assaillant aurait très bien pu s'y cacher, mais il n'en fut rien, les lieux étaient désespérément vides. Elle se crut un instant dans le train fantôme d'une attraction foraine, aspirée par les ombres macabres des sculptures qui la dominaient. Elle s'attarda sur celle qui représentait Hitler en toge romaine et une grue à ses pieds, puis elle reconnut Mussolini, Staline et d'autres personnages tout aussi belliqueux, mais dont elle ne remettait pas les visages. Elle se demanda à quoi rimaient toutes ces simagrées, quel tourment fiévreux habitait le créateur de ces abominations.

Le visage du gros Angel, étendu dans les débris de la caravane explosée, lui apparut. Il avait une tête de poupon, se rappela-t-elle, qui aurait pu imaginer que dans son cerveau s'entrechoquaient toutes ces horreurs guerrières. Pourtant il avait du talent, car la pierre était soigneusement sculptée, taillée finement avec moult détails. Peut-être avait-il vendu son âme au diable, mais en échange de quoi? Il vivait comme un clochard dans une caravane délabrée, il était moche, il était gros…

Puis elle remarqua d'autres modèles, moins lugubres, mais tout aussi dérangeants. Des femmes qu'il maltraitait sous les assauts de son burin, qu'il cabrait dans des postures indécentes et souillait de son seul désir de soumission malsaine…

Louise eut un haut-le-cœur, elle rengaina son arme dans la ceinture de son 501. Rester en ce lieu devint insupportable, elle suffoqua et se retourna vers la lumière de l'entrée, loin de ces ombres maléfiques. À travers le rideau de fer remonté, elle observa le ciel gris, les arbres dépourvus de feuilles et leurs troncs luisants. La brise fouettait les arbustes et les courbait, les couleurs de la nature étaient belles, avant de s'endormir pour un long hiver… Louise rebroussa chemin, décidée à préférer l'incandescence lumineuse de la vie à l'obscurité de l'enfer.

Elle s'en allait, lorsqu'elle entendit son prénom. Celui-ci était susurré, presque inaudible, mais, même noyé dans le plus grand des vacarmes, elle l'aurait perçu. Jamais elle ne serait passée à côté, cette voix était gravée en elle, dans sa chair. Joseph l'appelait.

Elle se retourna brusquement et son regard se posa dans un coin de l'atelier baignant dans l'obscurité. Elle y discerna un vague moteur et un câble qui pendait à une poulie. La voix venait de cette direction. Elle s'y précipita et trouva Joseph, ligoté sur un banc, le visage salement amoché.

*

Sur le cuir, couleur café au lait de la SM, se répandait le sang frais de Clod Bensoussan. Il tentait tant bien que mal de pas trop dévoiler sa souffrance, mais quiconque s'attarderait sur son visage blafard comprendrait qu'il était en mauvais état…

Modeste Janel, quant à lui, tenait fermement le volant gainé de cuir, assorti à la couleur des sièges. Son regard rebondissait de la route au rétroviseur, où il observait Clod Bensoussan affalé sur la banquette arrière. Celui-ci le braquait avec le Sauer M30 de la Vierge Noire. Par instants, il fléchissait et tout son corps se relâchait, mais au moment de perdre connaissance, il se ressaisissait, écarquillait les yeux et reprenait le contrôle de la situation.

Modeste Janel attendait patiemment qu'une fois pour toutes, il s'évanouisse. Clod tenait contre lui la sacoche de jeune cadre dynamique qui débordait de liasses de billets. Il n'avait pas fait long feu à la découvrir et le chef du personnel la lui avait tendue en précisant qu'il n'avait pas pu réunir plus d'argent. Clod n'avait pas réagi, il s'était contenté de la lui arracher des mains. Tenir, vaille que vaille, rester éveiller jusqu'à chez Laurence qui s'occuperait de lui était devenu son obsession, son ultime salut.

En quittant les abords de l'atelier du sculpteur, le chef du personnel avait entendu le moteur du Stradair démarrer. Lafortune et ses amis africains avaient donc chargé leur cargaison et s'apprêtaient à déguerpir. Mais quelque chose n'avait pas fonctionné comme prévu, Clod vivait encore et il avait réussi à leur échapper. Gagner du temps, se répétait-il en l'observant dans le rétroviseur. Il perdait beaucoup de sang, ce n'était plus qu'une histoire de quelques minutes, un quart d'heure tout au plus.

Il conduisait la Citroën au ralenti, freinait lourdement dans les virages et accélérait maladroitement à leur sortie. Clod tanguait de gauche à droite, au rythme des courbes de la route et de sa conduite volontairement gauche.

— Active un peu, cracha Clod dans un sursaut de lucidité.

— Je fais ce que je peux, mentit le chef du personnel, c'est un vrai veau cette voiture. De plus, c'est la première fois que je la conduis et je ne l'ai pas très bien en main.

Clod Bensoussan fit un effort surhumain pour se redresser, puis il s'accouda sur le dosseret du siège passager, y prit appui et se glissa derrière Modeste Janel. D'un geste maladroit, il enroula son bras autour du cou du chauffeur :

— Ne joue pas au plus malin avec moi, si toutefois, je devais crever, sache que nous serions deux à frapper aux portes de l'enfer. J'ai horreur de voyager seul, tu saisis Modeste?

Le chef du personnel acquiesça timidement, tout en jetant discrètement un œil dans le rétroviseur. Le visage de Clod était passé de blanc comme un linceul à transparent et de grosses gouttes de sueur s'égrenaient sur son front.

— Ne t'inquiètes pas Clod, je n'ai pas l'intention de te laisser crever dans la voiture de mes patrons, tenta d'ironiser le chef du personnel.

Clod Bensoussan ne remarqua pas le sourire perfide qui barrait le visage du chauffeur. Il recula sur le siège et libéra son étau autour du cou de Modeste. Puis il ouvrit la fenêtre, un peu d'air ne pouvait que lui faire du bien.

Ils n'avaient pas beaucoup roulé depuis leur départ de l'atelier, à peine un kilomètre ou deux. Ils remontaient vers Malplaquet, le hameau où résidait Laurence. En sens inverse, une Renault 5 d'un orangé fluorescent dévalait la côte à vive allure.

Clod respirait l'air frais qui s'engouffrait dans l'habitacle et il en apprécia les morsures sur son visage. À nouveau, il se sentit partir et son frère lui apparut. Il portait la veste de son costume repliée sur son avant-bras et tous les deux regardaient l'horizon. Les paroles n'avaient guère d'importance, seules leurs présences côte à côte les contentaient et les emplissaient de sérénité.

— Tu es prêt ? demanda son frère retrouvé.

— Je crois, répondit Clod.

Puis il ajouta :

— Que dois-je faire ?

— Rien, laisse-toi aller et…

Mais Clod Bensoussan refusa d'entendre la suite. Son heure n'était pas encore venue, il devait accomplir une dernière chose avant de voguer sur le territoire des esprits occis. Par la fenêtre où s'engouffrait le vent, il reconnut Louise au volant de la Renault 5. Décidément, il ne pouvait pas quitter ce monde sans apporter à son frère, de l'autre côté du rideau, errant sur le territoire des ombres, le scalp de celle qui l'avait assassiné.

*

Elle tenait fermement ses seins. Elle les pressait, les soulevait en offrande et leurs bouts durcis imploraient des appétits gloutons. Sur son visage, jeté en arrière, s'esquissaient des râles d'exaltation, des désirs incertains glissaient sur la cambrure de ses reins, tandis que Modeste Janel, blême comme un cloporte, jouissait tout son soûl. Jacky Lafortune était habité par cette image, quoi qu'il fasse, elle ressurgissait et l'obsédait. Ce salopard de chef du personnel s'était bien moqué de lui. Pendant que lui œuvrait dans l'ombre pour ses combines minables, il baisait sa fille dans son dos. La vie ne lui épargnait vraiment rien, il se sentait trahi au plus profond de sa chair.

À ses côtés, la Vierge Noire regardait défiler la route. Elle ne parlait pas, l'atmosphère dans la cabine du Stradair était pesante. Jacky ne lui avait pas fait part de sa découverte, ça ne la regardait pas. Il avait simplement remis les polaroïds compromettants dans leur enveloppe et l'avait glissée discrètement dans la poche intérieure de sa gabardine, comme si de rien n'était.

Il se laissa emporter par les images du passé, certaines situations resurgirent et s'éclairèrent sous un jour nouveau. Notamment, il comprit pourquoi sa fille avait intégré aussi facilement l'usine. À l'époque, il avait cru qu'elle devait son embauche à ses combines avec Modeste Janel. Mais il n'en était rien, Laurence avait obtenu sa place, simplement parce que Monsieur Janel exerçait sur elle son droit de cuissage.

Il eut envie de vomir tant tout cela le rebutait, mais plus que tout, c'était sa propre personne qui le dégoutait ; il s'écœurait.

> — Vous semblez ailleurs Monsieur Lafortune, s'inquiéta Mama Béa.

Elle alluma une Dunhill et l'habitacle du Stradair s'emplit de strates mentholées. Jacky Lafortune entrouvrit la fenêtre et un filet d'air frais caressa son visage. Il toussota :

> — Je me pose des questions, répondit-il.
> — Ah bon, et de quel genre ?
> — Tout ça, dit-il vaguement.

Il rétrograda avant d'entrer dans un virage. Le poids de *"L'Adolf lorgnant l'horizon"* écrasait les suspensions du camion et rendait la conduite difficile. Jacky n'en avait pas fait part à la Vierge Noire, mais le Stradair était en surcharge.

— Je ne comprends rien à toute cette histoire, poursuivit-il en lui lançant un regard sur le côté, et je suppose que vous ne me direz rien.

À son tour, le colonel du State Research Bureau l'observa et sourit.

— Et de votre côté, Monsieur Lafortune, m'avez-vous tout dit?

— Comment ça?

— Et bien, le gamin… Ce dégénéré que vous nous avez demandé de faire disparaître…Votre patron Modeste Janel, énuméra-t-elle sur un ton enjoué.

La Vierge Noire n'était pas candide, elle avait compris l'histoire depuis belle lurette, certes elle n'en connaissait pas les détails, mais elle voyait clair dans cette eau trouble et nauséabonde.

Je me suis fait repasser, geignit Lafortune, je suis trop con, la reine des pommes…

Puis il fit une pause et ajouta :

— Pouvez-vous me dépanner d'une cigarette?

Mama Béa lui tendit la Dunhill qu'elle fumait. Lorsqu'il la porta à ses lèvres, il y sentit le goût de sa salive et en apprécia le contact. Puis, comme si cette proximité était la preuve d'une certaine intimité, il se laissa aller :

— J'ai fait beaucoup de saloperies dans ma vie, mais croyez le bien, elle me l'a rendu au centuple. Je suis veuf. Savez-vous ce que c'est d'élever un enfant tout seul? Bien sûr, vous ne pouvez pas comprendre.

— Je vous en prie Monsieur Lafortune, continuez, je sens que vous avez besoin de vous épancher.

— Vous dites cela avec si peu d'empathie… Après tout, quelle importance, vous avez raison, j'ai besoin de parler et que vous m'écoutiez ou pas, m'indiffère totalement.

Il fit une pause et jeta le mégot de la Dunhill par la légère ouverture de sa fenêtre.

— Pendant des années, j'ai menti à tous mes collègues de travail, je leur ai servi des fariboles et j'ai plombé le syndicat. Oh, bien sûr, je l'ai joué fine, d'un côté la direction de Steinheil lâchait du mou de temps à autre, enfin suffisamment pour que je reste crédible, et de l'autre, je dévoilais toutes les actions en préparation, préavis de grève envisagée, compte-rendu des réunions… Bon an mal an, au fil des années tout cela trouva un certain équilibre et nombreux conflits se désamorcèrent ainsi. Moi, j'avais droit à quelques avantages en nature… pas des sommes folles, justes de quoi agrémenter le quotidien.

La Vierge Noire alluma une nouvelle cigarette.

— Mais, le plus moche dans tout ça, vous savez ce que c'est?

Jacky n'attendit pas de réponse, il poursuivit :

— Je n'ai jamais fait ça pour l'argent. J'avais besoin d'exister, d'être quelqu'un, vous ne pouvez pas comprendre, c'est un sentiment étrange à expliquer. J'étais celui que l'on respectait, l'incontournable Jacky qui trouvait une solution à tout problème. J'ai joui de ce sentiment de puissance, autant avec mes camarades ouvriers qu'avec les différents chefs du personnel qui, durant toutes ces années, se sont succédé. C'était ma façon à moi d'exister. Je me voyais dans la prunelle des autres, j'étais fort et vénéré.

Le syndicaliste jeta un œil dans le rétroviseur extérieur.

— Quelle foutaise… Vous n'imaginez pas à quel point je me suis trompé. Mais il est trop tard maintenant, je ne peux plus faire marche arrière…

La Vierge Noire l'avait écouté d'une oreille distraite, la vie de ses congénères ne l'intéressait guère, même si elle se reconnut dans certaines bribes de son récit. Elle aussi jouissait de ce sentiment de toute puissance, lorsque la vie d'un être humain se trouvait au centre de la lunette de son Mannlicher-Carcano.

— Vous avez raison, Monsieur Lafortune, nous sommes peu de chose ici-bas, conclut-elle.

Chapitre 35

Les versants des montagnes, couverts de sapins vert sombre et de feuillus dénudés par des rafales glaciales, étaient lugubres. Le ciel brillait comme le regard d'un être triste, délavé par des larmes confuses. Les manifestants pénétraient enfin dans le centre de Schirmeck, alors que le rideau de CRS avait disparu. Chacun savait que ce n'était que partie remise, les forces de l'ordre s'étaient dissoutes pour mieux se rassembler et se préparer à un nouvel assaut.

"L'international", tout d'abord chuchoté par une poignée, fut repris par l'ensemble et porté par tant de voix déterminées, que des frissons parcourraient l'échine de quiconque l'écoutait. Christian, Ibrahim et tous ceux qui avaient participé à sa libération marchaient côte à côte au sein du défilé. Bras dessus, bras dessous, ils avançaient au pas imposé par la manifestation.

Devant l'afflux de tous les villageois qui les avaient rejoints, Christian Clevenot fut pris de fièvre libératrice. La liesse fraternelle avait le goût de la victoire, elle l'emplit d'une joie immense, tout pouvait arriver. Il prit la décision d'ôter son casque de moto et de baisser le foulard qui masquait son visage, au grand dam d'Ibrahim qui le traita de fou.

— Laisse-moi savourer cet instant, lui avait-il répondu. Regarde comme tous ces gens sont heureux, un vent nouveau souffle et tu voudrais que je me cache.

— Les gendarmes te recherchent, tenta d'argumenter Ibrahim.

— Qu'ils viennent m'attraper, je suis prêt. C'est le destin que j'ai choisi, Ibrahim, j'attends cet instant depuis tellement longtemps.

Christian se tourna vers son compagnon :

— Je suis heureux de t'avoir connu, tu es un homme bien Ibrahim, mais maintenant toi et les autres, vous devez penser à vous. Partez et sauvez vos peaux, il n'est pas encore trop tard. Vous en avez déjà beaucoup fait, je ne vous oublierai jamais.

— On ne te laissera pas tomber Christian, on a commencé cette histoire ensemble et on la finira côte à côte, lui avait rétorqué le jeune Maghrébin.

Mais, c'était chose vaine, Christian n'était déjà plus là, son esprit flottait ailleurs et la réalité ne l'intéressait plus.

— Ne sois pas idiot, lui avait-il répondu avant de s'éloigner, cette histoire, comme tu dis, je l'ai commencée il y a tant d'années déjà. Maintenant, je dois la clore seul et en porter l'entière responsabilité

Christian regarda Ibrahim et tous les autres compagnons qui, jusqu'ici, avaient été sa garde rapprochée, et leur esquissa un bref sourire. Puis il leur fit un signe de la main pour les remercier et les salua une dernière fois.

Tout cela avait une allure très solennelle, mais Christian ne s'en souciait guère, il chevauchait un destrier blanc sur une prairie où l'herbe était grasse et verdoyante. Ses cheveux lui fouettaient le visage, il était beau, il était libre et sa vie le portait vers son destin.

Le jeune établi quitta Ibrahim et ses amis, puis il fendit la foule, droit devant. Des regards reconnaissants et admiratifs se posèrent sur lui. Christian les sentit et s'en nourrit pleinement. Ils le portèrent jusqu'au-

devant du cortège. Rien ne serait plus comme avant, il resterait à jamais
dans les esprits des habitants de la vallée, comme celui par qui l'espoir
était revenu. Et pour cela, Christian Clevenot, jeune établi embauché
en usine depuis plus de dix ans, était prêt à livrer son ultime combat.

Joseph était ligoté comme un saucisson. Louise le trouva allongé sur
un banc d'école dont les tubulures vert kaki s'écaillaient de-ci de-là.
Elle sourit en le découvrant ainsi ficelé. Les cordes l'enroulaient et
le maintenaient allongé sur le dos, tandis qu'un morceau de tissu
fourrait sa bouche. Son regard exprimait son désarroi, mais n'émut
point Louise, car elle ne put retenir un éclat de rire en le découvrant
saucissonné de la sorte. Elle en profita pour le laisser languir, puis
l'enjamba et s'assit sur lui :

— Ça te fait quoi d'être ainsi à ma merci ? le titilla-t-elle.

Joseph ne semblait guère apprécier le petit jeu, mais Louise n'en tint
pas compte. Elle posa ses mains à plat sur son torse et les glissa langoureusement jusqu'à ses épaules. Il tenta de lui dire quelque chose,
mais seuls des gargouillis de gorge étouffés émanaient de sa bouche.
La cavalière joua du bassin, se frotta amoureusement à lui et se baissa pour l'embrasser. Ses lèvres fouillèrent son cou et le baisèrent.

— Tu me rends folle, lui chuchota-t-elle, alors que sa langue
    fouillait les plis de son oreille.

Joseph remua la tête, apparemment il n'appréciait guère le petit jeu.
Elle se releva brusquement et tira sur son bâillon.

— Pas maintenant ! Louise, je t'en prie, libère-moi.

— Tu n'es vraiment pas marrant…

Puis elle soupira :

— J'avais tellement envie de te baiser, la situation était trop belle.
    Mais je vois que tu n'es pas joueur.

Joseph ne rétorqua rien ; mais elle comprit à son regard que la comédie n'avait que trop duré.

— OK, lâcha Louise.

Elle se leva et, d'un pas alerte, elle retourna derrière le treuil où elle fouilla dans une caisse à outils. Quelques secondes plus tard, elle revint auprès de Joseph, armée d'un couteau de tapissier. Les liens cédèrent rapidement sous la lame tranchante. Joseph se désentrava et se massa les membres ankylosés par les liens. Puis, il s'assit sur le banc et se passa une main prudente sur son visage, qui le brûlait au niveau des joues et des arcades sourcilières. Louise le rejoignit et s'accroupit devant lui. Elle prit sa tête entre ses deux mains et la souleva :

> — Ils ne t'ont pas raté, diagnostiqua-t-elle, il faudrait désinfecter tout ça et à mon avis tu as besoin de quelques points de suture sur l'arcade.

> — On fait la paire tous les deux, ajouta-t-elle, on est prêt pour aller danser au *"Bal des débris"*.

Joseph se leva précipitamment et ne tint pas compte de sa boutade. Il se dégagea de Louise :

> — Il faut les rattraper, dit-il, pris soudainement d'une véhémente agitation. La vieille m'a tout avoué, c'est bien elle, l'assassin de Lili…

Louise le coupa :

> — Tu ne sais même pas où ils sont partis.

Joseph la regarda froidement, il n'avait pas envie de discuter :

> — Je ne te demande pas de m'accompagner, je peux très bien m'en occuper tout seul.

> — Ce n'est pas ce que je voulais dire…

> — Ils ont déguerpi quelques minutes avant que tu n'arrives. Chargés comme ils sont, ils ne doivent pas être allés bien loin. Tu ne les as pas croisés en descendant ?

> — Non, je n'ai rencontré personne, enfin pas de camion. Je n'ai remarqué qu'une voiture de ministre, une SM.

— Connais pas, lui répondit Joseph qui tout en discutant, l'entraînait hors de l'atelier.

— Ils ont dû descendre vers la ville, c'est la seule solution. Donne-moi les clés de la voiture.

— Je te rappelle que j'ai volé cette voiture à Strasbourg...

— C'est vrai, j'avais oublié. T'es garée où ?

— À l'entrée du chemin, un peu plus loin.

Ils courraient sur les tôles ondulées qui recouvraient la route boueuse. Chacun de leurs pas résonnait sourdement. Joseph tenait Louise par la main et la tirait pour qu'elle se dépêche.

— Tu me fais mal, lui dit-elle, lâche-moi, je peux très bien courir sans ton aide.

Il obtempéra et partit devant.

Louise lui cria :

— Tu n'as pas oublié que l'enfant est dans la voiture.

Joseph ne répondit pas. Lorsqu'ils arrivèrent, à quelques enjambées d'intervalles, devant la Renault 5, Louise s'empressa de lui demander :

— Et lorsque tu auras retrouvé cette femme, que feras-tu ?

Il releva la tête et prit soin de fixer son regard sans détour :

— Je la crèverai...

*

Clod Bensoussan avait repris du poil de la bête. La vision de Louise au volant de la voiture fluorescente lui était apparue comme un mirage psychédélique et avait réveillé en lui des ressources ignorées jusqu'alors.

Modeste Janel remarqua son changement d'attitude, d'une bête agonisante, il était devenu un sauvage en chasse. Il s'était redressé sur la banquette arrière et, pour la première il avait lâché sa sacoche contenant son argent. Elle traînait abandonnée sur le cuir blond de la Citroën et il n'y prêtait plus d'attention, comme si celle-ci ne l'intéressait plus. Il éructa :

— Fais demi-tour !

Modeste hésita et chercha le visage de Clod dans le rétroviseur.

— Putain, fais demi-tour, hurla-t-il à nouveau.

Il accompagna ses mots d'un coup de crosse, que le chef du personnel accueillit derrière la nuque. Il râla :

— Qu'est-ce que tu fais ?

— Fais demi-tour, insista-t-il.

Modeste Janel, effrayé, manœuvra et gara la SM sur le bas-côté. Clod en profita pour enjamber la banquette et s'asseoir à la place du mort.

— Qu'est-ce que tu attends ? cracha-t-il.

La haine suppurait par tous ses pores, il bavait et sa voix rageuse, sortie d'outre-tombe, effraya le chef du personnel.

— Je n'ai pas la place, dit-il en lui montrant la route étroite.

Clod examina la chaussée et revint vers le chauffeur en lui plaquant le Sauer M30 de la Vierge Noire sur la tempe.

— Tu te démerdes, trouves un endroit. Fais comme bon te semble, mais actives. À partir de maintenant, il ne te reste plus que trente secondes à vivre.

Il entama le décompte :

— Trente, vingt-neuf…

Modeste Janel enclencha la première et les pneus brûlèrent le goudron.

— Vingt-cinq, vingt-quatre…

La SM atteignit un premier virage, mais son allure ne diminua pas, bien au contraire. La voiture dérapa, Modeste Janel la rattrapa. Le décompte de Clod Bensoussan résonnait dans sa tête. Il cherchait un endroit suffisamment large pour faire ce satané demi-tour.

— Dix-sept…

Rien. Aucune route transversale, aucun parking, ni croisement ne se présentaient à l'horizon. Le chef du personnel poussait le régime du moteur aussi haut qu'il le pouvait...

— Dix, neuf... Ton espérance de vie s'amoindrit de plus en plus.

Au loin, au bout d'une ligne droite, un espoir infime...

— Quatre...

Les mains transpirantes, accrochées au volant de la SM, Modeste Janel pila de toutes ses forces, tout en rétrogradant. Le moteur hurla à la mort.

— Trois...

Emporté par l'embardée de l'automobile, Clod perdit le fil de son décompte. Il s'agrippa au tableau de bord, puis telle la minuterie entêtante d'un détonateur, il reprit :

— Trois...

Modeste Janel tira de toutes ses forces sur le frein à main et la Citroën dérapa. Le caoutchouc des pneumatiques mordit le bitume tandis que la SM glissait en crabe. Le chef du personnel contrebraqua brutalement et lorsque le nez de la voiture se trouva en face du chemin forestier, il lâcha la pédale de frein et accéléra.

— Deux...

Le cliquetis macabre du chien du Sauer M30 résonna. Modeste se crispa, son visage s'atrophia comme celui d'un condamné, exécuté sur la chaise électrique. La Citroën mordit sur le chemin forestier, aussitôt il s'arrêta pour entamer son demi-tour, il enclencha la marche arrière.

— Un ! T'as perdu...

Modeste Janel ne l'écouta pas, il manœuvra la SM comme il le pouvait. Il hurla :

— Non Clod, je t'en pris, regarde, j'ai réussi...

Clod se tourna vers le pare-brise, le chef du personnel avait réussi la manœuvre, ils pouvaient désormais repartir en sens inverse.

— J'ai réussi Clod, j'ai réussi, pleurnichait Modeste Janel.

Tout son corps se détendit, la tension était montée tellement haut…
Il avait eu tellement peur…

— Zéro, ricana Clod en posant son regard sur lui, deux trous
noirs, béants sur les abysses de l'enfer.

— Tu as dépassé le temps octroyé, ajouta-t-il.

Sans répit, Clod Bensoussan appuya sur la gâchette et la tête de
Modeste Janel explosa. Le sang trissa comme un geyser de pétrole
écarlate. Il éclaboussa le pare-brise et macula le cuir café au lait de
la SM. Le visage de Clod ne fut pas épargné. Le sang du mort le
gifla, puis se répandit dans son cou par un goutte-à-goutte idiot, au
départ de son menton.

— Tu n'as pas réussi Modeste, ricana-t-il encore.

Puis il se pencha sur le cadavre qui gisait sur le volant, ouvrit la portière et l'éjecta d'un coup de pied.

*

Ils n'étaient que deux gendarmes au barrage dressé à la sortie ouest
de Schirmeck, celle qui menait vers la Moselle, Meurthe-et-Moselle
et les Vosges. Les deux officiers avaient pour consignes de dévier les
véhicules par des routes secondaires, afin de ne pas augmenter la pagaille qui régnait déjà dans les rues de la petite bourgade. Ils avaient
installé leur surveillance un peu après le pont qui enjambait la ligne
de chemin de fer, juste au niveau de l'Hôtel de Reims. La route
luisait et la circulation était faible, mais pour parer à toutes éventualités, ils avaient tout de même dressé au travers de la chaussée, une
herse aux pointes agressives.

Le plus âgé des deux avait rejoint leur voiture bleu marine réglementaire, garée sur le parking de l'Hôtel de Reims, pour y chercher son
paquet de cigarettes. Le règlement lui interdisait de fumer pendant

le service, mais il était de garde depuis tôt ce matin, et l'envie de s'en griller une le tenaillait. Il fouilla dans la boîte à gant et sortit son paquet de Gitanes à bout filtre. Puis, il siffla en direction de son collègue et lui présenta le paquet au bout de son bras. En voulait-il une ? Celui-ci lui répondit par la négative et le gendarme contrevenant prit sa cigarette, puis rangea le paquet là où il l'avait trouvé.

Il allumait sa brune lorsqu'un camion bleu ciel, chargé d'un gros caisson en bois, se présenta au barrage. Le gendarme non-fumeurs se dirigea vers le véhicule du côté conducteur. La vitre du Stradair se baissa et il reconnut Jacky Lafortune :

— Salut Jacky, dit-il en portant sa main à la visière de son képi, en guise de salut réglementaire.

— Bonjour Robert, répondit le syndicaliste, on ne peut toujours pas passer ?

— Non, c'est encore bouché et il paraît même que ça chauffe en ce moment.

Le gendarme à la Gitane les retrouva et, à son tour, salua Lafortune, puis il s'adressa à la femme de couleur qui siégeait à la place passagère :

— Bonjour Madame.

La Vierge Noire lui répondit par un hochement de tête, sans grande amabilité.

— Tu peux passer par-derrière et contourner la ville, proposa le gendarme Robert, en lui indiquant une petite route qui longeait le chemin de fer.

Jacky connaissait. Il glissa un regard embêté vers Mama Béa qui, toujours aussi impavide, ne réagit point.

Puis le gendarme à la Gitane intervint :

— Comment se fait-il que tu n'y sois pas Jacky ?

Le syndicaliste évita soigneusement son regard :

— Qu'est-ce que tu veux dire ?

— Ben, avec tes camarades de l'usine, tu n'es pas leur représentant ?

— C'est fini ce temps-là !

Les deux gendarmes se jaugèrent mutuellement, puis l'ex-cégétiste reprit :

— C'est plus mon affaire. Je ne partage pas leurs méthodes et tu me connais, je ne me suis pas gêné pour leur faire savoir.

Le syndicaliste laissa filer quelques secondes, puis ajouta :

— Ça ne leur a pas plu, alors je me suis barré. De toute manière, ils n'en ont plu que pour ce satané Christian Clevenot… C'est lui qui manipule tout ça, il est fou à lier ce mec, plus personne ne peut le raisonner depuis qu'il s'est évadé. Il met de l'huile sur le feu, si tout ça finit en carnage, il en portera la responsabilité… J'ai fait tout ce que j'ai pu pour les dissuader, mais en vain…

Jacky Lafortune prit une mine dépitée et se découvrit des dons de comédiens. Du grand art, jugea la Vierge Noire qui écoutait patiemment son nouvel associé.

— T'inquiètes pas Jacky, on est au courant de tout ça, lui répondit le gendarme dénommé Robert. Ce Clevenot fait partie de nos priorités, tous les collègues ont pour ordre de l'arrêter et je te promets, je n'aimerais pas être à sa place lorsqu'il sera entre nos mains, poursuivit-il.

— Hum, répondit Jacky sur un ton songeur.

— Vous ne feriez pas une petite entorse au règlement, osa-t-il ensuite.

Les deux képis eurent un bref sursaut.

— Qu'est-ce que tu entends par entorse ? demanda le gendarme Robert.

— Ben, je dois mener cette dame à la gare de Schirmeck…

Du pouce, il désigna la Vierge Noire.

— Elle a des problèmes pour marcher. Si vous me laissiez passer, je la déposerais à la gare et après je filerais, ni vu ni connu. Ça ne me prendra pas plus de trois minutes. De toute manière, la station est un peu à l'écart du centre, je ne risque rien dans ce coin-là. De plus, les autocars de vos collègues CRS y ont élu domicile, preuve que l'endroit est sûr.

Les deux gendarmes s'interrogèrent, celui qui fumait écrasa sa Gitane du bout de sa chaussure et fit comprendre à son collègue qu'il ne voulait pas entendre parler de cette histoire. Il lui tourna le dos et alla se placer de l'autre côté de la herse.

— C'est-à-dire que le règlement c'est le règlement, répondit le gendarme Robert. En d'autres circonstances...

— Je comprends, le coupa Jacky, mais ce n'est pas grand-chose, et puis, tu me connais, on est presque de la même classe. Ma fille et la tienne ont été à l'école ensemble, c'est juste un petit service à la con que je te demande, ce n'est pas la mer à boire, insista-t-il.

Le gendarme Robert se tortillait sur place. La petite entorse, comme disait Jacky, lui posait un véritable cas de conscience. S'il avait été seul, peut-être aurait-il fermé les yeux, mais avec son collègue, la situation était bien plus délicate.

— Écoutes, je..., tenta-t-il d'articuler, lorsque la première détonation résonna dans la cabine du Stradair.

Le gendarme Robert fit un bond en arrière. Son képi bascula sur son oreille et dégringola sur le bas-côté de la route. Il fit de gros yeux surpris et son regard s'accrocha à son ami syndicaliste. Celui-ci aurait voulu lui porter secours, mais une seconde détonation retentit et il se tourna de l'autre côté du camion. Cette fois, ce fut le second gendarme qui s'écroula lourdement sur l'asphalte. La Vierge Noire avait le bras tendu par la fenêtre de sa portière. Elle tenait fermement le Beretta de Clod Bensoussan dont une fumée aigrelette et cynique s'évaporait du canon.

— Je me suis permis de reprendre le contrôle de la situation, argua-t-elle en ramenant son bras meurtrier à l'intérieur de l'habitacle.

Jacky resta bouche bée, effaré… Il s'agissait d'un mauvais rêve, le réveil n'allait pas tarder à sonner et il se réveillerait soulagé.

— Allez donc retirer cette herse, Monsieur Lafortune, le temps presse, lui dit la Vierge Noire d'une voix neutre.

Jacky descendit du camion, ses gestes étaient hésitants comme ceux d'un robot, et lorsqu'il s'approcha du gendarme, baignant dans son sang sur le macadam noir, il comprit que sa vie serait désormais un cauchemar sans fin.

Chapitre 36

Il subsistait encore quelques véhicules abandonnés dans l'artère principale de Schirmeck. Notamment un semi-remorque immatriculé en Allemagne, dont la manœuvre pour faire demi-tour s'avérait terriblement compliquée. La majeure partie des automobiles, que le blocus de la veille avait immobilisées au centre-ville, avaient pu redémarrer le matin même et quitter les lieux par le côté où le barrage des Jeudy avait été levé. Les voitures, dont les propriétaires ne s'étaient pas manifestés, furent embarquées par les services municipaux, épaulés de dépanneurs appelés en renfort. L'important avait été de dégager au plus vite la rue, afin que disparaisse cette vision de chaos.

La meute de journalistes s'était repue de la situation et à en croire les plus forts en gueule, de toute leur longue carrière de baroudeur, ils n'avaient jamais assisté à un tel capharnaüm. Lorsqu'en début d'après-midi, la sourdine des chants victorieux s'amplifia, ils réarmèrent leur Nikon et s'assurèrent de posséder suffisamment de pellicules pour immortaliser l'évènement. L'avant-garde du cortège apparut au bout de la rue comme une ombre à la pointe du jour. Ses pourtours étaient imprécis et de la masse semblait se dégager des effluves chatoyants, des nuages de poussière nauséabonde, à peine retombés après le déblaiement à la va-vite de la chaussée. Les photographes et autres cameramen réajustèrent leurs brassards fluorescents pour ne pas être pris à partie, tant par les manifestants que par les forces de l'ordre.

Dans les rues adjacentes se regroupèrent l'escadron de CRS et le peloton des voltigeurs motorisés. Désormais, l'opposition frontale n'était plus de mise et les consignes étaient de n'intervenir qu'en cas de débordement. Mais au sein des forces du maintien de l'ordre, les esprits s'échauffaient. Leur retraite du matin, face aux manifestants, avait été pour la plupart vécue comme une humiliation.

Au QG des forces de police, le dilemme était grand. Ils avaient tenté de déloger les grévistes de leur barrage, mais devant le soutien populaire qui vint gonfler les rangs des Steinheil, ils avaient abandonné leur objectif. L'opération avait été jugée trop dangereuse et, même si sans aucun doute les CRS étaient sortis victorieux de l'affrontement, ils devaient tenir compte d'un élément essentiel : l'opinion publique. Et c'était bien celle-ci qui posait problème, certes pas aux gradés de la gendarmerie, mais aux politiques qui voulaient comme d'habitude préserver la chèvre et le chou.

Sur le terrain, les hommes de l'ordre établi n'appréciaient guère toutes ces combines et la plupart d'entre eux rongeaient férocement leur frein…

Le tableau leur apparut telle une morne plaine, désolée et lugubre. Le premier gendarme jonchait l'herbe flétrie et jaunie de cette fin d'automne. À une dizaine de mètres, son corps paraissait reposer sur un lit douillet, mais arrivé à sa hauteur, son regard vide exprimait une tout autre sensation.

Joseph avait ralenti en découvrant la voiture de police garée sur le parking de l'hôtel. Mais aucun uniforme ne se dessinait à l'horizon, alors il avait poursuivi sa route comme si de rien n'était. Ce fut Louise qui, quelques instants plus tard, lui indiqua le policier étendu sur le bas-côté, puis son binôme, au milieu de la chaussée.

— Qu'est-ce que ça signifie? demanda Joseph.

Louise était sans voix et ne put lui répondre. La Renault 5 passa au ralenti devant le premier cadavre. Il avait les bras en croix, les pans de sa veste de toile s'ouvraient sur sa chemise bleu ciel et une tache pourpre, gangrenait son abdomen. Un filet de sang creusait ses lèvres, barrait sa joue et s'enfuyait dans son cou.

— Qu'est-ce qui fait le monsieur dans l'herbe? demanda le fils Janel qui avait plaqué son visage contre la vitre.

Louise sursauta :

— Ne regarde pas ça, lui intima-t-elle, ce n'est pas de ton âge…

— Il dort? persista-t-il, en se tournant cette fois vers elle.

— Il est mort et ce n'est pas beau à voir!

L'enfant eut l'air contrarié, puis il reprit :

— C'est quoi mort?

Louise chercha de l'aide dans le regard de Joseph.

— C'est quand tu ne respires plus, tenta-t-il.

— Oui, c'est quand tu ne respires plus et que ton esprit s'envole, ajouta Louise, et tu vois la terre en tout petit.

— Ah, et toi t'as déjà été morte? demanda l'enfant, vivement intéressé par la question.

Louise lui sourit :

— Oui, plusieurs fois, je te raconterai plus tard si tu veux bien.

— D'accord, fit l'enfant et il se rassit au fond du siège.

Puis il reprit la parole en regardant par la fenêtre :

— Ce n'est pas vrai. Quand tu meurs, tu ne reviens pas…

Il hésita, puis il ajouta :

— Moi, je ne veux pas que tu meures.

Louise et Joseph se jetèrent un coup d'œil, puis elle se retourna sur la banquette arrière. L'enfant était de profil, son front reposait à nouveau sur la vitre extérieure, le regard vague. Louise lui attrapa le bout de sa chaussure et le taquina avec tendresse. L'effet fut immédiat, le fils Janel rigola à pleine dent, comme si des mains inquisitrices lui chatouillaient les aisselles.

— Ne t'inquiètes pas, je ne suis pas encore morte et je te promets que ce sera dans très longtemps, le rassura-t-elle.

Puis Joseph intervint :

— Il faut dégager d'ici au plus vite.

Il accéléra légèrement et manœuvra en zigzag entre la herse, retirée sur un côté de la route, et le corps sans vie du gendarme. La Renault 5 s'engagea ensuite à vive allure sur le pont qui surplombait la voie ferrée. L'ouvrage possédait, de chaque côté de la chaussée, des piliers de béton armé qui rejoignaient un arc de cercle, tout aussi armé, quatre ou cinq mètres au-dessus de leurs têtes. Dans l'intervalle d'une de ces colonnes, Joseph aperçut la gare de Schirmeck, les cars des CRS et un peu plus loin, le Stradair garé sur le trottoir.

— Ils sont là-bas, lâcha-t-il en appuyant sur la pédale d'accélérateur.

Louise n'eut pas le temps de regarder, la Renault 5 franchissait déjà le pont.

— Tu les as vus? demanda-t-elle.

— Oui, près de la gare.

La voiture dévalait la côte qui menait au centre de Schirmeck quand, après le premier virage, Joseph pilla soudainement. L'auto dérapa, puis finit sa course en butant le trottoir, dans un crissement de pneus infernal. Devant eux, la route était barrée par un cordon de CRS qui leur tournait le dos. Un peu plus loin, la foule des manifestants emplissait la rue et se répandait en un long serpent jusqu'à un croisement, puis continuait sur la gauche. Le cortège était d'une extraordinaire densité et les chants de la foule leur parvinrent, vifs et solennels. Louise et Joseph furent éberlués, à aucun instant, ils n'avaient mesuré l'ampleur du mouvement de grève, dont la presse leur rebattait les oreilles depuis des jours. Devant eux s'étirait une foule innombrable qui semblait être sans fin. Elle glissait lentement comme une coulée de lave progressant dans le lit encaissé d'un torrent sauvage. Tout allait exploser, les murs des maisons donnaient le sentiment qu'ils ne pourraient pas contenir éternellement cet essaim croissant, d'une puissance surnaturelle.

Le barrage des CRS était bien ridicule à côté de ce déluge humain. Sa vocation n'était certainement pas de lui barrer la route, mais de l'encadrer, de le guider vers le centre-ville et d'empêcher tout automobiliste inconscient, de tomber nez à nez avec cette marée survoltée. Joseph hésita, personne ne les avait remarqués, ni entendus :

— Comment je fais pour rejoindre la gare ? demanda-t-il à Louise.

— Tu as raté l'embranchement, c'est la première à gauche, derrière nous.

Joseph enclencha la marche arrière, la boîte de vitesse couina et il dut s'y prendre plusieurs fois avant de la trouver. Il pesta et entama la remontée de la rue jusqu'au croisement que Louise lui avait indiqué. Le moteur hurla comme un ébouillanté supplicié, Joseph ne s'en préoccupa guère, seule la vieille Ougandaise l'obsédait. Lorsque le véhicule fut dans l'axe de la route de la gare, il écrasa la pédale de frein et mit la première. Louise était muette. En quelques secondes, ils arrivèrent devant la gare de Schirmeck. Les lieux étaient quasi déserts. Le long des trottoirs stationnaient les autocars gris des CRS et malgré les grillages rivés sur les fenêtres, Joseph constata qu'ils étaient vides. Sur le parking de la gare, d'autres véhicules des forces de l'ordre étaient alignés en épis. Il régnait ici, une étrange ambiance de dimanche après-midi dans une caserne militaire, désertée par les appelés du contingent en permission. L'endroit aurait pu paraître serein, si au loin, le vacarme des manifestants ne grondait pas.

Ils roulèrent une centaine de mètres entre ces véhicules fantômes et atteignirent enfin le Stradair. Il se gara à sa hauteur, légèrement en retrait, et sortit promptement en laissant sa portière ouverte. Le camion était vide, déserté par ses occupants. Il revint vers Louise qui baissa sa vitre.

— Ils n'ont pas pu s'évaporer dans la nature comme ça, lui dit-il.

— La gare est fermée, tu penses bien avec ce bordel, lui répondit-elle.

— Je ne comprends pas, ils avaient l'air pressé de déguerpir. Pourquoi se sont-ils arrêtés ici ?

— Peut-être avaient-ils besoin de faire une course en ville, ironisa Louise.

Joseph manquait parfois d'humour, il ne releva pas :

— Écoutes ! Je vais faire un tour jusqu'au centre, peut-être les retrouverai-je. Pendant ce temps, gare-toi discrètement non loin d'ici. Je n'en ai pas pour longtemps.

— Attends… Voulut lui dire Louise.

Elle avait sorti le Manurhin volé et aurait aimé que Joseph s'en prémunisse, mais emporté par sa frénésie vengeresse, il avait déjà déguerpi.

Dans le ciel, strié de marbres sombres, un bourdonnement chatouilla les oreilles de Louise. Puis, il s'accentua et se transforma en un boucan d'enfer. Telle une tornade apocalyptique, l'air fut siphonné. Au-dessus d'elle, un hélicoptère de la gendarmerie nationale entrait dans la danse…

*

Jacky Lafortune craignait de se retrouver parmi les manifestants et surtout de tomber nez à nez avec un de ses collègues de chez Steinheil. Mais personne ne lui prêta d'attention, les regards se posaient plus volontiers sur la Vierge Noire, qui, au milieu de toutes ces oies blanches, détonnait de par sa couleur de peau.

Ils se faufilèrent dans la première ruelle transversale à l'artère principale, où le défilé battait son plein. Mama Béa lui avait vaguement expliqué où était garée la Maserati, mais Jacky ne l'avait écouté que d'une oreille. Il savait parfaitement où le véhicule se trouvait puisque le matin même il y avait déposé un mot, lui fixant rendez-vous au Pont de Mousse.

Il marchait vite et ne prenait pas soin de vérifier qu'elle le suivait. Être un traître était une chose, mais assister à l'assassinat de deux flics en était une autre. Il se sentait profondément désemparé.

Ils croisèrent quelques grappes de hurleurs qui appelaient à la révolution, principalement des adolescents qui ne voulaient pas se fourvoyer aux côtés de leurs parents dans le défilé. Pour eux, c'était jour de fête et ils arrosaient dignement l'événement avec de longues rasades de bière.

La Vierge Noire trottinait derrière Jacky Lafortune. Il distinguait parfaitement dans tout ce brouhaha, le claquement de ses talons sur la chaussée goudronnée. Elle était comme ces petits caniches qui courraient derrière maman pressée, tirés par une laisse tendue qui leur décollait les oreilles et leur scindait la gorge.

Jacky n'y croyait plus. Le terminus s'imposait de lui-même. Les polaroïds de sa fille, salie par cet odieux Janel, l'enlèvement du môme et maintenant le meurtre de deux gendarmes, avaient eu raison de lui. Tout cela le dépassait désormais et il en payerait tôt ou tard l'addition ; comment vivre après de telles forfaitures ? Sa fille et le môme passaient encore, mais les deux gendarmes, là-haut à l'entrée de la ville, baignant dans leur sang tiède... Le regard perdu du gendarme Robert le hanterait à jamais, il ne pourrait pas l'effacer de sa mémoire, il le savait... Alors à quoi bon ?

Cette femme était un monstre, elle était impitoyable. Que pouvait-il espérer d'elle ? Un instant, il avait cru qu'elle serait peut-être son avenir, mais cet avenir s'était éteint avec le dernier souffle du gendarme Robert. Il en était conscient.

Cependant, malgré ce désespoir, une certaine sérénité s'installait en lui. La peur l'avait quittée, il avait atteint une forme de nirvana exsangue de sensations. Il n'avait plus rien à se raccrocher, la situation lui apparaissait froidement et il en mesurait la gravité. Désormais, la partie était jouée, il n'avait plus d'atout dans ses manches.

Ils atteignirent enfin la Maserati. Jacky lorgna la voiture de marque. Quelqu'un avait dessiné, à l'aide d'une bombe aérosol noire, un phallus énorme sur le capot. Il sourit en découvrant le graffiti obscène. Quelle ironie du sort, l'apprenti artiste aurait pu y bomber une croix gammée, ou tout autre slogan belliqueux à l'encontre du propriétaire de cette voiture, qui symbolisait l'insouciance de l'argent gagné sur le dos des travailleurs. Mais non, il avait préféré les formes burlesques d'une verge en érection. Tout un programme pour une vierge, toute Noire fut-elle, qui pour la première fois de sa vie, venait de subir les assauts conquérants d'un bolchevique déchu. Jacky dépassa l'automobile, sa décision était prise. Une voix indicible résonnait dans sa tête comme l'écho d'un sonar dans les profondeurs d'un océan. Il traça son chemin sous les yeux interloqués de la Vierge Noire :

— Monsieur Lafortune, cria-t-elle au sein de ce ramdam ambiant.

Jacky, imperturbable, poursuivit sa route. Il suivait le chant de la Loreleï sur le Rhin, qu'elle le menât à sa perte lui importait peu. Encore quelques pas, et il rejoindrait le gros du cortège au bout de la rue. Un hélicoptère virevolta au-dessus des immeubles et balaya l'air. La vie grouillait tout autour de lui, mais il ne l'entendait plus, il était hermétique.

Puis une secousse violente lui perfora l'épaule et le propulsa au sol. Dans la ruelle, à quelques mètres dans son dos, la Vierge Noire tenait à deux mains le Beretta de Clod Bensoussan. Elle avait visé le haut du crâne, là où reposait son béret de feutrine ridicule. Comme d'habitude, elle avait retenu sa respiration au moment d'appuyer sur la gâchette, puis la balle avait fendu l'air et s'était logée dans la clavicule du syndicaliste. Décidément, le Colonel du State Research Bureau Ougandais avait perdu de sa superbe et de sa virtuosité.

*

Joseph vit le syndicaliste s'effondrer dans l'indifférence générale. Il fut happé par la foule et ce torrent humain l'engloutit pour ne jamais le recracher.

Par contre, le vide se fit tout autour de la Vierge Noire. La vue de son arme provoqua un vent de panique et elle devint l'œil du cyclone. Elle était seule au milieu de la chaussée, hors du temps, perdue dans les méandres de ses appétits assassins. Elle dansait sur place un pas de chat macabre, tenant en respect le néant qui la cernait. Sa mire ne rencontra pas âmes qui vivent, les badauds s'étaient mis à l'abri, seul Joseph lui faisait face.

Lorsqu'elle le remarqua, elle hésita, peut-être ne s'attendait-elle pas à le retrouver ici, mais elle regretta vivement de lui avoir laissé la vie sauve, tout à l'heure, à l'atelier du gros. Par défis, elle sourit, les regrets n'étaient qu'embarras et pertes de temps. Elle arma à nouveau son flingue.

Joseph la lorgnait d'un œil mauvais. Les échappatoires manquaient, un angle de rue à quelques mètres, bien trop loin pour s'y jeter, une Fiat 850, mais là aussi la distance était bien trop longue pour qu'il puisse l'atteindre indemne. Dans sa tête, ses pensées s'entrechoquèrent.

L'hélicoptère stationna au-dessus de la rue, ses pâles les englèurent dans une symphonie d'air brassé, déchiré. Impuissant, Joseph chercha le regard de la Vierge Noire derrière les reflets d'aciers de ses lunettes d'écaille. Malgré le déluge sonore qui l'assaillait, il perçut le *"clac"* désuet du chien de l'arme qui tombait sur le percuteur. Son sang ne fit qu'un tour, le Beretta de la Vierge Noire s'était enrayé. Il n'avait que peu de temps avant qu'elle ne le réarmât. Il bondit sur elle, mais elle l'esquiva d'un mouvement preste qui surprit Joseph. Il tomba au sol et sa tentative s'avéra vaine, car la Vierge Noire le braquait à nouveau ; mais le Beretta était-il en état de marche ?

— Première sommation, veuillez lâcher votre arme !

La voix, trafiquée par le mégaphone, tomba du ciel entre deux faisceaux de lumières. Elle était grave, divine comme une sentence biblique. La Vierge se tourna et regarda vers les cieux. L'hélicoptère tanguait au-dessus des toits des petits immeubles de la rue. Il bourdonnait sur place et le pilote tentait de le garder dans le bon axe. De la porte grande ouverte, un homme en treillis la tenait en joue, une Rangers en appui sur le marchepied. À ses côtés, la corolle du porte-voix masquait le visage d'un officier de gendarmerie. Joseph n'attendit pas que la Vierge Noire s'intéressât à nouveau à son cas, il lui flanqua un méchant coup de pied dans les tibias et se releva. Elle vacilla puis tomba à la renverse et ses lunettes voltigèrent. Il découvrit pour la première fois ses petits yeux noirs, des yeux de rats propagateurs de peste. Elle agrippait toujours le Beretta, elle s'y cramponnait comme un alpiniste se balançant dans le vide s'accrocherait à une main salvatrice. Joseph ne chercha pas à la désarmer, fuir était la meilleure des solutions. Il bondit sur le capot de la Maserati et glissa sur la verge vengeresse. Sans ses lunettes, la Vierge Noire ne discernait pas grand-chose, tout au plus les contours de formes brouillées. Elle tira au jugé et le pare-brise de la luxueuse voiture explosa. Quelques bris de verre constellèrent le visage de Joseph et le hachurèrent de fines coupures. Il se courba derrière le véhicule, puis en quelques enjambées rapides, il rejoignit la petite ruelle par laquelle tout à l'heure, les passants s'étaient enfuis en voyant ce petit bout de femme armée.

L'hélicoptère avait du mal à rester dans l'axe. Le pilote vit la Vierge Noire, un temps à quatre pattes, tâtonner le goudron de sa main. Puis elle se releva, chaussa ses lunettes retrouvées et tendit son arme dans leur direction. Il comprit que désormais il endossait le rôle du gibier. Il tira sur le manche de l'appareil afin de se dégager. La secousse ébranla le tireur d'élite qui dut se rattraper à la poignée de la porte coulissante, pour ne pas tomber dans le vide. La balle troua la carlingue et se logea dans le plafonnier. Il vit encore la femme vider son chargeur dans leur direction, mais aucun des tirs ne les atteignit. L'hélicoptère prit de l'altitude afin de se mettre hors de portée et de trouver un meilleur angle d'attaque.

Avant de disparaître dans la foule des manifestants, qui n'avaient ni entendu ni remarqué quoi que ce soit, la Vierge Noire jeta le Beretta vidé de toutes ses munitions sur la chaussée. Puis elle ouvrit le coffre de la Maserati et en sortit sa petite mallette de moleskine rouge, où s'impatientait son fidèle Mannlicher-Carcano.

Chapitre 37

Ibrahim fit passer le mot d'ordre à ses collègues casqués et enturbannés de Keffieh. L'heure était à la dispersion du groupe. Christian avait raison, ils étaient trop repérables ainsi cagoulés au sein de la manifestation. Les membres du commando, qui avaient libéré le jeune établi de la gendarmerie de Schirmeck, eurent tout d'abord quelques hésitations, puis ils se jaugèrent mutuellement, attendant que le premier d'entre eux se démasquât.

Ibrahim montra l'exemple, il ôta son foulard et dessangla son casque, puis il lâcha discrètement sa barre de fer. Il suivait toujours du regard Christian qui fendait la foule pour rejoindre la tête du défilé. Il n'était plus le même depuis son incarcération, Ibrahim connaissait sa fougue et son engagement, mais son exaltation l'inquiétait.

Il fit un petit signe discret à ses camarades qui par petits groupes de deux ou trois se dispersèrent dans la foule, tout en se délestant de leur attirail d'insurgés. C'était mieux ainsi.

De son côté, Ibrahim décida d'assumer ses choix et s'en remit à la volonté de Dieu. Il déguerpit, mais ne rebroussa pas chemin. Il emboîta le pas de Christian, là où il irait, il serait.

L'orange fluo de la Renault 5, volée par Louise, détonnait parmi le gris terne des autocars grillagés de la police. Elle s'était garée en épis, tout comme les véhicules des forces de l'ordre, et attendait patiemment dans l'entrebâillement de la porte arrière. Elle fumait cigarette sur cigarette, le pied posé sur le bas de caisse de l'auto et accoudée à la portière entrouverte. De temps à autre, ses doigts déversaient des arpèges d'impatience sur la tôle du toit. Elle n'appréciait guère cette situation d'attente et elle espérait le retour rapide de Joseph.

Du coin de l'œil, elle surveillait le Stradair dans les reflets de la carrosserie du bus adjacent. Elle s'était garée au bout de la rangée, de manière à ne pas être vue de ce côté-ci de la rue. Dans son dos, la route continuait en longeant la voie ferrée et disparaissait en un petit virage sec qui remontait vers les hauts de la ville, les quartiers tranquilles.

À quelques encablures, le bourdonnement de l'hélicoptère lui tapait sur les nerfs.

— Louise, appela l'enfant allongé sur le siège arrière.

Celle-ci sursauta et se pencha à l'intérieur de l'habitacle.

— Oui

Le fils Janel se tortillait sur la banquette en serrant ses jambes.

— Tu veux faire pipi? lui demanda Louise.

— Oui, répondit-il en souriant, je me retiens depuis tout à l'heure.

Elle lui fit signe de sortir et le gamin se dirigea à l'arrière de l'autocar voisin.

— Tu veux un coup de main, lui demanda-t-elle, un tantinet moqueuse.

— Non, ça va, je sais faire, se défendit-il.

— Ah bon…

À cet instant, son attention se détourna de l'enfant. L'hélicoptère, dont elle voyait désormais la carlingue au-dessus des toits, fit une montée spectaculaire et se cabra jusqu'à la crête de la montagne d'en face. Cela l'intrigua, d'autant plus que l'éloignement de l'engin libéra l'espace de son bruit assourdissant. Les chants de la manifestation montèrent jusqu'à elle et elle en mesura la puissance. Puis, le rugissement d'un moteur surexcité couvrit la vindicte gréviste. Louise dressa l'oreille, autour d'elle, tout n'était que bruit et fureur, superposés en strates sonores plus ou moins identifiables. Elle jeta un œil sur l'enfant qui secouait méticuleusement son moineau avant de le rengainer. D'où provenait ce bruit de mécanique hurlant à la mort ? La voiture était invisible, car il s'agissait indéniablement d'une automobile dont le couple du moteur était poussé à l'extrême. L'aiguille du compte-tour devait être bloquée dans le rouge et la pauvre mécanique attendait qu'on la libérât de sa cadence infernale, en enclenchant la vitesse supérieure. Impossible de préciser d'où provenait cette tourmente mécanique…

Ce ne fut que quelques secondes avant l'impact que Louise se retourna et vit se jeter sur elle le capot d'une SM couleur Bronze. Elle fit un bond de côté et roula au sol. La Citroën, lancée comme un boulet de canon par un pilote kamikaze, heurta la frêle Renault 5 sur le flanc. Sous le choc, la tôle se plia et le véhicule empalé fut traîné sur quelques mètres, puis finit sa course écrasée sur le côté de l'autocar voisin. La violence du choc réduisit la voiture percutée en un conglomérat de ferrailles. Les vitres explosèrent, les sièges se chevauchèrent et le capot se délogea de ses gonds pour voler sur la chaussée.

Louise échappa de peu à ce fouillis de métal enchevêtré. Elle bondit sur ses jambes. Son premier réflexe fut de retrouver le fils Janel et de s'inquiéter de son état physique. Il allait bien, mais pour combien de temps encore, car à n'en pas douter, quelqu'un avait tenté de les tuer. Elle scruta l'intérieur de la SM dont l'avant, froissé comme un bas tombé sur une cheville, cachait le côté conducteur. Des coups sourds s'échappèrent de l'amas de ferraille fumante. Ils se répétaient par assauts réguliers, de plus en plus fort et de plus en plus rageurs. Le conducteur kamikaze vivait encore; il tentait vainement de s'extirper de l'auto en s'acharnant sur la portière bloquée.

Louise attrapa la main du fils Janel. Elle hésita, le Manurhin enfoui entre son jean's et ses reins la démangeait. Elle fit un pas en direction de la voiture accidentée, mais l'enfant la retint. Le môme avait pressenti ce qu'elle s'apprêtait à faire et l'idée qu'elle le délaissât un instant l'effraya. Il s'agrippa à sa jambe et l'enserra si fort qu'elle ne put aller plus en avant.

Les alentours de la gare avaient retrouvé la quiétude de leur arrivée. L'accident n'avait alerté personne. L'enfant et Louise étaient bien seuls; elle chercha une solution, car le fêlé nihiliste, qui tambourinait comme un dément sur la portière du véhicule meurtrier, ne tarderait pas à arriver à ses fins et ils seraient alors à sa merci.

Elle se dégagea de l'étreinte de l'enfant et le porta. Il passa ses bras autour de son cou et ses jambes enroulèrent sa taille. Louise réalisa qu'ainsi lestée, elle ne pourrait pas aller bien loin, à moins peut-être, d'atteindre la manifestation qui se profilait en bas de la rue. Si elle arrivait à la rejoindre, elle et l'enfant pourraient s'y fondre et gagner du temps. Certes, ce répit serait précaire, mais pour l'heure, elle n'avait pas d'autre solution.

L'enfant dans ses bras, elle contourna la rangée d'autocars vides, puis avant de traverser la rue, elle jeta un œil à la voiture accidentée. Les martèlements persistaient, mais cette fois, ils étaient accompagnés de cris rageurs. Sans plus attendre, Louise traversa la chaussée et s'engagea dans la large rue qui descendait vers le centre de la petite ville.

Un fracas de tôle déglinguée retentit dans son dos. Elle se retourna et vit à même le sol, Clod Bensoussan tentant de se relever. Louise le croyait mort, elle l'avait vu succomber sous les coups de couteau du grand noir, devant l'atelier du sculpteur. C'était à n'y rien comprendre, mais elle n'avait pas le temps de se poser des questions. Pour l'heure, il était bien vivant, un peu sonné par le choc de la collision, mais bien vivant et plus hargneux que jamais, à en croire la haine que distillait son regard.

Péniblement, Clod Bensoussan mit un genou sur le sol et pointa son bras armé en direction de Louise. Le coup retentit et cingla l'air, mais la balle se perdit bien au-dessus de la fugitive et de l'enfant. Sans se retourner, elle poursuivit sa course effrénée vers la foule. Ses pensées étaient confuses, l'homme par qui toute cette histoire avait commencé ne la lâcherait pas, il était à ses trousses et avait visiblement la vengeance tenace. Elle avait tué son frère, mais son frère était la pire des ordures. Il méritait mille fois de crever et encore, Louise regrettait de ne pas avoir eu le temps de lui infliger les pires souffrances.

La trompette de *"Fort Alamo"* résonnait, elle était lugubre comme une envolée de corbeaux sur un coucher de soleil. Clod Bensoussan voulait sa mort, mais elle n'avait pas l'intention de lui donner ce plaisir. L'un ou l'autre mourrait aujourd'hui, *"Pas de quartier"*, disait la chanson.

*

Au ciel, l'hélicoptère avait retrouvé sa position au-dessus des manifestants. Désormais, ses occupants recherchaient une meurtrière qui n'avait pas hésité à leur tirer dessus. La situation était grave et le copilote en avait informé le quartier général, qui aussitôt alerta les forces au sol.

L'individu recherché était une femme de petite taille, portait des lunettes aux montures épaisses et était habillé d'un tailleur à la coupe élégante ; signe particulier : elle avait la peau noire. La localiser ne devrait pas être bien difficile, cependant le temps pressait, car selon le rapport de l'équipe en vol, cette femme n'avait pas hésité à ouvrir le feu en pleine foule. Ils étaient en présence d'une folle.

Les forces de l'ordre avaient bien quelques agents en civile, infiltrés dans le cortège, mais pour des raisons évidentes de sécurité, ceux-ci n'étaient pas munis d'appareils récepteurs et ils leur étaient impossibles de les prévenir. Ces agents avaient pour mission de localiser Christian Clevenot et de le neutraliser à la première occasion favorable. La présence d'une démente armée au sein du défilé posait au QG un dilemme de taille : fallait-il abandonner l'arrestation du jeune établi au profit de cette déséquilibrée en liberté ?

L'ordre fut donné de resserrer la surveillance aux abords de la manifestation et de rapprocher les cordons de sécurité à la lisière du défilé. Jusqu'alors, les forces de l'ordre se cantonnaient à barrer les axes qui croisaient l'artère principale. Dès lors, ils se déploieraient sur les trottoirs par petits groupes et tenteraient de localiser cette petite femme noire en tailleur Yves Saint-Laurent, parmi les grévistes. La consigne était de la repérer, puis de transmettre l'information à l'hélicoptère qui ne la perdrait plus de vue, le temps qu'une équipe d'intervention se mette en place. Les ordres étaient clairs : surtout ne pas pénétrer dans la foule et éviter que leurs présences ne soient interprétées comme une provocation, ce qui, étant donné la tension générale, ne manquerait pas de mettre le feu aux poudres.

*

En un effort surhumain, Clod Bensoussan réussit à se mettre debout. Sa vision était aussi embuée que l'objectif de David Hamilton, le charme prépubertaire en moins, bien évidemment. Il chancela et se rattrapa in extremis à la carcasse détruite de la SM. Louise lui échappait et la force lui manquait pour se lancer à sa poursuite. Le bas de ses reins, là où la lame du grand noir l'avait transpercé, lui faisait un mal de chien et il sentait bien que son corps se vidait de son sang. Il mourrait à petit feu, la pire des morts, du genre qu'il n'aurait jamais souhaité à ses ennemis. Lui, il avait espéré une mort violente, un terminus brutal, un couperet cinglant qui éteindrait sa vie aussi soudainement que la nuit noire installée dans une pièce par un interrupteur électrique. Mais voilà, il n'en finissait pas de mourir, sa mort s'annonçait en grande trombe et il la regardait s'approcher, impuissant.

Il détailla les alentours. Malgré sa vue faiblissante, il remarqua les autocars alignés devant la gare, dont les rideaux étaient descendus. Que faisaient-ils ici ? Tout ce décor lui semblait étrange, il flottait dans la rue une atmosphère dominicale, sans âmes qui vivent sur les trottoirs ou rires d'enfants dans les jardins. Au loin se dressait bien un capharnaüm indicible, mais Clod Bensoussan le percevait à peine. Il errait dans un halo vaporeux entre vie et mort. Cela aurait été si simple de lâcher prise, de dire adieu à ce monde et enfin se reposer… Mais là, de l'autre côté de la chaussée, à quelques enjambées, il vit le Stradair écrasé par le poids de *"L'Adolf lorgnant l'horizon"*.

*

— Que l'histoire soit belle et qu'aucun ne la remette en cause, se disait Christian Clevenot en remontant le cortège.

— Jamais on ne pourra dire que je me suis défilé, je voulais un monde plus beau où chacun pourrait vivre la tête haute. Si Dieu existait, il témoignerait en ma faveur et clamerait haut et fort la pureté de mon idéal. Quel mal y a-t-il à réclamer justice et équité quand celles-ci sont bafouées et traînées dans la boue ? Pour mes détracteurs, je suis un naïf, un utopiste qui ne pose pas le problème dans sa globalité. Je devrais délaisser mes idées et ouvrir les yeux sur la dure réalité du monde, son contexte économique, la compétitivité des entreprises, les dures lois du marché… Foutaises et fariboles distillées par ceux que le pouvoir fait vibrer. Dans une famille aux abois, le pain est partagé équitablement… À moins, bien sûr, de vivre chez les Thénardier.

Les regards se posaient sur le jeune établi, mais il ne les voyait plus. La fièvre le tenaillait, salvatrice comme l'air expiré ; marcher au-devant de son œuvre, brandir le drapeau des insoumis et… mourir la tête haute.

*

Louise dévalait la rue qui descendait de la gare jusqu'à l'artère principale où rugissait la manifestation. Plus elle approchait de cette masse humaine, plus elle se sentait happée par les chants d'espoir qui en émanaient. Elle haletait, essoufflée par sa course, mais aussi par le poids de l'enfant Janel qu'elle serrait dans ses bras, une main protectrice posée sur sa chevelure.

Devant elle, un cordon de CRS canalisait le passage du flot humain. Louise courrait à perdre haleine, chacun de ses pas l'éloignait un peu plus de la vengeance de Clod Bensoussan. Encore quelques longueurs et, noyée dans la foule, elle pourrait savourer quelques minutes de répits. Elle ne se faisait pas d'illusions, Clod Bensoussan ne la lâcherait pas, jamais il n'abandonnerait et tant qu'il vivrait, elle serait toujours sous sa menace. L'enfant dans ses bras, sa liberté d'action était réduite, elle devait impérativement le mettre à l'abri, ensuite elle se chargerait personnellement de son poursuivant.

Les mégaphones égrenaient des slogans robotiques et couvraient le bas de la rue de son brouhaha infernal. Mais, le silence aurait-il régné, que Louise n'aurait rien entendu venir. Comme tout à l'heure devant la gare, lors de l'assaut de la SM, ce fut son sixième sens qui la sauva. Elle tourna vivement la tête et vit le Stradair dévaler la côte, le moteur coupé, lancé comme une fusée ivre sur sa rampe. Le camion zigzaguait, il heurtait les véhicules garés le long du trottoir, puis rebondissait et retrouvait un semblant de trajectoire, mais ne perdait en rien de sa vitesse.

À quelques mètres, Louise se faufila derrière une voiture et poursuivit sa course sur le trottoir, tout en jetant des coups d'œil effrayés sur la progression du camion. Il la dépassa en arrachant l'aile arrondie d'une 2 CV et continua sa course folle vers le défilé. À son passage, Louise réduisit le pas, prête à repartir dans l'autre sens, si un peu plus loin, le camion lui coupait la route. Elle aperçut Clod Bensoussan affalé sur le volant, sa tête pendait sur le côté et suivait le roulis de la chaussée. De toute évidence, il avait perdu connaissance. Le Stradair, emporté par le poids de son chargement, pointait vers la foule telle une ogive hors de contrôle. Lorsqu'elle réalisa la situation, il était déjà trop tard, plus rien ne pouvait arrêter le camion, lancé à une si vive allure. Louise cria, autant qu'elle le put, tentant désespérément d'avertir les CRS et la foule aux abords de la manifestation. Le bolide fou arriva à quelques mètres du cordon des forces de l'ordre, puis le klaxon retentit, strident, fort et entêtant. Le corps de Clod Bensoussan, secoué comme un pantin, avait rebondi sur l'avertisseur au centre du volant. Un CRS se retourna et eut l'intelligence d'entraîner sur le côté, son collègue le plus proche. Malheureusement, un autre fut heurté violemment par le capot du Stradair et fut projeté sur la portière d'une voiture stationnée à proximité. Tout se déroula en quelques fractions de seconde.

Louise, impuissante, assista à la scène et ses vains cris n'alertèrent personne. Des manifestants, proches du théâtre de l'action, virent l'homme en uniforme renversé par le camion et, paniqués, tentèrent d'alerter la foule. Inéluctablement, le bolide se dirigeait vers eux. Un vent de panique balaya la première rangée de grévistes, mais les chants, les porte-voix et les rotors de l'hélicoptère masquèrent les cris et les mises en garde.

Le Stradair atteignit la foule et heurta quelques porteurs de bande-roles. Indifférent aux craquements d'os et autres chairs meurtries, il poursuivit sa course, fendant la cohue paniquée, tel un bélier for-çant les portes de l'enfer. Rien ne pouvait l'arrêter et à son passage, il semait des cendres de malheurs, chaudes comme des braises assas-sines.

Le camion traversa le cortège, le fendit de part en part, insensible au carnage qu'il provoquait à son passage. Puis, il arracha un panneau d'interdiction de stationner, engloutit le bac en grès d'une fontaine, sur lequel il bascula, roula quelques mètres en équilibre sur deux roues et s'effondra sur le flanc. L'élan et la vitesse le firent riper sur de belles longueurs. La tôle se froissa et étincela.

"L'Adolf lorgnant l'horizon" bascula, les sangles cédèrent et le char-gement libéré roula sur les pavés. La caisse de bois ne résista pas bien longtemps à la violence du choc. Tandis que le camion heurtait l'entrée de l'hôtel de ville, garni aux fenêtres de géraniums rouges comme la cape d'un matador, elle explosa et libéra la statue en un fracas rageur.

Le Stradair, empalé sur la façade du bâtiment officiel, s'enflamma. Tout d'abord, quelques flammèches et une légère fumée sortirent du moteur, mis à nu. Puis très vite, sans doute en suivant des traînées d'essence échappées, les flammes enrobèrent la carcasse.

Sur le côté, *"L'Adolf"* ne lorgnait plus l'horizon, mais le ciel noirci par la fumée des pneus du Stradair en combustion. Il gisait sur le dos, parmi les débris de son sarcophage de bois. Il ressemblait à ces jeunes Velociraptors brisant la coquille protectrice de leur œuf avant de s'ouvrir au monde. Son regard était voilé et une matière gluante couvrait la pierre…

Le Stradair explosa. Le souffle balaya les planches de bois qui constituaient le caisson et en un éclair, la statue apparut au grand jour. Puis le moteur du Stradair, qui sous l'explosion avait fait un voyage dans les airs, retomba sur l'œuvre de pierre et lui écrasa le visage aussi simplement qu'un pet sournois, lâché lors d'un concert de musique classique.

"L'Adolf lorgnant l'horizon" ne verrait jamais l'Ouganda. Son voyage lugubre se terminait là, au milieu d'une nouvelle hécatombe, sur un champ de froide désolation.

Chapitre 38

Les occupants de l'hélicoptère assistèrent à l'arrivée effrénée du Stradair sur la foule. Impuissants, ils ne purent que constater les dégâts provoqués, les corps recroquevillés sur les trottoirs ou étendus à même la chaussée. La fumée noire de l'explosion obligea l'appareil à prendre de l'altitude. L'odeur âcre de la combustion des pneus et du plastique se répandit dans la rue, puis tout autour de l'Hôtel de Ville. Les manifestants, aux abords mêmes de l'accident, s'affairaient de toute part. Ils réclamaient de l'aide, un médecin ou une ambulance pour les blessés les plus gravement atteints.

Le cortège, dans sa globalité, n'avait rien remarqué. Les manifestants continuaient d'assener leurs slogans vindicatifs, à la sauce internationaliste, et couvraient les cris de douleur des accidentés.

Ibrahim échappa de justesse au Stradair. Comme la plupart des manifestants, il ne vit pas arriver le camion fou et ne dut sa vie sauve qu'à un réflexe de dernière minute. Il suivait Christian Clevenot qui traçait dans la foule, quand le camion dévala sur le cortège. Au dernier instant, il s'était plaqué contre le rideau de fer d'un commerçant et le bolide assassin l'avait frôlé de près. Il n'oublierait jamais ses remugles d'essence flottant dans le silence du moteur coupé et encore moins, l'air fouetté qui le gifla avant de heurter sa première victime. Tout cela n'avait duré que quelques secondes, mais elles lui avaient semblé être une éternité. Il assista au carnage impuissant.

Son premier geste fut de porter secours à un pauvre homme que le Stradair, lancé comme une bille dans un jeu de quilles, avait violemment fauché. Hagard, l'homme d'âge mûr hésitait entre hurler à la mort et perdre connaissance. Ibrahim s'était penché sur lui. Sans grande connaissance médicale, il pouvait déjà prédire que celui-ci guérirait; ses blessures n'étaient que superficielles et il ne perdait que peu de sang, enfin, rien de comparable avec cette femme, non loin de lui. Celle-ci était inconsciente et baignait dans une marre écarlate. Autour d'elle, un homme tentait de la ranimer, alors que d'autres pleuraient déjà et craignaient le pire.

Ibrahim lut sur tous les visages, le désarroi et l'incompréhension de la situation. Les figures s'étaient figées d'effroi, les bouches se tordaient et criaient leur peur, mais Ibrahim ne percevait rien, il était sonné. Il se sentait comme un spectateur devant son poste de télévision muet. Le film défilait sous ses yeux, il voyait des grimaces d'épouvante sur tous les visages, les corps gémissaient, mais la bande-son ne parvenait pas à ses oreilles. Il flottait dans un caisson hermétique dont les cloisons transparentes lui permettaient d'assister à l'horreur, alors qu'elles l'amputaient de l'ouïe.

À vrai dire, Ibrahim entendait parfaitement, mais le barnum ambiant, l'hélicoptère et un peu plus loin les chants de la foule couvraient les cris de douleur et les appels au secours des victimes du camion fou. Désarmé devant tant de malheurs, il délaissa les blessés et rejoignit un groupe d'hommes qui entourait les restes de *"L'Adolf lorgnant l'horizon"*. Il se fraya un chemin parmi eux, tout en découvrant à quelques mètres le Stradair renversé qui brûlait. Il aperçut la statue écimée et reconnut l'uniforme nazi. À cet instant, il sentit une main se poser sur son épaule. Il se retourna et vit Christian qui lui parlait, mais il ne l'entendait pas. Il se rapprocha de lui et lui présenta son oreille afin qu'il répétât :

— Qu'est-ce qui s'est passé ? lui demanda-t-il.

Le jeune établi avait le souffle court et pressé. Ibrahim se décolla de son ami et haussa ses épaules en ouvrant ses bras, puis les laissa choir. Christian comprit qu'il n'en savait rien. Il se pencha à nouveau vers l'Algérien, mais il n'eut pas le temps de formuler le moindre mot. Dans son dos, de l'autre côté de la rue, un groupe de CRS fondit sur le défilé, matraque au poing et bouclier au bras. Ils se positionnèrent tout autour du lieu ou le Stradair avait heurté la foule, tentant ainsi de créer un périmètre de sécurité pour porter les premiers secours aux blessés. Les gestes furent maladroits, comme toujours dans ce genre de situation, et leur arrivée brutale fut mal interprétée par bon nombre de manifestants qui, bien évidemment, n'avaient pas assisté à la course folle du Stradair. Les forces de l'ordre tentèrent de contenir le cortège, mais comment arrêter le courant d'un fleuve qui ne demandait qu'à couler dans les méandres de son lit ?

La pression du défilé coupé en son milieu par l'attentat perpétré se fit de plus en plus forte et le cordon de CRS ne put maintenir bien longtemps l'avancée des manifestants.

À la queue du cortège, ceux qui ignoraient la situation accentuèrent leur poussée. Certains lancèrent sur les forces de l'ordre ce qu'ils avaient à portée de main. Des canettes de bière voltigèrent et des boulons d'acier, préparés précisément à cet effet, sifflèrent au-dessus des têtes. Puis, il arriva l'inéluctable, les esprits s'échauffèrent et l'air s'embrasa…

*

La lumière, filtrée par des carreaux de couleur, chatoyait dans la nef. Des bleus outremer, des rouges carmin, des jaunes acidulés, des verts ardents, chaque vitrail représentait une scène biblique et délivrait son message divin. Les bancs de bois, encaustiqués récemment, répandaient une odeur de cire et les effluves d'encens bénit ondoyaient dans l'air. L'église était vide. Devant l'autel, des âmes charitables avaient garni deux somptueux vases de fleurs chatoyantes. Le silence solennel invitait le repenti à la prière dans l'ombre de la croix où expiait Jésus, le fils de Dieu.

La Vierge Noire n'avait pas l'intention de s'en remettre au Seigneur, bien au contraire, elle ne comptait que sur elle pour se sortir de cette mauvaise passe. Pour l'heure, elle avait trouvé cette église comme seul refuge, le temps qu'elle réfléchisse à la situation. Elle était adossée à l'autel, côté curé, et sa mallette de moleskine rouge reposait sur ses genoux. Elle haletait et tendait l'oreille sur l'agitation qu'elle percevait vaguement à l'extérieur.

Le bilan de toute cette histoire n'était pas bien reluisant. Jacky Lafortune s'était dérobé et elle n'espérait plus récupérer la Maserati du Général. Pour l'heure, elle devait songer à s'extirper au plus vite du *"théâtre des opérations"*, comme l'aurait fait n'importe quel agent infiltré en terrain ennemi. La situation était critique, elle regrettait d'avoir sorti son arme au milieu de la foule, c'était une erreur de débutante. Mais la déloyauté de Lafortune avait été plus forte que tout. Elle avait dégainé sans réfléchir, instinctivement, comme un animal traqué, acculé par une meute sanguinaire…

Et puis, dans cette cohorte d'insurgés bolcheviques se trouvait également le garde du corps de la jeune Lili. Il lui collait aux talons et, si elle ne l'éliminait pas rapidement, il ne cesserait pas de la pourchasser.

À nouveau, elle regretta de ne pas l'avoir abattu à l'atelier du sculpteur, c'était une bévue de néophyte… Elle se jura, si toutefois, elle se tirait d'affaire, de revoir sérieusement la suite à donner à sa carrière au sein du State Research Bureau Ougandais. Il fallait être lucide, elle perdait la main et toutes ces aventures n'étaient plus de son âge. Elle chercha son paquet vert de Dunhill mentholé, une envie urgente de nicotine la submergea. Mais la dure réalité de la situation lui revint en pleine face, elle ne possédait plus rien, toutes ses affaires étaient dans le camion ou dans le coffre de la Maserati. Fort heureusement, elle avait eu la présence d'esprit d'emporter sa mallette de moleskine rouge.

Elle se redressa et l'ouvrit. Son fidèle compagnon, son Mannlicher-Carcano, le meilleur des fusils de précision, logeait en pièces détachées, dans des formes moulées aux millimètres près, sur un plateau de mousse synthétique. La Vierge Noire contempla son arme, son index caressa l'acier du canon. Elle aimait tout particulièrement la sensation du métal froid qui glissait sous son doigt. Ensuite, elle s'attarda sur le verrou de culasse dont elle avait appris soigneusement le maniement, si particulier. Puis elle s'attarda sur la lunette et joua avec les molettes de réglage, le regard perdu sur les boiseries vernies de la nef. Elle n'avait pas d'autre choix.

Elle se leva, tenant la mallette béante à bout de bras, et la posa sur l'autel recouvert d'une nappe verte, brodée de fils d'or. Elle examina furtivement les travées vides et pensa à ce que le curé devait ressentir lorsqu'il officiait devant ses oies dominicales. La Vierge Noire ne fréquentait que très rarement les églises, mais elle connaissait les rituels de la messe, le pain rompu, le corps du Christ sacrifié et le vin, son sang offert pour laver les péchés. Debout devant l'autel, résonnaient dans sa tête les trompettes des anges de la rédemption, mais elle les fit taire rapidement et passa à l'action.

Elle sortit la crosse de son fusil et la posa sur la nappe verte, puis ce fut le canon, la lunette et les munitions qui, telles les pièces d'un puzzle, s'étalèrent sur la table sacrée. Ensuite, elle fouilla sous la mousse évidée au fond de la mallette et trouva son bonheur, un paquet de Dunhill, un passeport sous un faux nom et une boîte d'allumettes. Son kit de survie en cas de coup dur.

Elle se précipita sur les cigarettes et en alluma une. Le tabac la libéra des tensions que le manque provoquait, puis clope au bec, elle assembla le Mannlicher-Carcano et le gava de munitions à ras la gorge. Un halo de fumée mentholée enveloppa l'autel et tourbillonna autour de la Vierge Noire. Par intermittence, les raies de lumière projetées par les vitraux cernés de plomb se mêlaient aux volutes blanchâtres de nicotine. Elles s'habillaient de sa teinte, chatoyaient dans l'air et s'élevaient vers un autre trait de lumière, laissant derrière elles une traîne psychédélique.

Le Colonel du State Research Bureau Ougandais toussota. Elle décrocha la cigarette plantée entre ses lèvres, dont le bout incandescent attaquait le filtre et dégageait une odeur nauséabonde. Elle épaula son arme et testa sa visée. Au travers de la lunette, elle détailla l'intérieur de l'église, les tableaux représentant les différentes étapes du chemin de croix, la couronne d'épines, les statues de la vierge, la petite rosace au-dessus des battants de l'entrée, le confessionnal… Et cette petite porte dérobée qui devait mener au clocher. L'endroit était calme, serein, hors du monde… Puis… Une explosion bafoua ce lieu de contemplation méditative.

La Vierge Noire reposa son fusil et tendit l'oreille. Jusqu'alors, elle ne percevait qu'un vague tumulte extérieur, dominé par les rotors de l'hélicoptère en position statique. Il s'était produit quelque chose d'inattendu et elle tenta de comprendre ce que signifiait ce vacarme. Puis, tout redevint comme auparavant, un simple bourdonnement lointain.

Elle se ressaisit et retrouva son tempérament de guerrier, affûtée aux situations périlleuses. Elle attrapa sa mallette de moleskine et, le fusil reposant nonchalamment sur son épaule, elle traversa l'église par l'allée centrale. Sur les bancs, missels et recueils de cantiques traînaient de-ci de-là. Elle avançait solennellement, la tête haute comme une jeune mariée après son serment de fidélité. Ses pas résonnaient sur les dalles polies par le temps et la menaient vers la petite porte du clocher. Sa main était crispée sur son vieux mari, son amant qui ne l'avait jamais trahi, son fidèle Mannlicher-Carcano.

*

Joseph se frayait un chemin dans la foule. Il bousculait les manifestants en bredouillant au passage des mots d'excuse incompréhensibles. Les passants n'osaient pas rétorquer à cet homme aux allures de fantôme abîmé. À peine les avait-il dépassés qu'il disparaissait plus en avant. Il se retournait sans cesse et détaillait le cortège à la recherche de la Vierge Noire. Dans son sillage, il drainait une sale impression d'effroi, chacun constatait sur son visage tuméfié les plaies des coups encaissés.

Enfin, il se calma. Aussi loin que son regard portait, il ne vit point sa poursuivante, d'ailleurs, il ne savait pas si elle s'était lancée à ses trousses. Il ralentit le pas et rabattit sur sa tête la capuche de son parka. Mais immédiatement, un nouveau sentiment l'envahit : il dépareillait au sein de cette foule contestatrice. Sous la lumière blême du jour, il ressemblait à un spectre mortifère, à un zombie glaiseux sorti de sa tombe.

Il reprit son souffle et emboîta le pas du cortège. Emporté par le roulis de cette masse humaine, il se laissa porter et chaloupa au centre de la rue, pas assez large pour accueillir tout ce monde. Par instants, il sentait le mouvement de la foule le ramener sur le trottoir, puis ralentir pour contourner un semi-remorque abandonné au milieu de la chaussée. Tous les rideaux de fer des magasins étaient baissés et aux fenêtres des étages, les habitants regardaient ou haranguaient les grévistes avec des messages de soutien.

Les porte-voix braillaient et résonnaient dans la tête de Joseph, comme des coups de marteau, le lendemain d'une cuite mémorable. Ce raz-de-marée humain l'oppressa. Des relents d'agoraphobie, qu'il croyait jusqu'alors oubliés, ressurgirent et lui coupèrent le souffle. Un besoin vital de se sortir de cet amas de chairs vociférant se fit sentir, et devint son unique obsession. Mais le cortège stagnait depuis peu. Joseph s'en rendit compte immédiatement et provoqua en lui un nouveau vent de panique, une houle nerveuse dont il réalisa rapidement qu'il ne pourrait pas contenir les assauts indéfiniment.

De toute évidence, le défilé était arrêté en amont. Comme dans un entonnoir obstrué, les hommes et les femmes se collèrent les uns aux autres, poussés par la queue du cortège. L'air manqua pour les plus petits et tout autour de Joseph, les chants cessèrent et se muèrent en cris de panique, tandis que les plus résistants assenaient des *"ne poussez pas derrière"*.

Joseph tanguait de gauche à droite et parfois aussi d'avant en arrière. Il se laissait porter, n'offrant aucune résistance qu'il savait par avance être vaine. Sa tête tournait, il chavirait dans cet océan Humain et il redouta un court instant, de perdre connaissance. Il se ferait écraser par ce rouleau compresseur et, à même le sol, il serait piétiné par des innocents, ne pouvant pas faire autrement que de lui marcher dessus. D'ailleurs à ses côtés, une jeune femme, au teint livide comme un verre dépoli, tournait de l'œil. Ses yeux firent une pirouette, un simple saut salto anodin et il la vit flageoler sous son poids. Joseph tendit un bras et l'attrapa par le col relevé de son manteau. Il la retint tant qu'il put, mais il ne lui était pas d'un grand secours. Fort heureusement, un homme qui se trouvait à ses côtés l'aida. La jeune femme s'effondra dans ses bras, puis l'inconnu et Joseph se jaugèrent et cherchèrent chacun dans les yeux de l'autre, une solution pour sortir leur fardeau inconscient, de cet écheveau de chair humaine.

— Le camion, lança Joseph en désignant le mastodonte des routes, abandonné au milieu de la manifestation.

Puis il renchérit et lui demanda :

— C'est bon, vous pouvez la maintenir debout sans mon aide ?

L'homme fit un signe affirmatif de la tête et Joseph lâcha la jeune femme inconsciente. Il se mit de travers et tenta de se frayer un chemin jusqu'au camion, à quelques mètres de là. D'autres manifestants remarquèrent la situation et tentèrent de maintenir un rempart protecteur tout autour de la jeune femme. Derrière Joseph, l'homme qui portait la jeune évanouie réussit à le rejoindre devant la calanque du camion. La pression du flux de la manifestation s'y faisait beaucoup moins sentir et ils purent souffler un court instant. Puis Joseph se glissa sur le côté, se hissa sur le marchepied et actionna la poignée de la porte. Il avait espéré, sans trop y croire, qu'elle serait ouverte, mais elle était bien verrouillée. Alors sans hésiter, il escalada l'habitacle, en prenant appui sur le rétroviseur. Une fois sur le toit du camion, Joseph s'allongea à plat ventre et tendit le bras vers l'inconnu qui portait la jeune femme inconsciente. Celui-ci, aidé par d'autres âmes charitables, souleva le corps inerte en le collant, tout d'abord sur le radiateur du camion, puis, à coup de *"ho hisse"*, ils la poussèrent à mi-hauteur du pare-brise. Joseph la saisit à nouveau par le col de son manteau et réussit à la tirer jusque sur le toit, où il l'allongea sur le dos.

Elle reprit connaissance très vite et ses joues, jusqu'alors livides, rosirent. Elle entrouvrit les yeux et eut un sursaut de surprise en découvrant le visage tuméfié de Joseph, encadré par la capuche de son parka. Puis, celui qui l'avait aidé à la porter dans la foule les rejoignit sur le toit. Joseph, sans dire mot, lui céda sa place aux côtés de la jeune femme, désormais revigorée.

Debout sur le camion, il dominait la foule de plus en plus compacte. Il découvrit une fumée noire s'élever dans le ciel, mais également, le Stradair en feu et le caisson de la statue éventré contre la façade de l'hôtel de ville. Des projectiles fusaient de la foule et des poings rageurs se dressaient. Un peu plus loin, les CRS faisaient barrage autour des silhouettes qui s'affairaient sur des gens allongés à même les pavés. Un nuage de fumée toxique, soulevé par les pales de l'hélicoptère situé juste au-dessus de la troée, les enveloppait d'un brouillard de suie.

De son observatoire sur le toit du camion, Joseph ne distinguait pas exactement ce qui se déroulait à quelques dizaines de mètres en amont. Mais le cordon de CRS céda sous la pression de la manifestation. Des coups volèrent et s'abattirent sur les gardiens de l'ordre qui se trouvaient en première ligne. Ils durent rebrousser chemin et remontèrent la rue de la gare, pourchassés par des grévistes acharnés. Malgré leurs attirails de protection, certains s'écroulèrent sur le trottoir et furent livrés à la vindicte populaire.

Sur le côté, sous la devanture d'une boulangerie fermée pour cause de manifestation, Joseph remarqua Louise, impuissante, devant le lynchage d'un homme en uniforme. Elle était plaquée contre l'embrasure d'une porte et s'abritait de ce déferlement de violence. Elle protégeait contre sa poitrine le fils Janel, qui avait plongé sa tête dans sa chevelure défaite.

*

— Attention! Derrière toi, avait crié Ibrahim à son ami Christian.

Mais le tumulte et le fracas ambiants couvrirent son avertissement. Le jeune établi ne vit que le visage du Maghrébin se distordre et ses yeux s'ouvrir sur les tréfonds d'un abîme sans fin.

Christian sentit deux bras puissants l'encercler par-derrière et le soulever du sol. La force de celui qui le tenaillait le surprit et, malgré ses gesticulations désordonnées, puis ses tentatives hasardeuses de coups de tête en arrière, rien ne le fit lâcher prise. Son assaillant pivota, entraînant avec lui Christian. Le jeune établi faisait désormais face à deux autres hommes qui tentaient vainement de lui attraper les jambes.

Ibrahim comprit immédiatement qu'il s'agissait de policiers en civil, qui profitaient de la pagaille provoquée par la course folle du Stradair, pour neutraliser le jeune établi. Mais c'était sans compter avec le fidèle Ibrahim. Il attrapa par le cou le policier qui maintenait Christian et lui fit une clé dont il avait le secret. Très vite, l'homme suffoqua et son étreinte se desserra. L'établi en profita pour lui glisser un coup de coude dans le foie et mit ainsi fin à ses dernières velléités. Enfin libre, il allongea une droite à l'un des deux hommes qui tentaient de lui attraper les jambes. Celui-ci vacilla et tomba à la renverse, surpris par la puissance du crochet. Quant à Ibrahim, il lâcha sa prise à la limite de l'étouffement. Le policier s'affala au sol, le visage bleu par le manque d'air.

D'autres policiers, en uniforme cette fois, se précipitèrent à la rescousse de leurs collègues. Ibrahim et Christian ne pouvaient pas lutter indéfiniment contre eux, leur nombre était bien trop élevé pour espérer leur échapper.

Derrière ce second assaut, les manifestants rugissaient et, parmi eux, certains avaient reconnu Christian. Un des CRS, qui formaient le cordon de sécurité devant les grévistes, lâcha prise et fut vite submergé. Il recula d'un pas, puis d'un second, tout en repoussant les assaillants avec son bouclier. Sa matraque fendit l'air et atterrit malencontreusement sur le haut du crâne d'une villageoise inoffensive, et plutôt bien mise de sa personne.

— Mamy Chopy, crièrent certains. Ils ont osé frapper Mamy Chopy.

La pauvre femme perdit connaissance, tandis qu'un filet de sang coulait du sommet de sa tête. Il n'en fallut pas plus pour que la ruée des manifestants redouble et disloque le cordon de CRS. Les femmes et les enfants se jetèrent sur le côté, laissant la voie libre à la charge vengeresse de leurs hommes. L'assaut fut d'une telle puissance que les hommes de l'ordre rebroussèrent chemin. Bon nombre des manifestants les poursuivirent jusque dans la rue qui remontait vers la gare, tandis que d'autres allèrent prêter main-forte à Christian et Ibrahim. Les trois policiers en civiles prirent leurs jambes à leur cou et disparurent derrière les débris de *"L'Adolf lorgnant l'horizon"*.

— Il était moins une, dit Ibrahim, réjoui par l'arrivée de ses camarades des trois-huit.

Christian ne partageait pas sa joie, son regard se portait sur un CRS au sol, que certains manifestants, remontés comme jamais, molestaient à tout rompre.

À quelques mètres, le Stradair continuait de brûler. La fumée noire virevoltait tandis que les caoutchoucs crépitaient. L'arrivée de l'hélicoptère rabattit le nuage sur la foule et un brouillard noir nappa l'atmosphère. Puis l'engin prit de l'altitude et l'aspira à sa traîne. Le nuage de fumée charbonneuse tournoya en des courants ascendants, et lécha les façades de l'Hôtel de Ville et de l'église mitoyenne.

La fumée prit encore de la hauteur et assaillit le clocher. La Vierge Noire toisait tout ce beau monde se débattre sous ses yeux. Le canon de son Mannlicher-Carcano reposait en équilibre sur la pierre de la rambarde. Elle eut une quinte de toux, l'air était caoutchouteux. Son âme se consumait sur des charbons ardents.

Chapitre 39

Louise hésitait… Désormais, elle n'avait plus rien à craindre de Clod Bensoussan, celui-ci brûlait en enfer, du moins elle l'espérait, car avec une telle ordure, il fallait s'attendre à tout. Cependant, elle n'était pas pour autant tirée d'affaire, elle serrait dans ses bras le fils Janel, ce qui représentait son lot de problèmes si quelqu'un venait à le reconnaître. Et puis la police la recherchait toujours, pour l'heure celle-ci avait d'autres chats à fouetter, mais elle ne se sentait pas à son aise parmi elles.

Lorsque le Stradair avait déboulé dans son dos et fini sa course contre l'Hôtel de Ville, elle avait assisté à la scène, impuissante. Maintenant, tout autour d'elle déferlait la rage des grévistes. Les CRS battaient en retraite vers leurs camps de base et ceux qui malencontreusement n'avaient pas été assez rapides, payaient de leur personne les contrecoups de ce quiproquo. Car, il fallait bien l'admettre, tout ceci n'était qu'un vaste malentendu, à commencer par l'enlèvement du fils Janel.

Louise avait été la première à en payer les conséquences. Clod Bensoussan, tenaillé par sa fièvre vengeresse, lui avait concocté un rôle sur mesure. L'accuser de l'enlèvement de l'enfant avait été d'un machiavélisme sans faille. Même s'il lui manquait des pièces du puzzle, pour comprendre les tenants et les aboutissants de cette machination, Louise pouvait déjà établir qu'elle avait été utilisée pour atteindre Christian Clevenot.

Elle avait eu le temps d'y penser et de retourner le problème dans tous les sens. Louise, ex-membre du gang des "Folles de la Nationale 4", était le talon d'Achille de Christian. Quoi de plus simple, par la suite de les accuser du rapt de l'enfant? Ainsi le piège se refermait sur le jeune établi, son intégrité était mise à mal. Le ver était dans la pomme et indirectement le bien-fondé du mouvement de grève s'effondrait, ou du moins était remis en question. Les revendications devenaient caduques et la suite logique de cette opération de sape était le retour des ouvriers sur le chemin de l'usine.

À cet instant précis, Louise ne savait pas encore que l'idée de l'enlèvement avait germé dans le cerveau malade du père de l'enfant. Elle pressentait bien que Clod Bensoussan n'était pas l'instigateur de cette histoire, mais elle était loin d'imaginer que sa soif de vengeance avait laminé toute l'opération. Quelqu'un tirait les ficelles dans son dos et cet inconnu avait tout intérêt à discréditer cette satanée grève. Seulement, l'aura de Christian auprès de ses collègues de labeur avait été mésestimée. Son accusation avait eu l'effet inverse et elle avait attisé encore plus les rancœurs.

Puis, l'autre malentendu était ce camion fou, lancé sur la foule par Clod Bensoussan agonisant. Il lui était destiné, mais le Stradair l'avait manquée de peu et désormais, les grévistes pensaient que l'agression était du fait des forces de l'ordre; le feu était mis aux poudres.

Louise avait donc décidé de rejoindre la gare et d'y attendre Joseph, mais elle hésitait…

Elle hésitait même bigrement, car en haut de la rue, le peloton des voltigeurs motorisés s'était déployé et lui barrait le passage.

À son regard, Joseph comprit le désarroi de Louise et mesura la gravité de la situation. Du toit du semi-remorque, il ne pouvait pas imaginer que Clod Bensoussan avait lancé sur la foule le Stradair chargé de *"L'Adolf lorgnant l'horizon"* et que désormais, le camion brûlait contre l'Hôtel de Ville. Tout autour de Louise, des hommes assaillaient les forces de l'ordre et se battaient. Des échauffourées avaient éclaté sans qu'il comprenne exactement ce qui les avait provoqués. Louise tentait le diable en se montrant dans la manifestation avec l'enfant Janel. Puis il comprit que si elle avait dérogé au plan de l'attendre dans La Renault 5, c'était pour une raison qui lui échappait. Il devait à tout prix la rejoindre et la sortir de là.

Joseph descendit de son observatoire et retrouva le flux des manifestants. La situation n'était plus la même que tout à l'heure lorsqu'il avait rattrapé, in extremis, la jeune fille qui avait eu un malaise. De toute part, des hommes criaient et appelaient à la vengeance en se ruant sur le théâtre des affrontements avec les forces de l'ordre.

Joseph emboîta le pas à un groupe de jeunes forcenés qui hurlaient tant, que la foule s'écartait à son passage. Tel un bélier hargneux, ils remontèrent le cortège à la vitesse d'une traînée de poudre. Joseph, dans leur sillage, les lâcha un peu avant qu'ils ne s'abattent sur un représentant de l'ordre en perdition, et bifurqua sur la gauche pour rejoindre Louise. Au croisement de la rue de la gare et de l'artère principale, il découvrit les blessés au sol et un peu plus loin, de l'autre côté de la chaussée, l'épave brûlante du Stradair. En un clin d'œil, il mesura la situation et fit le rapprochement avec la présence de Louise et de l'enfant Janel sur le lieu de la manifestation. Pour une raison qu'il méconnaissait, ils avaient dû fuir.

Après avoir tenté de remonter la rue de la gare, Louise et l'enfant avaient fait demi-tour et étaient revenus se réfugier sous la devanture d'une boulangerie au rideau baissé. Désormais, seules quelques enjambées les séparaient. Louise trouva le regard de Joseph et malgré le chahut ambiant, ils s'observèrent un court instant comme s'ils étaient seuls au monde.

Quand Joseph la rejoignit, il se jeta sur elle et l'enlaça, mais elle écourta leurs retrouvailles et le repoussa :

— Bon Dieu Joseph, il faut déguerpir d'ici au plus vite, lui lança-t-elle.

Le fils Janel décolla sa tête de la chevelure de Louise et posa sur lui des yeux remplis de reproches.

— Viens, lui répondit-il en la prenant par le coude, je te ramène à la voiture…

Mais sa phrase se perdit dans les pétarades de moteurs deux temps rugissants. Louise l'agrippa par son parka et le tira à elle. Ils se collèrent dans l'embrasure de la porte d'entrée de la boulangerie. Joseph sentit dans son dos, le grillage du rideau de fer onduler sous leurs poids. Sur le trottoir et la chaussée, zigzaguant entre les véhicules stationnés, une horde de sauvages casqués s'abattit sur les manifestants. Les voltigeurs motorisés sonnaient la charge.

Les conducteurs maniaient leurs deux roues avec une rare agilité, évitant de justesse les obstacles ou les embûches sur la chaussée. Leurs binômes à l'arrière moulinaient leur matraque et, dès qu'ils se trouvaient en position, déversaient une pluie de coups. L'image d'un champ de bataille, à l'instant même où la cavalerie charge sur les fantassins en débâcles, fusa dans l'esprit de Joseph.

Les grévistes s'éparpillèrent comme une nuée de pigeons dérangés par les cris d'un enfant voulant maladroitement les nourrir. Ils fusèrent dans tous les sens et nombre d'entre eux se faufilèrent dans le gros de la manifestation, afin d'échapper à la meute lâchée. Le peloton des motocyclistes infiltra la trouée que le Stradair avait créée au sein du cortège. Les nervis de l'ordre établi s'acharnèrent sur les agitateurs les plus agressifs et tentèrent de faire place nette, autour des blessés fauchés par le Stradair de Clod Bensoussan. Quelques enragés, qui avaient affronté les forces de l'ordre, détalèrent sur la place de l'Hôtel de Ville, contournèrent le camion en feu et s'éparpillèrent dans les ruelles dominées par le clocher de l'église. Parmi eux, Christian et Ibrahim courraient à perdre haleine.

*

Tel un rapace dans un nid d'aigle, la Vierge Noire assistait aux affrontements du haut de son clocher. Étrangère à toute empathie, elle avait tout d'abord découvert que l'explosion, perçue tout à l'heure dans la nef, était due au Stradair et à son chargement en feu contre la façade de la mairie. Elle ne chercha pas à comprendre les raisons qui avaient poussé son camion et son présent pour le Général Idi Amin, à finir en miettes à ses pieds. L'Adolf ne lorgnait plus l'horizon, d'ailleurs la statue avait été décapitée, écrabouillée par le moteur du camion.

— Quel gâchis, avait-elle pensé!

Sa mission s'avérait être un fiasco sur toute la ligne et pour l'heure, sortir indemne de ce bourbier était la priorité.

À ses pieds, parmi cette foule grouillante, un homme la cherchait et ce n'était pas pour lui remettre la palme du mérite, bien au contraire. En vain, elle avait tenté de le débusquer dans le viseur de son Mannlicher-Carcano, pointé sur le défilé.

Malgré la position dominante du clocher, elle ne voyait pas la totalité du cortège qui s'étirait sur toute la rue principale. Cependant, elle avait été aux premières loges, et avait remarqué bien avant tout le monde, l'arrivée des voltigeurs motorisés. Ceux-ci s'étaient jetés sur la foule comme des chiens sur un os, lâché en récompense. Ils frappaient sans discernement tous ceux qui ne portaient pas d'uniforme. Poussés par cette meute assoiffée de sang, certains grévistes avaient pris leurs jambes à leur cou et avaient déguerpi dans les ruelles adjacentes…

Le bruit des moteurs vrombissant monta jusqu'au clocher, puis se fondit dans celui de l'hélicoptère qui était revenu se positionner au ras des cheminées et des toits des immeubles. Le déluge s'abattait sur l'artère principale de la bourgade. Les pales de l'appareil brassaient l'air et le propulsaient en une tornade apocalyptique. Les bérets et autres casquettes volèrent, puis suivirent le courant ascendant du cyclone. Les visages fouettés et les regards plissés se tournèrent vers l'engin assourdissant. Le ciel était noir, la lumière avait disparu, effacée par une gomme rageuse.

Après les voltigeurs, les CRS, la compagnie au complet cette fois, descendirent la rue de la gare et se ruèrent à pas de charge sur les manifestants. Derrière eux roulaient aux pas, ambulances et camionnettes de pompiers.

La Vierge Noire assistait à l'assaut final. D'ici peu, tout ce beau monde soignerait ses bleus, tant au corps qu'à l'âme, dans leur foyer respectif ou derrière les barreaux d'une cellule. Elle observait leurs visages, grossis dans la lunette du Mannlicher-Carcano. Celle-ci était tellement puissante que, même à cette distance, les disgrâces acnéiques apparaissaient. L'Ougandaise détailla la foule. Tous ces hommes et ces femmes, venus défendre au grand jour leurs droits, étaient maintenant habités par la crainte et le désarroi. Au coin de la rue, sous l'auvent d'une boulangerie, la Vierge Noire ajusta son viseur. La netteté se fit rapidement et la croix de la mire se fixa entre les deux yeux de Joseph Hosana.

*

Enfin, l'assaut était lancé. Deux jours qu'il était là, à moisir d'ennui parmi les collègues aussi barbant qu'un match de foot à la télévision. Désormais, la vie avait un peu de saveur et Guy Drut avait décidé de ne pas en perdre une miette, de la mordre à crocs d'ogre jusqu'à l'indigestion.

Lorsqu'ils se jetèrent sur les manifestants, son binôme respecta ses consignes de ne pas arriver en tête du peloton. Ce n'était pas la meilleure position, il le savait par expérience, et la laissait volontiers aux autres.

— Pour que la chasse soit bonne, le gibier doit être à la hauteur, avait-il expliqué à son bleu de chauffeur.

À quoi bon s'acharner sur le menu fretin, celui que le hasard plaçait au mauvais endroit au mauvais moment ? Le père de famille étriqué ou le jeune marié, fraîchement emménagé dans son premier appartement, n'avaient à ses yeux aucun intérêt. Ceux-ci encaissaient sans rechigner, pour eux, ce n'était qu'un mauvais moment de plus à passer, presque une fatalité. Guy Drut les laissait volontiers aux premiers arrivants, une fois l'amas de pleutres balayé, il reconnaîtrait la perle rare, celui qui serait digne de sa condition de voltigeur.

Il l'espérait vif et résistant ; qu'il fut rusé n'était pas pour lui déplaire. Comme à chaque fois dès leur arrivée, les manifestants s'éparpillaient, giclaient de toutes parts. Histoire de se chauffer, Guy Drut assena tout de même quelques coups de matraque, au hasard du passage de la moto. Mais il restait vigilant, attentif à trouver parmi tout ce beau monde effrayé, la belle pièce, le morceau de choix, celui dont la chasse raviverait ses sens et… il la trouva assez rapidement.

Il tapota sur l'épaule de son chauffeur et tendit le bras dans la direction de l'Hôtel de Ville. En ce lieu, à côté du camion en feu et du caisson de la statue éventrée, campaient de belles proies, dignes de son intérêt. Le conducteur obtempéra et manœuvra intelligemment au sein de cette nuée de perdreaux paniqués. D'autres motocyclistes embrayèrent dans leur sillage. À quoi bon s'obstiner sur ceux, qui, après quelques coups, avaient déjà déposé les armes et brandissaient le drapeau blanc ?

Le binôme Guy Drut traversa la chaussée et la moto tout terrain n'eut aucun mal à monter sur le trottoir. Se sentant dans leur ligne de mire, le groupe de manifestants déguerpit, contourna le Stradair et s'engouffra dans les ruelles au pied de l'église.

Guy Drut descendit le zip de sa combinaison bleue. Bleue comme celles des mécaniciens, qu'ils utilisent pour se protéger du cambouis ; bien évidemment, lui, se protégeait du sang de ses victimes. Il fouilla dans une des poches intérieures et appuya sur le bouton *"marche"* de son *"walkman"*. Aussitôt, la musique emplit son casque. Jusqu'à présent, aucun de ses supérieurs n'avait osé remettre en cause sa petite dérogation au règlement, son ancienneté lui offrait quelques avantages bien mérités.

Les hautbois firent écho aux violoncelles, *"L'île des morts"* résonna dans son casque. La mélancolie de l'œuvre réveilla son âme guerrière et lentement, diffusa dans ses veines l'instinct de mort, puis le goût du sang se propagea dans sa bouche. Devant eux, les jeunes insurgés courraient à perdre haleine et se retournaient hagards, pour estimer la distance qui les séparait de leurs poursuivants. Celle-ci s'amenuisait très vite. Arrivés au premier croisement, les fuyards se séparèrent sans se concerter, ni se souhaiter bonne chance.

Sous ses indications, Guy Drut et son pilote bifurquèrent dans un passage étroit, d'à peine un mètre de large. Devant eux, les deux jeunes qu'ils pourchassaient s'accrochaient aux murs crépis. Le bruit du moteur de la moto était amplifié par la faible largeur de la ruelle, il rebondissait d'une paroi à l'autre, ou, peut-être était-ce le vacarme de l'hélicoptère, quelque part au-dessus de leurs têtes, qui construisait ce mur sonique, secoué par des éclats entêtants.

La lumière jaillit et les deux jeunes pris en chasse l'accueillirent comme une libération. Hors de ce passage obscur, ils courraient désormais dans la rue de la synagogue. La moto hurlait dans leur dos, elle se rapprochait.

Christian Clevenot se retourna encore une fois. À cet instant, il vit des étoiles et chuta. Son corps matraqué glissa sur le goudron et heurta le muret qui ceinturait la synagogue. La rue, relativement éloignée du centre, était déserte. Seul Ibrahim un peu plus loin assistait impuissant, à la scène. Les deux voltigeurs avaient arrêté leur moto à côté de Christian, jonché au sol.

Guy Drut l'avait frappé à la nuque, puis une seconde fois dans les reins, peu de temps avant qu'il ne s'affalât. Celui-ci fut déçu que le jeune révolté soit déjà hors d'état de nuire. Au premier abord, il lui avait semblé bien plus résistant. Le voltigeur descendit de sa moto. La lente progression du poème symphonique distillait dans son casque une atmosphère lugubre. Le sang coulait sur le visage de Christian, étendu sur les pavés qui bordaient la chaussée. Il ne bougeait plus, inerte comme le silence d'un brouillard dense.

Guy Drut s'approcha du corps. Il le dominait comme un Dieu toisant ses convertis affolés à l'idée de l'avoir peut-être outragé. Il jeta un œil dépité à son coéquipier qui était indifférent. Puis, tout s'accéléra. Christian prit appui sur ses deux mains et sa jambe le balaya. Son pied heurta le voltigeur derrière le genou, celui-ci fléchit, puis bascula à la renverse. Le jeune établi profita de ce court répit et tenta de se relever, mais ses reins lui faisaient horriblement mal. Malgré la douleur, il se lança dans une nouvelle course en claudiquant comme un pauvre diable. Ibrahim vint à sa rencontre pour l'aider. Derrière lui, Christian entendait vrombir le moteur de la moto dont le pilote titillait la poignée des gaz. Puis, ce fut le bruit de pas lourds et précipités qui accaparèrent son esprit. Il reçut un autre coup et à nouveau tomba au sol. Guy Drut écumait, les cuivres résonnaient dans ses oreilles…

Encore et encore, sa matraque fusa. Elle cinglait l'air, le découpait en tranches, le balafrait tandis que les chairs s'ouvraient et éclataient à l'air vif. Christian sentit le sang envahir sa bouche. Il encaissait les coups, mais ne les sentait plus, tout son corps n'était plus que souffrance…

Il vit le visage de Louise, elle l'embrassait, ses jolies lèvres roses se posaient sur ses yeux. Il se souvint de son odeur, de la douceur de ses mains sur son torse.

— À ce soir, lui disait-il.

Un éclat de rire moqueur résonna à ses oreilles. Il s'égrena comme un écho à la montagne, rebondissant de paroi en paroi, puis disparaissant au loin.

— À ce soir, lui répondit-elle, le visage grave.

Christian Clevenot comprit qu'elle ne viendrait pas, la vie avait filé tellement vite.

*

Le projectile déchira son épaule et Joseph fut projeté violemment en arrière. La détonation s'était perdue dans le vacarme ambiant, mais lorsque Louise vit brusquement Joseph pivoter sur lui-même, elle comprit qu'il avait été touché. La violence de l'impact l'avait cloué contre le rideau de fer et il se tenait l'épaule, le visage grimaçant de douleur. Louise réagit immédiatement et lui agrippa la manche, puis l'attira entre deux voitures garées à quelques mètres. Fort heureusement, il était en état de se tenir debout, car, comment aurait-elle fait pour le mettre à l'abri, tout en portant l'enfant Janel.

Une autre détonation aphone brisa la vitre latérale d'une des voitures. Les éclats de verre épars voltigèrent sur le trottoir. Louise déposa le garçonnet qui rechigna. Joseph le sermonna et il se calma, l'heure n'était pas aux enfantillages.

Ils étaient tous les trois accroupis derrière une Peugeot 404 blanche dont les ailes arrière finissaient en pointes. Joseph s'adossa contre le parechoc chromé et détendit ses jambes sous le châssis de la voiture suivante. Il souleva son parka, ainsi que sa veste pour inspecter sa blessure. Le sang imbibait sa chemise blanche. Le môme, qui avait pris place sur ses jambes étendues, fit un *"oh"* de surprise.

— T'as mal? lui demanda-t-il d'un air naïf.

Joseph se força à lui sourire.

Louise s'était positionnée dans l'angle arrière de la 404 et cherchait la position du tireur. Tout autour d'eux, les gens courraient, les ambulances arrivaient aux pas, les CRS s'activaient, mais aucun ne leur prêta attention, ni ne s'étonna de leurs présences à même le sol, entre deux voitures. D'ailleurs, personne n'avait entendu les détonations, car le bruit qui régnait dans la rue était assourdissant.

Louise repéra très vite le tireur à quelques mètres sur le clocher de l'église :

— Là-haut, indiqua-t-elle à Joseph.

Celui-ci rabattit les pans de ses vêtements sur sa blessure et regarda dans la direction indiquée.

— Bingo! lâcha-t-il en un mouvement brusque, qui réveilla la douleur et froissa à nouveau son visage.

— Ça va? lui demanda Louise.

— Rien de cassé, juste de la chair brûlée, enfin, je l'espère, mais ça me fait tout de même un mal de chien.

— On ne peut pas rester ici indéfiniment, poursuivit-elle.

— Oui, de plus si l'on nous repère avec l'enfant... Laissa Joseph en suspend.

— Qu'est-ce que tu proposes? Reprit Louise. Si l'on se met à découvert, elle va nous abattre comme de vulgaires pipes sur un stand de tir.

— Pas si sûr...

Louise attendit qu'il poursuive, mais s'impatientât :

— Alors?

Joseph sortit de ses pensées :

— Je ne sais pas. Un vague pressentiment...

— Je ne comprends pas.

— Cette femme est une tueuse, pas une meurtrière occasion-
nelle. Une tueuse d'élite, entraînée, programmée pour éliminer les gens embarrassants…

— Et alors? Coupa Louise, qui appréciait de moins en moins la
position du gibier à la merci du chasseur sur son mirador.

— Elle a tiré deux fois et manqué d'autant sa cible. Ça ne t'étonne
pas?

Louise haussa les sourcils.

— La preuve que non. Regarde l'état de ton épaule, ajouta-t-elle.

— À mon avis, ce n'était pas l'épaule qu'elle visait. Tout à l'heure
aussi, lorsqu'elle a tiré sur Lafortune, elle l'a certes touché,
mais il s'est relevé pour disparaître dans la foule.

— Tu veux dire que son arme est mal réglée?

— Je veux dire que pour une tireuse d'élite, elle n'est pas d'une
grande précision.

— Et alors?

— Ça me laisse une chance. Si je me mets à découvert, je cours
jusqu'à l'angle de la rue et…

Joseph n'eut pas le temps de terminer sa phrase. Soudainement,
Louise attrapa le fils Janel et l'entraîna sur la chaussée où à cet instant, un camion de pompier tentait de se frayer un chemin dans
la cohue. Celui-ci s'intercalait, pour quelques secondes seulement,
entre eux et la tireuse. Joseph comprit tout de suite la ruse de Louise
et lui emboîta le pas, non sans que son épaule blessée ne l'élançât.
Légèrement courbés, ils rejoignirent les abords du défilé et y plongèrent, puis se mirent hors de portée de la tueuse. Enfin à l'abri,
Louise sourit à Joseph :

— Il faut parfois cesser de se poser des questions et passer directement à l'action, lui dit-elle, vaguement moqueuse.

Puis elle ajouta, comme pour enfoncer le clou :

— N'est-ce pas Joseph?

Joseph lui rendit son sourire, se pencha sur elle et lui tint la taille. Elle sentit ses mains glisser sur ses épaules et courir sur son dos. Il déposa, avec mille précautions, un baiser sur sa joue tuméfiée.

— Mets-toi à l'abri. Emmène l'enfant loin d'ici, hors de ce gourbi. Quoi qu'il arrive, je te retrouverai, lui dit-il en se précipitant dans la foule. Louise n'eut pas le temps de lui répondre.

L'enfant Janel le suivait également du regard. Louise posa sa main sur sa tête et l'attira dans le creux de son cou.

— Il ne faut pas que l'on te reconnaisse, lui chuchota-t-elle.

— Oui, tu as raison, j'avais oublié…

Il se pelotonna encore plus fort dans ses bras. L'odeur de ses cheveux l'apaisa, il s'y sentait en sécurité.

Louise réfléchit à la direction à emprunter ; elle sentit que le Manurhin dérobé lors de son évasion avait disparu. Elle glissa sa main sous sa veste et palpa ses reins. L'arme n'était plus là. Quelque chose lui disait qu'elle ne l'avait pas perdu. Elle se retourna et fouilla à nouveau la foule. Joseph avait disparu, englouti par la masse humaine, mais désormais, sous son bras meurtri par le coup manqué de la Vierge Noire, se lovait bien au chaud, le Manurhin de Louise.

Chapitre 40

— Scheise! s'exclama la Vierge Noire.

Ça lui était sorti sans réfléchir, elle n'avait pas l'habitude de jurer, et encore moins dans une langue qu'elle méconnaissait. Elle mit ça sur le dos de la frontière toute proche.

Quoiqu'il en fût, Joseph était désormais hors de sa ligne de mire. Mais le plus grave était qu'il l'avait repérée. Elle se maudissait de l'avoir raté, pourtant son tir avait fait mouche la première fois. Elle l'avait touché, cela ne faisait aucun doute, mais il vivait encore et ce nouveau ratage confirmait sa dégénérescence physique.

Le démontage du Mannlicher-Carcano ne prit que quelques secondes, là au moins, elle n'avait pas perdu sa dextérité. Une fois l'arme rangée dans sa mallette, elle descendit l'escalier de bois brut, usé et couvert de poussière d'une autre époque. Elle garda son sang-froid et ne céda pas au vent de panique qui l'avait envahie lorsqu'elle s'était sentie découverte. Marche après marche, elle atteignit le premier palier en se cramponnant à la rambarde branlante. Une chute serait la pire des catastrophes, cela signifierait sa fin.

À cet instant, la Vierge Noire se sentit vieille, de telles aventures n'étaient plus de son âge ; place aux jeunes. Elle mesurait combien elle s'était entêtée et avait refusé de regarder la réalité en face : elle n'était plus en état de courir le monde, ni de mener à bien ses missions.

Lorsqu'elle atteignit le rez-de-chaussée, elle s'étonna de communiquer avec le Seigneur. Elle s'adressait à lui en toute humilité et le priait qu'elle ne jouât pas là, son dernier rôle, son combat de trop… Celui qui la mettrait définitivement hors-jeu.

Mais, elle avait encore de jolis réflexes et elle s'en rendit compte lorsqu'elle voulut sortir de l'église par l'entrée principale. Elle se ravisa, jugeant que Joseph était aux aguets derrière les lourds battants de chêne et qu'il attendait sa sortie pour lui tomber sur le râble. Elle ricana :

> — Ce n'est pas à un vieux singe que l'on apprend les pires tours, pensa-t-elle. Moi, à ta place, je t'aurais attendu à la sortie, histoire de te voir en plein jour et de t'occire sur le pas de la porte. C'est le privilège de l'âge. Ma survie a souvent tenu à ce précepte *"ne jamais être là où l'on t'attend"*.

Elle se gaussa, puis fit demi-tour et remonta la travée. Son rire résonna et remonta jusqu'aux clés de voûte.

> — Ah, ah Seigneur, déclama-t-elle comme une forcenée, je suis l'antéchrist, je suis celle qui a fui ton royaume pour me substituer à ton règne. Moi aussi, Seigneur, j'ai le pouvoir de vie et de mort. Il est trop tard pour la rédemption. Mes péchés sont tels, qu'une vie ne suffirait pas à les expier… En ai-je simplement envie ? Non, je mourrai comme j'aurai vécu, sans véritables désirs, sans conscience…

Elle se présenta devant l'autel tout en clamant sa litanie fiévreuse et, perdue dans les méandres d'une folie naissante, elle fit une génuflexion. Pour la première fois de sa vie, elle courba la tête et s'en remit aux ondes séculaires du lieu.

Rassasiée, elle se redressa et contourna le tabernacle qui abritait le ciboire et les hosties. Tout à l'heure, elle avait aperçu derrière le meuble une étroite porte dérobée, sans doute l'entrée discrète qu'utilisait le prêtre pour pénétrer dans la sacristie. Elle tourna la poignée. La porte s'ouvrit, le Seigneur avait exaucé sa prière.

Avant de bondir à l'extérieur, elle jeta un dernier regard sur la croix d'or qui dominait le tabernacle. Jésus y expiait les fautes de l'humanité pour l'éternité. La Vierge Noire se signa et lui lança une œillade aguicheuse, digne des pires traînées des bas-fonds de Kampala.

Elle poussa violemment le panneau de bois. La lumière blafarde et le charivari tonitruant de l'hélicoptère l'accueillirent. Au bout de la rue, un voltigeur motorisé massacrait un homme étendu à terre, sous le regard effrayé de son collègue.

*

La rue était déserte comme une plaine irradiée de feus follets d'ions taquins. L'ambiance était à la coupure d'électricité, secouée à intermittence cahoteuse par la rencontre d'un courant contraire. Guy Drut, plongé dans un coma de musique tragique, la tête enserrée dans les écouteurs stéréophoniques de son walkman, quittait la réalité. Il s'évadait vers des horizons flous, des contrées où flottaient des rêves anéantis, perdus à jamais. *"Élément hors contrôle"* aurait pu cracher la radio du QG, mais il n'entendait plus, ne sentait plus, ne vivait plus...

Ibrahim s'était lancé à la rencontre de Christian, lorsque celui-ci s'était relevé pour la deuxième fois. Mais le voltigeur avait été plus rapide, l'avait rattrapé et le rouait à nouveau de coups.

Le jeune Arabe sauta à la gorge de Guy Drut, cherchant sous la jugulaire de son casque, sa trachée à arracher. Il ripa sur une marre de sang noir, le sang de Christian, et le voltigeur pivota. Un électrochoc acide cingla le visage d'Ibrahim. Il fut arrêté net dans son élan, pire, il chuta et s'aplatit au sol, tout prêt de Christian. À son tour, il sentit la matraque lui broyer le dos. Impuissant, il se recroquevilla et eut la présence d'esprit de se protéger la tête de ses bras. Il sentit ses os exploser, craquer en mille morceaux. Tenir, ne pas perdre connaissance, sous peine de se livrer corps et âme à cette brute. Tant qu'il était éveillé, il pouvait encore se protéger, certes sa protection était bien maigre, mais c'était ça ou la mort.

Puis les coups cessèrent. Ibrahim baignait dans un océan sonore où se mêlaient l'hélicoptère, les cris, les motos… Il s'y noyait, y suffoquait. Il ne comprenait pas ce qui se passait et osa un œil craintif par-dessus son bras qui le lançait sur toute la longueur. Au pied du voltigeur gisait dans une flaque écarlate son coéquipier, le pilote de la moto. Son casque s'ouvrait en son milieu, il béait en deux parties distinctes d'où giclaient, à rythme cardiaque, des geysers de sang.

Guy Drut regardait le corps de son binôme et réalisa la portée de son geste. Il émergeait, transpirant et haletant d'un cauchemar. Il se libérait des démons d'une camarilla assassine qui l'avait envoûté et dont naïvement, il avait cru un instant être le seigneur tout puissant. Mais la réalité était tout autre, désormais elle lui fouettait le visage, l'extirpait brutalement de sa folie meurtrière.

Ibrahim n'osa pas bouger, en était-il seulement capable ? Ses membres étaient en charpies et il en avait perdu la maîtrise. Tout près de lui gisait Christian, lui aussi était salement atteint, mais il vivait encore ; ses lèvres frétillaient au rythme faible de sa respiration.

Les rotors de l'hélicoptère fracassaient ses tympans et pénétraient sa chair douloureuse. Que ce bruit cesse, aurait-il voulu hurler, s'il en avait eu la force. Puis, il sentit une masse s'écrouler sur lui et il ne put rien faire pour l'éviter. Le corps de Guy Drut l'étouffa, sa tête casquée heurta le macadam et rebondit comme une balle en bois sur un tableau d'ardoise. Ibrahim tressauta, il sentit l'haleine carnassière du voltigeur et à en juger par son odeur, Guy Drut puait la mort.

*

Joseph rasait les murs en se faufilant parmi les manifestants. Il dessinait mentalement le plan de la ville et tentait d'approcher l'église sans se mettre à découvert. Le poids du Manurhin, qu'il avait dérobé à Louise, distendait son parka, déformait sa poche.

Il régnait dans la rue un tumulte ahurissant, le bruit cloîtrait la foule dans une ronde entêtante. L'heure était à la débâcle, chacun courait, s'agitait ou se regroupait pour affronter les forces de l'ordre. À l'unisson, certains descellaient tels ou tels panneaux de signalisation routière et, avec la ferveur des désespérés, les balançaient sur les premières lignes des CRS. Beaucoup de grévistes regrettaient les barres à mines, abandonnées le matin même, sur le barrage des Steinheil.

Cependant, la partie était finie, cela se sentait dans l'air. La défaite n'avait pas encore dressé son étendard, mais elle flottait parmi tous ces gens de bonne volonté. Elle s'insinuait sournoisement dans les esprits, même si dans le regard de quelques-uns, brillaient encore de fous espoirs.

Joseph tomba sur un passage étroit qui fendait un pâté de maisons et rattrapait une rue parallèle à l'artère principale. Selon le plan des lieux, qu'il tentait de reconstituer dans sa mémoire, il s'agissait de la direction à prendre pour rejoindre l'église, tout en restant à couvert. Au bout de la ruelle sombre, il prit maintes précautions avant de se jeter dans la lumière. En premier lieu, il chercha le clocher, puis s'assura qu'il était hors de portée et enfin il s'aventura dans la rue. Joseph n'était pas dupe, la Vierge Noire ne l'attendait certainement plus du haut de sa position de tir, mais il ne voulait prendre aucun risque. Elle savait qu'il l'avait repérée et qu'il ne tarderait pas à la rejoindre. Elle tenterait alors de quitter l'église et de trouver un nouveau trou à rat où se terrer. Désormais, elle était seule, elle ne pouvait plus fuir, la partie touchait à sa fin pour elle aussi. Joseph le sentait : les dés étaient jetés.

Il chemina encore quelque temps sur le trottoir, puis il tomba sur un nouveau passage et s'y engouffra. Une douleur perfide lui ravageait son épaule, mais l'heure n'était pas à l'apitoiement, il verrait plus tard. Pour l'instant, seule sa vengeance comptait. Lili, jeune fille innocente, fraîchement promue à sa vie d'adulte, croupissait à la morgue sous un drap blafard. Cette image l'obsédait, elle lui était insupportable… Son assassin devait mourir.

Lorsqu'il déboucha à l'extrémité du second passage, il s'arma à nouveau de mille précautions avant de se lancer dans la rue. Mais son hésitation fut de courtes durées. Au milieu de la chaussée, bordée d'une rangée de voitures éparses, il aperçut la Vierge Noire qui lui tournait le dos. Une mallette de moleskine rouge traînait ouverte dans son sillage. Un fusil au bout du bras, elle marchait avec assurance et détermination.

Joseph se décolla de l'arête du mur afin d'avoir une vue d'ensemble de la rue. À quelques mètres seulement, il découvrit une scène sordide. Deux hommes gisaient au sol, de toute évidence en très mauvais état physique. Un voltigeur, campé droit dans ses bottes, faisait face à son coéquipier, agrippé au guidon de sa moto. Tous deux n'avaient pas remarqué la Vierge Noire qui s'avançait vers eux. Les deux voltigeurs discutaient âprement, enfin, surtout le pilote, car l'autre ne bronchait pas, mais la cacophonie qui régnait couvrait ses paroles. Le chauffeur ne semblait pas content et il en faisait part à son binôme avec une rare véhémence. L'autre encaissait, il n'avait aucune réaction et semblait en état second, jusqu'à ce qu'il se transforme en furie. Sa matraque, déjà couverte de sang écarlate, s'abattit sur le crâne de son équipier. Puis, il lui assena un second coup qui fracassa son casque et le troisième eut raison de lui. Le chauffeur n'eut pas le temps de réagir, éberlué, il encaissa sans opposer de résistance.

À cet instant, l'hélicoptère se positionna au-dessus de la ruelle et Joseph, d'où il se trouvait, n'en aperçut que le ventre bleu. Le voltigeur assassin n'eut aucune réaction à l'arrivée de l'appareil. Son regard se focalisait sur sa dernière victime qui s'écroulait sur le guidon de la moto, puis glissa lourdement sur le sol, écrasé très vite par le poids de la mécanique. L'homme le regarda choir, ensuite il retourna vers ses deux précédentes victimes. Il se mouvait comme un somnambule, un robot téléguidé par des esprits maléfiques.

Soudain, le voltigeur se cambra violemment et se tint les reins comme s'il venait d'encaisser une décharge électrique. Il lâcha sa matraque assassine et s'effondra de tout son soûl, sur l'un des deux corps gisants à ses pieds. La Vierge Noire baissa son fusil fumant et le laissa choir au bout de son bras, canon rédempteur pointé vers le sol. Alertée par son instinct de prédateur, elle tourna alors brusquement sa tête vers Joseph et rencontra son regard. Il la tenait en joue avec le Manurhin de Louise. Son doigt, crispé sur la détente, tremblait. Des gouttes de sueur coulaient sur son front et s'insinuaient dans les plaies de son visage. Derrière ses lunettes d'écaille, la Vierge Noire écarquilla ses yeux. Surprise par la fulgurance de l'impact, elle tenta en vain de rester debout et s'effondra morte.

*

Le tireur d'élite, appuyé sur le marchepied de l'engin, délogea la douille brûlante de son fusil, puis il fit un signe de la main et le pilote de l'hélicoptère tira sur le manche. L'appareil se cabra latéralement, fit un demi-cercle, puis prit de l'altitude et disparut derrière la crête de la montagne, emportant, à sa traîne, la fureur sonique de ses rotors brassant rageusement l'air.

Joseph tremblait. Avait-il tiré ? La Vierge Noire avait eu son compte, elle baignait dans une flaque brunâtre au milieu de la rue, mais avait-il appuyé sur la détente ?

Le calme revint. Joseph perçut devant la synagogue le glouglou de l'eau se déversant dans la fontaine. Il émergeait de l'enfer, harassé et blessé. Son bras retomba le long de son corps, le Manurhin n'avait plus d'importance.

Il s'engagea dans la rue. Tout autour de lui, les lignes des maisons vacillaient, les angles droits et les perspectives ondulaient. Joseph n'avait plus rien à se raccrocher. Le boucan de l'hélicoptère avait été jusqu'alors son tuteur. Sa disparition distordait sa vision, sa perception des choses. Il flottait dans l'air et ses jambes le soutenaient difficilement. Pour la première fois, il sentit vraiment sa blessure à l'épaule, une douleur chafouine.

La Vierge Noire mordait le bitume, face contre sol. Sa joue marinait dans son sang chaud, à quelques centimètres de sa paire de lunettes d'écaille. Son bras tendu agrippait toujours son Mannlicher-Carcano. Sans aucun doute, le médecin légiste devra user de tout son savoir-faire pour le lui faire lâcher.

Joseph dépassa son cadavre. Un peu plus loin, la scène n'était pas plus ragoûtante. Un amas de corps enchevêtré, aspergé d'hémoglobine visqueuse, s'offrait sans pudeur à son regard. Un des deux voltigeurs gisait au sol sous la carcasse de sa moto, tandis que son comparse recouvrait le corps d'un autre homme. Un soubresaut, sous celui-ci, éveilla son attention. Joseph attrapa le cadavre et, de son bras valide, le fit rouler sur le côté. Il découvrit un jeune homme, le regard dilaté comme celui d'un enterré vivant. Il haletait, son souffle oppressé par le poids du voltigeur se libéra, mais il était encore trop tôt pour qu'il puisse prononcer le moindre mot. Joseph s'agenouilla et déboutonna sa chemise pour lui faciliter la respiration. Puis, tout près de lui, il perçut un filet de voix aigrelette :

— Tu es celui qui a libéré Louise? Les journaux ont parlé d'un
homme vêtu d'un parka vert...

Joseph pivota, l'autre jeune homme étendu le regardait, les paupières difficilement entrouvertes. Il fit un effort surhumain et sa
main se posa sur son coude.

— Elle va bien? demanda Christian.

Joseph comprit qu'il s'agissait du jeune établi, arrêté en même temps
que Louise.

— Oui, elle va bien, lui répondit-il, d'une voix douce.

Le visage du jeune agonisant s'éclaircit, ravi par cette bonne nouvelle.

— Tu as de la chance, poursuivit-il.

Joseph le coupa :

— Garde tes forces, les secours vont bientôt arriver. C'est fini, tu
es en sécurité maintenant.

— Oui, c'est fini, mais je n'irai pas à l'hôpital. Cette fin sur les
pavés me convient...

— Chut... Ne dis pas de sottises...

— Ne t'inquiète pas pour moi, je sais que je vais crever, et je n'ai
pas peur.

Sa voix était faible, tout comme son souffle. Joseph comprit qu'il
n'en avait plus pour longtemps.

— Je ne sais pas si j'aurais été capable de la libérer comme tu l'as
fait.

Joseph ne dit rien.

— J'aurais pourtant aimé, poursuivit-il. Ça aurait été une belle
preuve d'amour...

Christian sourit.

— Donne-moi ton parka et le pistolet que j'ai entraperçu tout à
l'heure.

Joseph fronça les sourcils.

545

— Je n'ai plus rien à perdre, je suis cuit… Alors, laisse-moi cette
dernière illusion…

Il toussa et du sang jaillit d'entre ses lèvres.

— L'illusion a été le drame de ma vie…

Un temps s'écoula, puis en un ultime effort, il reprit :

— Embrasse Louise pour moi… Et dis-lui qu'elle a été la plus belle
chose qu'il me soit arrivé sur cette terre…

Ses paupières à peine ouvertes se scellèrent et il expira un souffle
libérateur.

Christian était mort. Joseph se tourna vers Ibrahim, les mots
n'étaient pas nécessaires. Il comprit. Le temps pressait, la police,
alertée par l'hélicoptère, ne tarderait pas à arriver.

— Fais ce qu'il t'a demandé, lui dit le jeune maghrébin… De
toute manière, il était en prison quand ça s'est passé, ça ne
servira qu'à embrouiller les pistes de la police.

Joseph hésita, son regard passa de Christian à Ibrahim, puis il se
redressa tant bien que mal. Il ôta son parka, en recouvrit le corps du
jeune établi et glissa le Manurhin dans sa ceinture.

— Ça va aller ? demanda-t-il ensuite à Ibrahim.

— Oui. Ne t'inquiète pas.

Ils se jaugèrent encore quelques instants, puis Ibrahim lui fit un
signe de la tête, lui intimant de déguerpir. Il n'avait pas envie de
pleurer la perte de son ami devant un inconnu.

*

Jacky errait comme un oiseau de mauvais augure. Il zigzaguait sur le
bas-côté de la voie expresse et se rattrapait in extremis aux troncs des
bouleaux qui la bordaient.

La balle, tirée par la Vierge Noire, l'avait atteinte quelque part dans
son dos, il n'aurait pas su dire où exactement, car il ne le sentait plus.

Il s'était fondu dans le cortège, la peur au ventre et lorsqu'il atteignit la route nationale qui menait à Rothau, il souffla de soulagement.

Il était mal-en-point et marchait péniblement. L'herbe haute et humide qui recouvrait les bas-côtés s'enroulait sur ses jambes et mouillait le bas de son bleu de travail. Des frissons parcouraient son corps en proie à une fièvre froide. L'image des deux gendarmes, abattus par la Vierge Noire à l'entrée de Schirmeck, ne le quittait plus, elle le hantait. Qu'aurait-il pu espérer de cette femme assassine ?

Dans cette histoire, il avait été le dindon de la farce, celui que chacun avait utilisé à volonté, puis jeté après usage. Cette femme avait été un court instant, l'espoir de sa nouvelle vie, son soleil naissant pour ses vieux jours et surtout, son ticket pour échapper aux questions embarrassantes sur son véritable rôle au sein du syndicat. Non, il n'était pas un traître, il ne se considérait pas ainsi. Il avait été un homme de conciliation, de juste mesure, en fait il avait horreur des conflits et il fallut qu'il arrivât au crépuscule de sa vie pour se l'avouer.

Modeste Janel l'avait manipulé tout autant, il était le seul fautif de tout ce saccage. Pourquoi l'avait-il suivi dans cette combine nauséabonde ? Bien sûr, il avait été jaloux de Christian, de sa jeunesse, de sa fougue… Mais tout de même. L'heure était au bilan et Jacky ne se faisait plus d'illusion. Passe encore que le chef du personnel l'ait trompé, mais qu'il abusât de sa fille Laurence lui était insupportable. Il ne savait pas, où ces photos avaient été prises, ni comment elles avaient atterri à l'atelier d'Angel Bonifacio, mais elles étaient sans équivoque. Clod Bensoussan n'était certainement pas blanc comme neige dans cette histoire. Jacky n'avait aucune preuve, une simple intuition, mais il en aurait le cœur net et il allait utiliser ses dernières forces pour réclamer des comptes à Modeste Janel.

Lorsqu'il arriva à Rothau, l'après-midi touchait à sa fin. La nuit n'était pas encore tombée totalement, elle se mélangeait aux dernières lueurs du jour, elle ternissait la lumière. Durant sa longue marche, il s'était arrêté de nombreuses fois et il avait entendu les allers-retours incessants de l'hélicoptère au-dessus de Schirmeck ; jamais il n'aurait imaginé le drame qui s'y déroulait. Jacky Lafortune ressassait ses idées morbides, elles tournaient en boucle dans sa boîte crânienne, bien trop exiguë pour contenir tant de vilenies.

À l'entrée du village, les lumières de la station BP l'accueillirent. Il eut l'impression de pénétrer dans une ville fantôme. Les devantures des quelques magasins éclairaient les trottoirs humides, alors que le cinéma *"Le Royal"* baignait dans la pénombre entre chien et loup de cette fin de journée. Un peu plus loin, devant le salon de coiffure Dubois, le maître des lieux fumait une cigarette, en inspectant sa devanture. Aujourd'hui, à cause de cette satanée grève, il n'avait eu aucun client et demain serait sans doute pareil. Dans le virage de l'église, Jacky Lafortune tourna sur la droite et à l'angle, il jeta un œil dans la vitrine du disquaire. Il remarqua parmi les 45 tours exposés, le titre évocateur d'une face B : *"Ça plane pour moi"*. Oui, ça planait pour lui.

Jacky eut un sourire, puis des rires d'enfants détournèrent son regard. Ils sortaient de la librairie où les ouvriers se retrouvaient le matin avant d'aller pointer. Les deux gamins se saluaient et se disaient à demain. L'un tenait à la main une boîte Norev, la réplique du modèle J7 de la police, le fameux panier à salade, et l'autre, le dernier numéro du Journal de Mickey. Ce dernier traversa la route et emprunta le trottoir d'en face dans la même rue que lui, puis il se retourna :

— Eh Thierry, demain c'est judo, cria-t-il à son camarade.

L'autre môme ne l'entendit pas, il était pressé de rentrer chez lui et d'ajouter sa nouvelle acquisition à sa collection de voitures miniatures. Le gamin au Journal de Mickey haussa les épaules et se mit à courir.

Jacky Lafortune poursuivit sa route. Devant l'entrée de l'usine Steinheil, il regarda l'horloge et par réflexe, il vérifia si sa montre indiquait la même heure. Ce geste, il l'avait fait tant et tant de fois avant d'aller pointer. Mais ce soir, il n'était plus question de travail, tout ça était de l'histoire ancienne.

La nuit avait pris possession de son royaume lorsqu'il dépassa les bureaux administratifs de l'usine et emprunta le chemin du parc où logeait la famille Janel. Les senteurs des conifères se mêlaient à la fraîcheur arrivée avec la nuit tombée.

Jacky Lafortune ne se cacha pas, le temps des simulacres et des cachotteries était révolu. Au détour d'une allée, il se trouva face au logement de fonction des Janel. Aucune lumière n'éclairait les fenêtres et un instant, Jacky Lafortune craignit qu'il ne se soit déplacé pour rien.

— Tant pis, j'attendrais, se dit-il.

Puis il découvrit la porte de la maison entrebâillée, celle-ci l'invitait étrangement à entrer.

Chapitre 41

La nuit avait débuté par des risées de pluies violentes, puis le froid aidant, celles-ci s'étaient transformées en neige. Au petit matin, son manteau blanc recouvrait les sapins, tout autour du lac de Gérardmer. Le ciel lourd et poisseux promettait encore de beaux flocons, mais pour l'heure, ils avaient cessé de tomber. Il était tôt, la petite ville vosgienne dormait encore et les enfants se réveilleraient tout ébahis par cette blancheur.

Une jeune femme mince, emmitouflée dans un gros anorak avec un col en fourrure de lapin, sortit de la boulangerie, le seul magasin ouvert à cette heure matinale. Elle ajusta la sangle de son casque intégral, remonta la fermeture Éclair et plaqua au mieux la peau de lapin synthétique contre son cou.

La moto démarra au quart de tour. La jeune femme enjamba le bolide, la route n'était pas encore dégagée, ni même salée, et elle savait qu'elle devrait prendre beaucoup de précautions pour éviter la glissade. Heureusement, les allers-retours de quelques camions des usines de textile des alentours avaient tracé des ornières sur la chaussée enneigée. Les suivre faciliterait sa conduite, même si elle était consciente qu'elle devrait rester très vigilante.

Elle donna quelques coups d'accélérateur dans le vide, une habitude idiote de motard, puis du talon, elle enclencha la première. La moto dérapa légèrement avant de rejoindre les traces fraîches sur la route. La jeune femme tenait fermement le guidon du bolide et espérait rejoindre sans encombre celui qui l'attendait à l'auberge.

Malgré le froid, elle sentait l'odeur du pain chaud qui émanait de son sac en bandoulière, calé entre ses jambes sur le réservoir de la moto. Elle prévoyait de retourner en ville cet après-midi, car il était encore trop tôt pour faire de plus amples courses. Les magasins n'ouvriraient que plus tard dans la matinée, mais ce matin au réveil, elle n'avait pas pu résister au besoin de sortir, de prendre l'air, de chasser les pensées morbides qui l'avaient empêchée de trouver le sommeil, la majeure partie de la nuit.

Par instants, un vent latéral provenant du lac qu'elle longeait la surprenait. Elle frémissait et se raidissait sur les poignées du guidon pour tenir le cap. Les branches de sapins, alourdies par des amas de neige, frétillaient sous les rafales, puis ceux-ci se décrochaient et s'écrasaient sur la route. Elle n'apercevait à peine la surface gelée du lac, ni l'autre rive qui se perdait dans une brume vaporeuse.

Le froid picotait le bout de ses doigts, comme une gangrène têtue, il attaquait les premières phalanges, puis rongeait méthodiquement tout ce qui suivait. Ça aussi il faudra le rajouter à la liste des courses de cet après-midi, une bonne paire de gants était indispensable pour passer l'hiver dans cette région.

Normalement, elle aurait dû déjà apercevoir l'auberge à travers la frondaison de la mince rangée d'arbres, qui longeait l'étendue d'eau gelée. Mais aujourd'hui, les nuages léchaient le plancher des vaches et barraient l'horizon. Lorsque la route s'écarta légèrement du lac et se fit plus pentue, elle rétrograda en douceur, puis elle quitta la départementale qui indiquait la direction d'Épinal. La moto emprunta un petit chemin. Gérardmer se trouvait en face, sur l'autre rive. Là-bas, seules quelques lumières orphelines brillaient dans une brume délavée où ciel et eau se mélangeaient. L'engin, aux mains de la jeune femme, retrouva les traces de pneus qu'elle avait laissées à son départ. Entre temps, personne n'était passé, si on la pourchassait elle n'avait pas encore été localisée.

Quelques centaines de mètres plus loin, la moto bifurqua sur le parking désert d'une auberge fermée au public. Le moteur de l'engin ronronna au ralenti, le temps que sa conductrice ouvrît les battants d'un hallier de bois, puis vrombit une dernière fois et s'éteignit brutalement. Le son de rigoles, enterrées sous la neige et dévalant vers le lac, habilla la quiétude matinale. Sans trop s'attarder, la conductrice referma le garage et rejoignit l'entrée de l'auberge, dont elle poussa la porte d'un coup sec.

À l'intérieur, la lumière du jour s'infiltrait par les interstices des volets rabattus, mais lorsqu'elle alluma l'électricité, de l'autre côté de l'établissement des couleurs jaune-orange habillèrent le manteau neigeux. Une grande baie vitrée offrait le spectacle majestueux du lac et des montagnes avoisinantes, à une salle de restaurant vide. Les chaises étaient retournées sur les tables, les murs étaient recouverts de bois lambrissés et dans un coin, s'étirait un comptoir, méticuleusement agencé par le savoir-faire d'un menuisier.

À l'autre extrémité de la salle, près d'un escalier qui menait à l'étage, une autre lumière jaune dansa soudainement sur les murs. La jeune femme se redressa au-dessus de l'âtre et reposa un tisonnier sur le linteau de la cheminée. Elle plaça ses mains à plat sur les flammes ravivées et lorsque la chaleur l'envahit, elle défit la fermeture Éclair de son anorak. Sa chevelure ébouriffée se mêlait à la fourrure synthétique du col de son vêtement. Louise avait encore les lèvres bleuies par le froid, mais ceci passerait.

553

*

Joseph Hosana, garde du corps en proie aux remords de l'échec de sa dernière mission, plongea sa main dans la poche de son pantalon et en sortit son paquet souple de Camel sans filtre. Puis se souvenant qu'il avait perdu son Zippo, il abandonna l'idée de fumer. Il le jeta négligemment sur la table de chevet, près du réveil qui marquait déjà minuit. Cependant, la nicotine était vicieuse et obsédante, elle le tenaillait et il se releva de son lit où il s'était allongé sans se dévêtir. À ses oreilles retentissait encore le vacarme de la manifestation. L'hélicoptère et les cris avaient certes disparu, mais un sifflement languissant les avait remplacés. Des images chahutaient aussi dans son esprit, sans véritable cohérence, un simple défilé d'éclairs, tous plus effroyables les uns que les autres. Le dernier regard de la Vierge Noire revenait régulièrement, mais il n'aurait pas su dire si cela lui procurait du plaisir. Joseph n'était pas un tueur; la savoir six pieds sous terre n'assouvissaient en rien sa vengeance. Lili était morte par sa négligence, parce qu'il n'avait pas su la protéger, mais l'élimination de son assassin ne lui ôtait pas sa culpabilité.
Le besoin de fumer devint une obsession. Il fouilla les tiroirs et les placards de la salle de bain, afin d'y dénicher une boîte d'allumettes. Sa chambre d'hôtel était la même que les jours précédents, il n'avait pas cherché à en changer. À quoi bon?

Après le dernier soupir de Christian Clevenot, il n'avait pas tenté de retrouver Louise et l'enfant. Ils étaient sans doute déjà à l'abri, loin de la foule et de son tumulte. Joseph était sorti de la ville en suivant les panneaux routiers qui indiquaient la direction de Strasbourg. Sur le pont de la Bruche, en face d'un magasin d'électroménager, il avait remarqué les débris de la barricade des Jeudy qui s'empilaient devant la gendarmerie. Même s'il n'était pas partie prenante dans ce conflit, cette vision lui laissa un goût amer de défaite et le regard du jeune établi expiant sur les pavés, s'imposa à lui.

Joseph avait ensuite longé la route goudronnée, les mains dans les poches comme une âme en peine à la recherche de l'entrée du paradis. Puis à la hauteur du camping municipal, fermé en cette époque de l'année, il était tombé sur un vélo adossé à une barrière. Il n'avait pas réfléchi bien longtemps et, après quelques coups d'œil aux alentours, il l'avait enfourché.

Quelques kilomètres plus loin, il avait atteint une petite ville du nom d'Urmatt et s'était arrêté à une pharmacie qui s'apprêtait à baisser son rideau de fer. La femme du caducée avait pris peur en le voyant, ses manières, son accoutrement, son regard l'avaient fait tressaillir. Après quelques mots échangés, elle s'était détendue, Joseph n'était pas un drogué en goguette à la recherche de sa dose quotidienne. Elle lui expliqua comment rejoindre la gare et lui indiqua les horaires pour Strasbourg. Mais elle avait émis des réserves quant au bon fonctionnement des trains, car s'il ne le savait pas, au bout de la vallée, un mouvement social d'une rare violence perturbait le trafic depuis le début de la semaine. Joseph avait fait semblant de s'intéresser et s'était enquis de la situation à l'heure actuelle. La pharmacienne avait haussé les épaules, lui signifiant qu'elle n'en savait foutrement rien.

Lorsqu'il sortit de la pharmacie, la nuit était tombée. Il avait suivi les indications de la commerçante en blouse blanche et, arrivé à la gare, il constata qu'elle avait dit vrai : le trafic était interrompu. Cependant, sur la grille descendue, un panneau avait été accroché et précisait que, pour des raisons indépendantes de leur volonté, les trains en direction de Strasbourg et Saint-Dié avaient été suspendus. En outre, la pancarte précisait aussi que pour remédier à tous ces événements malencontreux, la SNCF avait organisé une navette en autocar pour se rendre à Strasbourg. Joseph avait noté le prochain départ qui était dans une heure, ce qui lui laissait le temps de s'occuper de lui.

Non loin de la gare, il s'enferma dans des toilettes publiques. Il y fit un brin de toilette, désinfecta les plaies de son visage et inspecta son épaule. La balle avait traversé son deltoïde, ce n'était pas bien grave, mais il souffrait. Il avait ensuite nettoyé la blessure avec de l'eau froide et l'avait tamponnée avec de la gaze imbibée d'alcool, en serrant les dents. Le haut de son bras était bleu et à l'endroit de l'impact, la chair était boursouflée et luisait sous le néon. Le sang ne coulait plus, il s'était déjà coagulé, mais les soins qu'il se prodigua réveillèrent quelques vaisseaux fraîchement cautérisés et de nouvelles traînées rougeâtres strièrent son torse. Il s'était ensuite bandé en s'aidant de sa mâchoire pour tenir le pansement, puis il s'était rhabillé et avait rejoint l'arrêt de bus.

La navette était la dernière de la journée et elle était quasi vide. Joseph s'était installé au fond et avait fait semblant de dormir, si bien que le peu de voyageurs, ramassés aux différents arrêts, ne s'était pas intéressé à lui. À peine s'ils l'avaient remarqué.

En arrivant à l'hôtel, il n'avait qu'une envie : dormir. Joseph se sentait épuisé, son corps réclamait une trêve, un peu de repos, mais son esprit n'avait pas sommeil. Bien au contraire, ses pensées le tiraillaient et mille questionnements fusaient dans son cerveau agité. Si encore, il trouvait de quoi allumer sa Camel sans filtre, la nicotine calmerait certainement ce charivari mental, cette danse obsédante d'images qui s'entrechoquaient.

Néant, rien, que dalle, pas la moindre étincelle dans sa salle de bain, Joseph ragea et écrasa sa cigarette éteinte sur le miroir au-dessus du lavabo. Son geste inconsidéré réveilla sa blessure et il contint un râle de douleur.

*

Louise ne réveilla pas le fils Janel, le pain frais attendrait, ça n'avait guère d'importance. Dans la cuisine, une cafetière italienne bouillonna ; elle quitta l'âtre où les flammes léchaient désormais le linteau de la cheminée et rejoignit la gazinière. De grosses marmites, en cuivre cabossé, étaient accrochées à mi-hauteur sur un mur carrelé. Les plans de travail en aluminium brossé étaient ternes, leur plateau désert comme la place de la Concorde à quatre heures du matin indiquait que la cuisine n'avait pas été utilisée depuis un certain temps. Louise ferma le brûleur de la gazinière et saisit la poignée de la cafetière, puis sortit de la cuisine en éteignant la lumière. Sur une étagère, derrière le comptoir de la salle du restaurant, elle prit une tasse à chocolat et sa soucoupe. Elle s'installa ensuite à une table, face à la baie vitrée et près du foyer de la cheminée, dont la chaleur courut sur son dos, puis la pénétra de son doux bienfait. Le café aussi était bon.

L'horizon au bout du lac commençait à se dessiner, mais selon la météo, cela n'irait pas plus loin. Les prévisions annonçaient une journée plombée, surtout l'après-midi. Tant pis, elle se passerait de la vision de Gérardmer pour aujourd'hui. De toute manière en cette saison, tout fonctionnait au ralenti, n'était-ce pas les prémices de l'hiver ?

Elle alluma une cigarette, la première de la journée, et comme souvent, la tête lui tourna légèrement. Hier, lorsqu'elle avait vu Joseph disparaître dans la foule avec le Manurhin volé, elle avait voulu le rattraper, l'empêcher de commettre l'irréparable. Mais elle connaissait Joseph, son caractère entier, sa loyauté… Elle-même en avait bénéficié, sinon, à cette heure-ci, elle serait encore à croupir entre les quatre murs d'une prison. La petite Lili ne ressusciterait pas, il pouvait abattre la terre entière, rien ne la ferait revenir. Louise regretta de ne pas avoir eu le temps de le lui expliquer, mais elle regrettait déjà tant de choses.

Elle aimait Joseph. Lui aussi l'aimait, ça se voyait, ça se sentait. Ce matin, il n'était pas à ses côtés, mais cela n'avait guère d'importance, car son amour était de celui qui ne réclamait pas la présence de l'être chéri. Bien au contraire, laisser l'autre libre de vous aimer était selon elle, la plus belle preuve d'amour. Elle craignait simplement qu'il payât cher sa culpabilité. Joseph s'en voulait de ne pas avoir été à la hauteur, il aurait donné sa vie pour sauver Lili. Sa vengeance n'était qu'un palliatif à son sentiment coupable. Rien ne changerait, même s'il éliminait la Vierge Noire, la mort de Lili serait toujours dans son cœur, une plaie ouverte.

Tout comme le fils Janel, qui se prénommait Antoine, lui aussi devra apprendre à vivre avec tout ça. Certes, il était jeune et pour l'heure, il ne mesurait pas l'ampleur de la situation, mais plus tard, il s'interrogerait. Comment lui expliquer l'attitude de son père, son machiavélisme sordide, mais comment lui dire aussi que son enlèvement était une broutille par rapport à ce que Louise avait découvert hier au soir, en se présentant à la maison familiale des Janel ?

Louise et l'enfant avaient quitté le théâtre de la manifestation, en suivant les rails du chemin de fer. Ils avaient traversé un tunnel humide où la pierre était poisseuse et couverte d'humus gluant, puis ils avaient longé la voie ferrée jusqu'à la gare de Rothau.

Le fils Janel marchait sur l'un des rails et riait lorsqu'il perdait l'équilibre et que le poids de son corps le ramenait sur le plancher des vaches. Il interpellait Louise et lui demandait d'admirer sa dextérité de funambule. Louise lui souriait et l'encourageait, mais son rire était de façade, elle était préoccupée. Elle ne pouvait pas garder le petit Antoine, son père était certes une belle ordure, mais sa mère devait le pleurer et se faire un sang d'encre depuis le jour de son enlèvement.

Louise avait donc décidé de ramener le fils Janel chez ses parents.

Bien évidemment, il n'était pas question de frapper à la porte et d'arriver l'air fanfaron *"bonjour, regardez qui voilà"*. Non, Louise avait décidé de ramener l'enfant jusqu'au pas-de-porte familial et de disparaître aussitôt. Cependant, elle redoutait le moment où elle devrait annoncer son intention à l'enfant, car elle sentait que celui-ci s'était attaché à elle. D'ailleurs, elle-même éprouvait un sentiment étrange pour le petit Antoine, il était comme le petit frère qu'elle n'avait jamais eu. Dès qu'elle l'avait aperçu, elle l'avait aimé profondément, sans se poser de questions.

Lorsqu'ils arrivèrent à l'entrée du parc, le fils Janel comprit où ils se dirigeaient et son visage se rembrunit…

*

Joseph trouva le sommeil tard dans la nuit et se réveilla tôt dans la journée. La brume planait sur l'eau de l'Ill. De sa fenêtre, il apercevait l'eau noirâtre du canal s'échapper par une fente de l'écluse et les ouvriers municipaux, sur la berge, vidaient dans un chariot les poubelles accrochées aux réverbères. La journée débutait toujours ainsi, un petit coup de propre, quelques arrangements de-ci de-là, et les touristes pouvaient envahir la Petite France le cœur vaillant.

Joseph ne dérogea pas à la règle, il se rasa, prit un bain, qui le détendit, puis il refit ses pansements. Il regarda son reflet dans un miroir accroché à la porte de la salle de bain. Son corps nu était maigre, de toute part il était taché d'hématomes. Il se sentait comme un soldat après le combat, fourbu et cabossé.

Au loin, le rire de Louise résonnait, elle se moquait de lui, de ses jambes frêles, de ses cheveux humides plaqués sur son front qui lui donnait un air de premier de la classe. Il lui répondait par un sourire, elle s'approchait de lui, l'embrassait et ébouriffait sa mèche. Où était-elle maintenant ? Il l'espérait en sécurité, hors d'atteinte…

Joseph s'habilla. Fort heureusement, hier soir lorsque la navette l'avait déposé devant la gare, il avait acheté une chemise et un coupe-vent. Les vêtements étaient de mauvaise qualité, mais il s'en contenterait le temps qu'il retrouva ses affaires dans sa chambre d'hôtel, voisine de celle du Père Wanabee, et de… il n'osa pas prononcer son nom. À un moment ou à un autre, il devrait affronter le regard du prêtre, lui expliquer que la Vierge Noire avait payé, qu'il s'en voulait cruellement de la mort de Lili, qu'il ne se le pardonnerait jamais. Et puis, il lui dirait aussi qu'il avait peur de lui, de son chagrin, de sa tristesse…

Aujourd'hui serait le jour, avait-il décidé, mais avant cela, il devait avaler quelque chose, reprendre des forces, car il n'avait pas mangé depuis… Depuis quand ?

Joseph vêtit la chemise blanche, achetée à la hâte. Elle était en matière synthétique et procurait une sale impression au contact de la peau. Il réunit dans un sac plastique les pansements usagés et les lambeaux de sa liquette teintée sang. Par-dessus sa veste déchirée, il enfila le coupe-vent où une ridicule bouée de sauvetage blanche était imprimée sur le cœur. Il s'en accommoderait.

La porte claqua dans son dos et il dévala l'escalier jusqu'à l'accueil.

Sur le trottoir humide, il emplit ses poumons d'air frais. Il était vivifiant, âpre et bien faisant. Au bout de quelques rues, Joseph abandonna discrètement son sac plastique dans une poubelle et décida de s'offrir un copieux petit-déjeuner. Il se perdit dans les ruelles de la Petite France, puis retrouva enfin la terrasse du restaurant qu'il avait fréquenté quelques jours auparavant. Joseph se souvint de la serveuse, cette jeune étudiante qui avait eu à son égard quelques attentions bienveillantes. Elle était apparemment de service le soir, tant pis, il ne la verrait pas.

Avant de s'asseoir à une table, il demanda du feu à un employé de mairie qui devançait un balai qu'il traînait nonchalamment derrière lui. Putain, que c'était bon ! La fumée emplit ses poumons et rassasia ses désirs de nicotine.

Il prit place sur une chaise métallique et étira ses jambes. La météo était un peu fraîche pour prendre un petit-déjeuner en terrasse, mais Joseph avait besoin d'air.

Dans son dos, de petits pas légers le sortirent de sa torpeur :

— Bonjour Monsieur, voulez-vous que je vous apporte la carte ?

Joseph se retourna et reconnut la jeune étudiante.

— Vous n'êtes pas en cours à cette heure-ci ?

— Nous sommes samedi. La fac est fermée le week-end.

— Samedi ? Désolé, je n'ai pas vu défiler le temps ces derniers jours.

Un silence s'installa. La jeune serveuse toussota et Joseph revint à elle :

— Je voudrais un petit-déjeuner, énorme, avec plein de tartines, des croissants… J'ai besoin de reprendre des forces.

L'étudiante plissa sa frimousse :

— Ça va mieux ce matin…

Oui, ça allait mieux, pensa Joseph. Enfin, il ferait comme si.

*

Louise avait poussé légèrement la porte entrebâillée des Janel. Quelques minutes auparavant, elle avait envoyé le jeune Antoine se réfugier derrière le tronc imposant d'un érable majestueux, mais totalement effeuillé.

— Tu ne bouges pas de là, lui avait-elle demandé, et tu attends sagement que je revienne.

Le môme l'avait regardé rejoindre le perron de la demeure en prenant moult précautions, puis elle avait disparu dans l'antre noir de la maison.

D'entrée, Louise n'avait pas aimé l'ambiance qui flottait dans ce lieu, elle y avait reconnu le parfum si particulier de la mort. Cette sensation nauséabonde contaminait chacune des bouffées d'air qu'elle inspirait.

Le rez-de-chaussée était désert, les rayons de la lune traversaient les voilages et éclaboussaient d'une lueur bleutée le cuir du canapé et les fauteuils du salon. Le désordre sur la table basse laissait supposer que plusieurs personnes avaient récemment occupé les sièges. Telle une ombre, elle avait ensuite longé le couloir et jeté un œil dans la cuisine. Contrairement au salon, tout y était soigneusement rangé, rien ne traînait sur la table, ni sur les plans de travail. Madame Janel devait être une maniaque de l'ordre et de la propreté, à en croire l'ordonnancement de ce qui devait être son fief. Une rangée de couteaux brillait au-dessus de la paillasse de l'évier, tandis qu'une batterie de casseroles jouait aux poupées russes du côté de la gazinière. C'était un étrange lieu de vie, trop propret, trop agencé, pour être réellement accueillant.

Louise était ensuite retournée dans le couloir et avait entamé l'ascension de l'escalier qui trouait le plancher du premier étage. Les marches avaient grincé et elle s'en était voulu de s'annoncer ainsi. Elle avait atteint le palier, où un ficus conquistador grignotait une grande partie de l'angle. Des traces de boues, laissées par des chaussures d'homme, avaient attiré son attention. Cela ne ressemblait pas aux habitudes de la maîtresse de maison, Louise l'imaginait plutôt du genre à imposer le port des chaussons à tous les membres de sa famille.

À l'étage, un large couloir distribuait les portes d'entrée de toutes les chambres. En face, l'une d'entre elles béait largement sur une pièce éclairée par la lune. Louise remarqua la moquette moelleuse qui couvrait le sol. Elle s'était sentie happée par cette lumière glaciale, tout comme une luciole kamikaze sur le verre dépoli d'un réverbère.

Elle avait frémi et ses jambes avaient tremblé sous elle. Cette odeur l'avait assaillie dès son entrée dans cette maison, désormais la puanteur l'embaumait. Il ne s'agissait pas d'effluves qui pénétraient ses narines, non, la mort n'était pas ici une sensation olfactive, mais plutôt sensorielle. Elle la sentait, elle s'insinuait dans ses pores, elle lui lacérait la peau de fines estafilades.

Louise avait franchi le seuil de la porte, sur le sol, les mêmes pas boueux souillaient la moquette, traversaient la pièce et contournaient le lit parental. Mais ceci était un détail tellement anodin, si ridicule, si insignifiant...

Au centre de la pièce, Madame Janel pendait accrochée à la place du lustre. Les rayons de la lune éclairaient le bas de ses jambes ballottantes. Elle avait perdu une de ses chaussures et son gros orteil trouait son bas élimé. Un peu plus loin, derrière le corps pendu, Jacky Lafortune veillait, assis sur un bridge. La pénombre masquait son regard, seul de sa bouche, un clapotis de sang brûlant dégueulait.

Chapitre 42

— On parle de vous dans le journal, dit la serveuse en déposant bien à plat sur la table, le numéro des *"Dernières Nouvelles d'Alsace"*.

— En vous voyant ce matin, je n'ai pas fait tout de suite le rapprochement. C'est seulement lorsque j'ai voulu vous l'apporter que je vous ai reconnu sur la photo, ajouta-t-elle.

Joseph fit plusieurs allers-retours entre le sourire radieux de la jeune fille et la Une du canard. *"Une journée noire pour les Steinheil"* titrait l'article de la couverture. Juste en dessous, la photo de Joseph, prise lorsqu'il était sur le toit du camion avec la manifestante évanouie, illustrait le papier. La prise de vue avait été faite d'une fenêtre plongeant sur la rue principale de Schirmeck et englobait l'artère sur toute sa longueur. Tout autour du semi-remorque, la foule se pressait, les visages étaient crispés, déformés par la rage. Joseph, sur le toit du camion, ressemblait à un insurgé sur sa barricade, à un naufragé sur un lambeau de terre. Dans ce même visuel, le maquettiste avait incrusté en médaillon plusieurs autres photos, représentant le Stradair en feu et les affrontements avec les forces de l'ordre.

— Oui, répondit Joseph, c'est bien moi.

— C'est là-bas que vous vous êtes fait ce joli visage ? demanda la serveuse, un brin ironique.

— Je ne crois pas. Enfin, je ne sais plus exactement. Peut-être…

— Désolée, je m'occupe de ce qui ne me regarde pas.

Elle fit demi-tour et retourna à l'intérieur de la brasserie. Elle tenait la porte ouverte lorsqu'elle lui demanda :

— Le café, simple ou double ?

Joseph leva son bras valide et marqua le chiffre deux avec son pouce et son index.

— OK, je reviens de suite, puis elle disparut dans l'établissement. Joseph déplia le journal. Quatre doubles pages, juste après la Une, étaient consacrées aux événements de la veille. De grandes photos illustraient les différents articles qui relataient, heure après heure, la journée mémorable de l'ultime manifestation des Steinheil. Le reportage suivait la chronologie de la journée et débutait par l'assaut de la gendarmerie, perpétré par une vingtaine de jeunes gars portant des casques de moto et dont le visage était camouflé derrière des foulards. Joseph lisait en diagonale et ne s'attardait que sur quelques paragraphes. L'article suivant était écrit par une journaliste plus encline à prendre fait et cause pour les manifestants. Elle résumait toutes les étapes du conflit qui s'éternisait déjà depuis deux semaines. Son papier approfondissait plus particulièrement l'enlèvement du fils Janel et insistait sur le fait que cet acte odieux avait été un tournant décisif dans le mouvement. Les suspicions portées sur les grévistes et les insinuations de certains de ses confrères sur leur participation de loin ou de près à ce rapt cruel, n'avaient fait qu'attiser les rancœurs et resserrer les rangs. L'article concluait par une question pleine de sous-entendus : *à qui profitait le crime ?*.

Sur une autre page, la photo anthropométrique de Christian Clevenot, certainement prise lors de son arrestation, étayait les interrogations d'un journaliste : *"Mort d'un établi, martyr ou truand manipulateur ?"*. Le scribouillard posait ouvertement la question, sans oser vraiment trancher, craignant sans doute qu'on lui reprochât sa partialité. Son billet commençait par une courte nécrologie et survolait l'engagement politique de Christian, pour se concentrer sur son véritable rôle dans l'affaire du fils Janel et le gang des *"Folles de la Nationale 4"*. Néanmoins, il regrettait du bout des lèvres sa mort sous les coups assassins d'un motocycliste voltigeur.

Un encadré mettait en exergue les états de service du première classe Guy Drut. Ni ses collègues, ni ses supérieurs n'expliquaient son coup de folie. Sa hiérarchie se cachait derrière l'enquête en cours et en attendait les résultats pour se prononcer, d'autant plus que le voltigeur avait été assassiné par une démente. Ce qui, tout le monde s'accordait sur ce sujet, était très troublant et laissait planer de nombreuses zones d'ombres. L'heure du bouclage approchant, le journaliste n'avait pas pu approfondir la question de la Vierge Noire, ni de cette étrange statue à l'effigie d'Adolf Hitler, retrouvée en morceaux devant la mairie. Le journaliste finissait son article en donnant rendez-vous à la prochaine édition, où il ne manquerait pas d'éclaircir ce point.

La jeune serveuse apporta à Joseph un double café et déposa sur la table voisine, une corbeille de pain frais et de croissants croustillants. Accaparé par son journal, Joseph la remercia brièvement et replongea dans sa lecture.

Il relut à plusieurs reprises le passage où la mort du jeune établi était décrite. Le correspondant faisait le rapprochement entre l'évasion de Louise et le parka vert retrouvé sur le corps de l'ouvrier. Il parlait également du Manurhin dérobé aux policiers et laissait des questions en suspens qu'il ne manquerait pas, lui aussi, d'éclaircir dans les prochaines éditions. Joseph sourit. Ce con avait toutes les réponses sur la couverture de son journal et il n'avait pas fait le rapprochement.

Joseph eut également la confirmation que la Vierge Noire avait été abattue par un tireur d'élite, embarqué à bord de l'hélicoptère des forces de l'ordre.

— Lorsque nous sommes arrivés sur la scène de crime, elle épaulait un fusil et visait un collègue, aux pieds duquel, gisait déjà d'autres corps. Je l'ai mise en joue et neutralisée au premier tir, avait relaté le tireur d'élite.

Si Joseph avait eu des doutes quant à celui qui avait descendu le Colonel du State Research Bureau Ougandais, il pouvait désormais avoir la conscience tranquille ; il n'était pas un assassin.

Un autre encadré retraçait l'arrivée du Stradair sur la foule, mais Joseph ne s'y attarda pas et n'en lut que la conclusion, qui comme pour les autres articles soulevait son lot de questions sans réponses. Que venait faire ici cette statue d'Adolf Hitler ? Et surtout, qui conduisait cette bombe incendiaire, car aucun cadavre n'avait été retrouvé dans les débris ?

Joseph replia soigneusement le journal et le déposa sur la table voisine, à côté de la corbeille de viennoiseries. Il attrapa un croissant et le trempa dans son café noir. Clod Bensoussan avait encore échappé aux forces de l'ordre, décidément, la vermine avait la peau dure. Tant que celui-ci vivrait, Louise ne serait pas en sécurité. Somme toute, les *"Dernières Nouvelles d'Alsace"* avaient relaté les faits succinctement, le temps leur avait manqué, et comme le promettaient les journalistes, l'édition suivante serait plus détaillée ; peut-être y apprendrait-on la découverte de son cadavre dans un quelconque fossé…

La grève des Steinheil n'avait pas fini de faire couler de l'encre et cela pour de nombreuses éditions à venir. Le sensationnel remplacerait très vite l'information et les journalistes ne manqueraient pas de tirer tous les fils de cet écheveau rocambolesque.

Joseph devait partir, quitter la région, car d'ici peu la police s'intéresserait à lui. Son parka le désignait comme l'homme qui avait libéré Louise et de fil en aiguille, les enquêteurs remonteraient très vite jusqu'à lui.

Le journal ne parlait ni de Louise, ni du fils Janel, enfin pas directement, et c'était mieux ainsi. Louise avait réussi à se sortir de la manifestation sans se faire remarquer. Où pouvait-elle être maintenant ? Joseph avait sa petite idée à ce sujet.

Il sortit une Camel de son paquet souple, mais la rangea aussi vite que l'envie de fumer l'avait pris ; toujours pas de Zippo. Il laissa sur la table un billet de vingt francs et partit sans se retourner. Sur le pas-de-porte de la brasserie, la jeune serveuse le regarda disparaître dans les ruelles de la Petite France. Cet homme était beau et sa vie ressemblait à un roman. Lorsque la presse avait relaté l'évasion du commissariat central, l'homme au parka, son incroyable audace… La jeune étudiante avait rapidement fait le rapprochement avec l'homme qu'elle avait servi la veille au soir. Elle s'était tue. Elle avait gardé cette information pour elle. Pourquoi serait-elle allée à la police, alors qu'elle priait le Bon Dieu pour qu'un jour, elle aussi devienne une *"Folle de la Nationale 4"*.

*

Le corps de Madame Janel était encore chaud. À le tâter ainsi, il pivota sur lui-même en une ronde macabre. Les rayons froids de la lune projetaient son ombre sur les murs en un tic-tac asynchrone. Louise s'était écartée de la pendue et approchée de Jacky Lafortune. Lui aussi était mort depuis peu, l'odeur ne lui était pas étrangère, ça sentait la poudre, l'arme à feu. Aux pieds du mort, elle découvrit le fusil à canon scié de Joseph.

Louise s'était alors penchée par-dessus le cadavre du syndicaliste et avait tiré le cordon d'une lampe posée sur la table de chevet. La faible lumière confirma sa première intuition, Jacky Lafortune s'était suicidé. Le haut de son crâne avait explosé et avait été projeté sur le mur en éclaboussant au passage, un tableau au fusain qui représentait un couple de chiens, des bergers allemands. Des morceaux de cervelles, agglutinés à la paroi, avaient glissé lentement vers le sol tel un crachat grippé sur le carreau d'une porte vitrée. Le pauvre bougre avait coincé le canon sous sa gorge, appuyé sur la gâchette et la balle lui avait perforé le visage de l'intérieur. Ce n'était pas beau à voir, Louise eut un haut-le-coeur. Que s'était-il donc passé dans cette maison ?

Elle avait fait quelques pas en arrière et avait remarqué sur le lit, une enveloppe de laquelle s'éparpillait une série de polaroïds. Louise avait voulu les saisir, mais s'était retenue, ce n'était pas le moment de laisser des empreintes.

À côté de la lampe de chevet se trouvait une boîte de mouchoirs en papier. Elle s'était redressée sur la pointe des pieds et s'était arc-boutée par-dessus la chair cramée du suicidé. Malencontreusement, elle ripa, puis perdit l'équilibre et s'affala sur le malheureux damné du paradis. Sous le poids associé des deux corps enchevêtrés, le bridge avait cédé et Louise avait basculé sur le côté. Au sol, le toucher de la moquette, dont les poils touffus étaient gorgés du sang du mort, sema chez elle une peur incontrôlée. Louise s'était alors affolée, ses gestes étaient devenus inconsidérés et elle s'était débattue contre un ennemi invisible, en poussant des cris étouffés.

Tant bien que mal, elle avait fini par se relever en prenant appui sur le couvre-lit immaculé. Son intention initiale de ne pas laisser de traces compromettantes n'était désormais plus qu'une chimère : l'empreinte de sa main sanguinolente, les doigts écartés en éventail, imprimait le tissu.

Elle s'en était voulu de commettre une telle erreur, puis sa respiration avait retrouvé une cadence normale et elle avait repris possession de ses moyens. Tout d'abord à reculons, puis de face, elle avait voulu se sortir de cette mélasse, mais elle s'était accrochée avec le corps de la pendue. Un cauchemar, elle vivait le pire des rêves macabres. Des rires d'outre-tombe résonnaient dans la chambre à coucher, tandis que des lutins lubriques, avec queues fourchues et sourires sadiques, tournoyaient autour d'elle en des traînées de feux follets éphémères. Louise chavira, emportée par une danse de Saint-Guy, puis sortit de la chambre.

Dans le couloir, elle s'était adossée contre le mur ; les yeux clos, elle avait tenté de reprendre le contrôle de ses émotions.

*

Partir au plus vite, sans laisser ni traces, ni adresse, tel était la décision de Joseph. Mais avant cela, il avait une dernière chose à accomplir, parler au Père Wanabee.

Il traversa une bonne partie de Strasbourg et retrouva sans encombre l'hôtel où ils étaient descendus quelques jours auparavant. Rien n'avait changé, la vie continuait son cours comme si de rien n'était. L'établissement était toujours aussi accueillant avec ses colombages, ses murs d'un rose de fête foraine et sa lourde charpente. À ses fenêtres, les géraniums n'étaient plus en fleurs, bientôt ils seraient recouverts d'une bâche plastique pour les protéger de l'hiver. Il était tôt et les passants dans les rues étaient rares. Le prêtre dormait peut-être encore, si toutefois, il avait trouvé l'apaisement nécessaire pour s'endormir. Au loin, une sirène de police fendait le silence matinal.

Joseph traversa le hall de l'hôtel. L'hôtesse à l'accueil le salua, elle avait les yeux cernés comme si elle avait été de faction toute la nuit. Elle lui décrocha un ravissant sourire, un tantinet professionnel, mais un joli sourire tout de même. Joseph tenta de lui rendre la politesse, mais avec son visage amoché, le résultat ne fut pas très probant.

Il gravit quelques marches et appela l'ascenseur. Puis, il se retourna vers le hall où l'employée de nuit avait quitté son poste et se dirigeait vers les portes vitrées de l'entrée. Les sirènes de la police se rapprochaient.

Les portes de l'ascenseur s'ouvrirent et une voix suave annonça le rez-de-chaussée. Joseph s'y engouffra et appuya sur le bouton du troisième étage. Les battants d'aciers brossés coulissèrent, mais juste avant qu'ils ne se rencontrent, il aperçut l'hôtesse se précipiter aux devants d'une 404 bleu marine de la police, gyrophare rugissant.

Joseph comprit. Bien malgré lui, il s'était jeté dans la gueule du loup. La montée jusqu'au troisième étage lui parut une éternité. Il s'était trompé sur le temps de réaction des enquêteurs, ceux-ci étaient déjà à ses trousses. À moins qu'il ne s'agisse d'une pure coïncidence, qu'ils furent là pour une tout autre raison. Comment auraient-ils pu savoir qu'il était de retour à l'hôtel ? L'hôtesse d'accueil n'avait pas eu franchement le temps de les avertir, il venait d'arriver.

Déjà dans l'esprit de Joseph, un plan de fuite s'échafaudait. Il trépignait. Que cet ascenseur était long. Enfin, il se stabilisa au troisième étage, mais la phase d'approche lui parut interminable.

— Putain, ce n'est pas un Tupolev à l'atterrissage, ragea-t-il.

Enfin, les portes coulissèrent, accompagnées de la voix de l'hôtesse de l'air :

— Troisième étage.

Joseph n'attendit pas l'ouverture complète et, de profil, se faufila hors de la cage. Au passage, il heurta un des montants avec son épaule abîmée ; un mal de chien s'insinua sur tout son côté gauche et résonna jusqu'à ses côtes. En quelques enjambées, il rejoignit la fenêtre au bout du couloir qui plongeait sur le devant de l'établissement. Il l'ouvrit et se pencha. La police était venue en renfort,

Joseph n'eut pas le temps de compter le nombre de camionnettes, ni de voitures stationnées dans la rue. Aucun doute, ce n'était pas une visite de courtoisie, les forces de l'ordre étaient bien là pour lui. Qui d'autre que Joseph avait des choses à se reprocher dans cet hôtel ?

À l'autre bout du couloir, il entendit l'ascenseur se mettre à nouveau en branle. Dans le hall, la police l'avait appelé et elle avait certainement aussi envoyé quelques hommes par la cage d'escalier. Joseph chercha une solution, mais celle-ci tardait à montrer le bout de son nez. Les toits ? Peut-être était-ce la voie de la liberté ?

Il quitta la fenêtre et fit quelques pas dans le couloir. La cage d'ascenseur grouillait d'hommes en uniforme, il l'avait entendue s'ouvrir au rez-de-chaussée et se remplir de justiciers funestes. Dans l'escalier aussi, ils se bousculaient.

Un rat acculé, une bête traquée face à une meute de chiens aux crocs découverts, Joseph n'avait plus d'issue ; se rendre, capituler, hisser le drapeau blanc…

Les câbles de l'ascenseur fouettèrent les parois et les rails coulissants de la mécanique huilée. Les portes s'ouvrirent lentement… Et à cet instant, Joseph se sentit happer par le col de sa veste et entraîné dans une chambre. Il ne montra aucune résistance.

La pièce était sombre et les volets clos. Dans le couloir, la police allait et venait. Joseph était adossé à la porte en bois et savourait ce répit inespéré… Il reconnut son odeur, sa chaleur. Elle s'agrippa à lui, l'enlaça et se blottit contre son torse. Elle lui fit un mal de chien en posant sa tête sur son épaule blessée. Mais peu importait la douleur, il lui aurait donné sa vie… Lili était vivante, elle le couvrait de baisers…

*

D'un revers de main, Louise avait épongé l'ondée de sueur qui ma-

573

culait son front, puis elle était retournée dans la chambre macabre. Il n'était pas question de s'attarder ici, jeter un œil sur les polaroïds et dégager au plus vite de cet endroit malsain. Quelque chose lui disait que cette folie meurtrière avait un lien avec ces photos.

Elle avait pris garde cette fois de ne pas s'empêtrer dans le cadavre de Jacky Lafortune. Elle avait saisi les clichés en utilisant les mouchoirs jetables, pour ne pas y déposer ses empreintes digitales. Chaque prise de vue montrait Laurence et le chef du personnel en position compromettante. Elle faisait la part belle à Monsieur Janel ; son visage se crispait de plaisir et transpirait d'appétits fauves. Laurence menait la danse et imposait, selon toute vraisemblance, une chevauchée héroïque à son partenaire dont elle cravachait la libido avec un apparent savoir-faire. De temps à autre, son regard était happé par l'objectif de l'appareil et cherchait à l'envoûter. Sans nul doute, elle savait que quelqu'un la photographiait, elle en jouait avec la maladresse d'une starlette débutante. Peut-être même que toute cette mise en scène n'avait que pour but le plaisir voyeur du photographe. Ceci étant, pour sa part, Modeste Janel ne manigançait rien, il jouissait sans entrave ni pudeur, il profitait pleinement de cet instant d'extase élyséenne.

Louise s'était assise sur le rebord du lit et avait étalé les clichés devant elle. Que signifiait cette mise en scène et pourquoi ces photos se trouvaient-elles dans cette chambre, bien en évidence sur le lit comme la lettre d'adieu d'un suicidé ? Pensive, Louise les avait observées pendant de longues minutes, passant de l'une à l'autre. Puis un papier blanc, vaguement froissé sous la pendue, avait happé son regard. Elle s'était étonnée de ne pas l'avoir remarqué plus tôt, peut-être était-il tombé du corps, lorsque tout à l'heure, elle l'avait bousculé dans sa fuite irraisonnée. Toujours munie d'un mouchoir en papier, elle était allée le ramasser et était revenue s'asseoir sur le rebord du lit. Il s'agissait bien d'une lettre, écrite d'une main hésitante. Des fautes d'orthographe et des mots d'espagnol jalonnaient pratiquement toutes les phrases. Avant d'entamer sa lecture, Louise l'avait retournée pour vérifier qui l'avait signée, mais celle-ci était anonyme. Elle était revenue au début du courrier et avait entamé son déchiffrage. Clod Bensoussan, avait-elle immédiatement pensé, cette lettre avait été écrite par un étranger et l'image de l'Espagnol ne l'avait plus quittée. Le rapt du fils Janel y était expliqué par le menu, elle commençait ainsi :

"Chère Madame Janel,

lorsque tu lira ses quelques ligne, je seré déjà loin, ou peut-être mort. Ton fils va bien. Nous ne l'avons pas batu. Je voudrais te dire comment cet histoire à débuté…"

Louise avait parcouru la lettre en revenant plusieurs fois sur certaines phrases qu'elle ne comprenait pas. Le rapt du fils Janel y était décrit très succinctement, mais les noms des ravisseurs y étaient notés en lettres capitales. Tout d'abord, Jacky Lafortune y était accusé d'être l'organisateur de toute l'opération, quant à celui qui avait écrit ces quelques lignes, il se présentait comme un simple exécutant.

Elle ne fut pas au bout de ses surprises, car l'homme disculpait également Christian Clevenot et de ce fait, elle-même aussi, *"…je peux bien vous l'avoué maintenant, c'est moi qui a écri sur le mur de la chambre de ton fils : Les folles de la Nationale 4. Je voulais me venger et j'ai reusi car maintenant, elle es morte…".*

    — Clod Bensoussan, infâme crapule, c'est toi qui désormais croupis en enfer, avait-elle pensé.

Elle avait poursuivi sa lecture, sentant qu'elle y découvrirait bientôt le fin mot de l'histoire. *"…el senior Janel, nou a promi beaucoup d'argent pour commettre le kidnapping. Mais mon initiative sur le mur de la chambre de ton fils ne lui a pas plu. Il était très en colère. Il disait au début que l'histoire ne durerait que quelques jours, le temps de laisser courir la rumeur et les suspicions sur les grévistes. Mais moi, avec mon écriture sur le mur, j'ai tout gaché, m'avait-il reproché. Beaucoup de chose n'ont pas été comme prévu. Quand tu lira cette lettre ton homme sera mort et je peux bien te l'avouer maintenant, je ne l'ai jamai aimé. Un père qui est capable d'organiser l'enlèvement de son propre fils pour parvenir à ses fin, n'est pas un bon père. Moi, je devais venger mon frère et j'avais besoin de beaucoup d'argent pour retourner chez moi, alors j'ai pas réflechi.*

Mi madre es muerte tembien, mais je me souviens comme elle était inquiète pour moi, quand je n'était pas à la maison. Pardon pour la mala vida."

À la fin de sa lecture, Louise avait reposé la lettre sur le lit et avait jeté un œil sur la pauvre Madame Janel. Tout s'expliquait maintenant. Devant tant de dégoût, la mort était un réconfort bien maigre. Jacky Lafortune avait découvert que sa fille couchait avec Modeste Janel, il était venu ici lui réclamer des comptes et avait découvert Madame Janel, accrochée au lustre comme un simple ballot de linge sale. Ce fut pour lui, l'image de trop. Toute cette histoire d'enlèvement, la manifestation qui avait viré au carnage, sa fille salie, et pour finir, une pendue dont le geste fatal était sans nul doute lié à la disparition de son fils. Jacky s'était cramé la cervelle comme un pleutre, sa vie le dégoûtait et franchement, il n'avait pas tort.

Avant de partir, Louise avait disposé soigneusement sur le sol, lettre et polaroïd. Elle avait aussi arraché, d'un geste vif, le dessus-de-lit où sa main ensanglantée s'était dessinée. Elle l'avait roulé sous son bras et avait quitté la pièce sans se retourner.

Dehors l'attendait le petit Antoine, celui que tout le monde appelait le fils Janel, et qui désormais, était le fils de personne.

*

— …Mais comment se fait-il ? J'ai cru que… j'ai cru que tu étais morte.

576

— Chut, lui répondit Lili.

L'éclat de son regard noir perçait la pénombre, comme à son habitude, il était rieur, enjoué et terriblement vivant.

Elle lui barra la bouche de son index tendu :

— Ne dis rien.

Dans le couloir, la police grouillait. Le groupe monté par les escaliers était arrivé au troisième étage. Déjà, ils frappaient aux portes des chambres, méthodiquement, les unes après les autres, bientôt, ils atteindraient celle de Lili.

— Tu ne peux pas rester ici, lui chuchota-t-elle à l'oreille.

Joseph comprenait ses paroles, mais il ne réagissait plus. Le choc avait été brutal ; retrouver ainsi Lili, vivante, chatoyante comme elle l'était avant cette soirée fatidique, le clouait au sol, amorphe, sans réactions... Il rêvait. Les songes, aussi merveilleux fussent-ils dans ses nuits agitées, s'avéraient parfois au réveil cruellement décevants.

— Joseph, lui dit-elle encore en posant sa bouche sur la sienne.

Elle lui tenait la tête, serrée entre ses deux mains. Joseph sentit sa langue chercher la sienne, effleurer ses lèvres sèches et enfin la dénicher. Elle s'écarta ensuite de lui et lui attrapa la main, le forçant à la suivre.

— Dépêche-toi, la police arrive...

Elle était pratiquement nue et ne portait qu'un simple tee-shirt noir, échancré sur les épaules et une petite culotte qui jouait à cache-cache avec ses fesses. Joseph se laissa entraîner. Les voix dans le couloir se rapprochaient de plus en plus, il crut même reconnaître celle du Père Wanabee qui ronchonnait de se faire réveiller à cette heure si matinale.

Lili ouvrit la porte de la salle d'eau et comme si de rien n'était, elle fit couler la douche. La buée commença sa lente invasion et l'écoulement de l'eau masqua leur parole. Avaient-ils tant de choses à se raconter ? Elle haletait dans son cou, sa langue glissait dans son oreille.

577

Ses jambes enlacèrent sa taille, Joseph se sentit bientôt anéanti. Lili déboutonna sa chemise, sans desserrer son nœud de cravate. Elle se décrocha ensuite de lui et lorsqu'elle découvrit la peau de son torse, elle y déposa sa joue. Sa langue entama un long périple jusqu'à son nombril. Elle était brûlante. Son corps tanguait, fondait d'envies gourmandes. Joseph lui saisit les épaules et la remonta au niveau de son visage.

— Arrête Lili, soupira-t-il.

— Je ne suis pas assez bien pour toi ?

Elle prit un air faussement méchant, puis poursuivit :

— Je crève d'envie de toi, depuis toujours. Rien qu'une fois Joseph, je t'en prie rien qu'une fois...

Joseph la serra fort dans ses bras. Elle était belle, ses seins pointaient sous son maillot, sa chaleur l'envahissait, il se retenait, se retenait... Il éprouvait une sensation confuse, il avait été chargé de la protéger, elle était morte, il avait haï son assassin, elle ressuscitait, elle était vivante, belle, implorante... Brusquement, il la souleva, la plaqua contre la porte en bois et souleva son tee-shirt, découvrant sa poitrine enfiévrée. Il la lécha, sa main glissa entre ses jambes, écarta la dentelle et, sans retenue, il la pénétra. Elle brûlait, se consumait. Lili gémit, refréna des cris de supplices désordonnés. Sa bouche se planta dans son cou, bâillonnant ses râles d'amour. Joseph chercha sa bouche, leur salive se mélangea, elle était ardente à en suffoquer... Ils jouirent.

— BAM, BAM.

La police sonnait le glas, elle tambourinait à la porte de la chambre. Aussi salement qu'une averse surprise, leurs deux corps se séparèrent, emportant chacun le goût trop bref de l'autre. Maigres souvenirs d'une étreinte furtive, inachevée, il manquait les mots tendres, les étirements langoureux dans un lit au drap froissé, l'espoir de recommencer, de se donner encore une fois en pâture à leur désir incontrôlé.

Lili le repoussa, elle n'était plus la chatte câline qui se frottait à lui. La réalité la rattrapa bien avant Joseph. Elle rabaissa son maillot sur sa poitrine, le rideau était tombé, le spectacle était fini.

Puis elle le contourna et fendit la buée qui avait envahi la salle de bain et ouvrit la fenêtre.

— Par là Joseph.

Il s'approcha et vit l'escalier de secours, des rambardes métalliques zébrant la façade arrière du bâtiment.

— Dépêche-toi. Je vais faire mon possible pour les retenir.

— Lili... voulut dire Joseph.

Elle le coupa :

— Je sais Joseph, moi aussi...

Leurs regards se mêlèrent un instant, chacun savait qu'ils ne se reverraient certainement jamais. Joseph était désormais un fugitif, il disparaîtrait pour longtemps et... il y avait Louise.

Joseph enjamba le rebord de la fenêtre, puis s'agenouilla sur le palier métallique. Il voulut l'embrasser une dernière fois, mais elle recula.

Il lui sourit :

— Tu es belle Lili, sois heureuse, tu le mérites plus que d'autres.

Elle répondit à son sourire et lui tendit la main. Joseph l'imita et il sentit qu'elle déposait un objet dans sa paume. Entre mille, il l'aurait reconnu. Son Zippo, son satané briquet qu'il avait tant cherché et qu'il croyait perdu à jamais. Il le saisit entre son index et son pouce, il n'était plus le même. Son couvercle branlait, il était cabossé et ne s'ouvrait plus. Sur sa face, il était défoncé et incrusté pour l'éternité par une balle du Mannlicher-Carcano de la Vierge Noire.

Épilogue

Louise entendit du bruit à l'étage, le petit Antoine se levait après une longue nuit de sommeil. Elle décida d'éteindre la radio de crainte qu'il n'apprenne trop tôt les abominations humaines, et ce matin, elles foisonnaient tout particulièrement. L'heure était au bilan, au nombre de morts, aux questions et aux responsabilités. Bien évidemment, les journalistes tentaient de faire le lien entre la manifestation, ses débordements et tous ces morts retrouvés aux quatre coins de la vallée. Clod Bensoussan avait dit vrai dans son charabia adressé à Madame Janel, le corps de son mari avait été découvert sans vie, abattu d'une balle dans la tête. Cela ressemblait à une exécution punitive et apparemment, Louise était la seule à connaître son assassin, car la police n'avait pour l'heure aucune piste tangible. Il en était de même pour les deux gendarmes abattus et retrouvés au barrage routier, les indices étaient maigres. Les enquêteurs fondaient tous leurs espoirs sur les rapports de la balistique.

Louise avait écouté la radio, le regard perdu sur l'étendue gelée du lac de Gérardmer. Elle avait appris la mort de Christian Clevenot et toutes les interrogations qui l'accompagnaient. Cette mauvaise nouvelle l'avait empli de tristesse. Les circonstances du drame étaient floues, les journalistes parlaient d'un voltigeur motorisé et d'un agent secret à la solde du gouvernement ougandais. Christian avait succombé aux coups portés par les forces de l'ordre. Louise eut un sourire, il avait toujours espéré mourir ainsi, en jeune révolutionnaire romantique, en Gavroche exalté. Durant toute sa vie, il avait été un idéaliste et c'était ce versant de sa personnalité qui l'avait séduite. Mais son idéal était encombrant, il gangrenait sa vie et celle de ceux qui la partageaient. L'exigence qu'il attendait des autres n'était rien au regard de celle qu'il s'imposait. Sa droiture n'acceptait aucun écart, ne tolérait pas la moindre concession et bien évidemment, tout cela ne faisait pas toujours vibrer le cœur d'une femme. Louise l'avait aimé en surface. Il s'était intéressé à elle et dans ses yeux, elle s'était vue bien plus belle qu'elle ne se l'imaginait. C'était idiot l'amour, ça ressemblait à un arrosoir sur une plante fraîchement semée. Louise avait été cette jeune pousse que la passion de Christian avait élevée. Elle n'avait jamais pu lui rendre la pareille, elle avait beaucoup reçu de lui et très peu donnée en échange. Maintenant, elle s'en voulait, mais ses remords étaient désormais bien ridicules.

Les journalistes avaient continué à débiter leurs informations sans concision et peu de cohérence. Ils relataient les faits, mais n'expliquaient rien. Il était encore trop tôt.

Ils avaient également parlé d'un homme vêtu d'un parka vert, dont le vêtement avait été retrouvé sur le corps du jeune établi. Cet homme, non identifié, pouvait être selon eux, la clé de voûte de toute cette histoire. L'arme retrouvée sur le corps de Christian Clevenot était bel et bien le Manurhin dérobé lors de l'évasion de celle que l'on soupçonnait d'appartenir au gang des *Folles de la Nationale 4*. Sur ce fait aussi, les questions allaient bon train et ne trouvaient pour l'instant aucune réponse. Louise frémit lorsqu'elle apprit que l'homme au parka était recherché ardemment par toutes les polices. En ce qui la concernait, les commentateurs étaient pessimistes ; elle avait disparu, son dossier avait été substitué lors de son évasion et les policiers n'avaient plus rien à se mettre sous la dent. Dans les jours qui venaient, ils seraient obligés d'interroger les personnes qui l'avaient côtoyé au cinéma *"Le Royal"*. Il fallait reprendre l'enquête depuis le début et tenter d'établir un portrait-robot, peut-être pourraient-ils se lancer ensuite sur une piste sérieuse. Mais de sources sûres, beaucoup en doutaient, *"Les folles de la Nationale 4"* avaient encore de belles heures de liberté devant elles.

L'enlèvement du fils Janel n'était plus à la Une de l'actualité, supplanté par les évènements de la journée précédente. Un commentateur effleura le sujet et émit une prière que l'enfant n'ait pas connu le même sort que son père, sa disparition était toujours un mystère. Louise en avait déduit que la police n'avait pas encore découvert les corps de Madame Janel et de Jacky Lafortune, sinon, la lettre testament laissée par Clod Bensoussan aurait levé le voile sur l'enlèvement. Un joli scandale se profilait à l'horizon, les journalistes n'avaient pas fini d'user leur salive.

Au moment où Louise s'apprêtait à éteindre le poste de radio, il y eut un flash spécial qui annonçait le déroulement d'une opération de police dans un hôtel strasbourgeois. Celle-ci avait été menée pour donner suite à la découverte de l'identité de l'homme au parka. Il s'agissait d'un certain Joseph Hosana, garde du corps de la chanteuse du groupe de punk rock *"Lili Perdrix et les Comtesses Ferrailles"*. Quelques jours auparavant, celle-ci avait fait l'objet d'une tentative d'assassinat. Fort heureusement, la providence l'avait sauvée ; la balle assassine avait été arrêtée par son briquet, un Zippo, que le hasard avait voulu qu'elle rangeât dans la poche avant de sa veste en jean's. Son impresario, un prêtre ougandais, et la police avaient décidé d'un commun accord de laisser courir le bruit de sa mort. Selon eux, c'était la meilleure solution de protéger la jeune chanteuse, le temps de découvrir son ou ses assassins.

Tôt ce matin, plusieurs voitures de police avaient envahi l'hôtel où séjournait la chanteuse, mais malheureusement le dénommé Joseph Hosana avait réussi à s'enfouir. Les enquêteurs avaient fouillé sa chambre et interrogé Lili Perdrix, mais sans résultats probants.

Louise coupa le son.

Le petit Antoine apparut et se jeta à son cou pour le bonjour du matin. Elle lui passa la main dans les cheveux et lui rendit son baiser. Elle souriait, Joseph leur avait échappé, c'était la seule bonne nouvelle.

— Y'a bon Banania ?

— Oh oui, un grand bol, s'il te plait.

Louise se leva et alla dans la cuisine lui préparer son lait chocolaté. Il faudra qu'à un moment ou à un autre, elle lui annonçât la vérité. *"Tes parents sont morts"*, était une chose atroce à annoncer à un enfant. Fallait-il aussi préciser que son père était une ordure ? Qu'allait-elle faire de lui ? Le lait bouillait. Demain serait un autre jour. Tenant la casserole fumante, elle retourna dans la salle du restaurant et prépara le Banania de l'enfant.

— Allez… un bon petit-déjeuner, de belles tartines et après ça,
un bon bain pour bien commencer la journée.

*

"Dans quelques minutes, nous arriverons à Saint-Dié des Vosges. Nous espérons que vous avez fait bon voyage et avant de descendre, veuillez vous assurer de ne rien oublier…"

L'homme au bonnet rouge se leva de son siège en s'aidant de l'accoudoir. Le moindre effort semblait lui coûter beaucoup d'énergie et sur son front luisait une rosée fiévreuse. Debout dans la travée, il remit en place ses lunettes de vue qui avait glissé sur son nez aquilin et s'épongea le front du dos de la main. Il marchait lentement, comme un vieillard, la pugnacité en plus. Sur le quai, il suivit la signalétique jusqu'à la sortie et la borne de taxi. L'air était vif, bien plus qu'en plaine, et le temps maussade, lourd comme une âme lestée de chagrin. L'homme estima avoir de la chance de trouver un taxi aussi simplement. Il avait craint de devoir retourner à l'accueil de la gare, se renseigner, demander des informations, se montrer, être reconnu... Le chauffeur de taxi était un gros bourru, à peine s'il le regarda. Tant mieux, l'homme n'avait aucune envie de créer des liens sociaux, ni de disserter sur la météo. Il lui indiqua sa destination : Gérardmer.

— Ce n'est pas la porte à côté, lui répondit-il en l'autorisant à prendre place à l'arrière du véhicule.

Le taxi démarra, une Peugeot 504, un beau modèle, confortable et véloce.

— Il y a de la neige là-bas, ajouta-t-il, j'espère que vous avez pris des vêtements chauds ?

Comme son client ne semblait pas porté sur la discussion, le chauffeur se renfrogna et augmenta le volume de la radio. Celle-ci diffusait un jeu où les participants répondaient à des questions de culture générale et, en cas de bonne réponse, gagnaient la fabuleuse somme de mille francs.

La route serpentait dans une forêt de sapins lugubres et de plus en plus enneigés. Le passager se redressa sur le siège pour ne pas céder à l'envie de dormir. Au fond d'une poche de son coupe-vent, il jonglait avec un objet métallique, abîmé. L'homme le sortit et le fit passer entre ses doigts comme un jeton de poker. Son regard était rivé sur lui et ses reflets chatouillaient les verres de ses lunettes à monture noire. Pour la première fois de la journée, il sourit et rangea son Zippo, flanqué d'une balle assassine, dans la poche de son coupe-vent de mauvaise facture.

*

Louise gravit les quelques marches de l'escalier qui débouchait à l'étage. Elle ouvrit la porte de la salle d'eau, le petit Antoine baignait dans un bain fumant. La mousse onctueuse l'enveloppait jusqu'aux oreilles, il était si petit dans ce chamarré de dentelle savonneuse. Lorsqu'il l'aperçut, un merveilleux sourire d'enfant barra son visage :

— Louise, tu viens dans l'eau avec moi ?

La jeune femme vint s'asseoir sur le rebord de la baignoire et balaya la mousse d'un air songeur.

— Tu crois qu'on peut faire ça ?

— Oui, oui, on va bien s'amuser, s'enthousiasma Antoine.

— D'accord, mais tu ne regardes pas quand je me déshabille.

L'enfant, tout excité, promit et se masqua les yeux de sa petite main couverte de mousse. Louise ôta ses vêtements, puis lorsqu'elle enjamba la baignoire, elle remarqua que le petit Antoine gloussait et l'observait entre ses doigts écartés. Louise prit une poignée de mousses et lui recouvrit le visage :

— Petite canaille, je t'avais dit de ne pas regarder.

S'en suivit une bataille d'éclaboussure d'eau chaude, puis, Louise se glissa derrière lui et l'enlaça. L'enfant reposa sa tête en arrière et ferma les yeux. Ils s'endormirent ainsi, mais avant de sombrer, elle le sentit se blottir contre lui et lui susurrer :

— Tu es belle Louise.

*

L'homme descendit du taxi à l'entrée d'un chemin couvert de neige. Le chauffeur ne pouvait pas aller plus loin sans risquer de s'enneiger. Le passager régla sa course d'une grosse coupure et ne réclama pas la monnaie.

Il neigeait depuis peu, le véhicule disparut dans le moucheté des flocons virevoltants.

*

L'enfant Janel regardait un épisode de Zorro à la télévision. Il portait un gros gilet de laine que Louise lui avait prêté. Il s'y était pelotonné et fixait les images noires et blanches du héros masqué. De temps à autre, il plongeait la main dans un paquet de bonbons à la violette, ses préférés.

Louise remettait une bûche dans l'âtre rougeoyant, quand quelqu'un frappa à la porte. Le regard du petit Antoine quitta le téléviseur et se posa sur Louise. Elle lui répondit de ne pas s'inquiéter. Le visage de la jeune femme s'éclaira, il était enfin là. Elle traversa la salle du restaurant et ouvrit la porte d'entrée. Elle reconnut l'homme au bonnet rouge bien avant qu'il ôte ses lunettes factices, et lui sauta au cou :

— Joseph, si tu savais comme je t'aime.

www.ingramcontent.com/pod-product-compliance
Lightning Source LLC
Chambersburg PA
CBHW071331020726
47502CB00001B/53